**Über die Autorin:**

**Tamara McKinley** wurde in Australien geboren und verbrachte auch ihre Kindheit im Outback des fünften Kontinents. Heute lebt sie an der Südküste Englands, aber die Sehnsucht treibt sie stets zurück in das weite, wilde Land, von dem sie in jedem ihrer Romane faszinierende neue Facetten entfaltet. Bei Bastei Lübbe erschienen von der Autorin bereits MATILDAS LETZTER WALZER, DER DUFT DES JACARANDA, DAS VERSPRECHEN DES OPALS und DAS LIED DES REGENPFEIFERS.
Über DIE FARM AM EUKALYPTUSHAIN schrieb der FRANKFURTER STADTKURIER:
»Wieder ein grandioses Leseerlebnis!«

Tamara McKinley

# Die Farm am Eukalyptushain

Roman

Aus dem australischen Englisch
von Rainer Schmidt

# BASTEI LÜBBE TASCHENBUCH
## Band 15884

1. Auflage: August 2008

Vollständige Taschenbuchausgabe der im
Gustav Lübbe Verlag erschienenen Hardcoverausgabe

Bastei Lübbe Taschenbücher und Gustav Lübbe Verlag
in der Verlagsgruppe Lübbe

© 2005 by Tamara McKinley
Titel der englischen Originalausgabe: »Dreamscapes«
Originalverlag: Judy Piatkus (Publishers) Ltd.,
5 Windmill Street, London W1T 2JA
E-Mail: info@piatkus.co.uk
Für die deutschsprachige Ausgabe:
© 2006 by Verlagsgruppe Lübbe GmbH & Co. KG,
Bergisch Gladbach
Lektorat: Regina Maria Hartig
Titelbild: getty-images/Siegfried Layda
Umschlaggestaltung: Kirstin Osenau
Satz: Bosbach Kommunikation & Design GmbH, Köln
Druck und Verarbeitung: CPI – Ebner & Spiegel, Ulm
Printed in Germany
ISBN 978-3-404-15884-3

Sie finden uns im Internet unter
www.luebbe.de
Bitte beachten Sie auch: www.lesejury.de

Der Preis dieses Bandes versteht sich einschließlich
der gesetzlichen Mehrwertsteuer.

EINS

*1921*

s war Hochsommer. Sechs bunt bemalte Wagen rumpelten langsam über die gewundene, schmale Piste durch das Herz des australischen Outback. »Summers' Music Hall« stand in leuchtend roten Lettern auf jedem der Wagen, die von schweren Karrenpferden gezogen wurden. Das kastanienbraune Fell und die anmutig gefiederten Fesseln der Tiere glänzten in der Sonne. Die Theatertruppe reiste seit über einem Jahr zusammen. Nun wollte sie nach Charleville, ehe sie sich nach Norden wandte, um den Winter an der Küste von Queensland zu verbringen.

Velda Summers saß neben ihrem Mann auf dem Bock und bemühte sich, die bohrenden Kreuzschmerzen zu ertragen. Das Holpern und Schaukeln des Wagens bereitete ihr Übelkeit, und sie konnte das Ende der Reise kaum erwarten. »Wie weit ist es noch?«, fragte sie ihren Mann.

Declan sah sie besorgt an. »Das fragst du mich jetzt zum fünften Mal an diesem Vormittag«, sagte er mit seinem anheimelnden irischen Akzent, den das weibliche Publikum so sehr bewunderte. »Geht's dir nicht gut, Liebste?«

Velda legte die Hände auf ihren schwellenden Bauch. »Ich glaube, dem Baby gefällt es nicht, so durchgeschüttelt zu werden«, schmollte sie. »Und ehrlich gesagt, Declan, mir auch nicht.« Sie hob die Lider mit den langen Wimpern, um ihn anzusehen, und milderte ihren nörgelnden Ton mit einem matten Lächeln.

Nachsichtig lächelte Declan zurück. Das dunkle Haar fiel ihm in die Stirn, und die Sonne funkelte in seinen braunen Augen. »Wir sind bald da, Darlin'«, sagte er leise. »Dann kannst du dich ausruhen, während wir uns auf die Parade vorbereiten.«

Mit einem tiefen Seufzer gab Velda ihm zu verstehen, dass sie darüber nicht glücklich war, und suchte eine bequemere Haltung auf dem harten Bock. Ihr blieb nichts anderes übrig, als dazusitzen und zu leiden, aber auch das Kissen, das sie sich ins Kreuz gestopft hatte, machte die Schmerzen im Rücken nicht erträglicher. Sie schmeckte den Schweiß auf ihrer Oberlippe und zerrte an ihrem Kleid. Der dünne Baumwollstoff klebte ihr am Leib, und trotz des breitkrempigen Hutes, den sie immer trug, um sich vor der Sonne zu schützen, bekam sie allmählich Kopfschmerzen.

Die Hitze des Outback hüllte alles ein. Vor ihr gab es kein Entkommen, nicht einmal im Schatten der Bäume. Wolken von Fliegen und Moskitos umwehten sie, und das endlose Zirpen und Schnarren von Insekten summte in ihren Ohren. Veldas Kräfte waren verbraucht; sie welkte wie die fahlgrünen Eukalyptusblätter, die schlaff über ihnen hingen. Wie sehr vermisste sie die kühlen, nebligen Morgen ihrer irischen Heimat, den Duft des Regens auf dem Gras, das Tosen der Brandung an den schwarzen Klippen und den beißenden Geruch des Torffeuers im Herd!

»Du bereust es doch nicht, oder?« Declan ließ die Zügel auf den breiten Rücken des Karrenpferdes klatschen, um es zu einer schnelleren Gangart anzutreiben.

Velda schob die gefährlichen Gedanken an Irland beiseite, denn sie kamen nur in Augenblicken der Schwäche. Sie wusste, sie würde ihrem Mann bis ans Ende der Welt folgen – selbst wenn es dort so heiß wie in der Hölle und doppelt so ungemütlich wäre. »Niemals«, flüsterte sie. »Wie hätte ich dich auf diesem weiten Weg allein lassen können?«

Ihre Antwort schien ihn zufrieden zu stellen. Er hauchte ihr einen Kuss auf die Wange und wandte seine Aufmerksamkeit wieder dem Panorama vor ihnen zu.

Auch Velda betrachtete die meilenweite Leere des sonnengebleichten Grases und der blutroten Erde, und trotz ihrer tapferen Worte spürte sie, wie die tiefverwurzelte Angst zurückkehrte, die immer in ihrem Hinterkopf lauerte. Sie waren so weit weg von jeder Zivilisation, so mutterseelenallein – was, wenn wieder etwas schief ginge? Dieses Australien war ein wildes Land, das selbst dem entschlossensten Herzen Angst einflößen konnte. Und obwohl Declan sie beschützte und umhegte, gab es Augenblicke, in denen sie sich aus ganzem Herzen wünschte, sie wären nicht hergekommen.

Die Tränen ließen alles vor ihren Augen verschwimmen, und sie biss sich auf die Unterlippe, als sie an das einsame kleine Grab dachte, das sie vor einem Jahr hinter sich gelassen hatten. Ihr erstes Kind war eine Frühgeburt gewesen und hatte nicht lange genug gelebt, um Atem zu holen. Wahrscheinlich würden sie nie wieder dort vorbeikommen, und die letzte Ruhestätte ihres winzigen Sohnes würde von den Elementen und dem alles überwuchernden Busch verschlungen werden, bis nicht mehr zu erkennen war, dass es ihn je gegeben hatte.

Sie kämpfte die Tränen nieder und bemühte sich um Gleichmut angesichts des anstürmenden Gefühls von Einsamkeit und der schmerzlichen Sehnsucht nach ihrer Mutter. Sie hatte ihre Entscheidung getroffen und Declan geheiratet, und sie hatte gewusst, dass sie Irland niemals wiedersehen würde. Dies war ihr gemeinsames Abenteuer: ein neues Leben und vielleicht sogar Ruhm und Reichtum. Für Reue war es jetzt zu spät.

Die Sonne stand hoch am Himmel, als die Wagenkolonne auf eine Lichtung im Busch gelangte und die Truppe sich daranmachte, das Lager aufzuschlagen. Charleville war weniger als zwei Meilen weit entfernt, und sie mussten sich für die große Parade bereitmachen, denn das war die Gelegenheit für sie, ein Publikum zusammenzutrommeln, Flugblätter zu verteilen und den Leuten einen Vorgeschmack auf das zu geben, was sie erwartete, wenn sie ihre zwei Penny Eintrittsgeld bezahlten.

Declan hob Velda vom hohen Wagen herunter und stellte sie behutsam auf die Füße. »Ich habe Kissen und Decken dort unter den Baum gelegt«, sagte er. »Geh und ruh dich aus, während ich diese eigensinnige Bande zur Ordnung rufe.«

Velda streichelte seine Wange. Sie las die Angst um sie und ihr ungeborenes Kind in seinen Augen. »Hab ich dir je gesagt, wie sehr ich dich liebe?«, flüsterte sie, und ihre missmutige Laune war vergessen.

»Schon oft, mein Liebling«, antwortete er und küsste sie. »Aber ich kann es gar nicht oft genug hören.«

Er hielt sie sanft in den Armen und spürte, wie das Baby sich bewegte. Dann verschwand er im Kreis der Wagen und erteilte seine Befehle. Seine volltönende, dunkle Stimme hallte durch die Stille der Buschlandschaft.

»Meine Güte, macht der einen Wirbel!«, knurrte Poppy und nahm Velda beim Arm.

Velda lächelte und dehnte ihren Rücken. Poppy war genau wie sie selbst zweiundzwanzig, und die kleine Cockney-Tänzerin war ihr in den zwölf Monaten, die sie zusammen verbracht hatten, eine gute Freundin geworden. »Er will nur, dass alles bereit ist«, sagte sie.

»Dann wollen wir dich mal unterbringen. Du siehst ziemlich erledigt aus.«

Velda gestand wortlos ein, dass sie erschöpft war. »Ich wünschte, ich hätte wenigstens halb so viel Energie wie du, Poppy. Macht dir die Hitze nie zu schaffen?«

Poppys wasserstoffblondes Haar leuchtete in der Sonne, und die Sommersprossen auf ihrer Nase tanzten, als sie lachte. »Wenn du zwanzig Winter in London hinter dir hast, bist du froh über jedes bisschen Wärme. Ich krieg nicht genug davon.«

Über abgebrochene Äste und durch hohes, trockenes Gras suchten sie sich ihren Weg zu einem Bach, der sich mühselig durch das Buschwerk schlängelte und über glänzende Kieselsteine gurgelte. Mit Poppy an ihrer Seite, Declans melodischer Stimme im Ohr und dem Wissen, dass Charleville nicht mehr weit war, verflogen Veldas Sorgen, und sie konnte sich endlich entspannen. Dieses Kind würde in einem richtigen Bett geboren werden, unter Aufsicht eines Arztes; das Geld dazu hatten sie, denn diese Outback-Städtchen lechzten nach Unterhaltung, und die Einheimischen besuchten ihre Aufführungen in Scharen.

Sie nahm den breitkrempigen Strohhut ab, den sie mit Seidenrosen und scharlachroten Bändern verziert hatte, und schüttelte ihr langes schwarzes Haar, das ihr fast bis zur Taille reichte. Hier am Wasser war es kühler, und das Sonnenlicht flirrte in den Kaskaden der herabhängenden Eukalyptuszweige. Sie würde nicht mehr auftreten, bevor das Baby geboren wäre, und es war herrlich, einfach am Rande zu sitzen und die ganze Arbeit den anderen zu überlassen. Trotzdem konnte sie das Verlangen, dabei zu sein, nicht ganz unterdrücken, denn sie war eine Künstlerin, eine Sopransängerin, und hätte heute Abend gern auf der Bühne gestanden. Sie würde das Lampenfieber angesichts eines neuen Publikums, das Rampenlicht und den Applaus vermissen.

»Ich weiß, was du denkst«, sagte Poppy und half Velda, es sich auf den Decken bequem zu machen. »Aber es wird noch ein Weilchen dauern, bis du wieder auftreten kannst. Also mach einfach ein Nickerchen und genieß zur Abwechslung das Nichtstun.«

Velda drückte ihr die Hand. »Danke, Pops.«

Poppy grinste. Ohne die übliche dicke Schminke sah sie aus wie eine Sechzehnjährige. »Ich muss jetzt los, sonst meckert dein Mann.«

Velda blickte ihr lächelnd nach, als sie zu den Wagen hinüberlief. Poppy war immer in Bewegung und hatte trotz ihrer schmächtigen Gestalt die Kraft und das Durchhaltevermögen eines Karrenpferds. Declan hatte schon vor langer Zeit begriffen, dass Poppy eigenen Gesetzen gehorchte, und er versuchte nicht mehr, sie in geregelte Bahnen zu lenken.

Velda ließ sich auf die Kissen zurücksinken, streifte die Schuhe ab und tauchte die Füße in das eiskalte Wasser. Dabei beobachtete sie die vertraute Geschäftigkeit im Camp, während die Truppe sich auf die Parade vorbereitete. Poppy kommandierte wie immer die Mädchen herum, ihre durchdringende Cockney-Stimme und ihr ausgelassenes Lachen hallten durch den Busch. Jongleure, Musiker und Akrobaten probten ihr Programm, und Max, der Komiker und Hundedompteur, sortierte seine Requisiten. Patch, sein kleiner Terrier, schnüffelte im Gras und wedelte mit dem Schwanz vor Aufregung über all die neuen Gerüche.

Dann bemerkte er Velda und kam mit hängender Zunge herangelaufen, um sich streicheln zu lassen. Er hatte ein schwarz umringtes Auge und einen schwarzen Fleck auf dem Hinterteil. Sie tätschelte ihm den Kopf und schob ihn dann weg. Er war ihr heute zu wild.

Die Wagen waren mit Wasser aus dem Bach abgewaschen worden, sodass ihre grüne, rote und gelbe Bemalung in der Sonne leuchtete. Die weißen Masken für Komödie und Tragödie schimmerten geisterhaft vor dem dunkelgrünen Hintergrund und erinnerten die Truppe daran, dass sie ein uraltes Erbe angetreten hatten – ein Erbe, das sich im Laufe der Jahrhunderte immer wieder verändert hatte und doch alle, die daran teilhatten, immer noch in seinen Bann schlug.

Die Pferde waren gefüttert, getränkt und gestriegelt worden, sodass ihr kastanienbraunes Fell und die weißen Mähnen in der Sonne glänzten. Ein Kopfputz aus Federn zierte den Stirnriemen jedes Tieres, Messing funkelte am Kummet, und Silberglöckchen hingen an den scharlachroten Schabracken. Patch tanzte auf den Hinterbeinen, prahlte mit seiner glitzernden Halskrause und wollte von allen bewundert werden. Der schwarze Fleck am Auge ließ ihn aussehen wie ein verwegener Pirat.

Unter den Männern und Frauen der Truppe herrschte gedämpfte Aufregung, als die Kostüme aus den Truhen genommen und ausgebürstet wurden. Unter lautem Geplapper und Gelächter wurden Zylinder und Schuhe blank poliert und Federfächer ausgeschüttelt, um sie von dem Staub zu befreien, der sich überall hineinsetzte, auch wenn man sie noch so gut verpackte. Gesichter wurden geschminkt, Fransen und Federn geordnet, Strümpfe auf Laufmaschen überprüft. Die Requisiten wurden inspiziert, und die Flugblätter, die sie in der letzten Stadt hatten drucken lassen, wurden unter den Mitgliedern der Truppe verteilt, damit sie während der Parade unter die Leute gebracht werden konnten.

Veldas Kreuzschmerzen waren zu einem leisen Nagen verebbt, und sie fühlte sich schläfrig, eingelullt vom getüpfelten Sonnenlicht unter den Bäumen und dem Plätschern des Baches. Es tat gut, nicht mehr auf dem Wagen zu sitzen und durchgeschüttelt zu werden. Sie seufzte zufrieden. Schwatzend und zankend schüttelten die Tänzerinnen ihre bunten Röcke und balgten sich um einen Platz vor dem einzigen langen Spiegel. Strass-Schmuck blitzte feurig in der Sonne, und Federputz wogte und wippte, wenn sie die Köpfe bewegten und sich um Lippenstifte stritten. Die Mädchen erinnerten Velda an die Vögel in diesem Land – buntes Gefieder, wogende Schwanzfedern, hierhin und dahin flatternd, niemals still.

Lauter Trommelschlag weckte Velda, und erschrocken fuhr sie hoch. Sie hatte nicht einschlafen wollen. Offenbar war die Truppe bereit, in die Stadt einzuziehen.

»Bleib du hier und ruh dich aus«, sagte Declan und hockte sich neben sie.

»Auf keinen Fall.« Sie griff nach ihren Schuhen und rappelte sich auf. Als sie seinen Blick sah – so liebevoll, so fürsorglich –, konnte sie nicht anders: Sie musste ihn küssen. »*The show must go on* – weißt du das nicht?«, fragte sie scherzhaft. »Ich habe noch nie eine Parade versäumt, und ich habe nicht vor, jetzt damit anzufangen.«

Er zog ein zweifelndes Gesicht, aber sie nahm ihm die Entscheidung aus der Hand, marschierte barfuß durch das Gras und kletterte auf den Wagen. Der Schlaf hatte ihr gut getan, und die Schmerzen waren verschwunden. Sie packte die Zügel, schaute zu ihm hinunter und lachte. »Showtime«, sagte sie. »Fahren wir los!«

Charleville war ein Knotenpunkt im Outback. Dort kreuzten sich die Pisten der frühen Pioniere und Forscher. Die Straßen waren breit und staubig – ein Überbleibsel aus der Zeit der großen Ochsentrecks, als dreißig Ochsen die riesigen Fuhrwerke mit großen Ballen Schafwolle durch die Stadt zum Markt nach Brisbane zogen. Es war ein wohlhabender Ort mit einem Hotel an jeder Straßenecke. Darin wohnten die Viehzüchter und Treiber, die ihre Herden an dem kleinen viktorianischen Bahnhof auf die Züge verluden, um sie nach Osten zu transportieren.

Die Stadt lag inmitten einer Gegend mit gutem Weideland und Wäldern, genährt von zahllosen unterirdischen Wasserläufen und tiefen Billabongs. Es war ein Land der Wolle und des Rindfleischs, und nach dem Großen Krieg waren die Outlander reich. Ihr Geld hatte hölzerne Gehsteige und Geschäfte entstehen lassen, zwei Kirchen, eine Polizeiwache und eine Pferderennbahn.

Das beste Hotel war das Coronas. Gebaut für die Bedürfnisse der Aristokratie des Outback – die Viehzüchter –, war es ein anmutiges viktorianisches Gebäude mit einer schattigen Veranda an der Hauptstraße. Der Speisesaal war getäfelt, und die Deckenbalken waren aus feinstem Eichenholz. Auf den Tischen lag schneeweißes Leinen und poliertes Silber unter den aus Frankreich importierten Kronleuchtern.

In der Empfangshalle herrschte eine gedämpfte Atmosphäre wie in einem Tempel; überall standen bequeme Sessel und Tiffanylampen, und der Boden war blank gebohnert. Jedes der luxuriösen Zimmer im ersten Stock hatte ein eigenes Bad – eine Neuerung, die von den Einheimischen noch immer ehrfürchtig mit großen Augen betrachtet wurde. Ein breiter Balkon zog sich um das ganze Hotel. Hier konnten die Viehzüchter im Schatten in Korbsesseln sitzen, Zigarren rauchen und Bier und Whisky trinken, während sie auf die kleine Stadt hinausblickten, die sie stolz ihr Eigen nennen konnten. Mehrere dieser Zimmer waren dauerhaft vermietet, damit diese Outback-Aristokraten und ihre Familien in die Stadt kommen konnten, wann immer sie wollten, ohne auf ein anständiges Bett verzichten zu müssen.

Das Hotel Coronas war ein berühmtes Wahrzeichen dieser Stadt, und der Saal an der Rückseite war ein beliebter Schauplatz für Partys und Bälle; Nichteingeweihte behaupteten, er sei nicht selten ein Ort der Ausschweifung und Unmoral. Es war ein großer Saal mit einer Bühne am Ende. Er würde der Truppe in den nächsten Tagen als Theater dienen.

Am Stadtrand fühlte Velda die altvertraute Erregung, als sie mit den Zügeln in den Händen auf dem Bock saß und auf das Zeichen wartete, um die Parade auf die Hauptstraße zu führen. Läufer waren vorausgeschickt worden, die ihre Ankunft ankündigen sollten, und die unternehmungslustige Nervosität wurde fieberhaft. Die Pferde schwitzten und warfen die federgeschmückten Köpfe zurück, Patch rannte im Kreis umher, und die Schauspieler zogen ihre Kostüme zurecht und hielten sich bereit.

Declan warf Velda eine Kusshand zu, strich sich den Frack glatt und überprüfte den Sitz seiner Fliege. Dann gab er den Musikern ein Zeichen und führte die Prozession in die Stadt. Trommeln, Flöten, Tamburin, Pennywhistle, Akkordeon und Violine begleiteten den langsamen, majestätischen Zug. Als wüssten sie, dass die Show begonnen hatte, schritten die Pferde mit erhobenen Köpfen aus und wirbelten mit ihren mächtigen Hufen Staub auf. Die Tänzerinnen ließen ihre Röcke wirbeln und zeigten ihre wohlgeformten Beine, die Akrobaten in ihren weißen Trikots schlugen Rad, während die Jongleure Bälle und Keulen in der Luft tanzen ließen. Und über allem erklang Declans kraftvoller Bariton.

Die Leute von Charleville säumten die Straße und schauten staunend zu. Kinder rannten neben den Wagen her und fingen die Süßigkeiten auf, die Velda und die anderen Fahrer ihnen zuwarfen. Männer beugten sich über die Balkongeländer und schrien den Tänzerinnen wüste Komplimente zu, während die Frauen die Muskeln der Akrobaten bewunderten und Declan mit flatternden Taschentüchern zuwinkten. Die Pferde an den Anbindepfosten entlang der Straße nickten bei dem Lärm nervös und stampften mit den Hufen, und mehrere Hunde liefen bellend durch die Parade und schnappten nach den ungewohnten Erscheinungen. Patch kläffte zurück und fletschte die Zähne, jederzeit bereit, die Störenfriede aus seiner Parade zu vertreiben und ihnen zu zeigen, dass sie kein leichtes Spiel mit ihm haben würden, auch wenn er eine Halskrause mit Pailletten trug.

In der Stadtmitte hielt der Wagenzug. Declan stieg zu Velda auf den Wagen und schwenkte seinen Zylinder. Daraufhin verstummte die Musik, und die Zuschauer schwiegen. »Bürger von Charleville«, dröhnte er vom Bock herunter, »wir sind gekommen, euch wunderbar Witziges und wahrhaft Würdevolles gewahren zu lassen.« Er machte eine Pause: Richtiges Timing war alles in diesem Geschäft. »Unser illustrer Illusionist wird seine immense Imagination illustrieren und inkommensurable Innovationen aus dem Imperium des Mystischen interpretieren.«

Velda strahlte über das »Ooh« und »Aah« der Bürger. Declans zungenbrecherische Nummer als Zeremonienmeister verfehlte ihren Eindruck auf das Publikum nie. Niemand würde je wissen, wie schwierig es gewesen war, die richtigen Worte zu finden und aneinander zu fügen und sie mit einem so wunderbar rollenden Aplomb vorzutragen.

Declan riss das Publikum zu immer neuen Beifallsstürmen hin. Plötzlich schnappte Velda nach Luft. Der Schmerz kehrte unvermittelt zurück, tiefer jetzt; wie eine Schraubzwinge erfasste er ihren Unterleib. Ihre Hände mit den Zügeln zitterten, und sie leckte sich den Schweiß von der Oberlippe. Sie spürte ihren rasenden Puls, ihr war schwindlig, und sie hatte das dringende Verlangen, aus der Sonne zu fliehen. Am liebsten hätte sie sich hingelegt, aber sie musste in der gleißenden Sonne des Outback-Nachmittags auf dem harten Bock sitzen bleiben, denn nur jetzt hatten sie Gelegenheit, die Leute zu bewegen, sich von ihrem Geld zu trennen. Sie war eine Gefangene, eingesperrt von Wagen, Pferden und Menschen. Sie sah, wie die anderen sich durch die Menge schlängelten und Flugblätter und Luftballons verteilten. Es wird nicht mehr lange dauern, sagte sie sich immer wieder – aber die Minuten dehnten sich endlos.

Schließlich setzte Declan sich unter donnerndem Applaus neben sie auf den Bock. Er warf ihr einen kurzen, sorgenvollen Blick zu, nahm ihr die Zügel ab und führte die Kolonne zu der breiten Einfahrt an der Seite des Hotel Coronas. Der kopfsteingepflasterte Hof hallte wider vom Rumpeln der Wagenräder und vom schweren Hufschlag der Pferde, aber die Sonne stand jetzt so tief am Himmel, dass sie hinter dem hohen Gebäude verschwunden war, und dafür war Velda dankbar. Sie schwitzte. Der Schmerz zerriss ihren Leib, und sie rang nach Atem. Sie musste sich auf Declan stützen, der ihr vom Bock herunterhalf und sie in die kühle Eingangshalle des Hotels führte.

»Ich sollte den Arzt holen«, sagte er, als er sie mit Poppys Hilfe in einer Ecke in einem Nest aus Kissen untergebracht hatte.

Velda nickte. »Mir wäre wohler, wenn du es tust«, murmelte sie. »Wir wollen nicht riskieren, dass wir auch dieses Kind verlieren.« Sie sah den Schmerz in seinem Blick und zwang sich zu einem Lächeln. »Es ist wahrscheinlich falscher Alarm, aber sicher ist sicher, meinst du nicht auch?«

Declan zögerte, sichtlich hin- und hergerissen zwischen seiner Pflicht gegenüber seiner Frau und den Bedürfnissen der Truppe, die sich zu streiten begann.

Poppy verschränkte die Arme und betrachtete sie. »Du siehst

nicht gut aus«, stellte sie fest. »Hol lieber den Doc, Mann, bevor sie platzt.«

«Declan wird ihn suchen gehen.« Veldas entschiedener Ton ließ Declan auf der Stelle losmarschieren. »Geh du und kümmere dich um die Mädchen! Sie zanken sich schon wieder.«

Poppy zog eine Grimasse. »Ist das was Neues?«, fragte sie achselzuckend. »Die dummen Kühe wissen nicht, wie gut es ihnen geht.«

Velda musste lächeln. Poppy nannte die Dinge beim Namen, und Konventionen kümmerten sie nicht. »Dann mach uns eine Tasse Tee, Pops. Sei ein Schatz!«

Poppy strahlte. »Okay. Dauert nur 'ne Sekunde.« Sie marschierte mit schwingenden Röcken davon; ihre Absätze klapperten auf dem Holzboden, und ihre Stimme übertönte das Geschnatter der anderen Tänzerinnen, als sie ihnen befahl, Körbe und Taschen nach Wasserkessel und Gaskocher zu durchsuchen.

Velda ließ sich in die Kissen sinken und hörte mit geschlossenen Augen zu, wie hier über die Garderobe geklagt und dort über den Waschraum geschimpft wurde und die Mädchen sich um Platz balgten, während Truhen und Kisten ausgepackt wurden. Es tat gut, nicht mehr in der Sonne zu sein.

Endlich kehrte Declan zurück. Seine Miene war finster. »Der Arzt ist nicht in der Stadt«, sagte er mit besorgtem Blick. »Aber er wird jeden Augenblick zurückerwartet.« Er nahm Veldas Hand und hob sie an die Lippen. »Es wird alles gut gehen, Darlin', das verspreche ich dir.«

Panik stieg in ihr auf. Wie konnte er da so sicher sein? Und wenn doch etwas schief ginge? Sie spürte, dass ihr die Tränen kamen, und am liebsten hätte sie laut schreiend nach ärztlicher Hilfe gerufen – aber sie wusste, dass solches Theater sie jetzt nicht weiterbringen würde. Sie und Declan waren dem Schicksal hilflos ausgeliefert.

»Es wird schon gehen«, sagte sie mit aller Festigkeit, die sie aufbringen konnte. »Geh und kümmere dich um die Truppe. Poppy wird sich um mich kümmern.«

Er gab ihr einen Kuss auf die Wange, zögerte noch einen Augenblick und verließ sie, als Poppy mit einer Tasse Tee erschien.

»Wo ist der Doc?«, fragte Poppy und sah sich suchend um.

»Nicht in der Stadt.« Velda verzog das Gesicht. »Ich glaube, jetzt hat es wirklich angefangen, Pops.« Sie griff nach der Hand des Mädchens. »Schau nach, ob er unterwegs ist oder ob sonst jemand helfen kann. Aber sag Declan nichts, solange wir nicht wissen, ob es nicht doch falscher Alarm ist. Ich will nicht, dass er sich noch mehr Sorgen macht.«

»Wenn du meinst …« Aber Poppy war nicht überzeugt.

Velda nickte entschlossen. »Declan hat schon genug am Hals – und du weißt ja, wie er ist. Er versteht nichts von all dem, und er wird nur in Panik geraten.«

Poppy schüttelte die Kissen auf und wandte sich ab. Velda trank ihren Tee, und als eine Weile vergangen war, fühlte sie sich wie eine Simulantin. Die Schmerzen hatten ausgesetzt, und abgesehen von der Erschöpfung fehlte ihr eigentlich nichts. Trotzdem, dachte sie, würde es nicht schaden, wenn ein Arzt in der Nähe wäre – nur für den Fall, dass plötzlich wieder alles Hals über Kopf geht.

Einige Zeit später kehrte Poppy rot und verschwitzt zurück. »Der Doc ist immer noch unterwegs, aber sie rechnen damit, dass er heute Abend zurückkommt«, berichtete sie atemlos. »Ich musste quer durch die Stadt zu seinem Haus rennen, aber seine Missus ist richtig nett. Sie sagt, sie schickt ihn rüber, sowie er da ist.«

Diese Neuigkeit musste Velda erst verdauen, doch dann war ihr klar, dass sie nichts tun konnte. Zumindest hat der Schmerz aufgehört, sagte sie sich, und wir sind nicht mehr mitten im Niemandsland. Hier hatte sie eine bessere Chance, ein lebendes Kind zur Welt zu bringen. Nun hatte sie lange genug herumgesessen, und Poppys Protesten zum Trotz stemmte sie sich hoch. »Es wird

Zeit, dass ich wieder an die Arbeit gehe«, erklärte sie. »Kann nicht hier rumsitzen, während so viel zu tun ist, und außerdem brauche ich ein bisschen Ablenkung.«

Declan, der den Bühnenvorhang aufgehängt hatte, kam zurück. »Du bleibst hier«, befahl er. »Du hast nichts anderes zu tun, als dich um dich selbst und das Baby zu kümmern.«

Velda erhob Einwände, aber selbst in ihren eigenen Ohren klangen sie nicht überzeugend, und als Declan nichts davon hören wollte, ließ sie sich erleichtert in die Kissen zurücksinken. Aber obwohl sie sich behaglich umhegt fühlte, sah sie mit wachsender Frustration zu, wie die Vorbereitungen für die Show getroffen wurden. Sie hätte sich bei den Requisiten und beim Auspacken der Kostüme nützlich machen, hätte den Vorhang mit aufhängen und die Bühne fegen sollen. Stattdessen lag sie hier, dick und träge wie eine wohlgenährte Katze.

Endlich war der Saal fertig. Die dick gepolsterten Stühle des Hotels waren zu ordentlichen Reihen aufgestellt, und der rote Samtvorhang, den sie hinter der Bühne in einem Schrank gefunden hatten, bot einen prachtvollen Anblick vor den weißen Wänden des Saales. Das Rampenlicht war ein Wunderwerk der Erfindungskunst: Es war an die Elektrizitätsversorgung des Hotels angeschlossen; der Strom kam von einem mächtigen Generator, der hinter dem Gebäude stand – viel moderner als die alten Gaslichter.

Als alles an seinem Platz war, wandten Declan und zwei andere Männer sich seinem speziellen Podest zu. Es war eine alte Kanzel, die sie in einer renovierten Landkirche gefunden und für ein Lied bekommen hatten: Declan hatte eine Solovorstellung gegeben und den entzückten Damen, die für die Kirchenkasse verantwortlich waren, seine Lieblingsarien vorgesungen, und mit Freuden hatten sie ihm dafür die Kanzel überlassen.

Das Möbel war mit Kapok aufgepolstert und mit tiefrotem Samt überzogen worden. Der Samt war mit einer dicken goldenen Kordel bestickt, und schwere Fransen schmückten die Seiten. Es wurde am Bühnenrand aufgestellt. Declan würde dort die einzelnen Nummern ankündigen und das Publikum mit seinen perfekt formulierten, verschlungenen Texten unterhalten.

Veldas Bangigkeit nahm zu, als von dem Arzt keine Nachricht eintraf. Aber sie konnte nichts tun, und als sie sich schließlich erheben und es sich hinter der Bühne in einem Korbsessel bequem machen durfte, lenkte sie sich damit ab, dass sie Streitigkeiten schlichtete, beim Schleifenbinden half und zusammen mit ihrer Freundin Poppy für Frieden sorgte.

Die Nacht im Outback brach schnell herein. Das Licht wurde eingeschaltet, und die Aufregung wuchs, als die ersten Zuschauer ihre Plätze einnahmen. Das Orchester war klein, aber gut, und schon bald klatschte das Publikum zu seinen Lieblingsliedern, gespielt von Akkordeon, Trommel, Klavier und Violine.

Velda hatte in der Garderobe geholfen, so gut es ging. Es war drangvoll eng dort, denn viele Leute mussten sich hineinzwängen. Sie hatte zerbrochene Fächer repariert, Strümpfe gestopft, Streitereien zwischen den Mädchen geschlichtet und allgemein für Ordnung gesorgt. Nun war sie müde, und der Schmerz war wieder da; in erbarmungslosen Wellen durchströmte er sie und war schier überwältigend. Aber sie wusste, sie durfte sich von niemandem anmerken lassen, wie schlimm es war. Die Vorführung musste weitergehen, und die Akteure durften nicht abgelenkt werden. Wenn es zum Schlimmsten kommen sollte, würde sie hinausschlüpfen und im Hotel Hilfe suchen. Poppy hatte ihr versichert, der Arzt sei unterwegs.

Das aufgeregte Gemurmel schwoll an, als die Lichter ausgingen und der Vorhang sich öffnete und Poppy und die fünf anderen Mädchen die Beine in die Höhe schwangen. Der Rest der Truppe wartete hinter den Kulissen. Die Show hatte begonnen.

Jetzt war Velda allein in der Garderobe. Sie lauschte der Musik und dem Stampfen der Tänzerinnen auf den Brettern der Bühne.

Sie roch den Staub des Saales, den stechenden Geruch von Kampfer, die Fettschminke und das Parfüm der Frauen im Publikum. Ihr scharfes Gehör vernahm eine schräge Note des Geigers, den verpassten Einsatz einer Chorsängerin, der zwei Takte früher hätte kommen müssen, und das Rattern des Deckenventilators, der eher wirkungslos in der schwülen Luft rührte.

Declans Stimme hallte unter den Deckenbalken, als er seinen Monolog aus dem *Schottischen Stück* deklamierte, und Velda sank in den Korbsessel zurück und schnappte vor Schmerzen nach Luft. Die Schraubzwinge wurde immer fester und nahm ihr den Atem. Sie stürzte in eine Leere, in der kein Laut zu hören und nichts zu sehen oder zu empfinden war als reine Qual.

Ihre Angst wurde abgrundtief. Sie hätte schon eher ins Hotel gehen und um Hilfe bitten, sie hätte auf die Warnungen ihres Körpers hören und ihr ungeborenes Kind nicht um einer Vorstellung willen in Gefahr bringen sollen. Sie wollte jemanden rufen, aber das Publikum lachte und klatschte, und ihre Stimme ging im Lärm unter. Sie atmete flach und stoßweise. Mühsam erhob sie sich aus dem Sessel und schleppte sich aus der stickigen Garderobe in den schmalen Korridor, der zur Bühne führte. Wenn ich noch jemanden auf mich aufmerksam machen kann, wird alles gut werden, sagte sie sich. Wenn nicht, würde sie versuchen müssen, im Hotel Hilfe zu finden. Hoffentlich würde sie es noch rechtzeitig schaffen.

»Zu dumm«, keuchte sie. »Zu dumm, dass ich nicht früher Hilfe geholt habe.«

Die Mädchen traten von der Bühne ab und hätten Velda beinahe umgerannt. »Velda?« Poppy packte sie beim Arm und hielt sie mit knapper Not aufrecht.

»Es hat angefangen«, ächzte Velda. »Hol Hilfe, schnell!«

Poppy übernahm das Ruder, wie sie es in Augenblicken der Krise immer tat. Sie war ein vernünftiges Mädchen von geringem Talent, besaß jedoch ein hinreißendes Aussehen, eine prächtige

Figur und ein gutes Herz. Sie funkelte die anderen fünf Mädchen an und erteilte ihnen in scharfem Flüsterton Anweisungen. Eine lief hinaus in die Dunkelheit, während die anderen Velda zurück in die Garderobe führten. Auf dem Fußboden bereiteten sie ein notdürftiges Lager aus alten Vorhängen, Kissen und geklauten Laken, die Poppy in ihrem Kostümkorb versteckt hatte.

Velda wusste, dass Poppy die Erwerbsnatur einer Elster hatte, aber es kümmerte sie jetzt nicht, woher die Laken stammten. Der Schmerz kam in Wellen. Die Fruchtblase war geplatzt, und sie wusste, dass das Kind nicht mehr auf sich warten lassen würde. Schwitzend und angespannt horchte sie auf die Ankunft des Arztes, und sie hörte, wie Declan draußen Max und seinen kleinen Hund ankündigte. Der Klang seiner Stimme beruhigte sie ein bisschen, und sie bemühte sich, ihre Schreie zu dämpfen, damit sie die Vorstellung nicht störte. Ich werde es schaffen, sagte sie sich immer wieder. Ich werde es ohne ihn schaffen.

»Wo bleibt der Arzt?«, keuchte sie und umklammerte Poppys Hand.

»Immer noch auf dem Land unterwegs.« Poppys sonst so fröhliches Gesicht war ernst und besorgt. »Bloß gut, dass ich meiner Mum bei all ihren Bälgern geholfen hab. Jetzt weiß ich, was man tun muss. Na los, Velda! Sag mir, wenn du für das Finale bereit bist, und wir werden diesen kleinen Scheißer im Handumdrehen auf die Welt bringen.«

Velda sammelte die letzten Kräfte, und mit einem machtvollen Aufbäumen fühlte sie, wie das Kind aus ihr hinausglitt. Sie sank auf ihr Lager zurück und hatte nur einen einzigen Gedanken. »Atmet es?«, fragte sie, als Poppy die Nabelschnur durchschnitt und rasch in ein Handtuch hüllte.

Wie zur Antwort stieß das Baby einen kraftvollen Schrei aus, fuchtelte mit den Fäusten und strampelte mit den pummeligen Beinchen, erbost über die grobe Störung. Der Protest verstummte nicht, als Poppy das Kind wusch und abtrocknete.

Heiße Tränen brannten auf Veldas Wangen, als sie die Arme nach dem Kind ausstreckte. Angst und Schmerzen waren vergessen; sie hielt das zappelnde, protestierende kleine Wesen im Arm, und eine Woge von unbeschreiblichen Empfindungen durchströmte sie, als sie es betrachtete.

Polternde Schritte im Gang kündigten Declans Ankunft an. »Ich habe ein Baby schreien gehört.« Er fiel auf die Knie und schlang die Arme um seine Frau und sein Kind. »Liebste, warum hast du es mir nicht gesagt?«

»Damit ich die Vorstellung störe?« Sie lachte. »Niemals – wir haben eine Tradition zu wahren, weißt du das nicht?«

Declan nahm ihr sanft das Baby ab. »Dann soll die Tradition aber auch angemessen gewahrt werden.« Tränen funkelten in seinen Augen und liefen ihm über die Wangen.

Velda wusste, was er vorhatte, und rappelte sich mühsam hoch. Sie wehrte den Protest der Mädchen ab, nahm seinen Arm und stützte sich schwer auf ihn. Zusammen kehrten sie in die Kulissen zurück. Sie nickte ihm aufmunternd zu, lehnte sich an die massive alte Wand des Theatersaals und sah zu, wie Declan auf die Bühne hinaustrat. Es gibt keinen Zweifel, dachte sie: Ich gehöre zu diesem Mann – und jetzt sind wir vollständig.

»Ladys und Gentlemen«, dröhnte Declan im Schein des Rampenlichts und hielt das eingewickelte Baby in die Höhe, um es dem Publikum zu zeigen. »Ich präsentiere Ihnen Catriona Summers, den neuen Star von Summers' Music Hall.«

ZWEI

*K*itty! Wirst du dich jetzt beeilen, Kind? Wir brechen auf.«
Catriona fuhr aus ihrem Tagtraum auf und sah ihre Mutter
blinzelnd an. Sie war so tief in die Schönheit der Umgebung versunken gewesen, dass sie nichts anderes wahrgenom-
men hatte. »Müssen wir denn weg, Mam?«, fragte sie. »Es gefällt
mir hier.«

Velda Summers umarmte sie kurz. Schlanke Arme und ein
blumiger Parfümduft umhüllten sie. »Ich weiß, *acushla*, aber wir
müssen weiter.« Sie hielt Catriona mit ausgestreckten Armen von
sich und lächelte. »Wir werden wieder herkommen, Kitty. Aber
du weißt doch, wie es ist.«

Catriona seufzte. Sie war während der Vorstellung in der staubigen Garderobe eines ländlichen Theaters zur Welt gekommen.
Ihre Wiege war ein Kostümkorb gewesen, ihr Zuhause ein bunt
verzierter Pferdewagen, und ihr Leben – zehn lange Jahre – hatte
sie auf den Lehmpisten verbracht, die sich kreuz und quer durch
die Weiten des australischen Outback zogen.

Eine neue Stadt bedeutete eine neue Vorstellung – ein endloser
Kreislauf des Reisens, des Einstudierens, der Kostümproben –,
und für die Städter war sie eine Außenseiterin, eine Zigeunerin.
Ihre Freunde waren die Männer und Frauen der Truppe, und ihre
Schulausbildung besorgte ihr Dad, der sie viele Seiten Shakespeare
auswendig lernen ließ, in der Erwartung, dass sie diese einmal auf
der Bühne vortragen würde, sowie sie alt genug war.

Von Geburt an war sie vertraut mit dem Geruch von Fettschminke, Schweiß und mit dem fahrenden Leben, aber hin und wieder sehnte sie sich nach Frieden und Ruhe und der Gelegenheit, einmal mehr als ein paar Tage ohne den Lärm von Showgirls und Artisten an einem Ort zu verbringen. Der Gedanke an eine Schule und an Freundinnen in ihrem Alter war verlockend, aber sie wusste, es war nur ein Traum, denn ihre Eltern hatten ihr oft erklärt, Leuten wie ihnen sei es nicht bestimmt, ein alltägliches Leben zu führen. Sie war ein Star der Bühne und stand zwangsläufig abseits der normalen Sterblichen.

Catriona schaute in die veilchenblauen Augen mit den dichten schwarzen Wimpern und wünschte, sie könnte ihrer Mutter anvertrauen, was sie dachte. Doch sie wusste, Velda würde solche Gedanken als kindliche Tagträume abtun, als den Wunsch nach etwas Unerlebtem, der nur Enttäuschung bringen würde, wenn er sich plötzlich verwirklichte. »Wann kommen wir denn wieder her?«, fragte sie.

Velda zuckte mit den Schultern. »Bald«, sagte sie, aber sie war mit den Gedanken offensichtlich woanders. Sie nahm Catriona bei der Hand. »Jetzt komm, sonst fahren die Wagen noch ohne uns ab.«

Catriona trat zur Seite und wich der ausgestreckten Hand aus. Sie wollte einen letzten Blick auf die kleine Farm werfen, die sich in das Tal schmiegte. Von Eukalyptusbäumen geschützt und umgeben von Außengebäuden, wirkte sie behaglich und einladend – wie ein echtes Zuhause.

Die hohen Berggipfel der Great Dividing Range erschienen als violetter Streifen am Horizont, der Himmel war klar, und auf ihrem Felsvorsprung oberhalb des Tals hörte Catriona das Rauschen des nahen Wasserfalls. Pferde und Rinder weideten im hohen gelben Gras unter ihr, und die weißen Zäune strahlten hell im Sonnenlicht. Aus dem Kamin stieg Rauch auf, Wäsche wehte an einer Leine im Wind. Catriona atmete tief durch, kämpfte die

Tränen nieder und gelobte sich, eines Tages wieder herzukommen und nie mehr fortzugehen.

Widerstrebend wandte sie sich ab und folgte ihrer Mutter über den steinigen Boden und zwischen den Büschen hindurch zu der Lichtung, auf der sie am Abend zuvor ihr Lager aufgeschlagen hatten. Sie verbarg ihre Enttäuschung und half ihrer Mutter rasch, den Rest ihrer Habe in den Wagen zu laden.

Declan Summers hatte Jupiter, das stattliche Zugpferd, schon vor den Wagen gestellt, und das schwarze Haar fiel ihm in die Augen, während er die dicken Ledergurte festschnallte. »Kitty, mein Schatz«, dröhnte er, »ich dachte schon, du hättest uns verlassen.«

Lachend hob sie den letzten Korb auf den Wagen. »Noch nicht, Dad«, antwortete sie.

Er ging zu ihr herüber, legte ihr einen Arm um die Schultern und drückte sie an sich. »Ich bin froh, dass dieser Tag noch auf sich warten lässt«, erklärte er und drückte ihr einen Kuss auf den Scheitel. »Was sollte ich ohne mein bestes Mädchen anfangen?«

Lächelnd vergrub Catriona das Gesicht an seinem Hemd und atmete den wunderbaren Duft ihres Vaters ein: scharfe Seife, Tabakrauch und Haaröl – die Essenz des Mannes, den sie anbetete. Ihre Eltern waren traurig darüber, aber sie war in diesem Augenblick froh, dass sie keine Geschwister hatte.

Declan ließ seine Tochter wieder los, wandte sich den anderen Mitgliedern der fahrenden Truppe zu und trat in die Mitte des Lagerplatzes. »Auf nun, lasst zur Tat uns schreiten«, rief er, »frisch entgegen dem Geschick: neues Streben, neue Zeiten.«

Catriona klang das Longfellow-Zitat, das ihr Vater so liebte, nur allzu vertraut in den Ohren; obwohl er es jedes Mal rief, wenn sie zu einer neuen Stadt aufbrachen, weckte seine Stimme jedes Mal ein neues Kribbeln der Erregung in ihr, weckte die Lust am Abenteuer ihres Lebens und ließ die Sehnsucht nach Sesshaftigkeit für einen Augenblick verstummen.

Es waren jetzt nur noch vier Wagen, und Catriona saß mit ihren Eltern auf dem Bock des vorderen, als die Prozession langsam vom Lagerplatz rollte. Die Truppe war ihre Familie – eine sich stets wandelnde, inzwischen geschrumpfte Familie von Männern und Frauen, welche die Leidenschaft ihres Vaters für die Bühne teilten: Jongleure, Musiker, Sänger, Tänzerinnen, Feuerschlucker und Akrobaten –, allesamt bereit, in vielfältigen Rollen aufzutreten und ihre verschiedenen Talente leuchten zu lassen.

Catriona richtete sich auf die Reise ein. Der Stolz auf ihre Familie erwärmte ihr Herz. Dad konnte singen und rezitieren und das Publikum mit seinen komplizierten und geschickt aufgebauten Einführungen zu jedem Akt in neue Begeisterung versetzen. Mam war Sopranistin und der eigentliche Star der Show und die Einzige, die nicht im Chor mitsingen oder dem Magier assistieren musste.

Catriona hatte schon früh gelernt, dass man von ihr erwartete, sich an der Unterhaltung des Publikums zu beteiligen, und auch wenn ihr bei dem Gedanken, auf die Bühne zu treten, manchmal übel wurde, hatte sie die Tänze gelernt, die Poppy ihr beigebracht hatte. Nach langem Üben konnte sie inzwischen auch dem alten Klavier, das auf den hintersten Wagen geschnallt war, ein paar anständige Töne entlocken. Aber am liebsten sang sie zu den Schallplatten, die sie auf dem alten Aufziehgrammophon abspielte; zwar stammten die meisten Lieder aus Opern und wurden in fremden Sprachen gesungen, aber Mam hatte ihr viel von den Geschichten erzählt, die sich dahinter verbargen, und so verstand Catriona die Leidenschaft, die darin glühte. Sie hatte den brennenden Ehrgeiz, in die Fußstapfen ihrer Mutter zu treten und einmal als Sopransängerin die Hauptrolle auf der Bühne zu spielen.

Ihre Gedanken schweiften umher, und sie gähnte, während der Wagen sie rumpelnd und schwankend weiter ins Hinterland trug. Sie hatte in der vergangenen Nacht nicht viel geschlafen;

ein hitziger Disput über die Frage, ob man die Pferdefuhrwerke nicht durch motorgetriebene Lastwagen ersetzen sollte, hatte sie wach gehalten. Man schrieb das Jahr 1931, und auch wenn die Zeiten wegen der Weltwirtschaftskrise schwerer denn je waren, erschien die Truppe allmählich rückständig, und nach Ansicht ihres Vaters gerieten sie in Gefahr, für einfache Zirkusleute gehalten zu werden – für eine ganz andere Klasse von Unterhaltungskünstlern also.

Der Streit hatte bis tief in die Nacht hinein am Lagerfeuer getobt, und Catriona, zusammengerollt unter ihren Decken hinten im Wagen, fand die Argumente beider Seiten einleuchtend. Mit Lastwagen würden sie schneller vorankommen, aber die wären auch teurer als Pferde. Die althergebrachte Art hatte zwar ihren Charme, die Unbequemlichkeiten, die sie jetzt ertragen mussten, würden jedoch weiterhin bestehen, denn sie würden sich auch in Zukunft nicht leisten können, woanders zu schlafen als in ihren Zelten.

In einer so eng verwobenen Gemeinschaft gab es wenige Geheimnisse, und Catriona wusste, dass die Einnahmen sanken, das Programm schal wurde und die Truppe von Woche zu Woche weiter zu schrumpfen drohte, weil immer wieder ein Künstler ausschied, um sein Glück woanders zu versuchen. Es wurde immer schwieriger, auch nur den kleinsten Saal zu füllen, denn die Leute hatten einfach kein Geld mehr für diese Art von Unterhaltung. Auch so machte sich die Wirtschaftskrise bemerkbar.

Ein Ruck ging durch den Wagen und riss Catriona zurück in die Gegenwart. Sie sah sich um und hoffte einen letzten Blick auf das magische Tal werfen zu können. Aber es war hinter den Bäumen und dem felsigen Hang verschwunden, und so blieben ihr nur die lebenssprühenden Bilder im Kopf, um den Traum vom Zurückkehren lebendig zu halten.

Am folgenden Nachmittag erreichten sie Lightning Ridge, wo sie ihr Lager auf einer Lichtung aufschlugen. Hier gab es kein

Theater, deshalb würde die morgige Vorstellung im Freien stattfinden. Aber sie rechneten nicht damit, dass sie besonders einträglich sein würde, denn unterwegs hatten sie erfahren, dass die Opalschürfer arme Leute waren, die den Druck der Krise genauso spürten wie alle anderen.

Lightning Ridge war eine isolierte Siedlung aus behelfsmäßigen Behausungen, zusammengezimmert aus Segeltuchplanen, alten Petroleumkanistern und anderem Material, das sich hier zusammensuchen ließ. Maultiere, Pferde und seltsam zusammengewürfelte Wagen umgaben jeden der tiefen Schächte der Opalsucher. Überall sah man Müllhaufen, und das Kreischen rostiger Räder und Winden, die Erde und Quarz aus dem Boden förderten, erfüllte die ganze Umgebung. Es war eine Männerwelt voller Hoffnungen und zerplatzter Träume – eine Welt der misstrauischen Blicke und mürrischer Gesichter, die schweigend beobachteten, wie die Truppe sich in einigem Abstand vom Abbaugebiet niederließ.

Catriona half bei den Pferden, ehe sie sich daranmachte, die Kostüme auszupacken und die neueste Gesangs- und Tanznummer zu proben, die Poppy sich für sie ausgedacht hatte. Ein seltsamer Ort, dieses Lightning Ridge, dachte sie, während sie die vertrauten Schritte absolvierte und sich um Konzentration bemühte. Es roch auch komisch hier, aber Dad hatte gesagt, das komme von den Schwefeltümpeln, die so grün und geheimnisvoll zwischen den Eisenerzfelsen schillerten. Wasserläufe gab es hier nicht, keinen Billabong und keinen Bach, nur Gestrüpp und nacktes Felsgestein mit harten Grasbüscheln, die in Spalten und Ritzen ihr Leben fristeten. Aber wenn sie an Poppy vorbei über das Tal hinausschaute, sah Catriona leeres Grasland, das sich meilenweit erstreckte, und Blumen, die das sanfte Grün einzelner Baumgruppen und das dunkle Rot der Erde mit bunten Farbtupfern bereicherten.

»Kitty, achte auf deine Füße!«, ermahnte Poppy sie ungeduldig. »Das ist jetzt das dritte Mal, dass du einen falschen Schritt machst.«

Catriona hatte das Proben satt. Sie kannte die Schritte und würde beim Auftritt schon alles richtig machen. Jetzt wollte sie lieber frei sein – zwischen den Felsen umherlaufen und die Schwefeltümpel erkunden. Sie verschränkte die Arme und zog einen Schmollmund. »Ich hab keine Lust mehr.«

Poppy schob sich das Haar hinter die Ohren. Der üppige, wasserstoffblonde Schopf war vor kurzem zu einem modischen Bubikopf geschnitten worden, wellig gelockt und mit einem Pony, der ihr in die Augen fiel. Sie seufzte. »Kommt wahrscheinlich auch nicht weiter drauf an. Das hier ist ja nicht gerade das Windmill Theatre.«

Catriona hörte zu gern von den Londoner Theatern, und sie wusste, wie leicht es war, Poppy abzulenken. »Hast du da mal getanzt?«, fragte sie und hörte auf, so zu tun, als probe sie. Sie hockte sich auf einen Felsen und trank einen Schluck aus dem Wasserschlauch. Bei dem ledrigen Geschmack verzog sie den Mund.

Poppy lächelte und wischte sich den Schweiß aus dem Gesicht. »Natürlich.« Sie setzte sich neben Catriona und nahm auch einen Schluck aus dem Schlauch. »Aber bloß einmal. Der Manager hat rausgefunden, dass ich ihn mit meinem Alter belogen hatte.« Jetzt grinste sie breit. »Ich war schon damals ein großes Mädchen, wenn du weißt, was ich meine.« Sie legte die Hände unter ihren üppigen Busen und ließ ihn hin und her wippen. »Aber jemand hat's ihm gesteckt, dass ich erst fünfzehn war, und da hat er mich gefeuert.« Sie verzog das Gesicht. »Die hatten da ihre Vorschriften, weißt du, und ich sollte in der Schule sein und nicht im Schlüpfer vor einer Bande von Männern herumhopsen.«

Catriona machte große Augen. »Im Schlüpfer?«, wiederholte sie. »Heißt das, du hattest nichts an?«

Poppy warf den Kopf in den Nacken und lachte. »Ganz recht, Küken. Nackt wie ein Babypopo – na ja, obenrum jedenfalls. Nur ein paar Federn und Pailletten zwischen mir und einer Lungenentzündung. Du kannst dir nicht vorstellen, wie kalt es in diesen

Garderoben war. Und gezogen hat's auf der Bühne – pfiff dir regelrecht in den …« Anscheinend wurde ihr klar, wie jung ihre Zuhörerin war, und sie brach ab. »Waren gute Zeiten«, murmelte sie dann.

Catriona versuchte sich Poppy in Federboa und Schlüpfer vorzustellen, wie sie auf einer großen Bühne herumtanzte. Sie biss sich auf die Lippe und unterdrückte ein Kichern – denn das war doch sicher nur eine von Poppys verrückten Geschichten. »Du bereust es doch nicht, dass du hergekommen bist, oder, Poppy?«

»Ich bin zweiunddreißig, Schätzchen. Natürlich bereue ich so manches, und dieses verdammte Land ist zu groß und zu leer für ein Mädel wie mich.« Sie schaute sich um, und dann sah sie Catriona an und seufzte. »Ich glaube, es wird bald Zeit für mich, in die Großstadt zurückzugehen, Schätzchen. Ich werde ein bisschen zu alt für das alles hier.« Mit einer Bewegung ihres schlanken Arms umfasste sie die ganze einsame Gegend. »Ich werde die Welt nicht mehr in Aufruhr versetzen. Und wenn ich nicht aufpasse, bin ich irgendwann zu alt, um noch einen Mann zu finden und Kinder zu kriegen.«

Catriona fühlte einen Kloß in der Kehle. Poppy war ein Teil ihres Lebens – sie hatte ihr auf die Welt geholfen, war ihre beste Freundin und zugleich eine zweite Mutter für sie geworden. Der Gedanke, sie könne fortgehen, war unerträglich. »Du willst doch nicht wirklich weg, oder, Poppy?«, fragte sie kläglich.

Mit abwesendem Blick schaute Poppy hinaus über das weite Land. »Wir müssen alle mal schwierige Entscheidungen treffen, Schätzchen, und hier draußen werde ich meinen Märchenprinzen nicht finden.« Poppy nahm Catriona in den Arm. »Keine Sorge, Herzchen. Wenn ich gehe, sag ich's dir vorher.«

Catriona schmiegte sich in die warme Umarmung. Sie hatte Poppy so lieb, und ein Leben ohne sie konnte sie sich nicht vorstellen. »Ich will nicht, dass du weggehst«, sagte sie leise. »Ich lass dich nicht.«

Poppy schob sie von sich und sah ihr tief in die Augen. »Ich brauche mehr als das hier, Kitty«, sagte sie sanft. »Ich will ein Zuhause, einen Mann und Kinder.« Sie lachte, und es klang wie ein raues Husten. »Und das krieg ich alles nicht, wenn ich in einem verdammten Pferdewagen durch die Wüste zigeunere.«

Catriona lief es kalt über den Rücken. Poppy redete, als sei es ihr wirklich ernst. »Aber wo willst du denn hin? Was fängst du ohne uns an?«

Poppy stand auf und strich über das dünne Baumwollkleid, das ihr kaum bis zu den Knien reichte. »Ich schlag mich schon durch.« Sie seufzte. »Ich hab mich durchgeschlagen, seit ich so alt war wie du. Also brauchst du dir um mich keine Sorgen zu machen.« Sie streckte die Hand aus und zog Catriona auf die Beine. »Und jetzt noch einmal geprobt, bevor dein Dad auftaucht und uns beide in der Luft zerreißt, weil wir hier die Zeit verplempern. Komm.«

Catriona bemerkte eine ganz neue Zielstrebigkeit in Poppys Gang, eine neue Entschlossenheit, als sie die Nummer noch einmal probten, und im Laufe des Tages sah sie allmählich ein, dass Poppy das Recht hatte, selbst zu entscheiden, wie sie ihr Leben leben wollte. Es wäre selbstsüchtig zu verlangen, dass sie blieb. Aber es war schwer vorstellbar, dass sie woanders sein sollte – und schwer, sich mit der Tatsache abzufinden, dass ihre Familie zusehends kleiner wurde.

Declan kehrte aus dem Schürfercamp zurück, wo er die Flugblätter verteilt hatte. Ein Fremder war bei ihm, ein großer, blonder Mann mit einem Zylinder und einem Gehstock mit silbernem Knauf. Auf seinem gut aussehenden Gesicht lag ein freundliches Lächeln, als er der Truppe vorgestellt wurde.

»Das ist Francis Kane«, verkündete Declan. »Er wird uns zeigen, wo wir Trinkwasser finden.«

»Guten Tag, Freunde der Landstraße.« Schwungvoll nahm er den Hut ab und wandte sich Velda zu. »Francis Albert Kane, zu

Ihren Diensten, Gnädigste.« Er beugte sich tief über ihre Hand und küsste die Luft über ihren Fingern.

»Kane ist Schauspieler«, erklärte Declan der Runde.

»Leider, mein Bester, hat mich in dieser wenig heilsamen Umgebung das Fieber des Opals gepackt, und meine Karriere ist ins Stocken geraten.« Er setzte den eleganten Zylinder wieder auf sein Blondhaar. »Wie sehr sehne ich mich nach der Rückkehr auf die Bretter, die die Welt bedeuten!«

»Wenn Sie gegen harte Arbeit, einfaches Essen und schlechte Bezahlung nichts einzuwenden haben, sind Sie bei uns willkommen«, sagte Declan.

»Mein Bester.« Kane presste beide Hände an sein Herz – lange genug, um sicherzugehen, dass er im Kreis der anderen Schauspieler die Hauptrolle spielte. »Es wäre mir eine Ehre.«

Catriona beobachtete ihn. Seine Gesten waren blumig und übertrieben enthusiastisch, und er sprach mit einem Akzent, den sie noch nie gehört hatte. Es klang, als habe er eine heiße Kartoffel im Mund.

Poppy schien ihre Gedanken zu lesen; sie lehnte sich zu ihr herüber und tuschelte hinter vorgehaltener Hand: »Er ist 'n Brite. 'n stinkfeiner noch dazu, wenn ich mich nicht irre.«

Catriona kicherte. »Er ist komisch.«

Poppy betrachtete den Neuankömmling nachdenklich. »Aber irgendwas stimmt nicht mit ihm. Was macht ein Kerl wie der hier draußen?« Sie schüttelte den Kopf. »Schätze, man muss ihn im Auge behalten. Das steht fest.«

Catriona zuckte die Achseln. Poppy war immer misstrauisch, wenn jemand Neues zur Truppe kam. Es gefiel ihr, wie dieser Mann alle zum Lachen brachte. »Wenn er Dad gefällt, genügt mir das«, sagte sie.

Poppy zuckte die Achseln. »Mag sein, dass er redet wie ein Schauspieler. Aber ich kenne keinen, der sich so anzieht – schon gar nicht hier draußen.«

Catriona verzog das Gesicht. Die Unterhaltung langweilte sie. »Dad muss es wissen. Ich gehe ein bisschen spazieren«, sagte sie. »Bis nachher.«

Sie kletterte den steilen Hang ins Tal hinunter und fing an, im Gestrüpp unter den schlanken Bäumen nach Beeren zu suchen. Entzückt sah sie dabei den bunten Vögeln zu, die unter lautem Gekreisch im Geäst umherflatterten und sich um die Plätze balgten. Sie erinnerten sie an Poppy und die anderen Tanzmädchen, die sich einen Wagen teilten, denn die trugen ihr buntes Gefieder gleichfalls auch dann, wenn sie nicht auf der Bühne standen, und hörten nie auf zu zwitschern und zu zanken.

Sie trug ihre Beeren ins Lager zurück und half mit, das Gemüse zu putzen, bevor es in den großen Topf mit Ziegenragout geworfen wurde, der über dem Lagerfeuer köchelte. Zusammen mit den Broten und den Kartoffeln, die langsam in der Asche buken, würde daraus ein gutes Abendessen werden. Wilde Ziegen gab es in dieser Gegend im Überfluss, und der Bänkelsänger hatte drei gefangen. Die beiden anderen hingen gehäutet und eingesalzen hinten in seinem Wagen.

Dad war immer noch irgendwo mit Mr Kane unterwegs, und Mam hatte sich hingesetzt, um ein paar Sachen zu flicken, solange es noch hell genug war. Die Pferde weideten im spärlichen Gras unter den welken Bäumen. Es war seltsam still im Lager. Die meisten bereiteten sich auf die Vorstellung des nächsten Tages vor. Sogar Poppy und die Mädchen waren damit beschäftigt, ihre Kostüme in Ordnung zu bringen, und ausnahmsweise plauderten sie mit gedämpften Stimmen. Eine Atmosphäre der Hoffnungslosigkeit hatte sich breit gemacht.

Catriona, als Einzelkind aufgewachsen unter Erwachsenen, die sie wie ihresgleichen behandelten, empfand selten das Verlangen nach der Gesellschaft anderer Kinder. Sie lernte schnell, und sie war eine Leseratte und eine Tagträumerin. Ihre beste Freundin war Poppy, obwohl sie so alt wie ihre Mutter war, und in langen, leisen Unterhaltungen im Wagen hatte sie von ihr eine Menge über das Leben gelernt, manches davon überraschend, manches schockierend, aber immer so humorvoll vorgetragen, dass Catriona nur darüber lachen und annehmen konnte, es seien lauter wilde Geschichten. Aber am liebsten war Catriona mit sich selbst allein, und da sie alle anderen beschäftigt sah, beschloss sie, sich eine Decke und ihr Buch zu holen und sich ein geschütztes, einsames Plätzchen zu suchen, wo sie in Ruhe lesen könnte.

Sie verließ das Camp und fand bald eine ruhige Stelle unter einem ausladenden Baum, wo niemand sie sehen konnte. Sie zog sich bis auf die Unterhose aus, legte sich auf die Decke und beobachtete, wie das getüpfelte Sonnenlicht auf ihrem nackten Oberkörper spielte. Ein Windhauch strich durch ihr Versteck, und es war wunderbar kühl nach der Hitze des langen Tages. Sie räkelte sich und gähnte voller Behagen. Jetzt wusste sie, wie eine Katze sich fühlte, wenn sie zufrieden war.

Ihre Phantasie bekam Flügel. Wenn dies Wasser wäre, wäre sie jetzt eine Meerjungfrau mit einem langen silbrigen Schwanz, mit dem sie sich in die dunklen, grünen, kühlen Tiefen des Ozeans schlängelte. Den Ozean kannte sie aus Büchern, und ihr Dad hatte ihr erzählt, wie es dort war, sodass sie ihn sich vorstellen konnte.

Plötzlich spürte sie, dass sie nicht mehr allein war. Sie schrak aus ihren Träumen auf.

Die Silhouette eines Mannes ragte über den Abhang; die Sonne beschien ihn von hinten, sodass sie sein Gesicht nicht erkennen konnte. Aber die Silhouette war ihr nicht vertraut, und ein Frösteln überkam sie.

Instinktiv setzte sie sich auf und schlang die Arme um die Knie. »Wer sind Sie?«, fragte sie und blinzelte in die Sonne. »Und was machen Sie hier?«

»Mein Name ist Francis Albert Kane.« Es waren die gleichen vollen, runden Töne, die sie schon im Lager gehört hatte. »Schauspieler und Raconteur der englischen Bühne, zu Ihren Diensten, *mademoiselle*.« Er verneigte sich und schwenkte seinen Zylinder mit der gleichen ausladenden Geste wie kurz zuvor.

Trotz seines freundlichen Auftretens war ihr unbehaglich zumute. Das jahrelange An- und Ausziehen vor den anderen hatte ihre Schüchternheit vertrieben, doch in letzter Zeit spürte sie, dass sich ihr Körper veränderte – und jetzt errötete sie, weil sie nackt vor diesem Fremden saß. »Drehen Sie sich um, damit ich mich anziehen kann«, befahl sie.

Er hob das Baumwollkleid auf und reichte es ihr, bevor er sich abwandte und die Gegend betrachtete. »Eil dich, Nymphe, und bring mit dir Scherz und jugendlichen Schabernack.«

Catriona behielt seinen Rücken im Auge, während sie sich hastig ihr Kleid überstreifte. Kane war so groß wie ihr Vater und vermutlich im selben Alter. Aber mit seinem offenkundigen Bedürfnis, bei jeder Gelegenheit Lyrik zu zitieren, und seiner theatralischen Sprechweise war die Ähnlichkeit auch schon zu Ende. Sie stand auf, trat zu ihm und schaute ihm ins Gesicht. Er war blond und blauäugig und hatte einen adretten Schnauzer und einen Spitzbart. Sein Anzug sah neu aus, und seine Schuhe waren blank poliert. Poppy hatte Recht – es war eine merkwürdige Kleidung für einen Opalschürfer, selbst wenn er eigentlich Schauspieler war.

Er musterte sie gleichfalls, ohne sich anmerken zu lassen, was er dachte. »Adieu, ihr Freunde all, adieu. Ich kann nicht länger bleiben. Die Harfe häng ich an die Weiden; fahrt wohl, ich muss von hinnen scheiden.«

Sie blickte ihm nach, als er mit gereckten Schultern davonging, den Rücken aufrecht und gerade. Eine elegante Hand, die nicht viel harte Arbeit gekannt hatte, schwang den Spazierstock. Der Mann war ihr ein Rätsel – ein faszinierendes Rätsel. Doch es wäre nicht klug, ihm zu vertrauen, denn tatsächlich hatte Francis Albert Kane etwas Seltsames an sich.

Alles war bereit für die morgige Vorstellung. Alle im Lager waren zur Ruhe gegangen. Der Wagen war lang und ziemlich schmal, und das Bett, das jede Nacht vorn hergerichtet wurde, nahm fast die ganze Breite in Anspruch. Catriona schlief am anderen Ende auf einer Matratze, umgeben von Kostümkörben und Kisten. Unter dem Boden des Wagens war ein tiefes Staufach, in dem Requisiten und Kochutensilien untergebracht waren, und über ihnen, am hölzernen Dach, hingen Mousseline-Beutel mit Perücken und Masken, die schonend verpackt werden mussten.

Velda schmiegte sich an Declan; es war nachts kalt hier draußen in den Eisenerzbergen, und sie war dankbar für seine Wärme unter den Decken. Aber so müde sie auch war, sie konnte nicht schlafen. Sorgenvoll kreisten ihre Gedanken um die Zukunft, denn selbst die Ankunft einer so erhabenen Persönlichkeit wie Kane brachte keine Hoffnung. Ihr Leben wurde von zwei Seiten bedroht: Einerseits raubte die Wirtschaftskrise ihnen Kraft und Begeisterung und brachte sie langsam um, und andererseits war der Kintopp in die Welt gekommen und lieferte Komödie und Drama in Bildern, wie die Bühne sie nicht hervorbringen konnte. Die Music Hall wollte kaum noch jemand besuchen.

So lag Velda im Dunkeln, den Kopf auf Declans Arm gebettet, während seine Finger sanft über ihre Schulter strichen. Sie hatten endlos darüber diskutiert, welches der beste Weg für sie sein könnte, aber anscheinend gab es nur eine Antwort: Sie mussten das fahrende Leben aufgeben. Sie mussten versuchen, Arbeit in den Großstadttheatern zu finden – selbst wenn es bedeutete, ins Varieté zu gehen. Es schauderte sie bei dem bloßen Gedanken. Kein Künstler mit Selbstachtung würde sich so tief erniedrigen. Sie würde lieber die Straße fegen, als sich in die Gesellschaft von Stripperinnen und zweifelhaften Komikern zu begeben.

Wie immer konnte Declan ihre Gedanken lesen. »Wir werden einen Weg finden«, flüsterte er. »Vielleicht kommen mit Mr Kane wieder bessere Zeiten.«

Catrionas wegen, die am anderen Ende des Wagens schlief, flüsterte auch sie. »Mr Kane ist auf alle Fälle sehr unterhaltsam«, sagte sie. »Es ist lange her, dass wir so viel gelacht haben.«

Anscheinend spürte er den Zweifel in ihrer Stimme, denn er zog sie an sich und küsste sie auf die Stirn. »Er ist der geborene Raconteur. Ich weiß nicht, warum er die Bühne je verlassen hat.«

Velda zog sich die Decke unter das Kinn. Sie sah den Sternenhimmel durch einen Spalt im Vorhang am Ende des Wagens und hörte den Wind in den Bäumen. »Was hat er für eine Geschichte?«

Declan lachte leise. »Sie haben doch alle eine, oder?«

Er schwieg eine Weile, und Velda fragte sich, was er dachte. Viele der Männer und Frauen, die in den letzten elf Jahren mit ihnen gereist waren, hatten es getan, weil sie auf der Flucht vor irgendetwas oder vor jemandem waren. So mancher Artist und Künstler hatte ein Geheimnis; das war eine Tatsache, die akzeptiert und nicht hinterfragt wurde, solange jeder zeigte, dass er etwas wert war, und der Truppe keine Schande machte. Mit Kane war es anders. Velda wusste nicht, was sie mit ihm anfangen sollte.

»Wir haben uns lange unterhalten, als wir auf der Schaffarm waren, um Wasser zu holen. Natürlich ist er aus England – mit dem Akzent kann er nirgendwo anders herkommen.« Velda hörte seiner Stimme an, dass er lächelte. »Er ist vor ein paar Jahren mit einem Tournee-Ensemble herübergekommen, und als man ihm ein Engagement bei einer Theaterkompanie in Sydney angeboten hat, ist er hier geblieben. Er hat in den besten Theatern gearbeitet, der Glückspilz.«

»Und warum ist er dann in Lightning Ridge?«

Declan zuckte die Achseln. »Wie er gesagt hat – das Prospektorenfieber hat ihn befallen, und er hat beschlossen, sein Glück zu versuchen. Nach allem, was er sagt, war er beim Goldsuchen ziemlich erfolgreich, und so dachte er, er sollte es auch hier mal versuchen.«

»Und warum will er dann bei uns eintreten?« Velda ließ nicht locker. »Wenn er Geld hat, kann er doch in die Stadt zurückgehen.«

»Ich habe ihn nicht gefragt. Du kennst die Regeln, Velda. Jeder hat ein Recht auf sein Privatleben. Wir schnüffeln nicht.«

Velda war noch lange nicht zufrieden. »Poppy traut ihm nicht«, sagte sie. »Und ich auch nicht. Er ist keiner von uns.«

Declan stützte sich auf den Ellenbogen und sah sie an. »Er ist Schauspieler – er hat sogar die Theaterprogramme, die das beweisen. Aber das Beste an ihm ist, dass er Geld hat und nicht dauernd um Gage betteln wird.«

»Und du findest nicht, das klingt ein bisschen allzu glatt?«

Declan ließ den Kopf wieder auf das Kissen sinken, zog sich die Decke über die Ohren und drehte sich auf die Seite. »Uns kommt es im Augenblick sehr entgegen«, brummte er. »Sei nicht so misstrauisch, Velda! Der Mann hat ein Recht, sein Leben so zu leben, wie er will. Wir haben seine Motive nicht in Frage zu stellen.«

Velda war längst nicht zufrieden, aber sie beugte sich Declans Entscheidung. Vielleicht würde Kane sich ja tatsächlich als Segen erweisen. Aber ihr Instinkt sagte ihr etwas anderes.

Die Show sollte am Vormittag um elf beginnen. Als Bühne diente ein Viereck aus platt gestampfter Erde, und das Publikum würde auf Decken im Halbkreis davor sitzen. Segeltuchplanen und alte Samtvorhänge, die an Bäumen hingen, ersetzten die Kulissen. Declans Kanzel sah im hellen Sonnenlicht schäbig aus, und das alte Piano, das hinten auf einem Wagen stand, war verstimmt, aber das geschrumpfte Ensemble stand trotz der düsteren Stimmung kostümiert und geschminkt bereit zum Auftritt.

Die Zeit schlich dahin. Catriona bemerkte, dass ihr Vater ein Dutzend Mal auf die Uhr sah, ehe die ersten Zuschauer eintrudelten. Sie waren ein seltsamer Anblick, diese Männer, die hier draußen hausten: mager, fast ausgemergelt. In ihren zerlumpten Kleidern saßen der Schmutz und der Schweiß von der Arbeit in den tiefen Opalminen in den Erzbergen. Ihr Haar war lang und struppig, und ihre verfilzten Bärte hingen bis auf die Brust und schienen noch nie im Leben Wasser und Seife gesehen zu haben. Sie kamen allein oder zu zweit, zahlten mit argwöhnisch gesenktem Blick ihre Pennys und setzten sich.

»Verflucht und zugenäht«, brummte Poppy. »Ich hab schon Leichen gesehen, die lebendiger aussahen.«

»Dann, meine Liebe, müssen wir sie wieder beleben.« Kane lächelte und zwirbelte seinen Spazierstock. »Ich habe meinen Teil bereits getan, indem ich ihnen den letzten Rest meines Bieres verkauft habe. Also los, Mädels, zeigt ihnen, was ihr könnt.« Er warf einen Blick zu Declan hinüber, und der nickte dem Pianisten zu.

Beim ersten Ton rafften die drei Mädchen ihre Röcke hoch und tanzten mit wildem Jauchzen auf die Bühne, wo sie umeinander wirbelten und die Beine in die Höhe warfen.

Catriona beobachtete die Opalschürfer. Der Anblick der Mädchen hatte sie tatsächlich aus ihrem Stumpfsinn gerissen; einer oder zwei klatschten sogar grinsend den Takt. Kanes Biervorrat hatten sie bereits vertilgt, und das verstärkte ihre Begeisterung. Hoffentlich bleibt alles unter Kontrolle, dachte sie. Sie hatte schon einmal erlebt, was passieren konnte, wenn die Zuschauer betrunken waren, und sie war nicht versessen darauf, es noch einmal zu sehen. Damals war eine Prügelei ausgebrochen, und Dad hatte eingreifen und ein paar der Mädchen retten müssen.

Als das Ballett zu Ende war, kündigte Declan Max mit seinem kleinen Hund an. Es gab höhnisches Gejohle und Rufe nach den Mädchen. Max brach mitten in der Nummer ab und verließ die Bühne, und Jongleure und Akrobaten traten auf, aber die Zuschauer waren nicht zu beschwichtigen. Der Alkohol tat seine Wirkung, sie wollten den Bänkelsänger nicht sehen und Velda nicht hören; ihre Stimme ging in Pfiffen und Schreien und zotigen Kommentaren unter.

Velda ging von der Bühne und nahm Catriona bei der Hand. »Du wirst heute nicht auftreten«, sagte sie. »Kann sein, dass es unangenehm wird. Wenn Dad mit seinem Vortrag fertig ist, schickt er die Mädchen noch einmal hinaus. Wir sollen packen, und sobald sie fertig sind, werden wir abfahren.«

Catriona half ihrer Mutter, den Wagen zu beladen und Jupiter ins Geschirr zu führen. Velda verbarg die mageren Einnahmen in einer Blechdose und steckte sie zwischen die Kostüme, die sie schon eingepackt hatte. Dann kletterte sie auf den Bock und nahm die Zügel. »Du steigst hinten ein!«, befahl sie. »Und komm erst wieder heraus, wenn ich es dir sage.«

Catriona setzte sich in den Wagen und spähte durch den Spalt im Vorhang hinaus. Die Tänzerinnen waren wieder auf der Bühne, aber alle anderen bis auf Kane und Dad hatten unauffällig gepackt und waren zu ihren Wagen zurückgekehrt. Dads Kanzel wurde eben auf einen der Wagen gewuchtet; zwei Männer plagten sich vor Hitze und Anstrengung schwitzend mit der Last, während die Mädchen ihren Auftritt in die Länge zogen, um Zeit zu schinden. Ihre Füße wirbelten den Staub auf, und sie schwenkten ihre Röcke hoch genug, um den Prospektoren einen Blick auf wohlgeformte Schenkel und Waden zu bieten. Pfiffe und Jubelrufe feuerten sie an, und Poppy warf Declan bange Blicke zu und wartete auf sein Zeichen, die Bühne zu verlassen und zu flüchten.

Declan schaute sich um. Alles war bereit. Er nickte Kane zu, und die beiden Männer gingen auf die primitive Bühne zu. Auf dieses Signal hatten die Mädchen gewartet; eilig verzogen sie sich in die Wagen. Declan versuchte, die Ordnung wiederherzustellen, aber die Stimmung wurde unangenehm: Die Opalschürfer sprangen fluchend auf und schrien, sie seien um ihr Geld betrogen worden.

Catriona beobachtete mit rasendem Puls und trockenem Mund, wie die Männer in einer Phalanx gegen Kane und ihren Vater vorrückten. Da hob Kane die Hand, und Silber funkelte in der Luft. Wie auf ein Kommando warfen die Männer sich in den Staub und balgten und schlugen sich um die Münzen.

Unbeachtet entkamen die beiden Männer – Kane zu seinem prachtvollen kastanienbraunen Wallach, Declan auf den sicheren Bock. »Los!«, schrie er durch den Lärm. »Fahren wir los, ehe sie merken, dass wir weg sind!«

Catriona wurde auf den Wagenboden geschleudert, als Velda die Zügel auf Jupiters breiten Rücken klatschen ließ und das große Pferd davongaloppierte. Der Kostümkorb zerkratzte ihr den Arm, und etwas Hartes stieß schmerzhaft gegen ihr Bein, aber vor lauter Aufregung und Angst spürte sie es kaum. Als der hektische Rückzug schließlich einem gemächlicheren Tempo wich und sie auf einer einsamen Straße durch das Outback zogen, wurde ihr klar, dass dieses Leben tatsächlich zu Ende ging. Die Frage war nicht, ob, sondern wie bald es zu Ende sein würde.

DREI

*M*utlosigkeit lastete auf den beiden Wagen, als sie über die breite Straße rollten, die durch die Siedlung Goondiwindi führte und am Horizont verschwand. Goondiwindi war ein Name aus der Sprache der Aborigines und bedeutete »Ruheplatz der Vögel«. Catriona fragte sich, ob die Truppe je einen Ruheplatz finden würde, an dem sie willkommen war. Mit dem Aufkommen des Tonfilms und den Verlockungen der Großstadtlichter war die Truppe in den Monaten nach der Katastrophe von Lightning Ridge noch weiter geschrumpft. Sie konnten nicht konkurrieren mit dem Wunder der flimmernden Leinwand, die den Menschen im Outback eine ganz neue und aufregende Welt eröffnete, und sie hatten jetzt so wenige Zuschauer, dass es kaum noch der Mühe wert war, auszupacken und zu proben.

Catriona saß zwischen ihren Eltern und bemühte sich um Zuversicht, während sie zwischen den zusammengewürfelten Hütten von Goondiwindi nach etwas Hoffnungserweckendem suchte. Das viktorianische Zollhaus sah ganz gut aus, aber es passte nicht zu den verstaubten Baracken, die als Läden und Futterhandlungen dienten. Eine Holzkirche stand auf einem von Unkraut überwucherten Platz, verwittert, die Fenster mit Brettern vernagelt. Das einzige Lebenszeichen schien aus dem Hotel zu kommen: Splitterndes Glas und lautes Geschrei ließen vermuten, dass dort eine Prügelei im Gange war.

Ihr Vater seufzte, als er das Pferd anhalten ließ. »Es wird schon gut gehen, Dad«, sagte Catriona mit gezwungener Munterkeit. »Wenn es hier ein Hotel gibt, finden wir vielleicht auch ein Publikum.«

Mit sorgenvoll gerunzelter Stirn beobachtete Declan Summers, dass die Prügelei sich durch die Hoteltür auf die Straße verlagerte. Er beruhigte Jupiter, der vor dem wüsten Gerangel scheute, und lenkte ihn über die Straße zum Wassertrog, wo sie weit genug entfernt waren. »Hier gibt's nichts für uns«, sagte er wie zu sich selbst. »Siehst du die Plakate? Morgen kommt der Kintopp. Da werden sie ihr Geld nicht für uns ausgeben wollen.«

»Solche defätistischen Reden will ich nicht hören«, erwiderte Velda. »Wir brauchen Geld, um zur Küste zu fahren. Also müssen wir ihnen zeigen, dass wir ein paar Pennys wert sind.« Sie kletterte vom Wagen, klopfte sich den Staub vom Kleid und steckte ein paar verirrte Haarsträhnen in den Knoten in ihrem Nacken. »Kommst du mit, Declan, oder hast du vor, den ganzen Tag hier hocken zu bleiben?«

Declan lächelte matt, aber dieser ungewohnte Ausbruch von Entschlossenheit schien ihm doch neue Kräfte zu verleihen, und seine Schultern hingen nicht mehr ganz so mutlos herab, als er zu seiner Frau auf die staubige Straße sprang. »Wollen wir nicht lieber warten, bis sie mit ihrer Schlägerei fertig sind?« Er holte seinen Zylinder und wischte ohne große Begeisterung den Staub ab.

»Keinesfalls«, antwortete sie entschieden. »Was sie brauchen, ist ein Wecksignal. Meinen Sie nicht auch, Mr Kane?« Sie sah zu dem Engländer auf, der noch auf seinem staubbedeckten Pferd saß, und ermunterte ihn wortlos, die Initiative zu ergreifen.

»In der Tat, Mrs Summers.« Er blinzelte in die Sonne und beobachtete das halbe Dutzend Männer, die miteinander rangen und sich schlugen. Dann warf er Declan einen kurzen Blick zu und drehte sich im Sattel um. »Poppy, hol die Trommel heraus – und alles andere, was Lärm macht. Wird Zeit, dass dieser gottverlassene Ort unsere Ankunft zur Kenntnis nimmt.«

43

Poppy zog eine Grimasse. »In Ordnung. Aber ich steige erst von diesem Wagen runter, wenn der Staub sich verzogen hat.«

Kane verteilte Pennywhistles und Tamburine und hob die große Basstrommel vor Catriona auf den Bock. »Mal sehen, wie fest du sie schlagen kannst«, ermunterte er sie lächelnd.

Catriona strahlte und schlug begeistert die Trommel. In den letzten sechs Monaten hatte sie Mr Kane schätzen gelernt. Er brachte sie zum Lachen, und die Geschichten, die er erzählte, waren so fesselnd, dass sie stundenlang zuhören konnte und darüber die Zeit und die Arbeit vergaß. Mam und Dad schienen ihn auch zu mögen, und angesichts der verkleinerten Truppe waren sie mehr und mehr auf ihn angewiesen. So hatte sie ihre Zweifel und Poppys offenkundige Abneigung gegen den Mann beiseite geschoben und beschlossen, sich ihr eigenes Bild von ihm zu machen.

Als die schrille Musik ertönte, hörten die Männer verdutzt auf, sich zu schlagen. Die Hoteltüren flogen auf, und trübe Augen rundeten sich erstaunt, als sie die Überreste von Summers' Music Hall erblickten.

Kane schüttelte sein Tamburin und ließ sein Pferd im Kreis zwischen den verblüfften Männern umhertänzeln. Noch einen Augenblick zuvor hatten sie einander die Seele aus dem Leib geprügelt. Jetzt sprangen sie vor den flinken Hufen davon. Catriona schlug lachend die Trommel, und Poppy hatte sich nun doch ins Getümmel gestürzt und tanzte den Can-Can. Hoch flogen ihre Röcke, und die langen Beine und der Strassschmuck auf ihrem Kopf blitzten in der Sonne. Catriona war stets aufs Neue erstaunt, wenn sie sah, wie schnell Poppy in ihr Kostüm schlüpfen konnte. Eben noch hatte sie im Baumwollkleid und mit festen Schuhen auf dem Bock gesessen.

Max trug den alten Patch auf dem Arm, und Kane übernahm die Führung; er trieb sein Pferd die hölzernen Verandastufen hinauf und durch den Hoteleingang. Er duckte sich unter dem Türbalken hindurch. Catriona sprang vom Wagen und stützte den alten Mann. Max war längst im Rentenalter und sein kleiner Hund ebenfalls, aber Catriona wusste, dass er außer ihr und den anderen keine Familie hatte, und keiner von ihnen brachte es übers Herz, ihn der Barmherzigkeit eines Altenheims zu überlassen.

Die Frauen blieben draußen vor der Bar, denn es war ein ungeschriebenes Gesetz, dass kein weibliches Wesen den geheiligten Boden eines solchen männerbeherrschten Tempels der Ungleichheit betreten durfte. Aber von der Tür aus sahen sie dem Spaß zu und vergaßen für einen Moment ihre Sorgen.

Kane zügelte sein Pferd vor dem Tresen. »Für den Preis eines Glases Bier bringen wir euch Unterhaltung«, verkündete er in die Stille hinein. »Für ein paar Kupfermünzen bringen wir euch Paris und die Freuden des Moulin Rouge.« Mit ausgestrecktem Arm deutete er auf Poppy, die in der Tür stand und mit ihren Röcken raschelte. »Die erbaulichen Worte des Barden aus Stratford-on-Avon.« Declan verneigte sich. »Und den Singvogel des Südens, Velda Summers.« Velda machte einen Knicks und errötete, als die Männer in der Bar sie dreist anstarrten.

Es war ganz still, und die Szene vor Catrionas Augen gefror in diesem schicksalsentscheidenden Augenblick zu einem Tableau. Kanes Pferd tänzelte und schnaubte, und dann hob es den Schweif und ließ einen dampfenden Haufen auf den staubigen Boden fallen.

Das riss alle aus ihrer Trance, und die Männer ringsum wichen zurück. »Diese verdammte Sauerei machst du aber sauber, Kumpel«, brüllte der Barkeeper mit hochrotem Kopf. »Und dann raus hier! Bringt einfach seinen verdammten Gaul hier rein. Sonst noch was?«

Poppy drängte sich zur Tür herein und stolzierte zur Bar, ohne auf die entsetzten Blicke zu achten. »Das bringt doch Glück, Mann«, sagte sie und gab dem Barkeeper einen Stups vors Kinn. »Überhaupt ist heute euer Glückstag. Wie wär's – sollen wir euch was vorspielen?« Sie drehte sich um und strahlte ihr fassungsloses

Publikum an. »Sieht so aus, als könntet ihr alle ein bisschen Aufheiterung vertragen, und es kostet euch nur ein paar Pennys.«

»Verdammte Zigeuner!«, knurrte der Barkeeper. »Schlimmer als die verdammten Aborigines.« Er verschränkte die Arme. »In meinem Hotel lasse ich keine angemalten Flittchen herumhopsen. Macht sauber und verschwindet, bevor ich die Hunde auf euch loslasse.«

»Ich bin kein Flittchen«, schrie Poppy. »Ich bin eine Theatertänzerin!«

Der Barmann beugte sich über die Theke und schob Poppy sein feistes rotes Gesicht entgegen. »Wie du dich auch nennst, es läuft doch immer auf das Gleiche hinaus. Wenn du 'ne Hure bist, können wir uns vielleicht einigen – wenn nicht, kannst du mit allen anderen verschwinden.«

Catriona sah Poppys entgeistertes Gesicht, und in diesem Moment erkannte sie, dass sie wirklich ganz unten angekommen waren. Poppy hatte noch immer einen Grund zum Lachen gefunden, noch stets die Kraft gehabt, zu streiten oder sich aus einer misslichen Lage herauszumogeln. Aber jetzt hatte es ihr die Sprache verschlagen, und sie hatte Tränen auf den rougegeschminkten Wangen, als sie herumwirbelte und die Flucht ergriff.

Der Lärm hatte noch andere Bewohner der Stadt auf den hölzernen Gehsteig treten lassen. Ihr Gemurmel schwoll an; es klang wie ein wütender Bienenschwarm. Sie sahen zu, wie die fahrenden Künstler die Pferdeäpfel aufsammelten. Ihre Eltern hatten Catriona schützend zwischen sich genommen, aber sie wusste, sie würde das Misstrauen in den Augen dieser Leute nie vergessen und auch nicht die Missbilligung in ihren Mienen, als sie wortlos zurückwichen, damit die Truppe das Hotel verlassen konnte. Ihre Feindseligkeit bohrte sich wie ein Messer in Catrionas Rücken, und als sie wieder auf den Wagen stieg, hatte sie zum ersten Mal im Leben wirklich Angst.

Dann prallte der erste Lehmklumpen gegen den Wagen. Viele

weitere folgten, und das Gemurmel schwoll zu höhnischem Gejohle an. Hunde kläfften und schnappten nach den Fesseln der Pferde.

Grimmig trieb Declan das Pferd voran, und sie rumpelten zur Stadt hinaus. Velda hielt Catriona fest umschlungen. Kane ritt neben ihnen her; er lachte und scherzte nicht mehr. Poppy saß neben dem zitternden Max auf dem zweiten Wagen. Sie war aschgrau im Gesicht, und die harte Realität dessen, was aus ihnen geworden war, hatte ihr all ihren Mumm geraubt.

Ein trauriges Häuflein schlug zwei Stunden später das Lager auf. Düster und schweigend saßen alle um das Feuer und aßen den Rest des in der Asche gebackenen Brotes mit goldenem Sirup und spülten es mit Tee aus dem Blechkessel herunter. Jeder behielt seine Gedanken und Gefühle für sich.

Max starrte niedergeschlagen in die Flammen und hielt den Terrier mit der grau gewordenen Schnauze fest in den zitternden Armen. Patch leckte dem alten Mann über das Gesicht, aber diese zärtliche Geste wurde nicht zur Kenntnis genommen, und sein Mitgefühl versank im Sumpf der Hoffnungslosigkeit. Poppys Make-up war streifig von Tränen. Sie hatte die Schultern unter dem schweren Wollschal hochgezogen, hielt die Knie umschlungen und wiegte sich vor und zurück. Das bunte Tanzkleid glitzerte kalt im Schein der Flammen, und die Federn des Kopfschmucks hingen ihr traurig ins Gesicht. Sie hatte wirklich kapituliert, denn sie brachte nicht einmal mehr die Energie auf, sich zu waschen oder etwas Bequemeres anzuziehen.

Kane rauchte ein Zigarillo und starrte versonnen in die Dunkelheit. Der Rubin an seinem kleinen Finger funkelte im Licht des Lagerfeuers. Catriona fragte sich, was er wohl dachte; sie mochte ihn inzwischen, aber rätselhaft war er noch immer. Er war seit Monaten bei ihnen und hatte ihnen so manche Geschichte erzählt, Einzelheiten über sein Leben vor dieser gemeinsamen Zeit hatte er ihnen allerdings nie anvertraut. Er hatte ihnen nie erklärt, warum er sich für ein solches Dasein entschieden hatte, obwohl er sich etwas Besseres hätte leisten können.

Catriona kam plötzlich ein erschreckender Gedanke. Kane mochte verschlossen und wortkarg sein, was seine Vergangenheit anging, aber niederträchtig war er nie gewesen, und sein Geld hatte ihnen schon öfter aus der Krise geholfen. Wenn er nun beschließen sollte, sie zu verlassen, was dann? Was würden sie dann anfangen? Catriona biss sich auf die Lippe. Sie musste ihn dazu bringen, dass er bei ihnen blieb. Aber wie? Sie sah ihre Eltern an und hoffte auf eine Eingebung.

Velda und Declan saßen Hand in Hand und Schulter an Schulter auf einem abgebrochenen Ast, und Catriona empfand plötzlich ein unangenehmes Gefühl der Einsamkeit. Von diesem Zusammensein war sie ausgeschlossen; es war, als brauchten die beiden sie nicht – als merkten sie nicht einmal, dass sie hier war. Fröstelnd schaute sie hinaus in die dunkle Leere jenseits des Lagerfeuers. Vor der Dunkelheit hatte sie nie Angst gehabt, aber heute Abend war es anders. Das Leben hatte sich geändert, und sie wusste ohne jeden Zweifel, dass es nie mehr so werden würde wie früher. Die Seele der Truppe war gestorben, die Essenz dessen, was sie gewesen waren, hatte sich in der Schmach von Goondiwindi verflüchtigt.

Nur ungern verließ sie den warmen Schein des Feuers; es war der einzige Trost in einer so verzweifelten Nacht. Aber schließlich ging sie doch davon, um nach den Pferden zu sehen, die draußen das dürre Gras rupften. Sie klopfte beiden den Hals und lehnte die Wange an das warme, staubige Fell. Morgen würden sie weiterziehen und übermorgen und am Tag darauf – eine scheinbar endlose Reise nach Nirgendwo. Seufzend wandte Catriona sich ab und kehrte zum Wagen zurück. Ihr Leben fiel Stück für Stück auseinander, aber solange sie Mam und Dad noch hatte, würden sie bestimmt überleben, oder?

Trotz allen Katastrophen der letzten Zeit gab es noch ein

Fünkchen Hoffnung. Toowoomba lag am Fuße der Great Dividing Range. Declan sagte, die Stadt sei das Tor zum fruchtbaren Land der Darling Downs und immer noch ein wichtiger Sammelpunkt für die Viehtreiber, die von den endlosen Weiden im Westen kamen. Hier würden sie vielleicht noch ein bisschen Geld verdienen können, denn Toowoomba war ein großer Ort mit hübschen Häusern, mehreren Kirchen und einem Bahnhof.

»Eine Parade zu veranstalten hat keinen Sinn.« Declan stand neben dem Wagen, die Hände tief in den Taschen vergraben. »Wir sind jetzt so wenige, dass es lächerlich aussehen würde.«

Catriona und Poppy hatten immer noch Alpträume, wenn sie an Goondiwindi dachten. Es schauderte sie beide.

Aber Kane wusste wie immer eine Lösung. »Ich war auf dem Postamt und habe Geld abgeholt«, berichtete er fröhlich. »Und ich habe mir die Freiheit genommen, für heute Abend einen kleinen Saal zu mieten. Wenn wir rasch ein paar Flugblätter herstellen, können wir sie verteilen. In einem gut situierten Ort wie diesem finden sich bestimmt ein paar Interessenten.«

Velda hatte Tränen in den Augen. »Was würden wir nur tun, wenn wir Sie nicht hätten, Mr Kane?«, fragte sie mit rauer Stimme. »Sie sind so großzügig. So gut.«

Kane nahm Catriona und ihre Mutter in die Arme und drückte sie beide an sich. »Ich tue nur, was in meiner Macht steht, um ein wenig zu helfen, Gnädigste.« Lächelnd sah er Catriona an. »Wir können dieses süße kleine Ding doch nicht hungrig zu Bett gehen lassen, oder?«

Poppy schnaubte, und Catriona wurde rot. Noch nie hatte jemand »süßes kleines Ding« zu ihr gesagt, und sie wusste nicht, wie sie Kanes blumiges Kompliment angesichts von Poppys funkelnder Verachtung aufnehmen sollte.

Declan blickte gequält. »Ich sollte derjenige sein, der für das Wohlergehen meiner Familie sorgt«, knurrte er. »Aber ich danke

Ihnen, Kane.« Er schüttelte dem Engländer die Hand, aber seine Schultern waren starr.

Catriona löste sich aus Kanes Umarmung und beobachtete die drei Erwachsenen. Sie spürte die starken unterschwelligen Emotionen, die sich durch dieses Gespräch zogen, auch wenn sie nicht genau wusste, was es war – eine Sache zwischen Erwachsenen, für die sie noch zu jung war. Sie wusste nur, dass es ihrem Vater zuwider war, von Kane Almosen – wie er es nannte – entgegenzunehmen, und er hätte es auch nicht getan, wenn er sich etwas anderes hätte leisten können. Sein Stolz war gebrochen.

Ihre Mam hingegen war einfach dankbar und erleichtert, die nächsten paar Stunden zu überstehen, und sie war froh, dass ein starker Mann da war, der die Entscheidungen traf – denn trotz aller Entschlossenheit, im Angesicht des Unheils ihre Fröhlichkeit zu bewahren, war Velda eine Frau, die das Leben viel leichter fand, wenn sie nicht selbst zu denken brauchte. Sie hatte sich, was Rat und Stütze anging, immer auf Declan verlassen, und nun hatte sie sich Kane zugewandt, der anscheinend der Stärkere von beiden war.

Langsam zogen sie durch die Stadt und bestaunten die Lastwagen und Autos, die am Straßenrand standen oder unter mächtigen Staubfahnen an ihnen vorbeifuhren. Toowoomba war tatsächlich eine Stadt des Reichtums, und die Leute, die in den Geschäften ein- und ausgingen, trugen elegante Kleidung.

Velda seufzte sehnsuchtsvoll beim Anblick dieser Hüte, Handschuhe und Schuhe: so chic, so modern, so unerreichbar. Catriona wünschte, sie könnte in ein Geschäft gehen und ihrer Mam einen hübschen Hut kaufen. Aber mit den wenigen Pennys in der Blechdose blieb dieser Wunsch unerfüllbar.

Der »Saal« war ein langes, schmales Holzgebäude in einem kläglichen Zustand; offenbar war er zugunsten der neuen Stadthalle im Zentrum vernachlässigt worden. Da er gleich neben dem Bahnhof lag, war er geschwärzt vom Ruß der Dampflokomotiven.

Die Farbe war abgeblättert, die Bühnenvorhänge waren muffig und hatten Stockflecken, und das einzige, schmutzige Fenster klemmte fest in seinem feucht verquollenen und vom Schimmel schwarzen Rahmen. An einem Ende lag die erhöhte Bühne, am anderen stand ein Stapel alter Stühle. Der Boden war seit Monaten nicht mehr gekehrt worden, und in den Ecken und auf den Balken unterhalb der Decke waren Spuren von Rattennestern.

Aber zu ihrer Überraschung gab es elektrischen Strom, sodass sie Licht und einen Deckenventilator hatten. Draußen an der Rückseite fand sich ein Wasserklosett, dessen Spülung sich nach einigem Zureden tatsächlich wieder in Gang setzen ließ, und ein Waschbecken mit fließendem kaltem Wasser.

Declan und Kane gingen in die Stadt, um die hastig hergestellten Flugblätter zu verteilen. Die Frauen trieben Besen, Mopps und Putzlumpen auf und machten sich damit an die Arbeit. Bald hatten sie ihre Baumwollkleider durchgeschwitzt, und ihre weißen Kragen waren grau vom Staub und Dreck. Ihre Hände waren rot, und beim Schrubben des sandigen Bodens scheuerten sie sich die Knie auf. Haarnadeln lösten sich, und Strähnen klebten an schweißnassen Gesichtern, als die Frauen mit den schweren Samtvorhängen kämpften und den Staub ausschüttelten, bevor sie sie wieder aufhängten. Während all dessen saß Max mit seinem Hund in einer Ecke und verträumte den Nachmittag.

Catriona schaute immer wieder zu ihm hinüber. Sie machte sich Sorgen, denn Max schien nicht genau zu wissen, wo er war, und als sie ihn gefragt hatte, ob er eine Tasse Tee haben wolle, hatte er sie angesehen, als wäre sie eine Fremde. Er war in eine seltsame Trance verfallen; er hielt Patch auf dem Arm und summte vor sich hin. Ab und zu blickte er auf, lächelte und fragte, ob es gleich Tee gebe.

»Der arme alte Knacker verliert den Verstand«, flüsterte Poppy, während sie nach dem Putzen zum Waschbecken gingen. »Seit Goondiwindi stimmt was nicht mehr mit ihm.«

Catriona und Velda warfen einen Blick zurück in den Saal. »Er ist einfach alt«, meinte Velda.

Poppy seifte sich das Haar ein und hielt dann den Kopf unter das fließende Wasser. Triefend richtete sie sich wieder auf. »Ich bin den ganzen Tag mit ihm zusammen«, sagte sie und rubbelte sich mit einem Handtuch den Kopf ab. »Er hat vergessen, wer ich bin. Fragt dauernd nach meinem Namen und will wissen, ob der Tee fertig ist und er sein Frühstück schon gekriegt hat.« Sie trocknete sich das Gesicht ab und reichte das gemeinsame Handtuch weiter. »Man darf ihn nicht mehr rumreisen lassen.«

»Er kann doch nirgends hin.« Velda trat mit besorgtem Blick an das Waschbecken. »Ein Heim nimmt ihn nicht auf, solange er Patch hat, und die beiden sind so lange zusammen, dass es schrecklich wäre, sie zu trennen.«

Die drei wuschen sich schweigend zu Ende. Bei all ihren Sorgen und Nöten war Max' rapider Verfall am schwersten zu bewältigen.

Die Show war anders gewesen als alle anderen vorher. Statt einzeln aufzutreten, hatten Catrionas Eltern ein Gesangsduo gebildet. Poppy war ins Publikum hinuntergegangen und hatte unbekümmert mit den männlichen Zuschauern geflirtet, während sie ein paar der unanständigen Lieder sang, die sie in London gelernt hatte. Kanes Monolog hatte Gelächter und Beifall hervorgerufen, und seine leicht zweideutigen Witze waren gutmütig aufgenommen worden. Sogar Max war aus seinem verträumten Zustand aufgewacht; in ausgebeultem Anzug und mit zerdrücktem Hut hatte er den struppigen Patch noch einmal müde seine Kunststückchen vorführen lassen. Es war ein tapferer Auftritt gewesen. Mit Tränen in den Augen hatten alle zugesehen, wie der alte Mann und sein Hund sich durch die Nummer quälten und höflichen, aber mitfühlenden Beifall erhielten.

Catriona hatte Lampenfieber. Zum ersten Mal würde sie allein auf der Bühne stehen. Das rosarote Taftkleid war zu eng, zu kurz und zu kindlich, doch sie hatte nichts anderes. Aber als das Grammophon aufgedreht war und die Musik einsetzte, verflog das Lampenfieber, sie vergaß das unbequeme Kleid und verlor sich in ihrer Arie. Mit rotem Gesicht und sehr beschwingt kam sie von der Bühne; sie wusste, dass sie heute Abend gut gewesen war. Dem Publikum hatte ihr Gesang gefallen, und die Leute hatten sogar Zugaben gefordert. Die Show war ein Erfolg gewesen und hatte ihr neue Hoffnung auf die Zukunft gemacht. Was tat es da, dass die Puffärmel am Arm kniffen und der Rock kaum bis an die Knie reichte? Sie hatte ihren ersten Soloauftritt absolviert, und endlich fühlte sie sich wie ein Star.

Langsam leerte sich der Saal, und sie zählten das Geld. Es reichte für die nächste Etappe ihrer Reise nach Nordosten. Sie zogen ihre Alltagskleidung an und spendierten sich im nächsten Hotel ein Festmahl mit Fleisch, Kartoffeln und frischem Gemüse, alles serviert mit einer dicken, schweren Tunke. Zum Nachtisch gab es eingemachtes Obst, verziert mit einer cremigen Eiersauce.

Sogar Max genoss das Essen; er hatte den Terrier unter den Falten seiner voluminösen Jacke verborgen und steckte ihm heimlich kleine Leckerbissen zu, wenn die Hotelierfrau nicht hersah. Satt und zufrieden spazierte die Truppe danach langsam zurück zu der Koppel, wo sie die Pferde und die beiden Wagen abgestellt hatten.

»Du bist so still, Poppy«, sagte Catriona, als sie Arm in Arm über den mondbeschienenen Feldweg schlenderten. »Ich dachte, du bist froh, dass die Show heute Abend so gut gelaufen ist.«

Poppy zog ihre Strickjacke fester zusammen. Es fröstelte sie. Nachts war es kalt im Outback, und ihre Kleider waren dünn und abgetragen. »Ich hab keine Freude mehr dran«, gestand sie leise. »Nicht mehr seit Goondiwindi.«

»Es wird alles wieder gut, du wirst schon sehen«, sagte Catriona. »Goondiwindi war einfach eine schlechte Stadt. Noch zwei Abende wie heute, und du bist wieder die Alte.«

»Nee.« Poppy blieb stehen, damit die anderen sie einholen konnten. »Ich hab die Nase voll, Schätzchen. Ich werde nie was anderes sein als ein drittklassiges Tanzmädel, und allmählich bin ich zu alt, um noch im Rüschenhöschen herumzuhopsen. Wird Zeit, dass ich mir was anderes suche.«

»Das kannst du nicht«, flüsterte Velda. »Was soll ich denn ohne dich anfangen, Poppy? Bitte!« Sie legte Poppy eine Hand auf den Arm. »Bitte überleg's dir noch mal.«

»Poppy, geh nicht weg.« Catriona schlang die Arme um Poppys Taille und klammerte sich an sie. Die Angst, ihre einzige echte Freundin zu verlieren, war unerträglich. »Es wird alles wieder besser, du wirst schon sehen.« Ihre Tränen versickerten in Poppys Strickjacke. »Sie waren begeistert von dir. Sie werden dich immer lieben, egal, was passiert.« Beschwörend schaute sie Poppy an. »Und ich liebe dich auch«, schluchzte sie. »Bitte lass mich nicht allein!«

Poppys Stimme klang rau, als sie Catrionas Hände nahm und sie ansah. »Ich werde dich auch immer lieben, Kitty. Aber es wird Zeit, etwas Neues anzufangen. Zeit für uns alle, uns was Besseres zu suchen. Es ist zu Ende, Kitty. Das wissen wir alle.«

»Wo willst du denn hin?«, fragte Velda mit zitternder Stimme. »Was willst du tun?«

»Ich werde mir irgendwo Arbeit suchen.« Poppy ließ Catrionas Hände los. »Vielleicht in einem Hotel oder als Verkäuferin. In Brisbane oder in einer der großen Städte an der Küste wird sich sicher was finden.«

»Aber dann bist du allein.« Catriona weinte.

»Das war ich schon öfter. Ich komme zurecht.«

»Hab ich eigentlich schon gegessen?«, fragte eine brüchige Stimme.

Fast als sei sie erleichtert, die Anspannung zu lösen, hakte

Poppy sich bei Max unter und bugsierte ihn zum zweiten Wagen. »Ja«, sagte sie mit fester Stimme. »Jetzt ist es Schlafenszeit für dich und Patch.«

»Ich bin aber nicht müde«, maulte der alte Mann. »Und wer sind Sie? Wieso reden Sie so mit mir?«

»Ich bin Poppy«, antwortete sie geduldig und schob ihn weiter. »Und wenn du sehr brav bist, gebe ich dir den letzten Keks, der noch in der Dose ist.«

»O Gott«, hauchte Velda. »Ich ertrag's nicht. Der arme Max. Die arme Poppy.«

Catriona sah ihrer Freundin nach, als sie an der Seite des schlurfenden Alten in die Nacht ging. »Wir werden sie beide verlieren, nicht wahr, Mam?«, schluchzte sie.

Veldas Umarmung war ein schwacher Trost, und was sie sagte, verstärkte nur den furchtbaren Schmerz, der ihr das Herz zusammenpresste. »Max ist alt und verwirrt. In einem Heim, wo man gut für ihn sorgt, ist er besser aufgehoben. Vielleicht finden wir eins, das auch Patch aufnimmt.«

»Und Poppy? Was ist mit Poppy?«

»Poppy ist eine erwachsene Frau, Kitty. Sie muss selbst über ihre Zukunft entscheiden.« Velda drehte Catriona zu sich herum und trocknete ihr sanft die Tränen. »Wir alle wissen, dass es zu Ende ist, Kitty, auch wenn es heute Abend gut gelaufen ist. Wir müssen es uns eingestehen, statt das Elend zu verlängern.«

»Sie könnte trotzdem mitkommen, bis sie etwas anderes gefunden hat«, sagte Catriona störrisch.

Velda schüttelte traurig den Kopf. »Sie will nicht mehr«, sagte sie leise. »Hier gibt es einen Bahnhof und einen Zug, der sie an die Küste bringt, wo sie die Chance hat, besser bezahlte Arbeit zu finden. Du darfst es ihr nicht missgönnen, Kitty. Bring sie nicht dazu, dass sie Gewissensbisse hat oder sich schämt, weil sie uns verlässt. Es bedeutet ja nicht, dass sie dich nicht mehr liebt oder dass sie dich nicht genauso vermissen wird wie du sie.«

Catriona kämpfte neue Tränen nieder. »Aber ich werde sie nie wieder sehen«, schniefte sie.

»Abschiede gehören zum Leben, mein Schatz.« Ihre Mutter lächelte. »Wir alle sind auf einer Reise, und wir werden unterwegs vielen Menschen begegnen. Manche werden wir viele Jahre lang kennen, andere nur flüchtig. Auf unserem Weg durchs Leben finden wir Freunde und Feinde. Aber jeder einzelne dieser Menschen rührt uns an und gibt uns etwas, was unser Leben hoffentlich bereichert und uns die Welt, in der wir leben, besser verstehen lässt, sodass wir lernen, warum wir sind und wer wir sind.«

Catriona dachte darüber nach, und auch wenn sie nicht alles verstand, was ihre Mutter da sagte, tröstete es sie.

Max' nörgelnde Stimme wehte durch die Nacht herüber. Poppy bemühte sich, ihn ins Bett zu bringen. Catriona verkroch sich unter ihren schweren Wolldecken. Ihre Gedanken kamen nicht zur Ruhe. Es musste möglich sein, Poppy zum Bleiben zu überreden – aber wie? Sie schaute hinaus in den Nachthimmel, der klar und übersät von Sternen war. Ihr Licht vergoldete die Koppel mit den Pferden und ließ sie aussehen wie eine Märchenszenerie. Wenn Poppy bleiben könnte, bis sie an der Küste wären, könnten sie sich alle zusammen Arbeit suchen und brauchten sich nicht zu trennen.

»Wir müssen den anderen Wagen und das Pferd verkaufen«, sagte Declan leise zu seiner Frau, als sie miteinander am anderen Ende lagen.

Catriona erstarrte. Sie spitzte die Ohren und lauschte dem leisen Gespräch.

»Vielleicht würde Kane ihn lieber übernehmen, als weiter in seinem alten Zelt zu schlafen«, antwortete Velda. »Außerdem ist da noch Max. Wo soll er bleiben? Hier ist es schon jetzt zu eng.«

»Wir brauchen das Geld, Darling. Kane und Max werden sich das Zelt teilen müssen, bis wir Max irgendwo untergebracht haben.«

»Aber ich dachte, wir hätten genug eingenommen, um uns wieder eine Weile über die Runden zu bringen.« Veldas Stimme wurde lauter.

»Wenn Poppy gehen will, muss sie die Gage bekommen, die wir ihr schulden. Sie braucht Geld für eine Zugfahrkarte, für Kost und Logis. Dann bleibt uns nicht mehr viel, und es gibt keine Garantie dafür, dass es noch einen Abend wie diesen geben wird.«

»Ach, Declan.« Velda schluchzte auf. »Ist es wirklich so weit gekommen? Mr Kane wird uns den Wagen doch sicher abkaufen, wenn er begreift, wie dringend wir das Geld brauchen.«

Es war lange still. Dann sagte Declan: »Mr Kane war in den Monaten, die er bei uns war, unglaublich großzügig. Ich bin ihm dankbar, aber wir dürfen uns nicht für alle Zeit darauf verlassen, dass er uns aus der Patsche hilft. Ich bin immer noch das Oberhaupt dieser Familie und dieser Truppe – oder dessen, was davon übrig ist –, und deshalb werde ich entscheiden, wie es weitergeht.« Er schwieg kurz. »Pferd und Wagen müssen verkauft werden und auch alle Requisiten und Kostüme, die wir losschlagen können. Wir werden sie nicht mehr brauchen.«

»Und was wird aus Catriona?«, flüsterte Velda erbost. »Sie hat die Stimme eines Engels. Man brauchte nur den Applaus heute Abend zu hören und die Gesichter der Leute zu sehen, um zu wissen, dass sie eine strahlende Zukunft vor sich hat. Wir dürfen nicht einfach aufgeben.«

»Catriona ist elf, sie ist noch ein Kind«, antwortete er sanft. »Wer weiß, was aus ihrer Stimme wird, wenn sie heranwächst? Spekulationen können wir uns nicht leisten, und von den paar Pennys, die wir einnehmen, können wir nicht leben. Wir müssen verkaufen, was wir können, und nach vorn schauen.«

»Wohin denn?«, schluchzte Velda. »Was soll aus uns werden?«

»Wir gehen nach Cairns«, bestimmte Declan. »Kane hat Verbindungen dort, die uns helfen könnten, Arbeit zu finden. Er hat bereits einen Brief an einen alten Freund geschrieben, der da oben ein Hotel hat. Wir müssen einfach hoffen, dass er für uns alle etwas hat.«

Catriona vergrub den Kopf unter den Decken, und ihre Tränen durchnässten das Kissen. Sie liebte das Singen, und es machte sie glücklich zu hören, wie ihre Stimme sich mit der ihrer Mutter harmonisch in die Höhe schwang, wenn sie miteinander probten. Sie liebte auch die Leidenschaft der wunderbaren Arien, die sie von den verkratzten Platten aus der Sammlung ihres Vaters gelernt hatte. Und nun sollten alle ihre Träume sich in Luft auflösen.

Der Mond verblasste, und die Sterne verloren allmählich ihren Glanz. Der Morgen graute über Toowoomba, und Catriona stand als Erste auf. Sie kletterte aus dem Wagen. Sie hatte nicht geschlafen; ihre Augen waren verquollen, und sie war tief bedrückt. Daran konnte auch die Schönheit der Umgebung nichts ändern. Zarte Nebelschleier hingen in den Bäumen und schwebten über der sanft gewellten Hügellandschaft. Tau funkelte im hohen Gras. In der Ferne hörte sie das Keckern eines Kookaburra, ein Geräusch, das sie normalerweise aufgemuntert hätte. Heute Morgen brachte sie jedoch nicht einmal ein Lächeln zustande. Ein Schwarm Rosellas und Gallahs erhob sich flügelschlagend aus einem nahen Baum und stieg kreischend wie eine bunte Wolke in den fahlen Himmel, als Catriona barfuß durch das nasse Gras zu den dösenden Pferden lief.

Kanes stolzer Wallach schnaubte und warf den Kopf zurück, als er begriff, dass sie ihm keine Möhre mitgebracht hatte. Doch die alten Karrenpferde, Jupiter und Mars, standen friedlich in der frühen Morgensonne. Sie streichelte die starken Hälse und erzählte ihnen leise von ihren Sorgen. Die beiden Tiere gehörten zu ihrem Leben, solange sie sich erinnern konnte. Auf ihren breiten Rücken hatte sie das Reiten gelernt, sie hatte sie gestriegelt und gefüttert und sie immer als Mitglieder der Familie betrachtet. Nun sollte Mars verkauft werden. Catriona vergrub das Gesicht in seiner langen Mähne und weinte bittere Tränen, ohne zu fühlen, wie der Tau den Saum ihres Nachthemds durchnässte und kalt auf ihre Füße tropfte.

»Du wirst dir den Tod holen«, sagte eine leise Stimme hinter ihr.

Catriona fuhr herum. Sie hatte ihn nicht kommen hören. »Werden Sie Mars und den Wagen kaufen, Mr Kane?«, fragte sie atemlos und beschwörend. »Wir brauchen das Geld, wissen Sie, und ich könnte es nicht ertragen, Mars wegzugeben. Und der Wagen ist sehr viel besser als Ihr altes Zelt.«

Kanes hohe Reitstiefel raschelten im Gras. Er trat näher und tätschelte dem Pferd das breite Maul. »Bedauerlicherweise, mein Kind, benötige ich kein weiteres Pferd, und mein Zelt genügt mir vollauf.« Er seufzte. »Es ist immer traurig, alten Freunden Lebewohl zu sagen, aber Mars hat sein Gnadenbrot verdient, findest du nicht?«

Catriona schaute in das attraktive Gesicht hinauf. Kanes Haar glänzte golden in der aufgehenden Sonne, und die Augen leuchteten blau im gebräunten Gesicht. Sein Bart war frisch gestutzt. Die Trauer in seinem Blick schien echt zu sein, und wieder stiegen Tränen in ihr auf.

»Weine nicht, mein Kleines!« Sein Finger folgte sanft der Spur der Tränen auf ihrer Wange. »Freu dich für Mars, wenn er einen guten Stall bekommt und reichlich Gras. Und freu dich auch für Poppy. Sie hat ein großes Abenteuer vor sich – genau wie wir.«

Catriona schniefte und senkte den Kopf. Was er sagte, war vernünftig, das wusste sie, aber sie hatte jetzt keine Lust, sich für irgendjemanden zu freuen.

»Komm, Kind. Du musst eiskalte Füße haben.«

Catriona wollte widersprechen, aber er nahm sie schwungvoll in die Arme, hob sie hoch und drückte sie an seine Brust. Sie war zu überrascht, um zu protestieren. Er sah sie an und lächelte. Sie spürte seinen schnellen Herzschlag an ihren Rippen und den rauen Stoff seiner Tweedjacke an ihrer Wange. Sein Atem ging flach und roch nach Tabakqualm, als er ihr einen flüchtigen Kuss auf die Stirn drückte. Der Blick seiner tiefblauen Augen schien bis in ihr Innerstes zu dringen. Sie stemmte sich gegen seine Brust, plötzlich verlegen und schüchtern. »Ich kann selbst gehen«, erklärte sie. »Ich bin kein Baby.«

»Warum gehen, wenn man getragen werden kann?« Kane lachte. »Ich wette, Kleopatra ist niemals zu Fuß gegangen. Möchtest du nicht gern wie eine Königin behandelt werden?« Er wartete ihre Antwort nicht ab, sondern drehte sich um und trug sie zurück zu den Wagen. »Wollen sehen, was wir für Mylady zum Frühstück finden.«

Die Stimmung war ernst; sie alle wussten, dass es ihre letzte gemeinsame Mahlzeit war. Sogar Max bemerkte es offenbar; er aß schweigend und kehrte dann zu seinem Bett im zweiten Wagen zurück. Alle waren sich einig, dass sie ihn in Ruhe lassen wollten, während sie sich von Poppy verabschiedeten; er schien die Realität nicht mehr zu erkennen, und es hatte keinen Sinn, ihn weiter zu verwirren.

Der Bahnhof war ein lang gestrecktes viktorianisches Gebäude mit einem Wellblechdach und einem verschnörkelten Gitterwerk zwischen den Pfosten der breiten Veranda. Die Gleise am sauber gefegten Bahnsteig erstreckten sich in beide Richtungen, so weit das Auge reichte. Im Osten lagen Brisbane und die Küste, im Westen lag endloses Weideland, die Heimat der riesigen Rinderherden im Outback von Queensland. Ein Zug wartete schon. Rauch quoll aus dem Schlot, und weißer Dampf zischte zwischen den großen Eisenrädern hervor. Am Ende wurden Pferde verladen, und eine Rinderherde wurde über die Rampen in die Viehwaggons getrieben. Eine Hand voll Fahrgäste wartete auf das Zeichen zum Einsteigen.

Catriona saß zwischen den Kostümkörben und beobachtete,

wie ihr Vater Poppy die Fahrkarte und den Rest ihrer Gage übergab. Tränenblind versuchte sie sich das Bild ihrer Freundin tief ins Gedächtnis einzugraben, um sie nie zu vergessen. Poppy hatte ein hübsch gemustertes Kattunkleid an, vorn geknöpft, mit weißem Kragen, Ärmelmanschetten und einem schmalen weißen Gürtel. Ein freches, selbst gemachtes Hütchen saß auf ihrem frisch gewaschenen Haar, und sie trug Handschuhe und blank polierte flache Schuhe mit einem Querriemen, der am Innenrist angeknöpft war. Noch nie hatte sie Poppy so adrett gesehen – und so verändert. Es war, als habe Poppy mit ihrem Entschluss fortzugehen sämtliche Rüschen und Fransen abgelegt und sei zu einer alltäglichen, farblosen Frau geworden, zu einer Fremden. Schon jetzt wurde der Abstand zwischen ihrer Vergangenheit und ihrer Zukunft zusehends größer.

Catriona stieg vom Wagen und stand bekümmert abseits, als ihre Freundin den anderen Lebewohl sagte. Sie bezwang ihre Tränen und tat ihr Bestes, um ein stoisches Gesicht zu wahren, als Poppy sie herzlich umarmte.

»Na, komm, Schätzchen«, sagte Poppy fürsorglich in ihr Haar. »Nur keine Tränen! Sei ein tapferes Mädchen!«

»Ich will aber nicht Lebewohl sagen«, schniefte Catriona. Sie löste sich aus der Umarmung und sah Poppy in die Augen.

»Ich auch nicht.« Poppys Stimme klang brüchig, aber in ihren blauen Augen war ein merkwürdiges Strahlen. »Darum gehe ich jetzt, bevor du mich zum Heulen bringst.«

Catriona hatte plötzlich eine glänzende Eingebung. Sie hielt Poppys Arm fest, als diese sich abwenden wollte. »Wenn du Mr Kane heiratest, dann brauchst du nicht wegzugehen und dir Arbeit zu suchen und all das.« Sie lächelte beglückt über diesen wundervollen Einfall in letzter Minute. »Du könntest bei uns bleiben und Kinder kriegen, und ich würde dir helfen, auf sie aufzupassen.« Ihr Entzücken verflog, als sie das Gesicht ihrer Freundin bemerkte.

Poppy war alles andere als begeistert von dieser Idee. Sie sah entsetzt aus. »Er ist nicht mein Typ«, sagte sie mit einem kurzen Blick zu Kane hinüber. »Und ich bin ganz bestimmt auch nicht seiner.« Sie zögerte, als wolle sie noch mehr sagen, doch dann tätschelte sie nur kurz Catrionas Wange. »Netter Einfall, Schätzchen, aber jetzt muss ich los, sonst verpasse ich den Zug. Ich hab dir ein paar von meinen Kleidern dagelassen. Sie sind ein bisschen verwaschen, aber sie passen dir sicher besser als dein altes Zeug. Gib Acht auf dich! Und ich weiß genau, eines Tages werde ich deinen Namen im Scheinwerferlicht sehen.« Sie warf einen Handkuss in die Runde und eilte dann zur Bahnhofstür.

Catriona wusste, sie benahm sich wie ein Baby, aber sie konnte nicht anders. Ihre Mutter wollte sie zurückhalten, doch sie riss sich los und rannte, ohne auf einen heranrollenden Lastwagen zu achten, quer über die unbefestigte Straße zum Bahnhof. Im Schalterraum war es dunkel, und ihre Schritte hallten durch die Stille. Draußen auf dem Bahnsteig, im Schatten des schrägen Verandadachs, war es kühl – und leer bis auf den Bahnhofsvorsteher, der seine Flagge schwenkte. Es war, als habe dieses große, Dampf und Rauch speiende Ungeheuer Poppy verschlungen.

Catriona lief am Bahnsteig entlang und spähte in die Waggons. Noch ein einziges Mal wollte sie ihre Freundin sehen, bevor sie für immer aus ihrem Leben verschwand. Aber es sollte nicht sein. Mit einer fetten Rauchwolke und fauchendem Dampf setzten die großen Räder sich in Bewegung, die Waggons ruckten klirrend an und wurden schneller, und die Lokomotive zog den langen Zug hinaus in das heiße, grelle Licht. Catriona stand verlassen auf dem Bahnsteig und schaute der Eisenbahn nach, bis der letzte Wagen auf den silbrigen Schienen ein kleiner Punkt in der Ferne geworden war. Das klagende Heulen der Sirene hallte weithin über das einsame Grasland – ein letztes betrübtes Lebewohl an Toowoomba und die, die dort zurückgeblieben waren.

Mars stand geduldig neben Jupiter, die mächtigen, von buschigem Fell bedeckten Hufe fest am Boden. Grüßend hob er den Kopf und drückte Catriona die Nüstern ins Haar, und sie schmiegte die Wange an das weiche Maul und striegelte ihn zum letzten Mal. Es sollte ein Tag der Abschiede werden, und das brach ihr das Herz.

»Das ist Mr Mallings.« Velda legte Catriona einen Arm um die Schultern. »Er wird Mars ein gutes Zuhause geben.«

»Stimmt, Kleine«, sagte der rotgesichtige Fremde und legte einen Finger an die Hutkrempe. Dann streckte er eine schwielige Hand aus und klopfte dem Pferd beifällig den kraftvollen Hals. »Ein prächtiger alter Gaul, und ich hab 'ne große Koppel, die er abgrasen muss.« Er bückte sich zu Catriona herunter. »Und du kannst ihn jederzeit besuchen, falls du noch mal in diese Gegend kommst. Ich verspreche dir, es wird ihm an nichts fehlen.«

Catriona trat beiseite, und Mars trottete mit seinem neuen Besitzer davon, ohne sich umzuschauen; er schien nicht zu wissen, dass er nie wieder einen Karren der Music Hall ziehen würde. Sie schniefte und brachte ein klägliches Lachen zustande, als Jupiter mit dem Maul an ihre Schulter stupste. Es war, als wolle er ihr sagen, dass er auch traurig sei, denn auch er verlor einen lebenslangen Freund.

»Wir müssen zurück zum Lager«, sagte Velda. »Max sollte nicht so lange allein bleiben, und außerdem wollte gleich ein fahrender Händler vorbeikommen und sich den Wagen ansehen.«

Der Tag zog sich endlos in die Länge. Der Händler kaufte den Wagen, und Max' wenige Habseligkeiten wurden in dem jetzt beinahe leeren Kasten unter Veldas verstaut. Eine Frau, die eine Kurzwarenhandlung an der Hauptstraße besaß, kaufte die Kostümkörbe; sie wollte darin Stoffballen aufbewahren. Das Klavier war von Termiten und Holzwürmern zerfressen gewesen; vor ein paar Monaten war es auseinander gebrochen, und sie hatten es zurückgelassen. Die meisten Kostüme waren längst fort; die scheidenden Künstler hatten sie mitgenommen, und den Rest hatten sie für ein paar Pennys verkauft oder gleich verbrannt. Die einstmals prächtige Kanzel war gleichfalls vom Holzwurm durchlöchert, und der Samtbezug und die Fransen waren von Mottenfraß und Stockflecken unansehnlich geworden.

Declan und Kane hoben eine Grube aus und warfen das alte Zeug hinein. Die Kanzel, an der Declan so viele Jahre gestanden und seine verbindenden Worte gesprochen hatte, zuletzt. Bald brannte alles lichterloh, und dann war nur ein Haufen glühende Asche übrig.

Catriona wusste, dass sie nicht die Einzige war, die darunter litt. Dad sah hager und ernst aus, als er mit der Stiefelspitze in der erkaltenden Asche stocherte. Mam eilte geschäftig hin und her. Entschlossen, keine Träne zu vergießen, plauderte sie ununterbrochen, doch es klang spröde; man sah, dass ihre Hände zitterten, und sie hatte dunkle Schatten unter den Augen. Auch der sonst so heitere Kane ging mit ernster Miene zwischen den Überbleibseln hin und her und kümmerte sich um den verwirrten Max.

Schweigend verließen sie Toowoomba. Keiner der fünf warf einen Blick zurück.

Ein paar Tage später campierten sie zwischen den Araukarien und Kiefern im ausgedehnten Regenwald der Bunya Mountains. Es war ein guter Rastplatz – es gab viel zu sehen, das neu und erfrischend war: Dort wuchsen Orchideen, und im Gestrüpp der Baumwurzeln und herabgefallenen Äste konnte man bunte Blumen pflücken. Wallabys und große Kängurus weideten im Grasland, und unzählige farbenfrohe Vögel flatterten und zwitscherten über ihnen und erfüllten den dunklen, geheimnisvollen Wald mit Leben.

Catriona und ihre Eltern stiegen auf eine hohe, zerklüftete Anhöhe und blickten staunend über das prachtvolle Panorama des Graslands und das Blätterdach des Waldes unter ihnen hinweg. Mächtige Wasserfälle rauschten an den Bergflanken herab und speisten die reißenden Flüsse, die von hier zur Küste strömten.

Die rote Erde war fruchtbar; auf den Feldern rings um Kingaroy gediehen Erdnüsse und Bohnen, die den Farmern Wohlstand brachten.

Wohlig ermüdet von der langen Wanderung, kehrten Catriona und ihre Eltern ins Camp zurück. Kane erwartete sie; er war sichtlich aufgeregt. Er warf Catriona einen Blick zu und nahm Declan dann beim Ellenbogen, um ihn außer Hörweite zu führen.

Sie bemerkte, dass ihr Vater blass wurde. Er warf einen bangen Blick zurück zu ihrer Mam, die neben ihr stand, und schien ihr wortlos etwas mitzuteilen. »Was ist los, Mam?«, fragte sie ängstlich.

»Bleib hier!«, befahl Velda in scharfem Ton. »Mach dich nützlich und häng den Wasserkessel übers Feuer. Wir könnten alle eine Tasse Tee gebrauchen.« Damit gesellte sie sich zu den beiden Männern, und nach einer kurzen Besprechung gingen alle drei zu dem Zelt, das unter einem hohen Farn aufgeschlagen war.

Catriona überlief es kalt, denn plötzlich wusste sie, was passiert war. Sie ließ den Blechkessel am glühenden Feuer stehen und näherte sich langsam dem Zelt.

Velda kam heraus, grau vor Trauer. Sie sah Catriona, aber der Tadel erstarb auf ihren Lippen, und die erste Träne rollte ihr langsam über die Wange. »Er ist eingeschlafen«, sagte sie leise. »Für Max ist die Reise zu Ende. Er hat endlich Ruhe gefunden, der arme alte Mann.« Sie schlug die Hände vors Gesicht und weinte.

Catriona war dem Tod noch nie begegnet, aber obwohl sie Angst vor dem hatte, was sie vorfinden würde, wischte sie sich die Tränen ab und spähte durch die Zeltklappe. Sie war überrascht. Wie friedlich Max aussah! Ganz so, als sei er eingeschlafen, die Sorgenfalten geglättet von dem traumlosen, endlosen Schlaf, aus dem er nie mehr erwachen würde.

Dann sah sie Patch. Der kleine Terrier lag zusammengerollt an Max' Seite. Mit hängenden Ohren schaute er sie an, und samtene Trauer lag in seinem Blick. Zögernd betrat sie das Zelt, das vom grünen Zwielicht des Waldes erfüllt war, und näherte sich der reglosen Gestalt.

Patch stellte die Ohren auf; seine Nackenhaare sträubten sich, und er knurrte – eine Warnung an Catriona: Sie solle sich fern halten und seinen Herrn in Frieden lassen.

»Komm heraus, Kind!«, sagte Velda. »Das hier ist kein Ort für dich.«

»Aber wir können Patch doch nicht hier lassen.«

»Er wird schon herauskommen, wenn er Hunger hat«, versprach Velda, und sie führte ihre Tochter hinaus. »Du wirst jetzt Tee kochen, und ich werde Max bereitmachen. Dein Vater ist nach Kingaroy gegangen, um einen Priester zu holen, und du musst tun, was ich dir sage.«

Catriona wollte wissen, was es bedeutete, Max »bereitzumachen«, aber ein Blick ihrer Mutter genügte, um sie zum Schweigen zu bringen. Tränenblind machte sie sich auf die Suche nach trockenem Holz für das Feuer, und als es gut brannte, setzte sie sich auf einen Holzklotz davor.

Kane gelang es schließlich, Patch beim Nacken zu packen und aus dem Zelt zu holen. Er knotete einen kurzen Strick an sein Halsband und schlang das andere Ende um einen Baumstamm. Verwirrt legte Patch die Nase auf die Vorderpfoten und winselte. Aber anscheinend trauerte er lieber allein, denn wenn sich jemand nähern wollte, fletschte er die Zähne und knurrte.

Der Priester traf ein, als die Sonne hinter den Bäumen verschwand. Er war ein hoch gewachsener, hagerer Mann mit wettergegerbtem Gesicht und gütigem Lächeln. Nach dem schnellen Ritt von Kingaroy hierher war sein Pferd schweißnass; Catriona führte es zu dem kleinen Bach, damit es saufen konnte, während der Priester das Zelt betrat.

Patch sprang auf und zerrte an seiner Leine, als Kane und Dad das leblose Bündel aus dem Zelt zu dem tiefen Loch schleppten, das sie gegraben hatten. Velda hatte Mitleid mit ihm, aber sie umklammerte den Strick mit fester Faust und hielt ihn mühsam zurück.

Catriona stand neben ihrer Mutter, als Max behutsam in sein Grab gesenkt wurde. Er trug sein Bühnenkostüm und war in eine seiner alten Decken gehüllt, um ihn vor der Kälte der Erde zu schützen, die ihn bald bedecken würde. Es fröstelte sie, als der Priester die kurze Totenandacht hielt, und sie weinte, als die Erde das Grab langsam füllte.

Patch winselte, und seine Krallen scharrten über den Boden, aber die Leine hielt ihn zurück, als das roh behauene Kruzifix in die Erde gerammt wurde. Sie setzten Max' kecken Hut darauf. Die grünen Federn daran waren verblichen, das Band verschlissen, aber es erinnerte eindringlich an den Mann, der im Laufe der Jahre so vielen Menschen Freude gebracht hatte.

Velda bedankte sich bei dem Priester, und jetzt endlich konnte Patch entkommen. Er kletterte flink auf den weichen Erdhügel und beschnupperte das Holzkreuz. Winselnd untersuchte er den Hut und sah sich immer wieder suchend um. Schließlich legte er sich mit einem unendlich traurigen Seufzer hin und ließ die Schnauze auf die Pfoten sinken.

Father Michael sah, wie betrübt Catriona den kleinen Hund betrachtete, und nahm ihre Hand. »Er muss trauern wie wir alle«, sagte er mit einem weichen irischen Akzent, den die Jahre in Australien nicht hatten schwinden lassen. »Das habe ich schon öfter gesehen. Niemand ist so treu wie ein Hund – er ist wirklich der beste Freund des Menschen.«

»Aber wir können ihn nicht hier lassen«, schluchzte sie. »Wer soll ihn füttern und für ihn sorgen?«

Der Priester lächelte. »Ich werde jeden Tag herkommen und nach ihm sehen«, versprach er. »Und wenn er keine Lust mehr hat, allein hier draußen zu sitzen, nehme ich ihn mit nach Hause.«

»Werden Sie es auch nicht vergessen?«

Er schüttelte den Kopf. »Wir alle sind Geschöpfe Gottes,

Catriona, und Gott sieht auch unsere Sorge um einen kleinen Hund. Ich würde nicht nur dich, sondern auch ihn enttäuschen, wenn ich mein Versprechen nicht halten wollte.«

Früh am Morgen nach dem Begräbnis brachen sie das Lager ab. Patch lag immer noch auf dem Erdhügel und wartete auf Max. Catriona versuchte vergeblich, ihn mit einem Hühnerknochen wegzulocken. Sie streichelte ihm den Kopf, und er leckte ihr betrübt die Finger, machte jedoch keine Anstalten, ihr zum Wagen zu folgen.

Jupiter wurde eingespannt, Kane saß bereits auf seinem tänzelnden Wallach, und Catriona zwängte sich zwischen die Eltern auf dem Bock. Als sie die Lichtung verließen, sah sie sich noch einmal um. Schon jetzt sah der Erdhügel einsam aus, und der Abschied ließ ihr neue Tränen über das Gesicht laufen.

»Es ist ein friedlicher Ort für seine letzte Ruhe.« Velda tupfte ihr mir einem Taschentuch die Tränen ab. »Gott muss dieses Land berührt haben, dass es so schön ist. Sieh doch den Wasserfall, Kitty. Sieh nur, wie er rauscht und glitzert – und hörst du die Vögel singen?« Sie legte den Arm um die Schultern ihrer Tochter und drückte sie an sich. Declan ließ die Zügel auf Jupiters Rücken klatschen und lenkte ihn über den gewundenen Pfad. »Es ist immer ein Fehler, zurückzuschauen, acushla«, sagte sie leise. »Und für Patch ist gesorgt. Der Priester ist ein ehrenwerter Mann.«

Catriona bemühte sich, die Pracht der Umgebung in sich aufzunehmen, die sie noch gestern so beeindruckend und aufregend gefunden hatte. Aber sie konnte an nichts anderes denken als an die sonnige Lichtung, den dunklen Wald und das einsame Grab mit seinem traurigen kleinen Wächter. Und sie hoffte von ganzem Herzen, dass der Priester sein Wort halten würde.

VIER

S ie reisten immer weiter nach Norden. Aus Tagen wurden Wochen, und dann traf sie ein neuer Schlag: Kanes Geld war fort. Mit aschgrauem Gesicht kam er aus der Stadt zurück, eine Zeitung in der Hand. Seine Investitionen waren verschwunden – zusammen mit den Großaktionären einer Reederei, in die er im festen Glauben an eine sichere Anlage sein ganzes hart verdientes Geld gesteckt hatte. Fortan war er auf die kleinen Beträge angewiesen, die seine Familie in England ihm per Post überwies. Es war ein schwerer Schlag. Seine Fröhlichkeit war wie weggewischt, und er war mürrisch und wortkarg.

Die Farm Bunyip erstreckte sich über Tausende Hektar im Herzen des Outback von Queensland, und hier gab es Arbeit für jeden, der bereit war, die Hitze und die Fliegen zu ertragen und in der gnadenlosen Einsamkeit Pfähle in den Boden zu schlagen und Zäune zu reparieren. Weil es den Winter über viel geregnet hatte, war das Gras saftig und dicht und die Schafe waren fett und hatten eine prächtige Wolle. Nun, im Hochsommer, wurden sie geschoren, und viele Mäuler waren zu füttern. Velda und Catriona übernahmen es, in den vier Wochen, die die Scherer auf dem Anwesen verbringen würden, die riesige Küche zu leiten.

Das Farmhaus war ein lang gestrecktes, flaches Gebäude im Schatten von Bäumen. Die Küche lag neben den Scherbaracken, und die Luft über dem Wellblechdach flimmerte im Hitzedunst. Aus den Baracken drang unaufhörlich Lärm: Schafe blökten,

Männer fluchten, und das wütende Summen der elektrischen Scheren dröhnte in der drückenden Hitze. Unbarmherzige Fliegenschwärme hingen wie Wolken in der Luft, und auch nach Sonnenuntergang blieb es so heiß, dass man kaum schlafen konnte.

Catrionas Welt bestand aus Bergen von Kartoffeln und Gemüse, die für den Kochtopf geschält, geputzt und geschnitten werden mussten. Wenn sie damit nicht beschäftigt war, half sie beim Abwaschen. Zwischen den eisernen Gerätschaften der Küche herrschte sengende Hitze, und die Herde glühten von früh bis spät. Drei tägliche Mahlzeiten für über hundert Männer – das war eine Aufgabe, die Veldas Kräfte fast überstieg, aber trotz der langen Arbeitstage in der zermürbenden Hitze überstanden sie den Monat.

»Ihr wart gut«, sagte der Farmer, als er ihnen den Lohn auszahlte. »Bestimmt wollt ihr nächstes Jahr wiederkommen?«

Catriona sah ihre Mutter an, die blass und zerzaust und von den höllischen Temperaturen in der Küche ausgelaugt war. Velda schüttelte den Kopf. »Wir werden wohl nicht wieder in diese Gegend kommen«, sagte sie leise und wandte sich ab. Als sie außer Hörweite waren, nahm sie Catriona bei der Hand. »Ich habe das Gefühl, als wäre ich aus dem Gefängnis entlassen worden«, sagte sie seufzend. »Es muss doch eine leichtere Art geben, sich seinen Lebensunterhalt zu verdienen, oder?«

»Wir haben genug Geld, um uns eine Weile über Wasser zu halten«, sagte Catriona.

Velda gab Declan ihren Lohn. »Bewache dieses Geld mit deinem Leben«, knurrte sie. »Ich will so etwas nie wieder tun.«

Langsam rumpelte der Wagen nordwärts, und die Schwüle nahm weiter zu. Noch die leichteste Kleidung hing schwer am Leib und war nach kurzer Zeit nass geschwitzt. Stechende Insekten hinterließen ihre Male an den bloßen Armen und Beinen, und Wolken von Fliegen umschwärmten die Gesichter. Nachts lastete die Hitze auf ihnen wie eine feuchte Wolldecke, die dicken, hässlichen Aga-Kröten lärmten unablässig, und immer wieder rissen grelle Blitze und dumpfes Donnergrollen sie aus einem unruhigen Schlaf.

Das wellige Grasland blieb hinter ihnen zurück, und sie zogen durch sattgrüne Zuckerrohrfelder, die von den Bergen mit ihren violetten Gipfeln fast bis zum funkelnden Streifen des Meeres am Horizont reichten. Das Zuckerrohr stand mehr als mannshoch in geordneten Reihen, die im heißen Wind wogten. Mit Schauder betrachtete Catriona die verrosteten Gleise der Zuckerbahn nach Bundaberg und zu den qualmenden Schloten der Raffinerien. Das Land hier im Norden erschien ihr wie ein undurchdringlicher Dschungel, finster und unerbittlich und voll von unsichtbaren Raubtieren, die nur darauf warteten, über jeden herzufallen, der nicht auf der Hut war.

Die Männer machten sich auf den Weg zur Raffinerie, wo sie sich nach Arbeit erkundigen wollten, während Velda und Catriona an den menschenleeren Meeresrand wanderten. Flache Dünen reichten bis an den Strand. Der Duft von Kiefern und Eukalyptus überlagerte den süßlichen Geruch des Rauchs, der aus den Schloten der Raffinerie aufstieg, und stachlige Grasbüschel, die im Sand ihr Dasein fristeten, raschelten hier und da im Wind.

Catriona stand staunend auf einer Düne. Das Meer dehnte sich funkelnd vor ihr, ein leuchtendes, klares Blau, wie sie es noch nie gesehen hatte. Boote glitten auf und ab über schäumende Wellen, ihre Segel strahlten im Sonnenschein. Aber was ihr den Atem raubte, war die endlose Weite. In ihren kühnsten Träumen hatte sie sich so etwas nicht vorgestellt. Sie und Velda streiften die Schuhe ab und rannten jauchzend durch den warmen, weichen Sand und auf die Wellen zu, die sich am Ufer brachen.

»Das Wasser ist warm«, flüsterte sie beeindruckt. Sie raffte ihr Kleid hoch und wagte sich ein Stück weiter hinein, und sie lachte, als kleine Wellen ihre Waden liebkosten und ihre Schenkel bespritzten. Über ihnen kreisten weiße Seevögel mit klagendem Schrei, und der warme Wind, der vom Meer heranwehte, roch sauber und salzig. Es war ein magischer Ort. Hier, dachte Catriona, ist alles möglich, wenn man es sich nur eindringlich genug wünscht.

»Können wir ein bisschen hier bleiben?«, fragte sie ihre Mutter.

Velda planschte im Wasser; sie sah zufrieden aus, und die Falten an ihren Mundwinkeln und Augen waren glatter. »Ja, wenn dein Dad und Mr Kane Arbeit finden.« Strahlend zog sie die Nadeln aus ihren prächtigen Haaren und ließ sie im Wind wehen. »Eine kleine Ruhepause können wir sicher alle gut gebrauchen. Also – warum nicht?«

Sie breitete die Arme aus und hob das Gesicht zur Sonne. So jung sah sie aus, so unbekümmert trotz der grauen Fäden, die vereinzelt in ihrem Haar schimmerten. Zum ersten Mal seit langer Zeit hatte Catriona das Gefühl, dass die Last der Trauer auf ihren Schultern ein wenig leichter wurde. Auch sie breitete die Arme aus und ließ sich von der Sonne bescheinen, drehte sich immer wieder im Kreis herum, bis ihr schwindlig wurde und ihr schwarzes Haar auf den Schultern hin und her schwang. In diesem glücklichen Augenblick konnte sie alles vergessen und wieder Kind sein.

In der Raffinerie gab es keine Arbeit, und so mussten Dad und Mr Kane sich bei den Zuckerpflanzern nach einer Anstellung umsehen. Es war eine harte, raue, unerbittliche Männerwelt, und nur wenige Frauen hatten den Mut und die Kraft, sich dort hineinzuwagen. Catriona und Velda fanden keine Arbeit.

Auf den Zuckerrohrfeldern arbeiteten nur die Zähesten. Sie arbeiteten hart und lebten genauso, und wenn der Sonntag kam, betranken und prügelten sie sich mit der gleichen Härte. Kameradschaft war alles, und jeder hatte den Ehrgeiz, der schnellste

Zuckerrohrschneider in seinem Team zu sein. Die einzelnen Teams bildeten beinahe urzeitliche Stämme, die sich regelmäßig bekämpften und ihr jeweiliges Territorium eifersüchtig bewachten und beschützten.

Diese Männer wohnten in lang gestreckten, verwahrlosten Baracken, die auf Pfählen im Regenwald standen. Sie waren vor der Zeit alt – verbrannt von der Sonne, gebeugt von der Hitze, und Falten der Erschöpfung waren in ihre Gesichter gemeißelt. Sie trugen zerlumpte Unterhemden und ausgebeulte Shorts; dicke Socken und schwere Stiefel schützten ihre Knöchel. Jeder von ihnen hatte den gleichen Traum: eines Tages eine eigene Zuckerpflanzung zu besitzen. Unbeirrbar verfolgten sie immer das gleiche Ziel: die stattlichen Prämien einzustreichen, die sie bekamen, wenn sie an diesem Tag mehr ernteten als am Tag zuvor.

Dieser Ehrgeiz war vergessen, wenn sie ihr schwer verdientes Geld am Wochenende vertranken. Aber das Zuckerrohrschneiden machte durstig – und ein Mann, der nicht trank, war kein Kumpel und gehörte nicht zum Stamm.

Die endlos schwüle Hitze und die Schwärme von Moskitos und Fliegen, die sie unaufhörlich attackierten, zehrten an den Kräften. Aber diese Männer kannten kein anderes Leben, und sie dachten nicht daran, diese vertraute Welt, in der jeder nach seiner Kraft und seiner Hartnäckigkeit beurteilt wurde, zu verlassen, um nachzusehen, was es jenseits der Zuckerrohrfelder noch gab. Viele litten an Leptospirose, an Ruhr und Malaria, doch sie hielten sich trotzdem auf den Beinen, denn die Verlockung des Geldes, das sie verdienen konnten, war ein ganz eigenes Fieber.

Von Sonnenaufgang bis Sonnenuntergang plagten sich Declan und Mr Kane sich in der dampfenden, fliegenverseuchten Hitze mit ihren Macheten, zerschnitten von den rasiermesserscharfen Fasern des Zuckerrohrs und in ständiger Angst vor den riesigen Ratten, die um ihre Füße wimmelten – ein Biss ihrer mörderischen Zähne konnte Krankheit und vielleicht sogar den Tod bedeuten. Bald waren ihre weichen Hände von Blasen bedeckt, und die schweißnassen Kleider hingen zerlumpt an ihren sonnenverbrannten, zerstochenen Körpern. Ihre Haut war streifig vom Staub und von der Asche der abgeernteten, niedergebrannten Felder. Der Schmutz saß so tief in ihrer Haut, dass nicht einmal ein Bad im Meer ihn lösen konnte. Es war eine mörderische Arbeit, und der Hohn der Männer, die in dieser Hölle lebten und es zu genießen schienen, machte sie nicht leichter.

Velda und Catriona wuschen den beiden die Wunden und bestrichen sie mit Salbe, aber an den rotgeränderten Augen, dem Sonnenbrand und den Insektenstichen konnten sie nichts ändern, und auch nicht an der Erschöpfung, die sie jeden Abend über ihrem kärglichen Essen einschlafen ließ. Sogar Kane schien allen Schwung verloren zu haben. Er unterhielt sie nicht mehr mit seinen unglaublichen Geschichten, über die Catriona immer so sehr gelacht hatte.

Nach zwei Wochen hatte Velda genug. Sie hatten einen guten Platz für den Wagen ausgesucht, hoch über den Zuckerrohrfeldern auf einem flachen Plateau. Hier oben war es ein bisschen kühler; ein Fluss floss unten vorbei, und die Moskitos waren keine solche Plage. Aber sie sah, was das Leben auf den Zuckerrohrfeldern aus ihrem Mann machte, und es gefiel ihr nicht, dass er langsam in diese zwielichtige Welt hineingezogen wurde.

Sie betrachtete die beiden Männer, die müde und mit hängenden Köpfen vor ihren Teebechern saßen, und traf eine Entscheidung. »Wir verlassen dieses Höllenloch«, bestimmte sie. »Morgen holt ihr euren Lohn ab, und dann fahren wir weiter. Ich erlaube nicht, dass einer von euch beiden sich hier umbringt.«

»Aber wir verdienen gutes Geld, Velda«, protestierte Declan. »Noch eine Woche, und ich kriege zwei Pfund mehr. Und in einem Monat verdiene ich mehr als je zuvor.«

»Noch eine Woche, und du bist tot«, fuhr sie ihn an. »Wir fahren morgen ab, Declan. Und das ist mein letztes Wort.«

Catriona hatte sie noch nie so mit ihrem Mann reden hören, und vielleicht hätte sie protestiert, wenn sie den Funken Dankbarkeit im Blick ihres Vaters nicht gesehen hätte. Die Erschöpfung und das verletzte Selbstwertgefühl beugten sein Rückgrat, und er fügte sich ihrem Wunsch. Erst als sie sah, wie er zum Wagen schlurfte und hineinkletterte, wurde ihr klar, warum Mam ihm die Entscheidung aus der Hand genommen hatte. Er war zu stolz zuzugeben, dass er es nicht schaffte. Zu krank im Herzen, um auszusprechen, dass er vielleicht nichts mehr tun konnte, um seine Familie zu ernähren.

Es zerriss ihr das Herz, als er auf seine Matratze fiel. In wenigen Augenblicken würde er eingeschlafen sein – aber vielleicht würde er jetzt besser träumen, nachdem er wusste, dass er morgen nicht wieder auf die Felder würde gehen müssen.

Auch Kane fügte sich der Forderung ihrer Mutter. Das Zuckerrohr muss etwas Furchtbares sein, wenn es zwei solche Männer so sehr zermürben kann, dachte Catriona. Auch wenn sie es bedauerte, den Ozean und den Strand wieder zu verlassen – alles wäre besser, als die beiden weiter so mutlos zu erleben.

Der nächste Tag begann strahlend, aber dichte Wolken zogen von den Bergen heran und brachten bald erfrischende Kühle auf ihre Anhöhe. Dad und Kane waren im Camp der Zuckerrohrschneider, um ihren Lohn abzuholen, und Catriona half ihrer Mutter beim Packen.

»Können wir noch mal zum Strand gehen, Mam?«, fragte sie, als die letzte Kiste verstaut und das Feuer ausgetreten und mit Erde zugeschüttet war.

Velda lächelte, aber es war ein müdes Lächeln. Mit dem Handrücken wischte sie sich eine schweißfeuchte Haarsträhne aus der Stirn. »Wir warten noch auf deinen Dad«, sagte sie. »Ich glaube, die Männer können auch einen Sprung ins Wasser vertragen, bevor wir abfahren.«

Sie versteckten das Lohngeld im Wagen und fuhren dann mit dem Gespann ein letztes Mal zum Strand hinunter. Catriona war zu ungeduldig, um auf die Erwachsenen zu warten; sie rannte ins Wasser, dass es um sie herum aufsprühte wie tausend Diamanten. Mit beiden Händen schöpfte sie das Salzwasser und wusch sich Gesicht und Arme. Es linderte das Jucken der Insektenstiche und spülte den Staub ab, und am liebsten hätte sie sich ausgezogen, um ganz hineinzutauchen.

Auch die Erwachsenen tollten lachend im flachen Wasser umher. Catriona machte sich auf die Suche nach Muscheln, und fasziniert beobachtete sie, wie ein kleiner Krebs über den nassen Sand krabbelte und eine Perlenspur hinterließ, ehe er sich schließlich am Rand des Wassers eingrub.

Dann schaute sie hinaus auf das endlos blaue Meer. Sie musste die Hand über die Augen halten, denn das Licht der Sonne, die zwischen den aufziehenden Wolken herabschien, lag gleißend auf dem Wasser. Die Schatten der Wolken jagten über den Meeresspiegel dahin und verwandelten das Türkisblau in ein dunkles Grün, von weißem Gischt überzogen wie von einer Spitzendecke. Möwen kreisten schreiend am Himmel.

Kane war aus dem Wasser gekommen und stand neben ihr. »Ist wunderschön hier«, seufzte sie. »Ich wünschte, wir könnten bleiben.«

Er legte den Arm um sie und drückte sie an sich. »Wir alle müssen weiter«, sagte er. »Und in Cairns ist das Meer genauso schön.«

Sie schaute zum Himmel. Der Wind hatte aufgefrischt, und die Wolken waren dichter geworden und tauchten die Welt in ein geisterhaftes Zwielicht. Es fröstelte sie, und sie schlang die Arme um ihre Taille. »Es wird kalt.«

»Da zieht ein Tropengewitter auf.« Kane beschirmte die Augen und spähte auf die See hinaus. »Und wenn ich mich nicht irre, wird es heftig regnen. Wir sollten den Wagen vom Strand herunterfahren, sonst bleiben wir im Sand stecken.«

»Aber es ist Sommer«, wandte Catriona ein. »Im Sommer regnet es nie.«

»Im Süden nicht.« Kane lächelte. »Aber hier oben im Norden ist Regenzeit. Da treten Flüsse über die Ufer, Straßen werden weggeschwemmt, der Blitz schlägt ein, und der Donner grollt.« Er legte ihr einen Finger unters Kinn und sah ihr in die Augen. »Aber du brauchst keine Angst zu haben, Catriona. Ich werde dafür sorgen, dass dir nichts passiert.«

Catriona wich vor seiner Berührung zurück. »Mein Dad passt auf mich auf«, sagte sie entschieden. »Außerdem bin ich kein Baby, das Angst vor einem blöden Gewitter hat.«

»Nein, das bist du nicht«, sagte er nachdenklich und betrachtete das nasse Baumwollkleid, das ihr am Körper klebte. »Im Gegenteil, du bist schon ziemlich erwachsen.« Sein Daumen strich über das Grübchen an ihrem Kinn. »Wie alt bist du jetzt? Ich hab's vergessen.«

»Ich bin elf.« Wieder wich sie zurück. Unter seinem forschenden Blick war ihr unbehaglich. Sie verschränkte die Arme vor den kleinen Knospen ihrer Brüste, und plötzlich war ihr bewusst, wie der nasse Baumwollstoff an ihnen klebte. »Und alt genug, um nicht wie ein Kind behandelt zu werden.«

»Wie Recht du hast«, sagte Kane leise und nachdenklich.


Bald darauf verschwand die Sonne vollends hinter den wallenden schwarzen Wolken, die von den Bergen heranzogen. Ein kalter Wind peitschte die Palmen und Farne an der Piste, sie rauschten und tanzten, während der Wagen durch das Hinterland fuhr. Sie hatten gehofft, dem Unwetter zu entgehen, wenn sie die Küste verließen – oder wenigstens Schutz zu finden –, aber es sollte kein Entkommen geben.

Es fing an zu regnen, zuerst sanft, ein langsames Tröpfeln auf das Dach des Wagens, das sich ganz behaglich anhörte. Aber nur zu bald wurde es zu einem schnellen Trommelwirbel, das jedes andere Geräusch übertönte. Die Regentropfen prasselten auf die Bäume, spritzten auf die hartgetrocknete Erde und prügelten sie zu Schlamm. Wie ein großer, grauer Vorhang hüllte das Wasser alles ein, blendete die gesamte Umgebung aus und brachte Nacht, wo eben noch heller Tag gewesen war.

Catriona und ihre Eltern duckten sich; ihre leichten Regenmäntel waren der Wucht des Wolkenbruchs nicht gewachsen. Jupiter stapfte mit gesenktem Kopf voran; die Mähne klebte an seinem triefenden Hals, und seine Hufe ließen die Pfützen spritzen. Er musste schwer arbeiten, denn die Wagenräder versanken im Schlamm. Kane trug einen dicken, wasserdichten Viehtreibermantel, der vom Hals bis zu den Füßen reichte; er saß im Sattel und drückte das Kinn in den Kragen. Das Wasser floss in Strömen von der Krempe seines Buschhuts.

»Geht nach hinten in den Wagen«, schrie Declan. Seine Stimme ertrank fast im Dröhnen des Regens. »Bevor ihr euch den Tod holt.«

Catriona und Velda kletterten über die Vorderwand des Wagens durch die schmale Klappe nach hinten in den halbwegs trockenen Wagen. Sie trockneten sich die Haare und zogen sich hastig um. Reden war unmöglich, so laut hämmerte der Regen auf das Dach.

Catriona setzte sich auf die Kapokmatratze und spähte durch den Spalt der Klappe zu ihrem Dad hinaus. Mit hochgezogenen Schultern saß er tropfnass auf dem Bock und umklammerte die glitschigen Zügel. Sein Blätterhut, den einer der chinesischen Kulis auf der Zuckerrohrplantage geflochten hatte, hing aufgeweicht herab, und der Regen troff wie ein kleiner Wasserfall daran herunter.

Von ihrer hohen Warte hinter dem Bock sah Catriona, dass die breiten Palmblätter sich unter der Last des Wassers herunterbogen. Der Bach, an dem sie entlangfuhren, war angeschwollen und rauschte über dunkelrote Felsen, die vor kurzem noch trocken gewesen waren.

Das Mädchen schmiegte sich an seine Mutter, und zusammen

schauten sie hinaus in das Zwielicht. Catriona fühlte sich warm und sicher in ihrem kleinen Zuhause; sie war gern wieder Kind und lachte über die Possen der Vögel draußen.

Die Gallahs und Rosellas hingen kopfüber an den Zweigen, spreizten krächzend und zwitschernd die Flügel, um sich von Zecken und Läusen zu reinigen. Die weißen Kakadus richteten ihre schwefelgelben Kämme auf, schimpften flügelschlagend und suchten Halt auf den schlüpfrigen Ästen. Kookaburras plusterten sich auf und drückten die Schnäbel an die Brust; ihr Kichern drang gedämpft durch das Rauschen des Regens.

Catriona erschauerte erwartungsvoll, als sie den Donner grollen hörte. Dunkel und bedrohlich durchdrang er das Tosen ringsum. Grelle Lichtflächen erleuchteten den Busch und ließen die schwarzen Felsblöcke, die wie Wachtposten zwischen den Bäumen standen, hart hervortreten. Catriona hatte einen gesunden Respekt vor dem Gewitter, aber Angst hatte sie nicht. Gewitter gehörten zu ihrem Leben wie die Hitze und der Staub – und dieses hier versprach besonders schön zu werden.

Der Donner klang jetzt dunkler, und er schien näher zu kommen. Blitze strahlten in gleißendem Weiß unter den violetten Wolken, die über den Himmel jagten, und verwandelten den Regen in einen funkelnden Vorhang. Roter Lehm klebte an Jupiters schweren Hufen; tapfer stapfte er weiter durch die reißenden Bäche, die von den Bergen herab über das ausgetrocknete Land strömten.

Ein krachender Donnerschlag ließ die Erde erzittern, und ein gabelförmiger Blitz erhellte die Welt. Knatternd und fauchend fuhr er in einen Baum vor ihnen. Das Holz explodierte mit einem ohrenbetäubenden Kanonenschlag und ging in Flammen auf.

Jupiter wieherte ängstlich, bäumte sich auf und fuhr mit den Vorderhufen durch die Luft.

Declan schrie. Der Wagen schlingerte und schaukelte, sodass er Mühe hatte, das Gleichgewicht zu halten.

Catriona und Velda wurden hin und her geschleudert. Sie prallten gegen die Holzwände und stießen sich Ellenbogen und Knie am harten Boden. Ihre Schreie gingen unter im Getöse des Sturms.

Kane hielt sich fest im Sattel und zog die Zügel straff. Der Wallach bäumte sich auf und tänzelte auf den Hinterbeinen. Mit flach angelegten Ohren drehte er sich im Kreis, rollte verängstigt die Augen und versuchte den Mann auf seinem Rücken abzuwerfen, um zu fliehen.

Gezackte Blitze spalteten den Himmel, und der Donner krachte. Der Baum loderte hell, eine Flammensäule in der Dunkelheit. Mit hungrigen Zungen leckte das Feuer an abgebrochenen Ästen und Blättern, die geschützt und trocken unter dem überhängenden Laubwerk lagen. Flink wie eine Schlange glitt es durch das Unterholz, kletterte an der zarten weißen Rinde junger Sprösslinge herauf und begann sie zu verschlingen.

Jupiter kämpfte mit seinem Geschirr und sträubte sich gegen die Zügel. Donnernd kamen seine Vorderhufe wieder auf den Boden, fanden Halt – und in seiner Angst stürmte er in vollem Galopp über den schlammigen Weg voran.

Declan hielt die Zügel fest umklammert und stemmte die Füße gegen das Bodenbrett, um nicht herunterzufallen. Er konnte kaum etwas sehen und fühlte die Zügel in den kalten, klammen Fingern nicht mehr. Er schrie etwas zu Kane hinüber, aber seine Stimme verhallte ungehört im Weltuntergangsdröhnen.

Jupiter warf den Kopf hin und her und jagte in panischer Flucht voran. Seine mächtigen Beine stampften durch den Schlamm. Er wollte nur noch fliehen. An den Karren, der hinter ihm her holperte wie ein Kinderspielzeug, dachte er nicht mehr.

Ein Felsblock lag am Rand des Weges, groß, zerklüftet und genau an ihrer Bahn. Ein eisenbereiftes Rad prallte krachend dagegen, und der Zusammenstoß ließ den ganzen Wagen erbeben.

Declan wirbelte durch die Luft. Wie eine Lumpenpuppe landete er auf einem zweiten Felsen, und seine Knochen splitterten wie Reisig.

Auch Catriona schrie. Sie flog durch den Wagen und wurde zu Boden geschleudert. Etwas Scharfes bohrte sich in ihr Handgelenk. Velda klammerte sich an die Klappe am vorderen Ende und rief Kane lautstark um Hilfe, als der Wagen vollends außer Kontrolle geriet.

Mit einem lauten Fluch stieß Kane seinem Pferd die Fersen in die Weichen und trieb das Pferd auf den durchgegangenen Jupiter zu. Er beugte sich hinüber und packte dann schnell die Zügel des großen Pferdes. Er hielt sie mit aller Kraft fest, doch im nächsten Augenblick wurde er aus dem Sattel gerissen und umstandslos durch den Schlamm geschleift.

Der Wallach jagte befreit davon.

Jupiter war ein altes Pferd und für eine so panische Flucht nicht mehr geschaffen. Kopfschüttelnd sträubte er sich gegen das hartnäckige Zerren an den Zügeln, aber bald wurde ihm klar, dass er weder den beschädigten Wagen noch den Mann loswerden würde, der ihn so verbissen festhielt. Schließlich ging ihm der Atem aus, und zitternd blieb er stehen. Seine mächtigen Flanken bebten.

Velda sprang aus dem Wagen und rannte den Weg entlang zurück.

Catrionas Handgelenk brannte wie Feuer. Der Knochen schimmerte durch die blutende Haut. Ihr Magen krampfte sich zusammen, und Galle stieg ihr in die Kehle. Doch sie musste jetzt zu ihrem Vater. Sie schluckte kräftig, atmete tief durch, hielt den verletzten Arm fest und kletterte in den Schlamm hinunter. Schwarze Wolken wehten durch ihren Kopf, als müsse sie ohnmächtig werden, aber sie kämpfte dagegen an und lief zurück zu ihrem Vater.

Declan lag regungslos mit grauem Gesicht da. Der Regen prasselte auf seine geschlossenen Lider und strömte über seine

Wangen. Velda kniete neben ihm und hielt seine Hand. Ihr hochgestecktes Haar hatte sich gelöst und lag nass und verfilzt auf Schultern und Rücken. Das Kleid klebte ihr am Körper; man sah die Knoten der Wirbelsäule und die vorspringenden Hüftknochen. Sie betastete ihren Mann von Kopf bis Fuß.

Catriona sank neben ihr in den Schlamm. Ihr war übel von den Schmerzen in ihrem Handgelenk – übel auch vor Angst um ihren Dad. »Er ist doch nicht tot, oder?«, fragte sie, aber sie musste die Frage wiederholen, weil ihre Mutter sie im Rauschen des Regens nicht gehört hatte.

Velda schüttelte den Kopf. »Nein, aber er ist schwer verletzt«, schrie sie. »Hol mir eine Decke und die kleine Flasche Brandy aus meinem Korb.«

Catriona stand auf. Stechender Schmerz durchzuckte sie, und wieder füllten die schwarzen Wolken ihren Kopf und nahmen ihr die Sicht. Sie wollte rufen, wollte dagegen ankämpfen, aber nun waren sie stärker. Ihre Knie knickten ein, der Boden kam ihr entgegen, und sie hörte den Aufschrei ihrer Mutter.

Catriona fühlte den Regen wie kalte Nadelstiche im Gesicht und öffnete die Augen. Sie war verwirrt. Warum lag sie im Schlamm? Wo war sie überhaupt? Was war das für ein sengender, pochender Schmerz in ihrem Handgelenk?

Sie zwinkerte das Wasser aus den Augen und sah, dass Kane sich über sie beugte. Seine Hände wühlten sich unter ihr in den Schlamm, um sie aufzuheben. Er ignorierte ihren matten Protest, drückte sie an sich und trug sie durch den Regen zu der Segeltuchplane, die er zwischen den Bäumen gespannt hatte. Dann fiel ihr alles wieder ein. »Dad!« Zappelnd wollte sie sich loswinden. »Wo ist Dad?«

»Halt still!«, schrie Kane durch den Wolkenbruch. »Es ist alles in Ordnung.«

Catriona sträubte sich weiter, bis er sie absetzen musste. Den verletzten Arm an die Brust gekrümmt, platschte sie durch den Schlamm und fiel fast hin, als sie den Unterschlupf erreichte.

Dad lag auf einer Wolldecke; der Blutfleck auf dem Kissen unter seinem Kopf breitete sich aus wie die schaurigen dunkelroten Blumen, die auch an seinem Fußknöchel und auf seinem Brustkorb blühten. Sein Gesicht war fahl, und seine Augen waren geschlossen. Seine Brust hob und senkte sich schnell, und sein Atem klang wie ein ersticktes Gurgeln.

Velda wandte sich von ihm ab, nahm Catriona in den Arm und untersuchte behutsam deren Handgelenk. Sie zog einen langen Seidenschal aus ihrer geräumigen Reisetasche, machte daraus eine Schlinge für das verletzte Gelenk und setzte Catriona dann vorsichtig auf die Decke neben ihren Vater. Sie musste den Mund dicht an Catrionas Ohr halten, damit ihre Tochter sie hören konnte.

»Es ist gut, dass du in Ohnmacht gefallen bist. Kane konnte den Knochen richten, als du bewusstlos warst, und nur seiner Geistesgegenwart verdanken wir, dass du nicht verblutet bist.«

Catriona betrachtete das Handgelenk. Ein Streifen Baumwollstoff war dicht unter dem Ellenbogen um den Unterarm gewickelt, und mit einem kräftigen Stock war der Stoff so straff zusammengedreht, dass der Arm pochte. Ein zweiter Baumwollstreifen war um ihr Handgelenk geschlungen und mit einer großen Sicherheitsnadel befestigt. Gottlob war kein Blut zu sehen, und auch kein Knochen schimmerte durch die Haut, sodass ihr nicht gleich wieder übel wurde.

Sie griff nach dem Stock, aber Velda schob ihre Hand zur Seite. »Lass das«, sagte sie. »Damit wird der Arm abgebunden, damit es nicht weiter bluten kann.«

»Was ist mit Dad?« Catriona sah auf die wachsenden roten Blumen auf seiner Kleidung. »Kann man das Blut nicht auch stillen?«

Kane band Schienen an Declans zerschmettertem Bein fest und ließ sich in die Hocke zurücksinken. »Der Verband hält nicht«, sagte er. »Ich kann nicht genug Druck aufbringen.« Er kontrollierte den Verband um Declans Brust noch einmal und stand dann auf. »Wir müssen sie beide zu einem Arzt schaffen, und zwar schnell«, rief er Velda durch den Donner zu. »Kommen Sie, Velda, Sie müssen mir helfen, das Rad zu reparieren.«

Catriona lag neben ihrem Vater, und ihre kleine Hand hielt die seine, während er nach Atem rang und um sein Leben kämpfte. Ihre Tränen mischten sich mit dem Regenwasser auf ihrem Gesicht. Ihre Mutter und Mr Kane stapften mit gesenktem Kopf durch den Schlamm. Mams Kleid war durchnässt und klebte an ihren Beinen. Ihre Schuhe blieben im Schlamm stecken, und bald hatte sie beide verloren. Kane, der für dieses Wetter besser ausgerüstet war, marschierte vor ihr her. Seine Stiefel ließen die Pfützen spritzen.

Ein Gurgeln drang aus der Kehle ihres Vaters, und blutiger Schleim schäumte an seinem Mundwinkel. Catriona hielt seine Hand fest umklammert und versuchte, ihm etwas von ihrer jugendlichen Kraft abzugeben und ihm Mut zu machen. Er durfte nicht sterben.

Die Welt außerhalb der Segeltuchplane war grau, und die beiden Gestalten, die da mit dem Wagen kämpften, wirkten so klein und verwundbar, dass Catriona ihnen gern geholfen hätte. Aber das war unmöglich. Der Schmerz durchströmte sie in quälenden Wellen und überwältigte sie von Neuem, brachte Dunkelheit und barmherziges Nichts. Sie hielt Dads Hand fest und ließ sich hineinsinken.

Francis Kane hämmerte den letzten Nagel in das Rad, und mit Veldas Hilfe gelang es ihm, es wieder auf die Achse zu schieben und zu befestigen. Er schwitzte unter seinem langen Mantel, und das eiskalte Regenwasser, das von der Hutkrempe in seinen Nacken rann, plagte ihn außerdem.

Seine Hand glitt ab, und der Kopf des Nagels riss eine tiefe

Wunde in seinen Handballen. Leise fluchend wickelte er ein nicht sehr sauberes Taschentuch um die Hand. Es ist ein grauenvolles Land, dachte er grimmig, während er durch den Schlamm zu der Segeltuchplane stapfte. Die Sonne brannte, die Schwüle war erstickend, und im Regen konnte man ertrinken. Was zum Teufel wollte er eigentlich hier? Er hätte die Truppe schon vor Monaten verlassen und eigene Wege gehen sollen; mit seinem Leben konnte er etwas Besseres anfangen als das hier.

Er blieb stehen und schaute auf den Verletzten und seine Tochter hinab. Es waren rhetorische Fragen – er kannte die Antworten ja schon. Es gab kein anderes Leben, keine anderen Möglichkeiten für ihn; sein Geld war weg, und er war dazu verdammt, hier in der Verbannung zu bleiben, solange diese Familie ihn bezahlte.

Er nahm das Kind auf den Arm und trug es zum Wagen hinüber, bettete es auf die Matratze und deckte es mit einer trockenen Decke zu. Er hockte sich neben Catriona und betrachtete das blasse kleine Gesicht, und mit sanftem Finger folgte er den Konturen ihrer Wange. So unschuldig sah sie aus, so zerbrechlich – wie eine Porzellanpuppe. Er konnte nicht widerstehen: Sanft drückte er die Lippen auf die heiße Stirn.

»Mr Kane, schnell! Wir müssen uns beeilen.«

Ungeduldig grunzend wandte er sich ab, als er Veldas Stimme hörte, und sprang wieder hinaus in den Regen. Schade um die teuren Reitstiefel: Sie waren ganz sicher verdorben. Mit Mühe unterdrückte er seine schlechte Laune und setzte ein besorgtes Lächeln auf, als er Velda zitternd vor Kälte und Angst unter der Plane hocken sah. Angewidert nahm er ihren dankbaren Blick zur Kenntnis, als er wieder einmal die Zügel in die Hand nahm. Wenn sie sich doch nur nicht so von ihm abhängig machen wollte – und wenn er doch nur die Willenskraft besessen hätte, mit den anderen fortzugehen. Zorn flammte in ihm auf, aber er unterdrückte ihn – jetzt war es zu spät, und die Würfel waren gefallen.

»Nehmen Sie das eine Ende der Decke, und ich nehme das andere. Aber achten Sie darauf, dass Sie ihn nicht durchrütteln.«

Declan war kein Leichtgewicht, und nur mit Mühe konnten sie ihn zum Wagen schleppen. Ihn in der Decke hineinzuwuchten, war unmöglich. Also nahm Kane den Mann auf den Arm, hob ihn so vorsichtig wie möglich hinauf und legte ihn zu seiner Tochter auf die Matratze.

Von der Arbeit auf den Zuckerrohrfeldern taten Kane die Knochen weh, und er war erschöpft von der anstrengenden Reparatur des Wagenrads und vom Transport Declans. Er stützte die Hände auf die Knie und versuchte wieder zu Atem zu kommen. Velda kletterte hinten in den Wagen und kümmerte sich um ihre Verletzten. Wütend starrte er hinaus in den Regen. Nun drohte wenigstens kein Buschfeuer mehr, dachte er ingrimmig. Aber das ist auch das einzig Gute daran.

Er richtete sich auf, denn er hörte Hufschlag. Der Wallach war zurückgekommen; anscheinend hatte er in dem Unwetter allein noch mehr Angst als in Gesellschaft. Dummer Gaul, dachte Kane und nahm die Zügel, um das Tier zu beruhigen, bevor er es hinten am Wagen anband.

»Wir müssen losfahren, Mr Kane«, rief Velda aus dem Wagen. »Declan geht es immer schlechter.«

Er legte zwei Finger an die Hutkrempe, und sein Lächeln war fast eine Grimasse. Mit eingezogenem Kopf kletterte er auf den Bock, nahm die Zügel und ließ sie auf den breiten Rücken des Zugpferds klatschen. Es wurde Zeit, Velda klar zu machen, dass er nicht ihr Lakai war. Zeit, seine Position zu klären und seine Pläne zu revidieren.

Trotz der Decke zitterte Catriona vor Kälte. Das Kleid klebte an ihr, und aus den Haaren, die ihr im Gesicht klebten, tropfte das kalte Wasser auf ihren Hals und durchfeuchtete das Kissen. Sie hörte Kane fluchen, und der armer Jupiter plagte sich mit dem

Wagen durch den nassen Schlamm. Wie lange würde es wohl dauern, bis sie wieder in Bundaberg wären? Ihr war, als liege sie schon stundenlang so im Wagen, und sie konnte es nicht erwarten, dieser Enge zu entrinnen.

Die Schmerzen in ihrem Handgelenk wurden allmählich unerträglich. Sie unterdrückte ein Wimmern und behielt Declans Gesicht im Auge. Holpernd rumpelten sie über den unebenen Weg, auf dem sie vor kurzem erst hergekommen waren. Auch ihr Vater litt schreckliche Schmerzen. Catriona erkannte es an seinem grauen Gesicht, den eingefallenen Wangen und dem Stöhnen, wenn der nächste Ruck, der nächste Stoß, das nächste Schaukeln Schockwellen der Qual durch seinen Körper jagten.

Velda saß bei ihnen, aber ihre Hauptsorge galt Declan. Sie sprach beruhigend auf ihn ein, streichelte seine Stirn und wischte ihm Schweiß und Blut ab. Sie beugte sich über ihn, und ihre Tränen ließen den Schmutz in ihrem Gesicht zerfließen.

Catriona empfand plötzlich eine heiße Liebe zu ihrer Mutter, und sie sehnte sich danach, in ihren Armen zu liegen und sich trösten zu lassen. Aber das wäre selbstsüchtig, dachte sie: Dad brauchte Mutter jetzt nötiger. Immer wieder dämmerte sie ein und fuhr wieder hoch, wenn ihr Vater aufschrie oder wenn sie einen stechenden Schmerz in ihrem Handgelenk spürte.

Jemand hob sie aus dem Wagen, und sie schlug die Augen auf und sah sich nach ihrem Vater um. Er war nicht mehr da.

»Keine Angst«, sagte Kane und trug sie durch den Regen zu dem lang gestreckten Holzhaus, das unter den überhängenden Bäumen fast verborgen war. »Er ist beim Arzt.«

»Aber es geht ihm gut, oder?«, fragte sie durch die Fieberschleier, die sie umwehten. »Er wird wieder gesund?«

»Jetzt lassen wir dich versorgen, und dann kannst du selbst zu ihm gehen und nach ihm sehen«, antwortete er und trug sie in einen Raum im hinteren Teil des Gebäudes.

Das Landkrankenhaus lag unter Bäumen am Rande von Bundaberg. Die Eigentümer der Zuckerrohrpflanzung hatten es gebaut und bezahlt; es war gut ausgestattet und kompetent geführt und diente der weit verzweigten Gemeinde der Umgebung. Das Zuckerrohrschneiden war eine gefahrvolle Arbeit, und immer wieder gab es Kranke und Verletzte, sodass die zwei Ärzte und drei Krankenschwestern alle Hände voll zu tun hatten.

Das Krankenhaus bestand aus einer großen Station für die Zuckerrohrschneider, zwei Nebenstationen für Frauen und Kinder und einem kleinen Operationssaal. An der Vorderseite des Gebäudes zog sich eine Veranda entlang, überschattet von einem schrägen Wellblechdach, das unter einer Flut von Bougainvilleen fast verschwand – der Lieblingsplatz der Genesenden, die hier in Korbsesseln saßen, plauderten und Zigaretten rauchten, bis sie wieder in die Pflanzungen entlassen wurden.

Als Catriona aus tiefem Schlaf erwachte, stellte sie fest, dass ihr Arm in einem weißen Gipsverband steckte und nicht mehr wehtat. Sie lag in einem richtigen Bett unter frischen Laken und hatte ein weiches Kissen unter dem Kopf. Mit einem köstlichen Gefühl von Sauberkeit und Behagen schaute sie sich um.

Sie lag allein in einem kleinen Zimmer, aber durch die offene Tür sah und hörte sie das geschäftige Treiben des Krankenhauses. Sie fühlte sich in einem sicheren Hafen mit freundlichen Gesichtern. Es gab Blumen auf den Fensterbänken, bunte Vorhänge und blank gebohnerte Böden. Die Schwestern in ihren Flügelhauben und gestärkten Schürzen sahen hübsch aus.

Langsam lichtete sich der Nebel des Schlafs – und plötzlich fiel Catriona ihr Vater ein. Sie wollte sich aufsetzen und die Laken von sich werfen, aber gleich wurde ihr schwindlig und übel, und sie sank zurück. Sie musste ihn finden – musste wissen, dass er wohlauf war. Wo war Mam? Sie brauchte ihre Mam.

Als habe sie den lautlosen, verzweifelten Ruf gehört, erschien Velda in der Tür.

Catrionas Erleichterung beim Anblick ihrer Mutter verging sofort. Velda war aschfahl, ihre Wangenknochen stachen hervor, und sie hatte Schatten unter den Augen. Sie wirkte geschrumpft und gealtert und stützte sich schwer auf Mr Kane, der sie zu dem Stuhl neben Catrionas Bett führte.

»Mam?« Catrionas Stimme zitterte, und Tränen verschleierten ihren Blick. Sie hatte Angst – mehr Angst als je zuvor in ihrem Leben.

Velda nahm ihre Hände. Ihre Finger waren kalt, und mit leiser, fast tonloser Stimme eröffnete sie Catriona, dass ihr Vater tot sei. »Er war so tapfer«, schluchzte sie. »Aber seine Verletzungen waren zu schwer. Die Ärzte haben getan, was sie konnten, aber es war zu spät.«

Catriona war wie betäubt. Tränen liefen ihr über die Wangen, und ihr stockte der Atem. Sie starrte ihre Mutter an und versuchte zu verstehen, was sie da hörte. Das kann nicht sein, dachte sie. Es muss ein Irrtum sein. Dad war stark – und er war noch ein junger Mann –, natürlich war er nicht tot.

Velda putzte sich die Nase und tupfte mit dem feuchten Taschentuch die Tränen weg. »Ich hätte ihn nicht bewegen dürfen«, murmelte sie. »Ich hätte ihn niemals bewegen dürfen, und schon gar nicht hätte ich diese furchtbare Fahrt mit ihm hierher machen dürfen.« Sie verlor die Fassung. Ein Schluchzen schüttelte ihren schlanken Körper, und sie schlug die Hände vors Gesicht und gab sich ihrem Schmerz hin.

»Was hätten wir denn sonst tun können?« Kane trat neben sie und legte ihr eine Hand auf die Schulter. »Bitte, meine Liebe, machen Sie sich keine Vorwürfe.«

Velda hob das verquollene Gesicht. »Aber ich mache mir welche«, schluchzte sie.

Catriona hatte einen Kloß im Hals, der ihr den Atem nahm. Die Realität wirbelte mit grässlichem Getöse in ihrem Kopf umher, und sie begriff, dass ihr Dad wirklich nicht mehr da war. Sie würde ihn nie wieder sehen. Nie wieder seine Stimme hören, nie wieder seine Umarmung fühlen. Nie wieder neben ihm auf dem Bock sitzen und seine Geschichten hören, während er Jupiter durch das Outback lenkte.

Sie fing wieder an zu weinen – wütend auf ihre Mutter, weil sie ihn hatte sterben lassen. Wütend auf ihren Vater, weil er sie verlassen hatte. Wütend auf Kane, weil er ihn diese schreckliche Fahrt hatte machen lassen. Sie schüttelte Veldas Hände ab und verschmähte Kanes behutsamen Versuch, sie zu beruhigen. Sie hasste ihn, sie hasste sie alle beide. Sie wollte ihren Dad wiederhaben.

Sie fühlte einen Nadelstich im Arm. Ihre Augen schlossen sich, und sie tauchte hinab zu einem Ort, an dem es keinen Schmerz und keine Trauer gab – nichts als endlose Dunkelheit und Leere.

Als Catriona erwachte, fühlte ihr Kopf sich an, als sei er mit Watte gefüllt. Im ersten Moment konnte sie sich an nichts erinnern. Dann erkannte sie ihre Mutter und Kane, die an ihrem Bett saßen.

»Ich will ihn sehen«, sagte sie.

Velda nahm ihre Hand. »Das geht nicht, mein *mavourneen*«, sagte sie leise, und tiefer Schmerz lag in ihrem Blick. »Wir haben ihn vor zwei Tagen beerdigt. Er ist jetzt bei den Engeln – Gott segne seine Seele.«

Catriona sank auf das Kissen zurück, ratlos und wie vom Donner gerührt. »Wie kann das sein?«, flüsterte sie. »Wir sind doch heute erst angekommen.«

Kane stand von seinem Stuhl auf und setzte sich auf die Bettkante. Die Matratze senkte sich unter seinem Gewicht, als er sich über sie beugte und ihr das Haar aus dem Gesicht strich. »Du warst ein sehr krankes Mädchen«, sagte er leise. »Du hattest hohes Fieber, und der Arzt hielt es für das Beste, wenn du so lange wie möglich schläfst. Wir sind seit fast einer Woche hier.«

Sie riss die Augen auf und sah fragend ihre Mutter an. Wie konnte sie eine ganze Woche verlieren?

Velda kam ebenfalls zum Bett und blieb neben Kane stehen. »Er hat Recht, Kind«, sagte sie. »Du warst so krank, dass ich Angst hatte, ich würde dich auch verlieren.« Betrübt lächelnd nahm sie Catrionas Hände und hielt sie fest.

Catriona hatte keine Worte für die furchtbaren Empfindungen, die sie innerlich zerrissen.

Velda schob Catrionas Hände unter die Decke und trat vom Bett zurück. »Der Arzt sagt, du kannst morgen entlassen werden. Du hast dich sehr gut erholt, und er meint, du kannst auch wieder reisen.«

Catriona starrte die beiden an. Sie wollte nicht weg. Wollte nirgendwohin ohne ihren Dad. Wie konnte Mam nur daran denken? Blinzelnd versuchte sie zu hören, was Mr Kane sagte.

»Ich werde für euch beide sorgen.« Er legte einen Arm um Veldas schlanke Taille. »Wir brechen morgen nach Cairns auf.«

Catriona gefiel es nicht, wie Mr Kane ihre Mutter im Arm hielt und wie die zu ihm aufsah, als hänge ihr Leben von ihm ab. »Ich will aber nicht nach Cairns«, sagte sie halsstarrig. »Warum können wir nicht hier bleiben?«

Kane zog Velda an sich und murmelte ihr etwas ins Ohr. Sie lächelte Catriona traurig an und ging hinaus. Kane setzte sich wieder auf die Bettkante. »Deiner Mutter hat es das Herz gebrochen, und ich glaube nicht, dass du sie noch trauriger machen möchtest.« Er strich ihr eine Haarsträhne von der Wange. »Ich glaube, du weißt, wie schwer es ihr fallen würde, hier zu bleiben. Also sei ein braves Mädchen – nicht um meinetwillen, aber für deine Mutter.«

Seine Stimme klang sanft, aber Catriona entging der Unterton von stahlharter Entschlossenheit nicht, und ihr war klar, dass Kane das Kommando übernommen hatte. »Ich bin ja brav«, schniefte sie. »Ich will bloß bei meinem Dad bleiben.«

Er nahm ihre Hand. »Natürlich bist du brav«, sagte er. »Aber wir können nicht hier bleiben.« Er lächelte. »Pferd und Wagen sind schon verkauft. Ich habe Eisenbahnfahrkarten, und morgen fahren wir nach Cairns, wo man mir Arbeit angeboten hat.« Seine leuchtend blauen Augen schauten ihr fest ins Gesicht, und sein Finger strich über ihre Wange. »Von jetzt an, Catriona, werde ich für euch sorgen.«

FÜNF

Velda brachte es nicht über sich, den Friedhof noch einmal zu besuchen. Sie hatte so viele Tränen geweint, dass sie jetzt erschöpft war – und sie hatte auch Angst. Was sollte ohne Declan aus ihr und Catriona werden? Wie sollten sie sich durchschlagen? Wie sollte sie es schaffen, eine Arbeit und Unterkunft zu finden? Sie hatte so wenig Erfahrung mit dem Leben außerhalb der fahrenden Theatertruppe.

Catriona hörte ihrem panischen Gemurmel zu und begriff, dass ihre Mutter so sehr von der eigenen Trauer in Anspruch genommen war, dass sie kaum bemerkte, wie sehr auch Catriona litt. Velda stützte sich immer mehr auf Kane, körperlich wie geistig: Sie überließ ihm sämtliche Entscheidungen und klammerte sich an ihn wie eine Ertrinkende. Es war, als liege ihr nichts mehr an ihr selbst oder an ihrer Tochter. Sie bewegte sich wie ein Gespenst; alle Lebendigkeit war dahin, alle Kraft aufgebraucht. Sie hatte das Leben aufgegeben. Es kümmerte sie nicht mehr.

Catriona brachte ihre Mutter in das Wartezimmer der Station und sorgte dafür, dass sie es sich dort mit einem Buch bequem machte, während sie mit Kane zum Friedhof ging, um sich von Declan zu verabschieden. Als sie sich in der Tür noch einmal umdrehte, sah sie, dass das Buch ungeöffnet auf dem Schoß ihrer Mutter lag. Veldas Blick war ins Leere gerichtet. Schweren Herzens schob Catriona den Arm in die Schlinge und folgte Kane hinaus zum Grab.

Blumen konnte sie nicht kaufen, aber unterwegs pflückte sie Kängurupfoten und Tausendschön. Es war ein hübscher Friedhof – wenn man einen Friedhof »hübsch« nennen kann, dachte sie, als sie sich umschaute. Das Gras war kürzlich gemäht worden, und die Bäume waren voller Vögel. Es war still und friedlich, und auf ihre kindliche Art hoffte Catriona, dass ihr Vater hier Ruhe finden würde. Die Blumen hatten schon angefangen zu welken, als sie den Strauß auf den frischen Erdhügel legte. Sie warf noch einen Blick auf das einfache Holzkreuz, und dann gingen sie fort.

Am Neujahrstag 1933 erreichten sie Cairns. Catriona war erhitzt, durstig und müde. Ihr Kleid war schmutzig vom Ruß der Lokomotive, und sie sehnte sich nach einem Bad und einer richtigen Mahlzeit.

Es war eine weite Reise von Bundaberg herauf gewesen. Der Zug war langsam, das Warten an den entlegenen Bahnhöfen endlos gewesen. Das Essen hatte aus Brot und Hammelfleisch sowie zahllosen Tassen Tee bestanden. Als Bett hatten die harten Sitzbänke gedient. Müde hatten sie beobachtet, wie die Landschaft majestätisch vorbeizog und grüne Zuckerrohrfelder, grüne Palmen und grüne Farne ineinander übergingen.

Catriona stieg aus dem Zug und half ihrer Mutter und Kane beim Abladen der Taschen und Kisten. Velda war schmaler denn je; ihr Gesicht war bleich, und ihr verschwitztes Kleid war schmutzig von der langen Reise. Seit der Abreise aus Bundaberg hatte sie kaum ein Wort gesprochen; sie hatte nicht versucht, Catriona zu trösten, sondern von deren Gegenwart kaum Notiz genommen. Nun stand sie auf dem Bahnsteig wie ein ratloses Kind. Hutschachteln baumelten an ihren Händen.

Catriona kämpfte mit einer schweren Tasche. Ihr Handgelenk war noch nicht verheilt, und sie konnte auch nicht das kleinste Gewicht heben.

Kane nahm ihr die Tasche ab und holte dann auch die anderen.

»Ich stelle sie einstweilen in der Gepäckbaracke unter«, sagte er. »Wir holen sie ab, wenn ich einen Karren besorgt habe.« Lächelnd reichte er Catriona die Wasserflasche. »Du siehst durstig und müde aus«, sagte er freundlich. »Aber wir sind bald im Hotel.«

»Ist es sehr weit, Mr Kane?«, fragte sie, und sie schämte sich für ihr kindisches Quengeln.

Lächelnd schüttelte er den Kopf. »Eigentlich nicht. Die Fahrt dorthin wird angenehmer sein und die Hitze erträglicher, denn wir fahren dort hinaus, in die Berge.«

Catriona schaute über das weite, leere Tal hinweg zu den kiefernbewachsenen Bergen, die sich schützend über die Kleinstadt erhoben. Bedrohlich dunkle Wolken zogen über die Gipfel hinweg und ließen heftige Regenschauer befürchten. Aber die Hitze hier unten im Tal war beinahe unerträglich; sie hüllte Catriona ein wie eine feuchte, schwere Wolldecke und raubte ihr die letzten Kräfte.

»Können wir uns denn hier ein Weilchen ausruhen?«, fragte sie kläglich.

»Wir haben kein Geld, um in Cairns herumzulungern.« Kane stellte die Taschen ab und unterzeichnete den Gepäckaufbewahrungsschein. »Und wir können uns auch keine Zugfahrkarte in die Berge mehr leisten oder einen Wagen mieten. Deshalb muss ich ein billiges Transportmittel finden. Aber deine Mutter wird sich dort oben besser ausruhen können – es ist kühl und ruhig dort, ein perfekter Erholungsort.«

Er zügelte seine sichtbare Ungeduld und umarmte sie. »Du bist jetzt ein großes Mädchen«, raunte er ihr ins Ohr. »Kopf hoch!«

Catriona sträubte sich nicht. Sie fand nicht mehr, dass sie ihrem Vater untreu war, wenn sie Mr Kane umarmte, denn der Engländer konnte niemals dessen Platz in ihrem Herzen einnehmen – und er war der Einzige, der ihr noch Halt gab. Velda kam über ihren Verlust nicht hinweg, und nur Kanes Kraft und Freundlichkeit hatten sie gerettet. Sie hatten viele Stunden miteinander Karten gespielt und geplaudert, und in den langen Nächten hatten sie einander auf den harten Holzbänken gewärmt, während der Zug über die Gleise ratterte, und irgendwann war ihr klar geworden, dass sie nicht weniger auf ihn angewiesen war als ihre Mutter. Sie hatten kein Geld, kein Zuhause, keine Arbeit – nicht einmal Verwandte, bei denen sie unterkommen könnten. Ohne ihn wären sie verloren.

Kane ließ sie los und ging zu Velda. »Kommen Sie, meine Liebe«, sagte er und nahm sie beim Arm. »Wir müssen sehen, wie wir die nächste Etappe unserer Reise hinter uns bringen.«

Veldas Gesicht blieb ausdruckslos, ihr Blick stumpf. Sie folgte ihm, bewegte sich an seiner Seite wie ein Geist und ließ sich in die sengende Mittagshitze hinausführen.

Cairns war nicht sehr groß. Es bestand aus einigen zusammengewürfelten weißen Holzhäusern unter Palmen, zwei Hotels und ein paar Kirchen. Im geschäftigen Hafen brachten große Lastwagen ihre Ladung zu den Zuckerfrachtern. Die aus Balken gezimmerten Gehsteige boten ein wenig Schatten für diejenigen, die dort entlangspazierten und die wenigen Schaufenster betrachteten. Den Strand fand Catriona enttäuschend; es war Ebbe, und das Watt, das sich weithin dehnte, war ein Ort für See- und Watvögel.

Doch sie hatten keine Zeit zu verschwenden und kein Geld, um hier im Schatten zu sitzen und kühle Limonade zu trinken. Kane hatte jemanden gefunden, der sie ins Hochland hinaufbringen würde.

Herbert Allchorn war ein seltsames und ziemlich furchteinflößendes Individuum, aber er hatte ein Pferd und einen Wagen. Seine Kleider hingen wie schmutzige Wäsche an ihm herab, seine Stiefel waren rissig und mit Schnur zusammengebunden, und sein Hut war so fleckig von Schweiß und Schmutz, dass man nicht mehr erkennen konnte, welche Farbe er einmal gehabt hatte.

Er war kein Mann langer Worte. Er funkelte sie aus dem Schatten seiner Hutkrempe an, und seinen blutunterlaufenen Augen entging nichts, als Kane Taschen und Kisten auf den Wagen lud und Velda half aufzusteigen. Er spuckte Tabaksaft aus, wischte sich mit dem schmutzigen Ärmel den Mund ab und kletterte auf den Bock. Ein Peitschenknall – und sie waren unterwegs.

Catriona saß hinten, Kane und ihrer Mutter gegenüber. Das Schwanken und Schaukeln das Wagens war ihr so vertraut wie das Atmen, und sie sehnte sich nach den alten Zeiten – nach Dad und den Schauspielern, nach Poppy und Max und den geliebten Zugpferden.

Herbert Allchorn saß zusammengesunken auf dem Bock, den Hut tief ins Gesicht gezogen, und blickte starr zwischen die Ohren des Pferdes. Er hatte nichts zu sagen, gab keinen Kommentar zu ihrer Umgebung, und bei dem Geruch, der von ihm ausging, rümpfte Catriona die Nase. Wasser und Seife schienen für Mr Allchorn Fremdwörter zu sein.

Die Wolken schoben sich vor die Sonne und brachten willkommene Kühle. Langsam rumpelte der Wagen den gewundenen Pfad hinauf, der ins Hochland führte. Die Luft war erfüllt vom Zirpen und Summen tausender Insekten. Kiefern warfen dunkle Schatten, Ranken überwucherten riesige Farne und bunte tropische Blumen, und Vögel flatterten aufgeregt zwitschernd umher. Beängstigend tiefe Erdspalten klafften neben dem Weg, und Catriona wagte nicht, einen Blick in diese Abgründe zu werfen. Aber jenseits davon dehnte sich das Tal in der Sonne, und das Meer funkelte so hell, dass es ihren Augen wehtat.

Sie kamen an einem Wasserfall vorbei, der über glänzend schwarze Felsen herabrauschte und durch Schluchten zu den Flüssen strömte. Eine Bahnlinie war in die Felsen gehauen, und mit einem gellenden Pfiff ratterte ein kleiner Zug unter dicken Rauchwolken vorüber und verschwand in einem Tunnel.

Hier und da sah Catriona hübsche Holzhäuser, die auf Pfählen zwischen den Bäumen standen, und staunend erblickte sie eine Gabelweihe, die mit lautem Schrei über ihnen schwebte und nach Beute Ausschau hielt. Kleine Fels-Wallabys beobachteten, wie sie vorüberzogen, und ein großes rotes Känguru sprang vor ihnen her und verschwand mit einem Satz von vollendeter Gelassenheit in einer Schlucht.

Wenn Catriona nicht so traurig gewesen wäre, hätte sie diese Gegend bezaubernd gefunden, aber so brachte sie keinerlei Begeisterung auf. Sie wollte nur, dass die Reise endlich zu Ende war, damit sie schlafen und vergessen könnte.

Kuranda war eine winzige Ortschaft, die nach dem Bau der Eisenbahn entstanden war. Sie bestand aus ein paar Blockhütten, ein oder zwei hübschen kleinen Häusern, einem Pub und einer ausgedehnten Aborigine-Siedlung, die halb verborgen hinter den Bäumen lag. Die Sonne brach durch das Blätterdach des Regenwalds, und Catriona staunte über das üppige Grün, das, von tropischen Farben durchglüht, erstrahlte.

Der Fuhrmann ließ die Peitsche träge über den Rücken des Pferdes schnalzen, und sie ließen Kuranda hinter sich und rollten ins Herz der Atherton Tablelands. Es war gutes Farmland; der Boden war fett, und es regnete reichlich. Anscheinend war es eine beliebte Gegend für die Rinderzucht.

Herbert Allchorn bewahrte sein mürrisches Schweigen, und so rumpelte das Gespann auf die kleine Stadt Atherton zu.

Velda war auf der Bank eingeschlafen und wusste nichts von ihrer Umgebung. Catriona legte den Kopf an Mr Kanes breite Schulter, schläfrig von der Hitze und dankbar für seine tröstliche Nähe. Doch im Unterschied zu ihrer Mutter war sie zu neugierig, um zu schlafen.

Dieses Land im hohen Norden war anders als alles, was sie bisher gesehen hatte. Der Regenwald war ein Dickicht aus riesigen Farnen, eleganten Bäumen und dunklen, geheimnisvollen Lianen, die sich zwischen den breiten, glänzenden Blättern von

Pflanzen hindurchschlängelten, deren Namen sie nicht kannte. Bunte Blüten wetteiferten mit farbenprächtigen Vögeln, und überall zirpten Insekten.

Als sie den kühlen Schatten des Regenwaldes hinter sich gelassen hatten, ging die Fahrt durch endloses Weideland, das in der Hitze flimmerte. Rinder standen zufrieden im dichten Gras, das aus einer leuchtend roten Erde wuchs. Wasserfälle gischteten in Tümpeln aus glänzend schwarzem Felsgestein, und die Palmen reckten ihre geraden Stämme hoch in den Himmel, als wollten sie mit den Schloten der Zuckerraffinerien konkurrieren.

Der Rauch, den diese Schlote ausspien, war schwer von süßlich dickem Melassegeruch. Er erfüllte die Atmosphäre und setzte sich in die Kleider und legte sich auf die Haut, und als Catriona sich die Lippen leckte, war ihr, als könne sie die klebrige Süße auf der Zunge schmecken.

»Ich habe vor zwei Tagen ein Telegramm geschickt und uns angekündigt«, sagte Kane und legte sein Kinn auf ihren Scheitel. »Hoffentlich ist jemand da, der uns erwartet.«

»Ich hoffe nur, sie haben ein bequemes Bett«, sagte Catriona und gähnte. »Ich bin müde, und es wird schön sein, nicht mehr unterwegs sein zu müssen.«

Kane drückte ihre Schulter und strich mit den Fingerspitzen über ihren bloßen Arm. »Dauert nicht mehr lange«, versprach er.

Die Raffinerien lagen hinter ihnen, und sie näherten sich einem riesigen Holzlager mit hohen Stapeln von harzduftendem Bauholz. Der Geruch war nicht erstickend wie der Melassedunst; er hatte eine scharfe Zitrusnote, die reinigend in der Luft schwebte. Der Holzplatz lag am Rande einer kleinen Siedlung mit einer breiten Straße, ein paar Häusern, einer Kirche und zwei Hotels.

Herbert Allchorn ließ die Zügel auf den Rücken des Pferdes klatschen, und sie holperten durch die kleine Stadt und zur anderen Seite wieder hinaus, wo die angenehm kühlen, grünen Schatten des Regenwaldes sie von Neuem erwarteten. Und nach einer lang gestreckten Wegbiegung tat sich für Catriona der erste Blick auf ihr neues Zuhause auf.

Das Eisentor wirkte abweisend, und als Kane vom Wagen sprang, um es zu öffnen, sah sie die dunklen Schatten des Waldes auf der kiesbedeckten Zufahrt. Fröstelnd zog sie sich die Strickjacke über die Schultern. Es war, als greife diese Dunkelheit mit eisigen Fingern nach ihr, tief in sie hinein.

»Wo sind wir?« Velda richtete sich auf und rückte schlaftrunken blinzelnd ihren Hut und ihr Kleid zurecht.

»Im Hotel Petersburg Park«, sagte Kane. »Ihre neue Heimat.« Er sprach leise ein paar Worte mit Allchorn und ging dann schnell die Zufahrt hinauf.

Allchorn spuckte in den Staub und hielt die Zügel locker in der Hand. Sein Pferd begann zu grasen.

»Warum warten wir?«, fragte Catriona. Sie hatte die düsteren Gedanken abgeschüttelt – sicher war sie nur müde und abgespannt, und ihre Phantasie spielte ihr einen Streich. Jetzt war sie neugierig darauf, das Haus zu sehen und dieses neue Abenteuer zu erleben.

Allchorn zuckte die Achseln. »Ich tu bloß, was er gesagt hat«, brummte er.

Catriona runzelte die Stirn. Warum wollte Mr Kane allein ins Haus gehen?

Erst nach einer Ewigkeit schlug Allchorn dem Pferd die Zügel auf den Rücken, und sie fuhren die Zufahrt hinauf.

Ungeduldig beugte Catriona sich vor. Und da stand das Hotel. Die Steinmauern sahen warm aus in der Sonne. Die Giebel und Türmchen erfüllten Catriona mit neugieriger Erwartung. Mit großen Augen betrachtete sie alles. Wenn die prachtvollen Autos nicht gewesen wären, die im Halbkreis vor dem Haus parkten, und hätten nicht mehrere elegant gekleidete Leute auf dem Rasen beim Nachmittagstee gesessen – sie hätte es für ein Märchenschloss halten können. Dann wäre sie gern Rapunzel gewesen – und was fehlte, war nur noch ein Prinz auf einem weißen Pferd.

Sie sah ihre Mutter an und suchte nach irgendeinem Anzeichen von Begeisterung oder Neugier. Aber Velda starrte nur ausdruckslos vor sich hin.

Catriona ließ sich von der offenkundigen Apathie ihrer Mutter nicht herunterziehen. Als sie sich langsam dem Haus näherten, erkannte sie, dass sie nicht nur in einem Schloss wohnen würde – nein, es gab tatsächlich einen Prinzen, der dazugehörte.

Er stand auf der Treppe neben den hohen Steinsäulen, und sein weißer Anzug leuchtete vor der dunklen Flügeltür. Schon von ferne erkannte Catriona, dass er groß, dunkel und gut aussehend war. Er trug einen sauber gestutzten Bart. Vielleicht war er ein bisschen zu alt für einen Prinzen – etwa so alt wie Mr Kane. Aber sein breites Lächeln wirkte einladend. Die beiden Männer begrüßten einander.

»Willkommen, willkommen«, sagte er mit volltönender Stimme und einem rollenden, ziemlich exotischen Akzent, den Catriona noch nie gehört hatte. »Kane, alter Freund!« Er klopfte ihm auf den Rücken. »Wie schön, Sie nach so langer Zeit wiederzusehen.«

Mr Kane freute sich anscheinend genauso über das Wiedersehen. Die beiden schüttelten einander die Hand und klopften sich begeistert auf den Rücken. Offenbar brannten sie darauf, Neuigkeiten auszutauschen.

Allchorn hielt den Wagen an. Catriona bemerkte, dass der gut aussehende Mann die Stirn runzelte, als er sie und ihre Mutter erblickte. Auch der kurze, fragende Blick, den er Mr Kane zuwarf, bevor sein Lächeln zurückkehrte und er den Hut abnahm, um sie zu begrüßen, entging ihr nicht.

Sie stieg nach ihrer Mutter vom Wagen und empfand plötzlich Unbehagen, als sie so dastand und darauf wartete, dass Mr Kane sie vorstellte. Der Fremde sah sie neugierig und nachdenklich an.

»Das ist Dimitri Jewtschenkow«, sagte Kane. »Ehemals St.

Petersburg, Russland – und jetzt ein sehr reicher Bürger Australiens.« Er stupste Catriona unters Kinn und zwinkerte. »Mach kein so finsteres Gesicht, Kitty. Er wird dich nicht fressen.« Er lächelte seinen Freund an. »Dimitri mag wild aussehen und vielleicht auch so klingen, aber er ist unser Wohltäter, der Eigentümer dieses imposanten Steinhaufens.«

Catrionas Hand verschwand in der Pranke des Russen, und als sie in dessen fragende Augen schaute, empfand sie eine ungewohnte Schüchternheit. Er war sehr groß und breitschultrig und hatte einen durchdringenden Blick unter dichten, dunklen Brauen, aber sein Lächeln war freundlich und sein Händedruck fest, und das beruhigte Catriona ein wenig. Sie machte einen Knicks und er die Andeutung einer Verbeugung, bevor er sich Velda zuwandte und die Luft über ihren behandschuhten Fingerspitzen küsste.

»Sie sind ein Mann voller Überraschungen, Kane«, sagte er und schaute Velda tief in die Augen, bevor er ihre Hand wieder losließ. »Eine solche Frau und eine solche Tochter – das ist ein Segen.«

Kanes Lachen war ein Kläffen ohne Heiterkeit. »Gute Güte, Dimitri!«, rief er. »Ich bin kein Mann für die Ehe, das wissen Sie doch. Die Umstände haben dazu geführt, dass wir Reisende sind, die Strapazen dieses wilden, ungezähmten Landes gemeinsam ertragen haben. Sie wissen doch, wie das ist, alter Junge. In der Not frisst der Teufel Fliegen, und so weiter, eh?«

Catriona erschrak. Wie abschätzig er über sie redete – wie schnell er sie zu unbedeutenden Reisegefährten degradierte! Was würde aus ihnen werden, wenn dieser große Russe entschied, dass sie hier doch nicht bleiben konnten?

Sie warf ihrer Mutter einen Blick zu, aber Velda schien gar nicht zuzuhören. Sie stand in der heißen Sonne und blickte starr zu den Türmen und Giebelchen dieses außergewöhnlichen Hauses hinauf. Catriona nahm ihre Hand und hielt sie fest.

Dimitri schob nachdenklich seinen Panamahut zurecht. »Haben Sie gehofft, dass die beiden auch für mich arbeiten können?«, fragte er. »Oder sollen sie nur kurze Zeit bleiben und dann weiterreisen?«

Kane wirkte unbeirrt und völlig entspannt. »Velda und Catriona sind allein auf der Welt, Dimitri. Ich habe sie unter meine Fittiche genommen, sozusagen.« Jovial klopfte er Dimitri auf die Schulter. »Sie haben gesagt, Sie brauchen hier Hilfe – und da sind wir, zu Ihren Diensten.«

Dimitri zupfte sich am Bart und musterte Velda und Catriona. »Das müssen wir besprechen, Kane«, sagte er leise. Dann wurde ihm offenbar klar, dass Catriona zuhörte, und seine Miene hellte sich auf. Er war wieder der freundliche Gastgeber. »Aber die Damen müssen aus der Sonne gebracht werden, und sie müssen meinen Palast sehen.« Er riss die Flügeltür auf und bedeutete ihnen, ihm in die kühle Eingangshalle zu folgen.

Catriona bemerkte staunend, wie großartig hier alles war. Die breite, geschwungene Treppe, der verschnörkelte Stuck unter der Decke, die Blumen und Gemälde und der Kristallkronleuchter – das alles war eine Augenweide. Es duftete nach Blumen und Möbelpolitur, und überall lockten Türen, hinter die sie zu gern geschaut hätte.

»Wie ich sehe, sind Ihre Gäste da, Sir. Und draußen ist ein *Individuum* mit einem *Pferdekarren*.«

Catriona drehte sich um und sah eine Frau mit säuerlicher Miene. Ihr schwarzes Kleid umschloss den dürren Hals und reichte fast bis auf die mageren Knöchel. Ihr Haar war von unbestimmbarem Braun und straff nach hinten zu einem kleinen Knoten zusammengezogen. Sie hatte die Hände vor der Taille verschränkt und musterte sie mit grauen Augen.

»Edith«, dröhnte Dimitri, »das ist Kane, von dem ich Ihnen erzählt habe, und das sind Velda und Catriona.«

Sie nickte stumm. Feindseligkeit umgab sie wie eine dunkle Wolke.

»Tee in meinem privaten Salon, habe ich mir gedacht. Die Lady ist müde.«

Die grauen Augen betrachteten Velda von Kopf bis Fuß, und der schmale Mund wurde zu einem harten Strich. »Wird die *Lady* bleiben, Sir?«

»Aber natürlich, natürlich«, antwortete er. Offensichtlich zog er es vor, Ediths kaum verschleierte Beleidigung zu ignorieren. »Sie und ihre Tochter bleiben meine Gäste, solange sie wollen. Jeder Freund von Kane ist auch mein Freund.« Er zwinkerte Catriona zu. »Und bringen Sie Limonade für Catriona – und ein paar von den wunderbaren Keksen, die die Köchin heute Morgen gebacken hat.«

»Wie Sie wünschen, Sir.« Sie wandte sich ab und verschwand lautlos durch eine Tür, die in der Holztäfelung fast unsichtbar war.

Dimitri lachte und schlug Kane noch einmal auf die Schulter. »Bezahlen Sie jetzt lieber Ihren Fuhrmann. Mir scheint, unsere empfindsame Edith nimmt Anstoß an ihm.«

Kane ging hinaus zum Wagen und kümmerte sich um Allchorn und um das Gepäck. Dimitri führte Velda und Catriona in seinen Privatsalon. »Achten Sie nicht auf Edith«, sagte er. »Sie ist eine alte Jungfer und keine glückliche Frau – aber eine gute Haushälterin.«

Catriona bewunderte den dicken Teppich auf den blanken Dielen, die vielen Bücher in den Wandregalen und den riesigen Kronleuchter, der im Licht des späten Nachmittags funkelte. Es war unverkennbar das Zimmer eines Mannes, denn die Möbel waren groß und bequem, und an den Fenstern hingen keine Rüschengardinen, sondern nur schlichte Samtvorhänge, die mit seidenen Kordeln gerafft waren.

Sie machten es sich in den gemütlichen Samtsesseln bequem, und Edith erschien mit einem Hausmädchen und stellte den Tee auf einen schweren Eichenholztisch, der Dimitri anscheinend als Schreibtisch diente. Das Hausmädchen erinnerte Catriona an Poppy. Es war schlank und blond und warf Catriona ein freundliches Lächeln zu, als die missmutige ältere Frau sich abgewandt hatte. Das kurze schwarze Kleid, die weiße Schürze und das kesse weiße Häubchen standen ihr gut. Catriona lächelte zurück und dachte, dass es Poppy hier sehr gefallen hätte. Aber was sie eigentlich fesselte, war der große silberne Teekocher, der mitten auf dem Tisch stand, ein riesiges, prunkvolles Ding, mit Engeln und Weinranken verziert.

Anscheinend bemerkte Dimitri ihren staunenden Blick; er beugte sich zu ihr herüber und sagte mit leiser Stimme: »Das ist ein Samowar. In Russland kocht man damit Tee.« Er blickte zu Kane hinüber, der hereingekommen war und nun träge zurückgelehnt in einem tiefen Sessel saß und sich eine Zigarre anzündete. »Nicht wie die Engländer mit ihren jämmerlichen kleinen Porzellankännchen und ihrer warmen Milch«, fügte er betrübt lächelnd hinzu. »In Russland gehört es sich, den Tee mit etwas Zitrone zu trinken.«

Er entließ Edith und das Hausmädchen und reichte Catriona eine der zierlichen Porzellantassen. »Versuch's nur, Kleine. Schmeckt gut – aber es gibt auch Limonade, wenn dir das lieber ist.«

Catriona nippte an ihrem Tee. Er war heiß und duftend und schmeckte anders als jeder Tee, den sie bisher getrunken hatte. Sie entspannte sich ein wenig und wagte endlich, ihm die Frage zu stellen, die ihr seit ihrer Ankunft im Kopf herumging. »Was für eine Arbeit werden wir hier tun müssen?«

Er lächelte freundlich. »Gar keine«, sagte er. »Du und deine Mama, ihr seid meine Gäste. Ich, Dimitri, bin ein Mann, der zu seinem Wort steht.«

Sie sah zu Velda hinüber, die ihren Tee trank und sich umschaute. »Aber es geht nicht, dass wir gar nichts tun«, sagte sie zögernd.

Dimitri stellte seine Tasse ab. Sie war viel zu klein für seine große Hand. Er lehnte sich zurück. »Warum nicht? Ihr seid allein auf der Welt, oder? Ihr habt niemanden, der für euch sorgt. Ihr müsst euch ausruhen und wieder zu Kräften kommen. Das hier ist ein guter Ort, um die Wunden der Vergangenheit heilen zu lassen.«

Catriona erkannte, dass dieser Mann verstand, was in ihr vorging. Vielleicht hatte auch er einen schrecklichen Verlust erlitten, und vielleicht hatte auch ihm dieser magische Ort Trost gespendet. »Sie sind sehr freundlich«, sagte sie schüchtern.

»Durchaus nicht«, dröhnte er. »Und jetzt, da Mr Kane da ist und endlich Gäste den Weg hier herauf zu meinem Hotel gefunden haben, sehe ich, dass mein Traum allmählich Gestalt annehmen kann.«

»Wozu brauchen Sie Mr Kane? Wollen Sie hier ein Theater einrichten?«

Er legte den Kopf zurück und lachte laut. »Was ich brauche, ist nicht Mr Kanes Bühnenerfahrung, meine Kleine. Ich brauche seine Klasse, seine englischen Qualitäten.«

»Warum braucht man so etwas?« Sie schaute zwischen dem Russen und Mr Kane hin und her. »Sie sind sehr reich. Warum führen Sie das Hotel nicht selbst?« Sie spürte plötzlich, dass sie ziemlich kühn mit diesem faszinierenden Fremden redete, und machte sich rasch an ihrer Teetasse zu schaffen. Aber seine nächsten Worte beruhigten sie.

»Du hast mein schönes Haus und meine teuren Kleider gesehen – aber unter all dem bin ich ein armer russischer Bauer, mein Kind. Ich habe keine Familie – sie sind alle in den Pogromen umgekommen –, und deshalb muss ich in diesem wunderbaren Land ein neues Leben anfangen.« Er lächelte breit. »Ich kann nur mit meinen Händen arbeiten. Mein Geld mache ich mit dem Gold, das im Boden dieses großzügigen neuen Landes liegt. Aber ich besitze keine Bildung und nicht die englischen Manieren, die nötig sind, damit die Gäste sich in meinem Schloss wohl fühlen.«

»Na, ich finde, das ist dumm«, antwortete Catriona mit Entschiedenheit. »Ich wette, Sie haben eine Menge interessante Geschichten zu erzählen, die Ihre Gäste gern hören würden.«

Er lachte wieder, ein lautes, unbefangenes Lachen, das zu den Deckenbalken hinaufhallte und Veldas Teetasse klirren ließ. »Du gefällst mir, Kleine«, sagte er, als er sich wieder gefasst hatte und sich mit einem großen Taschentuch die Augen trocknete. »Du bist wie eine Russin: Du sagst, was du denkst.« Er dämpfte seine Stimme. »Eines Tages werde ich dir erzählen, wie ich mein Gold finde, und ich werde dir das Geheimnis verraten, wie man es zu Geld macht.«

Catriona hatte alle Scheu vor ihm verloren. »Das wäre schön«, sagte sie.

Er nickte und schob gedankenvoll die Lippen vor. »Möchtest du dir meinen Palast anschauen, Catriona?«

»Gern«, flüsterte sie mit kindlicher Begeisterung.

»Dann komm. Wir lassen die anderen hier sitzen und sehen uns um.«

In der Eingangshalle wimmelte es von Gepäckträgern mit den teuer aussehenden Koffern und Taschen der Neuankömmlinge, die mit den blinkenden Automobilen heraufgekommen waren, die draußen in der Sonne standen. Die Frauen trugen hübsche Kleider mit weiten Röcken. Ihre Füße steckten in spitzen Schuhen mit hohen Absätzen. Kesse Hüte saßen auf ihren frisierten Köpfen, und Juwelen funkelten an Hals und Ohren. Die Männer, die zu ihnen gehören, trugen elegante dunkle Anzüge, seidene Krawatten und blank polierte Schuhe, und sie hielten sauber gebürstete Hüte in Händen, die aussahen, als hätten sie noch nicht einen einzigen Tag gearbeitet. Dienstmädchen eilten hin und her und trugen Teetabletts und Tischwäsche, und Edith stand hinter der Empfangstheke und organisierte das ganze Durcheinander mit knappen Anweisungen an Mädchen und Gepäckträger. Sie gab die Zimmerschlüssel aus und schmeichelte den männlichen Gästen.

Catriona schämte sich ihres verschlissenen Kleides und der abgelaufenen Schuhe. »Die sehen alle sehr reich aus«, flüsterte sie dem Russen zu.

»Das sind sie auch«, flüsterte er zurück. »Darum habe ich dieses Hotel gebaut. Damit sie ihr Geld auch ausgeben können.«

Sie lachte, denn sie hatte sofort begriffen, dass dieses Haus, dieses Hotel sehr viel mehr für ihn war als eine bloße Geldquelle.

Dimitri winkte einem Pagen, der ihr Gepäck holte und die breite Treppe hinauftrug. »Ich kann dir nicht das ganze Haus zeigen«, sagte er dann. »Die meisten Gästezimmer sind bewohnt. Aber es gibt noch vieles andere zu sehen.« Er streckte die Hand aus. »Komm, Kleine. Ich zeige dir meinen Palast.«

Es gab so viele Zimmer, so viele Korridore und Flure, dass Catriona bald die Orientierung verlor. Sie war sicher, dass sie niemals den Weg zurück in die prachtvolle Eingangshalle finden würde. Aber es war ein schönes Haus mit kostbaren Teppichen und goldgerahmten Spiegeln, geheimen Türen und Treppen, die in die Türmchen hinaufführten, von denen aus man das Meer in der Ferne sehen konnte, und hinunter in Kellergewölbe, in denen es geheimnisvoll dunkel und kühl war und wo sich endlose Regale mit Weinflaschen befanden. In der riesigen Küche stand eine Reihe von Herden und Bratspießen, und Kupfertöpfe hingen an den Deckenbalken. Die Köchin war eine große dicke Frau mit rosigen Wangen und einem vergnügten Lächeln. Sie rollte gerade Teig aus und schickte dabei die Küchenmädchen, die ungefähr in Catrionas Alter waren, hin und her. Mr Kane hatte nicht übertrieben: Dimitri war offenbar steinreich. Er hatte keine Kosten gescheut, um seinen Traum zu verwirklichen.

Als sie in den Salon zurückkehrten, döste Velda in ihrem Sessel, während Kane in eine Zeitung vertieft war. Catriona war enttäuscht. Sie hätte ihrer Mutter gern erzählt, was sie gesehen hatte, aber ihre Begeisterung verflog, als sie erkannte, dass es ihre Mutter nicht interessierte, wo sie war.

Wieder schien Dimitri ihre Gedanken zu lesen. »Ich glaube, jetzt ist es Zeit, in euer Zimmer zu gehen und euch von der langen Reise auszuruhen. Deiner Mutter geht es nicht gut.«

Catriona bekam ein schlechtes Gewissen. Die arme Mam war so erschöpft, dass es sie nicht kümmerte, was aus ihnen wurde, und es war selbstsüchtig von ihr, dass sie selbst so aus dem Häuschen geriet. »Mein Dad ist vor ein paar Wochen gestorben«, sagte sie leise. »Mam ist noch nicht darüber hinweg.«

»Und du, meine Kleine? Bist du darüber hinweg?« Seine sanften braunen Augen sahen sie fest und gütig an.

»Nein, wohl nicht«, gestand sie. »Aber Mr Kane war sehr gut zu uns. Ich weiß nicht, was wir ohne ihn gemacht hätten.«

Dimitri nickte. »Es war richtig, dass Mr Kane euch hergebracht hat, meine Kleine. Von jetzt an werdet ihr beide, du und deine Mutter, in meinem Hause sicher sein. Ich, Dimitri, werde dafür sorgen.«

Catriona lächelte dankbar und ging hinüber zu Velda. »Komm jetzt, Mam«, sagte sie leise. »Es war ein langer Tag, und du brauchst Ruhe.«

Velda öffnete die Augen und schüttelte Catrionas Hand ab, bevor sie aus dem Sessel aufstand. Sie blieb vor Dimitri stehen und sah ihn zum ersten Mal wirklich an. »Danke«, sagte sie schlicht, und dann schlurfte sie hinaus und die breite Treppe hinauf.

Catriona lief ihr nach; Dimitri hatte ihr schon gezeigt, wo sie wohnen sollten, und sie wollte ihre Freude darüber mit ihrer Mutter teilen; vielleicht würde ein wenig davon abfärben. Ihre Schritte hallten durch das Dachgeschoss. Hier oben in den schmalen Korridoren gab es keine Teppiche, sondern nur blanke Bodendielen und eine Reihe Türen zu beiden Seiten.

»Wir sind im Dienstbotenquartier«, murmelte Velda, als sie das Zimmer betreten hatte und sich auf das schmale Bett setzte. »O Gott«, stöhnte sie. »Was soll nur aus uns werden?« Sie vergrub das Gesicht in den Händen und fing an zu weinen.

Catriona setzte sich zu ihr und legte den Arm um sie. »Es wird uns gut gehen, Mam«, sagte sie mit gespielter Zuversicht. »Dimitri ist nett, und er hat versprochen, für uns zu sorgen.« Sie legte die Wange an Veldas Schulter. »Jetzt haben wir doch wenigstens ein richtiges Dach über dem Kopf und ein ordentliches Bett zum Schlafen.«

Velda stöhnte und wand sich aus Catrionas Umarmung. »Dass es so weit kommen musste!«, schluchzte sie. »Milde Gaben, weiter nichts. Milde Gaben. Wir haben nicht mehr zu bestimmen, was mit uns geschieht.« Sie drehte sich um, sank auf das Kissen, vergrub das Gesicht im frischen Leinen und zog die Knie unters Kinn – ein Bild des Jammers.

»Mam?« Catriona berührte ihre Schulter, aber Velda schüttelte die Hand ab. »Lass mich in Ruhe!«, schluchzte sie. »Ich will meinen Declan. Nur meinen Declan.«

Catriona sehnte sich auch nach ihm, aber trotz ihres zarten Alters wusste sie, dass nichts auf der Welt ihn zurückbringen konnte. Einsam saß sie da. Gern hätte sie ihre Trauer mit ihrer Mutter geteilt. Ein Kloß stieg ihr in die Kehle, und am liebsten hätte sie ihren Tränen freien Lauf gelassen.

Der Augenblick ging vorüber, und plötzlich erkannte sie mit bestürzender Klarheit, dass Velda weder den Willen noch die Kraft besaß, um sich mit der Trauer ihrer Tochter zu befassen, denn sie konnte schon ihre eigene nicht bezwingen. Resigniert schlich Catriona hinaus.

Ihr eigenes Zimmer lag ein Stück weiter unten am Korridor und sah genauso aus wie Veldas: länglich und schmal, mit blankem Boden und weißen Wänden – ein krasser Gegensatz zu dem bunten, engen Wagen, in dem sie ihr bisheriges Leben verbracht hatte. Das Bett war schmal, und das Messinggestell war makellos poliert.

Catriona setzte sich. Die Matratze war weich, das dicke Kissen verlockend. Sie strich mit der flachen Hand über die schneeweiße

Bettwäsche und wagte fast nicht, die makellose Fläche zu zerstören. Zum ersten Mal hatte sie wirklich ein eigenes Zimmer. Es war ein prickelndes Gefühl, und sie konnte kaum erwarten, dass es endlich Abend wurde.

Aber sie widerstand den Lockungen des Kissens und der weichen Matratze und betrachtete den Rest des Zimmers. In einem kleinen Schränkchen neben dem Bett stand ein imposanter Nachttopf aus Porzellan, und auf die andere Seite zwängte sich eine Kommode. Auf einem Gemälde an der Wand gegenüber funkelte eine ziemlich streng blickende Frau in altmodischen Kleidern auf sie herab, und unter dem Fenster stand eine Waschschüssel mit einem Krug auf einem kleinen Tisch mit einer Marmorplatte. Farbige Kleiderhaken waren an die Tür geschraubt, neben der Waschschüssel lag ein Stapel säuberlich gefalteter Handtücher, und auf der Kommode fand sie eine Haarbürste und einen Kamm. Dimitri hatte an alles gedacht.

Das Fenster war hoch oben in der Wand. Catriona zog einen Stuhl heran und kletterte hinauf – aber die Aussicht war enttäuschend. Sie sah nur die grauen Dachpfannen, die Ecke eines Kamins und die Baumwipfel des Regenwalds.

Nachdem sie ihre paar Sachen ausgepackt und in den Schubladen und an den Haken untergebracht hatte, legte sie ihre Bücher auf die Kommode und versuchte, das Zimmer noch ein bisschen wohnlicher zu gestalten, indem sie ein buntes Tuch auf dem Bett ausbreitete. Dann stellte sie ihre Familienfotos auf den Nachttisch und stapelte die Schallplattensammlung ihres Vaters neben dem Grammophon auf dem Boden – und allmählich sah es wirklich aus wie ein Zuhause.

Sie setzte sich wieder auf das Bett und überlegte, was sie jetzt anfangen sollte. Es war immer noch hell; sie war zwar müde, wollte den Tag jedoch nicht mit Schlafen verschwenden. Und sie wollte auch nicht hier oben bleiben, wenn es woanders so viel zu sehen gab.

Sie ging auf und ab und überlegte. Sie könnte die Türmchen erforschen, während Mr Kane und Dimitri unten waren, oder sie könnte hinausgehen und ein wenig auf dem Anwesen umherspazieren. Ihr knurrender Magen erinnerte sie daran, dass sie seit dem frühen Morgen nur ein Sandwich und ein paar Kekse gegessen hatte. Vielleicht wäre die Küche ein guter Anfang; sicher hätte Dimitri nichts dagegen, wenn sie die Köchin fragte, ob sie eine Kleinigkeit bekommen könnte, damit sie bis zum Abendessen durchhielt.

Sie verließ das Zimmer und lauschte an der Tür ihrer Mutter. Velda schluchzte nicht mehr; vermutlich war sie eingeschlafen. Catriona wandte sich ab und lief die Treppe hinunter. Wenn sie sich recht erinnerte, lag hinter einer Tür in der Wandtäfelung in der Eingangshalle ein langer gefliester Gang, der zur Küche führte. Bei dem Gedanken an Brot, Käse und vielleicht eine kleine Gurke lief ihr schon das Wasser im Munde zusammen.

Plötzlich wurde ihr bewusst, dass die lauten Stimmen, die aus Dimitris Privaträumen drangen, verändert klangen. Gäste und Zimmermädchen im Foyer waren stehen geblieben und lauschten dem Wortwechsel ganz unverhohlen. Das war kein begeisterter Austausch von Neuigkeiten, erkannte sie und blieb unschlüssig auf dem Treppenabsatz stehen. Das war ein wütender Streit.

Sie umklammerte das Geländer mit beiden Händen und fragte sich, was sie tun sollte. Sie wusste, dass sie nicht lauschen durfte, aber genau wie die Leute unten in der Halle konnte sie einfach nicht anders. Die Stimmen waren so laut und zornig, dass man sie vermutlich noch in Cairns hören konnte.

»Sie hätten es mir sagen müssen«, schrie Dimitri.

»Wieso?«, brüllte Kane. »Was ändert das denn?«

»Es ändert eine ganze Menge!«

»Wir hatten eine Abmachung, und alles andere geht Sie einen Dreck an«, wütete Kane. »Hüten Sie Ihre Zunge, Dimitri, sonst wird es Ihnen leid tun.«

»Mir leid tun?« Dimitris Stimme wurde zu einem Donnerhall. »Sie wagen es, mir zu drohen, Kane? *Ihnen* wird es leid tun.«

»Wir haben eine Abmachung«, schrie Kane. »Was hat sich daran geändert?«

»Die Abmachung gilt nicht mehr«, donnerte Dimitri. »Und Sie wissen, warum – also beleidigen Sie mich nicht.« Er dämpfte die Stimme ein wenig, aber man konnte ihn immer noch gut verstehen. »Immer lügen Sie. Sie behaupten, Sie wollen sich ändern – aber Sie tun es nicht.«

Catriona umklammerte das blank polierte Geländer, starr vor Schrecken über die Wut der beiden. Und sie fürchtete sich vor den Konsequenzen dieses Streits. Die beiden redeten jetzt leiser, und man konnte nicht mehr verstehen, was sie sagten, aber der bedrohliche Tonfall war immer noch zu hören, und der Wutausbruch zwischen den beiden Männern, die sie für Freunde gehalten hatte, war beängstigend.

Unvermittelt flog die Tür zum Salon auf und krachte gegen die Wand. Die faszinierten Gäste und Diener, die wie Ölgötzen dagestanden hatten, stoben auseinander und machten Platz.

Catriona ließ das Geländer los und drückte sich in den Schatten der oberen Treppe. Sie presste die Hände vor den Mund, um ihr lautes Atmen zu unterdrücken.

Dimitri kam herausgestürmt. Seine Stiefelabsätze knallten auf den Marmorboden, als er die Halle durchquerte und durch die Tür zur Küche verschwand.

Kane kam als Nächster, und mit fast unverschämter Gelassenheit lehnte er sich an den Türrahmen und zündete sich eine Zigarre an. Aber als sein Blick durch die Halle zu der Tür ging, durch die Dimitri verschwunden war, lag arktische Kälte in seinen Augen, und sein Gesicht war wie in Marmor gemeißelt.

Oben auf der Treppe fing Catriona an zu zittern. Noch nie hatte sie Mr Kane von dieser Seite gesehen – und er machte ihr Angst.

SECHS

*A*ls die Zeit zum Abendessen gekommen war, ließ Dimitri sich nicht sehen. Velda und Catriona standen unschlüssig im Flur und wussten nicht, wohin sie sich wenden sollten.

»Das Essen wird in Mr Jewtschenkows Speisezimmer serviert«, sagte Edith und funkelte Velda an. »Es wäre nicht schicklich, wenn Sie mit den Gästen essen würden.«

Velda verzog keine Miene. »Warum die Feindseligkeit?«

Edith zuckte die Achseln. »Manche Leute sollten einfach wissen, wo ihr Platz ist«, näselte sie.

Velda ließ sich von dieser Unhöflichkeit nicht einschüchtern. Ihre Stimme klang fest und kühl. »Und wo wäre dieser Platz?«

Edith rümpfte die Nase und warf einen Blick auf das verschossene Baumwollkleid, die abgetretenen Schuhe und die strumpflosen Beine. »Nicht Fisch, nicht Fleisch«, fauchte sie. »Dies ist ein erstklassiges Etablissement. Ich weiß nicht, warum er Sie hier wohnen lässt.«

Veldas Wangen röteten sich – Catriona wusste nicht, ob vor Zorn oder Scham. »Sie haben anscheinend eine sehr hohe Meinung von sich, Edith«, sagte sie kühl. »Aber Sie sind eine Dienstbotin – und meine Tochter und ich sind Dimitris Gäste. Sie wären gut beraten, das nicht zu vergessen.« Hocherhobenen Hauptes und herrisch wie eine Königin rauschte sie in Dimitris Privaträume und ließ Edith in der Halle stehen, die nach Luft schnappte wie eine Forelle auf dem Trockenen.

Catriona starrte ihre Mutter verblüfft an. Sie hatte Velda noch nie so kühl und souverän gesehen – aber als die Tür sich hinter ihnen schloss, bröckelte die Fassade. Velda sank auf einen Stuhl und ließ den Kopf hängen. »Soll es jetzt immer so sein?«, fragte sie. »Müssen wir uns von Leuten wie ihr verachten und wie Dreck behandeln lassen, weil wir Almosen annehmen?«

»Du warst großartig, Mam«, flüsterte Catriona. »Sie würde nicht wagen, so mit dir zu reden, wenn Dimitri in der Nähe wäre, und ich glaube, von jetzt an wird sie einen weiten Bogen um dich machen.«

Als ein Mädchen eine Terrine Suppe und einen Korb mit frisch gebackenem Brot brachte, erschien Kane und setzte sich. »Die Köchin sagt, Sie sollen läuten, wenn Sie damit fertig sind, und dann serviere ich Ihnen den Hauptgang.« Sie deutete auf einen Glockenzug neben der Tür und ging wieder hinaus.

Catriona machte sich heißhungrig über das Essen her. Die Suppe war dampfend heiß, und darin schwammen reichlich Gemüse und kleine Schinkenstücke. Sie schmeckte köstlich.

Velda rührte auf ihrem Teller herum, aß zwei Löffel voll und gab dann auf. Sie nahm ein Stück Brot, zerbröselte es zwischen den Fingern und starrte durch das Fenster in den Garten hinaus. »Wo ist wohl unser Gastgeber?«, fragte sie in gleichgültigem Ton.

Kane rührte in seiner Suppe und fügte Salz und Pfeffer hinzu. »Er ist draußen in seinem Schuppen«, brummte er. »Anscheinend ist ihm die eigene Gesellschaft lieber als unsere.«

»Was tut er denn im Schuppen?«, fragte Catriona.

»Wer weiß?« Kane zuckte die Achseln. »Spielt wahrscheinlich mit seinen Chemikalien herum und weidet sich an seinem Gold.« Seine Stimme klang gepresst und bitter.

Catriona musterte ihn nachdenklich. Er sah jetzt sehr elegant aus in seinem sauberen, gebügelten Anzug, den blank polierten Schuhen, einem neuen Hemd und mit einer Seidenkrawatte. Aus der Brusttasche seines Jacketts hing ein Taschentuch, das zur Krawatte passte, und die goldene Kette einer Uhr hing quer über der bestickten Weste. Seine Laune hatte sich aber sichtlich nicht gebessert; der Streit mit Dimitri schwelte immer noch in ihm.

Offenbar merkte er, dass sie ihn betrachtete. »Dimitri hat mir vorläufig ein paar Sachen geliehen«, sagte er. »Ich muss anständig gekleidet sein, wenn ich mit den Gästen umgehe.«

Catriona hätte zu gern gewusst, worum es bei dem wütenden Streit gegangen war, aber sie wusste, dass jetzt nicht der richtige Augenblick war, um ihn danach zu fragen. »Was sollen Sie denn für Dimitri tun?«, fragte sie.

»Ich soll den Zeremonienmeister spielen.« Er hatte seine Suppe aufgegessen und lehnte sich zurück. »Ich werde Picknicks, Partys und Kartenspiele organisieren – Unterhaltung für die Gäste. Jagdausflüge für die Männer, Teekränzchen für die Damen. Wenn Probleme auftreten, werde ich mich darum kümmern und dafür sorgen, dass sie einen angenehmen Aufenthalt haben. Kurz gesagt, ich werde dieses Gesindel führen, das Dimitri als Personal bezeichnet.«

»Weiß Edith das schon?« Sie grinste; ihr war klar, dass es eine freche Frage war, aber sie hatte nicht widerstehen können.

Kane seufzte. »Die arme Edith! Mit diesem Aussehen und ihren unglückseligen Manieren wird sie niemals bekommen, was sie will. Fast könnte sie einem leid tun.«

Catriona warf einen Blick zu ihm hinüber. Er sah nicht aus, als habe er das geringste Mitleid mit Edith, aber anscheinend verfügte er über irgendwelche Erkenntnisse darüber, warum sie Mam so schnippisch behandelt hatte. »Was will sie denn? Sie hat hier doch alles.«

Kane stand auf, um an dem Glockenzug zu ziehen und das Mädchen zu rufen. »Alles bis auf den Mann, den sie gern hätte«, sagte er. »Leider sieht Dimitri in ihr nicht die Ehefrau, die sie so gern wäre. Statt Herrin zu werden, muss sie also Dienerin bleiben.«

»Die arme Edith«, sagte Catriona leise. »Kein Wunder, dass sie so miesepetrig ist.« Sie lehnte sich zurück. Das Mädchen räumte die Teller ab und stellte große Platten mit Braten und Gemüse auf den Tisch. Käse, Kekse und eine Schale Obst würden der Nachtisch sein. Catriona hatte ein solches Essen und solche Mengen noch nie gesehen, und sie langte herzhaft zu. Das Fleisch war zart, die Sauce dick und schmackhaft, das frische Gemüse schwamm in Butter. Die Wirtschaftskrise war offenbar vorüber – zumindest für die Leute, die in diesem Hause lebten. »Versuch doch etwas zu essen, Mam«, redete sie ihrer Mutter zu, die immer noch in ihrem Essen herumstocherte.

»Nein, ich gehe schlafen.« Velda schob ihren Teller zurück und stand auf. »Gute Nacht, Mr Kane, gute Nacht, Catriona.« Ihre Lippen berührten Catrionas Haar, und sie verschwand.

»Deine arme Mutter wird noch eine Weile brauchen, um über den Verlust hinwegzukommen.« Kane spießte ein Stück Käse auf die Gabel und nahm sich Butter und einen Keks. »Aber früher oder später wird sie begreifen müssen, dass sie sich nicht in alle Ewigkeit auf Dimitris Großzügigkeit verlassen kann.«

»Sie meinen, wir müssen wieder fort?« Catrionas Puls schlug schneller, und die Freude am Essen war dahin.

»Das kommt darauf an«, sagte er nachdenklich, den Mund voll Käse.

Catriona wartete. Vielleicht würde sie jetzt erfahren, warum er sich mit Dimitri gestritten hatte.

»Dimitri ist ein reicher Mann, der sein Vermögen auf den Goldfeldern gemacht hat. Er ist vor über fünfundzwanzig Jahren hergekommen, nachdem seine Familie bei den Pogromen in Russland umgebracht worden war. Er hatte nichts zu verlieren, aber alles zu gewinnen.« Kane fuchtelte mit seinem Messer umher. »Das hier war sein Traum, und anscheinend hat er ihn verwirklicht.«

Er nahm sich noch einen Keks und schaute zum Fenster hinaus in den dunklen Garten. »Aber man darf niemals vergessen, dass Dimitri ein Mann ist, der es gewohnt ist, mit den Händen zu arbeiten. Er ist ein Bauer, und er denkt wie ein Bauer. Er hält sein Wort nicht immer.«

Catriona schwieg verwirrt. Was er da sagte, rief widersprüchliche Gedanken und Empfindungen in ihr hervor.

Kane wischte sich die Krümel aus dem Bart. Er stand auf, ging zur Anrichte und schenkte sich ein Glas Portwein ein, bevor er sich eine Zigarre anzündete. »Wir hatten vereinbart, dass wir uns den Gewinn teilen, wenn ich diesen Posten übernehme. Jetzt hat Dimitri seine Zusage zurückgenommen, und ich soll sein Faktotum sein. Der Mann ist kein Gentleman.«

Catriona spürte, dass er seinen Zorn nur mühsam zügelte, und sie fragte sich, wieso sie den Russen in einem ganz anderen Licht sah.

Offenbar erriet Kane, dass sie ihm nicht glaubte, denn er tätschelte ihr lächelnd die Hand. »Ich will dir keine Angst einjagen, Kind«, sagte er sanft. »Natürlich werde ich alles tun, was in meiner Macht steht, damit du und deine Mutter hier bleiben könnt. Aber Dimitri ist nicht zu trauen. Er ist ein Lügner und ein Dieb und zu üblen Gewalttaten fähig. Du solltest niemals mit ihm allein sein.«

»Er wird mir nichts tun«, protestierte sie. »Er ist nicht so.«

»Mein liebes Kind, lass dich von meiner Erfahrung mit dem Leben und mit Männern wie Dimitri leiten. Er mag freundlich wirken, aber er hat eine Seite, die du hoffentlich niemals erleben wirst.« Er schwieg kurz und schien dann einen Entschluss zu fassen. »Dimitri hat einmal einen Mann umgebracht«, sagte er leise, und seine Finger spannten sich fester um ihre Hand. »Das war damals, als wir in den Goldfeldern waren, und er musste schleunigst verschwinden, ehe die Polizei eintraf.«

Catriona starrte ihn an. Er stand auf und warf seine Serviette auf den Tisch.

»Komm, Kind, es wird Zeit, dass du zu Bett gehst. Und ich habe noch zu arbeiten.« Er legte ihr den Arm um die Schultern, und seine Lippen streiften ihre Stirn. »Schlaf gut«, sagte er und ließ sie gehen.

Catriona stieg die Treppe hinauf und lauschte an der Tür ihrer Mutter. Als sie nichts hörte, ging sie weiter in ihr Zimmer, setzte sich auf ihr Bett und bürstete ihr langes Haar, bevor sie es für die Nacht zu Zöpfen flocht.

Sie zog das verblichene Baumwollnachthemd an, schlüpfte zwischen die kühlen Laken und löschte das Licht. Dann lag sie im Dunkeln und schaute den Mond an, der vor ihrem Fenster hing. Sie konnte nicht einschlafen; ihre Gedanken ließen ihr keine Ruhe. Dimitri war so freundlich gewesen, so geradlinig und gutmütig, und er war unglaublich großzügig. Warum machte Kane ein Ungeheuer aus ihm? Hatte Dimitri wirklich jemanden umgebracht? War er gefährlich? Das alles passte nicht zusammen. Catriona hatte den Eindruck, dass Kane verbittert war und dass die Bitterkeit auf den Streit zurückging, den sie mit angehört hatte. Vielleicht würde sie nie erfahren, was hinter dieser wütenden Auseinandersetzung steckte, aber sie war entschlossen, selbst zu entscheiden, ob sie Dimitri trauen konnte oder nicht.

Das Gelände rings um Dimitris Palast wurde von einem steinalten Gärtner und seinen beiden jungen Gehilfen säuberlich gepflegt. Schattige Lauben boten den Gästen Schutz vor der glühenden Sonne, auf den terrassenförmigen Rasenflächen standen Tische, Stühle und Sonnenschirme, und in einer Ecke warteten Krocket-Tore auf jeden, der spielen wollte. Eine steinerne Treppe führte hinunter zum Fluss, in dem Schildkröten und Fische sich zwischen Wasserlilien versteckten; Reiher versuchten ihr Glück neben den Anglern. Tennisplatz und Swimmingpool waren beliebte Treffpunkte, und Catriona hörte fröhliche Stimmen, Gelächter und Gläserklingen aus der Gartenbar.

Sie hatte in der Küche ein herrliches Frühstück bekommen; die Köchin hatte ihr einen Teller mit Eiern und brutzelndem Speck hingestellt, und eines der jüngeren Mädchen hatte sich mit einer Tasse Tee zu ihr gesetzt und sie mit Klatschgeschichten über Edith und ihre unerwiderte Liebe zu Dimitri unterhalten. Es hatte gekichert und geschwatzt, bis die Köchin die Fünfzehnjährige mit strengem Gesicht zur Arbeit zurückbefohlen hatte. Augenzwinkernd war Phoebe gegangen, und Catriona spürte, dass sie zum ersten Mal im Leben eine gleichaltrige Freundin gefunden hatte.

Jetzt spähte sie zwischen den Bäumen hindurch zu den Männern und Frauen hinüber, die auf Liegestühlen in der Sonne saßen und anscheinend kaum andere Sorgen hatten als ihre Bräune und ein gut gekühltes Getränk. In der Zufahrt polierten die Chauffeure die eleganten Autos und plauderten dabei über das Pferderennen, das heute stattfinden würde.

Catriona wanderte weiter auf dem Anwesen umher und betrachtete alles. Es war eine Welt, von der sie nichts gewusst hatte – eine Welt, in der man Geld ausgab, ohne darüber nachzudenken, und in der man seine Kleider in dem sorglosen Wissen trug, dass jemand anders sie abholen und waschen und forträumen würde. Es war ganz anders als das Leben, das sie bisher gekannt hatte. Poppy wäre hier in ihrem Element, dachte sie betrübt. Wie sehr hätten diese Kleider ihr gefallen, der Schmuck, die feinen Autos und die Berge von wundervollem Essen! Wenn sie doch nur bei der Truppe geblieben wäre – dann könnte sie sich jetzt zusammen mit mir daran erfreuen.

Die Wanderung führte Catriona zuletzt in den Garten hinter Dimitris Räumen an der Rückseite des Hotels. Velda saß in einem Korbsessel unter einem Sonnenschirm. Neben ihr stand ein hohes Glas, und sie hatte ein Buch auf dem Schoß. Catriona störte sie nicht; sie schien zu schlafen.

Trotz allen geschäftigen Treibens und der wundervollen Bilder, die sie gesehen hatte, war ihr dieser ruhige Garten lieber. Bäume und ein verschnörkelter Holzzaun schirmten ihn vor den Blicken der Gäste ab; Rasen und Blumenbeete reichten bis zum üppig grünen Dickicht des Regenwalds. Es war ein friedvoller Ort – ein Ort der Kontemplation und der Ruhe, die ihrer Mutter hoffentlich gut tun würde.

»Guten Morgen, meine Kleine. Ich hoffe, du hast gut geschlafen?«

Eingedenk dessen, was Kane am Abend zuvor gesagt hatte, sah sie Dimitri wachsam an. »Ja, danke«, sagte sie. »Es ist schön, einmal ein eigenes Zimmer zu haben.«

Er lächelte. Sein Haar glänzte in der Sonne bläulich, und seine braunen Augen waren golden gesprenkelt. Er war nicht so förmlich gekleidet wie am vergangenen Tag; anstelle des Anzugs trug er eine alte, ausgebeulte Hose, ein kariertes Hemd und schwere Stiefel. »Ich bin auch gern allein«, gestand er. »Ich habe gern einen Platz, wo ich nachdenken und ich selbst sein kann.«

»Warum haben Sie dann das Hotel gebaut?«, fragte sie verwundert.

»Weil ich das Geld dazu hatte. Ich habe immer davon geträumt, so etwas zu besitzen.« Er lächelte, aber sein Blick war wehmütig. »Aber manchmal genügt es, sich etwas zu wünschen. Denn wenn der Wunsch Wirklichkeit wird, sieht die Sache vielleicht anders aus, als man es sich vorgestellt hat.«

Sie zog die Stirn kraus. Er sprach in Rätseln.

»Darum habe ich Mr Kane gebeten, zu kommen«, erklärte er. »Er hat die nötige Bildung, die englische Stimme und Manieren, mit denen meine Gäste etwas anfangen können.« Er schaute auf seine Stiefel. »Ich bin ein Bauer, ein Mann ohne große Schulbildung. Ich habe nichts gemeinsam mit diesen Leuten, ihren feinen Kleidern und Autos und ihren seltsamen Gewohnheiten.«

Catriona lächelte. Sie hatte Dimitri gern, und Kanes bitteren Tiraden zum Trotz wusste sie, dass sie von ihm nichts zu befürchten hatte. Sie spazierten zusammen über den Rasen und in den Regenwald hinein, und er kannte jede Blume, jeden Busch und jede Liane beim Namen. Er holte Körner und Brotkrumen aus der Tasche, und als er pfiff, kamen Rosellas und Papageien von den Bäumen herabgeflattert und fraßen ihm aus der Hand.

»Komm«, sagte er schließlich, »ich zeige dir, wo ich meine Zeit am liebsten verbringe.«

Bereitwillig folgte sie ihm durch den Wald zurück in eine entlegene Ecke des Gartens. Sein Schuppen stand im Schatten der Bäume, umgeben von Blumen und hohem Gras. »Hier kommt niemand mehr her«, sagte er, als er den großen Schlüssel unter einem Stein neben der Tür hervorholte und ins Schloss steckte. »Früher war hier das Waschhaus, aber seit ich den alten Bau zu einem Palast umgebaut habe, braucht man es nicht mehr.« Er öffnete die Tür und trat beiseite, um sie eintreten zu lassen.

Catriona sah sich staunend um. Es war dunkel, aber nicht düster drinnen, und es roch nach heißem Metall und seltsamen Mixturen. Auf Wandborden standen staubige Flaschen, beschriftet mit Namen, die sie nicht aussprechen konnte. Auf einem Holzofen in der hinteren Ecke stand ein großer Kessel mit mehreren merkwürdigen Kellen, die aussahen, als wären sie für einen Riesen gemacht. In den Ecken lagerten durchlöcherte Zelte und alte Stiefel, und Schaufeln, Spaten, Hacken und Schubkarren füllten jeden Winkel aus. An einer Wand lehnte ein großes hölzernes Sieb, und ein alter Schreibtisch war bedeckt von Büchern, Papieren, Draht- und Metallstücken.

»Ich habe alles hier aufbewahrt – für den Fall, dass ich noch mal auf Goldsuche gehen will. Die Australier nennen es ›auf Wanderschaft gehen‹, aber ich sage lieber, ich raffe mich noch einmal auf und bin mein eigener Herr, der wahre Dimitri.« Er sah ihr verständnisloses Gesicht und lachte. »Ich bin gern ein reicher Mann, mein kleines Mädchen, aber im Grunde meines Herzens bin ich ein russischer Zigeuner, und das Wandern liegt mir im Blut.«

Das konnte Catriona verstehen; schließlich hatte auch sie ihr ganzes Leben, zwölf ganze Jahre, auf Reisen verbracht. Es kam ihr immer noch merkwürdig vor, mehr als ein paar Tage am selben Ort zu verbringen.

»Und was tun Sie hier?«, fragte sie und betrachtete die fremdartigen Werkzeuge und den Kessel.

»Ich mache Dinge«, sagte er geheimnisvoll. »Komm, ich zeig's dir.«

Er setzte sie auf einen wackligen Stuhl, trat an den Holzofen und fachte das Feuer darin zu lodernder Glut an. Dann nahm er eine große Kelle und tat etwas hinein. »Jetzt pass auf, Catriona«, sagte er. »Das ist nämlich Zauberei.«

Sie stand auf und ging zu ihm. In der Kelle brutzelte ein Goldkorn und verbreitete einen merkwürdigen Geruch. Sorgfältig goss er das flüssige Gold in eine Metallform. Ein paar Augenblicke später lag ein hübscher goldener Ring in seiner flachen Hand. Es war, als stehe der Zauberer Merlin vor ihr.

»Eines Tages mache ich dir auch etwas«, versprach er. »Würde dir das gefallen?«

»Ja, bitte!« Ihre Augen glänzten, und ihre Wangen glühten, und das kam nicht nur von der Hitze des Feuers.

»Abgemacht«, sagte er. »Aber jetzt musst du gehen. Ich höre deine Mutter rufen.« Er schaute sie liebevoll an, und plötzlich wurden seine Augen feucht. »Du erinnerst mich sehr an meine geliebte Irina«, sagte er leise.

»Wer ist Irina?«

»Sie war meine Tochter.« Er zog ein großes Taschentuch aus der Hosentasche und putzte sich geräuschvoll die Nase. »Aber sie ist tot, genau wie meine Frau, meine Eltern und meine Brüder. Die Kosaken sind in unser Dorf gekommen und haben sie getötet – alle. Ich war nicht da; ich habe im Wald nach etwas Essbarem gesucht. Es war im Winter, überall lag tiefer Schnee. Als ich zurückkehrte, fand ich nur Blut und Tod, wo Wärme und

Liebe gewesen waren. Ich bin nie wieder an diesem Ort gewesen.«

Catriona traten die Tränen in die Augen. Sie drückte seine große Hand. Sie konnte nichts sagen, was seinen Schmerz lindern würde, aber vielleicht könnte ihre Berührung ihn ein wenig trösten.

»Dann reiste ich in dieses großartige Land und fand Gold«, sagte er mit traurigem Lächeln. »Der Reichtum kann mir die Trauer um Irina und Lara zwar nicht nehmen, doch er ermöglicht mir ein Leben, auf das ich in Russland niemals hätte hoffen können. Hier bin ich frei, und ich kann leben, wie ich will.«

Catriona hörte ihre Mutter rufen. »Ich muss gehen. Es ist Zeit für meine Gesangsübungen – das Einzige, was Mam noch zu interessieren scheint.«

Er zog die buschigen Brauen hoch. »Wirklich? Wenn es das Einzige ist, woran ihr etwas liegt, dann müsst ihr natürlich mein Piano benutzen. Es steht in meiner Wohnung. Ihr dürft jederzeit darauf spielen.«

Aus Wochen wurden Monate, und Catriona gewöhnte sich an ihr neues Leben. Sie und Phoebe waren gute Freundinnen geworden. Aber das kleine Küchenmädchen musste viel arbeiten, und weil es mit den Eltern auf der anderen Seite von Atherton wohnte, hatten die Mädchen selten Gelegenheit, viel miteinander zu unternehmen. Im Laufe eines hektischen Tages konnten sie nur ab und zu ein paar Augenblicke zusammen verbringen. Außerdem war Phoebe von den Wallungen der ersten Liebe erfasst und nutzte jede freie Minute, um in den Garten zu laufen und dort mit einem der jungen Gärtner zu flirten und zu kichern.

Das Hotel war voll, und von der düsteren Anwesenheit Ediths abgesehen, genoss Catriona dieses Leben. Dimitri war ihr immer mehr ans Herz gewachsen. Er war der Vater, den sie verloren, der Großvater, den sie nie gehabt hatte, und die Nähe zwischen ihnen füllte bei beiden eine schmerzhafte Leere im Herzen aus.

Er mochte ein ungebildeter russischer Emigrant sein, aber er war ein wahrer Freund, der gern viele Stunden mit ihr verbrachte. Er lehrte sie die Namen der Bäume und Vögel und zeigte ihr die geheimen Schlafplätze der Wombats und ihrer Jungen, und er führte sie tief in den Wald hinein, wo sie den Wallabys beim Fressen zusahen. Aber am besten gefiel es ihr, wenn er seine Nuggets zu feuriger Flüssigkeit schmolz und daraus wunderschöne Schmuckstücke machte.

Dimitri hatte auch Velda unter seine schützenden Fittiche genommen. Jeden Morgen saß er bei ihr im Garten und sprach mit ihr. Aber trotz seiner Fürsorge war Velda in den letzten Monaten immer stärker abgemagert. Von Edith und den Hotelgästen hielt sie sich fern und irrte durch den Garten und Dimitris Wohnung wie ein Geist, weiß wie Papier. Nachts hörte Catriona, wie sie sich in den Schlaf weinte, und es brach ihr das Herz. Wie gern hätte sie ihre Mutter getröstet und sich trösten lassen – und wie sehr wünschte sie sich, Velda möge bemerken, dass auch sie traurig war. Doch abgesehen von den morgendlichen Gesangsstunden verbrachte Velda ihre Tage wie im Traum und die Nächte unter Tränen. Anscheinend hatte sie weder die Kraft noch die Zeit zu sehen, dass ihre Tochter mehr als Gesangsunterricht brauchte, um über ihren Verlust hinwegzukommen.

Catrionas Beziehung zu Kane hatte sich verändert, über Monate hinweg und so langsam, dass Catriona es kaum bemerkt hatte. Während sie seine Umarmungen, seine unschuldigen Küsse auf die Stirn, seine Hand auf ihrem Arm oder an ihrer Taille früher hingenommen hatte, spürte sie nun, dass ihr seine Berührung unbehaglich war und sie seine überzogenen Vertraulichkeiten nicht mochte. Dennoch bewies er Mitgefühl für sie und bot ihr weiterhin Trost, Unterstützung und stille Freundschaft. Vielleicht waren es Veränderungen in ihr selbst, die ihr dieses Unbehagen bereiteten, denn er hatte eigentlich nichts getan, um das Gefühl zu rechtfertigen, dass etwas nicht stimmte.

Es war wenige Wochen vor ihrem dreizehnten Geburtstag. Velda war wie immer ins Bett gegangen und hatte sie mit Kane allein in Dimitris Salon zurückgelassen. Catriona langweilte sich mit dem Buch, das sie las; sie hatte es weggelegt und war zum Fenster gegangen. Sie schaute gern in den Garten hinaus, wenn die Glühwürmchen wie kleine Feen in den Büschen tanzten.

»Komm, setz dich zu mir und erzähl mir, was du heute getan hast«, sagte Kane und streckte die Hand aus.

Widerstrebend wandte Catriona sich vom Fenster ab.

»Was ist los?« Er grinste. »Du hast doch sicher noch ein paar Minuten für mich übrig, oder? Es gab eine Zeit, da bist du ständig angelaufen gekommen, um mir deine Geschichten zu erzählen.«

Sie erinnerte sich an diese Zeit auf Reisen, als sie seine Gesellschaft gesucht hatte, erinnerte sich daran, wie gut er in den furchtbaren Tagen nach Dads Tod zu ihr und Mam gewesen war. Es kam ihr albern vor, jetzt einfach stehen zu bleiben; also nahm sie seine Hand.

Doch ehe sie sich versah, hatte er sie auf seinen Schoß gezogen.

»Ich bin zu groß, um auf Ihren Knien zu sitzen«, protestierte sie, rot vor Verlegenheit.

»Unsinn!« Er zog sie an sich. »Du bist ein kleines Mädchen. Wiegst weniger als ein Spatz, obwohl du so gut isst.« Sein Finger wanderte an ihrem Arm hinauf bis zum Saum ihres Ärmels. »Und – was hast du heute den ganzen Tag so getrieben?«

»Dies und das«, murmelte sie und hielt sich starr. Ihr war heiß und unbehaglich in seiner Umarmung. Sie war kein kleines Mädchen mehr und wusste instinktiv, dass ein solches Zusammensein unschicklich war. Sie roch den Zigarrenrauch und den Port, den er getrunken hatte, in seinem Atem, und sie fühlte seinen schnellen Herzschlag an ihrem nackten Arm. Sie wusste nicht, was sie sagen oder tun sollte, wie sie den Tumult ihrer Empfindungen ausdrücken sollte.

»Hast zusammen mit Phoebe mit dem Gärtnerjungen geflirtet,

nehme ich an«, sagte er leise, und sein Mund war an ihrem Ohr. »Sieh dich vor, sonst hast du leicht einen schlechten Ruf.« Seine Finger streiften die Knospen ihrer Brüste und strichen dann an ihrem Hals entlang.

»Ich muss jetzt gehen«, sagte sie hastig und versuchte, sich loszureißen. »Mam fragt sich sicher, wo ich bin.«

»Gib mir einen Gutenachtkuss«, flüsterte er und hielt ihre Taille fest umschlungen.

Catriona zögerte. Wenn sie täte, was er wollte, würde er sie loslassen. Vielleicht genügte ein Schmatzer auf die Wange.

Schnell drehte er den Kopf und küsste sie auf den Mund; seine Lippen pressten sich auf ihre, und seine Finger umschlossen ihren Nacken, während seine andere Hand sich unter den Saum ihres Kleides und zu ihrem Höschen schob.

Sie stemmte sich gegen ihn und stand auf. Ihre Knie zitterten, und sie bekam kaum Luft. »Das hätten Sie nicht tun dürfen.« Sie wischte sich mit dem Handrücken über den Mund.

Seine blauen Augen weiteten sich. »Was denn?« Er lachte schnaubend. »Ich dachte, wir wären Freunde?«

Sie schüttelte den Kopf. Sie fand keine Worte für ihre Gefühle, war verwirrt und erschrocken und plötzlich sehr verschüchtert angesichts dessen, wie leichthin er ihren Protest abgetan hatte. Und irgendetwas sagte ihr, dass sein Benehmen heute Abend nur der Vorläufer eines sehr viel unerfreulicheren Erlebnisses war und dass er ihr Unbehagen genoss. Während er leise in sein Portweinglas lachte, lief sie aus dem Zimmer und machte sich auf die Suche nach ihrer Mutter. Velda würde ihre Not verstehen und wissen, was zu tun war.

Velda lag im Bett. Das Licht warf einen warmen Glanz über die eisig weißen Laken, die ihren schmalen Körper bedeckten. »Geh ins Bett, Kitty«, murmelte sie. »Ich bin müde.«

»Mam«, sagte sie, dem Weinen nahe. »Mam, ich muss mit dir reden.«

Velda setzte sich seufzend auf und zog sich die Decke unters Kinn. »Was gibt's denn jetzt wieder, Catriona?«

»Es ist wegen Mr Kane.« Sie war entschlossen zu sagen, was sie auf dem Herzen hatte. »Ich mag ihn nicht.«

»Warum denn das nicht?« Velda machte große Augen.

Catriona suchte nach den richtigen Worten, aber sie war verwirrt und unsicher und fand sie nicht gleich. »Er behandelt mich wie ein kleines Mädchen.«

»Ist das alles?«, fragte Velda ungeduldig. »Vielleicht, weil du eins bist«, sagte sie ausdruckslos. »Geh ins Bett, Catriona! Es ist zu spät für solche Flausen.«

»Aber ich bin kein kleines Mädchen«, widersprach Catriona. »Und ich mag es nicht, wenn er …«

»Geh ins Bett, Catriona!«, wiederholte Velda. »Kane ist ein guter Mann. Er liebt dich wie eine Tochter, und er wäre entsetzt, wenn er wüsste, dass du nach allem, was er für uns getan hat, so über ihn denkst.«

»Er ist nicht mein Vater«, fauchte Catriona. »Und von mir aus kann er ruhig wissen, dass ich ihn nicht leiden kann. Er ist … Er hat –« Sie verstummte unter dem kalten Blick der veilchenblauen Augen.

Velda seufzte und ließ sich auf das Kissen zurücksinken. »Um Himmels willen, Catriona, es ist spät, und ich habe Dimitri versprochen, morgen früh einen Spaziergang mit ihm zu machen. Hör auf mit dem Theater und beruhige dich. Ich glaube, deine Hormone spielen verrückt. Alt genug dazu bist du jetzt, aber über all das werden wir morgen reden.«

»Aber –«

Velda schnitt ihr das Wort ab. »Gute Nacht«, sagte sie entschlossen.

Catriona blieb unschlüssig in der Tür stehen.

»Du solltest deinem Glück dafür danken, dass du ein Dach über dem Kopf und ein Bett zum Schlafen hast«, sagte Velda.

»Vielleicht denkst du einmal daran, wer das alles ermöglicht hat.«

»Dimitri hat es möglich gemacht«, sagte Catriona. »Es ist sein Hotel, nicht Mr Kanes.«

Velda drehte sich auf die Seite und knipste das Licht aus. Catriona stand im Dunkeln, sprachlos vor Elend und Hilflosigkeit.

SIEBEN

Weihnachten war gekommen und gegangen, und nun schrieben sie das Jahr 1934. Edith Powell stand am Fenster und beobachtete, wie Dimitri den Arm der irischen Zigeunerin hielt, als sie über den Rasen zum Wald gingen. Verzweiflung mischte sich in ihren Zorn und ihre Frustration, denn ihr lange genährter Traum, Dimitri für sich zu erobern, ging zusehends in die Brüche. Er fand kaum noch Zeit, mit ihr zu reden. Es war, als sei sie ein Teil der Einrichtung geworden – unsichtbar.

Sie ballte die Fäuste, als er den Schirm aufspannte, um die Frau vor der Sonne zu schützen, und verzog wütend den Mund. Dieses irische Luder hatte ihr den Mann vor der Nase weggeschnappt. Mit ihren traurigen Kuhaugen und dieser altklugen Göre im Schlepptau war sie hier aufgekreuzt, und Dimitri mit seinem weichen Herzen und seiner grenzenlosen Gutmütigkeit war auf sie hereingefallen. Das war nicht fair. Nichts von all dem war fair. Das Leben war grausam mit ihr umgegangen, und sie wusste, dass sie dadurch verbittert und hässlich geworden war.

Sie ließ seufzend den Kopf sinken; sie konnte ihnen nicht länger zusehen. Ihr Verlobter war im Großen Krieg gefallen, und sie hatte ihre Eltern bis an deren Lebensende gepflegt. So viele junge Männer ihrer Generation waren auf den Schlachtfeldern Europas geblieben, und sie war zu einer alten Jungfer geworden, verachtet, verspottet und – das war das Schlimmste – bemitleidet.

Das Angebot, für Dimitri zu arbeiten, hatte sie begeistert. Er war unverheiratet, gut aussehend und reich, und während sein neues Haus auf dem Berg langsam wuchs, hatte sie sich um ihn gekümmert, hatte dafür gesorgt, dass er ordentlich aß und dass seine Kleider sauber und gepflegt waren. Leicht hatte sie sich überreden lassen, die gewaltige Aufgabe der Leitung seines Hotels zu übernehmen, denn sie liebte ihn und hatte geglaubt, wenn sie ihm einen Teil seiner Last abnahm, würde er sie als Frau und nicht nur als Haushälterin betrachten und begreifen, wie gut sie zusammenpassten.

Aber obwohl er gut zu ihr war, wusste sie, dass sie ihm wenig bedeutete, und der Gedanke an ihr einsames kleines Cottage am Rande von Atherton deprimierte sie. Früher war es ein behagliches Zuhause gewesen, aber inzwischen war es der Ort, wo sie jede Nacht von ihren Träumen von Dimitri heimgesucht wurde. Ob er mit der Zigeunerin schlief? Strich er ihr über das lange dunkle Haar, küsste ihr Gesicht? Oh, wie sehnte sie sich nach seinen Berührungen, nach dem sanften Klang seiner Stimme in ihrem Ohr, seinen Händen an ihrem Körper, die ihrer verdorrten Seele ungeahnte Wärme und Leben spenden würden!

»Wie rührend! Dimitri ist sicher entzückt von Ihrem aufmerksamen Interesse an seinen Angelegenheiten.«

Edith fuhr herum und wurde rot vor Verlegenheit. »Ich wollte nur die Blumen auswechseln«, behauptete sie, aber sie hörte, dass ihre Stimme schrill klang und dass sie stammelte.

Er zog die blonden Brauen hoch, und seine blauen Augen sahen sie spöttisch an. »Natürlich«, sagte er wegwerfend. »Aber statt hier zu schnüffeln, sollten Sie sich lieber mit den Vorbereitungen zu Catrionas Geburtstagsparty beschäftigen.«

Edith knirschte mit den Zähnen. Sie verabscheute Kane. Seine englische Art ging ihr auf die Nerven, und am liebsten hätte sie ihm das herablassende Gesicht zerkratzt. Aber das konnte sie nicht; jahrelang hatte sie ihre Gefühle unterdrückt, und so verschränkte sie auch jetzt die Hände fest vor dem Leib. »Nachmittags gibt es hier Tee und Torte«, erklärte sie steif.

»Das glaube ich nicht«, sagte er obenhin. »Ihre Mutter und Dimitri haben sehr viel größere Pläne. Ich habe bereits eine Tanzkapelle bestellt. Es soll ein formelles Dinner mit Champagner geben.«

»Sie ist doch noch ein Kind«, sagte Edith fassungslos. »Viel zu jung für solche Extravaganzen.«

»Dimitri hat es so angeordnet.« Kanes Tonfall ließ ihr keine Wahl; sie musste sich fügen. »Sorgen Sie dafür, dass die Köchin Bescheid weiß und die entsprechenden Einkäufe veranlasst werden. Das Hotel wird an diesem Abend voll sein, und ich möchte nichts dem Zufall überlassen.«

Edith zitterte vor Zorn. »Soll das heißen, diese Zigeunergöre wird ihren Geburtstag draußen mit den Gästen feiern?«, fauchte sie. »Vermutlich glaubt ihre Mutter, dieses Flittchen, sie kann mich ebenfalls herumkommandieren und für sich arbeiten lassen.« Sie kriegte kaum noch Luft. »Aber so weit wird es nicht kommen.«

»Ich wäre da vorsichtig, Edith«, sagte Kane geringschätzig. »Eines Tages werden Ihre eifersüchtigen Reden Sie in Schwierigkeiten bringen. Gerade Sie sollten nicht vergessen, dass Sie hier eine Dienstbotin sind, nichts weiter. Sie werden tun, was man Ihnen sagt, oder verschwinden.«

Edith biss sich auf die Lippe. Sie wusste, sie war zu weit gegangen, aber seine Drohung, sie zu entlassen, war trotzdem ein schrecklicher Schlag. Wütend funkelte sie Kane an und verließ wortlos das Zimmer.

Velda ließ sich von Dimitri einen Gartenstuhl heranrücken. Es war angenehm hier draußen in der frischen Luft und fern vom lärmenden Treiben des Hotels, und Dimitri war sehr freundlich. Aber sie wollte jetzt allein sein.

»Sind die Vorbereitungen zu Catrionas Geburtstag im Gange?«
Seine rollenden Konsonanten klangen melodisch.

»Ich nehme es an. Das Kleid habe ich fertig, und der Rest liegt
bei Edith und Mr Kane.«

»Dann lasse ich Sie jetzt allein«, sagte er mit einer leichten
Verneigung. »Ich habe zu tun. Ist Ihnen das recht?«

Sie nickte abwesend und hatte seine Anwesenheit schon vergessen. Eine tiefe Müdigkeit überfiel sie, und sie schloss die
Augen. Es war, als sei die Welt irgendwie unter ihr weggekippt
und als schwebe sie irgendwo darüber, außerhalb der Wirklichkeit, verloren in einem Nebel aus Trauer und Ratlosigkeit. Die
Tage verschwammen ineinander, einer so bedeutungslos wie der
andere. Sie wollte Declan wiederhaben, sie brauchte ihn, sie sehnte
sich nach seiner vertrauten Berührung und seiner beruhigenden
Stimme. Er fehlte ihr so sehr. Tränen rollten unter ihren geschlossenen Lidern hervor und über ihre Wangen. Dimitri, so gut er sie
auch behandelte, war nicht Declan. Dieses lächerliche Hotel war
eine Million Meilen weit von ihrem bunten Wagen und ihrem
gemeinsamen Leben entfernt. Wenn sie doch nur genug Geld
hätte, um nach Irland zurückzukehren, heim zu ihrer Familie und
dem sanften Regen auf den grünen Hügeln. Aber sie saß in der
Falle – abhängig von Dimitris Mildtätigkeit.

Blinzelnd tupfte sie sich die Tränen mit einem Taschentuch ab.
Wenn sie wenigstens nicht dauernd so erschöpft wäre! Aber so
konnte sie nicht denken. Sie schaffte es nicht, die Dinge in eine
Perspektive zu setzen und ihr Leben wieder in die Hand zu nehmen. Abgesehen von den wenigen Stunden, die sie mit Catrionas
Gesangsunterricht verbrachte, fühlte sie sich, als treibe sie auf
einer großen Flutwelle dahin, ohne Anker und ohne Hafen. Ob
es etwas mit dem Trank zu tun hatte, den Mr Kane ihr jeden
Abend vor dem Zubettgehen gab? Sie schüttelte den Kopf. Das
war absurd. Mr Kane sagte, davon werde sie gut schlafen, aber er
hatte ihr versichert, dass es nichts Schädliches sei.

Sie blickte starr über den Garten hinaus, ohne etwas zu sehen. Weihnachten war in einem Nebel aus Lichtern und Lärm und endlosen Partys im Ballsaal vorübergegangen. Nicht, dass sie an solchen Veranstaltungen teilgenommen hätte – das hätte sie nicht ertragen. Jetzt war Januar, und Catriona wäre bald dreizehn. Sie seufzte tief. Sie verstand ihre Tochter nicht mehr. Eine tiefe Kluft hatte sich zwischen ihnen aufgetan, ohne Anhaltspunkte, ohne eine Spur des Verständnisses und der Nähe, die einmal zwischen ihnen gewesen war. Das Mädchen war missmutig und ungezogen und schlecht gelaunt, und bei der leisesten Kritik schlug es Türen zu und führte sich abscheulich auf. Catriona mochte jetzt dreizehn werden, aber seit ihrer Ankunft hier im Hotel benahm sie sich wie eine quengelnde Fünfjährige. Am liebsten hätte Velda ihr eine Tracht Prügel verpasst, aber dazu fehlte ihr die nötige Energie.

Sie schloss die Augen. Tief unter ihren verwirrten und müden Gedanken regte sich die bange Frage, ob nicht vielleicht sie selbst für das Benehmen ihrer Tochter verantwortlich sei. Sie hatte versucht, ihre Trauer mit ihr zu teilen, aber das war unmöglich. Sie hatte das Mädchen trösten wollen, so gut sie konnte, aber die eigenen Tränen hatten ihre Kräfte aufgezehrt. Wie konnte ein Kind verstehen, was sie durchmachte? Aber Catriona war robust wie alle Kinder. Es würde sich auswachsen, und sie war ja auch nicht allein. Sie hatte Dimitri und Mr Kane, die für sie sorgten.

Neue Müdigkeit vernebelte Veldas Gedanken. Es war alles zu viel. Sie konnte nicht länger darüber nachdenken.

Es war der Vorabend ihres Geburtstags, und trotz Kanes zunehmend übertriebenen Vertraulichkeiten und seinen unverhohlenen Versuchen, sie allein zu erwischen, um sie zu küssen und zu liebkosen, freute Catriona sich auf ihre Party. Sie war in der Küche gewesen und hatte der Köchin dabei zugesehen, wie sie die Torte mit Zuckerguss überzog und letzte Hand an die Tabletts mit Canapés legte, die vor dem Abendessen zum Aperitif gereicht werden würden. In der Küche herrschte Hochbetrieb. Braten mussten in den Ofen geschoben werden, Gemüse war zu putzen.

Catriona hatte gefragt, ob Phoebe bei dem Fest dabei sein dürfe, aber überall war sie auf Ablehnung gestoßen. Phoebe sei ein Küchenmädchen, sie müsse an diesem Abend arbeiten. Catriona fand es schade, dass Phoebe das alles verpassen sollte, und sie begriff nicht, warum man einen Unterschied zwischen ihnen machte. Es war ungerecht. Doch ihre Niedergeschlagenheit währte nicht lange, und nach dem Abendessen war sie zu Dimitri in den Schuppen gelaufen. Er hatte ihr eine Überraschung versprochen, und sie konnte es nicht erwarten herauszufinden, was es war.

»Für dich.« Er hielt ihr ein Samtetui entgegen. »Hoffentlich gefällt es dir.«

Catriona ließ den winzigen Verschluss aufschnappen, der Deckel klappte auf, und vor ihr lag eine Halskette, fein geschmiedet und mit einem Anhänger aus goldenen Ringen, der im Licht der Schreibtischlampe funkelte. »Wie schön!«, hauchte sie.

Er nahm die Kette aus dem Etui und ließ sie vor ihr baumeln. »Ich habe sie für dich gemacht«, erklärte er stolz und zeigte ihr die ineinander verflochtenen goldenen Ringe. »Das sind die Ringe des Lebens, jeder aus einer anderen Sorte Gold und in einer anderen Farbe. Sie sollen unsere verschiedenen Welten darstellen und zeigen, wie unser Leben sich ineinander fügt, während jeder von uns seinen eigenen Weg geht. Für mich habe ich auch eine gemacht.« Er lächelte. »Sie soll mich an meine kleine Freundin erinnern.«

Sie hob ihr Haar hoch, damit er die Kette anlegen konnte, und ihre Finger liebkosten das warme, glänzende Gold, das auf ihrem Herzen ruhte. Sie schlang die Arme um Dimitris kräftigen Leib und drückte ihn an sich. »Das ist ein wunderschönes Geschenk«, sagte sie, das Gesicht an seine breite Brust geschmiegt. »Ich werde es immer in Ehren halten.«

Er löste sich sanft aus ihrer Umarmung und hielt sie von sich. »Wenn ich je noch einmal eine Tochter bekomme«, sagte er leise, »dann wird sie hoffentlich sein wie du.« Mit plötzlicher Verlegenheit tätschelte er ihre Schulter. »Und jetzt wird es Zeit, ins Bett zu gehen, Kitty. Du hast morgen einen Geburtstag zu feiern.«

Catriona lachte ihn an. »Meine erste erwachsene Party«, sagte sie aufgeregt. »Mam sagt, ich darf mir das Haar hochstecken, und es wird getanzt und all das.«

Er warf sein Löwenhaupt in den Nacken und lachte schallend. »So jung – und hat es so eilig, erwachsen zu werden«, prustete er. »Kitty, Kitty.« Er schüttelte den Kopf. »Ich hoffe, es wird ein wunderbarer Geburtstag für dich.«

Etwas in seinem Ton machte sie stutzig. »Sie sind doch auch dabei, oder nicht?«, fragte sie. »Sie haben's versprochen.«

»Ich weiß.« Er seufzte und schob die Hände tief in die Hosentaschen. »Aber ich fühle mich nicht wohl in der Gesellschaft solcher Leute. Ich glaube, es ist besser, wenn ich hier bleibe.«

»Sie haben's versprochen«, beharrte sie störrisch. Sie verschränkte die Arme und war plötzlich den Tränen nahe. »Es ist Ihr Hotel, und Sie können tun, was Sie wollen.«

»Ich will in meinem Schuppen bleiben«, antwortete er entschlossen. »Den Leuten, die in meinem Hotel wohnen, wird meine raue Art nicht gefallen. Deine Party wird ein Erfolg werden, wenn ich dabei nicht störe, und nachher kannst du herkommen und mir alles erzählen.«

Sie war schmerzlich enttäuscht, aber bei allem Protest wusste sie längst, dass er – anders als Kane – die Gesellschaft fremder Leute nicht genoss. Sie schwieg. Ihre Gedanken waren in Aufruhr. Dimitri war ihr Freund, und es gab Dinge, die sie ihm gern anvertraut hätte – geheime Dinge, die Kane betrafen und die ihr seit einiger Zeit auf dem Herzen lagen. Aber sie wagte es nicht; sie wusste nicht, ob er ihr glauben würde, und wenn sie es ihm erzählte, könnte das vernichtende Folgen für sie alle haben.

»Es wäre wirklich schön, wenn Sie kommen wollten«, sagte sie noch einmal flehentlich, und dabei klopfte ihr Herz so laut, dass sie glaubte, er müsse es hören.

»Schluss jetzt!«, befahl er sanft. »Ab ins Bett! Wir sehen uns morgen.«

Widerwillig trat Catriona hinaus in die schwüle Dunkelheit. Glühwürmchen tanzten im Gebüsch, und im Gras zirpten Grillen. Der Regenwald ringsum war dunkel und geheimnisvoll, und über der Lichtung stand der Mond, und die Sterne funkelten. Es war eine magische Nacht, aber sie spürte kaum etwas davon, als sie über die weite Rasenfläche zum Haus hinüberschaute. In allen Fenstern brannte Licht, und Klaviermusik wehte in den Garten hinaus. Die Gäste tranken Cocktails in der Bar und spielten im Salon Karten. Plötzlich konnte sie sich vorstellen, wie es hier ohne Musik und Lichter aussehen musste, wenn die Stille in leeren Räumen hallte. Ein Frösteln überkam sie, als hätten eiskalte Finger sie berührt.

Sie drehte sich um und winkte Dimitri zu, der in der Tür seiner Werkstatt stand. Das Licht der nackten Glühbirne über seiner Werkbank beleuchtete ihn von hinten und machte ihn zur Silhouette. Sein Gesicht lag im Dunkel. Irgendetwas ließ sie noch einmal zurücklaufen. Sie drückte ihm einen Kuss auf die stoppelbärtige Wange, bevor sie sich abwandte und zum Haus lief. Der Augenblick, sich ihm anzuvertrauen, war vorüber. Sie war auf sich allein gestellt.

»Da bist du ja«, sagte Kane, als sie durch die Seitentür in die Eingangshalle kam. »Wo hast du gesteckt? Du gehörst längst ins Bett.«

»War draußen«, murmelte sie und wollte sich an ihm vorbei zur Treppe schieben.

Er packte ihren nackten Arm und hielt sie fest. »Du warst wieder bei Dimitri, nicht wahr?«, zischte er. »Was habt ihr getrieben da draußen in seinem Schuppen?«

Sie riss sich los und rieb sich den Arm. Seine Finger hatten Abdrücke hinterlassen. »Das geht Sie nichts an«, gab sie zurück.

»Es geht mich durchaus etwas an«, sagte er leise und warf einen Blick zur Tür des Salons. »Ich muss dich nicht daran erinnern, dass deine Mutter und ich dir ausdrücklich verboten haben, so viel Zeit mit ihm zu verbringen.«

»Mam spricht seit Monaten kaum noch mit mir«, erwiderte sie. »Und wahrscheinlich ist es ihr völlig egal, wo ich meine Zeit verbringe, solange ich sie nicht behellige. Sie sind der Einzige, der hier diese verdammten Vorschriften macht – und wir wissen beide, warum, nicht wahr?«

»Hüte deine Zunge!«, fuhr er sie an. »Ich erlaube nicht, dass du so mit mir redest.«

Sie wich zurück. Ihre Kühnheit war verflogen. »Ich rede, wie ich will«, sagte sie leise. »Sie sind nicht mein Vater.«

»Aber niemand außer mir vertritt seine Stelle, und du wirst tun, was ich sage.« Erbost tat er einen Schritt auf sie zu.

Sie wich weiter zurück. Die Treppe war hinter ihr. »Wo ist Mam?«

Seine blauen Augen waren eiskalt, sein Gesichtsausdruck unergründlich. »Sie will nicht gestört werden. Es geht ihr nicht gut, und du darfst sie nicht stören.« Er kam weiter auf sie zu, hart und entschlossen. »Velda ist sehr krank, Catriona; sie ist geistig angegriffen, und die kleinste Aufregung könnte zum Zusammenbruch führen.«

Catriona wollte ihm nicht glauben, aber sie wusste, dass er wahrscheinlich Recht hatte. Mam hatte sich in den letzten Monaten auf beängstigende Weise verändert. Sie wollte ihm eben antworten, als ein Schwarm Gäste lärmend die Halle betrat und Mr Kanes Aufmerksamkeit ablenkte. Mit einem erleichterten Seufzer rannte sie die Treppe hinauf. Er würde noch ein paar

Stunden zu tun haben – und auch wenn es ihrer Mutter schlecht ging, sie musste unbedingt mit ihr reden.

Auf dem obersten Treppenabsatz war es still. Die Türen waren geschlossen, und nirgends schimmerte Licht hervor. Auf Zehenspitzen schlich sie zum Zimmer ihrer Mutter und lauschte. Von drinnen kam kein Laut. Behutsam drehte sie den Türknauf und spähte durch den Spalt.

Velda lag im Bett und starrte an die Decke. Das Mondlicht fiel auf ihr müdes Gesicht und beleuchtete ihre Augen. »Was willst du, Catriona?«, fragte sie ungeduldig und zog die Bettdecke über ihre Schultern. »Ich habe Mr Kane gesagt, ich möchte nicht gestört werden.«

Catriona schloss die Tür hinter sich und ging zum Bett. »Ich wollte dir Gute Nacht sagen«, begann sie.

»Und? Jetzt hast du es getan. Du kannst gehen.«

»Warum bist du so zu mir, Mam? Was habe ich falsch gemacht?« Catriona blieb am Bett stehen, und wieder stiegen ihr die Tränen in die Augen. Aber sie war entschlossen, jetzt nicht zu weinen, sondern der Feindseligkeit ihrer Mutter in Ruhe zu begegnen.

Seufzend griff Velda nach dem Glas auf ihrem Nachttisch. Sie trank einen Schluck und ließ den Kopf wieder auf das Kissen sinken. »Du sprichst seit Wochen kaum noch mit mir«, sagte sie schließlich leise, und ihr nörgelnder Ton war inzwischen nur allzu vertraut. »Und wenn du es tust, bist du frech und unerträglich. Mr Kane und ich wissen wirklich nicht mehr, was wir mit dir machen sollen.«

»Mr Kane soll sich um seine eigenen verdammten Angelegenheiten kümmern«, fauchte Catriona.

»Genau das ist es, was ich meine«, seufzte Velda. »Wie kannst du es wagen, eine solche Ausdrucksweise zu benutzen? Mr Kane hat ganz Recht: Man muss dich von diesem Russen fern halten, wenn er dir solches Benehmen beibringt.«

»Es hat überhaupt nichts mit Dimitri zu tun«, antwortete Catriona wütend. »Mr Kane vergiftet dein Herz und hetzt dich gegen ihn auf. Siehst du das nicht?«

Veldas Augen waren trüb vor Müdigkeit, und sie zeigte keine Regung, als sie Catriona ansah. »Was ich sehe, ist ein eigensinniges Kind, das zu einem mürrischen, schlecht gelaunten jungen Mädchen mit unflätiger Ausdrucksweise heranwächst, und wenn die Vorbereitungen zu deinem Geburtstagsfest nicht schon im Gange wären, würde ich die ganze Sache abblasen. Geh auf dein Zimmer, Catriona!«

Jetzt strömten Catriona die Tränen doch über das Gesicht. »Ich will nicht«, antwortete sie schluchzend. »Ich bin da nicht gern.«

»Sei nicht albern!«, fuhr Velda sie an. »Es ist ein hübsches Zimmer, du undankbares Mädchen.«

Catriona dachte an die Nächte, in denen Kane zu ihr ins Zimmer gekommen war und sich auf ihr Bett gesetzt hatte. An die langen, stillen Minuten, die ihr wie Stunden erschienen waren, während er sie anstarrte, ehe er ihr einen Kuss auf den Mund aufnötigte. »Kann ich heute Nacht nicht bei dir schlafen, Mam? Wie früher im Wagen? Wir können uns aneinander kuscheln und über alte Zeiten plaudern und …« Sie bettelte jetzt. Verzweifelt wünschte sie, ihre Mutter könnte durch Worte und Tränen hindurch in ihr unglückliches Herz blicken.

Aber Velda blieb ungerührt. »Du bist viel zu groß, um noch in meinem Bett zu schlafen«, sagte sie. »Und ich brauche meine Nachtruhe. Morgen gibt es viel zu tun, wie du sehr wohl weißt.«

»Bitte, Mam!« Catriona streckte die Hand aus, aber ihre Mutter ignorierte sie. Das Mädchen setzte sich auf die Bettkante, wischte sich die Tränen ab und bemühte sich, ruhig zu sein. Sie musste ihrer Mutter jetzt alles erzählen. »Es tut mir leid, Mam«, sagte Catriona leise. »Ich will ja nicht frech und ungehorsam sein, wirklich nicht. Aber es gibt da etwas, das ich dir …«

»Es reicht, Kind.« Velda schob sie vom Bett. »Du hast dich schon öfter entschuldigt, aber an deinem Benehmen ändert sich herzlich wenig. Wenn dein Vater noch da wäre, würde es ihm das Herz brechen.«

»Wenn mein Vater noch da wäre, würde er mir zuhören, verdammt«, schrie Catriona.

»Hinaus!« Velda zeigte zur Tür. »Und komm erst wieder, wenn du dich gebessert hast. Du bist noch nicht zu groß für eine Tracht Prügel, mein Fräulein. Der Himmel weiß, verdient hast du sie seit Monaten.«

Catriona biss die Zähne zusammen und lief zur Tür. »Du bist ein selbstsüchtiges Biest«, fauchte sie. »Du jammerst und quengelst und führst dich auf, als wärest du die Einzige, die traurig ist. Du kümmerst dich einen Dreck um mich. Es geht immer nur um dich, um dich allein.« Sie holte tief Luft, erschrocken über die eigene Gehässigkeit und die harten Worte, die ihr so leicht über die Lippen gingen. Aber jetzt zeigte ihre Mutter wenigstens eine Reaktion. Sie drehte den Türknauf und blieb auf der Schwelle stehen. Rot vor Wut starrte sie ihre verdatterte Mutter an. »Aber ich bin auch traurig. Ich bin einsam, und ich habe Angst, und eines Tages wird es dir leid tun, dass du mir nicht zugehört hast.« Sie schlug die Tür hinter sich zu, so laut sie konnte, rannte den Gang hinunter zu ihrem Zimmer und schlug auch ihre eigene Tür hinter sich zu. Sie warf sich auf ihr Bett, vergrub das Gesicht im Kissen und weinte hemmungslos.

Am nächsten Morgen erwachte sie mit hämmernden Kopfschmerzen. Ihre Augen waren vom Weinen so verquollen, dass sie sie kaum öffnen konnte. Sie wagte nicht, sich über den Korridor ins Bad zu schleichen; also goss sie kaltes Wasser aus dem Krug in die Schüssel und wusch und schrubbte sich mit einem Waschlappen, bis ihre Haut rot war und brannte. Kanes Besuche in ihrem Zimmer und die Berührung seiner Hände hinterließen das Gefühl, ständig schmutzig zu sein.

Beim Anziehen erblickte sie sich unversehens in dem kleinen Spiegel, und sie sah, wie sehr sich das alles auf sie auswirkte. Sie sah es in ihren Augen, an den herabhängenden Mundwinkeln und an ihrer bleichen Haut, aber der Schaden reichte tiefer, das wusste sie. Er hatte ihre Seele berührt und sie verfinstert, und etwas darin starb langsam. »Warum sieht Mam das nicht?«, flüsterte sie und starrte ihr Spiegelbild an. Totenstille war die Antwort. Sie wandte sich ab und floh aus dem Zimmer.

»Da heute sehr viel zu tun ist, kannst du dich heute zur Abwechslung einmal nützlich machen«, sagte Edith, als Catriona in die Küche trat.

»Darf ich nicht wenigstens ein Geschenk auspacken?«, fragte sie, als sie einen Berg von Päckchen auf der Kommode bemerkte.

»Heute Abend«, sagte Edith streng, und ihr Ton duldete keinen Widerspruch.

Catriona wäre gern zu Dimitri gegangen, aber Edith war offenbar entschlossen, sie zu beschäftigen, und so verbrachte sie den Tag unter deren Kommando, räumte Gästezimmer auf, half in der Küche, sorgte für den Blumenschmuck und deckte die Tische.

Es sollte eine großartige Veranstaltung werden: Man feierte nicht nur ihren Geburtstag, sondern auch das Ende der ersten, sehr erfolgreichen Saison des Hotels. Die Gärtner hatten Ranken und Blumen hereingebracht; man hatte sie mit Bändern zu Girlanden geflochten und damit das Treppengeländer aus Eichenholz geschmückt. Auch der große Marmorkamin in der Halle war mit grünen Zweigen umkränzt, und zwischen den Blättern steckten lange weiße Kerzen. Im Speisesaal waren ebenfalls Hunderte von Kerzen aufgestellt worden, jeder Tisch war mit feinstem Leinen gedeckt, und Silberbesteck und Kristallgläser waren auf Hochglanz poliert. Auf allen Tischen standen Blumen, und große Sträuße prangten in allen Räumen des Erdgeschosses. Ihr Duft erfüllte das Haus, sodass Catriona davon schwindlig wurde. Sie sehnte sich danach, in den Garten hinauszugehen, um frische Luft zu schnappen und Dimitri zu besuchen.

Doch Edith fand immer neue Aufgaben für sie, der Tag ging dahin, und Catriona begriff, dass Dimitri sich von dem Chaos fern hielt. Auch Kane war verschwunden, und das war merkwürdig, denn sonst war er immer dabei, erteilte kläffend seine Anweisungen und stand allen im Weg. Velda war gleichfalls nicht zu finden, weder in ihrem Zimmer noch in Dimitris Wohnung. Rätselhaft – aber ihre Mam benahm sich schon seit einiger Zeit – vorsichtig ausgedrückt – merkwürdig. Vielleicht war sie nur nach Cairns gefahren, um sich frisieren zu lassen.

Eine Drei-Mann-Kapelle packte in einer Ecke des Salons ihre Instrumente aus; der Teppich wurde eingerollt, der Boden gewienert und mit Talkum bestreut, damit er als Tanzfläche dienen konnte. In der Küche duftete es nach frischem Brot und Braten. Frisches Gemüse wurde geputzt, und die dicke Köchin quirlte Saucen. Und dann war da natürlich die Torte – ein prachtvoller Turm aus weißem Zuckerguss und Marzipanblüten, übersät von Kerzen.

Zur Teestunde wurde es ruhiger, und Catriona beschloss, die Zeit zu nutzen: Sie musste sich Dimitri anvertrauen, bevor Kane noch weiter ginge. Dimitri war ihr einziger wirklicher Freund, und wenn er hörte, was sie ihm zu berichten hatte, würde er ihr vielleicht helfen. Es war dumm gewesen, ihm nicht sofort zu vertrauen.

Als sie aus der Küche kam, sah sie, wie dunkel es schon war. Es hatte den ganzen Tag geregnet, und schwarze Wolken hingen am Himmel. Sie nahm einen Regenmantel vom Haken neben der Tür und zog ihn an, als eine Stimme sie innehalten ließ.

»Wo willst du hin?«

Catriona erstarrte. Kane erhob sich aus dem Schatten eines tiefen Sessels neben dem geschmückten Kamin in der Halle. »Ich will zu Dimitri.« Ihre Stimme klang atemlos und hoch.

»Ich glaube nicht.« Seine Hand umfasste ihren Ellenbogen. Sie riss sich los. »Sie können mich nicht aufhalten«, zischte sie.

»Warum ist es so wichtig, ihn jetzt zu sehen?« Ihre Wut beeindruckte ihn nicht.

»Ich werde ihm erzählen, was Sie mit mir machen«, antwortete sie. »Meiner Mam habe ich es schon gesagt.«

Er zog die Brauen hoch, und seine Augen glitzerten im Licht des kristallenen Kronleuchters. »Und was hat Velda dazu gesagt?« Seine Stimme klang geschmeidig und spöttisch, und Catriona überlief es eisig.

Sie schüttelte den Kopf – sie würde ihm nicht sagen, dass ihre Mutter nicht reagiert, ja, dass sie kaum zugehört hatte, wenn sie versucht hatte, die Sache zur Sprache zu bringen.

»Aha«, sagte er. »Deine Mutter glaubt dir also nicht. Und was hättest du Dimitri zu erzählen? Hm?« Er legte ihr den Finger unters Kinn und hob ihr Gesicht, sodass sie ihm in die Augen sehen musste. »Dass der Mann, der sich über ein Jahr lang um dich und deine Familie gekümmert hat, es gewagt hat, seine Tochter zu küssen? Dass ich Zeit und Mühe opfere, um dich abends zuzudecken?«

»Ich bin nicht Ihre Tochter, und kein Vater küsst seine Tochter auf diese Weise – oder berührt sie, wie Sie es tun.« Ihre Stimme wurde schrill, und seine Finger umklammerten ihr Kinn fester.

»Halt den Mund und hör mir zu, Catriona«, fuhr er sie an, und sie gehorchte, sprachlos vor Angst. »Deine Mutter ist eine kranke Frau, kurz davor, den Verstand zu verlieren. Ich bin ihr Retter, und du bist nur ein kleines Mädchen. Sie wird dir nicht glauben, weder heute noch morgen, noch sonst irgendwann.« Er schwieg, und seine Worte drangen erbarmungslos in ihr Herz. »Und was Dimitri angeht – er ist ein Mörder. Wenn du mit deinen Lügen zu ihm läufst, wirst du Blut an den Händen haben.«

»Ich glaube Ihnen nicht«, murmelte sie. »Das haben Sie erfunden.«

Er ignorierte die Unterbrechung. »Er ist ein gefährlicher Mann,
Catriona. Er hat schon einmal getötet, und er wird keine Skrupel
haben, es wieder zu tun.«

Unter Tränen starrte sie ihn an, gebannt wie das Kaninchen vor
der Schlange.

»Deine Mutter kann leicht den Verstand verlieren. Was würde
mit ihr passieren, wenn deine Lügengeschichten mir den Tod
bringen und Dimitri im Gefängnis landet? Während er dort auf
den Henker wartet, wird man das Hotel schließen, dich wird man
fortschicken, und deine Mutter muss ihre letzten Tage in der Irren-
anstalt verbringen.«

Sie erkannte den eisernen Willen in seinem Blick. Er presste
die Lippen zusammen, und seine Finger gruben sich in ihren
Kieferknochen. »Aber das sind keine Lügengeschichten«, flüsterte
sie. »Ich weiß, was Sie vorhaben.«

»Unschuldige Küsse und Liebkosungen.« Er ließ sie los und
trat einen Schritt zurück. »Ein väterliches Interesse an deinem
Wohlergehen. Kaum der Rede wert, von diesem hysterischen Theater ganz zu schweigen.« Er verschränkte die Arme und schaute
auf sie herab. »Du hast eine lebhafte Phantasie, aber in Anbetracht
deines bisherigen Lebens ist daran wohl nichts zu ändern. Jetzt
geh und sieh zu, dass du Edith hilfst. Ich will nichts mehr davon
hören.«

Catriona wich ein paar Schritte zurück und rannte dann die
Treppe hinauf. Sie wusste, was sie wusste. Kane hatte sie geküsst
und sie angefasst, er war nachts zu ihr ins Zimmer gekommen
und hatte keinen Zweifel daran gelassen, dass er vorhatte, noch
weiter zu gehen. Das war keine väterliche Zuneigung, sondern
etwas Dunkles, Abscheuliches und zutiefst Verstörendes. Sie lief
ins Badezimmer, schob den Riegel vor und sank schluchzend auf
den Fliesenboden. Wenn ihre Mutter doch nur zugehört hätte.

Wenn sie doch nur sähe, was hier vorging. Aber Kane hatte Recht: Mam ging es schlecht, und sie durfte nicht noch weiter beunruhigt werden. Sie musste zu Dimitri. Er war ihre einzige Rettung.

Sie bürstete sich das Haar und wusch sich das Gesicht mit kaltem Wasser, bevor sie in die freundliche Wärme der Küche zurückkehrte. Mam war immer noch nirgends zu entdecken, aber bei der Köchin fühlte Catriona sich sicherer als allein; Kane betrat die Küche nur selten.

Um sechs kam eine Nachricht von ihrer Mutter: Es sei jetzt Zeit, sich zurechtzumachen. Als sie in ihr Zimmer trat, wartete Velda schon. Das neue Kleid lag auf dem Bett, und Schuhe, Strümpfe und feine Unterwäsche waren auch da.

»Zieh dich an, und dann mache ich dir die Haare, bevor du hinuntergehst«, sagte Velda und ging hinaus.

Catriona betrachtete die wunderschönen Sachen auf dem Bett. Sie berührte die seidene Unterwäsche und den Spitzenpetticoat und bewunderte das Festkleid, an dem Velda so viele Stunden genäht hatte. Es war aus hellgrünem Satin und hatte schmale Träger, ein enges Mieder und einen wolkig weiten Chiffonrock.

Sie zog das Kleid an. Kühl schmiegte es sich an ihre Haut. Sie schloss die kleinen Knöpfe an der Taille. Der Rock raschelte, als sie in den Satinpumps, die Velda passend zum Kleid gefärbt hatte, im Zimmer auf und ab ging. Trotz der Kopfschmerzen durchströmte sie ein kribbelndes Gefühl, als sie so umhertanzte. Ihrer Mutter lag doch noch etwas an ihr, denn sonst hätte sie sich kaum diese Mühe gemacht.

Eilig lief sie zu Veldas Zimmer und klopfte an die Tür. Ihre Mutter saß auf dem Bett, blass und zart wie die Lilien in den Vasen im Erdgeschoss. »Das Kleid ist wunderschön, Mam. Danke«, sagte Catriona leise.

Velda ließ nicht erkennen, dass sie das gehört hatte. Sie fing an, in der Tasche mit Haarbürsten und Schminke zu wühlen, und machte sich an die Arbeit. Als sie fertig war, betrachtete Catriona staunend ihr Spiegelbild. Ihr dunkel glänzendes Haar war zu einem eleganten Dutt gedreht, und darin prangte eine einzelne weiße Kamelie. Velda hatte ihr die Lippen geschminkt und das Gesicht zart gepudert, die Wimpern dunkel getuscht und mit einem Hauch Rouge die Konturen ihrer Wangenknochen hervorgehoben.

»Wenn du älter wärst«, sagte Velda und betrachtete sie nachdenklich, »würde ich dir meine Kette und die Ohrringe leihen. Aber ich sehe, du hast da schon etwas. Von wem ist die Kette?«

»Dimitri hat sie mir geschenkt«, sagte Catriona und gab ihr einen Kuss auf die Wange, aber sie achtete darauf, das Make-up ihrer Mutter nicht zu verschmieren. »Danke für alles, Mam.«

Velda strich sich mit beiden Händen über die schmalen Hüften. Dunkelroter Satin betonte ihre blasse Haut und das dunkle Haar auf vollkommene Weise, aber sie war zu mager, und sie hatte dunkle Schatten unter den Augen. »Verdient hast du es nicht«, sagte sie schroff. »Aber du wirst nur einmal dreizehn, und einen so wichtigen Meilenstein konnte ich kaum ignorieren.«

Sie trank das Glas leer, das jetzt immer auf ihrem Nachttisch zu stehen schien, nahm ein glitzerndes Tuch und legte es sich um die Schultern. Velda hatte noch nie mit den Gästen verkehrt, und Catriona sah, dass sie ihre ganze Kraft zusammennehmen musste, um es heute Abend zu tun.

In der Tür zögerte ihre Mutter. »Catriona, ich muss dir etwas ...«

»Na los, Geburtstagskind«, hallte ein Ruf von unten herauf. »Der Champagner wird warm.«

»Was ist denn, Mam?« Heute Abend war ihre Mutter noch merkwürdiger als sonst, aber das lag vielleicht an der Nervosität.

Velda schüttelte den Kopf und holte tief Luft. »Nicht so wichtig«, murmelte sie. »Komm jetzt, wir müssen hinunter.«

Catriona spürte ein nervöses Flattern im Magen, als sie auf

dem letzten Treppenabsatz ankamen. Heute war ein besonderer Abend. Hoffentlich würde nichts passieren, das ihn verdarb.

In der Halle drängten sich die Gäste, fremde und bekannte, und das Personal stand aufgereiht an der Wand neben der Tür zur Küche. Als sie die letzte, breite Treppe hinunterging, verstummte die lebhafte Unterhaltung, und alle drehten sich zu ihr um. Langsam schritt sie Stufe um Stufe hinunter; der Rock raschelte um ihre Knöchel, und das enge Mieder machte das Atmen schwer. Es war das alte Lampenfieber – aber es schien Jahre her zu sein, dass sie zuletzt einen so dramatischen Auftritt gehabt hatte.

Die wartenden Gäste begannen zu applaudieren, und das Personal rief: »Happy Birthday!« Sie lachte, klatschte entzückt in die Hände und machte einen kleinen Knicks. Aber dann verflog ihr Hochgefühl, und alle Freude war dahin, denn sie bemerkte, dass Mr Kane am Fuße der Treppe auf sie wartete. In seinem Blick lag ein merkwürdiges und nur allzu vertrautes Funkeln, als er ihr die Hände entgegenstreckte und sie und ihre Mutter die letzten Stufen heruntergeleitete.

»Happy Birthday«, flüsterte er ihr ins Ohr.

Catriona sah, dass ihre Mutter die Hand in seine Armbeuge schob, und war gezwungen, es ihr nachzutun. Er führte sie beide in den Salon, wo Aperitifs und Canapés warteten. Phoebe trug ein großes Silbertablett umher und zwinkerte ihrer Freundin im Vorbeigehen zu. Catriona suchte nach Dimitri, aber offenbar verspätete er sich – er hatte es doch sicher nicht ernst gemeint, als er sagte, er wolle nicht kommen.

Die Gesellschaft zog hinüber in den Speisesaal. Das Essen war sicher köstlich, aber Catriona schmeckte kaum etwas; sie war zwischen ihrer Mutter und Mr Kane eingeklemmt, spürte den Druck seines Schenkels an ihrem und die scheinbar unschuldige Berührung seines Arms an ihrer Brust, wenn er nach seinem Glas griff.

Velda war so lebhaft wie seit Monaten nicht mehr und erlaubte ihr sogar, zum Dessert ein wenig verdünnten Wein zu trinken. Dann wurde es Zeit, die Torte anzuschneiden und die Geschenke auszupacken. Sie löste die Schleifen und riss das Papier ab und zeigte aufrichtige Freude über Glasperlenketten, Schals, Handschuhe und Bücher, die sie von Gästen und Angestellten bekommen hatte. Noch nie hatte sie so viele Geschenke erhalten, und wenn Kane nicht gewesen wäre, der jede ihrer Bewegungen beobachtete, wäre dies der schönste Geburtstag ihres Lebens gewesen.

Die Kapelle fing an zu spielen, und sie kehrten zurück in den Salon. Sie erstarrte, als Mr Kane den Arm um ihre Taille legte und sie zum ersten Walzer auf die Tanzfläche führte. Die Füße wollten ihr nicht gehorchen, und sie stolperte gegen ihn. Sie fühlte seine heißen Hände und den Druck seiner Finger in ihrem Rücken, als er sie an sich drückte. Sein Rasierwasser duftete stark, und sie roch auch sein frisch gewaschenes Hemd und die Nelke in seinem Knopfloch.

»Du siehst sehr erwachsen aus«, raunte er. Inmitten von Musik und Geplauder waren sie so allein wie eine Insel im Ozean. »Aber ohne Puder und Schminke bist du mir lieber – du siehst damit aus wie ein Flittchen.«

Gekränkt wollte sie sich aus seiner Umarmung winden, aber er lächelte nur und wirbelte sie auf der Tanzfläche herum. Er hatte sie in seiner Gewalt, und das würde so bleiben.

Als die Musik aufhörte, gelang es ihr zu entkommen, aber sofort entführte einer der jüngeren Gäste sie zu einem schnellen Foxtrott, und wenn Kanes ominöse Anwesenheit nicht gewesen wäre, hätte sie sich jetzt tatsächlich amüsieren können.

Den ganzen Abend über ging sie ihm aus dem Weg. Ab und zu sah sie ihn mit anderen Damen und mit ihrer Mutter tanzen, aber sie wusste, dass er alle ihre Bewegungen verfolgte und nur darauf wartete, sie wieder zum Tanzen einzufangen, damit er sie wieder an sich drücken könnte. Das schien ihm ein perverses Vergnügen zu bereiten – zu wissen, dass sie ihm nicht entkommen und vor allen Leuten eine Szene machen konnte.

Immer wieder tanzte er mit ihr, und sie wusste, es war Zeit, Velda zu sagen, was hier vorging. Diesmal würde sie ihre Mutter zwingen, ihr zuzuhören. Was für eine Krankheit es auch sein mochte, die sie da in ihren Klauen hielt – sie würde sicher etwas unternehmen, um ihre Tochter zu beschützen.

Sie sah Velda mit einer anderen Frau am Ende des Raumes sitzen. Kane tanzte mit einer lebhaften Brünetten und war vorläufig beschäftigt. Catriona schüttelte den Kopf, als jemand sie zum Tanzen aufforderte, und schlängelte sich durch das bunte Treiben. »Mam«, sagte sie.

»Ich unterhalte mich gerade, Catriona. Unterbrich mich nicht!«

»Mam«, sagte sie entschlossen, »es ist wichtig. Sehr wichtig.«

Velda entschuldigte sich bei der Frau und stand auf. »Ich hoffe, das stimmt«, sagte sie grimmig. »Das war sehr unhöflich.«

Catriona nahm ihre Mutter bei der Hand und zog die Protestierende zur Tür. »Mam, es geht um Mr K –« Sie kam nicht weiter, denn da war er wieder und starrte sie eisig an.

»Da bist du ja, Velda«, sagte er geschmeidig und nahm sie bei der Hand. »Ich glaube, es wird Zeit, meinst du nicht auch?«

Velda schaute ihn an. Ihr Blick war stumpf, ihre Miene verwirrt. »Catriona wollte gerade –«

»Catriona kann sicher noch ein Weilchen warten. Es ist wichtig.« Er sah Catriona an, und in seinen Augen funkelte ein bösartiger Humor, den sie nicht verstand. »Komm, meine Liebe.«

Er schob Veldas Hand in seine Armbeuge und führte sie in die Mitte der Tanzfläche. Dort nickte er der Kapelle zu, und die Musik brach ab. Die Tänzer blieben stehen. Die Kellnerinnen kamen mit Tabletts herein, und was in den Gläsern war, sah verdächtig nach Champagner aus. Es wurde still, und Catriona begriff, dass Kane vermutlich eine Rede über die erfolgreiche Saison halten würde. Eine ausgezeichnete Gelegenheit, sich hinauszuschleichen und Dimitri zu suchen.

»Ich habe etwas bekannt zu geben«, sagte Kane mit seiner besten Bühnenstimme.

Catriona schob sich zur Tür.

»Wir feiern heute nicht nur ein sehr erfolgreiches Jahr im Hotel Petersburg und den dreizehnten Geburtstag unserer entzückenden Catriona.« Es gab Applaus, und Catriona errötete, als alle zu ihr herüberschauten. »Nein, zu feiern ist auch die glückliche Neuigkeit, dass diese wunderbare Lady, Velda Summers, eingewilligt hat, meine Frau zu werden.«

Catriona erstarrte. Kane hob triumphierend sein Glas. Die lauten Glückwünsche von allen Seiten wirkten elektrisierend, und ohne auf die neugierigen Blicke zu achten, rannte sie in die Halle hinaus und blieb erst wieder stehen, als sie im Garten war.

Es war eine schwüle Nacht. Vom sanften, aber unablässigen Regen des Tages war die Luft feucht, und der Rasen war aufgeweicht und nass. Sie streifte die Schuhe ab, raffte ihr Kleid hoch und lief über das Gras und unter das schützende Vordach des Schuppens. Ihre Tränen ließen alles verschwimmen. Es nahm ihr den Atem, als ihr das Grauen dessen, was sie soeben gehört hatte, in seiner vollen Tragweite bewusst wurde.

Dimitris Schuppen lag im Dunkeln, und niemand antwortete, als sie laut an die Tür klopfte. Sie blickte sich um. Die Türen zum Salon standen offen, und der Partylärm schallte in den Regen heraus, der jetzt immer stärker wurde. Niemand war ihr gefolgt, und auch Kane schien sie nicht zu suchen.

Sie klopfte noch einmal, lauter jetzt. »Dimitri?«, rief sie. »Sind Sie da? Dimitri? Bitte! Ich brauche Sie.«

Nichts. Kein Licht ging an, nichts rührte sich hinter der Tür. Catriona drehte den Türknauf. Die Tür war nicht verschlossen. Sie trat ein. Vielleicht war er eingeschlafen; er arbeitete manchmal die ganze Nacht hindurch und schlief dann oft auf den Säcken in der Ecke.

Aber als sie das Licht angeknipst hatte und sich umsah, erschrak sie. Das Goldgräberwerkzeug, die alten Kleider und Zelte – alles war verschwunden. Der Schreibtisch war leer, der Kessel war fort, und auch die Kellen und die Kisten mit den Nuggets waren nicht mehr da. Es war, als habe Dimitri sich in Luft aufgelöst.

»Er ist gestern Nacht fortgegangen«, sagte eine Stimme neben ihr.

Catriona fuhr herum. Ihr Puls raste, und ihre Kehle war wie zugeschnürt. »Das kann nicht sein«, rief sie. »Das hätte er mir gesagt.«

Kane trat lächelnd ins Licht der Hütte und zog eine Zigarre aus dem Lederetui, das er immer in der Brusttasche trug. »Ich soll dir sagen, es tut ihm leid, aber er kann nicht länger bleiben.«

»Aber warum?«, heulte sie verzweifelt.

»Sein Traum hat sich nicht so entwickelt, wie er es sich vorgestellt hatte.« Kane hielt ein brennendes Streichholz an die Zigarre. Als sie zufriedenstellend glühte, klemmte er sie im Mundwinkel zwischen die Zähne. »Dimitri vermisste das harte Leben in den Goldfeldern. Der Lärm und der Trubel hier – das war nichts für ihn. Er wollte zurück in die Einsamkeit der Diggings im Outback.«

»Er würde niemals weggehen, ohne es mir zu sagen«, beharrte sie mit der störrischen Logik einer Dreizehnjährigen, die nicht akzeptieren konnte, dass ihr einziger Freund sie verlassen hatte, als sie ihn am nötigsten brauchte.

Kane nahm die Zigarre aus dem Mund, studierte die Glut und schnippte dann die Asche auf den Boden. »Er wusste, dass du traurig sein würdest, und wollte sich nicht zwischen dir und der Verlockung des Goldes entscheiden müssen, das da draußen immer noch auf ihn wartet.« Er deutete mit einer unbestimmten

Geste nach Westen. »Er ist ins Territory zurückgegangen«, sagte er leise. »Dort fühlt er sich zu Hause.«

»Aber sein Zuhause ist hier. Hier war er glücklich.«

Kane seufzte. »Catriona, sei nicht kindisch! Er war ein Mann, der die Freiheit liebt – ein Zigeuner wie dein Vater. Er war nie lange an einem Ort glücklich. Und deshalb ist er fort.« Er schaute zurück zum hell beleuchteten Haus. »Frag deine Mutter, wenn du mir nicht glaubst.«

»Mam hat es gewusst?« Dieser Schlag war noch grausamer. »Kommt er denn zurück?« Catriona verließ den Schuppen, ohne auf den Regen zu achten, der ihr Kleid ruinierte und ihr Haar durchnässte. Sie musste weg von Mr Kane – musste zu ihrer Mam und sie zwingen, ihr zuzuhören.

»Natürlich«, sagte Kane nüchtern. »Aber erst, wenn er dazu bereit ist. Bis dahin musst du dich damit abfinden, dass es so ist, wie er es haben will.« Das Lächeln reichte nicht bis zu seinen Augen.

Catriona war tränenblind. »Sie können Mam nicht heiraten«, platzte sie heraus. »Das können Sie einfach nicht.«

»Zu spät«, sagte er spöttisch. »Wir haben heute Morgen geheiratet.«

Sie starrte ihn fassungslos an. »Wie? Wann denn? Warum hat Mam es mir nicht erzählt?«

Er zuckte so lässig die Achseln, dass sie hätte schreien können. »Sie dachte, es wäre vielleicht eine nette Geburtstagsüberraschung.«

Sie wandte sich ab und flüchtete quer über den Rasen. Der Regen prasselte auf das Gras, und sie konnte kaum etwas sehen. Sie dachte daran, was ihre Mutter gesagt hatte, bevor sie die Treppe hinuntergegangen waren. Warum hatte sie es nicht erzählt? Warum nicht?

Um dem Lärm und dem Licht ihrer Geburtstagsparty zu entgehen, stürmte sie durch den Seiteneingang ins Haus und die

Treppe hinauf bis unter das Dach. Sie wollte ihre Mutter nie wieder sehen. Sie hatte sie verraten. Sie hastete an ihrer Zimmertür vorbei und stolperte die Treppe in den Turm hinauf. Unter dem Fenster sank sie zu Boden und überließ sich der Einsamkeit und der Angst, die sie so lange verborgen gehalten hatte.

Kane fand sie dort im Dunkeln, und als er sie das erste Mal vergewaltigte, wusste Catriona, dass ihre Kindheit zu Ende war.

*E*dith durchströmte ein warmes Glücksgefühl, als sie das festliche Treiben im Salon verließ und in die chaotische Küche zurückkehrte. Die Zigeunerin und Kane hatten geheiratet – und Dimitri war immer noch ein freier Mann. Vielleicht würde er jetzt endlich Notiz von ihr nehmen. Sie goss Champagner in eine zarte Sektflöte und trug das Glas in ihr kleines Büro hinter der Küche. Sie schloss die Tür, ließ sich in den Ledersessel hinter ihrem Schreibtisch sinken und hob das Glas. »Auf die Zukunft«, flüsterte sie. »Auf dich und mich, Dimitri!« Der Champagner war kalt, und die Bläschen prickelten auf der Zunge.

Es war ein langer, anstrengender Tag gewesen, aber die kribbelnde Erkenntnis, dass sie noch eine zweite Chance hatte, Dimitri begreiflich zu machen, was sie für ihn sein könnte, wirkte belebender als jeder Champagner. Sie lehnte sich zurück und dachte an diese außerordentliche Bekanntmachung. Eine Überraschung war es für alle gewesen, doch die Reaktion der Göre war besonders interessant.

Sie nippte an ihrem Glas und dachte daran, wie Catriona mit aschfahlem Gesicht und wild aufgerissenen Augen aus dem Salon gerannt war. Die Kleine war offensichtlich nicht eben entzückt, aber vielleicht würde sie mit Kane als Stiefvater endlich ein paar Manieren lernen. Nie im Leben hatte sie eine solche Ausdrucksweise gehört und solche Wutanfälle gesehen – aber was konnte man von einem Zigeunerkind anderes erwarten? Sie schnaubte.

Zigeuner waren eine raue Bande, da gab es kein Vertun, und der Fratz war gepudert und angemalt gewesen wie eine Miniaturversion ihrer Mutter. »Verwöhnte Göre«, fauchte sie. »Welcher vernünftige Mensch gibt ein solches Fest für ein dreizehnjähriges Kind?«

Edith dachte an ihre eigene Kindheit, an die spärlichen Geschenke, die schäbigen Kleider und Schuhe, an den Geburtstagstee mit Brot und Marmelade und einem kleinen Biskuitkuchen. Die Ungerechtigkeit versauerte ihr den Champagner; sie stellte das Glas hin, und ihr Blick fiel auf die Kontobücher auf ihrem Schreibtisch.

Sie hatte noch keine Gelegenheit gehabt, sie gründlich durchzusehen, aber bei einer flüchtigen Inspektion hatte sie sich gewundert. Per Saldo schienen die Zahlen zu stimmen, doch es gab Unregelmäßigkeiten bei den einzeln verbuchten Zahlungen und unerklärliche Lohnerhöhungen in mehreren Fällen, zu denen sie nicht befragt worden war. Wenn Kane Böses im Schilde führte, wäre dies die perfekte Munition, um ihn abzuschießen.

Nachdenklich nahm Edith noch ein Schlückchen Champagner. Sie würde die Bücher heute Abend mit nach Hause nehmen und gründlich durcharbeiten. Wenn sich ihr Verdacht bestätigte und Kane Gewinne abgezweigt hatte, würde sie mit ihrer Entdeckung zu Dimitri gehen. Dann wäre sie Kane, die Zigeunerin und ihre Göre auf einen Streich los. Sie stellte das Glas auf den Schreibtisch, nahm die Bücher und schloss sie in den Wandtresor. Dann hakte sie den Schlüssel wieder an die Kette, die sie um die schmale Taille trug, trank den Champagner aus und verließ das Büro.

Die Party ging zu Ende. Der Regen trommelte gegen die Fensterscheiben und prasselte auf den Kies der Zufahrt. Viele der Gäste waren aus Cairns heraufgekommen, und sie hasteten jetzt mit Schirmen und Regenmänteln zu ihren Autos. Unter denen, die noch übernachteten, beratschlagte man murmelnd, ob man nicht morgen abreisen solle. Das Wetter hier oben in den Table-lands konnte tückisch sein; Straßen wurden weggeschwemmt, und Erdrutsche machten das Fortkommen unmöglich, und niemand wollte riskieren, vielleicht wochenlang hier oben festzusitzen. Die Feststimmung verflog, und Edith hatte an der Rezeption alle Hände voll zu tun: Sie schrieb Rechnungen und kassierte, damit der morgige Exodus reibungslos vonstatten gehen konnte.

Als die Gäste in ihre Zimmer verschwunden waren und die Mädchen mit dem Aufräumen fertig waren, wanderte Edith durch die Gänge und Salons, um noch einmal nach dem Rechten zu sehen. Zimmermädchen und Schuhputzjungen, Kellner und Gepäckträger wohnten allesamt außerhalb, und weil Dimitri ein so großzügiger Arbeitgeber war, gab es einen kleinen Bus, der sie nach Hause brachte. Die Köchin hatte ein eigenes kleines Auto – um das Edith sie sehr beneidete, denn sie selbst besaß nur ein Fahrrad –, und sie hatte das Hotel gleich nach dem Dinner verlassen. Die Köchin wohnte mit ihrem Mann und sechs Kindern in Kuranda und verbrachte keinen Augenblick länger als nötig im Hotel; die warme Behaglichkeit des eigenen Hauses war ihr lieber.

Als die Lichter erloschen und es still wurde im Hotel, kehrte Edith in die Küche zurück. Dimitri würde Hunger haben; also würde sie ihm einen Teller zurechtmachen und in die Wohnung stellen, bevor sie ginge. Während sie kalten Braten auf den Teller legte und Brot abschnitt, fragte sie sich, warum er nicht zur Party erschienen war. Es war merkwürdig, denn er hatte den Zigeunerfratz offenbar gern – auch wenn sie nicht begriff, warum. Sie schob die Gedanken beiseite und ging mit einem Tablett durch die Halle. Sie klopfte leise an und öffnete die Tür.

Die Wohnräume waren dunkel und still, und die Vorhänge waren noch nicht zugezogen. Vielleicht schlief er. Sie stellte das Tablett auf den Tisch und ging auf Zehenspitzen zur Schlafzimmertür. Dimitri schnarchte meist so laut, dass die Fensterläden klapperten, aber heute Abend hörte sie nichts. Stirnrunzelnd drückte sie die Tür auf und spähte hinein. Das Bett war unberührt. Mit besorgtem Schnalzen nahm sie das Tablett vom Tisch und kehrte in die Halle zurück. Wahrscheinlich war er in seinem Schuppen eingeschlafen, und es war jetzt zu nass und zu dunkel für den Weg hinüber. Sie stellte den Teller in die Speisekammer und holte die Kontobücher und ihren Regenmantel aus dem Büro. Sie stülpte sich einen wasserfesten Hut auf, zog Galoschen an und wickelte die Bücher in einen alten Regenmantel, den sie im Spind der Köchin fand. Dann trat sie hinaus in den strömenden Regen. Sie legte die Bücher in den Fahrradkorb und machte sich mit gesenktem Kopf auf die lange Fahrt durch das Unwetter nach Hause.

Am nächsten Morgen wollte es kaum hell werden. Tiefhängende, dunkle Wolken verdeckten die Sonne. Frierend erreichte Edith das Hotel und lehnte ihr Fahrrad an die Wand. Sie war erschöpft, denn am vergangenen Abend war sie völlig durchfroren zu Hause angekommen, und sie hatte die ganze Nacht über den Büchern gesessen. Aber obwohl sie müde und ein bisschen erkältet war, hatte sie jetzt den Beweis, dass Kane Dimitri tatsächlich bestahl. Er war clever, aber nicht clever genug, um mir etwas vorzumachen, dachte sie, als sie Regenmantel und Galoschen abstreifte und die kostbaren Kontobücher an ihre flache Brust drückte.

Sie kam in die Küche und erstarrte. Sie lag im Dunkeln, und niemand war da, obwohl die Herde heiß waren und der Duft von gebratenem Speck in der Luft hing. Edith drehte einen Lichtschalter und begriff, dass es keinen Strom gab. Draußen in der Empfangshalle fand sie Kane hinter der Rezeption, umgeben von Gästen, die lautstark Aufmerksamkeit forderten. Kerzen und Öllampen warfen flackernde Schatten über die Wände, und wieder trommelte der Regen an die Fensterscheiben. Nur zwei Gepäckträger waren da, sah sie, und beide wirkten gehetzt und unglücklich, weil sie jedes Mal bis auf die Haut nass wurden, wenn sie Gepäck zu den wartenden Autos hinaustrugen.

»Wo waren Sie denn?«, zischte Kane, als sie zu ihm hinter die Theke trat.

Sie ignorierte ihn und fing an, das Chaos zu ordnen. Erst als der letzte Gast abgefahren war, fand sie Zeit, sich zu setzen und durchzuatmen. Sie hatte Schmerzen in der Brust, und sie bekam Fieber. Am liebsten wäre sie gleich wieder nach Hause gefahren und ins Bett gegangen, aber sie musste mit Dimitri sprechen.

Kane hatte die Gepäckträger nach Hause geschickt und war dann verschwunden. In Dimitris Wohnung sah es noch genauso aus wie in der vergangenen Nacht. Edith zog den nassen Regenmantel wieder an und holte die kostbaren Kontobücher. Ihre Galoschen planschten durch das aufgeweichte Gras, und der Wind ließ den nassen Mantel um ihre Beine flattern. Mit gesenktem Kopf kämpfte sie gegen das Unwetter an, bis sie den Schutz des Vordachs erreicht hatte. Die Tür zum Schuppen stand offen; sie schwang hin und her und schlug gegen den Rahmen.

»Dimitri?« Ihre Stimme ging im Rauschen des Regens und im Knarren der Äste über dem Schuppen beinahe unter.

Der Schuppen war leer, das Werkzeug verschwunden. Von Dimitri keine Spur; sogar seine Bücher und Papiere waren weg. Edith stand in der Tür und drückte die Bücher an die Brust; ihre Haut glühte vom Fieber, und die Augen taten ihr weh. Aber trotz des Fiebers arbeitete ihr Verstand mit träger Entschlossenheit. Irgendetwas stimmte hier nicht. Sie schloss die Tür ab und legte den Schlüssel an seinen Platz unter dem großen Stein.

Im Hotel war es still; in den Ecken tanzten dunkle Schatten vom Flackerlicht der Kerzen. Sie legte die Bücher auf den Tisch in der Halle und blies ein paar Kerzen aus, damit das Hotel nicht in Brand geriet. Fröstelnd zog sie Regenmantel und Hut aus und lauschte. Ihr Atem klang laut durch die leere Halle, und der süßlich schwere Duft von Lilien und Rosen ließ sie an eine Beerdigung denken. Die hohen Steinmauern wirkten erdrückend, und sie fühlte die Kälte des Marmors unter ihren Sohlen.

»Sie können ruhig auch nach Hause gehen, Edith.«

Erschrocken fuhr sie aus ihren düsteren Gedanken hoch. Kane stand auf der Treppe und schaute zu ihr herab. Er bewegt sich wie eine Katze, dachte sie – schleicht im Schatten herum, und seinen Augen entgeht nichts. »Wo ist Dimitri?« Eine unerklärliche Angst verlieh ihrer Stimme einen scharfen Ton.

»Weg«, sagte er knapp und kam die letzten paar Stufen herunter.

»Weg? Wohin? Und warum?«

»Zurück ins Territory«, sagte er gelassen.

Edith schüttelte verblüfft den Kopf. »Das hätte er mir gesagt. Er hätte es mir erzählt«, murmelte sie, und Fieberschleier wehten ihr durch den Kopf. Ratlos starrte sie ihn an. »Warum denn jetzt? Das Hotel läuft doch so gut. Sicher hat er –«

Sie kam nicht dazu, ihre stockende Rede zu beenden, denn Kane fiel ihr ins Wort. »Er hat mich gebeten, Ihnen das hier zu geben«, sagte er ungewöhnlich sanft und freundlich. »Er konnte es selbst nicht schreiben, aber er hat mir diktiert, was er sagen wollte.« Er lächelte sie an und wandte sich ab. »Vermutlich möchten Sie ein paar Augenblicke allein sein, um es zu lesen.«

Seine Schritte entfernten sich hallend, und sie sank in den Sessel neben dem großen, leeren Marmorkamin. Mit zitternden Fingern riss sie den Brief auf.

*Meine liebe Edith,*
*Sie waren mir eine gute Freundin, und ich danke Ihnen für Ihre*
*Treue und Güte. Ohne Ihre Hilfe wäre mein Traum niemals*
*Wirklichkeit geworden, und ich weiß sehr wohl, wie viel Sie mir*
*gegeben haben.*

Edith lächelte unter Tränen, als sie die Worte las, die sie so gern von seinen Lippen gehört hätte.

*Ich weiß, Sie haben sich mehr als das gewünscht, und es tut mir leid, wenn meine Worte Sie betrüben. Aber Lara war meine Frau, und nur sie hat Platz in meinem Herzen. Verzeihen Sie, dass ich Sie auf diese Weise verlasse, aber es ist am besten so. Der Ruf der Landstraße ist zu stark; ich kann ihm nicht widerstehen, und ich werde meine Zukunft dort draußen suchen. Nehmen Sie meinen Traum in Ihre Obhut, Edith, denn es gibt niemanden, dem ich mehr vertraue als Ihnen. Eines Tages werde ich wiederkommen, aber ich weiß nicht, wann. Und bis zu diesem Tag vertraue ich Ihnen meinen Traum an.*

*Auf Wiedersehen, meine liebe Freundin.*
*Dimitri*

Die krakelige Unterschrift am Fuße der Seite stammte von einem ungebildeten Mann, der weder lesen noch schreiben konnte, und sie sah, wie gewissenhaft er die Buchstaben seines Namens gemalt hatte. Der liebe, gute, süße Dimitri! Er hatte sie also nicht vergessen. Sie faltete den Brief zusammen und schob ihn in den Umschlag. Sie würde ihn hüten wie einen Schatz.

Wieder hallten Schritte. Kane kam zurück. »Es tut mir leid, wenn Sie traurig sind«, sagte er freundlich. »Dimitri hielt es für besser zu gehen, wenn alle beschäftigt sind. Aufsehen war ihm zuwider, aber das wissen Sie ja, oder?«

Sie nickte. Ihr war so jämmerlich zumute, dass sie kein Wort hervorbrachte.

»Fahren Sie nach Hause, Edith. Das Hotel ist leer, und ich habe alle Buchungen für die nächsten Tage abgesagt, weil der Wetterbericht vor Überschwemmungen und Erdrutschen warnt, falls es so weiterregnet. Hier gibt es im Augenblick nichts zu tun für Sie, und Sie sehen müde und krank aus.«

Bei seiner unerwarteten Freundlichkeit fühlte sie sich gleich noch elender, und sie konnte nicht aufhören zu weinen.

»Ich habe den Gärtner gebeten, Sie mit seinem Geländewagen nach Hause zu bringen. Sie können jetzt unmöglich mit dem Fahrrad bis zur anderen Seite der Stadt fahren.«

Stumm und jammervoll ließ sie sich von ihm in Mantel und Galoschen helfen. Er nahm ihren Arm und führte sie zum Wagen. »Ich lasse Sie benachrichtigen, wenn das Wetter wieder besser ist«, sagte er durch das Fenster. »Geben Sie Acht auf sich, Edith.«

Edith sank auf dem unbequemen Sitz zusammen und starrte durch das regennasse Fenster nach vorn. Erst, als sie zu Hause die nassen Kleider ausgezogen hatte und vor ihrem einsamen kleinen Kaminfeuer saß, fiel ihr ein, dass sie die Kontobücher zurückgelassen hatte.

In den nächsten Wochen regnete es unaufhörlich. Tag und Nacht wehten riesige, endlos graue Regenschleier herab. Noch nie hatten die Atherton Tablelands so viel Wasser gesehen. Es rauschte von den Bergen herab, ließ Bäche und Flüsse anschwellen und Wasserfälle donnernd zu Tale stürzen. Straßen wurden weggespült, und bei Erdrutschen krachten Bäume auf die Pisten und zerschmetterten die Dächer entlegener Häuser. Telegraphenmasten knickten um, und die Gemeinde war von der Außenwelt abgeschnitten. Auch die kleine Eisenbahn hatte den Verkehr eingestellt – es war zu gefährlich, und die Gleise waren teilweise unterbrochen. Das Hotel im Regenwald am Rande von Atherton war eine Insel.

Velda wälzte sich schlaflos im Bett. Vom beständigen Rauschen des Regens auf dem Dach bekam sie Kopfschmerzen, und sie bereute jetzt, dass sie ihren gewohnten Nachttrunk ins Waschbecken gegossen hatte. Kane hatte ihn gebracht wie immer, und in den letzten zwei Tagen hatte sie ihn weggeschüttet. Sie war zu dem Schluss gekommen, dass sie ihn nicht mehr brauchte, und zu ihrem Erstaunen merkte sie, dass ihr Verstand ohne diesen Trank wieder klarer und konzentrierter war und sie sich fast imstande fühlte, ihre Lebensumstände wieder in Ordnung zu bringen.

Die Heirat mit Kane beruhte auf vernünftigen Erwägungen. Er hatte sie davon überzeugt, dass es nicht schicklich wäre, so unter einem Dach zu leben, und Dimitri habe befürchtet, es könne dem Hotelgeschäft schaden, wenn die Leute vermuteten, sie lebten hier in Sünde. Zunächst hatte sein Vorschlag sie entsetzt, aber als im Laufe der Wochen immer klarer geworden war, dass Edith und die Angestellten tatsächlich glaubten, sie sei seine Geliebte, sah sie ein, dass er Recht hatte. Sie liebte ihn nicht – sie konnte niemanden lieben, wie sie Declan geliebt hatte –, aber er behandelte sie freundlich und rücksichtsvoll, und in den furchtbaren Monaten der Trauer war er so geduldig gewesen, dass es undankbar gewesen wäre, ihn abzuweisen. Außerdem war sie Mitte dreißig, hatte kein Geld, kein Zuhause und keine Arbeit. Es blieb ihr eigentlich keine andere Wahl. Die Ehe mit Kane würde ihr zumindest so etwas wie Achtbarkeit einbringen.

Und sie musste auch an Catriona denken. Sie brauchte einen Vater – eine feste Hand, die sie führte, denn seit sie hier waren, war sie verwildert. Sie war unhöflich und ungehorsam und neigte zu Wutanfällen, und ihre unglückselige Gewohnheit, die raue Ausdrucksweise zu benutzen, die sie auf Reisen gelernt hatte, ging allmählich allen auf die Nerven. Aus ihrer hübschen, liebenswerten Tochter war eine missmutige, unerfreuliche Person geworden, und sie hoffte, dass sich unter Kanes Einfluss daran etwas würde ändern lassen.

Velda stand auf und ging zum Fenster, ohne die Lampe anzuzünden. Trotz Nacht und Regenwetter war es heiß; die Luftfeuchtigkeit war selbst um diese Zeit hoch. Die Fenster standen offen, und nur Drahtgitter verhinderten das Eindringen von Moskitos und anderen fliegenden, stechenden und beißenden Insekten, die aus dem triefenden Regenwald schwärmten. Es war windstill; kein Hauch bewegte die drückende Luft, und inmitten des tropischen Regens fühlte sie sich eingesperrt und rastlos. Ihre Ehe war eine Farce, aber sie war bereit, sie aufrechtzuerhalten, solange es nötig war, wenn Catriona dadurch diese furchtbare Phase hinter sich ließ und begriff, dass eine solide Familie hinter ihr stand. Dimitris plötzlicher Abschied hatte die Situation natürlich nicht verbessert, doch Catriona war alt genug, um kindliche Enttäuschung zu überwinden und allmählich ernsthaft an ihrem Gesang zu arbeiten.

Velda schaute aus dem Fenster und fragte sich, wo Kane sein mochte. Er war ihr immer noch ein Rätsel, denn auch als Ehemann gab er kaum etwas über sich preis. Vor dem intimeren Teil der Hochzeitsnacht hatte ihr gegraut. Declan war ein sanfter, aber erregender Liebhaber gewesen. Zu ihrer Überraschung und Erleichterung kam Kane jedoch nur selten in ihr Bett, und wenn er es tat, liebte er sie schnell und mechanisch, als erfülle er eine Pflicht. Nach einer Weile nahm sie an, Poppy habe wohl Recht gehabt, als sie vermutete, Kane sei homosexuell.

Velda lächelte. Ganz so hatte Poppy sich nicht ausgedrückt. Eine »Schwuchtel« sei er, hatte sie gesagt, ein »warmer Bruder«. Velda griff nach ihrer Haarbürste und fuhr damit durch ihr langes Haar. Die grauen Fäden waren mehr geworden, und die Frisur war nicht mehr modern, aber ihr Haar war das Einzige, was sie noch immer mit Declan verband, denn er war so gern mit den Fingern hindurchgefahren.

Sie erstarrte, als sie Schritte vor ihrer Tür hörte. Nicht heute Nacht, flüsterte sie. Bitte nicht! Sie wartete, den Blick starr auf den messingglänzenden Türknauf gerichtet. Gleich würde er sich drehen und Kane ins Zimmer treten. Aber die Schritte gingen weiter, fast lautlos auf den Dielen. Nur hin und wieder ächzte und knarrte das Holz.

Erleichtert ging Velda wieder ins Bett, aber sie war beunruhigt. Vor ein paar Tagen war Catriona zu ihr gekommen, und das Kind hatte ausgesehen, als ob ihm etwas fehle. Es war dünn und blass geworden und hatte dunkle Schatten unter den Augen, die Velda noch nicht bemerkt hatte. Aber Catriona hatte eine ihrer Launen gehabt, und das Gespräch hatte in einem schrecklichen Streit geendet.

Velda rieb sich die Stirn und versuchte sich zu erinnern, worum es gegangen war. Aber der Trank hatte ihren Kopf benebelt, und sie hatte Mühe gehabt, sich auf das zu konzentrieren, was ihre Tochter ihr sagen wollte. Sie wurde still, als die verschwommene Erinnerung zurückkehrte. Catriona hatte ihr etwas Wichtiges sagen wollen – aber was? Sie schüttelte den Kopf. Sie wusste nur noch, dass Catriona sie beschimpft hatte und dann türenschlagend hinausgerannt war.

Sie war nicht fair zu dem Kind gewesen. Sie war so sehr in ihrem eigenen Elend aufgegangen, dass sie den Schmerz ihrer Tochter ignoriert hatte; sie hatte sie von sich gestoßen und sich in ihre eigene Hilflosigkeit zurückgezogen. Natürlich hatte Catriona sie gebraucht. Natürlich trauerte sie um ihren Dad. Wie hatte sie, ihre Mutter, so blind sein können? Jetzt hatte sich ihr wundervolles Mädchen in eine kleine Furie verwandelt, und das alles war ihre Schuld.

Velda biss sich auf die Lippe. Sie hatte Catriona im Stich gelassen und in ihrer Rolle als Mutter versagt. Warum hatte sie sich in die Dämmerwelt ziehen lassen, die der Schlaftrunk ihr bot? Er hatte ihre Gedanken träge und ihre Wahrnehmung stumpf gemacht, und sie hatte nicht mehr verfolgt, was um sie herum vorging.

Sie schlug die Decke zurück und stand auf. Sie würde sofort zu Catriona gehen und versuchen, alles in Ordnung zu bringen und ihre Vernachlässigung wieder gutzumachen.

Der lange Korridor lag im Dunkeln. Als der Dauerregen einsetzte, war der Strom ausgefallen, und weil das Öl für den Generator aufgebraucht war, mussten sie jetzt auf Kerzen und Petroleumlampen zurückgreifen und auf dem alten Holzherd kochen. Velda zögerte, zündete aber doch lieber keine Kerze an. Sie konnte gut genug sehen, und Catrionas Zimmer lag gleich am Ende des Korridors.

Ihre nackten Füße bewegten sich lautlos auf den Dielen; sie knarrten nicht einmal unter ihrem geringen Gewicht. Zu ihrer Freude sah sie einen Lichtstreifen unter Catrionas Tür. Sie war noch wach.

Velda wollte zum Türknauf greifen, als sie hinter der Tür ein Geräusch hörte. Sie erstarrte, und ihre Nackenhaare sträubten sich, als sie es noch einmal hörte. Sie wollte es nicht zur Kenntnis nehmen, doch ihr war klar, dass sie sich nicht irrte. Mit klopfendem Herzen und zitternden Händen öffnete sie leise die Tür.

Das Licht der Laterne auf der Kommode beleuchtete die Szene vor ihr in ihrer ganzen Schrecklichkeit.

Catriona war nackt. Sie hatte die Augen fest geschlossen, aber Tränen quollen zwischen den zusammengepressten Lidern hervor. Eine große Hand auf ihrem Mund erstickte ihr Schluchzen. Kane lag auf ihr; sein Schatten an der Wand hob und senkte sich, und die Bettfedern knarrten in gespenstischem Rhythmus.

Bei dem grauenhaften Anblick wich alles Blut aus Veldas Gesicht.

Catriona öffnete die Augen und sah ihre Mutter an. Ihr qualvoller Blick war eine wortlose, verzweifelte Beschwörung.

Velda handelte, ohne nachzudenken. Sie packte den schweren Kerzenständer auf dem Nachttisch.

Jetzt hatte Kane sie gehört und hob den Kopf.

Doch er war nicht schnell genug. Velda holte mit aller Kraft aus, die der Hass ihr verlieh, und schlug ihm den Kerzenständer an die Schläfe. Als er auf ihrer nackten Tochter zusammensank und sein Blut das Bett bespritzte, fing Catriona an zu schreien.

Velda war geblendet von einem roten Nebel aus Hass und Rachsucht. Sie wollte ihn tot sehen. Er war schlimmer als ein Tier. Dreckig, dreckig, ekelhaft und dreckig. Er musste sterben – musste zu Brei geschlagen werden und bezahlen für das, was er war und was er tat.

Catriona lag unter ihm gefangen. Ihre Schreie gellten durch

das Haus und übertönten das Trommeln des Regens. Ihre ganze Angst brach sich Bahn, hoch und schrill, und immer wieder hob ihre Mutter den Arm und ließ ihn mit unverminderter Wut niederfahren. Kanes Blut durchtränkte die Laken und klebte an ihrer Haut. Sein Gesicht verwandelte sich in einen blutigen Matsch, der bald nichts Menschliches mehr hatte.

Veldas Hass trieb sie immer weiter. Die Schreie ihrer Tochter hallten in ihrem Kopf, und sie prügelte jeden Rest von Leben aus dieser Bestie, die ihr Kind geschändet hatte. Sie schlug mit dem Leuchter auf seine Rippen, seine Beine und sein Rückgrat, und jeder Schlag hinterließ ein Zeichen ihres Hasses auf seinem Körper.

Catriona kroch unter ihm hervor und kauerte sich an das Kopfteil des Bettes. Blut spritzte, und die dumpfen Schläge des Kerzenständers nahmen kein Ende. Schreiend versuchte sie sich Blut und Schleim vom Körper zu wischen. Schreiend flehte sie um ein Ende des Gemetzels. Er war tot. Er konnte ihr nichts mehr tun.

Aber Velda war der leibhaftige Tod. Catriona sah die Knochen unter der Haut ihres Gesichts, sah die dunklen Höhlen ihrer weit aufgerissenen Augen. Sie hatte nicht gewusst, dass ihre Mutter solche Kräfte besaß oder dass sie zu solchem Hass fähig war.

Endlich verflogen die blutroten Nebelschleier, und Velda ließ den Leuchter fallen. Mit einem schnellen Schritt raffte sie ihre Tochter an sich und trug sie aus dem Zimmer. Die Tür fiel hinter ihnen ins Schloss, und sie sank zu Boden. Sie drückte Catriona mit aller Kraft, die sie noch hatte, an sich und bat schluchzend um Verzeihung dafür, dass sie nie zugehört, dass sie nicht gesehen hatte, was hier geschehen war. Ihre Stimme brach, und sie wiegte ihr Kind in den Armen und beruhigte es, bis die Schreie zu einem leisen Schluchzen wurden. Sie hielt ihre Tochter fest, bis das Zittern nachließ, und als sie ruhiger war, trug sie sie ins Badezimmer. Das Wasser war kalt, aber mit sanften, liebevollen Händen wusch sie alles Blut ab, ehe sie Catriona in ein großes Handtuch wickelte und sie zu sich ins Bett trug.

Zusammengeschmiegt lagen sie unter der Decke und hielten einander fest in den Armen, zitternd unter dem Schock dessen, was sich zugetragen hatte. Kanes Bild, der zerschlagene, blutige Leichnam im anderen Zimmer, ging ihnen nicht aus dem Sinn.

Velda starrte ins Dunkel, überwältigt von der rasenden Wut und der Kraft, die sie in sich gefunden hatte. Was sie da getan hatte und die Brutalität, mit der sie ihn bestraft hatte – es hatte sie an den Rand des Wahnsinns getrieben. Mühsam kämpfte sie den Wirbel von Empfindungen nieder, der sie durchflutete. Sie musste jetzt kühl und unbeteiligt sein, um Catrionas willen stark und entschlossen. Der Leichnam musste fortgeschafft und versteckt werden.

Catriona kam irgendwann zur Ruhe; sie atmete gleichmäßiger und tiefer, und sie schlief ein. Velda zog den Arm unter ihr hervor und glitt aus dem Bett. Trotz der alles durchdringenden Schwüle stand sie fröstelnd im Dunkeln.

Sie zog einen dicken Pullover über ihr blutbeschmiertes Nachthemd und stieg in ein altes Paar Schuhe. Dann warf sie einen Blick zum Bett: Hoffentlich würde Catriona schlafen, bis alles vorüber wäre. Auf Zehenspitzen verließ sie das Zimmer.

Die Lampe brannte noch, und die flackernden Schatten ließen die Szenerie noch makabrer erscheinen. Sie schloss die Augen und holte tief Luft, und ehe sie Zeit hatte, darüber nachzudenken, was sie tat, bedeckte sie ihn mit einer Wolldecke und wickelte ihn in die blutigen Laken. Jetzt, da sie ihn nicht mehr sehen konnte, war es leichter. Sie packte ihn bei den Füßen und zog, und mit einem übelkeiterregenden dumpfen Schlag fiel er vom Bett auf den Boden. Der Blutgeruch ließ sie würgen, und sie musste kurz innehalten, um ihre Fassung wieder zu finden. Sie musste zu Ende bringen, was sie angefangen hatte.

Sie keuchte, und kalter Schweiß durchtränkte ihr Nachthemd,

als sie ihre Last durch das Zimmer schleifte. Sie würde die ganze Nacht brauchen, um ihn die Treppe hinunter und in den Garten zu schaffen. Hatte sie die Kraft dazu? Würde der seidene Faden, der sie mit der Realität verband, lange genug halten, um ihn zu begraben? Sie wusste es nicht. Sie musste einfach weiterarbeiten.

»Lass mich helfen, Mam.« Catriona stand neben ihr in einem dicken Pullover, den sie aus Veldas Kleiderschrank geholt hatte. Sie war aschfahl, aber ihr Gesicht zeigte kalte Entschlossenheit.

Velda schrie bestürzt auf. »Geh wieder ins Bett!«, befahl sie. »Du solltest nicht hier sein.«

Catriona schüttelte den Kopf. Wortlos packte sie zwei Ecken des Lakens und verknotete sie. »Nimm du die Füße«, sagte sie leise. »Zu zweit geht es leichter.«

Velda bemerkte den Mut und die Reife, die ihre Tochter in diesem Unglück gefunden hatte. Sie nickte, und zusammen plagten sie sich mit ihrer Last die Treppe hinunter. Die Stille im Hotel umschloss sie, als sie durch die Halle zur Tür stolperten. Sie ruhten sich einen Augenblick lang aus, und ihr Keuchen klang laut.

»Wir müssen ihn begraben«, sagte Catriona und betrachtete das Bündel. »Dimitris Schuppen ist der beste Platz dafür. Da geht nie jemand hin.«

Velda nickte fröstelnd. Catriona hatte anscheinend das Kommando übernommen, und zwar mit einer Umsicht, die weit über ihre jungen Jahre hinausging, und auch wenn es ihr nicht richtig vorkam, war sie froh, dass jemand anderes die Entscheidungen traf. Sie verlor allmählich jedes Realitätsgefühl, je länger dieser Alptraum dauerte, und sie fragte sich, wann sie endgültig den Verstand verlieren würde.

Sie schleppten ihre Last weiter, und sie wurde immer schwerer. Der Regen prasselte herab, und der Kies unter ihren Füßen war schlüpfrig und glatt. Der Rasen war aufgeweicht, und Schlamm klebte an ihren Schuhen, als sie auf die hintere Ecke des Gartens zutaumelten, wo sich der Schuppen düster zwischen den Bäumen erhob. Der Himmel wurde langsam heller, aber die Morgendämmerung vermochte wenig gegen die dicken schwarzen Wolken.

Catriona wühlte den Schlüssel unter dem Stein hervor und öffnete die Tür, und sie zerrten den Leichnam hinein. Catriona zündete eine Lampe an. »Ich muss in den Gärtnerschuppen gehen und einen Spaten holen.«

»Lass mich nicht allein«, rief Velda schrill vor Angst.

»Aber es muss sein, Mam.« Catriona war ruhig – zu ruhig. Sie sprach gleichmütig und emotionslos. »Schieb du den Tisch zur Seite und mach dort in der Ecke Platz! Ich bin sofort wieder da.«

Sie lief hinaus in den Regen. Velda kämpfte mit den Tränen, und ohne einen Blick auf das grausige Bündel auf dem Boden zu werfen, machte sie sich an die Arbeit.

Catriona kehrte mit zwei Spaten zurück, und sie fingen an zu graben. Die Erde war hart, über Jahre hinweg festgestampft von Stiefeln und schweren Gerätschaften. Kalter Schweiß rann über ihre Haut, und sie arbeiteten schweigend und qualvoll keuchend. Nur langsam ließ die Erde sich aufgraben, und als sie endlich am Rande eines tiefen Lochs standen, war der Himmel wässrig grau geworden, und der Sturzregen hatte sich in ein sanftes Nieseln verwandelt.

Catriona schaute ihre Mutter an, und gemeinsam rollten sie den Leichnam in die Grube. Dann ging sie zu dem Regal, auf dem Dimitri seine Flaschen aufbewahrte, und nahm eine herunter. »Salpetersalzsäure« stand auf dem Etikett. Sie zog den Stopfen heraus und goss den Inhalt über das Bündel im Grab. Es zischte, und der Gestank von verbrennendem Fleisch stieg aus der Grube, als die Säure ihre Wirkung tat. Catrionas Gesicht zeigte keinerlei Regung, und ihre Hände zitterten nicht, als sie den Stopfen wieder in die Flasche steckte und sie auf das Regal zurückstellte.

Sie bedeckten den Leichnam mit Erde und klopften sie mit

den Spaten fest, bis die Stelle so flach war wie der Boden ringsum. Als der Schreibtisch wieder an seinem Platz stand, sah alles aus wie vorher. Sie gingen hinaus, Catriona schloss die Tür ab und legte den Schlüssel wieder in sein Versteck. Sie brachte die Spaten in den Gärtnerschuppen, und Arm in Arm stapften Mutter und Tochter zurück zum Haus.

Es regnete weiter, und das Hotel in den Tablelands blieb abgeschnitten von der Außenwelt. Nach und nach erkannte Catriona, dass Kane mit dem, was er über Velda gesagt hatte, Recht gehabt hatte. Sie war tatsächlich eine gemarterte Seele, und die Ereignisse jener Nacht hatten sie vollends an den Rand ihres Verstandes gebracht. Als sie auf Kane eingeschlagen hatte, war ein irrsinniges Lodern in ihrem Blick gewesen, das Catriona mit Schrecken gesehen hatte. Während sie nun in dem hallenden Schloss darauf warteten, dass der Regen endlich nachließ, trieb der gleiche Irrsinn Velda zu krankhaftem Tun. Sie arbeitete in fieberhaftem Schweigen, als könne sie damit auslöschen, was geschehen war. Sie weigerte sich, mit Catriona über Kane zu reden, stellte keine Fragen und zeigte nicht das geringste Interesse daran zu erfahren, wie lange der Missbrauch gedauert hatte. Sie war zu einer getriebenen Fremden geworden, und Catriona sah hilflos zu, wie Velda putzte und wienerte und wusch und den Boden im Schlafzimmer schrubbte, bis ihre Fingernägel abbrachen und ihre Hände wund von der Seifenlauge waren.

Auch Catrionas Empfindungen waren in Aufruhr. Sie hatte mitgeholfen, einen Mann zu töten und zu begraben. Sie brauchte die Liebe ihrer Mutter, ihren Trost und die Versicherung, dass alles gut werden würde und sie nun wieder liebevoll miteinander umgehen würden. Aber nach jenen Stunden der Nähe zwischen ihnen weigerte Velda sich entschieden, dem nachzugeben, was sie für Schwäche hielt. Wie eine Besessene tilgte sie sämtliche Spuren Kanes, und manisch versuchte sie die Erinnerung an das Geschehene wegzuwaschen, damit sie so tun könnte, als sei es nie passiert. Doch zugleich beobachtete Catriona, dass ihre Mutter jeden Tag zum Schuppen lief, die Tür aufschloss und von der Schwelle aus die Stelle anstarrte, wo sie Kane begraben hatten. Es war, als müsse sie sich vergewissern, dass es kein böser Traum gewesen war – dass der Mord wirklich geschehen war –, und dann kehrte sie ins Haus zurück und wusch und schrubbte sich lange die Hände.

Kanes Zimmer war völlig ausgeräumt worden. Sein Geld war in Veldas Koffer versteckt, genau wie seine Manschettenknöpfe, die goldene Uhr mit der Kette, das Nugget, das den Knauf seines Spazierstocks gekrönt hatte, und der Rubinring, der ihm vom Finger gerutscht war, als Velda auf ihn eingeschlagen hatte. Den Rest seiner Habe verbrannten sie in dem großen Kamin in der Halle, und Catriona betrachtete die Flammen, ohne eine Regung zu zeigen. Kane war tot. Er würde sie nie wieder anrühren. Aber die Alpträume verfolgten sie – und die Erinnerung würde bei ihr bleiben, solange Velda sich nicht eingestehen konnte, was geschehen war.

NEUN

*E*dith hatte Dimitris Brief so oft gelesen, dass die Knickstellen brüchig waren und das Papier sich aufzulösen drohte. Obwohl er in Kanes blumiger Handschrift geschrieben war, hatten Dimitris Worte ihr über lange Tage und Nächte hinweg Gesellschaft geleistet. In der Stille ihres kleinen Hauses konnte sie beinahe seine Stimme hören. Zwar wollte der Husten nicht vergehen, aber während des sintflutartigen Regens hatte sie es ganz behaglich gehabt, denn ihre Speisekammer war gut gefüllt, und der Hotelgärtner hatte dafür gesorgt, dass sie genug Feuerholz hatte. Trotzdem brannte sie darauf, ins Hotel zurückzukehren, denn Dimitri hatte es ihr anvertraut, und die Vorstellung, dass Kane und seine Frau jetzt dort wohnten und vielleicht Veränderungen vornahmen, war ihr unerträglich.

Der Regen hörte nach und nach auf, und Arbeitstrupps machten sich an die Herkulesarbeit, umgestürzte Bäume zu beseitigen, Telegraphenmasten zu erneuern und Erdrutschschäden zu reparieren. Endlich war die Straße wieder frei. Edith holte ihr Fahrrad aus dem Holzschuppen und fuhr los. Der Weg war noch schlammig und uneben von den Steinen, die von den Bergen heruntergeschwemmt worden waren, sodass sie das Rad aus Angst vor einer Reifenpanne fast die ganze Strecke schob. Atemlos und erschöpft vom weiten Weg und dem lästigen Husten, stand sie endlich vor dem beeindruckenden Eisentor.

Als sie das Fahrrad die Zufahrt hinaufschob, sah sie, dass dort, wo der Regen den Kies weggespült hatte, schon Unkraut aus der Erde spross. Ein paar größere Sträucher zu beiden Seiten waren von einer umgestürzten Palme zerknickt worden, und das nasse Gras war ausgewuchert und übersät von Zweigen und Blättern. Die Steinlöwen, die so stolz zu beiden Seiten der imposanten Eingangstür wachten, waren bemoost, und die Blumen in den Rabatten waren vom unerbittlich niederprasselnden Regen platt gedrückt. Verzweifelt schnalzte Edith mit der Zunge. In den Tropen dauerte es nicht lange, bis Menschenwerk in Auflösung geriet. Schon wollte die Natur Dimitris Reich wieder in Besitz nehmen.

Sie ließ ihr Fahrrad wie immer an der Küchentür stehen und ging hinein. Es roch muffig, und die Herde waren kalt. Im Spülbecken stapelte sich schmutziges Geschirr. Eine Atmosphäre der Verlassenheit erfüllte den Raum. Sie ging weiter in die Eingangshalle. Stille empfing sie, und sie blieb stehen und lauschte. Nichts regte sich, und sie hörte nur das Knacken und Ächzen im Gebälk des großen Hauses. Die Asche im Kamin war kalt. Auf dem Tisch der Rezeption lag eine stumpfe Staubschicht, und die Blumen in den Vasen waren verwelkt.

»Hallo!«, rief sie. Ihre Stimme hallte zwischen den Wänden wider. Niemand antwortete, und sie runzelte die Stirn. Sie rief noch einmal, lauter jetzt, und der Ruf endete in einem Hustenanfall. Noch immer antwortete niemand. Sie lief durch die Räume im Erdgeschoss und fand alles vernachlässigt. Die schönen Teppiche waren seit Wochen nicht gebürstet worden, Vorhänge und Wandteppiche hatten erste Stockflecken. Eine dicke Staubschicht bedeckte alles, und sie ging mit wachsendem Zorn von Zimmer zu Zimmer. Kane und seine Frau hatten die ganzen Regenwochen hindurch gefaulenzt. Man würde eine Armee von Dienstboten und ein paar Wochen brauchen, um das Hotel wieder auf Hochglanz zu bringen.

Sie stieg die Treppe hinauf und rief immer wieder. Nur das Echo ihrer eigenen Stimme kam zurück und verspottete sie. Sie durchstreifte die Gästezimmer und erreichte schließlich das Dienstbotenstockwerk. Sie schaute in Schubladen und Schränke, aber nirgends war eine Spur von Kane, der Frau und der Göre. Sie blieb auf dem Treppenabsatz stehen und nagte am Daumen. Statt sich darüber zu freuen, dass sie das Hotel für sich allein hatte, empfand sie irgendetwas an diesem Verschwinden als beunruhigend. Als sie wieder im Erdgeschoss angekommen war, wusste sie, was es war.

Dimitris Wohnung schien unberührt zu sein, aber als sie durch seine Zimmer wanderte, entdeckte sie die Lücken. Zwei silberne Kerzenleuchter fehlten, drei seiner goldenen Schnupftabaksdosen und die silberne Haarbürste auf der Frisierkommode. Aufmerksamer geworden, besichtigte sie die öffentlichen Räume noch einmal. Ein kleines Gemälde hing nicht mehr an seinem Platz, und mehrere Silberplatten waren von der Anrichte im Speisesaal verschwunden.

Erbost hallten ihre Schritte über den Marmorboden, als sie durch die Küche in ihr kleines Büro eilte. Die Kontobücher waren nirgends zu finden, aber das war kaum noch überraschend – Kane würde sie vernichtet haben, sobald sie das Haus verlassen hatte. Doch als sie den Wandtresor öffnete, fuhr sie überrascht zurück: Darin lagen, in Sackleinen gewickelt, das Gemälde, die Haarbürste und zwei silberne Tabletts. Das alles ergab keinen Sinn. Edith saß eine ganze Weile nachdenklich an ihrem Schreibtisch und fasste dann einen Entschluss. Sie zog den Mantel an, kehrte zu ihrem Fahrrad zurück und fuhr die Zufahrt hinunter. Harold Bradley musste sofort informiert werden.

Harold Bradley räumte seinen Schreibtisch auf, stellte sich dann mit dem Rücken zum lodernden Kaminfeuer und wärmte sein breites Hinterteil. Er war zufrieden. Er hatte einen guten Job bei der Polizei, der nicht viel Detektivarbeit erforderte, weil Verbrechen bei diesen schwer arbeitenden Farmern eine Seltenheit waren, und wenn es samstags abends im Pub einmal zu einer Schlägerei kam, genügten ein paar Stunden in der Zelle, um die Übeltäter auszunüchtern und wieder nach Hause zu schicken. Zu seinem Job gehörte ein kleines Cottage, und er hatte eine fröhliche Frau, die ihm einen Sohn und drei Töchter geschenkt hatte. Alles in allem konnte er sich glücklich schätzen. Er wiegte sich vor und zurück, und das Knarren seiner Stiefel war eine freundliche Begleitmusik zum Knistern des Feuers. Er zog die Pfeife aus der Tasche und stopfte sie.

Ein Klopfen an der Tür ließ ihn zusammenschrecken. »Herein.«

Edith Powell sah aufgeregt aus. Ihre Augen glitzerten, und ihre Wangen waren ungewöhnlich rot. Sie war wie immer in Schwarz gekleidet, und ihre dürre Gestalt ertrank fast in dem großen Mantel. Niemand wusste, wie alt sie war, aber er vermutete, dass sie jenseits der fünfzig war. »Was kann ich für Sie tun, Gnädigste?«, fragte er in seiner freundlichen Art. Er mochte Edith nicht besonders, aber sie tat ihm leid. Manche Frauen waren als alte Jungfer zur Welt gekommen, und Edith war ein typisches Beispiel dafür.

»Ich muss einen Diebstahl anzeigen.« Sie setzte sich auf den harten Stuhl vor seinem Schreibtisch. »Und ich weiß auch schon, wer es getan hat«, fügte sie hinzu.

Er zog eine Braue hoch. »Hört sich nach einer ernsten Sache an«, brummte er, als er das verkniffene Gesicht sah. Er strich sich mit einem Finger über den dicken Schnurrbart und setzte sich. »Erzählen Sie mir alles.«

Er lehnte sich in seinem Sessel zurück, schob die Daumen in die Westentaschen und hörte sich ihren weitschweifigen Bericht an. Offenbar war im Hotel etwas gestohlen worden, aber Edith schien noch ganz andere Sorgen zu haben. Sie hatte Dimitri im Visier, seit er hier oben in den Tablelands aufgekreuzt war. Er hatte sie verschmäht, und nachdem er jetzt Reißaus genommen hatte, war sie entschlossen, jemand anderem die Schuld daran zu geben. Eine verschmähte Frau war eine verflixte Landplage, und je schneller er Edith loswerden könnte, desto besser.

Er zwirbelte seinen Schnauzer mit Daumen und Zeigefinger, während sie endlos weiterredete, und er hörte die Bitterkeit in ihrem Ton, als sie ihm Kane und Velda und das Kind beschrieb. Offensichtlich waren ihr alle drei verhasst, doch ihre Eifersucht auf Velda zu beobachten war beinahe peinlich. »Und was soll ich jetzt tun, Miss Powell?«, fragte er schließlich.

»Sie sollen Dimitri suchen«, verlangte sie. »Und Sie sollen diesen Mr Kane aufstöbern und wegen Diebstahls und Betrugs verhaften.« Sie hielt eine Hand vor den Mund und hustete.

Harold schaute sie nachdenklich an. »Aber Sie sagen, Sie haben die Kontobücher nicht mehr, Miss Powell. Und ohne die können Sie nichts beweisen. Was Dimitri angeht, der ist wahrscheinlich schon irgendwo mitten im Territory. Da wird man ihn kaum finden können.«

»Und was ist mit dem verschwundenen Silber?«

»Es gibt keinen Beweis dafür, dass Kane oder die Frau es gestohlen hat«, sagte er. »Schließlich haben Sie ja einen Teil schon wieder gefunden. Den Rest haben sie vielleicht auch in Sicherheit gebracht, solange es regnete.«

»Ich verlange, dass Sie Kane suchen und herschaffen!«, stieß sie hervor und verschränkte die Hände fest auf dem Schoß.

Die Kommunikation mit der Außenwelt war auch unter günstigen Bedingungen mühsam, und wegen der Wasserschäden war sie jetzt noch schwieriger. »Viel kann ich da nicht tun«, sagte er. »Ich kann über Funk eine Fahndungsmeldung herausgeben, aber ich habe keine große Hoffnung, dass wir ihn finden. Sie dürften inzwischen meilenweit weg sein.«

»Dann suchen Sie Dimitri.« Sie war den Tränen nahe. »Er muss erfahren, was passiert ist.«

Harold reichte ihr ein großes, sauberes Taschentuch. »In Ordnung, Miss Powell. Ich werde mein Bestes tun, aber Sie sollten sich keine großen Hoffnungen machen. Wahrscheinlich sitzt er in einer Goldmine irgendwo im Never-Never, oder er zieht durch die Wüste und hat keine Verbindung zum Rest der Welt. Sie kennen ihn doch, Miss Powell. Er ist ein Vagabund.«

Sie putzte sich die Nase und steckte das Taschentuch ein. Dann nickte sie. »Was soll ich denn tun?«, fragte sie.

»Gehen Sie zurück ins Hotel und bringen Sie es wieder in Ordnung«, sagte er mitfühlend. Er kam um seinen Schreibtisch herum und half ihr beim Aufstehen. »Dimitri hat es Ihnen anvertraut, und ich bin sicher, Sie sind bestens in der Lage, es zu führen, bis er zurückkehrt.«

Edith bekam einen heftigen Hustenanfall. Sie zog das Taschentuch wieder heraus und drückte es auf den Mund. »Ich bin ein bisschen krank«, sagte sie. »Ich glaube, allein schaffe ich es nicht.« Mit fieberglänzenden Augen sah sie Harold an. »Sie müssen Dimitri finden«, sagte sie flehentlich.

Harold bezwang seine Ungeduld. »Dann schließen Sie das Hotel und behalten Sie es im Auge«, sagte er. »Ich werde einen Bericht über das schreiben, was Sie mir erzählt haben, und die nötigen Räder in Bewegung setzen, um Kane und Dimitri zu finden.«

Er blickte ihr nach, als sie auf ihrem alten Knochenrüttler davonradelte, und schloss die Tür. Es ging ihr offensichtlich schlecht, und das Radfahren tat ihr nicht gut. Achselzuckend kehrte er an seinen Schreibtisch zurück. Er überlegte eine Weile, griff dann zum Federhalter und fing an, einen gewissenhaften Bericht über ihre Aussage zu verfassen. Nützen würde es wenig, aber der Dienst verlangte, dass er alles aufschrieb, und falls Dimitri wieder auftauchen sollte, würde es zumindest beweisen, dass die Polizei nicht untätig geblieben war.

Catriona und Velda hatten das Hotel wenige Tage nach dem Mord verlassen. Jede nahm nur eine Tasche mit; mehr konnten sie nicht tragen. Kanes Verschwinden musste erklärt werden; jedem, der danach fragte, würden sie erzählen, er sei abgereist, weil er einen besseren Job im Süden angeboten bekommen habe, und sie seien unterwegs zu ihm.

Der Regen hatte nachgelassen, sodass sie den langen und beschwerlichen Fußweg über die Tablelands nach Kuranda bewältigen konnten. Dort begann der serpentinenreiche Abstieg nach Cairns. Sie mussten weiter zu Fuß gehen, denn die kleine Eisenbahn hatte ihren Betrieb noch nicht wieder aufgenommen. Doch es war ohnehin besser, nicht gesehen und befragt zu werden, und deshalb wichen sie den Arbeiterkolonnen aus, die an den Gleisen arbeiteten und die Straße räumten. Als sie endlich in der Stadt eintrafen, waren sie erschöpft.

Velda setzte mühevoll einen Fuß vor den anderen, fest entschlossen, ihren wackligen Halt in der Realität nicht zu verlieren. Sie mussten entkommen und einen neuen Anfang machen. Wenn sie sich nach Brisbane durchschlagen könnten, würde es ihnen dort vielleicht gelingen, das Grauen hinter sich zu lassen und ein neues Leben anzufangen. Catriona hatte Kanes Geld nicht mitnehmen wollen; sie habe das Gefühl, sie nehme es als Bezahlung für ihre Dienste, und dann fühle sie sich schmutzig. Aber Velda hatte praktisch denken müssen. Sie würden das Geld brauchen – für Essen und Unterkunft und für Fahrkarten. Auch wenn es Blutgeld war – es würde sie über die Runden bringen, bis sie Arbeit gefunden hätte.

In Cairns nahmen sie den Bus nach Townsville. Er war billiger als die Eisenbahn, brauchte allerdings auch dreimal so lange. Es war ein großer weißer Autobus – das heißt, er war vor Jahren einmal weiß gewesen. Nun hatte er überall Rostnarben, und die Fensterscheiben waren von der Hitze so verglüht, dass man kaum noch hindurchschauen konnte. Das verdammte Ding ächzte und stöhnte und quietschte, und es war ein Wunder, dass er überhaupt noch fuhr. Sie waren zehn Fahrgäste, und in regelmäßigen Abständen mussten alle aussteigen und warten, bis der Motor sich abgekühlt und der Fahrer Kühlwasser nachgeschüttet hatte. Es war fast so etwas wie ein Spiel, und Velda sah, wie Catrionas Stimmung sich aufhellte, als sie mit den anderen plaudern und mit ihnen Tee und Sandwiches teilen konnte. Doch ihre eigenen Sinne waren stumpf, und ihre Gedanken kehrten immer wieder zu jener dunklen Regennacht zurück. Sie mochte noch so weit fahren, sie würde niemals entkommen.

In Mackay stiegen sie in einen anderen Bus, und dann legten sie den Rest der Strecke mit dem Zug zurück. In einem südlichen Vorort von Brisbane fand Velda ein kleines Haus zur Miete und eine Anstellung bei einem Wollexporteur. Ihre Zukunftspläne schienen allmählich Früchte zu tragen, aber sie machte sich Sorgen um Catriona. Sie kränkelte; ihre Lebhaftigkeit war dahin; niedergeschlagen schlich sie im Haus umher und verbrachte den größten Teil des Tages im Bett. Velda bemühte sich, nicht ungeduldig zu werden, aber wenn sie müde von der Arbeit nach Hause kam, hatte sie keine Lust, sich mit einer matten und weinerlichen Tochter zu beschäftigen.

»Ich muss zu einem Arzt«, sagte Catriona eines Morgens. Sie waren jetzt seit zwei Monaten in Brisbane, und die Übelkeit und die schrecklichen Kreuzschmerzen hatten immer noch nicht aufgehört.

»Ärzte kosten Geld«, antwortete Velda. »Ich besorge dir etwas aus der Apotheke.«

Catriona schüttelte den Kopf. »Die Schmerzen werden davon nicht weggehen, Mam. Und es kommt Blut, wenn ich pinkle.«

Velda begriff, dass sie etwas unternehmen musste. »Wenn ein Arzt dich untersucht, wird er merken, was passiert ist«, sagte sie leise.

»Das ist mir egal«, rief Catriona wütend. »Ich habe Schmerzen, Mam.«

Sie suchten sich eine Praxis am anderen Ende der Stadt, und

Velda gab einen falschen Namen und eine erfundene Adresse an. Der Arzt war ein Mann mittleren Alters, und er hörte aufmerksam zu, als Catriona ihre Symptome schilderte, bevor er sie untersuchte.

Catriona presste die Augen zu, als er sie betastete und befingerte. Es erinnerte sie an Kane, und sie musste sich beherrschen, um ihn nicht anzuschreien, er solle aufhören. Als er fertig war, befahl er ihr schroff, sich wieder anzuziehen.

»Mrs Simmons«, begann er mit kaltem Abscheu im Blick, »Ihre Tochter hat sich nicht nur eine äußerst unangenehme Harnwegsinfektion zugezogen, sie ist auch mindestens im vierten Monat schwanger.«

Catrionas Schluchzen beendete das entsetzte Schweigen. Velda war so erschrocken, dass sie fast nicht hörte, was der Arzt weiter zu sagen hatte. Kanes Vermächtnis lebte weiter. Lieber Gott im Himmel, würden sie niemals von ihm befreit sein? Und was sollte aus Catriona werden? Sie war erst dreizehn. Was geschah jetzt mit ihr?

Der Arzt stellte ein Rezept aus. »Angesichts ihres Alters schlage ich vor, sie unverzüglich in ein Erziehungsheim für verwahrloste Mädchen einzuweisen«, sagte er eisig.

»Das wird nicht nötig sein«, fuhr Velda ihn an und riss ihm das Rezept aus der Hand. »Meine Tochter hat genug gelitten, ohne dass man sie jetzt auch noch verwahrlost nennt.« Sie packte Catriona bei der Hand und verließ stehenden Fußes die Praxis.

Auf dem langen Heimweg zu ihrem Haus im Vorort versuchte Catriona, sich mit der Neuigkeit abzufinden. Gottlob würden sie nicht noch einmal zu diesem grässlichen Arzt gehen. Sie hatte ihn nicht gemocht, und seine unverzügliche Annahme, sie sei verwahrlost, hatte zutiefst beschämt. Als sie im Bus saßen, warf sie einen Blick zu Velda hinüber. Seit sie aus der Praxis gekommen waren, hatten sie kaum ein Wort gewechselt. Sie sehnte sich nach Trost, aber sie wusste, Velda würde ihr Schweigen bewahren. Von dem, was sie in jener furchtbaren Nacht zusammen erlebt hatten, hatte die Beziehung zwischen ihnen sich nie ganz erholt; vielleicht würde sie nie wieder so werden, wie sie einmal gewesen war. Sie waren oft bissig zueinander, und meistens fassten sie sich gegenseitig mit Samthandschuhen an, weil beide ständig befürchteten, irgendetwas zu sagen oder zu tun, was die andere als Kränkung oder Vorwurf auffassen könnte.

Catriona betrachtete das Profil ihrer Mutter, die starr geradeaus blickte. Ihre Miene verriet nicht, was sie dachte, aber Catriona wusste, dass sie mit ihren eigenen Dämonen zu kämpfen hatte. Seit jener Nacht war Velda distanziert, hart und angespannt, und ihr Ehrgeiz, dafür zu sorgen, dass Catriona auf der Bühne Erfolg hatte, der ihr selbst verwehrt geblieben war, wurde zur Besessenheit. Sie strichen in diesem kleinen Haus umeinander herum und brachten es nicht über sich auszusprechen, was sie wirklich dachten. Ihre Gefühle blieben unter Kontrolle, und Kane wurde niemals erwähnt. Und jetzt das! Der grausamste Schicksalsschlag von allen.


Die breite Vorortstraße war von Palmen gesäumt, die im Wind, der vom Meer heranwehte, rauschten und raschelten. Jedes der kleinen Holzhäuser hier war weiß gestrichen und hatte zwei Fenster, eine Tür vorn und eine hinten, und sie sahen allesamt aus wie kleine Schachteln. Eine schmale Veranda mit einem geschwungenen Blechdach spendete Schatten, und hinter einem weißen Lattenzaun lag ein adretter kleiner Vorgarten. Das Haus hatte ein Schlafzimmer, eine Wohnküche und ein winziges Bad. Eine Akazie stand zu dicht hinter dem Haus; die goldenen Kaskaden ihrer Blüten raschelten seufzend am Fenster des Schlafzimmers, das Catriona sich mit ihrer Mutter teilte.

Es war an einem Spätnachmittag, vier Monate später. Catriona lag im Unterrock auf dem Bett, um in der Hitze ein wenig Erleichterung zu finden. Über ihr summte der Deckenventilator, und das Fenster war offen, damit der Wind durch das Fliegengitter hereinwehen konnte. Ihr dicker Bauch versperrte ihr den Blick auf ihre Füße. Ihre Knöchel waren angeschwollen, und sie fühlte sich unwohl. Das Baby hatte den ganzen Tag gestrampelt, als könne es nicht erwarten, endlich zur Welt zu kommen, und Catriona zuckte jedes Mal zusammen, wenn ein spitzes kleines Knie oder ein Ellenbogen gegen ihre Rippen stieß.

Sie legte die Hände auf den runden Bauch, als könne sie das Kind damit beruhigen. Es war inzwischen ein Teil ihrer selbst, und sie sehnte sich danach, es endlich in den Armen zu halten und zu lieben. Sie fing an zu singen, ein sanftes Wiegenlied, und ihre leise Stimme wehte durch die schwüle, stickige Hitze, während sie an die Sachen dachte, die sie heute gekauft und unten in ihrem Koffer versteckt hatte.

»Was um alles in der Welt tust du denn hier?« Velda kam herein und zog ihre Bürokleidung aus, ein strenges Kostüm und eine weiße Bluse.

»Ich singe meinem Kind etwas vor«, antwortete Catriona verträumt.

Velda streifte die Schuhe ab und rollte die Strümpfe herunter. Sie zog einen dünnen Hausmantel aus Baumwolle an und legte sich auf das Bett. »Es ist nicht dein Kind, Kitty.« Sie seufzte müde und ein wenig ungeduldig. »Es hat keinen Sinn, sentimental zu werden, denn sobald es auf der Welt ist, werden wir es zur Adoption weggeben.«

»Es ist mein Kind«, widersprach Catriona störrisch und setzte sich mühsam auf. »Und ich will nicht, dass es adoptiert wird.« Sie rutschte vom Bett und stellte sich vor ihre Mutter. »Ich erlaube nicht, dass du es weggibst.«

»Sei nicht albern!«, fauchte Velda. »Du trägst Kanes Bastard im Leib, und je eher er aus unserem Leben verschwindet, desto besser.«

Catriona hatte diesen Streit mit ihrer Mutter schon öfter geführt, aber während die Monate ins Land gingen und das Baby wuchs, hatte sie erkannt, dass sie es liebte. Es war nicht mehr wichtig, wie es entstanden war – nun war es da, und sie war entschlossen, es zu behalten. »Es ist ein Kind, Mam. Es ist meins. Ich liebe es, und ich werde es behalten.«

Velda stand wütend auf. »Du bist doch selbst noch ein Kind«, sagte sie fest. »Und du hast nichts zu sagen. Das Kind verschwindet, sobald es geboren ist, und damit basta!« Sie zog den Hausmantel fester um die Schultern, ging hinaus und schlug die Tür hinter sich zu.

Catriona legte die Hände auf ihren Bauch, und Tränen liefen ihr über die Wangen. »Keine Angst, mein kleines Baby«, flüsterte sie. »Ich bin deine Mummy, nicht sie, und ich werde dafür sorgen, dass sie dich nicht wegbringt.«

Zwei Wochen später begannen die Wehen. Die Entbindung war lang und schmerzhaft, und die Ärzte im Krankenhaus machten sorgenvolle Gesichter. Catriona war zu jung, zu schmächtig – es konnte leicht Komplikationen geben. Sie lag allein in einem Raum, in dem es merkwürdig roch und der im grellen Licht allzu weiß strahlte, und hatte Angst – nicht nur um sich, sondern auch um ihr ungeborenes Kind. Mam war immer noch entschlossen, es adoptieren zu lassen, und sie war nicht minder entschlossen, es zu behalten. Das sagte sie jedem, der in ihre Nähe kam.

Endlich war ein winziges Mädchen auf die Welt gekommen. Catriona streckte die Arme aus, um es an sich zu nehmen, aber die Schwester hüllte es in eine Decke und funkelte Catriona an. »Vielleicht wird dir das eine Lehre sein, junge Dame«, sagte sie und rümpfte missbilligend die Nase.

»Ich will mein Kind«, schrie Catriona. »Gebt es mir!« Sie flehte und schluchzte und versuchte aus dem Bett zu klettern, aber die Gurte an ihren Füßen hielten sie fest, und alles Flehen half nichts. Die Schwester verschwand mit dem kleinen Bündel, und alles, was Catriona von ihrem Baby zu sehen bekam, war eine zarte Strähne von schwarzem Haar, die aus der Decke lugte.

Einige Zeit später durfte Velda ihre Tochter für ein paar Minuten besuchen. Ihr Gesicht war grau, ihr Mund ein schmaler Strich, als sie sich auf die Bettkante setzte und Catrionas Hand nahm. »Du musst einsehen, dass ich das alles nur für dich tue«, sagte sie. »Es hat keinen Sinn, zu weinen und dich krank zu machen. Was vorbei ist, ist vorbei.«

»Aber ich liebe sie«, weinte Catriona. »Bitte lass mich sie wenigstens einmal im Arm halten.«

Velda setzte sich auf den Stuhl. »Ein uneheliches Kind ist eine Schande. Die Gesellschaft wird weder dich noch deine Tochter akzeptieren, wenn du sie behältst. Sie wird ein Makel auf deinem Leben und deiner Karriere sein, und auch wenn du an der Zeugung nicht freiwillig beteiligt warst, wird man dich ebenso schlecht ansehen wie sie.«

»Wo ist sie?«, flüsterte Catriona.

»In Sicherheit.«

»Ich werde die Ärzte und Schwestern zwingen, es mir zu sagen«, murmelte sie. »Sie dürfen mir mein Kind nicht einfach wegnehmen und verstecken.«

»Sie haben es schon getan. Es ist vorbei, Catriona.«

»Wie kannst du nur so grausam sein?«, fragte Catriona tränenblind.

Velda nestelte an ihrer Handtasche, und nach langem Schweigen schien sie einen Entschluss zu fassen. »Es gibt vieles, wofür ich mich schäme«, sagte sie. »Ich hätte wissen müssen, was Kane da trieb – hätte dir eine bessere Mutter sein müssen, damit du dich mir hättest anvertrauen können. Das kann ich mir nicht verzeihen, und wahrscheinlich werde ich es niemals können.« Sie holte tief Luft. »Aber dieses Kind behalten? Niemals! Es wäre eine ständige Erinnerung – und das könnte ich nicht ertragen.« Sie nahm Catrionas Hand, und der Schmerz machte ihren Blick sanft. »Du bist dreizehn und hast noch dein ganzes Leben vor dir. Lass sie los, Kitty!«

Zwei Wochen später hatten sie ihre Sachen gepackt und waren wieder unterwegs. Velda hatte beschlossen, sich in Sydney niederzulassen.

Catriona saß neben ihrer Mutter im Zug und starrte aus dem Fenster. Niemals würde sie die zarte dunkle Haarsträhne vergessen, die da aus der Decke hervorgeschaut hatte, und sie wusste, sie würde immer an ihre Tochter denken und sich fragen, ob es ihr gut ging und ob sie glücklich war. Einstweilen würde sie mit dem, was geschehen war, leben müssen. Leicht würde es nicht sein, doch ihr blieb kaum etwas anderes übrig. Velda war fest entschlossen, ihren Willen durchzusetzen, und sie konnte ihrer Mutter nur gehorchen und warten, bis sie alt genug wäre, um ihr Kind zu suchen.

Doris Fairfax führte ein strenges Regiment. Die Witwe eines Kapitäns besaß eine Pension in einer Seitenstraße von Sydney. Ihr Mann war kurz vor der Weltwirtschaftskrise gestorben, aber auch in harten Zeiten war Doris entschlossen gewesen, ein gewisses Maß an Sauberkeit und Achtbarkeit zu bewahren. Sie hatte sich ihre Mieter sorgfältig ausgesucht, und jetzt, da wieder bessere Tage am Horizont heraufdämmerten, freute sie sich auf einen behaglichen Ruhestand in ein paar Jahren.

Sie war eine rundliche, kleine Frau im Herbst des Lebens, mit einer Vorliebe für geblümte Kleider, große Ohrringe und klirrende Armbänder. Einmal im Monat stank das Haus nach dem Wasserstoffsuperoxyd, mit dem sie ihr messingblondes Haar bleichte, und man munkelte, sie habe genug Kosmetikartikel, um ein Geschäft damit zu eröffnen. Ihr ständiger Begleiter war ein dicker, schlecht gelaunter Pekinese namens Mr Woo, der dauernd keuchte und die Zähne bleckte und jeden, der nicht Acht gab, in die Hand oder in die Ferse zwickte.

Doris wohnte im Erdgeschoss, wo sie ihre Haustür und die der Nachbarn im Auge behalten konnte. Was Damenbesuch anging, hatte sie strenge Regeln, und in der Gemütlichkeit ihres voll gestopften, plüschigen Wohnzimmers konnte sie das Kommen und Gehen ihrer männlichen Mieter beobachten. Von Catriona und ihrer Mutter war sie entzückt. Nur zu gern begleitete sie das Kind auf dem Klavier, wenn es schwierige Lieder sang oder die endlosen Tonleitern übte, die seine Mutter ihm aufgab. Aber mit Sorge sah sie, wie still das Mädchen war und wie wenig herzlich Mutter und Tochter miteinander umgingen. Doris war nicht von gestern; ihr war klar, dass die beiden ein Geheimnis hatten, doch so neugierig sie auch war, sie beschloss, ihre Nase nicht in die Angelegenheiten der beiden zu stecken. Sie waren sauber und achtbar, und sie arbeiteten den ganzen Tag in einem Hotel – warum also unnötig Unruhe stiften, wenn die beiden sich doch schon ein Jahr lang als gute Mieterinnen erwiesen hatten?

Wie die Eigentümerin hatte auch das Haus schon bessere, jugendlichere Zeiten gesehen. Es war ein dreistöckiges Reihenhaus, eines von vielen in einer heruntergekommenen Straße, die steil bergauf führte. Die Zimmer waren billig möbliert, und die fünf Gäste mussten sich ein Badezimmer teilen und nahmen Frühstück und Abendessen gemeinsam in der wohnlichen Küche im Erdgeschoss ein.

Catriona beugte sich über das Fenstersims und schaute über die Dächer der Stadt hinaus. Es war ein klarer, kalter Winternachmittag, und in der Ferne sah sie den blauen Schimmer des Hafens. In diesem stillen Augenblick glaubte sie weit hinten am Horizont auch die Farben des Outback zu erkennen und den Duft von Eukalyptus und Kiefern und den trockenen Staub der Straße zu riechen. Sie vermisste die Freiheit der Landstraße, das Rumpeln des Wagens und den Hufschlag der großen Zugpferde, die sie weiter und weiter durch die Wildnis führten.

»Beeil dich, Kitty!« Velda lief geschäftig im Zimmer hin und her und sammelte ihre Jacken und Hüte ein. »Wir kommen zu spät; es ist ein weiter Weg.«

Catriona wandte sich vom Fenster ab und sah zu, wie ihre Mutter auf und ab ging. Velda war sehr schweigsam geworden, als habe sie Angst, sie könne nicht mehr aufhören zu sprechen, wenn sie einmal anfinge. Aber sie war immer in Bewegung, eilte hierhin und dorthin und fand niemals Ruhe – als sei sie auf der Flucht vor etwas und als wolle sie der Zeit entrinnen. Sie war viel zu mager. Ihr Gesicht zeigte kaum eine Regung, und ihre Augen waren stumpf. Trotz der gewohnten Anmut, mit der sie sich bewegte, bemerkte Catriona die Anspannung in ihrer zierlichen Gestalt.

»Wir haben noch reichlich Zeit, Mam«, sagte sie leise. »Unsere Schicht fängt erst um sechs Uhr an.«

»Ich möchte heute Abend aber früher da sein.« Velda setzte sich den Hut auf und schminkte ihren blassen Mund.

Catriona schob die Füße in ihre flachen Schuhe, zog ihren dünnen Mantel an und griff nach dem Hut. Er sah alt und verschlissen aus, obwohl sie Stoffblumen an das Hutband genäht hatte, aber er musste noch eine Weile genügen. Sie verdienten nicht genug Geld, um es für Luxusartikel auszugeben. Sie sah sich nach Schal und Handschuhen um.

»Ich habe etwas mit dem Eigentümer zu besprechen«, sagte Velda geheimnisvoll. »Und das geht am besten, bevor der Abendbetrieb einsetzt.«

Velda zog die Decken auf den schmalen Einzelbetten glatt und rückte die Kissen zurecht, bevor sie zur Kommode ging und die wenigen Kleinigkeiten ordnete, die da lagen. Immer dieses Aufräumen, Hantieren, Ordnen, Glätten. Velda war eine Getriebene.

»Was gibt's denn so Wichtiges?«, fragte Catriona.

»Das sage ich dir später.« Velda nahm ihre billige Handtasche und ging zur Tür.

Catriona begriff, dass sie nichts weiter aus ihrer Mutter herausbekommen würde, und sehnte sich nach den alten Zeiten, als sie entspannt miteinander umgegangen waren. Aus der freundschaftlichen Liebe zwischen ihnen war ein beinahe förmliches Nebeneinanderleben geworden. Doch die Jahre seit dem Tod ihres Vaters hatten sie beide verändert, und Catriona wusste, dass dieser Zustand anhalten würde. Veldas Methode, mit einer Tragödie umzugehen, war der Rückzug, und Catriona war gezwungen gewesen, ihre eigenen Ängste und Alpträume beiseite zu schieben und sich um einen hoffnungsvollen Blick in die Zukunft zu bemühen. Ohne Hoffnung hätte sie gar nichts.

Sie warf einen Blick durch das Zimmer, das sie seit fast einem Jahr miteinander teilten, und vergewisserte sich, dass die Gasheizung abgestellt und das Fenster geschlossen war. Es war ein kleines Zimmer, durch eine dünne Wand vom Dachboden abgetrennt, und zwischen zwei Betten, einem wuchtigen Kleiderschrank, einer Kommode und einem Frisiertisch war nur wenig Platz. Dieser bedrückend enge Raum konnte niemals ein Zuhause werden, aber sie hatten ein Dach über dem Kopf, und nur darauf kam es an. Sie schlug die Tür zu und lief die Treppe hinunter, um Velda einzuholen.

Doris saß wie immer in ihrem Sessel am Fenster, und Catriona winkte ihr zu, als sie die steile Straße hinunter auf die Stadt zueilten. Sie hatte Doris gern, und schon oft hatte sie stundenlang bei ihr gesessen und sich Geschichten aus deren Jugend und die Abenteuer ihres seefahrenden Mannes angehört. Eine willkommene Abwechslung nach Veldas endlosem Schweigen.

Lärmend ratterten die Straßenbahnen über die breiten Hauptstraßen von Sydney. Männer und Frauen hasteten auf den Gehwegen dahin, in der Kälte des Winternachmittags in dicke Schals und Mäntel gehüllt. Die Wirtschaftskrise hatte Sydney genauso getroffen wie den Rest der Welt, und die Folgen waren überall zu sehen: Viele Fenster waren mit Brettern vernagelt, und viele Gebäude, die einmal profitable Geschäfte beherbergt hatten, waren heruntergekommen.

Aber vieles deutete darauf hin, dass die schlechten Zeiten zu Ende waren. Geschäfte, die mit knapper Not überlebt hatten, stellten neue Leute ein, Fabriken hatten die Produktion wieder aufgenommen, und die Hotels füllten sich allmählich wieder. Nicht jeder hatte sein Vermögen verloren – im Gegenteil, ein paar wenige Gerissene hatten Hochkonjunktur gehabt, und der Schwarzmarkt für billige Häuser, billige Arbeitskräfte und billigen Alkohol stand in voller Blüte.

Das Hyde Hotel stand mitten in der Macquarie Street. Früher war es die Villa eines reichen Mannes gewesen, mit eleganten Veranden und einem italienischen Garten, aber der Eigentümer war Pleite gegangen, und das Anwesen war verfallen. Nach seinem Selbstmord war das wunderschöne alte Haus für ein Butterbrot versteigert worden. Robert Thomas, der neue Besitzer, hatte einen Blick für gute Gelegenheiten. Er hatte die finanziellen Mittel seiner ausgedehnten Verwandtschaft zusammengeführt und das Hotel eröffnet und besaß den Ehrgeiz, daraus das beste der Stadt zu machen. Er war auf dem besten Wege, seinen Traum zu verwirklichen, denn das Hotel war immer voll. Im Speisesaal herrschte Hochbetrieb, und die neu eingerichtete Cocktail Lounge war ein beliebter Treffpunkt für Sydneys Elite.

Catriona folgte ihrer Mutter außen um das Hotel herum zum Angestelltzeneingang. Sie hängte Hut und Mantel an den Haken, zog Schal und Handschuhe aus und griff nach dem schwarzen Kleid, der weißen Schürze und dem Häubchen, das sie im Speisesaal tragen musste.

Ihre Mutter legte ihr eine Hand auf den Arm. »Zieh dich noch nicht um«, sagte sie. »Komm mit.«

Catriona zog die Stirn kraus. Ihre Mutter benahm sich äußerst sonderbar; es schien, als halte sie ihre Erregung nur mit Mühe im Zaum; sie wirkte so lebhaft wie schon lange nicht mehr. »Was ist denn los, Mam?«, fragte sie, als Velda sie in den Personalwasch-raum zog und auf den hell beleuchteten Spiegel über den Wasch-becken zusteuerte.

Velda zog eins ihrer Kleider aus der großen Tasche, die sie mit-genommen hatte. »Zieh das an!«, befahl sie. »Dann mache ich dir die Haare und das Make-up.«

Catriona merkte, dass ihr Mund offen stand. Sie klappte ihn zu und starrte das Kleid an, das ihre Mutter ihr entgegenhielt. Es war Veldas Lieblingskleid, ihr bestes: ein Erinnerungsstück aus der Zeit, da sie sich solche Sachen hatte leisten können. »Ich tue nichts dergleichen, solange du mir nicht sagst, worum es hier geht«, sagte sie eigensinnig.

»Du tust, was ich sage, und zwar schnell.« Velda zog ihr den Pullover über den Kopf und knöpfte ihren Rock auf. »Mr Thomas wartet, und du musst einen guten Eindruck erwecken.«

»Ich habe doch eine Stellung als Kellnerin.« Catriona stieg aus ihrem Rock, hob die Arme über den Kopf und fühlte, wie der zarte Chiffon über ihren Körper glitt. Kühl und raschelnd glitt das Kleid über ihre Hüften und endete über ihren Knien in einem Rüschensaum.

»Du bist nicht zur Kellnerin geboren.« Velda zückte die Haar-bürste. »Du hast eine Stimme, die man hören soll, und Mr Tho-mas ist ein einflussreicher Mann. Er hat Verbindungen, und er wird dir weiterhelfen, wenn dieses Vorsingen gut verläuft.«

Stumm vor Entsetzen, stand Catriona da, während ihre Mut-ter ihr das lange dunkle Haar bürstete und zu einem eleganten Knoten schlang. Entschlossenheit lag in Veldas Blick, in den schmalen Lippen und in den flinken, sicheren Handbewegungen, mit denen sie Puder, Lippenstift und Wimperntusche auflegte. Es hatte keinen Sinn zu widersprechen, wenn Mam in dieser Stim-mung war.

»So.« Velda nickte befriedigt. »Schau in den Spiegel und sag mir, was du siehst.«

Catriona gehorchte. Eine Fremde blickte ihr entgegen. »Ich sehe eine Frau«, flüsterte sie.

»Genau.« Velda legte ihr eine Perlenkette um den Hals und befestigte die dazu passenden Ohrringe. »Eine schöne junge Frau.« Mit kalten Händen fasste sie Catriona bei den Armen und drehte sie um. »Mr Thomas hat heute Abend einen wichtigen Mann zu Besuch, Catriona«, sagte sie eindringlich. »Zeig ihm, wie talentiert du bist, und die Welt steht dir offen.«

Catriona starrte ihre Mutter entsetzt an. Es war, als wolle Velda sie zum Verkauf anbieten.

»Sieh mich nicht so an«, fuhr ihre Mutter sie an. »Ich habe nicht all meine Zeit auf deinen Gesangsunterricht verwandt, damit am Ende nichts dabei herauskommt.« Sie zog den Träger über Catrionas schlanker Schulter zurecht und nickte zufrieden. »Komm jetzt! Wir dürfen ihn nicht warten lassen.«

Catriona hatte einen trockenen Mund, als Velda sie bei der Hand nahm und durch den langen Korridor zur Lounge zog. Seit ihrem letzten Bühnenauftritt waren Jahre vergangen, und auch wenn sie jeden Tag geübt hatte, war sie nun so nervös, dass ihr fast übel wurde. Sie war sicher, dass sie keinen Ton hervorbringen würde.

Die Lounge nahm das gesamte Untergeschoss des Hotels ein. Sie war in luxuriösem Schwarzweiß gehalten, und hier und da leuchteten Bänke und Stuhlpolster in dunklem Scharlachrot. Erhellt von einem riesigen Kronleuchter, dessen Licht von ungezählten Spiegeln reflektiert wurde, bot sie eine strahlende Bühne, wie Catriona sie noch nie gesehen hatte.

Der Boden glänzte, die kleinen Tische und vergoldeten Stühle sahen einladend aus, und auf den samtgepolsterten Bänken ringsum an den Wänden konnte jeder, der es wünschte, sich ungestört unterhalten. Ein Flügel stand am Rande des kleinen Podiums, dessen Hintergrund ein schwarzer, mit kleinen Kristallen bestickter Samtvorhang war, der den Eindruck eines Nachthimmels erweckte.

Catriona blieb im Eingang stehen, als sie den Mann am Klavier und die beiden Männer erblickte, die aufgestanden waren, um sie zu begrüßen. Sie konnte das nicht. Sie war zu jung, zu unerfahren, und sie hatte zu viel Angst. Am liebsten wäre sie weggelaufen und hätte sich im Labyrinth der Korridore versteckt. Aber es war zu spät. Mr Thomas schüttelte ihrer Mutter die Hand und stellte seinen Freund vor. Seine Stimme schien aus den Tiefen des Meeres zu ihr zu dringen, gedämpft, unverständlich und monoton.

Sie merkte, dass der zweite Mann sie aufmerksam betrachtete, und als sie sein Gesicht sah, ließ ihre Angst nach. Er hatte freundliche braune Augen und aschblondes Haar, und sein Lächeln war ermutigend.

»Peter Keary«, sagte er und reichte ihr die Hand. »Ich freue mich, Sie kennen zu lernen.«

Catriona lächelte zaghaft. Er war gut aussehend, aber alt – mindestens dreißig. Was mochte er von ihr erwarten?

»Und wie alt sind Sie, Catriona?«, fragte er.

»Achtzehn«, erklärte Velda hastig. »Komm, Catriona. Wir haben die Herren lange genug warten lassen.«

Bevor Catriona gegen die Lüge protestieren konnte, schob Velda sie über die Tanzfläche zum Flügel, holte einige Notenblätter hervor und gab dem Pianisten ein paar Anweisungen. Offensichtlich hatte sie die ganze Sache schon seit einer Weile geplant – die Arie aus *La Bohème* hatte Catriona seit Wochen üben müssen. Sie sah sich um. Mr Keary und Mr Thomas saßen auf einer Bank. Zigarrenrauch hing über ihnen, und sie sprachen leise miteinander. »Ich kann hier keine Oper singen«, flüsterte sie panisch.

»Du kannst, und du wirst!«, zischte ihre Mutter.

»Aber ich bin erst fünfzehn«, protestierte Catriona. »Ich darf noch gar nicht in ein solches Lokal.«

»Wer hat gesagt, dass du in einer Cocktailbar auftreten sollst?« Veldas Finger spannten sich um ihren Arm. »Du sollst Mr Keary vorsingen. Er führt die beste Theateragentur in der Stadt.« Ihre Wangen waren rot vor Aufregung. »Jetzt geh auf die Bühne und zeig ihm, was du kannst.«

Mit einem kräftigen Stoß ins Kreuz schob sie Catriona voran, und dann stand diese starr vor Angst im grellen Licht der Bühne. Aber als die ersten Takte der Einleitung zu der wunderschönen Arie erklangen, verflog ihre Angst. Sie schloss die Augen und konzentrierte sich auf die Musik, und als sie zu singen begann, entrückte das Lied sie in die Welt der tragischen Mimi und ihres Liebhabers, des Dichters Rodolfo.

Als die letzten Töne verklungen waren, trat Catriona vom Bühnenrand zurück und senkte das Kinn auf die Brust. Die traurige, anrührende Geschichte des tragischen Liebespaars und die Leidenschaft, die nötig war, um die Arie zu singen, hallten tief in ihrem Herzen wider. Aber sie war auch erschöpft. Ob ihr Vortrag gut genug gewesen war?

Es blieb still, und schließlich blickte sie auf. So schlecht konnte es doch nicht gewesen sein, oder? Sie wollte von der Bühne fliehen, als Peter Keary sich langsam erhob. Mit ungläubigem Staunen sah sie die Tränen auf seinen Wangen. Er kam über die Tanzfläche heran und nahm ihre Hände.

»Wunderschön«, flüsterte er. »Unglaublich, bei einer so jungen Sängerin so viel Verständnis und Tiefe zu finden.« Er hielt sie auf Armlänge vor sich und sah sie an. »Sie sind die perfekte Mimi. Klein, zerbrechlich – als habe Puccini seine Oper nur für Sie geschrieben.«

»Dann werden Sie sie vertreten?« Velda war blitzschnell herangekommen, bereit für das Geschäftliche.

»Sobald sie achtzehn ist«, sagte er, und seine braunen Augen funkelten humorvoll, während er sich mit einem schneeweißen Taschentuch die Tränen vom Gesicht wischte.

Velda wollte etwas einwenden, doch er wischte ihre Lügen mit einer Handbewegung beiseite. »Sie ist zu jung.« Er sah Catriona an und lächelte. »Ihre Stimme ist reif, aber die junge Dame hat noch einen weiten Weg vor sich, wenn sie ihr ganzes Potential verwirklichen soll.«

Sein sanfter irischer Tonfall war herzerwärmend. Er erinnerte Catriona an ihren Vater, und sie lächelte ihn an: Hier war jemand, der verstand, was die Oper ihr bedeutete, und der ihre Leidenschaft für die Musik erkannt hatte. »Und jetzt?«, fragte sie schüchtern.

»Zurück in die Schule, Catriona«, sagte er. »In eine spezielle Schule, wo du alles lernen wirst, was man über das Singen lernen kann.«

»Eine spezielle Schule können wir uns nicht leisten«, wandte Velda ein. »Catriona muss arbeiten.«

»Ich werde die Kosten übernehmen«, erklärte er in einem Ton, der keinen Widerspruch duldete.

»Und was wollen Sie dafür haben?« Velda verschränkte die Arme und sah ihn eisig an.

»Gar nichts, bis sie ihre Prüfung bestanden hat. Dann will ich sie vertreten.« Lächelnd nahm er Catrionas Hand und beugte sich darüber. »Ich werde dich berühmt machen, Catriona Summers. Und eines Tages erobern wir die Welt.«

ZEHN

*G*espannt und aufgeregt kam Catriona im Konservatorium an. Endlich würde sie in eine richtige Schule gehen, zusammen mit anderen Schülern in ihrem Alter. Aber zugleich war ihr mulmig zumute. Wenn Peter Keary sich nun geirrt hatte und ihre Stimme doch nicht gut genug war, was dann? Was, wenn sie nicht hierher passte? Sie war sich bewusst, wie billig ihr Mantel und ihr Kleid waren, wie abgelaufen ihre Schuhe, die sie eigens noch einmal geweißt hatte. Ihre Handschuhe waren gestopft, ihr Hut selbst gemacht – da würde man sicher nur einen Blick auf sie werfen und gleich entscheiden, dass sie nicht hierher gehörte.

Peter schien ihre Gedanken zu lesen. Er nahm sie sanft beim Ellenbogen und steuerte sie zur Rückseite des Gebäudes. »Du siehst hübsch aus«, beruhigte er sie. »Und nach dem Vorsingen gehe ich mit dir einkaufen.«

»Sie brauchen mir keine neuen Kleider zu schenken«, sagte sie schroff.

»Nennen wir es ein Darlehen«, sagte er unbekümmert. »Denn wenn sie dich erst singen gehört haben, werden sie dich zum Star machen. Ganz sicher.«

Catriona war nicht so zuversichtlich. »Wer wird bei diesem Vorsingen dabei sein?«, fragte sie, als sie an der Tür angekommen waren.

»John und Aida natürlich. Sie sind die leitenden Lehrer und in der Welt der Oper hoch angesehen. Dann der Direktor des

Konservatoriums und der Vorstand, aber vor denen brauchst du keine Angst zu haben. Betrachte sie als ein ganz normales Publikum; bei deiner Erfahrung sollte dir das nicht schwer fallen.«

Catriona dachte mit Schaudern an Lightning Ridge und Goondiwindi. Sie traten in den langen, dunklen Korridor, und die Tür fiel hinter ihnen ins Schloss.

»Hörst du?«, fragte Peter.

Sie blieben im Dämmerlicht stehen, und Catriona hob den Kopf. Sie hörte Musik, wunderbare Musik – ein Klavierkonzert – und dazwischen verschiedene Sopran-, Alt- und Baritonstimmen, die sich warmsangen. Ihr Herz schlug schneller. Wenn alles gut ging, würde sie bald dazugehören. Vor lauter Nervosität bekam sie einen trockenen Mund.

Peter führte sie lächelnd in einen großen Raum, in dem nur ein Flügel und ein Hocker standen. »Du hast eine Stunde, um dich warmzusingen. Ich hole dich ab, wenn es so weit ist.«

Catriona nahm den Hut ab und zog Handschuhe und Mantel aus. Es war warm hier; an den weißen Wänden standen schwere Heizkörper. Hohe, elegante Fenster eröffneten den Blick in einen ummauerten Garten, und in der Ferne sah sie die Dächer der Häuser auf den Bergen. Sorgsam faltete sie ihren Mantel zusammen und legte ihn mit Hut und Handschuhen auf das Fenstersims. Sie trat ans Klavier und strich mit den Fingern über das blanke, polierte Holz, bevor sie die Tasten berührte. Der Klang war wunderbar klar und volltönend – ganz anders als bei dem alten Klavier, auf dem sie gelernt hatte, und sogar besser als bei dem Flügel in Dimitris Hotel.

Sie schob den Gedanken an Dimitri beiseite. Er gehörte zu ihrem alten Leben, und wenn sie in ihrem neuen bestehen wollte, musste sie sich jetzt konzentrieren. Sie strich mit dem Finger über die Tasten und dachte an die vielen Unterrichtsstunden mit ihrer Mutter. Sie setzte sich und fing an zu spielen. Anfangs waren ihre Finger ein bisschen steif, aber als sie die anderen üben hörte, wurde sie zuversichtlicher. Sie sang ihre Tonleitern, und ihre Stimme gewann mehr und mehr Kraft und hallte bis unter die hohe Decke hinauf.

Nur ein paar Minuten schienen vergangen zu sein, als Peter die Tür öffnete. »Es ist Zeit«, sagte er.

Sie folgte ihm die Treppe hinauf in einen anderen großen Raum. Er hatte die gleichen hohen Fenster, aber er war nicht leer. An einem Ende stand ein langer Tisch, und dahinter saßen zehn Leute. Am anderen Ende saß eine stämmige Frau an einem Flügel. Catriona machte einen Knicks vor den Prüfern. Sie konnte kaum atmen und verschränkte die feuchten Hände auf dem Rücken. Peter hatte auf einem Stuhl am Rande Platz genommen und nickte ihr aufmunternd zu.

»Wie alt bist du, mein Kind?«, fragte der bärtige Gentleman, der in der Mitte des Prüfertisches saß, und spähte sie über halbmondförmige Brillengläser hinweg an.

»Fünfzehneinhalb, Sir«, sagte sie mit zitternder Stimme.

Er lehnte sich zur Seite und sagte leise etwas zu seiner Nachbarin. Dann sah er sie wieder an. »Und was wirst du für uns singen?«

»*Mi chiamano Mimi*«, sagte sie. »Aus *La Bohème* von Puccini.« Sie errötete, als die Prüfer einander lächelnd anschauten. Natürlich wussten sie, von wem diese Oper war. Wie dumm von ihr. Mit zitternden Knien ging sie zum Flügel, und ihre Gedanken wirbelten in alle Richtungen zugleich. Sie hatte den Text vergessen, konnte sich an die Phrasierung nicht erinnern, und die ersten Takte der Melodie wollten ihr auch nicht einfallen. Wenn Mam doch nur mitgekommen wäre!

Dann sah sie das Lächeln der Pianistin und ihr aufmunterndes Kopfnicken. Ihre Hände schwebten über den Tasten, und Catriona holte tief Luft. Der Text fiel ihr plötzlich wieder ein, und bald verlor sie sich in Mimis Welt der gestickten Blumen, die das schwindsüchtige Mädchen aus ihrer engen Kammer in die Felder und Wiesen vor dem Pariser Quartier Latin versetzten.

Als der letzte Ton verklang, sprach der ältere Gentleman wieder. »Danke, mein Kind. Würdest du jetzt bitte draußen warten?«

Catriona warf einen Blick zu Peter hinüber. War sie durchgefallen? Würden sie sie ablehnen? Sie sah sich nach den zehn Leuten am Tisch um. Sie waren in ein gedämpftes Gespräch vertieft und hatten sie anscheinend schon vergessen.

Peter führte sie hinaus und ließ sie draußen im breiten Flur auf einem Stuhl Platz nehmen. »Es wird nicht lange dauern«, sagte er leise. »Aber sie haben viel zu besprechen. Die Schule ist groß, und es gibt nur sehr wenige Stipendien für Schüler, die sich die Gebühren nicht leisten können. Sie müssen sicher sein, dass sie die richtige Entscheidung treffen. Du bist nicht die Einzige, die heute vorgesungen oder vorgespielt hat.«

Jetzt erst sah Catriona, dass noch andere junge Leute im Flur warteten, mehrere Jungen und drei Mädchen. Einige hatten Instrumente, andere hielten Noten in den Händen. Alle waren blass und ernst und genauso bang wie sie. Sie schaute das Mädchen gegenüber an – ein hübsches Mädchen mit blondem Haar und blauen Augen und einem Kleid, das ein Vermögen gekostet haben musste – und lächelte. Das Mädchen musterte sie kühl, und nach einem kurzen, abschätzigen Blick auf Catrionas schäbige Kleidung wandte sie sich ab. Doch der Junge mit der Geige neben ihr grinste, und gleich ging es Catriona ein bisschen besser.

»Wollen die alle ein Stipendium?«, fragte sie Peter flüsternd. Einige hier sahen nicht aus, als wären sie arm, vor allem nicht das blonde Mädchen.

Er schüttelte den Kopf. »Es ist der Anfang des neuen Schuljahrs«, antwortete er leise. »Sie suchen sich die neuen Schüler unter den Abgängern anderer Akademien und Musikschulen aus.«

Das Warten schien eine Ewigkeit zu dauern. Einer nach dem anderen wurden die Bewerber wieder hineingerufen. Wenn sie wieder herauskamen, sah man ihnen am Gesicht an, ob sie erfolgreich gewesen waren oder nicht. Die Blonde kam mit triumphierendem Blick zurück. Sie nahm ihren teuren Mantel und warf ihn über die Schultern. Hämisch lächelte sie Catriona an, und dann ging sie hüftschwenkend den Flur entlang und lief die Treppe hinunter.

Catrionas Name wurde aufgerufen, und sie stand auf. »Wünschen Sie mir Glück«, sagte sie.

»Das brauchst du nicht«, sagte er. »Du hast es auch so.«

Sie ging hinein und blieb vor dem Tisch stehen. Der bebrillte Gentleman blätterte in den Papieren, die vor ihm lagen. »Du bist noch sehr jung«, begann er, und das Herz sank ihr in die Hose. »Aber hier zeigen sich wunderbare Möglichkeiten. Deine Stimme ist ungeschult, die Tonlage unsicher. Trotzdem hast du die Prüfer ungeheuer beeindruckt. Die Stimmung war phantasievoll und hat die Seele berührt, und die ungeschliffene Schönheit deiner Stimme strahlt wie ein Diamant.« Er musterte sie über seine Brillengläser hinweg. »Du bist ein echter Sopran, Catriona, und du besitzt eine hoch künstlerische Wahrnehmung dessen, was die Musik vermittelt.«

Catriona wagte nicht, sich zu rühren, aber sie hätte es wohl auch nicht gekonnt, so angespannt, wie sie war.

»Deshalb, Catriona, bewilligen wir dir ein volles Stipendium für drei Jahre. Das Semester beginnt in zwei Wochen.«

Plötzlich konnte sie wieder atmen. In einem langen Seufzer wich die Luft aus ihrer Lunge. »Danke«, murmelte sie.

»Wir erwarten Großes von dir, Catriona. Ich hoffe, du enttäuschst uns nicht.«

»Niemals«, hauchte sie. »Danke. Danke.« Am liebsten hätte sie alle zehn geküsst, aber sie wusste, dass man das befremdlich gefunden hätte. Also lief sie hinaus und fiel stattdessen Peter Keary um den Hals. »Ich hab's geschafft!«, rief sie weinend und lachend zugleich.

»Ich hab's doch gesagt.« Er umarmte sie. »Aber komm jetzt.

Wir müssen einkaufen gehen, und danach spendiere ich uns Tee und Kuchen.«

Das große blonde Mädchen mit den kühlen Augen hieß Emily Harris. Sie war die Tochter eines reichen Rindfleisch-Exporteurs, und sie hatte eine wunderschöne Altstimme. Catriona fand sie schrecklich kultiviert und beneidete sie um ihre hübschen Kleider – aber Emily war ein Biest, und in den ersten Monaten an der Akademie hatte Catriona oft sehr unter ihr zu leiden.

Catriona kam jeden Tag zu Fuß von der Pension auf der Höhe herunter in die Stadt, während Emily von ihrer Mutter in einem eleganten Auto gebracht wurde. Anfangs hatte Catriona versucht, sich mit ihr anzufreunden; sie war ein geselliger Mensch und nicht an Feindseligkeit gewöhnt, zumal wenn es keinen Grund dafür gab. Doch alle ihre Freundschaftsangebote wurden verschmäht, und Catriona musste sich damit abfinden, dass Emily sich mit ihren achtzehn Jahren für etwas viel Besseres hielt.

Eines Morgens kam sie aus dem Musikzimmer und sah, wie Emily und zwei andere Mädchen hinter vorgehaltener Hand kicherten. Offensichtlich hatten sie über sie geredet, denn sie verstummten und schauten ihr mit beinahe gieriger Erwartung entgegen. »Tag«, rief sie strahlend. »Wie geht's euch?«

»Hört euch das an«, näselte Emily, die eine Privatschulausbildung in England genossen hatte. »Das Niveau hier muss stark gesunken sein. Jetzt lassen sie schon Zigeuner hier herein.« Sie wandte sich den anderen zu und erklärte in lautstarkem Flüsterton: »Ihre Mutter arbeitet als Kellnerin. Ist das zu glauben?«

Die Mädchen kicherten wieder, und Catriona lief rot an. Sie hatte diese Behandlung von Emily schon öfter erlebt und wusste, dass dieser bösartige Klatsch irgendwann den Lehrern zu Ohren kommen würde. Sie nahm sich vor, sich dergleichen nicht länger gefallen zu lassen. »Ich höre, du hast den Bruch zwischen Kopf- und Bruststimme immer noch nicht überwunden«, sagte sie eisig. »Pass lieber auf«, fuhr sie dann warnend fort. »Nächste Woche haben wir Semesterprüfung. Könnte sein, dass du rausfliegst.«

»Miese kleine Natter!«, zischte Emily. »Was weiß sie denn schon?«

Catriona sah den Mädchen nach, als sie Arm in Arm davonspazierten. Ihre Bemerkung hatte ins Schwarze getroffen, denn Emily wusste genau, wie unsicher ihre Stimme in den beiden Oktaven zwischen dem tiefen und dem hohen G war, und das Funkeln in ihren blauen Augen hatte erkennen lassen, wie sehr sie darum kämpfte, diese Schwäche zu beseitigen.

Catriona schlenderte hinter ihnen den Flur entlang. Emily und ihre Clique konnten ihr gestohlen bleiben. Es gab andere Mädchen und Jungen an der Akademie, die nett und freundlich waren. Obwohl sie eine größere Lebenserfahrung besaß, fand sie allmählich Freunde und lebte sich ein.

Die Tage vergingen, und jede Minute war ausgefüllt mit Musikunterricht, Stimmbildung und Seminaren. Sie brüteten über Büchern mit Fotos der großen Namen aus der Welt der Oper – Ludwig und Malwina Schnorr von Carolsfeld, Rosa Ponselle und natürlich Dame Nellie Melba – und diskutierten über Bühnenbilder und Kostüme und verschiedene Interpretationen großer Opern. Catriona verfügte über ein gutes Fundament, was Schauspielerei, Tanz und Gesang anging, und sie nutzte diesen Vorteil und stürzte sich begeistert in den Unterricht. Sogar ihr Klavierspiel machte riesige Fortschritte.

Als das erste Jahr zu Ende ging, hatte sie die meisten der älteren italienischen Arien studiert, aber auch Lieder von Purcell und Händel und Auszüge aus den *Choralkantaten*. Ihre Lehrer konzentrierten sich jetzt darauf, ein Repertoire für sie aufzubauen, denn demnächst würde sie an den Soirées teilnehmen, die die Akademie einmal im Semester veranstaltete.

Catriona genoss die Kameradschaft der anderen Schüler und

war zu gern dabei, wenn sich alle nach dem Unterricht im Gemeinschaftsraum versammelten. Hier entspannten sie sich nach den Zwängen der Ausbildung; sie spielten populäre Lieder auf ihren Instrumenten und sangen gemeinsam, und ihre Stimmen klangen so harmonisch zusammen, dass Catriona abends mit einem Gefühl der Erfüllung in das enge Zimmer der Pension zurückkehrte.

Velda arbeitete immer noch im Hotel, und Catrionas Erfolgen zum Trotz hatte sie sich nicht geändert. Sie war immer noch schweigsam und streng, ihre schmale Gestalt dauernd in Bewegung, und ihre Hände waren stets rastlos. Dennoch verlangte sie, dass Catriona ihr jeden Tag erzählte, was sie gelernt und was sie geleistet hatte, fast als habe sie ihr eigenes Leben aufgegeben und lebe nur noch durch ihre Tochter.

Die Akademie veranstaltete zahlreiche öffentliche Aufführungen, bei denen die besten Schüler ihr Können zeigen konnten, und natürlich wetteiferten alle darum, wer teilnehmen durfte. Catriona war die Jüngste, und deshalb musste sie sich mit kleinen Rollen und gelegentlichen Duetten begnügen. Aber als das zweite Jahr zu Ende ging und ihre Stimme reifer und kräftiger geworden war, bekam sie endlich die Gelegenheit zu ihrem ersten öffentlichen Soloauftritt.

Sie sang die Arie aus dem ersten Akt von Purcells *Dido und Aeneas*, ein Lied von majestätischer Trauer, das würdevoll und zurückhaltend vorgetragen werden musste, wie es sich für die Königin von Karthago gehörte, aber zugleich der Tragödie würdig, die es vorausahnen ließ.

Catriona wartete in den Kulissen, während ihr Freund Bobby sein Violinsolo beendete. Die Geigenklänge schwangen sich tief hinein in ihre Seele. Er war ein wunderbarer Musiker, und sie mochte ihn seit jenem Augenblick, als er ihr beim ersten Vorsingen zugezwinkert hatte.

Er kam von der Bühne, außer sich vor Freude. »Viel Glück«, flüsterte er. »Du siehst übrigens hinreißend aus.«

Sie strahlte ihn an. Ihr goldfarbenes Kleid klebte wie eine zweite Haut an ihrem Körper, und auf dem spinnwebzarten Spitzencape funkelten unzählige Pailletten. Ihr Strassschmuck glitzerte im Licht der Lampen. Das Haar reichte ihr inzwischen bis zur Hüfte, aber heute trug sie es hoch aufgetürmt und mit blitzenden Haarnadeln festgesteckt. Sie fühlte sich prachtvoll, und als sie angekündigt wurde, holte sie tief Luft und betrat zuversichtlich die Bühne. Dies war ihr strahlender Augenblick.

Die Musik setzte ein, und ihre Stimme erfüllte das Auditorium mit Reinheit und Tragik. Mit ihrer Darstellung der Königin von Karthago schlug sie das Publikum in ihren Bann. Als die letzte Note verhallte, herrschte überwältigtes Schweigen.

Sie verbeugte sich tief, und ein ohrenbetäubender Applaus brach los. Die Leute erhoben sich von den Plätzen, riefen nach einer Zugabe, klatschten und jubelten. Sie verbeugte sich noch einmal, wie vom Donner gerührt von dieser Reaktion, und wusste nicht, was sie jetzt tun sollte. Man hatte ihnen nachdrücklich eingeschärft, dass die Zeit knapp sei und Encores nicht gestattet seien. Aber Catriona war das Kind einer Theaterfamilie, und es fiel ihr schwer, dem Drang zum Weitersingen zu widerstehen.

Der Direktor der Akademie kam zu ihr auf die Bühne und überreichte ihr einen Blumenstrauß. »Gut gemacht«, sagte er durch den tosenden Beifall. »Wie fühlt man sich als Star?«

»Wunderbar«, hauchte sie. Sie schaute ins Publikum und sah, dass ihre Mutter neben Peter in der vordersten Reihe saß. Velda hatte die Hände fest vor der schmalen Brust verschränkt, und sie hatte Tränen in den Augen. Ihr stolzer Gesichtsausdruck sagte mehr als aller Applaus, und auch Catriona spürte, dass ihr die Tränen kamen, denn ohne Veldas Entschlossenheit und deren standhaften Glauben an sie wäre sie niemals so weit gekommen.

In den Monaten vor Catrionas achtzehntem Geburtstag hatten Kriegsgerüchte die Runde gemacht. Wenige Wochen später brach der Krieg in Europa aus. In der Akademie schwirrten immer neue Nachrichten durch die Flure, das Radio lief unaufhörlich, und es ging immer um das Vorrücken der Deutschen und die Rolle, die Australien zu spielen haben würde.

Sie sah, wie eifrig die Jungen den Nachrichten aus Europa lauschten. Sie redeten davon, in den Krieg zu ziehen, zum Militär zu gehen und der Welt zu zeigen, dass Australien ein Land voll tapferer junger Männer sei, die immer bereit seien, für eine gerechte Sache zu kämpfen. Catriona hörte ihnen zu und wagte nicht, ihren Abscheu gegen solche Unterhaltungen auszusprechen. Ihr Dad hatte ihr vom Großen Krieg und von den Blutbädern auf den Schlachtfeldern in Frankreich erzählt. Wie konnte jemand bei etwas so Furchtbarem dabei sein wollen?

»Sie sind noch so jung«, sagte sie an diesem Abend zu Peter. Sie und Velda hatten sich mit ihm zu einem späten Abendessen in einem schicken Restaurant südlich der Sydney Town Hall getroffen. »Bobby ist anscheinend entschlossen, die Musik an den Nagel zu hängen und Soldat zu werden. Ich kann ihn nicht davon abbringen.«

»Er ist ein junger Mann.« Peter legte Messer und Gabel aus der Hand. »Wenn ich nicht so schwach auf der Brust wäre, würde ich auch gehen.« Die beiden sahen ihn überrascht an. »Ich hatte als Kind eine Rippenfellentzündung. Die kleinste Erkältung setzt sich in die Lunge, und ich liege tagelang im Bett.«

»Gott sei Dank«, sagte Catriona leise. »Ich könnte es nicht ertragen, nicht nur Bobby, sondern auch noch Sie zu verlieren.«

Er sah sie nachdenklich an. »Dieser junge Mann scheint dich sehr zu beschäftigen. Ich hoffe, zwischen euch beiden ist nichts Ernstes. Du stehst vor einer großartigen Karriere, und für solchen Unsinn hast du keine Zeit.«

Catriona wurde rot. Am Abend ihres triumphalen ersten Auftritts hatte Bobby sie geküsst. Es war ein milder Abend gewesen; sie hatten draußen vor dem Akademietheater gestanden und die

Sterne betrachtet. Sein Kuss hatte sie nicht überrascht – er legte es schon seit einer Ewigkeit darauf an –, aber es hatte sie angenehm berührt, wie zart er gewesen war, wie zögernd. Trotzdem war sie behutsam zurückgewichen, als er sie an sich drücken wollte; für diese Art von Intimität war sie noch nicht wieder bereit.

»Catriona würde nichts tun, was ihrer Karriere schaden könnte.« Velda schob ihren Teller von sich. »Sie hat zu schwer und zu lange dafür gearbeitet. Wir beide haben es getan.«

In Catrionas Ohren klang es wie eine verschleierte Drohung, eine Erinnerung an die Opfer, die sie beide gebracht hatten, um so weit zu kommen. Die warme Luft im Restaurant war plötzlich bedrückend und erstickte die Freude, die ihr der angenehme Abend bereitet hatte. Der Gedanke an ihr Kind machte Catriona zielstrebig, denn wenn sie sich als Sängerin etabliert hätte, würde sie mit der Suche beginnen können. Aber ihr war klar, dass bis dahin noch Jahre vergehen konnten.

Catriona bestand ihr Examen an der Akademie mit Auszeichnung, und Peter stellte ein komplettes Konzertprogramm für sie auf die Beine. Eine internationale Karriere war ihr versperrt, solange in Europa der Krieg wütete, aber er war entschlossen, einstweilen in Australien zu erreichen, was erreichbar war. Es gab keine Theater, die Raum für eine vollständige Operninszenierung boten, und abgesehen von der Town Hall in Sydney und dem Konservatorium waren nur Konzertsäle und Kirchen groß genug für einen Soloauftritt.

Catriona war zutiefst betrübt, als Bobby zum Militär ging. Sie hatte an diesem Morgen ihre Probe ausfallen lassen, damit sie ihm zum Abschied auf dem Bahnsteig zuwinken konnte. Peter fand sie in Tränen aufgelöst. Er legte ihr den Arm um die Schultern, als sie zum Auto zurückgingen. »Er wird wiederkommen«, sagte er.

»Aber er ist mein Freund«, schluchzte sie und betupfte ihr Gesicht mit einem Taschentuch. »Er wird mir schrecklich fehlen.«

»Oje«, seufzte er. »So sieht's also aus.«

»Wie meinen Sie das?«

Er nahm ihr das Taschentuch aus der Hand und wischte ihr sanft die Tränen ab, die immer noch über ihre Wangen rollten. »Die erste Liebe ist immer die schwerste«, sagte er leise.

Sie sah ihn erstaunt an. »Ich liebe ihn nicht. Er ist ein Freund, ein sehr lieber Freund. Ich kann nicht fassen, dass er so dumm war, auf die alte Propaganda und Kriegsverherrlichung hereinzufallen.«

Er startete den Motor nicht, sondern lehnte sich zurück und sah sie an.

»Was ist denn?« Allmählich wurde ihr unbehaglich.

»Ich frage mich, was du wohl für mich empfindest«, sagte er.

Catriona errötete unter seinem prüfenden Blick. Sie betete ihn an. Er war ihr Mentor, ihr väterlicher Freund. Seine dunklen Augen und seine irische Mundart erinnerten sie an ihren Dad, und auch wenn er zwanzig Jahre älter als sie war, konnte sie sich ein Leben ohne ihn nicht mehr vorstellen. »Ich glaube, das wissen Sie«, flüsterte sie.

Er strich mit dem Finger über die Konturen ihrer Wangenknochen und hinunter zu dem Grübchen an ihrem Kinn. »Ich liebe dich, seit ich dich in dieser lächerlichen Cocktailbar das erste Mal gesehen habe. Damals warst du schön – aber jetzt bist du eine unvergleichlich wunderbare Frau.«

Ihr war, als ertrinke sie in seinen Augen.

»Willst du mich heiraten, Catriona?«

»Da musst du Mam fragen«, flüsterte sie.

Er warf den Kopf zurück und lachte laut. »Natürlich«, sagte er dann. »Ich habe vergessen, wie jung du noch bist.« Er wurde wieder ernst. »Du wirkst weit über deine Jahre hinaus reif, und doch bist du manchmal wie ein Kind. Bist du sicher, dass du einen alten Mann wie mich heiraten kannst, Kitty? Ich werde bald vierzig, und ich bin nicht der Gesündeste. Du könntest unter allen Männern Australiens wählen –«

Sie legte ihm einen Finger an den Mund und brachte ihn zum Schweigen. »Dann wähle ich dich«, sagte sie leise.

Er drückte sie an sich und küsste sie, und sie erwiderte den Kuss. Diesem Mann würde sie bereitwillig ihr Leben anvertrauen, ihre Karriere – ihr Herz.

Velda gab ihre Einwilligung, und sie heirateten in der katholischen Kirche in der Macquarie Street. Catrionas Brautkleid war ein zarter Traum aus Seide und Spitze, und sie trug einen Strauß von blassgelben Rosen. Aber für Flitterwochen war keine Zeit; ihr dicht gedrängtes Auftrittsprogramm ließ sie nicht zu, und Peter musste mit einem anderen Klienten nach Melbourne. Trotzdem war Catriona so glücklich und zufrieden wie seit Jahren nicht mehr. Sie hatten ja noch ein ganzes gemeinsames Leben vor sich, und bald, sehr bald, würde sie anfangen, nach ihrem Kind zu suchen.

Der Gedanke an das Kind, das sie weggegeben hatte, war der einzige Schatten über ihrem Leben. Sie hätte Peter schon längst davon erzählen sollen; eigentlich hätte sie es tun müssen, als er ihr den Heiratsantrag machte. Aber immer wieder war ihr der Augenblick für ein solches Geständnis unpassend erschienen, und insgeheim vermutete sie, dass sie aus Angst vor seiner Reaktion geschwiegen hatte. Jetzt, nach sechs Monaten glücklicher Ehe, nahm sie sich vor, es ihm zu sagen. Sie würde Mut dazu brauchen, aber sie vertraute auf Peters Liebe zu ihr. Sicher würde er sie verstehen.

Ihre Mietwohnung lag im Erdgeschoss einer eleganten viktorianischen Villa am Rande des Hyde Park, nur einen Katzensprung vom Einkaufsviertel Sydneys entfernt. Die Zimmer waren groß und hoch, und die Sonne schien durch Erkerfenster herein. Catriona hatte es großen Spaß bereitet, Vorhänge und Möbel zu kaufen. Sie war glücklich. Ihre Karriere blühte auf, ihre Ehe war erfolgreich, ihr Mann ein sanfter und geduldiger Liebhaber. Es

war, als verstehe er ihre Angst, obwohl sie niemals davon gesprochen hatte. Er ging behutsam mit ihr um.

Eilig lief sie jetzt von der Probe nach Hause, um sich umzuzie-
hen und ein besonders gutes Abendessen vorzubereiten. Peters
Agentur war gewachsen, und er genoss einen ausgezeichneten Ruf,
denn er vertrat einige der besten Künstler Australiens. Auch ihre
Karriere kam zusehends in Schwung, und sie fühlte sich selbstbewusst genug, um auszusprechen, was sie auf dem Herzen hatte.
Es war an der Zeit, Peter von ihrem Kind zu erzählen.

»Es wird schon gut gehen«, sagte sie sich, während sie den
Tisch deckte und Kerzen anzündete. »Peter liebt mich. Er wird
mich verstehen, und er wird mir helfen, meine Tochter zu finden.«

Sie saßen zusammen bei Kerzenlicht und erzählten einander,
was sie am Tag erlebt hatten, während sie das Steak mit Bratkartoffeln aßen, das Catriona so sorgfältig zubereitet hatte. Der
Weißwein war frisch und kalt, und die Kristallgläser glitzerten
und funkelten im Licht der Kerzen. Als sie den Kaffee einschenkte,
blitzte ihr Verlobungsring auf, und der goldene Trauring glühte
warm an ihrem Finger. Der Augenblick war gekommen.

»Peter?«, begann sie.

»Hmm?« Er schnitt eine Scheibe Käse ab.

»Peter, ich muss dir etwas sagen.«

Er legte das Messer hin und wischte sich mit einer leinenen
Serviette den Mund ab. »Klingt ja schrecklich ernst, meine kleine
Kitty Keary«, sagte er augenzwinkernd. »Na, was hast du ange-
stellt? Wieder zu viel Haushaltsgeld ausgegeben und dir ein neues
Kleid gekauft?«

»Es ist ein bisschen ernster, Liebling, und du musst jetzt aufmerksam zuhören.« Sie trank einen Schluck Wein, um ihre Nerven zu beruhigen, und dann erzählte sie ihm mit gesenktem Blick
von Kane und ihrem verlorenen Kind.

Peter schwieg die ganze Zeit; nur ab und zu griff er zum Glas
und nahm einen kleinen Schluck Wein.

Catriona fühlte sich ermutigt und brachte ihre Erzählung eilig zu Ende. »Und jetzt sind wir verheiratet«, sagte sie schließlich atemlos, »und ich kann meine Tochter suchen und nach Hause holen. Wir können sie zusammen großziehen. Wir können eine richtige Familie sein.« Sie sah ihn an – und erstarrte.

Peter Kearys Augen sahen aus wie harte Kieselsteine. Sein Mund war ein schmaler Strich, und er war blass. Er betrachtete sie eine Weile, und sie war in seinem Blick gefangen wie eine Fliege in einem Spinnennetz. »Warum erzählst du mir das erst jetzt?«, fragte er leise und beherrscht.

»Es war nie der richtige Augenblick dazu«, sagte sie. »Ich weiß, ich hätte nicht so lange damit warten sollen, aber bei den vielen Proben und Auftritten und den Hochzeitsvorbereitungen hatten wir kaum jemals einen Moment für uns allein.« Sie stammelte, und sein Blick machte sie immer nervöser. Düstere Ahnungen überkamen sie, und sie streckte die Hand nach ihm aus: Vielleicht konnte sie ihn spüren lassen, wie sie litt und wie sie sich nach seinem Verständnis sehnte.

Er zog den Arm weg, als könne ihre Berührung ihn verunreinigen, und stand auf. »Du hast mich belogen, Catriona.«

»Nicht belogen«, antwortete sie hastig. »Ich habe es dir nur bisher nicht erzählt.«

»Das läuft auf das Gleiche hinaus«, sagte er mit eisiger Zurückhaltung. »Du hast mich getäuscht, Catriona. Du hast mich glauben lassen, du seiest unschuldig, als wir geheiratet haben. Und nun besitzt du die Unverfrorenheit, hier zu sitzen und mir diese widerwärtige Geschichte zu erzählen, und erwartest auch noch, dass ich dir verzeihe.«

Catriona errötete bis an die Haarwurzeln. »Ich bitte nicht um Verzeihung«, sagte sie erbost. »Nur um dein Verständnis.«

Er beugte sich zu ihr hinüber. »Nein, Catriona. Du verlangst, dass ich über deine zweifelhafte Vergangenheit hinwegsehe und deinen Bastard bei mir aufnehme.«

Seine Ungerechtigkeit machte sie wütend. »Ich war ein Kind«, fuhr sie ihn an. »Ich wollte nicht, dass Kane tat, was er tat, aber ich konnte mich nicht dagegen wehren. Und was die Kleine angeht – sie ist unschuldig, und ich erlaube nicht, dass du sie als Bastard bezeichnest.«

»Warum nicht? Sie ist einer.« Er nahm eine Zigarre aus dem Humidor und schnitt sorgfältig die Spitze ab.

Catriona wusste, dass sie sich im Zaum halten musste. Was in der Hitze des Augenblicks gesagt wurde, konnte später nicht zurückgenommen werden. Aber seine Kälte erschreckte sie. Dieser Peter, der so ungerührt vor ihr stand und sich die Zigarre anzündete, war ein Fremder. Er erinnerte sie an Kane, und bei diesem Gedanken wurde ihr übel.

Sie schob ihren Stuhl zurück und stand auf. »Wenn du mich liebst, dann versuch doch bitte zu verstehen, wie schwer es mir gefallen ist, mich dir anzuvertrauen.« Sie packte seinen Arm. »Aber ich musste es tun, verstehst du? Sie ist irgendwo da draußen, und ich muss sie wiederhaben.«

Er schüttelte sie ab. »Ich glaube, du hast den Verstand verloren«, sagte er. »Denn keine Frau, die bei Sinnen ist, würde die Frucht einer solchen Perversion behalten wollen oder gar von ihrem Mann erwarten, dass er es billigt.« Er goss einen großen Brandy in einen Kristallschwenker und stürzte ihn hinunter. »Wir werden nicht mehr darüber reden«, erklärte er dann. »Ich verbiete dir, die Sache je wieder zu erwähnen.«

»Das kann nicht dein Ernst sein.« Tränen stiegen ihr in die Augen, und sie hatte einen Kloß im Hals.

»Doch«, antwortete er fest. »Ich habe einen Ruf zu wahren, und ich lasse nicht zu, dass mein guter Name in den Schmutz gezogen wird.« Er sah sie finster an. »Deiner Karriere wird es auch nicht gut tun«, fuhr er fort. »Ich habe viel Zeit und Geld investiert, um dich dahin zu bringen, wo du heute bist, und ich will verdammt sein, wenn ich dabei zusehe, wie du das alles zerstörst.«

Catriona starrte ihn an. In seinem Gesicht lag kein Schimmer von Mitgefühl. Aufrecht und mit undurchdringlicher Miene stand er da wie eine Mauer, an der alle ihre Hoffnungen und Träume zerbrachen. »Du liebst mich überhaupt nicht«, flüsterte sie, als ihr die schreckliche Wahrheit dämmerte. »Du hast mich als Protegé betrachtet, und um deine Investitionen abzusichern, hast du mich geheiratet. Du wolltest mich für dich behalten.«

»Sehr scharfsinnig, meine Liebe. Aber ich glaube, es gibt kaum einen Grund, jetzt hysterisch zu werden, nachdem sich diese Geschäftsbeziehung doch bisher als sehr angenehm erwiesen hat.«

Catriona schleuderte ihre Serviette auf den Tisch und funkelte ihn an. Ihre Stimme wurde mit jedem Wort lauter. »Wie kannst du es wagen, unsere Ehe als Geschäftsbeziehung zu bezeichnen? Ich habe dich geheiratet, weil ich dich liebte, nicht, weil ich glaubte, du würdest mich berühmt machen.«

Schweigend nahm er die Zigarre in den Mund und paffte blaue Rauchwolken in die Stille des warmen Abends.

Catriona zitterte. Leidenschaft und Schmerz durchströmten sie, als sie plötzlich hinter die weltmännische Maske des Mannes blickte, der sie geheiratet hatte, und erkennen musste, dass es ihm nur um sein Geschäft und seinen Ruf ging. Sie zählte überhaupt nicht. »Warum, Peter?«, fragte sie. »Warum dieses Theater, diese schreckliche Farce? Du hättest doch nicht dafür zu sorgen brauchen, dass ich dich liebe. Wir hätten auch so zusammenarbeiten können, als Freunde.«

Er sah sie an wie ein Fremder. »Ich habe ein junges, sehr schönes Mädchen mit einer erstaunlichen Stimme gesehen und erkannt, dass ich hier die Chance hatte, mir einen Namen zu machen. Natürlich musste ich dafür sorgen, dass kein anderer Agent dich wegschnappen konnte. Aber das ging nur, indem ich dich heiratete.«

»Du Schwein!«, zischte sie. »Du bist genauso ein Lügner und Betrüger wie Kane.«

Mit einem Knall stellte er sein Glas auf die Anrichte und blieb einen Moment lang dort stehen. Er hatte ihr den Rücken zugewandt, und seine Fäuste öffneten und schlossen sich. »Du wirst nie wieder so über mich reden«, sagte er schließlich mit eisiger Stimme und drehte sich um. Er war blass.

Catriona umklammerte die Stuhllehne. Sie zitterte so sehr, dass sie kaum stehen konnte. Wollte er sie schlagen? Hatte sie ihn zu sehr gereizt?

»Du wirst den Namen dieses Mannes in meinem Hause nie wieder aussprechen, und schon gar nicht wirst du mich noch einmal mit ihm vergleichen. Ich habe sehr viel Geld für dich ausgegeben, und ich habe drei Jahre gewartet, bis deine Mutter mir erlaubt hat, dich zu heiraten. Du wirst mir Respekt und Gehorsam erweisen, Catriona. Das verlange ich.«

Sie schüttelte den Kopf. »Niemals«, erwiderte sie. »Wie kann ich das, wenn du meine Gefühle nicht respektierst? Ich habe dir von meiner Tochter erzählt, weil ich dachte, du wärest Manns genug zu verstehen, wie wichtig sie mir ist.« Sie lachte, aber es war ein hartes Lachen voller Verachtung und bitterem Humor. »Ich weiß nicht, wie ich so dumm sein konnte. Dir gehorsam sein? Vergiss es, Peter!«

»Dann lässt du mir keine Wahl«, sagte er gefühllos. »Du darfst in diesem Haus bleiben, aber du wirst in einem anderen Zimmer schlafen und auch deine Mahlzeiten dort einnehmen. Du wirst mir nicht unter die Augen treten, wenn ich zu Hause bin, und ich werde kein Wort mehr mit dir sprechen, bis du zur Besinnung gekommen bist und dich entschuldigt hast.«

Catriona zitterte vor Wut. Sie ballte die Fäuste und beherrschte sich nur noch mühsam. »Eher lasse ich mich vierteilen, als dass ich noch einmal das Bett mit dir teile«, fauchte sie. »Und entschuldigen werde ich mich niemals. Ich will die Scheidung.«

»Niemals«, sagte er. »Eine Scheidung kommt nicht in Frage. Das wäre ein Skandal.«

»Das ist mir gleichgültig«, erwiderte sie wütend. »Ich weigere mich, unter solchen Bedingungen zu leben. Wenn du in eine Scheidung nicht einwilligst, werde ich sie erzwingen.« Sie raffte ihr Abendkleid und stürmte aus dem Zimmer.

ELF

*C*atriona hörte, wie die Haustür zuschlug, und lief zum Fenster. Er fuhr davon, der Wagen bog in hohem Tempo um die Ecke. Sie wandte sich ab, ging zum Kleiderschrank und nahm die Koffer herunter. Ganz unten lagen immer noch die winzigen gestrickten Babysachen, in Seidenpapier gewickelt und eingemottet. Sie war außerstande gewesen, sie zurückzulassen oder wegzugeben, denn das wäre ihr so vorgekommen, als verliere sie ihr Kind noch einmal.

Sie kämpfte die Tränen nieder. Weinen half jetzt nichts, und sie wusste nicht, wie viel Zeit sie hatte, bis Peter zurückkäme. Sie stopfte ihre Kleider in die Koffer, sammelte ihre übrige Habe ein und warf sie auch dazu. Den Schmuck, den er ihr gekauft hatte, würde sie zurücklassen, ebenso wie die seidenen Negligés und die hauchzarten Hausmäntel, in denen er sie so gern sah. Bei dem Gedanken daran, dass er sie anrührte, überlief es sie kalt. Warum hatte sie es nicht gesehen? Wieso hatte sie nicht gemerkt, dass ihre Ehe eine Farce war? Er hatte sie raffiniert getäuscht, und sie würde ihm niemals verzeihen.

Als sie die Koffer gepackt hatte, steckte sie das Haushaltsgeld in ihre Handtasche und schnürte ihre Noten, Bücher und Fotos zu einem Bündel. Sie verließ das Haus, warf den Schlüssel in den Briefkasten und winkte ein Taxi heran.

Der Fahrer half ihr, die Koffer einzuladen, aber sein fröhliches Geplauder ging ihr auf die Nerven, und irgendwann fuhr er schweigend durch die Nebenstraßen von Sydney, als habe er gespürt, in welcher Stimmung sie war. Am Ziel wartete sie, bis er ihr Gepäck ausgeladen hatte; dann bezahlte sie ihn und wandte sich zum Haus.

Doris öffnete sofort. »Hallo, Schätzchen. Was ist denn das?« Das freundliche Gesicht war von Runzeln zerfurcht, die kein Make-up verdecken konnte.

»Wo ist Mam?« Sie schleppte ihre Koffer ins Haus und stapelte die übrigen Sachen darauf, bevor sie sich aus dem Mantel wand.

Doris betrachtete die Koffer, das teure Abendkleid und Catrionas wütendes Gesicht. »Sie ist hinten und macht uns ein Tässchen Tee.« Zögernd berührte sie Catrionas Arm. »Ihr geht's nicht so gut, Kindchen«, flüsterte sie verschwörerisch. »Schätze, es ist wieder mal die Brust.«

Catriona nickte. Seit sie Atherton verlassen hatten, war Mam nicht gesund, und nicht nur die Brustbeschwerden machten Catriona Sorgen, sondern vor allem der Gemütszustand ihrer Mutter. Sie folgte Doris durch den Gang zu der winzigen Küche im hinteren Teil des Hauses.

Velda drehte sich um. Sie hielt die Teekanne in der Hand und hätte sie beinahe fallen lassen, als sie ihre Tochter im Abendkleid sah. »Warum bist du hier?«, fragte sie.

»Ich muss irgendwo unterkommen. Ich dachte, ich kann vielleicht ein Weilchen bei dir wohnen, bis ich etwas Eigenes gefunden habe.«

Velda ließ missbilligend die Mundwinkel hängen. »Schon Ärger? Ich habe dich gewarnt, Catriona. Er ist viel älter als du und ein kultivierter Mann. Deine Launen wird er sich nicht gefallen lassen.«

Catriona sah Doris in der Tür. Die Neugier stand ihr ins Gesicht geschrieben. »Können wir irgendwo miteinander reden, Mam?«, fragte sie leise.

»Doris kann ruhig hören, was du zu sagen hast«, antwortete Velda und wischte mit einem Lappen über die Spüle und den großen weißen Herd.

Catriona bezweifelte, dass es ihrer Mutter recht sein würde, ihre schmutzige Wäsche vor der Öffentlichkeit auszubreiten, auch wenn es sich nur um Doris handelte. »Ich bin oben in deinem Zimmer, Mam«, sagte sie mit zusammengebissenen Zähnen. »Da können wir uns unterhalten.«

Velda tat einen tiefen Seufzer und reichte Doris die Teekanne. Doris war sichtlich verstimmt, weil sie bei dieser Unterhaltung nicht dabei sein durfte.

Langsam folgte Velda Catriona hinauf in ihr einsames Schlafzimmer und schloss die Tür, ehe sie sich atemlos auf das Bett fallen ließ. Im Haus war es still; die Mieter waren ausgegangen, denn es war Samstagabend. »Was ist denn passiert?«, fragte sie und ließ sich auf das Kissen sinken.

Catriona ging zum Fenster, wo sie so oft gestanden hatte, und schaute hinaus auf die Lichter der Großstadt. »Ich habe ihm von dem Kind erzählt«, sagte sie schließlich.

Velda schnappte nach Luft und setzte sich auf. »Du dummes, dummes Gör!«, fauchte sie. »Hast du nicht einmal mehr den Verstand, mit dem du zur Welt gekommen bist?«

»Anscheinend nicht«, antwortete Catriona schlicht. Sie erzählte ihrer Mutter die ganze schmutzige Geschichte, und als sie fertig war, musste sie wieder mit den Tränen kämpfen.

»Du gehst auf der Stelle zurück und bittest den Mann auf den Knien um Verzeihung«, schrie Velda. »Er hat alles für dich getan – alles.«

Catriona fuhr herum. Sie traute ihren Ohren nicht. »Wie kannst du dich nach dem, was er getan hat, auf seine Seite stellen? Er hat mich aus reiner Berechnung geheiratet, damit er mich für sich behalten konnte, und er besitzt auch noch die Stirn zuzugeben, dass er mich nie geliebt hat. Heute Abend hat er mir sein wahres Gesicht gezeigt, und ich werde niemals zu ihm zurückgehen. Niemals!«

Velda war aufgesprungen und stand nun vor ihr. Sie holte aus und schlug Catriona ins Gesicht. Ihre Finger hinterließen ein rotes Mal auf der blassen Haut. »Das ist für deine Dummheit«, keifte sie und schlug noch einmal zu. »Und das ist dafür, dass du dir von Kanes Bastard dein Leben zerstören lässt – und alles, wofür wir jahrelang gearbeitet haben.«

Catriona legte die Hand an das glühende Mal auf ihrer Wange. Sie war so erschrocken, dass sie kaum einen klaren Gedanken fassen, geschweige denn etwas sagen konnte.

»Du bist ein undankbares Mädchen, Catriona«, stieß Velda keuchend hervor. Sie kämpfte gegen das enge Gefühl in ihrer Brust. »Selbstsüchtig. Als wäre ich nicht schon krank genug.« Sie sank wieder auf das Bett.

Catriona sah sie lange an. Dann ging sie hinaus. Ihre hohen Absätze klapperten auf dem Linoleum der Treppe. Unten hätte sie Doris beinahe über den Haufen gerannt, so eilig hatte sie es hinauszukommen.

»Halt, Kindchen! So gehst du nirgends hin.« Doris legte Catriona einen rundlichen Arm um die Taille und schob sie in ihr Wohnzimmer. »Setz dich hin, trink eine Tasse Tee und beruhige dich.«

»Kann ich hier bleiben, Doris?«

Die hellblonde Frisur behielt ihre Form, als Doris den Kopf schüttelte. »Tut mir leid, Schatz, aber das Haus ist voll.« Sie hielt Catriona ihre Zigarettenpackung entgegen, aber die lehnte dankend ab. Doris zündete sich selbst eine Zigarette an. »Aber ich habe eine Freundin unten am Hafen, die eine hübsche kleine Wohnung zu vermieten hat. Da könntest du hin.«

Catriona konnte kaum atmen, so dick waren die Rauchwolken von Doris' Zigarette. Aus Angst um ihre Lunge und ihre Stimmbänder notierte sie sich die Adresse, so schnell sie konnte.

»Könnten Sie Ihre Freundin anrufen und ihr sagen, dass ich heute Abend komme?«, fragte sie. »Und mir dann ein Taxi rufen?« Sie sah, dass Doris zögerte. »Ich bezahle Ihnen die Anrufe«, fügte sie sofort hinzu und kramte einen Zehn-Shilling-Schein aus ihrer Handtasche.

Eine knappe Stunde später stand Catriona in einem kleinen Apartment im ersten Stock mit Blick auf den Hafen. Die Miete war akzeptabel, und die Zimmer waren sauber. Möbel und Ausstattung ließen zu wünschen übrig, aber sie hatte schon schlechter gewohnt. Sie fühlte sich seltsam frei, denn nun würde sie zum ersten Mal allein leben. Die Ereignisse des Abends hatten etwas Unwirkliches, und es fiel ihr schwer, über die Konsequenzen nachzudenken.

Langsam wanderte sie durch das Schlafzimmer, die winzige Küche und das Bad zurück in den Wohnraum mit einem kleinen Balkon; sie trat hinaus und betrachtete die Aussicht. Boote fuhren hin und her, und eben lief die große Fähre in den Hafen ein. Die Lichter der Häuser strahlten zum Himmel hinauf, obwohl Krieg war, aber sie waren so weit von Europa entfernt, dass es darauf wohl nicht ankam. Hier auf der anderen Seite der Erde waren sie ganz sicher.

Früh am nächsten Morgen ging sie zu einem Anwalt, der ihr mit ausdrucksloser, monotoner Stimme seinen Rat erteilte: Frauen könnten keine Scheidung einreichen, wenn es keinen unwiderlegbaren Beweis für die Untreue des Mannes gebe, und ihr eigener Ruf wäre ganz sicher ruiniert, sollte er sich wegen ihrer abscheulichen Täuschung von ihr scheiden lassen.

Catriona nahm ihre Handtasche und ging. Zum Teufel mit ihrem Ruf und zum Teufel mit Peter! Sie würde die Scheidung erzwingen, und alle anderen konnten ihr gestohlen bleiben. So wütend marschierte sie die Straße hinunter, dass sie gar nicht wusste, wie sie hergekommen war, als sie das Theater erreichte.

Sie stürmte in ihre Garderobe, schloss die kleine Kassette in der untersten Schublade ihres Schminktischs auf und nahm den Vertrag heraus. Sie hielt ihn einen Augenblick lang in der Hand und dachte daran, wie entzückt sie gewesen war, als sie ihn unterschrieben hatte, und zerriss ihn dann in winzige Fetzen. Wie Konfetti rieselten sie zu Boden – eine Erinnerung an ihre wunderschöne Hochzeit –, und sie brach in Tränen aus.

Der Kostümier klopfte an und trat ein. Brian Grisham war ein weibischer Mann von unbestimmbarem Alter mit gefärbten Haaren und einer Vorliebe für grelle Westen, der schon als Junge im Theater gearbeitet hatte. Er hatte seinen Namen zu Brin abgekürzt, weil er fand, das klinge weniger tuntig. »O mein Gott«, rief er und fiel vor ihr auf die Knie. »Was ist denn das?« Er legte ihr eine Hand auf den Arm. »Na los, Darling«, sagte er besänftigend. »Erzähl Tante Brin alles.«

»Meine Ehe ist zu Ende«, schluchzte sie. »Peter Keary ist ein unglaublicher Mistkerl.«

»So sind die Männer.« Er warf den Kopf zur Seite. »Bestien – allesamt.«

Sie lächelte unter Tränen. Brin war so freundlich und fürsorglich wie eine Freundin und zweimal so verständnisvoll. »Ich habe meinen Vertrag zerrissen«, gestand sie.

Er warf einen Blick auf die Papierschnipsel auf dem Boden und zog eine scharf gezupfte Augenbraue hoch. »Du liebe Güte«, seufzte er. »Das war nicht besonders clever, Darling. Er wird dich in Grund und Boden klagen.«

»Das ist mir egal.« Sie wischte sich die Tränen ab.

»Aber ohne einen Agenten kannst du nicht arbeiten«, sagte er mit sanftem Tadel. »Was willst du denn anfangen?«

»Ich suche mir einen neuen.« Sie griff zur Bürste und attackierte ihr langes Haar.

Brin nahm ihr die Bürste ab, und seine leichten, glatten Striche beruhigten sie. »Das wird nicht so einfach sein«, sagte er schließlich. »Agenten halten zusammen. Ärgerst du einen, ärgerst du alle.« Er bürstete ihr weiter das Haar. »Ich habe eine Freundin, die dir helfen könnte«, sagte er nach einigem Nachdenken. »Sie ist wie du – unabhängig. Was man über sie tratscht, kümmert sie nicht, und sie weiß, was für Bestien Männer sein können.« Er legte die Bürste aus der Hand, trat hinter sie und betrachtete ihr Spiegelbild. »Clemmie kommt manchmal zu sehr wie ein Mannweib daher, aber sie hat ein goldenes Herz, und sie wird dir ganz sicher helfen.«

Catriona wusste nicht, ob sie etwas mit einer lesbischen Agentin zu tun haben wollte. Ihr Ruf würde demnächst schon genug leiden. Sie hatte zwar schon mit solchen Frauen zusammengearbeitet, ihr war dabei jedoch immer unbehaglich zumute, und der Gedanke, sich jetzt von einer vertreten zu lassen, gefiel ihr nicht. Sie zögerte.

Brin schien ihre Gedanken zu lesen. Er lachte. »Clemmie hat drei Kinder und einen *sehr* hübschen Ehemann. Sie ist hart, weil sie in einer Männerwelt arbeitet – wie wir alle«, fügte er seufzend hinzu.

»Gib mir ihre Nummer, und ich rufe sie an.« Catriona lächelte. »Danke, Brin. Du bist ein Schatz.«

Clementine Frost war groß und schlank, sie hatte kurzes braunes Haar und braune Augen, und sie strahlte Entschlossenheit und Effizienz aus. Sie war Anfang dreißig, trug streng geschnittene Jacketts und geradlinige Hosen und milderte ihre Erscheinung nur durch Rüschenblusen sowie auffälligen Schmuck. Ihre Makeup war makellos, und ihre langen Fingernägel waren scharlachrot lackiert, passend zum Lippenstift.

Ihr Büro war unvergleichlich. Es war ein großer, sonnendurchfluteter Raum im Souterrain ihres Hauses, bequem eingerichtet mit weichen Sesseln und Sofas, teuren Teppichen und Vasen mit frischen Blumen. Die Türen am anderen Ende führten in einen hübschen Garten hinaus, und Catriona sah Kinderschaukeln und eine Rutschbahn auf dem Rasen.

Die beiden Frauen saßen einander gegenüber an einem Couchtisch. »Sie werden Peters Auftrittsplan zu Ende führen müssen«, sagte Clemmie mit klarer, präziser Stimme. »Aber ich sehe keinen Grund, Sie dann nicht zu übernehmen, wenn ich es ihm förmlich mitteile.« Sie zog ein nachdenkliches Gesicht. Sie hatte Catriona ein paar Fragen nach den Gründen gestellt, weshalb sie sich nicht länger von ihrem Mann vertreten lassen wollte, und schien sich um die Zukunft keine Sorgen zu machen. »Ich habe natürlich schon von Ihnen gehört.« Sie lächelte. »Die Kritiken sind wundervoll. Ich würde Sie mit Vergnügen übernehmen.«

»Peter wird mich wegen Vertragsbruch verklagen«, sagte Catriona. »Und dann ist da die Sache mit der Scheidung. Sind Sie sicher?«

Clementine erhob sich lächelnd. »Ich glaube, wir sind beide stark genug, um damit fertig zu werden, wenn es so weit ist. Und sollten Sie einen guten Anwalt brauchen, wird mein Mann Ihnen sicher helfen können.« Sie stand auf und reichte Catriona die Hand. »Denken Sie nur immer daran: Sie haben ein wunderbares Talent, und das wird Ihre Rettung sein. Ich versprech's Ihnen.«

Catriona kaufte für Brin einen großen Blumenstrauß und eine Schachtel seiner Lieblingspralinen, um sich zu bedanken.

Eine Woche später rief Doris an. »Du musst herkommen«, sagte sie mit tränenerstickter Stimme. »Deiner Mam geht es schlecht.«

Catriona entschuldigte sich beim Dirigenten und nahm ein Taxi. Sie hatte ein schlechtes Gewissen. Seit dem Abend, als sie sich von Peter getrennt hatte, war sie nicht mehr bei ihrer Mutter gewesen. Wenn sie jetzt zu spät käme? Doris hätte ja nicht angerufen, wenn es kein Notfall wäre.

In der Pension rannte sie die Treppe hinauf und stürzte in das

Zimmer, das sie einmal mit Velda geteilt hatte. Es war dunkel; die Vorhänge waren geschlossen, um das grelle Sonnenlicht abzuhalten. Velda sah sehr klein aus, wie sie da in dem schmalen Bett lag, und das einzige Geräusch im Zimmer war ein schreckliches Rasseln und Keuchen in ihrer Brust.

Velda öffnete die Augen, und Catriona erschrak, als sie die Mattigkeit in ihrem ausdruckslosen Blick sah. »Kitty?« Es war kaum mehr als ein Flüstern.

»Ja, Mam. Ich bin hier.« Sie drehte sich zu Doris um, die schnaufend die Treppe heraufkam. Mr Woo lag wie eine Pelzstola in ihren Armen. »War der Arzt da?«

Doris nickte. »Vor ungefähr einer Stunde. Er sorgt dafür, dass sie ins Krankenhaus kommt.«

»Was hat sie denn?«

»Lungenentzündung«, schniefte Doris. Ihre Wimperntusche verlief, und ihr Lippenstift war verschmiert. »Sie ist die Erkältung vom letzten Winter nie ganz losgeworden, und manchmal hat sie furchtbar gehustet, aber sie wollte nie, dass ich den Arzt rufe.« Sie drückte den kleinen Hund an sich. »Ich habe getan, was ich konnte, Catriona. Sie ist meine beste Freundin.«

Catriona lächelte leise und verständnisvoll und wandte sich dann wieder der kläglichen Gestalt im Bett zu. Trotz allem, was in ihrem kurzen Leben passiert war – Velda war ihre Mutter, und sie liebte sie. Sie setzte sich zu ihr und vertrieb die Stille und die Dunkelheit mit Erzählungen aus ihrer Erinnerung an die Zeit mit der fahrenden Schauspielertruppe, und sie sah, dass die schönen veilchenblauen Augen ihrer Mutter immer klarer wurden.

»Gute Zeiten«, murmelte Velda. »Wir waren so glücklich damals.«

Catriona drückte einen Kuss auf die heiße Wange und strich das einst so glänzende Haar zurück. »Ich liebe dich, Mam.«

»Ich liebe dich auch«, keuchte Velda. Dann weiteten sich ihre Augen, sie starrte über Catrionas Schulter hinweg und stemmte sich auf einem Ellenbogen hoch. »Declan? Declan?« Sie sank auf das Kopfkissen zurück und lächelte. »Aaah«, seufzte sie.

Catriona umfasste die leblose Hand, die Augen schlossen sich, und das furchtbare Rasseln und Gurgeln hörte auf. Es war still.

Doris brach in Tränen aus und lief polternd die Treppe hinunter. Catriona blieb bei Velda, bis der Krankenwagen kam. Das Leid und die Seelenqualen ihrer Mutter waren zu Ende, und wenn es wirklich einen Himmel gab, war sie dort jetzt bei Dad.

An einem heißen Sommernachmittag wurde Velda zur letzten Ruhe gebettet. Die Vögel sangen, und es duftete nach frisch gemähtem Gras und Akazienblüten. Als alles vorüber war, blieb Catriona noch stehen und schloss die Augen. Die Geräusche und die Düfte waren genau so, wie sie sie aus ihrer Kindheit in Erinnerung hatte. Velda hatte endlich Frieden gefunden.

Einen Tag nach der Beerdigung verklagte Peter Keary seine Frau wegen Vertragsbruchs. Clemmies Ehemann John musste mehrere Wochen lang geschickt manövrieren, um den Schadenersatz, den er verlangte, auf eine vernünftige Summe herunterzuhandeln. Trotzdem würde sie in den nächsten drei Jahren hart arbeiten müssen, um alles zu bezahlen.

Die Scheidung dauerte länger, aber irgendwann begriff er, dass ihr weder an seinem noch an ihrem eigenen Ruf irgendetwas lag, und schließlich fügte er sich, als er eine andere Frau kennen lernte. Der fotografische Beweis seiner Untreue brachte die Sache zu einem schnellen Ende.

Clemmie hatte sich als gute Freundin erwiesen, und als die Zeitungen die Nachricht von der Scheidung herausposaunten, hielt sie die Reporter in Schach und sorgte dafür, dass Catriona in einer anderen Stadt zu tun hatte. Peters Drohungen zum Trotz wurde der gefürchtete Skandal beinahe sofort von den Kriegsnachrichten überlagert. Die Japaner hatten Pearl Harbor bombardiert, die Amerikaner traten endlich in den Krieg ein, um dem armen, bedrängten England zu helfen, und Singapur war gefallen. Der Krieg in Europa hatte sich auf die andere Seite der Welt ausgedehnt, und es bestand die reale Gefahr, dass die Japaner in Australien einmarschierten.

Catriona arbeitete härter denn je. Zusammen mit Brin und einer kleinen Truppe von Sängern und Musikern reiste sie durch ganz Australien; sie traten vor Amerikanern auf, die hier Urlaub von der Front machten, vor den australischen Fliegern in Broome und Darwin und vor den einfachen Frauen im Outback, die mit der Dürre zu kämpfen hatten und ohne ihre Männer zurechtkommen mussten.

Von Darwin hinunter nach Adelaide, von Brisbane nach Perth und zurück nach Sydney – Catrionas Wege führten sie kreuz und quer durch das Land, das sie als Kind bereist hatte. Sie trat in Dorfsälen und Hotelbars auf, in Flugzeughangars und Nissenhütten. Sie reiste per Zug und Auto und sogar zu Pferde, wenn es in die entlegenen Städte im australischen Herzland ging – eine eindrucksvolle Erinnerung an ihre Jahre bei der fahrenden Truppe. Obwohl sie erschöpft war, fand sie darin die Kraft zum Weitermachen, denn das war ihr Erbe.

Ihr bunt zusammengewürfeltes Repertoire reichte von der Oper über die Music Hall bis zu den beliebten Schlagern des Tages, und bald war sie überall populär und hatte sich den Spitznamen »Singvogel des Outback« verdient.

Auch als Darwin und Broome bombardiert wurden und japanische U-Boote im Hafen von Sydney gesichtet wurden, behielt sie ihren Mut. Der australische Geist war stark, und obwohl sie zu den Kriegsanstrengungen nichts als ihren Gesang beizutragen hatte, wusste sie doch, dass sie damit Trost und ein wenig Freude in das Leben der Männer und Frauen bringen konnte, die ihr Vaterland so tapfer verteidigten. Es war ein geringes Opfer, auch wenn sie ihre Wohnung in Sydney vermisste und nach den langen Monaten des Umherreisens erschöpft war.

Während Großbritannien und Amerika in Europa siegten, entbrannten die Kämpfe im Pazifik immer heftiger. Es sah aus, als wolle es niemals enden. Aber der Tod ihrer Mutter, die Scheidung von Peter und das monatelange Reisen hatten Catriona ein Gefühl von Freiheit geschenkt, wie sie es noch nie empfunden hatte. Ohne das Dickicht der Bürokratie und das Wissen, dass ihre Tochter immer noch unerreichbar für sie war, hätte Catriona die Kriegsjahre genossen.

Sie verbrachte ihre ganze Freizeit in staubigen Büros, wo sie Berge von Papier durchsuchte; sie bestach und bettelte und fragte in jeder Stadt nach ihrer Tochter. Sie hatte auch Clemmies Mann beauftragt, in seiner Eigenschaft als Anwalt zu tun, was er konnte. Doch der dicht gedrängte Tourneeplan hatte zur Folge, dass sie kaum jemals mehr als einen Tag am selben Ort verbrachte, und in dem Chaos, das in solchen Zeiten in den Archiven und Kommunikationsverbindungen herrschte, kam sie nicht weiter.

Dann war Frieden, und die Soldaten kehrten nach Hause zurück. Catriona war der Star des Begrüßungskonzerts, und nachdem sie eine Arie aus Purcells *Dido* gesungen hatte, wartete sie, bis der Applaus aufhörte, und kündigte dann Bobby an.

Der Junge, mit dem sie an der Akademie studiert hatte, war jetzt ein Mann – ein Mann, der nachts weinte, weil er in Burma so schreckliche Dinge hatte erleben müssen. Dennoch war sein Geist ungebrochen: Die Musik hatte ihn gerettet. Die ersten leisen Töne seiner Geige brachten die Zuhörer zum Schweigen, und kaum hatten sie das Lied erkannt, sangen alle aus voller Brust *»We'll Meet Again«*.

Vera Lynn hatte dieses Lied berühmt gemacht, und die Jungs, die sie im Laufe der Jahre unterhalten hatte, wollten es immer wieder hören. Als Catriona es sang und das Publikum so begeistert einstimmte, war sie überwältigt von der Ergriffenheit, die die Town Hall von Sydney erfüllte. So viele hier waren verwundet, und das nicht nur körperlich – aber an diesem Abend hatten sie Gelegenheit, das alles für eine Weile hinter sich zu lassen und sich über ihre Heimkehr zu freuen.

»*Waltzing Matilda*« folgte, ein tosender Chorgesang, und die anderen Musiker kamen zu ihr auf die Bühne. Bobby spielte strahlend auf seiner Violine; der Schweiß rann ihm über das Gesicht. Catriona lachte zurück. Es war ganz wie in alten Zeiten, als sie zusammen im Gemeinschaftsraum ihre Jamsessions veranstaltet hatten.

Die Zuhörer wollten gar nicht nach Hause gehen, und als das Konzert schließlich zu Ende war, wurde der Himmel schon hell. Catriona und Bobby verließen die Bühne, aber sie mussten noch fast eine Stunde lang Autogramme geben und für Fotos posieren. Als sie endlich entkommen konnten, stieg die Sonne über den Horizont. Sie verabschiedeten sich; Bobby ging nach Hause zu seiner Frau und seinem kleinen Kind, und Catriona kehrte in ihr einsames Apartment zurück.

Sie bat Clemmie um ein paar Monate Urlaub, damit sie sich von den Strapazen erholen könnte.

»Geht nicht.« Clemmie wedelte mit einem Vertrag. »Du gehst nach London.«

»Ich dachte, London wäre dem Erdboden gleichgemacht?«

Clemmie schüttelte den Kopf. »Gebeutelt, aber nicht gebrochen. Der Geist der Bulldogge lebt weiter, trotz Hitler.« Sie lachte. »Eigentlich ein bisschen so wie du und ich.«

Catriona lachte auch. Plötzlich war sie überhaupt nicht mehr müde. »Und was gibt es in London?«

»Du wirst ein paar Monate an der Opera School des Royal College of Music studieren, und dann wirst du in die Covent Garden Company eintreten und dein internationales Debüt im Royal Opera House geben.« Sie sah, wie Catriona strahlte. »Jetzt geht's los, Kitty«, erklärte sie stolz.

Die folgenden Jahre vergingen wie im Fluge. Das Royal College of Music war etwas ganz anderes als die Akademie in Sydney, und Catriona strengte sich noch mehr an, um ihr Talent zu vervollkommnen. Das Jahr 1949 brach an, und sie feierte ihren achtundzwanzigsten Geburtstag am Abend vor ihrem Debüt auf der Londoner Bühne.

Schon die gewaltige Größe und Pracht des London Opera House fand sie fast überwältigend. Zu Hause hatte es nichts Vergleichbares gegeben. Trotz Lebensmittelkarten und Kriegswirren, trotz ausgebombter Viertel und der Verwüstung durch den Blitzkrieg ließen die Briten sich offenbar nicht davon abhalten, die Kunst zu hegen und zu pflegen. Das Bühnenbild war aufwändig, das Orchester riesig, und Beleuchtung und Kostüme verströmten einen Zauber, den sie nie mehr vergessen würden. Aber die ganze Wucht des Opernhauses sah man nur von der Bühne aus. Reihe um Reihe von Sitzen, mit rotem Samt gepolstert, und goldener Stuck an Decke und Wänden – und das alles überstrahlt von Licht, Atmosphäre und Musik. Es war atemberaubend.

Sie sollte die Hauptrolle in *Carmen* von Bizet singen. Die Proben hatten mehrere Wochen gedauert, und sie fühlte sich in der Rolle wohl. Aber als sie jetzt in den Kulissen wartete, zitterten ihr die Knie so sehr, dass sie von einer der Chorsängerinnen einen Schluck Whisky annahm, um ihre Nerven zu beruhigen.

Das Orchester hatte die Instrumente gestimmt, der Dirigent hatte seinen Applaus bekommen. Das Publikum verstummte erwartungsvoll, als der schwere Samtvorhang sich langsam öffnete und die Ouvertüre begann. Catriona trank einen großen Schluck Wasser und versuchte, die nervöse Energie in positive Bahnen zu lenken. Sie hatte schon öfter Arien aus dieser Oper gesungen, und auf der Bühne hatte sie schon oft gestanden, aber sie wusste, wie wichtig dieses Debüt war, denn wenn alles gut ginge, stände ihrer Karriere nichts mehr im Wege. Sie strich ihr Haar zurück, das ihr offen bis auf die Hüften fiel, und vergewisserte sich noch einmal, dass die großen goldenen Ohrringe auch gut befestigt waren. Sie schüttelte ihre scharlachrot und orangegelb leuchtenden Flamencoröcke auf, zupfte die rote, schulterfreie Bauernbluse zurecht und wackelte mit den Zehen. Es war ihre Idee gewesen, die Carmen barfuß zu spielen, aber der verdammte Boden war eiskalt.

In der Zigarettenfabrik läutete die Glocke, und die Chorsängerinnen drängten auf die Bühne. Catriona atmete tief durch und sammelte sich. Als der Ruf »Carmen« sich erhob, raffte sie ihre Röcke und lief über die Brücke und die Treppe hinunter auf den Platz. Die Menge teilte sich, um ihr Platz zu machen. Frech blitzte sie die Männer an, die sie umdrängten. »Wann ich euch lieben werde, weiß ich wahrhaftig nicht.« Ihr Ton war verächtlich. »Vielleicht niemals, vielleicht morgen; aber gewiss nicht heute.«

Sie lachte die Männer des Chors an und wiegte sich langsam im Rhythmus einer Habanera, während sie sang: *»L'amour est un oiseau rebelle.«* Sie war Carmen. Schön, mutwillig und gefährlich bewegte sie sich über die Bühne, geschmeidig wie eine Pantherin, und mit veilchenblauen Zigeuneraugen und wehenden Haaren umgarnte sie José.

Die Aufführung erreichte ihren Höhepunkt, und dann erloschen die Lichter. Der Vorhang schloss sich unter donnerndem Applaus. Der Erste Tenor, der den José gesungen hatte, half ihr auf die Beine. Er war ein gut aussehender, aber eitler Mann. Schon seit Wochen wich Catriona seinen Annäherungsversuchen aus. Aber heute Abend ließ sie sich von ihm küssen. Adrenalin rauschte in ihren Adern. Sie war immer noch Carmen.

Sie hatte einen Vorhang nach dem anderen, die Bühne verschwand unter roten Rosen, die ihr zugeworfen wurden, und sie wusste: Sie hatte ihren Traum erreicht. Wie stolz wären ihre Eltern gewesen, wenn sie hätten sehen können, dass ihre Tochter ihren Platz auf der Bühne der Welt erobert hatte und die Huldigungen eines solchen Publikums entgegennahm. Wenn sie doch noch da wären!, dachte Catriona, als sie endlich in ihre Garderobe gehen konnte. Doch der Geist ihrer Eltern würde immer bei ihr bleiben, sie beschützen und ihr Kraft geben.

In den nächsten elf Jahren wurde Catriona Summers zur unumstrittenen internationalen Diva. Sie sang die Rolle der Floria Tosca in der Scala in Mailand, die Prinzessin Turandot in der Metropolitan Opera in New York, sie war die Mimi in der Grand Opéra in Paris und die Manon Lescaut in Covent Garden. Sie bereiste Spanien und Lateinamerika und auch die USA, und hin und wieder kehrte sie nach Hause zurück und trat in kleineren Häusern in Sydney, Melbourne und Adelaide auf.

Im Jahr 1960 kehrte Catriona nach einem triumphalen Debüt in La Fenice in Venedig nach Sydney zurück. Sie hatte dort die komplexe und erschöpfende Titelrolle in Händels *Alcina* gesungen. Sie war jetzt neunundreißig.

Clemmie, John und Brin holten sie am Hafen ab und fuhren sie in die Wohnung am Fluss. Inzwischen gehörte ihr das Gebäude; nach einer umfassenden Renovierung war daraus ein luxuriöser Zufluchtsort geworden, wo sie sich von dem Getriebe ihres arbeitsreichen Lebens erholte. Sie war gern hier, aber ihr Tourneeplan ließ es nur selten zu; deshalb war Brin in die Parterrewohnung eingezogen und kümmerte sich um das Haus.

Brin, extravagant wie immer, hatte ihr einen Blumenstrauß mitgebracht. Er war inzwischen weit über sechzig, arbeitete jedoch immer noch am Theater. Catriona betete er an, und sie erwiderte dieses Gefühl. »Willkommen zu Hause, Darling«, rief er und küsste ihr die Hand. »Muss gleich wieder los – Matinee –, du weißt ja, wie das ist.«

»Er ändert sich nicht«, sagte Catriona leise. »Der liebe Brin. Europa hätte ihm so gut gefallen.«

»Du siehst gut aus«, sagte Clemmie, als John ihnen allen einen Drink einschenkte. »Ich wünschte, ich könnte meine Figur auch so gut halten.« Clemmie war kürzlich vierundfünfzig geworden, und sie hatte zugenommen. Es stand ihr gut, aber sie selbst fand, sie sehe matronenhaft aus.

»Du hättest dich nicht zur Ruhe setzen sollen.« Catriona streifte die hochhackigen Schuhe ab und wackelte mit den Zehen. »Du weißt doch, dass du dich nur langweilst, wenn du außer mir niemanden herumkommandieren kannst.« Sie lächelte, um zu zeigen, dass sie scherzte. Clemmie hatte ihre Agentur geschlossen, aber Catriona vertrat sie immer noch. »Und was meine Figur angeht – ich esse wie ein Scheunendrescher, und bei Proben und Auftritten schwitze ich wie ein Pferd. Wenn ich mich zur Ruhe setze, werde ich wahrscheinlich aufgehen wie ein Hefeteig.«

Alle lachten. Catriona setzte sich auf die Couch, zog die Beine unter sich und entspannte sich zum ersten Mal seit Ewigkeiten. »Natürlich hat es auch etwas mit Sex zu tun«, fuhr sie leise fort und kicherte, als John rot wurde. »Ihr habt keine Ahnung, was für ein Rausch das ist, vor so vielen Menschen auf der Bühne zu stehen. Die Musik, die Scheinwerfer, die ungeheure Leidenschaft der Oper – das alles ist ein wunderbares Aphrodisiakum. Ihr glaubt nicht, wie oft ich schon über Leute hinwegsteigen musste, die es in den Kulissen miteinander trieben.«

»Und du?« Clemmie schaute zu John hinüber, der sich hastig ins Nebenzimmer flüchtete. »Hast du inzwischen jemanden gefunden?«

Catriona verzog das Gesicht. »Da war ein reizender Maler in Paris. Er hat das Porträt da drüben gemalt. Wir haben in seinem Atelier miteinander geschlafen. Es war unglaublich – aber die Franzosen verstehen schließlich eine Menge vom Sex. Das Problem war nur, es war verdammt zugig in dieser Dachkammer. Ich hätte mir fast den Tod geholt.«

Die beiden kicherten wie zwei Schulmädchen.

»Dann hatte ich eine kurze Affäre mit einem Engländer, aber im Bett fehlte es ihm an Phantasie. Er hatte zwar einen Adelstitel und einen Haufen Geld, aber ich kann mich nicht für den Rest meines Lebens verstellen. Viel zu anstrengend.«

Clemmie machte große Augen. »Mein Gott, Kitty, das hört sich ja an wie die Vereinten Nationen, verflixt. Ich weiß, wir leben in den Sechzigern mit freier Liebe und Flower Power und so weiter, aber ich hätte nie gedacht, dass du –«

»Da gab's auch noch Hank the Yank.« Sie kicherte wieder. »Es stimmt, was sie über die Yankees sagen: *Wham, bam, thank you, Ma'am*. Kurz und schmerzlos.« Sie schüttelten sich aus vor Lachen, und als John den Kopf zur Tür hereinstreckte und sie empört anschaute, wurde es nur noch schlimmer.

»Also«, sagte Clemmie, als sie sich wieder beruhigt hatten. »Du hast den Richtigen noch nicht gefunden. Aber allmählich wird es Zeit, Kitty.«

Catriona zuckte die Achseln. »Ich war verheiratet, und das ist schiefgegangen. Ich war Mutter, und das hat auch nicht geklappt.« Sie lächelte ihre Freundin an; schon vor Jahren hatte sie sich ihr anvertraut, und Clemmie hatte sie nie verurteilt. »Mach dir keine Sorgen um mich, Clemmie. Ich habe meinen Spaß, und wenn ich irgendwann zu alt und darüber hinweg bin, ziehe ich mich ins Outback zurück und schwelge in warmen Erinnerungen an die Männer, die ich geliebt habe.«

»Dabei fällt mir etwas ein.« Clemmie sprang auf. »John hat gute Nachrichten für dich.« Sie kramte in dem Aktenkoffer, den er bei sich gehabt hatte, und förderte schließlich einen Stapel Papier zutage. »*Belvedere* stand zum Verkauf.« Sie wedelte mit den Dokumenten.

Catriona starrte sie an. »*Belvedere?*«, flüsterte sie und sprang aufgeregt vom Sofa. »Wie denn? Wann denn? Hat John ein Angebot gemacht?«

Clemmy strahlte. »Da John und ich Geschäftsvollmacht haben, wenn du im Ausland bist, haben wir den Vertrag vor drei Tagen unterschrieben. *Belvedere* gehört dir, Catriona.«

Sie nahm die Papiere und plumpste auf das Sofa. *Belvedere*, die idyllische Farm, die sie als Kind bei der fahrenden Theatertruppe im Tal hatte liegen sehen, war ihr Traum gewesen, ein nahezu unerfüllbarer Traum. Und nun hielt sie die Besitzurkunde in der Hand. Ihr Traum war Wirklichkeit geworden.

ZWÖLF

*N*och immer gab es in Sydney – oder anderswo in Australien – kein Theater, das groß genug war, um dort eine ganze Oper oder ein Ballett zu inszenieren. Aber in den fünfziger Jahren begann Goossens, der Direktor des Konservatoriums, die Regierung zu bedrängen, eine Konzerthalle zu bauen, die sich dafür eignete. Die Oper von Sydney war ein gewaltiges Projekt, das den Behörden einiges Unbehagen bereitete; es gab Skandale und Gerüchte über unsaubere Geschäfte. Es sollte noch dreizehn Jahre dauern, bis Goossens' Traum wahr wurde. Deshalb würde Catriona die Violetta aus *La Traviata* im Konservatorium singen.

Eilig kam sie aus dem Probensaal und spannte den Schirm auf. Es regnete so stark, dass die Tropfen auf das Pflaster spritzten und ihre Strümpfe durchnässten. Nirgends war ein Taxi zu sehen, und sie bereute, dass sie am Morgen nicht mit dem Auto hergekommen war. Sie drückte sich an eine Hauswand, um sich vor dem Regen zu schützen, und erschrak, als sie eine Stimme neben sich hörte.

»Catriona?«

Sie fuhr herum und sah in die hellblauen Augen einer Fremden. Die Frau war um die sechzig. Sie hatte keinen Schirm und war ärmlich gekleidet. Ihr dünner Mantel war tropfnass. Aber in der Haltung der Schultern lag ein gewisser Stolz, und die Konturen des Mundes zeigten eine Entschlossenheit, die ihr seltsam bekannt vorkam. »Ja?«, fragte sie unsicher; sie konnte sich nicht denken, warum diese Frau sie angesprochen hatte. Wie ein Opernfan sah sie nicht aus. Vielleicht hatte sie es auf Geld abgesehen.

»Du erkennst mich nicht, was?« Die Mundwinkel senkten sich nach unten, und die Augen blickten traurig.

Catriona sah das müde Faltengesicht, das schlecht gebleichte Haar und das verschmierte Make-up. »Bedaure«, murmelte sie und trat rasch an den Bordstein, um die Straße nach einem Taxi abzusuchen. »Ich glaube, Sie irren sich.«

»Nein.« Die Frau hielt Catrionas Arm fest. »Du irrst dich.«

»Lassen Sie meinen Arm los!« Catriona war beunruhigt von dem eindringlichen Blick der Frau. Sie hatte Geschichten über verrückte Fans gehört, aber solche Sachen passierten Elvis, keiner Operndiva. »Ich kenne Sie nicht, aber wenn Sie Geld wollen – hier sind zwei Dollar.« Sie wühlte in ihrer Handtasche und hielt der Frau die Münzen entgegen.

Die Frau ignorierte das Geld und schaute Catriona unverwandt an. »Mich trifft der Schlag«, sagte sie leise. »Hätte nie gedacht, dass meine kleine Kitty einmal zu vornehm ist, um mit einer alten Freundin zu sprechen.«

Catriona erstarrte. Sie kannte die Stimme – aber das war unmöglich. Sie ignorierte das Taxi, das am Randstein gehalten hatte, und achtete nicht auf das Hupen und die ungeduldigen Rufe des Fahrers. Sie war gebannt von diesen hellblauen Augen. Sie starrte das blondierte Haar und das verwischte Make-up an, und allmählich dämmerte ihr, wen sie da vor sich hatte. »Poppy?«, hauchte sie. »Poppy, bist du es wirklich?«

»Ja.« Die Frau vergrub die Hände in den Manteltaschen. »Kein umwerfender Anblick, ich weiß schon, aber ich bin's.«

Catriona fiel ihr um den Hals, und es kümmerte sie nicht, dass der regennasse Mantel ihre Cashmere-Jacke durchweichte und die nasse Schminke wahrscheinlich den hellen Nerzkragen verschmierte. Es war Poppy, ihre Freundin, ihre zweite Mutter, ihre Komplizin bei Streichen und riskanten Abenteuern. Wie furchtbar, dass sie sie nicht gleich erkannt hatte! Und wie wunderschön, sie wiederzusehen.

Sie lösten sich voneinander, und ihre Tränen mischten sich mit dem Regen auf ihren Gesichtern. »Toll müssen wir aussehen«, schniefte Poppy und wischte sich mit einem nicht sehr sauberen Taschentuch das Gesicht ab. »Und ich hab deine hübsche Jacke ruiniert.«

Catriona roch das billige Parfüm in ihrem Nerzkragen und sah den Wasserfleck in der teuren Cashmere-Jacke, aber das war nicht wichtig. »Das bringt eine gute Reinigung wieder in Ordnung«, sagte sie und hielt den Schirm über sie beide. Dann hakte sie sich bei Poppy unter und zog sie hinter sich her. Das Taxi war mit kreischenden Reifen weitergefahren, um sich einen neuen, bereitwilligeren Fahrgast zu suchen. »Lass uns zusehen, dass wir aus dem Regen kommen und eine Tasse Tee trinken.«

In der Milchbar war es warm. Die Fenster waren beschlagen, und es duftete anheimelnd nach Kaffee und heißen Fleischpasteten. Es herrschte Hochbetrieb; an den meisten Tischen saßen Büroangestellte und Frauen mit schweren Einkaufstüten und Kindern. Popmusik plärrte aus der Musicbox, und ein Teenager-Pärchen schmuste in der Ecke.

Sie fanden einen freien Tisch im hinteren Teil, wo es ein bisschen ruhiger war, und setzten sich. Catriona zog die nasse Jacke aus und stellte den triefenden Schirm beiseite. Sie strich das shantungseidene Kostüm glatt, das sie in Singapur hatte nähen lassen, überprüfte ihr Make-up in dem kleinen Spiegel aus ihrer Handtasche und frischte ihren Lippenstift auf.

»Meine Güte«, sagte Poppy, während sie sich aus ihrem tropfenden Mantel schälte. Darunter trug sie ein billiges, vom vielen Waschen verschossenes Baumwollkleid. »Du siehst aus wie deine

Mam. Das dunkle Haar, die blauen Augen – sogar das Grübchen im Kinn.«

Catriona schob ihre Schminksachen in die Kroko-Handtasche und ließ den Verschluss zuschnappen. »Danke, das nehme ich als Kompliment.« Sie war plötzlich verlegen und wusste nicht, wie sie mit Poppy sprechen sollte. Die Wiedersehensfreude war ein wenig getrübt durch die Erkenntnis, dass ihr Leben in sehr unterschiedlichen Richtungen verlaufen war. Was um alles in der Welt hatten sie noch miteinander gemeinsam?

»Wie geht's Velda? Hab nichts mehr von ihr gehört, seit ich die Truppe verlassen habe.«

Catriona lehnte sich auf der glatten Plastikbank zurück. »Mam ist bei Kriegsbeginn gestorben«, sagte sie leise. »Es ging ihr schon eine ganze Weile nicht mehr gut, und als sie dann eine Lungenentzündung bekam, hatte sie nicht mehr die Kraft, sich dagegen zu wehren.« Bei der Erinnerung an die letzten Stunden ihrer Mutter kamen ihr die Tränen. »Sie hat nicht mehr erlebt, wie in Erfüllung gegangen ist, was sie sich für mich gewünscht hat. Sie war ja die treibende Kraft hinter meiner Karriere, weißt du. Das alles hätte ich ohne sie nicht geschafft.«

Poppy betrachtete ihre geschwollenen, roten Hände, die fest verschränkt auf dem Tisch lagen. Der Lack an den abgebissenen Nägeln blätterte ab. »Tut mir leid, das zu hören«, sagte sie. »Hätte sie gern noch mal wiedergesehen.« Sie hob den Kopf und sah Catriona mit Tränen in den Augen an. »Und dein Dad?«

Catriona berichtete ihr in knappen Worten vom tragischen Tod ihres Vaters, aber sie ging schnell über die Zeit hinweg, die sie und ihre Mutter mit Kane in Atherton verbracht hatten. Sie hatte nicht die Absicht, Poppy alles zu erzählen. Sie war seit vielen Jahren nicht mehr ihre Vertraute. »Mam und ich haben Kane verlassen und landeten schließlich in Sydney. Wir haben in einer Pension auf der anderen Seite der Stadt gewohnt und als Kellnerinnen in einem der großen Hotels gearbeitet. Sie hat dafür gesorgt, dass ich einem Agenten vorsingen konnte – und der Rest ist, wie man so sagt, Geschichte.«

»Hab diesem Kane nie über den Weg getraut.« Poppy lehnte sich zurück und verschränkte die Arme vor der schmalen Brust. »Hatte was Komisches an sich. Ich weiß noch, wie ich Velda sagte, er ist vielleicht schwul.«

Catriona sagte nichts dazu, und als der Kellner ihnen ihre Bestellung serviert hatte, schwiegen sie verlegen. Sie tranken ihren Tee und aßen warmen Kuchen dazu, und Catriona nutzte die Gelegenheit, um Poppy genauer zu betrachten.

Sie war sehr gealtert, kein Zweifel, und es war kein Wunder, dass Catriona sie nicht sofort erkannt hatte. Poppy sah müde aus und hatte tiefe Sorgenfalten; offensichtlich war es ihr nicht gut gegangen, seit sie die Truppe verlassen hatte. Aber immer noch lag dieses unerhörte Funkeln in ihrem Blick, dem sie ansah, dass Poppy allen Schicksalsschlägen zum Trotz das Leben noch nicht aufgegeben hatte.

»Du hast dich verändert«, stellte Poppy fest, als habe sie Catrionas Gedanken gelesen. »Aber das gilt wohl für uns beide.« Sie seufzte. »Und du sprichst jetzt so vornehm.«

»Jahrelange Sprecherziehung.« Catriona lachte. »Aber das Vokabular, das ich von dir gelernt habe, ist auch schon so manches Mal sehr nützlich gewesen.«

Poppy strahlte. »Freut mich zu hören, dass ich was richtig gemacht hab. Geht nichts über ein paar gute Flüche, wenn du stinkig bist.« Sie wurde wieder ernst. »Ich hab deine Karriere in der Zeitung verfolgt. Das mit der Scheidung hat mir leid getan, aber du hast deine Sache gut gemacht, Kitty. Ich bin stolz auf dich.«

Catriona schob ihren Teller zur Seite. »Und du, Poppy? Wie ist es dir ergangen?«

Poppy lachte, aber ohne Heiterkeit. »Musst du danach fragen? Sieh mich doch an, Kitty! Ich bin nicht gerade ein Bild des Erfolgs.« Betrübt spielte sie mit dem Kaffeelöffel. »Ich bin einundsechzig. Eine alte Frau, abgearbeitet und erschöpft. Ich arbeite in der Küche im Sydney Hydro Hotel, und ich wohne in einer Kammer unter dem Dach, die kaum groß genug für eine Katze ist.« Sie lächelte; ihre gute Laune war rasch wiederhergestellt. Sie klopfte mit dem Löffel an die Untertasse. »Das Gute ist, ich muss mir um mein Essen keine Sorgen machen. Kost und Logis gehören zu meinem Lohn.«

Catriona empfand tiefes Mitleid, als sie an die hübsche Frau dachte, die sich so begeistert in neue Abenteuer hatte stürzen wollen. Damals musste Poppy Mitte dreißig gewesen sein. »Was ist denn passiert, Poppy?« Sie legte eine Hand auf die unruhigen Finger.

»Das Übliche.« Poppy zuckte die Achseln. »Hab einen Kerl kennen gelernt und ein bisschen Spaß gehabt. Wir haben damals beide in einer Fabrik in Brisbane gearbeitet, und ich war noch ziemlich knackig. Hab mich Hals über Kopf in ihn verliebt. Sah gut aus, der Hund, und seinem Charme konnte ich nicht widerstehen. Ich wurde schwanger, er haute ab, und ich stand wieder allein da.« Sie sah Catriona an. »Du brauchst kein Mitleid zu haben oder so was. Ich hatte immer 'ne Schwäche für braune Augen, und ich wusste sehr wohl, was ich tat. Ich hatte bloß nicht damit gerechnet, dass er sich verdünnisiert – und 1932 war es noch 'ne echte Schande, wenn man in andere Umstände kam und keinen Mann hatte.«

Catriona konnte sich nur allzu gut vorstellen, wie schwer es für Poppy gewesen sein musste. »Was hast du getan? Das Leben kann nicht einfach gewesen sein, wenn du für ein kleines Kind sorgen musstest.«

»Ich hab weitergemacht. Das muss man doch, oder?«, sagte sie philosophisch. »Ich bin von Brisbane weg und hierher gezogen, hab einen neuen Job in einer neuen Fabrik gefunden und gearbeitet, bis das Kind kam. Ellen wurde samstags geboren, und am Montag war ich wieder in der Fabrik.« Sie lachte. »Ich hatte Glück, dass es am Wochenende passierte, denn so haben sie mir nichts vom Lohn abgezogen. Meine Vermieterin war sehr nett; sie hat auf das Baby aufgepasst, und dafür habe ich für sie gewaschen und gebügelt.« Sie zuckte die Achseln. »Ich hab mich durchgeschlagen.«

»Und dann?« Catriona hatte Mühe, sich vorzustellen, was für ein Leben das gewesen sein musste – ohne Unterstützung, ohne Familie.

»Ich bin den ganzen Krieg hindurch und noch länger in der Fabrik geblieben, bis Ellen alt genug war, um selbst zu arbeiten. Sie ist ein gutes Mädchen, fleißig und geschickt mit den Händen. Sie hat eine gute Anstellung bei einer Modedesignerin gefunden und ist prima vorangekommen – bis die Geschichte sich wiederholte.« Sie runzelte die Stirn.

Catriona seufzte. Das alles klang nur allzu vertraut.

»Ellen hat Michael kennen gelernt und ist schwanger geworden. Aber wenigstens hat er sie geheiratet.« Sie zog eine Grimasse. »Nicht, dass ihr das etwas gebracht hätte. Er ist ein Mistkerl.«

»Das tut mir leid, Poppy.« Catriona seufzte. »Anscheinend hast du es wirklich schwer gehabt.«

»Ja«, sagte sie knapp. »War schwer, aber du kennst mich ja. Nicht aufgeben, das ist mein Motto.«

Catriona hörte die tapferen Worte, sah die Sprödigkeit in dem entschlossenen Lächeln und die Tränen in den Augen, die das heimliche Herzweh ahnen ließen. Poppy wahrte offensichtlich mit Mühe ihren Stolz, und jedes Angebot, ihr zu helfen, würde sie als Almosen zurückweisen. Trotzdem wollte Catriona ihr helfen – ja, sie musste es tun. Poppy war ihre beste Freundin gewesen. »Ist Ellen hier in Sydney?«

Poppy nickte. »Sie hat eine Wohnung unten in King's Cross, mit ihm und dem Kind. Ist 'ne raue Gegend, Kitty. Nicht besonders gut für ein Kind. Aber mit dem, was er als Schankkellner im Pub verdient, können sie sich was anderes nicht leisten.« Ihr zaghaftes Lächeln reichte nicht bis zu den Augen. »Das meiste von dem, was in den Fässern ist, trinkt er wahrscheinlich selbst. Und wenn er getrunken hat, ist man besser nicht in seiner Nähe.«

»Heißt das, er ist gewalttätig?« Catriona umfasste Poppys Hand. »Sag mir, was ich tun kann, um dir zu helfen.«

»O Gott.« Poppy seufzte. »Bin ich so leicht zu durchschauen?« Als Catriona nicht antwortete, zog sie sanft ihre Hand zurück und griff nach der leeren Tasse. »Ich muss sie da rausholen«, sagte sie leise. »Sonst bringt er sie eines Tages um, das weiß ich.«

Catrionas erster Gedanke war, einen Scheck auszustellen – doch sie wusste, dass Poppys Stolz, so ramponiert er auch sein mochte, ihr nicht erlauben würde, ihn anzunehmen. Und sie wusste auch, dass ein so kaltblütiger Akt ihr selbst keine Befriedigung bringen würde. Poppy brauchte mehr als nur Geld. Sie brauchte Frieden und ein eigenes Heim, brauchte die Gewissheit, dass sie und ihre kleine Familie gut aufgehoben waren.

Schweigend saßen sie da, während der Kellner ihnen frischen Tee brachte. Catriona überlegte fieberhaft. Eine Idee keimte in ihrem Kopf. Als der Kellner gegangen war und Poppy einen belebenden Schluck von dem heißen, duftenden Getränk genommen hatte, fasste sie diese Idee in Worte. »Erinnerst du dich, wie wir durch Drum Creek gereist sind, Poppy? Da muss ich neun oder zehn gewesen sein. Ich habe mich in eine Farm unten im Tal verliebt.«

»Ja. Deine Mam war nicht sehr beeindruckt, das weiß ich noch. Du hast dauernd davon geredet, wie es wäre, das Leben auf der Landstraße aufzugeben und dort unten zu wohnen. Was ist damit?«

»Ich habe sie vor sechs Monaten gekauft.« Sie lächelte, als Poppy große Augen machte und das alte Funkeln zurückkehrte. »Ich hatte noch keine Gelegenheit, wieder hinzufahren und mir alles anzusehen – aber ich erinnere mich daran, als wäre ich erst gestern da gewesen.«

»Ein bisschen riskant, so ein großes Anwesen zu kaufen, ohne einen Blick draufzuwerfen«, meinte Poppy. »Wenn du nicht vorhast, da zu leben, wie willst du es dann führen?«

»Ich habe einen Verwalter eingestellt«, sagte Catriona. »Er ist erfahren und hat ausgezeichnete Referenzen. Er wird es führen, bis er sich zur Ruhe setzt, und dann bin ich wahrscheinlich selbst Rentnerin und kann mich niederlassen.« Sie rührte in ihrem Tee und trank einen kleinen Schluck, und dabei überlegte sie, wie sie ihre Idee formulieren könnte, damit Poppy sie nicht sofort vom Tisch wischte. »Da ist eine Menge Land«, sagte sie. »Das Farmhaus selbst ist wahrscheinlich renovierungsbedürftig, wenn es stimmt, was der Agent geschrieben hat, aber die Nebengebäude sind gut – Schlafbaracke, Kochhaus und die üblichen Scheunen und Schuppen. Am Rand des Geländes, auf dem Weg zur Stadt, steht ein kleines Haus mit einem Garten. Der Sohn des letzten Eigentümers hat dort gewohnt. Jetzt ist es leer.«

Sie ließ die Worte in der Schwebe und beobachtete die wechselnden Regungen in Poppys Blick. »Das Haus ist einfach und in keinem gutem Zustand«, fuhr sie schließlich fort. »Aber es ist nah bei der Piste nach Drum Creek, und dahinter ist ein großer Garten, in dem der Sohn des Eigentümers Gemüse gezogen hat. Offensichtlich hat er ganz gut damit verdient, dass er es auf dem Markt in der Stadt verkauft hat.«

»Klingt nett«, sagte Poppy bemüht gleichgültig.

Catriona griff nach ihrer Hand. »Wollen wir nicht hinfahren und uns alles ansehen, Poppy? Ich möchte es zu gern wiedersehen, und es würde großen Spaß machen, wenn du mitkämst.«

»Ich muss arbeiten«, brummte Poppy. »Ich kann nicht mit dir durch die Gegend fahren – und was ist mit deinen Proben? Du hast doch keine Zeit für Urlaub.«

»Bis zur Aufführung habe ich noch einen Monat«, sagte Catriona. Es war ein eher großzügiger Umgang mit der Wahrheit, denn tatsächlich waren es nur noch drei Wochen. »Ich kann leicht noch zwei, drei Tage freinehmen«, fügte sie abenteuerlustig hinzu. Der Dirigent würde toben, gar nicht zu reden von dem Bariton, der in dem Ruf stand, sehr pedantisch auf die Zeitpläne zu achten, wenn er mit Sopransängerinnen arbeitete. Aber das alles wollte sie gern in Kauf nehmen, wenn Poppy mitkäme.

Poppy war hin und her gerissen, das sah sie ihr an: Die Chance, die Stadt für ein paar Tage zu verlassen, war verführerisch, aber ließ ihr Stolz auch zu, das Angebot anzunehmen, das Catriona ihr machen würde? Hoffentlich hatte sie die Sache nicht überstürzt. Jetzt musste sie abwarten.

»Wenn ich mitkäme«, sagte Poppy schließlich, »würde ich meine Reise aber selbst bezahlen.« Sie sah Catriona an. »Wie teuer ist das überhaupt?«

»Es kostet nichts.« Catriona hob die Hand und wehrte jeden Protest ab. »Ich habe ein eigenes kleines Flugzeug, und ich brauche nur den Piloten anzurufen, der mich immer fliegt; dann kann es jederzeit losgehen.«

»Junge, Junge«, sagte Poppy mit großen Augen. »Die Oberen Zehntausend.«

Catriona lächelte. »Mein Leben hat nicht immer nur aus Seidenhöschen und Nerzkragen bestanden. Ich habe auch harte Zeiten hinter mir, weißt du. Also, was meinst du, Poppy? Wollen wir es riskieren?«

»Verdammt, ja.« Poppy raffte ihren Mantel und die billige Plastikhandtasche an sich. »Das lasse ich mir auf keinen Fall entgehen.«

Catriona nahm Poppy mit nach Hause. Sie rief Poppys Boss an und sagte ihm, Poppy sei krank und werde bei ihr wohnen, bis es ihr wieder besser gehe, und danach erledigte sie die nötigen Telefonate mit Clemmie, dem Dirigenten und dem Piloten. Den Bariton überließ sie dem Dirigenten – die beiden verstanden sich gut und hatten den gleichen Geschmack, was grelle Kleidung und Pink Gins anging.

Poppy hängte ihren Mantel in den Flur und streifte die Schuhe ab. Mit einem weichen Handtuch rieb sie sich das Haar trocken, und dabei spazierte sie barfuß durch das Apartment und bestaunte die Möbel, die frischen Blumen, die dicken Teppiche und das riesige Bett. Sie strich mit den Fingerspitzen über zarte Ornamente und Kristallvasen, und als sie die Türen des Kleiderschranks öffnete, der eine ganze Wand des Schlafzimmers ausfüllte, stand sie da wie ein Kind vor dem Schaufenster eines Bonbonladens und betrachtete die Reihen von Pelzen und Seidenkleidern. Catrionas Abendroben waren in schützende Leinenhüllen verpackt, und auf einem Regal darunter standen die Schuhe, säuberlich zu Paaren geordnet. »Teufel noch eins«, flüsterte sie, »du hast ja mehr verdammte Klamotten als *Harrods*.«

Lachend legte Catriona ihr Kostüm ab und zog eine bequeme Hose und eine Seidenbluse an. »Das meiste davon trage ich auf Tourneen, wenn ich Diners habe und Autogrammstunden und Pressekonferenzen gebe«, erklärte sie. »Wenn ich nicht arbeite, trage ich lieber so etwas.« Sie schlüpfte in ein paar flache Schuhe und legte sich eine Strickjacke um die Schultern. »Komm, Poppy, wir trinken ein Glas Champagner auf unser Wiedersehen. Und dann suchen wir dir ein paar bequemere Kleider für den Flug.«

Sie ging über alle Proteste hinweg, und als der Champagner seine Wirkung tat, geriet auch Poppy in Stimmung. Sie nahm ein ausgiebiges, exotisch duftendes Schaumbad in der großen Wanne und zog dann eine bequeme Hose, einen Seidenpulli und eine hübsche Jacke an. Mit Schuhen konnte Catriona nicht dienen, weil sie unterschiedliche Schuhgrößen hatten, aber Poppy konnte nicht umhin, sich im Spiegel zu bewundern. »Mein Gott«, flüsterte sie, »so was hab ich noch nie gesehen.«

Sie experimentierte vergnügt mit verschiedenen Make-ups, während Catriona eine Reisetasche für sie beide packte. Der Flug nach *Belvedere* dauerte zwei Stunden, und sie würden erst am nächsten Tag zurückkommen.

Poppys anfängliche Begeisterung verwandelte sich in Angst, als die kleine Cessna über die Startbahn donnerte und in den Nachthimmel hinaufstieg. »Wie kann er denn sehen, wohin er fliegt?«, fragte sie und umklammerte die Armlehne ihres Sitzes. »Ist doch rabenschwarze Nacht da draußen.«

Catriona redete von Navigationskarten und Radar und Flugplänen und tat, als wisse sie viel besser Bescheid, als es tatsächlich der Fall war, aber es wirkte. Poppy entspannte sich. Zwei Stunden später kreisten sie über *Belvedere*. Die breite Landebahn, die aus dem Busch gerodet worden war, strahlte im Fackelschein, und im Landeanflug sah Catriona einen Geländewagen und zwei Leute, die daneben standen. Ein erwartungsvoller Schauer rieselte ihr über den Rücken.

Als sie aus dem kleinen Flugzeug kletterte, kam ihr ein mittelgroßer, drahtiger Mann entgegen. Sein Gesicht war zerfurcht von jahrelanger Arbeit in der glühenden Sonne. Er trug eine Moleskin-Hose, ein kariertes Hemd und ausgetretene Stiefel, und ein schweißfleckiger, verbeulter Buschhut saß tief in seiner Stirn. »Schön, Sie endlich kennen zu lernen«, sagte er gedehnt. »Fred Williams mein Name.« Er drehte sich halb um und stellte den hoch gewachsenen, schlanken Aborigine hinter ihm vor, der genau so gekleidet war wie er. »Das hier ist Billy Birdsong, meine rechte Hand.«

Sie schüttelte dem Verwalter die Hand und lächelte. »Tag, Fred«, sagte sie und begrüßte dann auch den schweigenden Aborigine. Sie stellte Poppy vor, die ihre Handtasche umklammerte, als hänge ihr Leben davon ab. »Wir wollten uns alles ansehen«, sagte sie.

Fred schob den fleckigen Acubra in den Nacken und kratzte sich am Kopf. »Schätze, Sie werden heute Abend nicht mehr viel sehen, Missus. Was meinst du, Billy?«

»Sehen mehr bei Sonne«, sagte Billy. »Nicht gut im Dunkeln.«

Catriona zögerte, und Fred nahm ihr die Entscheidung ab.

»Kommen Sie ins Haus und essen Sie was. Wir haben reichlich Platz hier; Ihr Pilot kann bei den Jungs schlafen. Ich weiß aber nicht, ob das Haus ganz das Richtige für Großstadt-Ladys ist«, sagte er schüchtern.

Catriona und Poppy sahen einander lächelnd an und beruhigten ihn: Sie seien an ein raues Leben gewöhnt.

»Billys Missus hat ein bisschen sauber gemacht und die Betten frisch bezogen. Ich bin heute Nacht in der Schlafbaracke, falls Sie etwas brauchen.« Er stieg in den Geländewagen und fuhr sie über die Koppel auf den holprigen Weg zur Farm.

Das Haus stand geschützt in einem Halbkreis von Bäumen. Die Holzverkleidung hatte einen neuen Anstrich nötig, aber die Fliegengitter an Türen und Fenstern und auch die Veranda waren in gutem Zustand. Das Innere dagegen ließ einiges zu wünschen übrig. Petroleumlampen verbreiteten ein anheimelndes Licht, aber die Zimmer waren ziemlich schäbig und erkennbar das Reich eines unverheirateten Mannes. Es gab wenig Zierrat und keine Vorhänge oder Sessel, sondern nur das Allernotwendigste, und es roch ein bisschen nach Kühen und Pferden.

Fred schenkte ihnen einen Becher Tee aus dem Kessel ein, der auf dem riesigen Herd stand, und lief dann hinaus, um aus dem Kochhaus etwas zu essen zu holen. Billy war im Dunkel der Nacht verschwunden, und sie waren allein.

»Puh«, prustete Poppy, als sie den Tee probiert hatte. Sie gab noch ein bisschen Zucker hinein. »Der muss ja schon stundenlang auf dem Herd stehen.«

Catriona nahm einen kleinen Schluck und verzog das Gesicht. Sie stellte den Becher auf den Tisch und sah sich in ihrem Haus um. Trotz aller Unordnung und Verwahrlosung fühlte sie sich hier zu Hause, und sie konnte sich jetzt schon vorstellen, wie es aussehen würde, wenn sie erst eingezogen wäre.

Das Haus war ziemlich klein; es hatte nur zwei Schlafzimmer und diesen Raum, der als Wohnzimmer, Büro und Küche diente.

Es gab keine Toilette, nur einen Schuppen hinter dem Haus – das gefürchtete Plumpsklosett, ein finsteres, übel riechendes Häuschen, furchteinflößend für jeden, der eine so primitive Einrichtung nicht gewohnt war. Fließendes Wasser und Strom waren ebenfalls nicht vorhanden, und das Bad war eine Zinkwanne, die draußen neben der Hintertür hing. »Ich weiß, ich habe gesagt, wir sind an ein raues Leben gewöhnt«, brummte Catriona. »Aber das hier geht vielleicht doch ein bisschen zu weit.«

Poppy zog eine Grimasse. »Man muss nehmen, was man kriegt. Du bist verwöhnt, Kitty. Hast 'ne Menge vergessen.«

Catriona wusste, dass sie Recht hatte, und sie schämte sich ein bisschen, weil sie so heikel geworden war. »Ich glaube, mit einem Anbau nach Norden und nach Süden und einem richtigen Bad und einer Toilette wäre es ein kleines Schmuckstück.« Schon hatte sie tausend Ideen. »Ein guter Generator würde für Strom und elektrisches Licht sorgen, und mit ein paar anständigen Möbeln wäre es richtig gemütlich.«

»Hat wenig Sinn, wenn du hier nicht wohnst«, knurrte Poppy.

»Irgendwann werde ich es tun«, sagte Catriona. »Aber ein richtiges Bad und vernünftiges Licht würden Fred sicher auch gefallen. Ich rede mit ihm darüber, wenn er wiederkommt.«

Fred brachte ihnen ein deftiges Abendessen: kalten Hammel, Gurken und Kartoffeln. Ihre Ideen schienen ihm zu gefallen, und er versprach, einen Kostenvoranschlag zu erstellen. Dann ging er hinüber in die Schlafbaracke, und die Frauen zogen sich in das Nachbarzimmer mit den beiden schmalen Betten zurück.

Die halbe Nacht ergingen sie sich in Erinnerungen, und als sie bei Sonnenaufgang geweckt wurden, waren sie unausgeschlafen. Fred hatte ein gewaltiges Frühstück herübergebracht: Steaks, Bratkartoffeln und Spiegeleier. Catriona und Poppy sahen einander an und langten zu. Noch nie hatte ein Frühstück so gut geschmeckt.

Fred lieh ihnen seinen Geländewagen, und mit einer grob gezeichneten Karte von *Belvedere* fuhren sie los. Die Farm war riesig, und es war unmöglich, bei diesem ersten Besuch schon alles zu sehen. Trotzdem seufzte Catriona zufrieden, als sie den rumpelnden, schaukelnden Wagen über das holprige Gelände steuerte. Dies war jetzt ihr Zuhause, und auch wenn das Haus mehr als nur einen frischen Anstrich nötig hatte, würde sie, wenn sie sich erst zur Ruhe gesetzt hätte, hier den Frieden finden, den sie seit jener schrecklichen Nacht im Jahr 1934 suchte.

Das kleine Haus am Rande des Anwesens war in Wirklichkeit kaum mehr als eine Hütte, erkannte sie enttäuscht, als sie vor dem unkrautüberwucherten Garten anhielten. Aber es machte einen soliden Eindruck, und das Dach war in Ordnung. Sie gingen durch das Tor und die Stufen hinauf zur Veranda. Einen Schlüssel gab es nicht – warum hätte man ein so abgelegenes Haus auch abschließen sollen?

»Stinkt ein bisschen«, stellte Poppy in ihrer bodenständigen Art fest. »Lass uns die Läden aufmachen und frische Luft reinlassen.« Sie schlug die Fensterläden zurück, und das Sonnenlicht flutete herein. »O Gott«, flüsterte sie. »Im Dunkeln gefällt's mir besser.«

Catriona nickte entsetzt. Der Fußboden war verrottet, der steinerne Kamin bröckelte, und oben in den Deckenbalken hatten Opossums sich ein Nest gebaut. Der Wohnraum war voller Müll, und der vorige Besitzer hatte seine zerbrochenen Möbel zurückgelassen. Die Küche war Teil des Zimmers; sie bestand aus einem alten Herd, der seit Jahren nicht mehr gescheuert worden war, und einem Spülstein, der vor Dreck starrte, sodass man ihn nur noch herausreißen konnte.

Im zweiten Zimmer sah es nicht besser aus. An der Wand stand ein altes Eisenbett, und auf dem Boden lag eine schmutzige Matratze, die vermutlich Generationen von Mäusen als behagliches Heim gedient hatte. Das unvermeidliche Plumpsklo stand hinter dem Haus, aber irgendwann hatte jemand es in Brand gesetzt, und nur eine verkohlte Wand und ein geschwärzter Topf waren übrig geblieben.

»Sieht aus, als hätten hier Landstreicher gehaust«, sagte Poppy, als sie über den Plunder im Garten hinwegstieg und zwei leere Bierflaschen beiseite trat. »Aber mit etwas Muskelschmalz kann man das wieder in Ordnung bringen.«

»Meinst du, es ist bewohnbar?«, fragte Catriona zweifelnd.

»Na klar, warum nicht? Ist doch besser als so manches, was ich schon gesehen habe.«

»Wenn ich eine Baufirma besorge, die alles instand setzt und zwei Zimmer und ein richtiges Bad anbaut – glaubst du, du und deine Ellen könntet hier wohnen?«

Tränen der Hoffnung glänzten in Poppys Augen. »Ach, Kitty«, sagte sie. »Ich wollte doch nicht sagen … Aber natürlich könnten wir das.« Sie sah sich nach der schäbigen Hütte um und betrachtete sie, als habe man ihr einen Palast angeboten. »Es könnte ein hübsches kleines Häuschen werden. Aber wovon sollten wir leben, Kitty? Wir sind viel zu weit weg von allem.« Sie schüttelte den Kopf, und die Trauer in ihrem Blick zerriss Catriona das Herz. »Es ist lieb von dir, aber es geht nicht.«

»Doch, es geht«, widersprach Catriona. »So weit ist es von hier aus nicht mehr bis Drum Creek, und ich werde dafür sorgen, dass ihr einen Geländewagen habt. Und da ist der große Gemüsegarten. Daraus ließe sich etwas machen.« Sie zögerte. »Aber es würde bedeuten, dass Ellen ihren Mann verlassen muss«, fuhr sie dann fort. »Glaubst du, das tut sie?«

Poppy nickte. »Sie hat nur noch Angst vor ihm. Und ich auch.«

Catriona nahm Poppys Hände und sah ihr in die Augen. »Bitte lass mich das für dich tun, Poppy. Bitte sag, dass du Ellen und das Kind hierher in Sicherheit bringst.«

»Ohne diesen Dreckskerl wären sie sicherer, das stimmt. Aber warum willst du das für uns tun, Kitty? Wir sind keine Fürsorgeempfänger, weißt du, und ich bin nicht zu dir gekommen, weil ich dich um irgendetwas bitten wollte ...«

Catriona umarmte sie und brachte sie zum Schweigen. »Es geht nicht um Almosen«, erklärte sie mit Entschiedenheit. »Es geht darum, dass ich für die Meinen sorge.« Sie ließ Poppy los und sah sie an. »Du warst Mutter und Schwester für mich. Du hast auf mich aufgepasst, für mich gesorgt und mich ohne Vorbehalt geliebt. Jetzt bin ich an der Reihe, für dich und deine Familie zu sorgen. Bitte lass mich das für dich tun, Poppy. Ich möchte es so gern.«

»Nur, wenn du uns Miete zahlen lässt«, bestimmte Poppy. Ihre Augen strahlten voller Hoffnung und Aufregung.

»In Ordnung«, räumte Catriona ein. »Aber erst, wenn du Arbeit gefunden und den Garten in Ordnung gebracht hast. Dann werden wir uns irgendwie einigen.«

Poppy nickte begeistert; sie hakte sich bei Catriona unter, und sie spazierten auf dem Grundstück herum. Am Ende des verwahrlosten Gemüsegartens blieben sie stehen und bestaunten das herrliche Panorama von Bergen, Bäumen und endlosen Weiden. Rinder grasten, und Pferde standen unter den Wilga-Bäumen, in denen weiße Kakadus kreischten. Bunte Rosellas flatterten hin und her zwischen den Bäumen und der Wasserstelle.

»Hier kann ein Kind gut aufwachsen«, seufzte Poppy. »Mein Enkel Connor wird aufblühen.«

DREIZEHN

*C*atriona und Poppy kehrten nach Sydney zurück, und sechs Monate später bezog die kleine Familie ihr neues Heim. Catriona flog mit ihnen hinaus und sah erstaunt, wie sehr sich alles verändert hatte. Die Hütte war sauber, wetterfest und doppelt so groß wie vorher. Ein großer Generator lieferte heißes Wasser und elektrischen Strom. Der Garten war umgegraben, das Gras gemäht, und Poppy stand fassungslos am Tor, als sie das alles sah.

Catriona warf Ellen einen Blick zu, und beide lächelten nachsichtig. Ellen sah haargenau aus wie ihre Mutter, als die in ihrem Alter gewesen war, und Catriona lag es immer wieder auf der Zunge, sie Poppy zu nennen. Anscheinend hatte das Mädchen nichts dagegen, hier draußen im Busch zu leben – obwohl Poppy eine Menge Überredungskunst hatte aufwenden müssen, damit sie ihren Mann verließ –, und der zweijährige Connor war ein Schatz.

Catriona hob den kleinen Jungen auf und setzte ihn auf ihre Hüfte. Sein dunkles Haar war zu einem Hahnenkamm gebürstet, und seine nussbraunen Augen starrten sie unverwandt an, als versuche er herauszubekommen, wer sie war. Das Herz ging ihr auf, als er sie keck angrinste; sie dachte an ihr eigenes Kind und an die dunkle Haarsträhne, die aus der Wolldecke gelugt hatte, und sie reichte Connor zu seiner Mutter hinüber. Es war zu spät für Sentimentalitäten – sie würde keine Kinder mehr bekommen.

Harold Bradley war seit sechs Jahren im Ruhestand. Er wohnte mit seiner Frau in einem kleinen Haus im Regenwald in der Nähe von Kurunda. Tagsüber arbeitete er in dem Gemüsegarten hinter seinem Haus, und abends saß er auf der Veranda und rauchte seine Pfeife. Die Kriegsjahre hatte er in Sorge um seinen Sohn verbracht, aber der Junge war unversehrt zurückgekehrt, und heute war er der Ortspolizist in Athertonshire. Harold war stolz darauf, dass sein Sohn in seine Fußstapfen getreten war, und er freute sich auf den Abend, wenn Charles seine neuen Fälle mit ihm besprach.

Harold genoss seinen Ruhestand, und er wäre vollkommen zufrieden gewesen, wenn da nicht das nagende Gefühl geblieben wäre, ein paar Dinge unerledigt hinterlassen zu haben. Kanes rätselhaftes Verschwinden mit Frau und Kind war nie aufgeklärt worden. Und niemand wusste, wo Dimitri geblieben war; der Russe war nie zu seinem Hotel zurückgekehrt.

An seinem letzten Arbeitstag hatte Harold eine Kopie der Vermisstenanzeigen mit nach Hause genommen. Sie lag im Schlafzimmer in einer Schublade, und ab und zu nahm er sie heraus und las sie. Aber er wusste, dass der Fall kalt war, denn Edith war kurz nach ihrem Besuch bei ihm verstorben, und das restliche Personal im Hotel wusste offenbar von nichts. Das Hotel war nie wieder eröffnet worden. Während des Krieges hatte es als Militärlazarett gedient. Jetzt stand es leer und verfiel, und langsam nahm der Regenwald es in Besitz.

Harold saß auf der Veranda, und der Pfeifenrauch wehte durch die schwüle Luft. Seine Gedanken waren bei der Akte. Gern hätte er mit Charles darüber gesprochen, aber der Junge hatte viel zu viel Arbeit, um einen so alten Fall noch einmal aufzurollen. Der Krieg hatte das Leben durcheinander geworfen, Akten waren vernichtet oder verschwunden, Männer waren auf den Schlachtfeldern Europas und Asiens geblieben, Frauen hatten geheiratet und einen neuen Namen angenommen. Ebenso gut könnte er eine Nadel im Heuhaufen suchen.

»Grandpa?«

Harold fuhr aus seinen Gedanken auf. Ein kleiner Junge zerrte an seinem Hosenbein. Er setzte ihn auf sein Knie. »Tom«, sagte er, »soll ich dir eine Geschichte von einem Russen und einem Engländer und von dem seltsamen Fall des verschwundenen Silbers erzählen?«

Tom Bradley nickte. Er hatte es zu gern, wenn Grandpa ihm erzählte, was er erlebt hatte, als er Polizist war wie sein Daddy. Eines Tages, hatte er beschlossen, würde er auch eine Uniform anziehen und Verbrecher jagen.


Die kleine Familie hatte sich glücklich eingerichtet, Fred und Billy Birdsong kümmerten sich um die drei, und Catriona nahm ihr geschäftiges Leben wieder auf. Sie verließ Australien und sang in Rom, wo eine Reihe von Verdi-Opern aufgeführt wurden. Diesmal hatte sie ihr Versprechen wahr gemacht und Brin mitgenommen, obwohl er allmählich alt und gebrechlich wurde.

Ihren vierzigsten Geburtstag feierte sie in der ewigen Stadt. Sie und Brin waren inzwischen beinahe ein Jahr da, und die Verdi-Saison war zu Ende. Morgen würden sie abreisen, um ein Jahr in Paris zu verbringen, bevor sie nach London ginge und in einer Gala für Königin Elisabeth die Manon sänge. Von London würde sie nach New York fliegen, wo *Tosca* aufgeführt werden sollte, und schließlich würde sie nach Sydney zurückkehren, um eine Schallplatte mit den beliebtesten Puccini-Arien aufzunehmen. Catriona galt unumstritten als eine der besten Sopranistinnen ihrer Zeit, und sie wusste, dass ihre Stimme niemals voller und reiner geklungen hatte als jetzt.

Ein Wermutstropfen war Brins zunehmende Gebrechlichkeit. Den Aufenthalt in Rom hatte er genossen, und sie hatte dafür gesorgt, dass ihm wirklich keine der touristischen Sehenswürdigkeiten entgangen war. Aber bald war ihr klar geworden, dass es seine Kräfte überstieg, ihr weiter in der Garderobe zur Hand zu gehen, und sie hatte einen neuen Kostümier engagiert, damit er sich ausruhen konnte. Brin behandelte seine Gesundheit mit nonchalanter Unbekümmertheit und lehnte jegliche medizinische Hilfe ab, aber er hatte stark abgenommen. Mit Sorge betrachtete Catriona auch die merkwürdigen Geschwüre in seinem Gesicht und an seinen Händen, die sich durch keine Salbe lindern ließen.

Irgendwann ertrug sie es nicht mehr. Gegen seinen ausdrücklichen Wunsch zog sie die besten Ärzte in Rom hinzu und bezahlte sie. Aber keiner konnte feststellen, was ihm fehlte, und sie lieferten die unterschiedlichsten Diagnosen. Man vermutete, dass vielleicht seine fragwürdige Lebensweise zu seiner Erkrankung beigetragen habe; wahrscheinlich habe er einfach zu ausschweifend gelebt und sei nun verbraucht. Niemand konnte etwas tun.

Als die letzte Vorstellung beendet war, ging Catriona noch auf einen Sprung zur Party und fuhr dann mit dem Taxi zu dem Apartment am Stadtrand, das sie gemietet hatte. Sie hatte keine Lust zum Feiern, wenn Brin so unübersehbar krank war.

Er lag auf der Couch und schlief fest, als sie hereinkam. Lange blieb sie vor ihm stehen und sah ihn an; sie dachte daran, was für ein guter Freund er immer gewesen war, wie er sie mit unerhörten Geschichten zum Lachen gebracht und immer besser als sie gewusst hatte, welche Kleider ihr gut standen. Stundenlang hatte er in den Geschäften nach der richtigen Garderobe für sie gestöbert. Er war immer für sie da gewesen, und nun war es an ihr, sich um ihn zu kümmern. Vielleicht würde sie in Paris einen Arzt finden, der wusste, was ihm fehlte.

Sanft zog sie ihm die Decke über die Schultern, schaltete die Tischlampe aus und betrat ihr Schlafzimmer. Sie duschte, zog einen seidenen Hausmantel an und setzte sich an den Tisch, um die Briefe aus der Heimat zu lesen.

Clemmie ging es gut; sie war zum ersten Mal Großmutter geworden. Ihr Brief handelte nur von dem neuen Baby. John hatte ihr separat geschrieben und berichtete von Änderungen im Adoptionsrecht; Catrionas Hände zitterten, als sie seinen Brief überflog. Nach diesen Änderungen, schrieb er, hatte sie jetzt Zugang zu bestimmten Unterlagen. Aber sie werde nicht die Informationen erhalten, die sie brauche, um Kontakt mit ihrer Tochter aufzunehmen. Er habe jedoch schon an die Behörden geschrieben und hoffe, demnächst weitere Neuigkeiten zu erfahren.

Catriona ließ den Brief sinken und seufzte enttäuscht. Die Post brauchte so lange, und das Telefonnetz in Rom war hoffnungslos, schlimmer als auf *Belvedere*. Es konnte Wochen dauern, bis sie wieder etwas hörte.

Rasch las sie den Brief von Fred Williams. *Belvedere* entwickelte sich immer besser; die Arbeit am Farmhaus war fast getan. Sie seufzte sehnsüchtig. Wenn ich es doch nur sehen könnte, dachte sie. Aber es würde mindestens noch ein Jahr dauern, bis sie Zeit für eine Reise dorthin hätte.

Der letzte Brief in dem Stapel war von Poppy. Sie und Ellen arbeiteten seit fast einem Jahr im einzigen Pub von Drum Creek, und Connor war ein stämmiger und kerngesunder Dreijähriger geworden. Der Gemüsegarten machte viel Arbeit, und sie hatten schon angefangen, ihre Erzeugnisse über den Laden in der Stadt zu verkaufen. Außerdem hatte Ellen wieder angefangen zu schneidern; ihre Geschäfte gingen gut, und alles in allem hatten sie ein glückliches Leben.

Auf dem kurzen Flug nach Paris sorgte Catriona sich um Brin, aber es schien ihm ein bisschen besser zu gehen. Er freute sich darauf, den Eiffelturm und Montmartre zu sehen. Paris war faszinierend wie immer, und nachdem sie sich im Hotel eingerichtet hatten, war Catriona mit ihm einkaufen gegangen; sie hoffte, er werde seinen alten Enthusiasmus wiederfinden.

Doch die Besserung war nicht von Dauer. Die Ärzte waren ratlos, und Brin ging es allmählich immer schlechter, bis sogar ein kurzer Ausflug mit dem Taxi über die Champs-Elysées zu anstrengend für ihn war. Catriona befürchtete das Schlimmste, und als er ins Krankenhaus gebracht werden wollte, wusste sie, dass das Ende nahte.

»Ich sterbe, Darling«, sagte er, als er, von einem Berg Kissen gestützt, im Bett lag. »Aber Paris ist wahrscheinlich der beste Ort dafür.« Er lächelte matt. »Danke, dass ich mitkommen durfte, Sweetie. Ich bete dich an.«

Catriona nahm seine Hand. »Ich dich auch«, sagte sie leise.

Brin bat sie, ihm das Haar zu bürsten und ihm in die reich von Hand bestickte Jacke zu helfen, die er bei Chanel gekauft hatte. Dem Anlass entsprechend gekleidet, betrachtete er sich betrübt in dem Spiegel, den sie ihm hinhielt. Dann schloss er die Augen und verließ sie für immer. Catriona war wie betäubt vor Schmerz. Anscheinend hatte das Leben es darauf abgesehen, ihr jeden zu nehmen, den sie liebte. Sie saß in diesem stillen französischen Krankenzimmer und fühlte sich schrecklich allein und weit weg von zu Hause.

Brin bekam die Beerdigung, die er sich gewünscht hatte: schwarze Pferde, eine Kutsche aus Glas und Ebenholz mit Federbüschen, Blumen und Kerzen. Nun würde er immer in Paris bleiben – in der Stadt der Liebe.


Acht Monate später erhielt Catriona einen beunruhigenden Brief von Fred Williams. Am Anfang des langen, sorgsam geschriebenen Schriftstücks standen Neuigkeiten von *Belvedere*. Die Farm gehe gut, die neue Herde mache sich prächtig. Billy Birdsong sei ein Geschenk des Himmels; er wisse unendlich viel über das Land und die Elemente, mit denen sie immer wieder zu kämpfen hatten. Fred schlug vor, Billy eine Lohnerhöhung zu gewähren, denn er sei jetzt der stolze Vater von drei Kindern.

Catriona lächelte. Sie mochte den Aborigine; bei ihren kurzen Besuchen auf *Belvedere* hatte er sie in den Busch geführt und ihr geduldig die Geheimnisse der Pflanzen und Tiere erklärt, die man dort fand. Sie las die nächste Seite:

»Poppy und Ellen arbeiten immer noch im Pub, und der Gemüseanbau läuft gut. Leider ist Ellen in den letzten zwanzig Monaten rastlos geworden. Sie langweile sich, klagte sie, und vermisse die bunten Lichter von Sydney. Ohne Poppys Wissen hat sie an Michael, ihren Mann, geschrieben. Anscheinend hat sie geglaubt, er habe sich geändert. Vielleicht hat auch die lange Trennung ihren Blick verklärt – jedenfalls hat sie ihm gesagt, wo sie lebt, und ihn gebeten, sie zu holen.«

Catriona presste die Lippen zusammen und las schnell weiter. Sie erfuhr, dass Poppy zu Fred gegangen war und ihm mitgeteilt hatte, dass Michael aufgetaucht war, einen kurzen Blick auf das hübsche kleine Anwesen geworfen und sofort beschlossen hatte zu bleiben. Um Poppy einen Gefallen zu tun, hatte Fred ihn zum Zäunebauen eingestellt, doch Michael hatte sich als unzuverlässig erwiesen und zu viel getrunken.

Dann hatte Michael Cleary einen Job im Pub bekommen, aber schon kurze Zeit später hatte man ihn mit der Hand in der Kasse erwischt und entlassen. Eine Zeit lang hatte er noch in der Futterhandlung gearbeitet, aber dann hatte er es aufgegeben und lebte seitdem von Poppys und Ellens mageren Einkünften. In Freds Augen war er ein nichtsnutziger Trinker und außerdem niederträchtig und jähzornig, und er schuldete jedermann Geld.

Die arme Poppy schämte sich, ihm wirklich alles zu erzählen, aber Fred konnte zwischen den Zeilen lesen und wusste, dass dort draußen nichts mehr so war, wie es sein sollte. Poppy und Ellen hatten versucht, es zu verbergen, aber er hatte Blutergüsse und blaue Augen gesehen. Und jetzt wollte er von Catriona wissen, was er mit Michael Cleary anfangen sollte.

Catriona war wütend. Wütend auf Poppy, weil sie sich ihr nicht anvertraut hatte. Wütend auf Ellen, weil sie so dumm gewesen war, diesen schrecklichen Kerl wieder in ihr Leben zu holen – und wütend, weil sie nicht sofort hinfahren und dem Mistkerl die Meinung sagen konnte.

Sofort schrieb sie einen Brief an Fred: Er solle Michael beiseite nehmen und ihn warnen – ihm, wenn nötig, Gewalt androhen, damit er die Frauen in Ruhe ließ.

Als Nächstes schrieb sie einen Brief an Michael selbst: Wenn er die Frauen noch einmal anrühren sollte, werde sie persönlich dafür sorgen, dass die Polizei informiert wurde. Das letzte Schreiben war das schwierigste. Poppy war stolz, und wenn ihr klar wurde, dass Catriona von ihrer Notlage wusste, würde sie ihr Bestes tun, um alles zu leugnen. Aber der kleine Junge musste beschützt werden, bevor sein Vater anfing, auch ihn zu schlagen – und Catriona ließ keinen Zweifel daran, dass sie das Sorgerecht für Connor beantragen würde, wenn die Gewalttätigkeiten nicht aufhörten.


Connor konnte sich nicht erinnern, wann sein Vater ihn das erste Mal geschlagen hatte. Doch da es inzwischen regelmäßig geschah, fand er sich damit ab, dass das Leben so war. Sein Vater, betrunken oder nüchtern, gut oder schlecht gelaunt, brauchte keinen Anlass. Sein Sohn war sein Prügelknabe geworden.

Mit vier Jahren hatte Connor gelernt, ihm aus dem Weg zu gehen und nicht vor Schmerzen zu schreien, wenn er von einem Ende des hölzernen Schuppens zum anderen geschleudert wurde. Er hatte gelernt, nachts das Gesicht im Kopfkissen zu vergraben und lautlos zu weinen, während ihn die Blutergüsse quälten und die Flüche seines Vaters in seinem Kopf widerhallten. Seine Kindheit war dahin, bevor er sie erleben konnte.

Tagsüber war er vollkommen verängstigt. Wenn er die Schritte seines Vaters auf der Veranda hörte, überlief ihn ein Schauer des Entsetzens. Klangen die Schritte leicht, war der Vater nüchtern und gut gelaunt? Oder waren sie schwer, und erbebte das Haus, wenn er die Fliegentür aufstieß und brüllend sein Essen verlangte? Meistens war Letzteres der Fall.

Eine furchterregende Stille erfüllte die Küche, wenn er nach

Alkohol stinkend hereingestapft kam, ein bösartiges Funkeln in den Augen. Dann zog Granny den Kopf ein und senkte den Blick, und Mum stellte hastig das Essen auf den Tisch und flüchtete sich in den dunkelsten Winkel. Connor versuchte sich unsichtbar zu machen; er versteckte sich im Schatten, war ruhig und wachsam und stets fluchtbereit. Es war, als halte das ganze Haus den Atem an und warte darauf, dass der Stiefel dröhnte, die Faust sich hob.

Seine Mum versuchte ihn zu beschützen. Sie hatte Prügel und Tritte auf sich genommen und ihn mit ihrem geschundenen Körper gedeckt, obwohl ihr Bauch dick war von einem neuen Geschwisterchen. Granny schrie, aber seine Faustschläge schleuderten sie beiseite, bis sie nicht mehr die Kraft hatte, sich vom Boden aufzurappeln und ihren Angriff fortzusetzen.

Als Connor an diesem Abend auch wieder stumm und mit angstvoll aufgerissenen Augen dastand und mit ansehen musste, wie seine Granny mit Füßen getreten wurde, spürte er Zorn in sich aufsteigen. Diesmal würde er sich wehren!

Seine winzigen Fäuste hämmerten vergeblich gegen die kräftigen Schenkel des Vaters, und seine nackten Füße hinterließen keinen Eindruck an den Stiefeln, als er immer wieder zutrat und schrie, der Vater solle Granny in Ruhe lassen.

Ein bösartiger Fußtritt brachte Connor zum Schweigen. Er traf ihn am Kinn, und der Junge flog mit dem Kopf gegen den steinernen Kamin. Betäubt blieb er liegen. Alles verschwamm vor seinen Augen. Granny versuchte schreiend, den Vater zurückzureißen. Connor sah die zusammengesunkene Gestalt seiner Mutter hinten in der Ecke und spürte, wie ihm etwas Warmes und Klebriges über das Kinn und am Hals hinunterlief. Dann wurde alles schwarz, und die Schreie verstummten.

Als er die Augen öffnete, lag er in den Armen seiner Großmutter. Sie sang ihm mit ihrer komischen Stimme etwas vor und wusch ihm das Gesicht mit einem kühlen Tuch. Er schmiegte sich an ihren knochigen Körper und in die warmen, liebevollen Arme und sehnte sich nur danach, dass die Qualen endlich aufhörten.

Das Jahr in Paris war fast vorüber. Catriona war gerade von der Bühne gekommen, als der Kostümier ihr ein Telefon reichte. »Aus Australien«, flüsterte er. »Klingt dringend.«

Es war Fred. »Einer der Männer hat Schreie aus der Hütte gehört. Er hat beobachtet, dass Cleary herausgerannt und weggefahren ist, und da hat er nachgesehen.«

Er machte eine lange Pause. Es rauschte und knisterte in der Leitung zwischen *Belvedere* und Paris. Catriona umklammerte den Hörer.

»Poppy ist grün und blau, und Ellen sieht nicht viel besser aus«, berichtete Fred grimmig. »Aber der arme kleine Connor ist übel zugerichtet.«

Catriona lief es eiskalt über den Rücken. »Was ist mit ihm?«, fragte sie.

»Er ist verschreckt und eingeschüchtert, und er wird eine Narbe am Kinn behalten, wo dieses Schwein ihn getreten hat.«

Catriona liefen die Tränen über die Wangen. Hastig wischte sie sie weg. Tränen halfen Connor jetzt nicht. »Gehört er ins Krankenhaus?«, fragte sie. »Die Kosten übernehme ich; er soll die beste medizinische Versorgung erhalten.«

»Der Doc war schon da und hat alle zusammengeflickt.« Seine Stimme klang aufgewühlt. »Aber die Frauen weigern sich, das Haus zu verlassen. Sie haben schreckliche Angst vor dem, was Cleary anstellen wird, wenn er zurückkehrt und sie nicht vorfindet.«

Catriona biss die Zähne zusammen. Warum blieben manche Frauen immer nur Opfer? Wieso zum Teufel wollten sie das Haus nicht verlassen und sich auf der Farm in Sicherheit bringen? Am liebsten würde sie dem Dreckskerl mit einer Schrotflinte entgegengetreten und, ohne zu zögern, abdrücken.

Fred räusperte sich. »Dieser Straßenköter sollte seine eigene Medizin zu schmecken kriegen«, knurrte er. »Ich möchte Ihre Erlaubnis, ihn aus der Stadt zu jagen.«

»Die haben Sie«, sagte Catriona.

Er erklärte ihr kurz, was er plante, und sie bewunderte seinen kaltblütigen Plan. »Rufen Sie mich an, und sagen Sie mir Bescheid, wenn es erledigt ist«, sagte sie knapp.

Die Männer von Drum Creek versammelten sich in einem Zimmer hinter der Futterhandlung – Cowboys, Treiber und Jackaroos, die kleinen Ladenbesitzer der Stadt und die Stammgäste aus dem Pub. Keiner von ihnen konnte Cleary leiden, und den meisten schuldete er Geld. Aber nicht das Geld hatte sie heute Abend zusammenkommen lassen, sondern der gemeinsame Abscheu gegen einen Schweinehund, der eine alte Frau, ein schwangeres Mädchen und einen kleinen Jungen zusammengeschlagen hatte.

Der Wirt des Pubs ließ ihnen mitteilen, dass Cleary dabei sei, sich zu betrinken, und wenn sie nicht bald da wären, werde er wohl besinnungslos sein. Alle verließen das Hinterzimmer und überquerten die breite Lehmstraße. Cleary stand am Tresen und schrie nach einem Drink.

»Du hast hier dein letztes Glas getrunken, Kumpel«, rief Fred von der Tür her.

Cleary drehte sich um und lehnte sich an die Bar. Seine Augen waren verschwiemelt, und sein Gesicht wurde fleckig vor Wut. »Ach ja?«, rief er mit schwerer Zunge. »Und woher weißt du das?«

»Wir wollen dich hier nicht mehr haben, Cleary«, schrie einer der Männer hinter Fred. »Das hier war 'ne nette kleine Stadt, bevor du gekommen bist.«

Schwankend trat Cleary den Männern entgegen, die durch die doppelte Schwingtür hereindrängten. »Ich nehm's mit jedem Einzelnen von euch Arschlöchern auf«, brüllte er. Speichel flog von seinen Lippen. Er hob die Fäuste, und sie sahen die wundgeschlagenen Knöchel.

»Wird auch Zeit, dass du dich mit jemandem prügelst, der so groß ist wie du, du verdammtes Schwein«, schrie einer der Treiber, und auf seine wütenden Worte folgte ein machtvoller rechter Haken.

Cleary taumelte und wäre zu Boden gegangen, wenn der Wirt ihn nicht am Tresen festgehalten hätte. Die anderen umringten ihn, packten ihn und schleiften ihn auf die Straße hinaus. Faustschläge prasselten auf ihn ein. Er fiel auf die Knie und flehte sie an aufzuhören. Ein Stiefel traf ihn an den Rippen, ein zweiter Tritt schleuderte ihn mit dem Gesicht in den Dreck.

Er kreischte, sie sollten ihn in Ruhe lassen. Der Ring der Männer weitete sich, und schweigend sahen sie zu, wie er auf dem Boden herumkroch und jammerte, sie sollten ihm nicht mehr wehtun. Sein Gesicht war grün und blau, ein Auge zugeschwollen. Rotz und Tränen liefen über sein Gesicht, und sein Mund war schlaff vor Angst.

Fred riss ihn auf die Beine. »Verschwinde aus der Stadt!«, befahl er dem verdatterten Cleary. »Wenn wir dein Gesicht hier noch mal sehen, kriegst du eine Tracht Prügel, die du nie mehr vergessen wirst.« Er stieß Cleary zu seinem Geländewagen. »Und rührst du das Kind noch mal an, züchtige ich dich persönlich mit der Bullenpeitsche.«

Bei Ellen hatten die Wehen eingesetzt. Connor war nach nebenan ins Bett geschickt worden. Seine Granny hatte besorgt ausgesehen, und zum ersten Mal im Leben war sie schroff zu ihm gewesen. Jetzt lag er da und lauschte den furchtbaren Lauten, die seine Mum von sich gab. Irgendetwas tat ihr weh, aber was konnte das sein? Dad war nicht wiedergekommen.

Er hörte einen seltsamen Schrei – es klang zornig –, aber es war nicht seine Mutter. Eine Ewigkeit schien zu vergehen, und dann kam Granny herein. Sie lächelte. »Komm, Küken«, sagte sie leise. »Komm und sag deiner kleinen Schwester guten Tag.«

Connor ging zu seiner Mutter hinüber und betrachtete das Bündel in ihren Armen. »Das ist Rosa«, sagte sie mit matter Stimme.

Rosa war ein winziges Ding mit dichtem schwarzem Haar und einer kräftigen Stimme. Ihr Gesicht war ganz zerknautscht, und sie fuchtelte mit den kleinen Fäusten und strampelte mit den Fü-ßen, als sei sie wütend. Connor sah sie staunend an und verliebte sich auf der Stelle in sie. Er hatte keine Ahnung, woher sie kam oder warum sie da war, aber von diesem Augenblick an wusste er, dass es noch jemanden gab, den er vor seinem Dad beschützen musste.

Er beobachtete, wie Granny die Kleine behutsam in das Holz-bettchen legte, in dem er früher geschlafen hatte, und dann klet-terte er zu seiner Mutter ins Bett. Er achtete darauf, dass er ihr nicht wehtat, als er ihr zerschundenes Gesicht küsste. Sie sah sehr müde aus, aber sie lächelte und streichelte ihm über das Haar, und sie hielt ihn eine Zeit lang in den Armen, bis sie schließlich ein-schlief.

Die friedliche Stille zerbarst, als die Tür gegen die Schlafzim-merwand flog.

Connor fuhr aus dem Schlaf hoch und verkroch sich aus alter Gewohnheit unter dem Bett. Seine Mum fing an zu schreien, und Rosa stimmte ein. Michael Cleary bot einen furchtbaren Anblick. Er war blutüberströmt, und ein Auge war blau und geschwollen. Er war betrunken und böse.

Connor krümmte sich zusammen, als sich sein Vater dem Bett näherte. Mum hatte aufgehört zu schreien und versuchte voller Panik, Dad zu beruhigen. Gran zerrte an ihm und wollte ihn aus dem Zimmer schaffen. Und die ganze Zeit schrie Rosa – ein schriller, scheinbar endloser Schrei, der Connor in den Ohren gellte. Wenn er sie doch nur zum Schweigen bringen könnte, denn sicher würde sein Dad ihr wehtun, wenn sie nicht damit aufhörte.

Michael Cleary stand schwankend vor dem Bett, und seine Stimme übertönte den Lärm. »Stopf dem Balg das Maul, bevor ich es totschlage!«, brüllte er.

Gran huschte heran und riss Rosa an sich. Connor verkroch sich tiefer unter dem Bett, und Mum fing an zu schluchzen.

Connor hielt den Atem an. Die Anspannung im Zimmer war so stark, dass ihm der Kopf davon wehtat. Wenn Mum doch nur aufhören wollte zu weinen, dachte er verzweifelt. Dad konnte es nicht ausstehen, wenn sie weinte.

Unvermittelt hörte er das entsetzliche Geräusch eines Faustschlags. Es war nur ein einziger Schlag, der die wehrlose Ellen traf, aber darin lag alle Kraft und Bösartigkeit, die Michael Cleary aufbringen konnte. Ohne ein weiteres Wort raffte er seine paar Habseligkeiten zusammen und verließ das Haus.

Als er weg war, trat beklommene Ruhe ein, getrübt von der Angst, er könne zurückkommen. Fred und Billy Birdsong versuchten die Frauen zu beruhigen, aber sie blieben wachsam. Jeden Augenblick rechneten sie damit, das Poltern seiner Stiefel auf der Veranda und das Krachen der Fliegentür zu hören.

Doch als die Wochen vergingen und sie nichts von ihm hörten, wagten Connor, seine Mutter und seine Großmutter nach und nach zu glauben, dass sie wirklich frei waren. Trotzdem sollte es noch Jahre dauern, bis Connor nicht mehr bei jedem lauten Geräusch zusammenzuckte, Jahre, bis er endlich schlafen konnte, ohne dass im Zimmer Licht brannte.

VIERZEHN

Nach Michaels Verschwinden wurde Ellen immer unzufriedener mit dem Leben im Outback. Es war fast so, als hätten Michaels Schläge ihr ein wenig Aufregung gebracht, als hätten sie ihr Leben mit einer Dramatik erfüllt, die sie vermisste. Sie fing an, die Kinder zu vernachlässigen, und überließ es Poppy, sich um sie zu kümmern, während sie im Pub saß und ihr Elend ertränkte.

Dort lernte sie einen eleganten Handelsvertreter namens Jack Ivory kennen. Er war ein Mann, dem es in keiner Lage an Worten fehlte, er hatte Charme und ein gewinnendes Lächeln und schien niemals knapp an Geld zu sein. Ellen, die ein Leben ohne Mann nur öde fand, sah plötzlich eine Gelegenheit, der täglichen Plackerei als Mutter und Ernährerin zu entrinnen. Entschlossen, die Aussicht auf ein neues Leben zu nutzen, kehrte sie nach Hause zurück und packte ihre Sachen. Nach einem furchtbaren Streit mit Poppy und endlosen Tränen und Bitten ihrer Kinder verließ sie das kleine Haus und drehte sich nicht mehr um. Sie und Jack fuhren davon, und in Drum Creek hörte man nie wieder von ihnen.

Catriona war betrübt, aber nicht überrascht, als sie von Poppy hörte, was geschehen war. Ellen war immer flatterhaft und die Wahl ihrer Männer eher fragwürdig gewesen. Mitleid hatte Catriona mit den Kindern: Wie konnte eine Mutter einen Säugling und einen kleinen Jungen im Stich lassen, der ohnehin schon verwirrt und verletzt war?

Sie brachte ihre Engagements in London und New York zu Ende, und als sie wieder in Australien war, richtete sie ihr Leben so ein, dass sie regelmäßig nach *Belvedere* fliegen konnte. Poppy war zu alt, um so kleine Kinder großzuziehen; Billy Birdsongs Frau kam zwar jeden Tag herüber, um zu helfen, aber Catriona wusste, dass Poppy am Ende ihrer Kräfte war. Das Angebot, ihr finanziell unter die Arme zu greifen, hatte sie schroff abgelehnt; anscheinend war Poppy entschlossen, für die Kinder zu sorgen und gleichzeitig zu arbeiten.

Im Laufe der nächsten acht Jahre freute Catriona sich zunehmend auf diese kurzen Besuche, und stets brachte sie Geschenke für die Kinder und Make-up und Parfüm für Poppy mit. Es tat gut, die förmliche Kleidung abzulegen und saloppe Hosen und flache Schuhe zu tragen, und wenn sie die gute, saubere Luft von *Belvedere* geatmet hatte, kehrte sie jedes Mal erfrischt und arbeitslustig nach Sydney zurück. Aber es bekümmerte sie, dass Poppy so still war, auch wenn sie ihren wilden Stolz und ihre Kraft bewunderte, und ihr war klar, dass ihre alte Freundin arbeiten würde, bis sie eines Tages umfiele.

In dem kleinen Haus roch es nach frisch gebackenem Brot und Möbelpolitur. Die Fenster glänzten, und der Holzfußboden war sauber gefegt. Durch die Hintertür sah Catriona das Gemüse, das in säuberlichen Reihen in der fetten schwarzen Erde wuchs. Strahlend weiße Wäsche flatterte im warmen Wind. Poppy war aus dem Pub nach Hause gekommen; sie kochte dort einfaches, gutes Essen für die Gäste. Die Mittagsschicht war vorbei, aber später würde sie wieder hinüberfahren, um das Abendessen vorzubereiten. Im Haus war es still; Rosa und Connor waren in der Schule.

Catriona nahm einen Schluck Tee und sah ihre Freundin an. »Ich kann nur zwei Stunden bleiben«, sagte sie bedauernd. »Ich muss morgen früh ins Aufnahmestudio.«

Poppy nickte. Ihr Haar war grau; das Färben hatte sie schon

vor langer Zeit aufgegeben; sie hatte es zu einem strengen Bubikopf geschnitten. Doch trotz ihrer siebzig Jahre trug sie immer noch bunte Kleider und Make-up, und auffällige Ohrringe funkelten in der Sonne, die durch das Fenster hereinschien. Sie nannte sie ihre »Requisiten« und fühlte sich ohne sie nackt. Gesicht und Hände waren sonnengebräunt von der Arbeit im Garten, und obwohl man ihr die Müdigkeit ansah, besaß sie immer noch die Energie einer viel jüngeren Frau.

»Du richtest dich noch zugrunde mit deinem dauernden Hin und Her«, sagte sie. »Hast du nie genug davon?«

Gerade du musst so reden, dachte Catriona: Was tust du denn tagaus, tagein? »Ich gehe ungern von hier weg«, gestand sie. »Aber ich kann mir nicht vorstellen, lange am selben Ort zu bleiben.« Sie lächelte. »Ich bin für dieses Leben geboren. Es liegt mir im Blut.«

Poppy nagte an der Unterlippe. »Ist aber ein anderes Leben als damals«, wandte sie ein. »Die Oper ist so vornehm. Wie passt ein Mädchen wie du da rein?«

Catriona lächelte. In ein paar Wochen würde sie achtundvierzig werden – kaum noch das, was man ein Mädchen nennen konnte. »Anfangs war es schwer«, gab sie zu. »Manche Mädchen an der Akademie haben über meine Ausdrucksweise gelacht und sich über meine Kleider lustig gemacht und darüber, dass Mam als Kellnerin arbeitete. Doch ich musste mir nur wieder in Erinnerung rufen, warum ich dort war und wohin es mich führen würde. Ich habe mich auf das konzentriert, was ich war, und auf die Opfer, die es gekostet hatte, um mich so weit zu bringen. Ich habe fleißig für meine Sprecherziehung gearbeitet und alles in mich aufgesogen, was die Schule mir beibringen konnte.« Sie lachte. »Ich habe schon sehr früh begriffen, dass eine Sopranistin nicht mit den flachen Vokalen einer Outback-Göre singen darf.«

»Aber verändert hat es dich nicht«, brummte Poppy. »Du hast immer noch dieses goldige Wesen – unschuldig beinahe, wenn ich's nicht besser wüsste.« Sie zwinkerte. »Ich wette, die anderen Mädchen von der Akademie spucken Gift und Galle, weil du so erfolgreich bist.«

Catriona betrachtete ihre manikürten Nägel und die funkelnden Ringe an ihren Fingern. »Im Laufe der Jahre habe ich mit den meisten in dieser oder jener Inszenierung zusammengearbeitet. Nicht alle sind bei diesem Beruf geblieben; sie haben geheiratet und Kinder bekommen und konnten nicht mehr reisen. Aber im Großen und Ganzen waren sie eine ganz anständige Bande, als sie nicht mehr unter dem Einfluss von Emily Harris standen.«

»Ich erinnere mich, dass du mal von ihr erzählt hast.« Poppy fing an, den Tisch abzuräumen. »Eine ziemlich blöde Kuh, nach allem, was ich gehört hab. Was ist aus ihr geworden?«

Catriona lächelte. »Sie hat diesen Bruch zwischen Brust- und Kopfstimme nie ausbügeln können. Nach dem, was ich zuletzt gehört habe, ist sie die Soubrette in einem Amateur-Ensemble, das ihr Vater gegründet und finanziert hat.« Sie schwieg kurz und fragte dann: »Wie kommst du zurecht, Poppy? Fragen die Kinder immer noch nach Ellen?«

Poppy verzog das Gesicht. »Mir geht's prima, den Kindern geht's prima. Sie fragen nicht mehr nach ihr, und warum sollten sie auch? Sie hat seit Jahren weder geschrieben noch angerufen, und Rosa kann sich sowieso nicht an sie erinnern.« Finster verschränkte sie die Arme. »Ohne sie sind die beiden besser dran.«

Hufgetrappel unterbrach ihre Unterhaltung. Catriona schob ihren Stuhl zurück und lief zur Tür. Connor und Rosa kamen auf ihren Ponys von der Schule zurück. Rosa sprang von ihrem zottigen kleinen Tier und hätte Catriona beinahe umgeworfen, so ungestüm fiel sie ihr um den Hals. Connor hielt sich wie immer schüchtern zurück und betrachtete sie mit seinen haselnussbraunen Augen.

Catriona lachte, als Rosa sie ins Haus zerrte. Die Kleine wusste, dass sie ihr Geschenke mitgebracht hatte. Sie hatte dunkles Haar und dunkle Augen, und ihr schelmisches Lächeln war unwiderstehlich. Catriona sah sich nach Connor um und lächelte ihm aufmunternd zu. »Für dich habe ich auch etwas mitgebracht.«

Mit aufgeregtem Quieken riss Rosa das Papier von ihrem Päckchen herunter. Der schlaksige Junge blieb unbewegt stehen und beobachtete sie. Catriona betrachtete ihn nachdenklich. Er war in den letzten Monaten hochgeschossen und wirkte sehr mager, aber er schien ganz gesund zu sein, und schon jetzt sah man, dass er starke Arme und Hände hatte. Aus dem Zwölfjährigen würde einmal ein gut aussehender Mann werden. Wenn er nur nicht so scheu wäre!, dachte sie betrübt, als sie ihm das große Paket überreichte. Dieser Dreckskerl von einem Vater hatte eine Menge auf dem Gewissen – und Ellen ebenso.

Connors Gesicht leuchtete auf, als er den Sattel sah. Er war in Spanien handgefertigt, und der Knauf war mit Silber verziert. Es war ein kostspieliges Geschenk, aber Catriona wusste nicht, was sie ihm sonst hätte mitbringen sollen – Geschenke für Jungen waren nicht leicht zu finden.

»Vielen, vielen Dank«, flüsterte er mit leuchtenden Augen. »Darf ich ihn gleich ausprobieren?«

Catriona nickte. »Aber natürlich.«

Rosa hob Kleider und Puppen aus dem Karton und krähte vor Entzücken. »Sieh doch, Granny! Sie hat echte Haare und Wimpern und sogar ein Unterhöschen.«

Catriona ging lachend hinaus auf die Veranda, um Connor zuzusehen. Er wurde allmählich zu groß für das Pony, erkannte sie, als er in seinen neuen Sattel stieg. Er konnte die Steigbügel nicht mehr benutzen; seine Beine baumelten neben dem dicken Bauch des Ponys. Sie würde ein Wort mit Fred reden, damit Connor ein neues Pferd bekäme.

Connor drehte sich um und lächelte – ein zurückhaltendes Lächeln voll tiefer Zuneigung, das ihr das Herz zusammenpresste. Sie liebte diese Kinder, und sie wünschte, sie wären ihre eigenen.

Sie zog sich die Strickjacke fester um die Schultern und verschränkte die Arme. Allmählich wurde sie sentimental – sie musste sich damit abfinden, dass es Poppys Kinder waren, und durfte sie nicht so sehr verwöhnen.

Poppy brühte frischen Tee auf, und während die Kinder mit ihren Geschenken beschäftigt waren, erzählte sie Catriona, wie gut Rosa in der Schule vorankam. »Sie hat Verstand, das steht mal fest«, sagte sie. »Weiß der Himmel, woher sie den hat.« Mit stolzem Blick fuhr sie fort. »Sie bringt immer nur die allerbesten Noten nach Hause. Ihre Lehrerin meint, sie ist eine der gescheitesten Schülerinnen, die sie seit langem hatte.«

»Und Connor?«

Poppy zuckte die Achseln. »Er ist kein Genie, aber das heißt nicht, dass er nicht clever ist«, sagte sie, als wolle sie ihn verteidigen. »Er ist geschickt mit seinen Händen, und er denkt alles gründlich durch, bis er es richtig hinkriegt.« Ihre knotigen Finger hielten die Tasse, und sie nahm einen Schluck Tee. »Er redet schon davon, die Schule zu verlassen. Ich glaube, er möchte Zureiter werden.«

»Aber das ist eine gefährliche Arbeit, und er ist noch viel zu jung dafür«, wandte Catriona ein. »Du musst ihn überreden, auf der Schule zu bleiben. Es ist wichtig, dass er eine ordentliche Bildung bekommt.«

»Versuch du mal, ihm das zu sagen«, antwortete Poppy. »Der Junge hat nur eins im Kopf, und das sind Pferde.« Sie schwieg lange, und dann sprach sie seufzend weiter. »Man kann's ihm nicht verdenken, Kitty. Connor weiß, ein Pferd wird ihn niemals im Stich lassen. Pferde sind nicht wie Menschen.«

Auf dem Rückflug nach Sydney hatte Catriona über vieles nachzudenken.

Harold Bradley starb im Schlaf, kurz nach seinem fünfundsiebzigsten Geburtstag, und wurde auf dem kleinen Friedhof in den

Atherton Tablelands neben seiner Frau zur letzten Ruhe gebettet. Sein Sohn Charles musste den Haushalt auflösen und die wenigen Wertgegenstände zwischen sich und seinen Schwestern aufteilen. Das Haus würde er verkaufen müssen, denn Charles war befördert worden und sollte nach Sydney umziehen, wo er als Chief Inspector eine kriminalpolizeiliche Abteilung leiten würde.

Er ging durch die fast leeren Zimmer und dachte an die vielen Stunden, die er hier mit seinem Vater verbracht hatte. Sie hatten ein gutes Verhältnis gehabt, und er hoffte, sein Sohn Tom werde eines Tages genauso über seinen eigenen Vater denken. Der Junge schoss in die Höhe wie Unkraut; in ein paar Wochen wurde er dreizehn und würde mit der High School anfangen.

Lächelnd setzte Charles sich in den alten Schaukelstuhl, den sein Vater vor langer Zeit auf die Veranda gestellt hatte. Das war Dads Lieblingsplatz gewesen, und als der Stuhl die Bodendielen ächzen ließ, verstand er genau, warum. Er schaute über die Baumwipfel hinweg ins Tal und wusste, dass er den Frieden und die Schönheit des tropischen Nordens vermissen würde, auch wenn er sich auf Sydney freute. Das hier war Gottes eigenes Land, die Gegend, die er sein Leben lang gekannt hatte, die Heimat, in die er nach dem Krieg zurückgekehrt war. Hier hatte er sein Leben wieder ins Lot gebracht, hatte geheiratet und seinen Sohn bekommen. Das Lärmen und Treiben in Sydney würden wie eine fremde Welt für ihn sein.

Charles blieb sitzen, bis die Sonne unterging und der Himmel feurig glühte. Dann nahm er den Karton mit den Papieren und drehte zum letzten Mal den Schlüssel im Schloss. Er ging den Weg hinunter und durch das Tor zu seinem Wagen. Als er den Karton neben sich auf den Beifahrersitz stellte, fragte er sich, warum er ausgerechnet diese Papiere behalten hatte. Es waren alte Terminkalender, Rechnungsbücher und Akten über uralte Fälle, die sein Vater interessant gefunden hatte. Wahrscheinlich konnte man das alles verbrennen.

Doch es widerstrebte ihm, etwas zu vernichten, was von dem Leben übrig war, für das sein Vater gestanden hatte. Charles erinnerte sich gut an die Geschichten über das Hotel und den verschwundenen Engländer. Er war sogar oben in dem alten Gebäude gewesen und hatte sich dort umgesehen. Es war jetzt verfallen, aber Charles wusste seit langem, dass das ungelöste Geheimnis um die Menschen, die einmal dort gelebt hatten, seinem Vater bis zu seinem Tod keine Ruhe gelassen hatte.

Er saß im Wagen und starrte hinaus in die herabsinkende Dunkelheit. Das Hotel mochte eine Ruine sein, aber bei der Erinnerung daran schauderte ihn immer noch. Zahllose Gerüchte hatten die Runde gemacht, und wie bei allen Gerüchten war ein Körnchen Wahrheit darin versteckt. Es hieß, das Haus sei verflucht, und bei seinem Besuch dort hatte er es gern geglaubt.

Ein reicher Farmer hatte es im 19. Jahrhundert gebaut, ein Schotte, der zu Geld gekommen war und den Gutsherren hatte spielen wollen. Als es fast fertig war, wollte er die Bauarbeiten inspizieren, doch da löste sich ein riesiger Kronleuchter, den er aus Europa importiert hatte, aus seiner Verankerung und stürzte auf ihn. Der Mann war auf der Stelle tot.

Später stellte man fest, dass der Deckenbalken nicht stark genug gewesen war. Charles hatte den Verdacht, dass der Bauunternehmer aus Gewinnsucht nachlässig gearbeitet hatte. Trotzdem sah es in der Tat so aus, als liege ein Fluch auf dem Haus. Wenig später war der Sohn des Schotten mit seiner Frau eingezogen; sie hatte es nur widerstrebend getan, und als ihr Mann eines Tages tot am Fuße einer Treppe lag, war sie davon überzeugt, dass der Fluch tatsächlich existierte.

Charles dachte sich, dass es wahrscheinlich nur ein tragischer Unglücksfall war; manche Familien zogen das Pech magnetisch an. Aber das Haus war mehrfach kurz nacheinander verkauft worden, und anscheinend hatte niemand mehr als ein paar Monate darin verbringen wollen. Dann hatte Dimitri es erworben und

Unmengen von Geld und Zeit hineingesteckt, um ein Hotel daraus zu machen. Aber der Russe, sein Freund Kane, die Frau und das Kind waren spurlos verschwunden. Ruhte wirklich ein Fluch auf diesem Haus – oder gab es eine noch dunklere Erklärung?

Charles drehte den Schlüssel im Schloss und ließ den Wagen langsam die schmale Straße hinunterrollen. Er war Realist und gab nichts auf Gerüchte und Spekulationen. Aber unerledigte Fälle konnte er ebenso wenig leiden wie sein Vater. Bei den Fortschritten in Technologie und Kommunikation, die in den letzten Jahrzehnten gemacht worden waren, gab es vielleicht noch eine Chance, endlich die Wahrheit ans Licht zu bringen. Es wäre ein schönes und letztes Geschenk an das Andenken seines Vaters, wenn er diesen Fall ein für alle Mal lösen könnte.

1969 sollte Catriona nach langen Jahren des Suchens endlich erfahren, was aus ihrer Tochter geworden war. Clemmie saß bei ihr, als sie den Stapel Unterlagen durchsah, den John so sorgfältig zusammengestellt hatte. »Nimm dir Zeit«, sagte sie. »Es ist ziemlich viel, und ich muss dich warnen, Kitty: Nicht alles ist erfreulich.«

Catriona nickte. »In meinem Zustand weiß ich überhaupt nicht, was ich fühle.« Sie betrachtete die Papiere, die vor ihr lagen. »Ich bin aufgeregt, nervös, erwartungsvoll und fürchte mich vor dem, was ich vielleicht erfahren werde.«

Clemmie tätschelte ihre Hand. »Klingt wie Lampenfieber, finde ich«, sagte sie sanft. »Erinnere dich an das, was dir dein Stimmtrainer vor dem Auftritt immer sagt: Wende diese Energie ins Positive, dann gibt sie dir Kraft.«

Catriona lächelte ihre Freundin an. Sie holte tief Luft und fing an zu lesen.

Die Krankenhausakten zeigten, dass ihr Baby dort geblieben war, bis es ein bisschen zugenommen hatte. Nach sechs Wochen hatte man das Mädchen in das benachbarte Waisenhaus gebracht. Traurigen Herzens erkannte Catriona, wie nah es ihr die ganze

Zeit gewesen war, ohne es zu wissen. Velda hatte sie belogen, als sie ihr erklärt hatte, das Kind sei bereits bei seinen Adoptiveltern.

Die Kleine hatte den Namen Susan Smith bekommen – einen schlichten, alltäglichen Namen, der keinen Hinweis auf ihre Herkunft gab. Susan blieb achtzehn Monate im Waisenhaus. Den Berichten der Leiterin zufolge war sie kränklich und weinte viel. Aber interessierte Eltern wollten runde, fröhliche Babys, und bald befürchtete sie, kein Heim für Susan zu finden.

Catriona erinnerte sich, wie leer ihre Arme sich in den ersten Monaten angefühlt hatten, wie sinnlos ihr das Leben erschienen war und wie sie in ihren Träumen ein Kind mit lachenden Augen und rundlichen kleinen Händen gesehen hatte. Wenn man ihr erlaubt hätte, ihre Tochter im Arm zu halten, für sie zu sorgen und sie zu lieben – dann wäre das kleine Mädchen doch sicher aufgeblüht.

Irgendwann wurde Susan von einem Ehepaar mittleren Alters adoptiert, das südlich von Darwin in den nördlichen Territories eine riesige Rinderfarm führte. Sie lebte zehn Jahre bei ihnen, und dann schlug das Unheil zu. »O Gott«, flüsterte Catriona, als sie die Zeitungsausschnitte sah. Es hatte ein schreckliches Buschfeuer gegeben, und Susan war von einem Viehtreiber gerettet worden, der später für seine Tapferkeit belohnt worden war. Ihre Adoptiveltern waren umgekommen. Susan war wieder allein gewesen, und man hatte sie ins Waisenhaus zurückgebracht.

»Die arme Kleine!«, sagte Clemmie. »Sie muss so einsam und ratlos gewesen sein.«

»Es bricht mir das Herz, wenn ich daran denke«, flüsterte Catriona. »Wir waren beide allein, getrennt durch Bürokratie und Vorschriften. Wäre es doch nur anders gewesen!«

»John hat fleißig gegraben.« Clemmie lächelte. »Er wird allmählich ein bisschen tattrig, aber diese Sache lässt ihm keine Ruhe. Er ist entsetzt darüber, dass die Behörden ihre Unterlagen geheim halten. Aber zumindest hält es seinen Verstand in Gang, auch wenn sein Körper allmählich zerfällt.«

Catriona lächelte ihre Freundin an und wandte sich dann wieder den Akten zu. Susan Smith war nicht wieder adoptiert worden. Niemand wollte eine Zehnjährige, schon gar nicht mitten im Krieg. Also kam sie nacheinander zu mehreren Pflegeeltern, die sie als launisch und halsstarrig bezeichneten, aber auch als außergewöhnlich gescheit. Als sie alt genug war, um ein Stipendium für eine Privatschule zu bekommen und ihre Pflegeeltern zu verlassen, tat sie es, ohne einen Blick zurückzuwerfen.

»Damit ist Schluss«, seufzte Catriona. »Wahrscheinlich werde ich nie erfahren, was danach aus ihr geworden ist.« Sie rechnete kurz nach. »Sie wird jetzt fünfunddreißig sein. Eine erwachsene Frau, wahrscheinlich mit eigenen Kindern.«

Clemmie schob ihr einen kleinen Stapel sauber getippter Seiten herüber. »Ich sagte doch, Kitty, John ist nicht der Mann, der sich durch Behörden und mangelnde Informationen entmutigen lässt.«

Catriona las die Seiten durch, und als sie fertig war, sah sie Clemmie an. Sie lächelte unter Tränen. »Er hat sie gefunden«, hauchte sie. »Zumindest kann ich mit ihr sprechen.«

»Nein«, entgegnete Clemmie scharf. »Das wäre nicht klug. Die Vergangenheit muss bleiben, wo sie hingehört. Wahrscheinlich glaubt sie, du hast sie weggegeben, weil du sie nicht haben wolltest. Der Himmel weiß, was sie ihr im Waisenhaus oder bei den Pflegeeltern erzählt haben.« Tröstend legte sie Catriona die Hand auf den Arm. »Sie wird dich nicht sehen wollen, Kitty. Und ich werde nicht zulassen, dass du noch einmal verletzt wirst.«

»Aber ich muss es versuchen.« Catriona stand auf und fing an, im Zimmer auf und ab zu wandern. »Verstehst du das denn nicht? Ich kann sie doch nicht in dem Glauben lassen, ich hätte sie willentlich im Stich gelassen.« Sie schob die Hände in die Hosentaschen. »Ich muss mit ihr sprechen, muss ihr erklären, dass ich bei all dem nichts zu sagen hatte, weil ich selbst noch ein Kind war.«

Clemmie schaute sie entsetzt an. »Und wie willst du ihr erklären, dass sie die Frucht einer Vergewaltigung ist? Glaubst du wirklich, wenn du ihr so etwas erzählst, kann sie mit sich im Reinen sein? Das ist doch kaum etwas, worauf man stolz sein kann.«

Catriona war hin und her gerissen. »Aber jetzt sind wir so weit gekommen, jetzt bin ich ihr nach all der Zeit so nah – da kann ich doch nicht aufhören.« Sie goss sich einen großen Whisky ein und trank einen Schluck. »Ich sage ihr einfach, ich war ein frühreifes Kind und bin nach einem Fehltritt schwanger geworden.«

»Dann wird sie denken, du warst ein Flittchen«, sagte Clemmie steif. »Du warst dreizehn, vergiss das nicht.«

»Dann lüge ich eben. Erfinde irgendetwas.«

»Nicht das beste Fundament für eine Beziehung«, sagte Clemmie missmutig.

»Warum spielst du den Advocatus Diaboli?«, schrie Catriona aufgebracht.

Clemmie stand auf und nahm die Schluchzende fest in die Arme. »Weil ich dich gern habe«, sagte sie leise. »Weil du die beste Freundin bist, die ich habe. Und weil ich nicht möchte, dass du dir oder deiner Tochter wehtust.« Sie ließ Catriona los und strich ihr die langen dunklen Haare aus dem Gesicht. »Vielleicht kannst du ja nicht mit ihr sprechen, Kitty, aber es gibt noch andere Möglichkeiten.«

Catriona wischte sich die Tränen aus den Augen und putzte sich die Nase. Sie trank den Whisky aus und stellte das Glas auf den niedrigen Tisch neben die Farbfotos, die John in seine Dokumentenmappe geheftet hatte. Sie nahm die Fotos und vertiefte sich in den Anblick dieser jungen Frau, die sie nur bei der Geburt gesehen hatte. »Du hast Recht wie immer«, gab sie leise zu. »Was würde ich ohne dich machen?«

Die beiden Frauen umarmten einander, und Clemmie verabschiedete sich, damit Catriona sich für den Abend vorbereiten konnte. Aber Catriona hatte nicht die Absicht aufzutreten. Sie rief im Konservatorium an, und zum ersten Mal in ihrer Laufbahn verstellte sie sich und erklärte mit heiserer Stimme, sie habe eine wunde Kehle. Der Produzent war darüber nicht erfreut, aber das war ihr egal; sie hatte in über dreißig Jahren keinen Auftritt versäumt, und es wurde Zeit, dass sie einmal einen Abend freinahm. Außerdem hatte sie an wichtigere Dinge zu denken, und das würde ihren Gesang beeinträchtigen.

Es wurde dunkel, und überall in Sydney gingen die Lichter an. Sie schaute hinaus auf das prachtvolle Bauwerk, das langsam aus dem Schutt und Verfall am Circular Quay emporwuchs. Das Opernhaus war fast fertig, und es versprach ein Triumph der Architektur und der Phantasie zu werden – ganz anders als die alte Town Hall und das Konservatorium. Wie beneidete sie die Sopran- und Altsängerinnen, die hier ihr Debüt geben würden!

Catriona wandte sich vom Fenster ab und setzte sich an den antiken Schreibtisch. Er war voll gestopft mit Programmen und Handzetteln, mit Briefen von Fans, Dirigenten und Kolleginnen. Ich habe ein gesegnetes Leben gehabt, erkannte sie. Zwar habe ich nie geheiratet oder das Glück erfahren, eigene Kinder aufwachsen zu sehen, aber ich habe fast alles erreicht, was ich mir gewünscht hatte. Ich habe *Belvedere* und Poppys Enkelkinder, eine blühende, erfolgreiche Karriere und genug Geld für einen komfortablen Ruhestand.

Trotzdem erschien ihr das alles hohl und leer, wenn sie es nicht mit ihrer einzigen Tochter teilen konnte.

Nach langem Nachdenken fing sie an, den Brief zu schreiben, der ihr hoffentlich ihren letzten Traum erfüllen würde.

·

FÜNFZEHN

*J*ahrelang hatte Connor darum gebettelt, und jetzt endlich durfte er dabei sein, wenn die Brumbys zusammengetrieben wurden, die wilden Ponys des Outback. Dieses Erlebnis übertraf seine kühnsten Erwartungen, und er verbrachte jede verfügbare Stunde bei den Corrals, wo Billy Birdsong sich daranmachte, die wilden, schönen Pferde zu zähmen, die sie hereingeholt hatten. Seine Großmutter beklagte sich, weil er nie zu Hause war und die Schule darunter litt, aber das kümmerte ihn nicht. So wollte er leben, umgeben von Männern und den Geräuschen der Zureitekoppel – als freier Mensch in den Weiten dieses wunderbaren Landes und als Teil von *Belvedere*.

Als Billy das Pferd in die Koppel brachte, machte er sehnsuchtsvolle Augen. Es war nicht besonders groß, aber es galoppierte in den Ring, als ob er ihm gehörte. Schweif und Mähne wehten im Wind, und die weiße Blesse auf der Nase hob sich scharf vom kastanienbraunen Fell ab. Es war kein echtes Brumby; irgendwann war es von den Koppeln von *Belvedere* entkommen und hatte sich der Herde angeschlossen.

Das Tier war wütend, weil es eingefangen worden war, und versuchte, aus dem Corral zu entfliehen; es schlug mit den Vorderhufen in die Luft und wieherte laut. Connor saß auf dem Zaunbalken und beobachtete Billy. Ein Pferd zuzureiten, das war wie ein Ballett: ein langsames, fast sinnliches Wechselspiel zwischen dem entschlossenen Mann und dem widerstrebenden

Pferd im Staub der Koppel. Das Tier war feurig und widerspenstig, der Mann eine wachsame Sirene, die es mit sanfter Stimme in die unausweichliche Unterwerfung lockte. Connor war fasziniert und fester denn je entschlossen, wie Billy Zureiter zu werden.

Billy brauchte nicht lange, um den Wallach wieder an den Sattel zu gewöhnen. Schließlich saß er auf und hielt die Zügel fest in der Hand. Das Tier sträubte sich gegen ihn. Das Tor wurde geöffnet, und Mann und Pferd schossen aus dem Corral. Connor schaute ihnen nach, wie sie in wildem Galopp über die Ebene verschwanden, und wartete. Und richtig – eine knappe Stunde später kamen sie zurück. Das Pferd trabte gleichmäßig über den unebenen Boden, und der Aborigine grinste breit.

Connor öffnete das Tor, und Billy ließ sich aus dem Sattel gleiten. »Du kriegen«, sagte er in seinem Pidginenglisch und lachte. »Schätze, du und er prima zusammen.«

»Du meinst, er gehört mir?«, hauchte Connor. Langsam streckte er die Hand aus, und das Pferd schmiegte die weichen Nüstern in seine Handfläche. »Schöner Junge«, flüsterte er. »Verdammt schön.«

»Missus sagt, du zu groß für Pony.« Billy übergab Connor den Zügel.

Das Pferd stupste ihn gegen die Schulter und wollte an seinen Haaren knabbern. Connor lachte und streichelte die Blesse auf der stolzen Nase. »Ich werde ihn Lightning nennen«, sagte er.

Fred kam herangeschlendert, als Connor das Pferd aus dem Corral und auf dem Hof herumführte. Er schob sich den schweißfleckigen Hut in den Nacken und wischte sich mit dem Taschentuch über die Stirn. »Wieso bist du nicht in der Schule?«

»Schule ist langweilig«, sagte Connor. »Ich bin jetzt fast dreizehn, und ich möchte mit dir und Billy arbeiten.«

Fred lächelte, und die Falten in seinem Gesicht wurden zu tiefen Furchen. »Schätze, das wirst du hinkriegen«, sagte er. »Aber das liegt bei der Missus. Sie will, dass du eine ordentliche Schulbildung kriegst.«

Connor wusste, wann er sich geschlagen geben musste. Catriona und Granny waren unerbittlich. Arbeiten dürfe er, wenn er dreizehn wäre, aber keine Minute früher. »Das ist unfair«, brummte er und wirbelte eine kleine Staubwolke auf.

»Das ist das Leben, Junge«, erwiderte Fred fröhlich. »Aber es sind ja nur noch ein paar Wochen bis zu deinem Geburtstag, also hör auf zu jammern. Und jetzt geh und hol deine Schwester aus der Schule.«

Connor stieg in den Sattel und nahm die Zügel. Lightning stellte die Ohren auf und stampfte mit den Hufen, als könne er es nicht erwarten loszulaufen. Als Connor so hoch über den Männern saß, erfüllte ihn glühender Stolz. Lightning war sein erstes richtiges Pferd – und was für eine Schönheit er war! Rosa würde ganz neidisch werden. Er drehte das Pferd einmal im Kreis herum, und mit einem Jauchzer ließ er ihm die Zügel schießen. Wie der Wind flogen sie über das offene Land auf das Städtchen Drum Creek zu.

Die Schule war ein langgezogenes Holzgebäude, umgeben von Bäumen. An der Vorderseite erstreckte sich eine breite Veranda unter einem Blechdach, und aus der großen Koppel an der Rückseite hatte man einen Spiel- und Sportplatz gemacht. Die Kinder trugen keine Schuluniform, sondern ihre Alltagskleidung – Overalls, Moleskin-Hosen oder Jeans. Im hellen Gras ragten die Pfosten für Australian Football in die Höhe, und das Feld war mit Kreidestaublinien markiert. In einer Ecke standen Schaukeln, ein Kletterturm und ein Basketballkorb. Die Schule hatte vier Klassenzimmer mit einfachen Pulten und Stühlen, einer Tafel und einer großen Weltkarte. Im Sommer bewegten Deckenventilatoren die warme Luft, und im Winter brannte ein Holzfeuer im Kamin.

Die Radioschule gab es auch noch, denn manche Kinder

wohnten auf so entlegenen Farmen, dass sie tatsächlich per Funk unterrichtet werden mussten, aber die Kinder aus der näheren Umgebung besuchten die Schule von Drum Creek. Es waren hauptsächlich die Söhne und Töchter der Leute, denen die riesigen Rinder- und Schafzuchtfarmen gehörten. Sie wurden hier unterrichtet, bis sie auf die High School kamen; dann gingen sie entweder als Internatsschüler in die Großstadt, oder sie beendeten ihre Schulausbildung bei der Radioschule. Die Leitung der Schule von Drum Creek lag in den fähigen Händen von Mr und Mrs Pike, ihrer altjüngferlichen Tochter und einer jungen, sehr attraktiven Frau, die kürzlich von Adelaide hierher gezogen war, um die jüngsten Schüler zu unterrichten. Die unverheirateten Männer der Umgebung waren darüber entzückt, und Mr und Mrs Pike fragten sich, wie lange es wohl dauern mochte, bis sie die neue Lehrkraft verlieren würden.

Connor zügelte sein Pferd und ließ es im Schritt gehen, als sie sich der Schule näherten. Er sah die bewundernden Blicke der Leute, an denen er vorbeiritt, und konnte es nicht erwarten, seiner Schwester das prächtige Tier zu zeigen. Eine ganze Herde von gehobbelten Ponys wartete im Schatten der Bäume – die meisten Kinder ritten zur Schule und mussten den weiten Weg hin und zurück im Dunkeln bewältigen –, aber keines der Pferde war mit Lightning zu vergleichen.

Als das Scheppern der Glocke die Stille des Sommernachmittags zerriss, flogen die Türen auf, und die Kinder strömten heraus auf den Hof. Die Kleinen schnatterten wie Gallahs; sie rannten umher und setzten die Spiele fort, die sie vor dem Unterricht begonnen hatten. Die Größeren waren leiser, hatten es aber nicht weniger eilig, zu entkommen. Die Jungen kickten einen Ball hin und her und machten Ringkämpfe im Staub, bevor sie schließlich ihre Ponys sattelten und nach Hause ritten. Die Mädchen schlenderten Arm in Arm vorbei; sie schwatzten und kicherten und warfen bewundernde und neidische Blicke auf Connor und sein neues Pferd.

Dann war es still auf dem Schulhof. Connor wartete ungeduldig. Wie immer war von Rosa nichts zu sehen. Er wollte schon absitzen und sie suchen, als sie endlich herauskam, Arm in Arm mit ihrer Freundin Belinda Sullivan. Er seufzte genervt. »Jetzt komm schon!«, rief er. Lightning stellte die Ohren auf und scharrte mit den Hufen. »Es wird spät; Gran wartet schon.«

Rosa und Belinda kicherten. Die beiden waren seit dem ersten Schultag befreundet. Belinda war größer und breiter und vielleicht ein bisschen mollig. Ihre drahtigen dunklen Locken waren zu langen Zöpfen gebändigt worden. Aber beide Mädchen liebten Pferde, Hunde und alles, wobei sie sich schmutzig machen oder Unfug anstellen konnten. Als sie Lightning sahen, kamen sie angerannt. »Verflucht und zugenäht, Con. Wo hast du den her?«, rief Rosa. »Der ist ja schön!«

Belinda starrte Connor in stummer Anbetung an, und Connor bekam rote Ohren. Vermutlich war es schmeichelhaft, der Gegenstand solcher Leidenschaft zu sein, doch ihn machte es verlegen, und er war froh, dass keiner der anderen Jungen es miterleben konnte. »Billy hat ihn mir geschenkt«, sagte er, bemüht lässig.

»Das ist nicht fair«, schimpfte Rosa. »Du kriegst so ein Pferd, und ich muss die arme alte Dolly reiten. Wieso?«

»Weil du noch klein bist.« Entschlossen wich Connor den hingebungsvollen Blicken Belindas aus.

»Bin ich nicht.« Sie stampfte mit dem Fuß auf. Ihre dunklen Augen loderten, und ihr kleines Gesicht war rot vor Zorn. »Ich werde bald neun.«

»Nicht bald, sondern erst in sechs Monaten«, näselte er. »Komm jetzt, Rosa. Beweg dich! Ich will mein Abendessen.«

»Kann Belinda mitkommen?«

Er schaute Belinda an. Sie blieb jetzt immer über Nacht, und er hatte allmählich genug davon, dass sie ihm überallhin nachlief. Er schüttelte den Kopf. »Vielleicht morgen.«

»Warum nicht heute?« Rosa konnte einem auf die Nerven gehen. »Gran hat bestimmt nichts dagegen.«

Belinda löste Connors Problem, indem sie sich abwandte und ihr dickes Pony holte. Sie lächelte Connor honigsüß zu und winkte beiden zum Abschied zu.

»Jetzt mach schon!«, knurrte Connor.

»Ja, ja, ja«, fauchte Rosa. Sie stapfte davon, sattelte Dolly und trieb das struppige Pony zu einem schwerfälligen Trab, um Connor einzuholen.

Der Ritt nach Hause dauerte eine Stunde, aber schon nach wenigen Minuten bedrängte Rosa ihren Bruder, sie auch einmal auf Lightning reiten zu lassen. Er weigerte sich eine Zeit lang, doch schließlich gab er nach. Er konnte seiner kleinen Schwester nichts abschlagen. Er liebte sie, obwohl sie eine Nervensäge war. Das Pony trabte am langen Zügel hinter ihnen her, und eine fröhlich schwatzende Rosa saß vor ihm im Sattel. So ritten sie nach Hause.

Er hielt Lightning an, als sie das Haus erreichten. Die Tür war geschlossen, und es roch verbrannt. Hastig sprang er aus dem Sattel, band Lightning an den Zaun und rannte den Weg zum Haus hinauf. Rosa rutschte vom Pferd und kam hinter ihm her.

Connor stürmte zur Haustür hinein und kam schlitternd zum Stehen. Das Haus war voller Rauch. »Bleib da«, befahl er Rosa. Er zog sich das Halstuch über Mund und Nase und tastete sich zur Küche. »Gran? Gran, wo bist du?«, schrie er mitten in einem Hustenanfall. Der Rauch war dick und schmeckte metallisch. Connor bekam kaum Luft, und seine Augen brannten. Blindlings durchquerte er den Raum und riss Fenster und Hintertür auf.

»Gran«, schrie Rosa von der Haustür herein. »Wo ist Gran?«

Connor konnte kaum etwas sehen, aber als der Rauch abzog, erkannte er erleichtert, dass Gran nicht in der Küche war. Aber wo war sie? Sie war um diese Zeit doch immer hier und hielt das Essen für sie bereit. Panisch sah er sich um, während der Rauch zum

Fenster hinausquoll. Er kam aus einem Topf, der verbrannt auf dem Herd stand. Connor raffte ein Tuch an sich, riss den Topf von der Herdplatte, stellte ihn ins Spülbecken und ließ Wasser hineinlaufen. Der Topf war ruiniert; er hatte ein großes Loch im Boden, und an den Wänden klebten die verkohlten Reste des Abendessens.

»Wo ist Gran?« Mit weit aufgerissenen Augen spähte Rosa zur Tür herein.

»Ich weiß es nicht«, sagte er. »Komm, raus hier!« Er nahm sie bei der Hand und führte sie auf die hintere Veranda. Rosa hustete sich die Seele aus dem Leib; er selbst rang nach Atem, und der abscheuliche Gestank des verbrannten Topfes ließ ihn würgen.

Als sie durch die Rauchschwaden in den Garten liefen, fiel ihm etwas ins Auge. Er schaute genauer hin – und das Gefühl, dass etwas nicht in Ordnung war, wurde stärker. »Bleib lieber hier«, sagte er zu Rosa. Er sprang die Verandastufen hinunter und rannte zu der Wäscheleine am Ende des Gartens.

Die frisch gewaschenen Laken flatterten knatternd wie mächtige Flügel über der schmächtigen Gestalt, die reglos am Boden lag. Ringsumher verstreut lagen Wäscheklammern, und der Korb war umgestürzt.

»Gran?« Connor stürzte auf seine Großmutter zu, aber bevor er sie angefasst hatte, wusste er, dass sie nicht mehr lebte.

Rosa schrie. Rasch drehte er sich um und zog sie in seine Arme, um sie vor dem schrecklichen Anblick ihrer Großmutter zu beschützen, die mit offenem Mund und starren Augen dalag. »Was hat sie denn, Con?«, schluchzte Rosa. »Warum liegt sie im Garten?«

Connor versuchte sie zu beruhigen, doch ihr Schreien und Schluchzen weckte die Erinnerung an das Grauen seiner Kindheit, und er musste selbst mit den Tränen kämpfen. »Sie ist im Himmel, Rosa«, brachte er schließlich hervor. »Sie schläft bei den Engeln.« Er schaute hinauf zu den wehenden Laken; sie erinner-

ten ihn eher an die breiten Schwingen eines namenlosen Raub-
vogels – aber diesen Gedanken behielt er lieber für sich. Rosa
hatte so schon genug Angst.

Sie klammerte sich an ihn. »Aber du gehst nicht in den Himmel, oder?«, flehte sie. »Versprichst du mir, dass du nicht einfach
verschwindest?«

»Natürlich verspreche ich es dir«, sagte er mit unsicherer Stimme.
Er musste jetzt ein starker Bruder sein. Aber es brach ihm das
Herz, und als er seine kleine Schwester auf den Arm nahm und
ins Haus trug, wurde ihm klar, dass er der einzige Mensch war,
den sie hatte. Es war an der Zeit, ein Mann zu sein. Er musste für
sie sorgen und sein Versprechen halten: Er durfte sie niemals verlassen.


Catriona war in Brisbane und probte die *Tosca*. Sie würden die
ganze Oper aufführen, und zwar unter freiem Himmel an der
South Bank, zur Feier des Australia Day. Die Proben dauerten
jetzt schon drei Monate, und in zwei Wochen würde die abschlie-
ßende Kostümprobe stattfinden.

Catriona nahm ihre Handtasche und strich die Falten in ihrem
Hemdkleid glatt. Leinen war immer ein Fehler. Brin hatte sie oft
genug gewarnt, aber sie hatte das Kleid im Schaufenster gesehen
und nicht widerstehen können. Sie krümmte und streckte die
Zehen in den hochhackigen Schuhen; sie drückten, und Catriona
konnte es nicht erwarten, nach Hause zu kommen und ein heißes
Bad zu nehmen.

Sie verließ die Probenräume und stieg in ihren Wagen. Es war
nicht weit bis zu dem Apartment, das sie gemietet hatte, aber sie
war müde, und zum ersten Mal im Leben spürte sie ihr Alter. Zumindest habe ich jetzt zwei Tage frei, dachte sie, als sie sich durch
den Nachmittagsverkehr schlängelte und nordwärts in die Vor-
orte fuhr. Und nach der Generalprobe habe ich bis zur Premiere
noch einmal zwei freie Tage.

Catriona fuhr durch das automatische Tor und hielt vor ihrem Apartment. Es gehörte zu einem flachen Gebäude mit einer Terrasse, die einen Blick auf den Swimmingpool und den hübschen Garten bot. Catriona betrat die kühle Diele und schloss die Tür hinter sich. Sie streifte die Schuhe ab, nahm den Poststapel, der sie erwartete, tappte ins Wohnzimmer und ließ sich auf die Couch fallen.

Kinderlärm vom Pool wehte zum Fenster herein, und sie schloss die Augen. *Tosca* war eine Oper mit großen Herausforderungen – sehr dramatisch, dunkel und voller Leidenschaft. Sie hatte zwar schon großen Beifall für die Rolle bekommen und galt als die beste Floria ihrer Generation, aber die ständigen Termine machten sie hektisch, und nach so vielen Jahren in diesem Beruf hatte sie den Hunger verloren.

Bei dieser verblüffenden Erkenntnis öffnete sie die Augen. War das der Grund für ihre dauernde Müdigkeit? Verlor ihre Stimme deshalb allmählich an Textur und Klarheit? Sie stand auf, ging zum Fenster und zog die schweren Vorhänge zurück. Die Sonne flutete herein, und Catriona schaute hinaus auf den Pool. Die Veränderungen in ihrer Stimme waren subtil – so subtil, dass sie bisher die Einzige war, die sie bemerkte, aber sie wusste, dass sie im Gange waren. Sie hörte sie jedes Mal, wenn sie um die Vollkommenheit rang, die einmal mühelos zu erreichen war. »Wie viel Zeit habe ich noch?«, flüsterte sie.

Sie tappte in die Küche und brühte sich eine Tasse Tee auf, aber ihre Gedanken kreisten weiter. Das Leben auf der Bühne war auch unter günstigen Umständen eine unsichere Angelegenheit; sie hatte Glück gehabt, aber wie lange würde sie ihren Status noch halten können? Neue Diven standen bereits mit ihr im Rampenlicht: die königliche Joan Sutherland aus Australien beispielsweise und die umwerfende Neuseeländerin Kiri te Kanawa, die nach ihrem Auftritt im London Opera Centre soeben ihre erste Schallplatte aufgenommen hatte.

Sie nahm einen Schluck Tee und starrte ins Leere. Sie war immer noch eine Diva, immer noch hoch geachtet, geliebt und begehrt. Aber wie lange würde es noch so bleiben? Sie war fast fünfzig, und da sie so jung angefangen hatte, würde ihre Stimme sie bald im Stich lassen. Und dann? Bei dem Gedanken an den Ruhestand wurde Catriona starr vor Angst. Was würde sie tun? Womit würde sie ihre Zeit verbringen? *Belvedere* war ihr Zuhause, der Ort, nach dem sie sich sehnte, wenn sie nicht dort war. Aber sie war realistisch genug, um zu wissen, dass die Farm weit von den Lichtern der Großstadt entfernt war – eine ganz andere Welt als die Dramatik der Oper und die faszinierenden Reisen um die Welt. Wie lange würde es dauern, bis sie genug hätte von der endlosen Weite, der Einsamkeit, dem Alltagstrott auf einer Rinderfarm?

Vielleicht könnte sie pendeln? Mit ihrem Geld war eine Akademie in Melbourne finanziert worden, die auch Stipendien an mittellose Studenten zu vergeben hatte. Dort könnte sie unterrichten und junge Talente fördern. Aber auch dann würde sie den elektrisierenden Reiz der Auftritte vermissen, den Adrenalinstoß beim Erscheinen auf einer großen Bühne vor einem dankbaren Publikum. Natürlich könnte sie Schallplatten aufnehmen und Gastrollen singen, doch das würde sie nicht zufrieden stellen. Alles oder nichts, das war immer ihre Devise gewesen. Wenn sie sich zur Ruhe setzte, wäre es zu Ende. Das musste so sein, denn sie wollte verdammt sein, wenn sie zuließe, dass sie sich in eine wahrnehmungsgestörte Diva verwandelte, die noch im hohen Alter jede barmherzig angebotene Rolle akzeptierte, weil sie es nicht ertragen konnte, nicht mehr aufzutreten.

Catriona blinzelte und schob die düsteren Gedanken beiseite. Noch war es nicht vorbei. Sie war der Star in *Tosca*, in ihrer berühmtesten Rolle, und die hatte man ihr nicht aus Mitleid angeboten. Sie war einfach müde und brauchte ein wenig Ruhe. Morgen würde die Welt wieder anders aussehen. Vielleicht sollte sie die zwei Tage Pause nutzen, um nach *Belvedere* zu fliegen und Poppy zu besuchen. Es wäre schön, sie wiederzusehen. Der letzte Besuch war sehr kurz gewesen.

Die Briefe lagen noch auf dem Tisch, wo Catriona sie hingeworfen hatte. Sie blätterte in dem Stapel, bis sie etwas fand, das interessant aussah. Der große Umschlag war von unbekannter Hand adressiert und aus Sydney nachgeschickt worden. Sie riss ihn auf.

Ihr eigener Brief fiel heraus. Er steckte noch im Umschlag, aber der war geöffnet worden. Catrionas Hände fingen an zu zittern. Es lag kein Begleitbrief dabei. Sie starrte die Handschrift auf dem Umschlag an. War ihr Brief gelesen oder war er nach einem kurzen Blick ignoriert worden? Aber die Rücksendung an sich war eine beredte Botschaft. Ihre Tochter wollte nichts mit ihr zu tun haben.

»Ich habe zu lange gewartet und gesucht, um mich jetzt abweisen zu lassen«, murmelte sie. »Ich werde noch einen Brief schreiben und noch einen und noch einen – bis ihr das Zurücksenden zu lästig wird. Und vielleicht wird sie aus Neugier lesen, was ich ihr schreibe.«

Das Telefonklingeln riss Catriona aus ihren Gedanken. Sie nahm den Hörer ab, und entsetzt vernahm sie, was Fred von Poppy zu berichten hatte.

»Behalten Sie die Kinder bei sich«, sagte sie. »Ich komme.«

Catriona kam am Vorabend der Beerdigung an. Es war spät, aber im Farmhaus brannte noch Licht. »Wo sind die Kinder?«, war ihre erste Frage.

Fred war blass, und seine Augen blickten traurig. »Rosa haben wir im Gästezimmer ins Bett gelegt. Billys Frau Maggie hat ihr etwas Heißes zu trinken gegeben und eine ihrer Arzneien hineingemischt, die sie beruhigen und ihr beim Einschlafen helfen soll. Sie sitzt noch bei ihr und behält sie im Auge.«

»Und Connor? Wie geht es ihm?«

Fred strich über die grauen Bartstoppeln an seinem Kinn. »Er ist mit Billy draußen. Für den Jungen war es ein schwerer Schlag. Aber er hält sich tapfer. Ist zäher, als man glauben möchte, und redet schon davon, hier zu arbeiten, damit er sich und seine Schwester ernähren kann.«

Catriona schwieg, aber innerlich kochte sie vor Zorn. Es war so unfair, dass Connor sich stark und mannhaft benehmen musste, obwohl er noch ein Junge war. Anscheinend hatte sich Poppys Kraft und Entschlossenheit über die Generationen auf ihren Enkel vererbt, und auch wenn es ihr anders lieber gewesen wäre – sie wusste, dass Connor tun würde, was er für richtig hielt, was immer sie ihm raten würde.

Sie ging ins Haus und legte den Pelzmantel ab. Es war zu still hier, und es roch nach Tod. Sie wünschte, die Kinder wären hier; dann könnte sie die beiden in die Arme nehmen und ihnen zeigen, dass sie nicht allein waren. Aber auch für sich selbst brauchte sie ihre Nähe jetzt, denn mit Poppy hatte sie die letzte Verbindung zu ihrer Vergangenheit verloren – den letzten Faden, aus dem das Tuch ihrer Kindheit gewebt war.

Sie warf einen Blick zu Rosa ins Zimmer und widerstand dem Drang, sie in den Arm zu nehmen. Die Kleine trug ihren geliebten Snoopy-Pyjama; sie schlief zusammengerollt, und eine kleine Hand lag auf der rosigen Wange. Maggie saß auf einem Stuhl neben dem Bett. Ihr Kopf hing müde auf die Brust, und ihre dunkle Hand lag schützend auf dem Arm des Kindes. Ohne die beiden zu stören, schloss Catriona leise die Tür und ging durch die schmale Diele. Sie holte tief Luft, warf Fred einen Blick zu und öffnete die Tür zum Wohnzimmer, wo man Poppy aufgebahrt hatte.

Das Zimmer war von Dutzenden Kerzen erleuchtet. Poppy sah aus, als schlafe sie. Die Sorgenfalten hatten sich geglättet. Man hatte ihr das Haar gebürstet und die Hände auf der Brust gefaltet, und ein Rosenkranz war um die leblosen Finger geschlungen. Sie trug ein Kleid, das Catriona ihr vor Jahren geschenkt hatte. Es war ihr Lieblingskleid gewesen, leuchtend gelb mit lauter großen roten Blumen.

Catriona schaute sie an, und Tränen hingen an ihren Wimpern. Der Schreiner hatte einen Sarg aus heimischem Holz gemacht und ihn gewachst und poliert, bis er glänzte. Die Tragegriffe waren aus Messing, und er war mit fliederfarbener Seide ausgeschlagen. »Wie haben Sie das alles in so kurzer Zeit hinbekommen?«, fragte sie unter Tränen.

Fred räusperte sich. »Er hat immer ein paar Särge auf Lager«, sagte er düster. »Es würde zu lange dauern, einen zimmern zu lassen und einzufliegen; wir haben ja immer nur höchstens vierundzwanzig Stunden Zeit für die Beerdigung.« Er stand auf. »Maggie und die anderen Lubras haben Poppy zurechtgemacht. Ich hoffe, es ist alles in Ordnung?«

Catriona antwortete nicht; sie schaute Poppy an und hatte alle Mühe, nicht laut zu weinen. Das Kleid passte nicht zu den Ohrringen und den Armreifen, und das Ganze war ein schrecklicher Kontrast zu der blasslila Seide – aber das war Poppy. Bunt und schwatzhaft wie die Rosellas, mutwillig wie die Opossums, die sie auf dem Dach rascheln hörte. »Hoffentlich hat sie nicht leiden müssen«, sagte sie.

»Der Doc sagt, es war ein Herzinfarkt. Es ist offenbar ganz schnell gegangen.«

Catriona nickte. »Ich werde heute Nacht bei ihr sitzen.«

Fred ging hinaus, und sie zog sich einen Stuhl heran und legte die Hand auf Poppys Hände. Sie waren kalt und reglos – ganz anders als bei der Poppy, die sie gekannt hatte. Als Catriona so in den flackernden Schatten des Kerzenlichts saß, dachte sie an das Knarren und Rumpeln der Wagen, mit denen sie durch das Outback gerollt waren. Sie dachte an die Tänzerin mit dem Strassschmuck und den langen Beinen, die so lebenslustig gewesen war und unterhaltsame und unanständige Geschichten erzählt hatte. An die dunklen Zeiten wollte sie nicht denken – an die Zeiten voller Armut und Ungerechtigkeit, als das Leben ein Kampf gewesen war und sie manchmal nicht mehr gewusst hatten, wie es weitergehen sollte. Poppy hatte das alles überwunden; ihre Charakterstärke und ihre Lebenslust hatten ihr den Willen gegeben, lange genug zu überleben, um ihre Enkelkinder gesund und wohlbehalten aufwachsen zu sehen. Es war ein machtvolles Vermächtnis, das bei dem kleinen Connor schon jetzt zutage trat.

Als Connor Billy Birdsong in den Busch folgte, war er froh, dass es dunkel war, denn in der Nacht sah man seine Tränen nicht. Die Trauer um seine Großmutter lastete wie ein schwerer Stein auf seiner Brust, und er wusste nicht, wie er und Rosa ohne sie zurechtkommen sollten. Sie war immer da gewesen, hatte sie beschützt und geliebt, selbst in finstersten Zeiten.

»Komm mit«, sagte Billy in seinem singenden Tonfall. »Folgen Spuren der Ahnen in das Land des Never-Never.«

Connor ließ sich von der sanften Stimme führen. Er kannte den alten Aborigine seit seiner frühen Kindheit. Zu gern hatte er seinen Geschichten gelauscht und war mit ihm durch den Busch gestreift, wann immer Granny es ihm erlaubt hatte. Billy war sein Held und Lehrer, und eines Tages würde er hoffentlich genauso viel über dieses große, weite Land und seine Pflanzen und Tiere wissen wie Billy.

Die Farm lag weit hinter ihnen. Inzwischen hatten sie die Pferde zurückgelassen und bewegten sich wie zwei Schatten durch das hohe Gras zwischen den Bäumen. Auch der leichte Wind war wie eine Stimme, die im Dunkeln flüsterte, im Laubwerk seufzte und das Gras rascheln ließ. Connor folgte dem Aborigine, der mit sicherem Schritt zwischen den Bäumen hindurch auf eine Ebene zuwanderte. Er hörte nichts als den Sirenengesang dieses Mannes, und er sah nur seinen dunklen Schatten vor dem Nachthimmel, als sie auf eine Lichtung hinaustraten.

Billy blieb stehen und wartete, eine hohe, schmale Silhouette vor dem Sternenhimmel. Das Haar umgab seinen Kopf wie ein Heiligenschein. Er streckte den Arm aus. »Komm her, Connor«, sang er. »Sitzen unter den Sternen, und ich erzähle dir von Traumzeit und warum Tod nicht für Tränen.« In einer anmutig fließenden Bewegung setzte er sich mit gekreuzten Beinen auf den Boden.

Connor ließ sich neben ihm nieder. Er fragte sich, was für Worte Billy finden würde, um seinen Schmerz zu lindern.

Billy begann zu sprechen, und mit eindringlicher, hypnotisierender Stimme erzählte er Connor von der letzten Reise in den Himmel. »Poppy hat starken Geist«, sagte er. »Macht gute Reise in das Land des Himmels.« Er warf eine Hand voll Gras in die Luft, und sie sahen zu, wie der Wind es davontrug. »Wie Grashalme wir hergeweht von Sonnengöttin, damit wir beschützen Mutter Erde. Wir säen neue Generationen und werden alt, und Sonnengöttin ruft uns nach Hause. Sie singt, und wir können unsere Ohren nicht verschließen – es ist Zeit zum Ruhen.«

Connor schniefte und wischte sich mit dem Ärmel über die Nase.

Billy lächelte, und seine Zähne leuchteten im Mondlicht. »Deine Tränen nähren die Saat, die Poppy gesät«, sagte er. »Sie bringen Leben den Geistern, die warten in der Erde, dass sie geboren werden.« Seine Stimme wurde leise. »Ihre Zeit vorbei, aber ihr Geist immer bei dir.«

Connor sah ihn tränenblind an. Das Herz tat ihm weh.

»Sei nicht traurig«, sagte Billy. »Sie hinaufgefahren im Geisterkanu, und wenn du genau hinschaust, du siehst die Segel auf Große Weiße Straße.« Er hob den knochigen Arm und deutete zum Himmel.

Connor wischte sich die Tränen ab und schaute hinauf. Der

gewaltige Himmel umgab ihn mit solcher Pracht, dass es fast war, als könne er die Krümmung der Erde sehen. Und dort, zwischen Millionen von Sternen, war die Milchstraße, eine breite Bahn von unzähligen Lichtpunkten. Sie reichte von Horizont zu Horizont, ein riesiger, funkelnder Bogen, und plötzlich war ihm, als sehe er einen einzelnen Stern, der langsam über diese himmlische Straße wanderte.

»Geisterkanu bringt sie zum Land des Mondgottes«, sagte Billy leise. »Dort sie verliert Erdengestalt, streift ab wie Rinde von Eukalyptus, und dann fliegt hoch und hoch über Himmel und wird Stern. Und Stern wird immer leuchten bei dir und allen, die sie liebt.«

Connor liefen warme Tränen über die Wangen, als er den kleinen Lichtpunkt über die Milchstraße wandern sah. Und plötzlich – ein Blitz, und etwas strich hell über den Himmel.

»Ist geschehen.« Billy seufzte.

Connor blinzelte und spähte dann wieder in die Höhe. Da war ein neuer Stern, ganz sicher, und obwohl er wusste, dass Billy diese Geschichte erfunden hatte, wollte er sie unbedingt glauben. »Wird der Stern immer da sein?«, fragte er.

»Immer«, sagte Billy. »Ihr Geist lebt jetzt im Himmel. Sie ist glücklich.«

Connor saß noch lange mit Billy unter den Sternen. Sie sprachen kaum; sie betrachteten den Himmel und die Sterne, bis ein perlmutternes Grau den neuen Tag ankündigte. In wortloser Einigkeit standen sie auf und kehrten zurück zur Farm.

Die ersten Nachbarn waren schon am Abend zuvor eingetroffen, und als die aufgehende Sonne *Belvedere* in ihren goldenen Glanz tauchte, erwachte das Zeltlager auf der Koppel hinter dem Farmhaus zum Leben. Die Leute holten Wasser, Lagerfeuer flackerten auf. Geländewagen parkten draußen vor der Schlafbaracke, Pferde wurden auf die Koppel gebracht, kleine Flugzeuge landeten und rollten dann auf die Lichtung am Ende der Landebahn. Unter den Bäumen standen sogar ein paar Fuhrwerke und leichte Kutschen, einige davon so alt, dass sie in ein Museum gepasst hätten.

Catriona hatte sich besorgt gefragt, wie sie alle diese Leute beköstigen sollte. Fünf Brote und zwei Fische waren eine übertriebene Beschreibung dessen, was sie vorrätig hatte, und zu einem Wunder fühlte sie sich nicht fähig. Aber erleichtert und dankbar erstaunt sah sie, dass es unter diesen großherzigen Bewohnern des Outback anscheinend zur Tradition gehörte, das Essen zu einem solchen Anlass selbst mitzubringen. Auf Platten, in Körben und Kisten wurde alles ins Kochhaus geschafft und mit Tüchern bedeckt, bis der Trauergottesdienst vorüber wäre. Stundenlang hatten die Frauen dafür in stickigen Küchen gearbeitet, wo die Temperatur oft bis auf vierzig Grad anstieg, und es war genug da, um eine ganze Armee satt zu machen.

Clemmie traf mit dem Regisseur der *Tosca* in seinem Flugzeug ein, und die Einheimischen aus Drum Creek kamen zu Pferde und in einem langen Geländewagen-Konvoi. Auch die Sullivans waren da und hatten Belinda und ihre drei strammen Söhne mitgebracht.

Catriona stand auf der Veranda. Rosa klammerte sich an ihren Rock, und Connor stand stumm und wachsam daneben. Catriona hatte nicht geschlafen, sondern die ganze Nacht einsam an Poppys Totenbett Wache gehalten, mit ihr geredet und geweint vor Wut über die Ungerechtigkeit des Lebens, bis der Priester ins Zimmer trat und sie beruhigte. Es ist noch zu früh für die Beerdigung, dachte sie, ich habe mich mit Poppys Tod noch nicht abgefunden. Und ich habe weder mich noch die Kinder auf diesen Tag vorbereitet. Aber in dieser Hitze mussten die Toten so schnell wie möglich unter die Erde. Das gehörte zum Leben und Sterben im Outback, und sie musste es akzeptieren.

Catriona begrüßte Pat und Jeff Sullivan. Sie war ihnen schon oft begegnet und freute sich, die beiden wiederzusehen, so traurig der Anlass für ihren Besuch auch sein mochte. Belinda lief geradewegs zu Rosa, und Hand in Hand verschwanden die Mädchen auf der hinteren Veranda. Connor schob seinen Hut in den Nacken und ging mit den Sullivan-Jungen über den Hof. Seit er im Morgengrauen zurückgekehrt war, hatte er kaum ein Wort gesprochen, aber jeder hat seine eigene Art zu trauern, und was immer Billy ihm in der vergangenen Nacht erzählt haben mochte, es schien den Jungen ein wenig getröstet und auf diesen Tag vorbereitet zu haben.

»Unglaublich, wie viele Leute diesen weiten Weg auf sich genommen haben«, sagte Catriona zu Pat. »Und sie sind alle so freundlich. Wir haben genug zu essen, um doppelt so viele satt zu machen.«

»Poppy war ein unvergleichlicher Mensch.« Pat zog die Strickjacke aus und wischte sich mit einem Taschentuch über das verschwitzte Gesicht. Das Thermometer war schon jetzt über dreißig Grad geklettert, und die Fliegen waren eine Plage. »Ich war immer gern mit ihr zusammen. Sie hat mich mit ihren Geschichten zum Lachen gebracht. Ohne sie ist Drum Creek nicht mehr das, was es war.« Sie putzte sich die Nase. »Und sie war immer die Erste, die ihre Hilfe angeboten hat, wissen Sie. Hat Kuchen für unsere Feste gebacken, die Kostüme für das Schultheater genäht und für die jungen Eltern manchmal die Kinder gehütet, damit sie auch mal einen Abend im Pub verbringen konnten. Sie wird uns allen fehlen.«

Noch immer trafen Gäste ein. Poppy hatte diesem entlegenen Winkel Australiens ihren Stempel aufgedrückt, und offensichtlich hatte sie hohes Ansehen genossen. Die Männer trugen Buschhüte, langärmelige Hemden und Moleskin-Hosen, und fast alle Frauen hatten blass bedruckte Kleider und weiße Sandalen an. Catriona betrachtete ihre eigenen manikürten Nägel, ihr goldenes Armband und die Diamantringe. Sie trug ein schwarzes Chanel-Kleid, hochhackige schwarze Lackschuhe und Seidenstrümpfe nach der neuesten Großstadtmode. Neben den Landfrauen in ihren verblichenen Baumwollkleidern und den bequemen Schuhen fühlte sie sich overdressed.

Der Priester war am Abend zuvor mit dem Flugzeug eingetroffen und hatte die Sterbesakramente bereits gespendet. Nun kam er aus dem Dunkel des Hauses, und seine schwarze Soutane wirkte feierlich im strahlenden Sonnenschein.

Clemmie machte sich auf die Suche nach Connor, und Pat holte Rosa und Belinda. Als alle versammelt waren, wurde es still. Der Trauerzug nahm seinen Anfang. Connor, Billy, Fred, der Wirt des Pubs in Drum Creek, der Ladenbesitzer und der älteste Sohn der Sullivans trugen den Sarg. Poppys schwarzer Lieblingsschal mit den großen roten Rosen war darüber drapiert. Wer Blumen mitgebracht hatte, trug sie hinter dem Sarg her, und die Luft war süß vom Duft der Lilien, Nelken und Rosen.

Langsam bewegte sich die Prozession über den Hof bis zur östlichen Koppel. Dort, hinter einem Lattenzaun, lag der kleine Friedhof von *Belvedere* – ein historisches Denkmal, denn Grabsteine und Holzkreuze erzählten die Geschichte der Menschen, die hier gelebt hatten und gestorben waren, gestorben durch Unfälle oder im Kindbett, durch Brände und Überschwemmungen, an Krankheit oder Altersschwäche.

Als Catriona am Grab stand, übermannte sie die Erinnerung an alle die, die sie schon verlassen hatten. Mam und Dad, Max und sein kleiner Hund – und nun Poppy. Summers' Music Hall war am Ende ihrer Reise angekommen. Einen Augenblick lang war ihr, als höre sie das Rumpeln der Wagenräder und den weichen, beruhigenden Hufschlag von Jupiter und Mars. Vielleicht waren sie zurückgekehrt, um Poppy zu holen; es war eine schöne Vorstellung, dass sie nun alle wieder zusammen waren und ihre Bahn über den Himmel zogen.

Sie legte einen Arm um Rosa und drückte sie an sich, als der Sarg hinabgelassen wurde. Sie sah, wie blass Connor war, wie fest er seine Gefühle im Zaum hielt. Gern hätte sie auch ihn in den Arm genommen. Aber er gab sich große Mühe, ein Mann zu sein – ein Mann im Körper eines Kindes, ein Junge an der Schwelle zum Erwachsensein –, und er würde es ihr nicht danken, wenn sie ihn jetzt schwach aussehen ließe.

Die Trauerfeier war zu Ende. Die Gäste kehrten zur Farm zurück, während die Männer den Sarg mit der dunkelroten Erde von *Belvedere* bedeckten. Catriona hatte Rosa mit den Sullivans gehen lassen, aber Connor stand noch da und beobachtete die Totengräber bei der Arbeit. Catriona trat zu ihm, aber sie wusste nicht, was sie sagen oder tun sollte.

Da griff seine Hand nach der ihren und umklammerte sie fest. Er sah sie an, und seine nussbraunen Augen schwammen in Tränen. »Sie war nicht bloß meine Großmutter«, sagte er. »Sie war meine Mum und meine Freundin. Ich hatte sie sehr lieb, weißt du.«

Catriona hatte Mühe, ruhig und beherrscht zu sprechen. Sie drückte seine Hand. »Das haben wir alle getan, Schatz«, sagte sie leise. »Poppy war eine wunderbare und mutige Frau, und ich bin stolz darauf, dass ich sie gekannt habe.«

Lange starrte er stumm zu Boden, und Catriona fragte sich, was ihm durch den Kopf gehen mochte. Dann räusperte er sich, hob den Kopf und erzählte ihr, was er in der Nacht von Billy gehört hatte. »Glaubst du, er könnte Recht haben?«, fragte er schließlich.

Catriona ging das Herz auf. »Warum nicht?«, sagte sie sanft. »Poppy wollte immer nach den Sternen greifen.«

SECHZEHN

*D*as Essen war vorüber, und als die Sonne untergehen wollte, machten die Trauergäste sich auf den Heimweg. Wagen und Kutschen, Geländefahrzeuge und Pferde schlängelten sich die lange Zufahrt hinunter, und die Flugzeuge dröhnten über die Startbahn, bevor sie sich in den Himmel erhoben. Noch lange hingen die Staubwolken in der Luft, und als sie verweht waren, stand die Sonne dicht über dem Horizont.

Die Männer von *Belvedere* saßen rauchend vor der Schlafbaracke, und ihre Stimmen klangen leise durch die Stille. Pat Sullivan hatte Rosa für ein paar Tage mit auf die Derwent Hills Farm genommen; vielleicht würden Belindas Gesellschaft und eine andere Umgebung ihr helfen, über die Trauer hinwegzukommen. Connor war nirgends zu sehen; Catriona nahm an, dass er mit Billy unterwegs war.

»Es war ein langer Tag«, seufzte Clemmie und reichte ihr einen Gin Tonic. »Wie geht's dir?«

Catriona trank einen Schluck und dehnte sich, um die Verspannungen in Nacken und Rücken zu lösen. Es fühlte sich an, als sei jeder einzelne Muskel verknotet. »Einigermaßen«, sagte sie. »Eine Nacht schlafen, das wird mir jetzt gut tun.« Sie legte Clemmie eine Hand auf den Arm. »Danke, dass du bleibst«, sagte sie. »Ich hätte die Nacht nicht gern allein verbracht.«

Clemmie tätschelte ihr die Hand. »Ich bleibe, solange du willst«, sagte sie. »John kann ein Weilchen selbst für sich sorgen, und da du ja meine einzige Klientin bist, habe ich nichts anderes zu tun.« Sie lächelte. »Franz sagt, du solltest eine Woche Urlaub nehmen.«

Catriona schaute sie verblüfft an. Der Regisseur gab sonst niemals Urlaub von den Proben; sie waren ihm viel zu wichtig. »Hat er etwas geraucht, oder was ist in ihn gefahren? Das ist sonst gar nicht seine Art.«

»Keine Sorge, Kitty! Es ist keine reine Herzensgüte von ihm. Er erwartet, dass du ausgeruht und vorbereitet zur Kostümprobe wieder da bist.« Sie lächelte. »Du kennst doch Franz. Er macht keine Gefangenen – die Sopranistin wird erschossen, wenn er glaubt, dass sie nachlässig arbeitet.«

»Zumindest werde ich auf andere Gedanken kommen können.« Catriona lächelte müde. »Es wäre ja auch zu schön, um wahr zu sein.«

Sie saßen in den Korbsesseln und schauten hinaus in die Nacht. Auf dem Hof war es still, und am schwarzen Himmel funkelten die Sterne. Das Kreuz des Südens stand hoch über ihnen, so hell und klar, dass sie es fast mit Händen greifen konnten.

»Es geht nichts über eine Nacht im Outback«, sagte Clemmie verträumt. »Ich wusste gar nicht, dass es so viele Sterne gibt. Und sieh dir die Milchstraße an. Phantastisch.«

Catriona lächelte. »Du solltest öfter mal aus Sydney herauskommen.«

»Hmm.« Clemmie ließ die Zitronenscheibe in ihrem Drink kreisen. »Ich glaube, sehr lange würde ich es hier draußen nicht aushalten«, sagte sie schließlich. »Es ist so …«

»Abgelegen?«, fragte Catriona, und ihre Freundin nickte. »Aber das ist gerade das Schöne daran, weißt du. Keine Hektik, keine Lichterpest, keine laute Popmusik – und keine brüllenden Regisseure und keine Sängerinnen, die sich ankreischen. Nur der Wind in den Bäumen, das Zirpen der Grillen und der Duft von Eukalyptus und Staub.«

Clemmie strich über ihren schwarzen Rock und verzog das Gesicht. »Stimmt, Staub gibt's hier genug«, brummte sie. »Er sitzt in den Haaren, und auch mein Kleid ist schmutzig. Der Himmel weiß, was das alles mit meinem Teint anstellt.«

Catriona lächelte resigniert, als sie ihre Freundin betrachtete. Clemmie war dreiundsechzig, aber nach einer strengen Diät wirkte sie mindestens fünfzehn Jahre jünger. Ihr Teint war makellos, ihr Make-up ebenfalls. Ihr hellbraun getöntes Haar war im Nacken zu einem lockeren Knoten geschlungen, der ihren langen, eleganten Hals vorteilhaft zur Geltung brachte. Sie trug ein schlichtes schwarzes Futteralkleid, das ein Vermögen gekostet hatte, und ihre Python-Pumps waren handgenäht. »Ich glaube, du brauchst dir keine Sorgen zu machen«, sagte sie.

»Ich kann mir nicht vorstellen, hier draußen zu leben.« Offenbar war Clemmie entschlossen, die Unterhaltung nicht abbrechen zu lassen. »Du brauchst dir die Frauen nur anzuschauen, dann weißt du, was diese Gegend aus ihnen macht. Schon die ganz jungen sind wettergegerbt und faltig von der Sonne, und wie sie aussehen, ist ihnen offenbar völlig egal.« Sie schnaubte. »Diese grässlichen Baumwollkittel und die furchtbaren Schuhe – jede normale Frau würde lieber sterben, als solche Horrorklamotten anzuziehen.«

Catriona lachte. »Rede nicht so geringschätzig über sie! Die Leute hier arbeiten in einer Hitze, die dich für Wochen außer Gefecht setzen würde. Da ist es egal, was sie tragen oder wie sie aussehen, solange die Kleidung kühl und praktisch ist. Es sind hart arbeitende, ehrliche Menschen, die dir ihren letzten Dollar geben würden.« Sie milderte den vorwurfsvollen Ton ihrer Verteidigungsrede ein wenig, als sie merkte, dass der Stress der vergangenen vierundzwanzig Stunden überhand nahm. »Das Leben hier ist keine Modenschau«, fügte sie leise hinzu. »So etwas interessiert niemanden.«

Mit undurchdringlicher Miene sah Clemmie sie an. »Darum

hast du auch ein Chanel-Kleid und Highheels getragen, nicht wahr?«

»Das war ein Fehler«, gab Catriona zu. »Aber ich bin so überstürzt abgereist, dass ich nicht darüber nachgedacht habe.«

»Mmmm.«

Allmählich ging Clemmie ihr auf die Nerven. »Irgendetwas geht dir doch offensichtlich gegen den Strich, Clemmie. Spuck's schon aus, um Himmels willen!«

Clemmie zog die schmalen Brauen hoch. Dann seufzte sie und begann an ihren Armreifen herumzuspielen. »Ich habe versucht, mir vorzustellen, wie du hier lebst, Kitty«, gestand sie. »Und ehrlich gesagt, Kitty, ich kann es nicht.«

»Warum nicht?«

»Weil du eine Großstadtfrau bist. Weil du dein ganzes Erwachsenenleben lang in der Welt herumgereist bist und in den allerbesten Hotels und Apartments gewohnt hast. Weil du immer wieder gefeiert und angebetet wirst, wenn du die Bühne betrittst. Du kaufst bei Chanel und Givenchy, du gehst zu Empfängen in Botschaften und Palästen, und einige der begehrenswertesten Männer der Welt gehen mit dir aus. Kurz gesagt, Kitty, du bist ein Star und führst das entsprechende Leben. Kannst du dir wirklich vorstellen, dich hier unter diesen rauen Hinterwäldlern niederzulassen?«

Catriona schwieg. Sie konnte Clemmie nicht böse sein, denn eigentlich äußerte sie die gleichen Zweifel, die ihr selbst noch einen Tag zuvor durch den Kopf gegangen waren. Sie beschloss, das Thema zu ändern. »Ich habe an meine Tochter geschrieben.«

»O nein.« Clemmie starrte sie an.

»Du hattest Recht«, sagte Catriona leise. »Sie will nichts von mir wissen. Sie hat mir den Brief kommentarlos zurückgeschickt.«

»Ich habe dich gewarnt, Darling. Vielleicht ist es am besten, alles so zu lassen, wie es ist. Jetzt weiß sie, wer und wo du bist, und wenn sie es sich anders überlegt, kann sie dir immer noch jederzeit schreiben.«

»Ich bezweifle, dass sie das jemals tun wird.« Catriona schwieg. Clemmie brauchte nicht zu wissen, dass sie ihrer Tochter immer wieder schreiben würde, solange sie noch Hoffnung hegte. Sie dachte an ihre Tochter und fragte sich, was ihr wohl durch den Kopf gegangen sein mochte, als sie den Brief gelesen hatte.

Clemmie riss sie aus ihren Gedanken. »Was wirst du jetzt tun, Kitty?«

Catriona runzelte die Stirn. »Ich bleibe ein paar Tage hier, und dann fliege ich wieder nach Brisbane. Ich habe eine Oper zu singen, erinnerst du dich?«

»Schwatz nicht, Kitty!«, knurrte Clemmie. »Du weißt genau, dass ich von den Kindern rede.«

»Rosa ist bei den Sullivans. Da ist sie gut aufgehoben. Connor ist offenbar entschlossen zu arbeiten. Er hat in ein paar Wochen Geburtstag, und ich habe ihm erlaubt, Billy zur Hand zu gehen.« Sie schwieg kurz. »Aber nur unter der Bedingung, dass er jeden Morgen die Radioschule einschaltet und seine Schulausbildung beendet.« Sie lächelte. »Das passt ihm nicht, aber es ist ein Kompromiss.«

»Rosa kann nicht für alle Zeit bei den Sullivans bleiben. Sie ist hier zu Hause, ihr Bruder ist hier, und er ist alles, was sie hat. Es wäre grausam, die beiden zu trennen. Du musst jemanden suchen, der für sie sorgt.«

Catriona saß nachdenklich da. Es war wirklich eine komplizierte Situation. Doch dann ging ihr ein Licht auf, und plötzlich war alles sonnenklar. Das Schicksal hatte die Entscheidung für sie getroffen. »Du hast Recht.« Sie stand auf und lehnte sich an das Geländer. »Rosa ist hier zu Hause, und Connor und ich sind die einzigen Verwandten, die sie hat. Es wird Zeit, dass ich mich zur Ruhe setze.«

Clemmie sprang auf. »Ich habe nicht gesagt, du sollst deine Karriere aufgeben«, rief sie. »Du sollst nur überlegen, was für die Kinder am besten ist.«

Catriona lachte zum ersten Mal seit zwei Tagen. »Das habe ich gerade getan«, antwortete sie entschlossen und nahm Clemmies Hände. »Siehst du es denn nicht, Clemmie? Es ist Schicksal.«

»Das glaubst du doch selbst nicht«, schnaubte Clemmie. »Du bist müde und abgespannt, und du bist traurig wegen Poppy. Du kannst doch nicht alles hinschmeißen – nur für zwei Kinder, die nicht mal deine eigenen sind.«

»Und was soll ich stattdessen tun?«, erwiderte Catriona. »Soll ich Rosa in ein Internat abschieben und Connor hier sich selbst überlassen? Er ist noch keine dreizehn, und Rosa ist acht. Sie sind noch klein, und ich würde Poppy verraten, wenn ich sie jetzt allein ließe.«

»Meinen Kindern hat das Internat auch nicht geschadet«, fauchte Clemmie.

»Deine Kinder sind nicht in dieser weiten Landschaft aufgewachsen. Deine Kinder hatten Eltern, und sie konnten an den Wochenenden und zu den Feiertagen nach Hause fahren.«

»Rosa kann dich in Sydney besuchen. Und Connor ist hier gut aufgehoben. Billy und Fred können sich um ihn kümmern; du brauchst ihn nicht zu verhätscheln.« Clemmies gewohnte Friedfertigkeit war dahin; ihre Augen funkelten bedrohlich, und ihre Stimme wurde laut. »Und alles hinzuschmeißen, weil du glaubst, das Schicksal will es so …« Sie holte tief Luft und atmete geräuschvoll aus. »Das ist doch ein Haufen dummes Zeug, verdammt.«

Catriona merkte, dass die Wellen allmählich höher schlugen. Früher oder später würde eine von ihnen etwas sagen, das nicht mehr zurückzunehmen war, und ihre beste und treueste Freundin vor den Kopf zu stoßen war das Letzte, was sie tun wollte. Sie packte Clemmies Arm. »Ich will doch nicht, dass wir uns streiten«, sagte sie leise.

»Ich auch nicht«, sagte Clemmie, aber besänftigt war sie noch nicht. »Du hast so lange und so schwer gearbeitet – ich ertrag's nicht, dass du jetzt einfach alles hinschmeißen willst.«

Catriona schlang fröstelnd die Arme um sich. Der Wind war kühler geworden; er strich wispernd über den Hof und ließ das Laub der Eukalyptusbäume rascheln. Der Mond segelte majestätisch über den Himmel, unberührt von der Nichtigkeit der Menschen unter ihm. »Ich habe alles erreicht, was ich mir vorgenommen hatte.« Ihre Stimme klang wieder ruhiger. »Ich habe Ruhm und Reichtum und ein Leben, von dem die meisten Menschen nur träumen können. Ich hatte Glück.«

»Glück hat sehr wenig damit zu tun«, widersprach Clemmie. »Du hast verdammt hart gearbeitet und große Opfer bringen müssen.«

Catriona nickte. »Das stimmt. Ich war nicht immer auf Rosen gebettet.« Seufzend sah sie ihre Freundin an. »Aber wofür das alles, Clemmie?«

»Für ein fettes Bankkonto und ein Investment-Portefeuille, um das die meisten von uns dich nur beneiden können. Und für die befriedigende Gewissheit, dass du als eine der großen Operndiven deiner Zeit in die Geschichte eingehen wirst.«

Catriona wischte das alles mit einer knappen Handbewegung beiseite. »Geld und Ruhm sind vergängliche Dinge, und sie bedeuten sehr wenig, wenn du allein bist. Und ich bin allein, Clemmie. Ich habe keinen Mann und keine Kinder außer einer Tochter, die nichts mit mir zu tun haben will.«

»Das ist nicht deine Schuld«, sagte Clemmie.

Catriona zuckte die Achseln. »Ich durfte mein eigenes Kind nicht großziehen. Sie ist ohne mich aufgewachsen, und ich hatte keinen Anteil an ihrem Leben, an ihren Sorgen und ihren Triumphen. Jetzt gibt das Schicksal mir die Chance, doch noch Mutter zu sein, und ich werde diese Gelegenheit beim Schopf packen und für Rosa und Connor mein Bestes tun.«

»Und deine Karriere?« Unter dem vollendeten Make-up war Clemmie blass geworden, und ihre Schulterhaltung verriet ihre Anspannung.

»Ich habe den Gipfel erreicht, Clem. Meine Stimme ist nicht mehr das, was sie mal war.« Sie hob die Hand, als ihre Freundin protestieren wollte. »Ich höre es – und bald werden es auch andere hören. Meine Zeit im Rampenlicht ist bald zu Ende.«

Clemmie stand eine ganze Weile schweigend da. Dann zog sie einen Terminkalender aus der Handtasche, und ihr Tonfall wurde geschäftlich. »Du musst die *Tosca* singen«, stellte sie fest. »Zum Aussteigen ist es zu spät.« Sie blätterte weiter. »Und was ist mit New York? Danach, im August, käme London mit dem Royal Opera House.«

»Das werden meine Abschiedsvorstellungen sein«, erklärte Catriona entschieden.

Clemmie zog den Kopf zwischen die Schultern. »Wenn das so ist, sollte ich mich ans Telefon setzen, um mit der Presse zu reden und die nötigen Vorkehrungen zu treffen. Ein Glück, dass du in New York auch die *Tosca* singst. Als Finale deiner Karriere könntest du dir nichts Besseres wünschen.« Sie sprach schnell, denn sie kämpfte mit den Tränen. »Das Ballett- und Opernprogramm des Royal Opera House steht bereits fest. Ich bezweifle, dass sie es so spät noch ändern werden. Da wirst du deine Laufbahn mit Columbine/Nedda in *I Pagliacci* beschließen müssen.«

Catriona lachte und klatschte in die Hände. »Das ist perfekt«, sagte sie. »Meinen ersten Bühnenauftritt hatte ich bei einer fahrenden Truppe, als ich ein paar Minuten alt war. Ich bin der Inbegriff des Theaterkindes.«

Clemmie starrte sie an.

»Mein Vater ließ mich Shakespeare auswendig lernen, bis ich die Texte fehlerlos hersagen konnte. Und Shakespeare hatte Recht.« Sie lächelte. »›*Die ganze Welt ist Bühne, und alle Frau'n und Männer bloße Spieler. Sie treten auf und gehen wieder ab, sein Leben lang spielt einer manche Rollen.*‹ So werde ich aufhören, wie ich angefangen habe. Als Mitglied einer Truppe werde ich abgehen und im nächsten Kapitel meines Lebens eine neue Rolle spielen.«

»Ach, Kitty«, schluchzte Clemmie. »Ich ertrag's nicht, dass du hier draußen festsitzen sollst.«

»Sei nicht traurig«, sagte Catriona leise. »Ich fange ein neues Abenteuer an. Freu dich für mich, Clem! Ich bekomme endlich die Chance, eine richtige Mutter zu sein.«

»Mutter sein ist aber nicht einfach«, schniefte Clemmie. »Kinder können auch richtige Biester sein.«

Catriona lächelte. »Ich weiß. Und ich freue mich auf die Herausforderung.«

»Jetzt muss ich telefonieren.« Clemmie putzte sich die Nase. »Wo steht der Apparat?«

»Es gibt keinen.« Catriona lachte, als sie Clemmies entsetztes Gesicht sah. »Wir benutzen das Funkgerät. Es verbindet uns mit der Telefonvermittlung.«

»Wie um alles in der Welt kann jemand ohne Telefon leben?« Clemmie war fassungslos.

»Weiß ich nicht. Aber ich freue mich darauf, es herauszufinden.«


Fred hatte seine Sachen in die Schlafbaracke geschafft, aber Catriona und Clemmie richteten sich trotzdem im Gästezimmer ein. Die Stahlfedern der alten Eisenbetten quietschten jedes Mal, wenn sich eine bewegte, doch irgendwann hörte Clemmie auf, sich zu beschweren, und kam zur Ruhe. Bald darauf hörte Catriona ihr tiefes, gleichmäßiges Atmen und wusste, dass sie eingeschlafen war.

Catriona lag in dem spärlich eingerichteten Zimmer und beobachtete, wie die Mondschatten über die Decke wanderten. Sie konnte die Stille ringsum fühlen. Jenseits der Holzwände erstreckte sich das leere Land Tausende von Meilen weit in alle Richtungen. Die nächsten Nachbarn waren in Drum Creek, aber die kleine Ortschaft lag inmitten der endlosen, einsamen Weite des Outback, das von einem Horizont zum anderen reichte.

Einen Moment lang erfasste sie Panik. Was wäre, wenn Clemmie Recht hatte und sie mit der Einsamkeit nicht zurecht kommen würde? Das Leben hier würde anders sein als die kurzen Besuche, die sie bisher gemacht hatte. Und was wäre, wenn die Kinder sie nicht als Mutter haben wollten? Wenn sie sich als miserable Mutter erwiese und erbärmlich scheiterte? Sie drehte sich um und vergrub das Gesicht im Kopfkissen. Sie sehnte sich nach Schlaf, aber diese Gedanken waren offenbar entschlossen, sie wachzuhalten.

Der Entschluss, sich von der Bühne zurückzuziehen, würde eine Menge Organisation erfordern. Zunächst die *Tosca* – und dann die Gastspiele in London und New York, die den größten Teil der kommenden anderthalb Jahre beanspruchen würden. Clemmie würde Pressekonferenzen, Fernsehauftritte und weitere Schallplattenaufnahmen arrangieren. Wenn sie im Farmhaus wohnen wollte, musste auch hier einiges verändert werden. Fred würde ausziehen müssen, und dafür musste eines der Nebengebäude bewohnbar gemacht werden. Zimmer für die Kinder mussten angebaut werden; sie brauchte eine moderne Küche. Das ganze Haus war renovierungsbedürftig. Fred hatte es vielleicht genügt, doch sie war mehr Komfort gewohnt und sah nicht ein, warum sich daran etwas ändern sollte, wenn sie hier draußen lebte.

Catriona drehte sich wieder auf den Rücken und starrte an die Decke. Das Apartmentgebäude in Sydney war vermutlich die beste Investition, die sie je gemacht hatte. Angesichts der Eröffnung der neuen Oper innerhalb der nächsten zwei Jahre und der Sanierung des Hafenviertels wäre es töricht, das Haus jetzt zu verkaufen. Nach Brins Tod hatte sie die Parterrewohnung an ein Ehepaar mittleren Alters vermietet, das pünktlich seine Miete zahlte und alles im Auge behielt, wenn sie auf Reisen war. Damit war allen gedient, und sie würde nichts daran ändern. Sicher würde sie irgendwann einmal Erholung von *Belvedere* brauchen – und welcher Ort wäre dazu besser geeignet als Sydney? Da könnte sie mit Rosa ins Theater und ins Ballett gehen, vielleicht sogar in die Oper, sie könnten zusammen einkaufen, Boot fahren und die Kunstgalerie und das Museum besuchen.

Catriona schloss die Augen. Zweifel bedrängten sie. Rosa war noch ein kleines Mädchen. Was wäre, wenn ihr Oper und Ballett keinen Spaß machten? Und was sollte sie mit Connor anfangen? Sie hatte kaum jemals etwas mit Jungen seines Alters zu tun gehabt, und sie hatte keine Ahnung, wie sie ihn behandeln sollte. Den Traum von *Belvedere* hatte sie von Kindesbeinen an gehegt. Jetzt fragte sie sich, ob sich das Leben dort – noch dazu mit Poppys Enkelkindern – in der Realität vielleicht als Fehler erweisen könnte. Clemmie hatte ja Recht. Das Leben in der Großstadt war himmelweit entfernt vom Leben im Outback. Sie würde sich anpassen und tausend Kompromisse schließen müssen. Sie hatte sich eine gewaltige Aufgabe gestellt, und sie war ganz und gar nicht sicher, dass sie ihr gewachsen war.

Als Catriona die Augen öffnete, dämmerte der Morgen. Die Rosellas und Sittiche draußen in den Bäumen machten einen Lärm, der Tote aufgeweckt hätte. Sie schaute hinüber zu Clemmie und lächelte. Ihre Freundin saß mit einer Tasse Tee im Bett und zog ein angewidertes Gesicht.

»Endlich«, maulte sie. »Bei deinem Geschnarche und den verdammten Vögeln da draußen habe ich kaum ein Auge zugetan.« Sie warf einen Blick auf die zierliche goldene Armbanduhr. »Ist dir klar, dass es fünf Uhr morgens ist?«

»Ich schnarche nicht«, protestierte Catriona. Sie griff nach der Teekanne und goss sich auch eine Tasse ein. Sie trank einen Schluck, gab etwas Zucker dazu und ließ sich entspannt ins Kopfkissen zurücksinken. »Und du hast geschlafen, kaum dass dein Kopf auf dem Kissen lag – mindestens acht Stunden. Also mach keinen Wind.«

Clemmie wollte widersprechen, aber das Dröhnen eines heranjagenden Geländewagens ließ sie beide zusammenschrecken. »Was ist das jetzt wieder?«, fragte sie erbost. »Schläft denn hier keiner?«

Catriona runzelte die Stirn und zog einen seidenen Morgenmantel über ihren Pyjama. Der Geländewagen hatte mit kreischenden Bremsen angehalten, und sie hörte Stimmen. Eilig lief sie hinaus und durch den schmalen Flur zur Haustür.

Rosa purzelte aus dem Wagen und fiel Catriona um den Hals. »Geh nicht weg«, schluchzte sie. »Bitte lass mich nicht allein, Tante Cat!«

Catriona umarmte die Kleine und versuchte sie zu beruhigen. »Ich lass dich nicht allein«, sagte sie entschlossen. »Sschh! Sei ein braves Mädchen. Hör auf zu weinen.« Über Rosas zerzausten Haarschopf hinweg sah sie Pat Sullivan an.

Pat war bleich. Sie war die halbe Nacht auf gewesen und dann über Land nach *Belvedere* gefahren. »Auf der Fahrt nach Derwent Hills ging es ihr gut«, berichtete sie, als sie die Verandatreppe heraufkam. »Aber dann ist sie schreiend aufgewacht und war fest davon überzeugt, dass sie Connor nie wieder sehen würde.« Seufzend strich sie dem Kind über das Haar. »Die arme Kleine. Ich habe versucht, ihr zu erklären, dass sie nur ein paar Tage Ferien bei mir macht, aber sie wollte mir nicht glauben. Vermutlich ist sie einfach überzeugt, dass früher oder später jeder weggeht. Man kann es ihr nicht verdenken.«

Catriona nahm Rosa auf den Arm und setzte sich mit ihr in einen Verandasessel. »Ich lass dich nicht allein«, wiederholte sie. »Ich werde hier bei dir und Connor wohnen und für euch sorgen.«

Die dunkelbraunen Augen schwammen in Tränen, und das kleine Gesicht war voller Angst und Müdigkeit. »Versprichst du mir das?« Sie bekam einen Schluckauf.

»Ich verspreche es dir. Und jetzt trocknen wir dir die Tränen ab, und dann werden wir frühstücken. Du musst halb verhungert sein. Ich bin's jedenfalls.«

»Wo ist Connor?«, wollte Rosa wissen. Ihre Angst erwachte von Neuem. »Ich will Connor sehen.«

»Ich bin hier«, sagte eine leise Stimme auf der Verandatreppe. Rosa sprang von Catrionas Schoß und fiel ihm um den Hals. »Ich dachte, ich sehe dich nie wieder«, schluchzte sie. »Ich wollte nicht weggehen. Bitte schickt mich nicht noch mal weg.«

Der Hut fiel ihm vom Kopf, als er sie auf den Arm nahm. Sie klammerte sich an ihn. Er sah Catriona an, und in seinen Augen lag die Weisheit und die Fürsorglichkeit eines sehr viel älteren Jungen. »Bleibst du wirklich hier?«, fragte er sie leise.

Catriona nickte. »Ja.«

»Aber du musst doch singen.«

»Ich habe noch ein paar Verpflichtungen, aber von jetzt an steht ihr beide an erster Stelle.«

Der Junge musterte sie eine ganze Weile. Dann nickte er. »Danke«, sagte er grimmig. »Rosa braucht uns beide – aber ich glaube, dich braucht sie mehr.« Er zögerte, und seine Wangen wurden rot, als er hinzufügte: »Wir beide wahrscheinlich.«

Catriona stiegen die Tränen in die Augen. Sie hatte einen Kloß in der Kehle. Sie brachte kein Wort hervor, und so schlang sie einfach die Arme um den Jungen und seine Schwester und drückte sie an sich. Sie hatte sich richtig entschieden.


In den folgenden Tagen wich Rosa nicht von ihrer Seite, und abends weinte sie sich in den Schlaf. Sie war verängstigt und verwirrt, und sie vermisste Poppy. Catriona war klar, dass sich auf der Farm einiges ändern musste. Clemmie blieb im Gästezimmer, und sie schob das andere Bett in Freds Zimmer, sodass Rosa, wenn sie nachts wach wurde, einfach zu ihr herüberkommen konnte. Connor schlief auf der Couch im Wohnzimmer; das war nicht die perfekte Lösung, aber Catriona wollte nicht, dass er allein in das alte Haus zurückkehrte, und die Schlafbaracke war kein Ort für einen Jungen. Die Männer, die auf *Belvedere* arbeiteten, waren rau und gutmütig, aber ihre Sprache ließ viel zu wünschen übrig und ihre Sauberkeit ebenfalls.

Die Woche ging zu Ende. Catriona ließ Rosa in Clemmies Obhut und fuhr hinüber zu Poppys Cottage. Seit der Beerdigung hatte sie noch keine Zeit gehabt, sich um den Nachlass zu kümmern. Wenn sie ehrlich war, hatte ihr auch der Mut dazu gefehlt. Aber morgen würde sie mit Rosa und Clemmie nach Brisbane fliegen, und sie wollte es nicht noch länger hinausschieben.

Seufzend ließ sie den Geländewagen anhalten. Schon jetzt wirkte das kleine Haus verlassen. Es roch muffig darin, und noch immer hing der Gestank des verbrannten Kochtopfs in der Luft. Catriona riss Türen und Fenster auf. Sie würde Maggie und die anderen Lubras bitten, hier sauber zu machen, doch nun wollte sie allein sein.

Als sie durch die Zimmer ging, dachte sie daran, wie entzückt Poppy gewesen war, als sie hier eingezogen war. Ihre Begeisterung darüber, endlich ein eigenes Haus zu haben, und die Entschlossenheit und Tatkraft, mit der sie daran gearbeitet hatte, ein Heim daraus zu machen, waren überall zu sehen – am blankgeschrubbten Küchentisch, an den selbstgenähten Vorhängen und den Flickenteppichen. Sie schaute hinaus in den Garten. Gottlob hatte jemand die Wäsche hereingeholt, und von der Tragödie, die sich da draußen abgespielt hatte, war nichts mehr zu sehen. Seufzend trug sie die Sachen der Kinder zusammen und packte sie in Kisten. Viel war es nicht: Jeans, Hemden, Unterwäsche und ein einzelnes Kleid, das Rosa zu besonderen Anlässen getragen hatte. Bücher, Spielsachen und Gesellschaftsspiele kamen in eine Kiste, Rosas Puppen und ihr Teddy in eine andere.

Als sie alles in den Geländewagen geladen hatte, kehrte sie noch einmal ins Haus zurück. Auf Poppys Bett lag eine handgenähte, kunterbunte Steppdecke. Im Kleiderschrank fand sie eine Ansammlung von alten Baumwollkleidern und ausgetretenen Schuhen und zwei Strickjacken. Ganz hinten stand ein Schuhkarton. Sie nahm ihn heraus und öffnete ihn. Darin lagen Poppys Erinnerungsstücke.

Es waren ein paar alte Handzettel, gedruckt in den Tagen der fahrenden Music-Hall-Truppe. Ein paillettenbesticktes Diadem, ein Fächer, eine Federboa und ein Paar Stulpenhandschuhe – das war alles, was sie aus jener Zeit noch besessen hatte. Catriona blätterte in den Schwarzweißfotos. Eins zeigte eine sehr junge Poppy zwischen einem Mann und einer Frau; im Hintergrund sah man die Kuppel der St.-Paul's-Kathedrale. Poppy in ihrem Bühnenkostüm, wie sie mit den anderen Tänzerinnen in einer engen, chaotischen Garderobe posierte. Anscheinend war es aufgenommen worden, als Poppy im Windmill Theatre aufgetreten war. Auf ein paar Bildern waren Leute, die Catriona nicht kannte, die aber irgendwann im Leben für Poppy wichtig gewesen sein mussten. Zwei zeigten sie mit Ellen als Baby. Catriona legte den Deckel auf den Karton und stellte ihn beiseite. Sie würde die Bilder für Rosa und Connor aufheben.

Die ramponierte Lederschatulle auf der Kommode enthielt Poppys geliebten Schmuck. Er bestand aus billigen bunten Glasperlen, Strassbroschen und Ohrringen. Armreifen in verschiedenen Farben waren dabei, Haarspangen und ein goldenes, stark angelaufenes Medaillon. Catriona nestelte am Verschluss und klappte es auf. Es enthielt das Foto eines gut aussehenden, lächelnden Mannes – vermutlich war es Ellens Vater.

Sie sortierte die Kleider, Bettwäsche und Handtücher und legte sie zur Seite. Irgendjemand würde sie noch gebrauchen können, und sie brachte es nicht über sich, sie zu verbrennen. Die Steppdecken würden Rosa und Connor an ihr Zuhause erinnern; sie trug sie mit den anderen Sachen zum Wagen.

Als alles im Wagen war, blieb Catriona in dem stillen Haus stehen. Sie hörte den Widerhall von Poppys Lachen und ihre

Schritte auf dem Holzboden. Sie zog die Tür hinter sich zu und drehte den Schlüssel im Schloss. Die Geister der Vergangenheit würden für immer hier bleiben.

Connor war von der Koppel zurückgekehrt, wo er Billy geholfen hatte, die Kühe von den Kälbern zu trennen. Er nahm ein heißes Bad im Zuber auf der hinteren Veranda und setzte sich dann zu seiner Schwester und den beiden Frauen an den Tisch.

Catriona verteilte die Teller. Der Koch hatte einen Eintopf herübergeschickt, und der Duft ließ ihnen das Wasser im Munde zusammenlaufen. Der Junge hatte einen gesunden Appetit, und auch Rosa langte herzhaft zu. Offenbar sind die Kinder zäher, als ich gedacht hatte; überlegte Catriona. Vielleicht sind sie schon dabei, loszulassen und den Blick in die Zukunft zu richten. Sie räusperte sich. »Wir müssen morgen sehr früh abreisen«, sagte sie. »Ich muss um neun in Brisbane sein.«

»Fliegen wir wirklich mit dem Flugzeug?«, fragte Rosa mit großen Augen.

Catriona lachte. »Man spricht nicht mit vollem Mund, Rosa. Aber ja – wir fliegen mit dem Flugzeug. Es setzt uns in Brisbane ab, und dann bringt es Tante Clemmie hinunter nach Sydney.«

»Wie lange bleibst du weg?« Connor hatte seinen Teller leer gegessen und schob ihn beiseite. »Es ist bloß, weil Billy gesagt hat, ich kann mit ihm und den anderen zum Auftrieb.«

»Ich komme in ungefähr einer Woche für zwei Tage wieder her. Und in den nächsten zwei Monaten dann, sooft ich kann.« Lächelnd sah sie Connor an. »Und zum Auftrieb kannst du mitreiten, wenn du mir versprichst, dass die Schule nicht darunter leidet.« Er verzog das Gesicht. »Und wenn ich wieder da bin, werde ich mir ansehen, was du gelernt hast. Glaub also nicht, du kannst dich drücken.«

»In Ordnung, Tante Cat.« Er lächelte resigniert.

Catriona erwiderte das Lächeln. Sie hatte ihn gefragt, ob er

Lust habe, mit ihr und seiner Schwester zum Australian Day nach Brisbane zu fliegen, aber er wollte lieber bleiben. Sie waren einander in den letzten paar Tagen näher gekommen, und sie wusste, Connor wollte nichts anderes, als hier auf dem Land zu arbeiten und zu werden wie viele der Männer, die hier lebten – ruhige, zurückhaltende Männer, die das Land und dieses Leben liebten, Männer, die langsam sprachen und sich lieber mit Rindern und Pferden als mit anderen Menschen abgaben.

»Kann ich in Brisbane in die Schule gehen?«, zwitscherte Rosa. »Ich möchte nichts versäumen, und nächstes Jahr haben wir Prüfungen.«

Catriona lachte. Wie konnten zwei Geschwister nur so verschieden sein? »Ich glaube, in den ersten zwei Tagen wirst du nichts versäumen, und danach stelle ich einen Tutor für dich ein, der dir Unterricht gibt und auf dich achtet, wenn ich arbeite. Wie findest du das?«

Rosa zog nachdenklich die Stirn kraus. »Heißt das, ich kriege einen Lehrer ganz für mich allein?«, fragte sie.

Catriona nickte.

»Wow! Wenn ich das Belinda erzähle!« Aber ihre Begeisterung dauerte nicht lange. Sie machte ein bestürztes Gesicht. »Aber was ist mit meinen Freundinnen?«, heulte sie. »Dann sehe ich Belinda überhaupt nicht mehr, und an meiner Stelle wird Mary Carpenter ihre beste Freundin.«

Catriona streichelte ihr die Wange. »Du wirst sie doch wiedersehen, wenn wir nach *Belvedere* zurückkommen. Einen Hauslehrer hast du nur, wenn ich auf Reisen bin, und wenn ich alle meine Verpflichtungen erfüllt habe, werde ich nur noch in den Schulferien verreisen, sodass du mich immer begleiten kannst.« Sie gab ihr einen Kuss. »Und Belinda kann herkommen, sooft sie will. Vielleicht erlaubt ihre Mutter ihr hin und wieder auch, mit uns in die Stadt zu fahren.«

Damit schien Rosa sich zufrieden zu geben, und als sie gegessen und die Teller abgeräumt hatten, erkannte Catriona, dass damit alles geregelt war, bis für Rosa die High School anfinge.

Rosa war so aufgeregt über die Gala-Aufführung in Brisbane gewesen, dass sie kaum alles hatte verdauen können. Der Flug nach Brisbane war schon spannend genug gewesen, und das Feuerwerk nach der Gala war grandios, aber das Erlebnis einer ganzen Oper hatte sie vollends überwältigt. *Tosca* war ein Schock für Rosa; sie hatte nicht geahnt, wie machtvoll und dramatisch die Oper sein würde und wie wunderbar Tante Cat sang. Rosa bekam Gänsehaut von ihrer Stimme, und manchmal, wenn sie leise, traurig und so unbeschreiblich rein klang, hätte sie am liebsten geweint, weil es so wunderschön war.

New York war eine Offenbarung. In den Straßen herrschte großes Gedränge, die Häuser ragten bis in den Himmel, und das unaufhörlich lärmende Treiben war ganz anders als das gemächliche Tempo von Brisbane. Sie wohnten in einer luxuriösen Hotelsuite an der Fifth Avenue, und sie war sich mit Miss Frobisher, die sie als Kindermädchen und Hauslehrerin begleitete, darin einig, dass sie nicht gern so hoch wohnten.

London war eine Stadt, in die Rosa sich verliebte. Sie war so alt, und obwohl auch hier ein überwältigendes Getriebe herrschte, spürte man nichts von der vorwärts drängenden Energie, die New York erfüllte. Zu gern fuhr sie mit den großen roten Bussen und ging in der Carnaby Street und bei Harrods einkaufen. Miss Frobisher zeigte ihr das Parlament, den Wachwechsel am Buckingham Palace und die Beefeater im Tower. Und Tante Cat war mit ihr zum Tee bei Brown's gewesen, wo die Sandwiches winzig und die Kuchen köstlich waren und der Tee ganz anders schmeckte als zu Hause.

Aber Rosas Lieblingsort in London war das Royal Opera House. Auf dem Programm der Saison standen *I Pagliacci, Schwanensee* und mehrere Symphoniekonzerte. Hinter der Bühne lag ein endloses Labyrinth von winzigen Garderoben, Treppen und schmalen Korridoren, und unter der Bühne sah es aus wie in der Werkstatt eines Riesen mit lauter großen Maschinen, die grollend und schnurrend die Seilzüge und Falltüren betrieben.

Miss Frobisher betrachtete die halb nackt umherspazierenden Männer und Frauen mit Missbilligung und gluckte wie eine aufgebrachte Henne, wenn sie die Ausdrücke hörte, die bei hitzigen Streitigkeiten benutzt wurden, und wenn sie sah, wie locker und freizügig die Sängerinnen und Tänzer einander umarmten und küssten. Rosa war hingerissen, denn die Farben, Lichter und Menschen erinnerten sie an ihre Großmutter Poppy. Sie erinnerte sich noch gut an ihre Geschichten über das Theater; die Sänger, Musiker und Tänzer erweckten diese Geschichten zu neuem Leben.

Sie waren jetzt seit fast drei Monaten in London, und für Catriona war der letzte Abend auf der Bühne gekommen. Rosa saß mit Miss Frobisher im Publikum. Sie hatte erst eine Woche zuvor ihren zehnten Geburtstag gefeiert, und jetzt trug sie das neue Kleid und die Schuhe, die sie geschenkt bekommen hatte. Sie strahlte begeistert und erwartungsvoll, denn sie hatte zwar einige Proben und das Ballett gesehen und gehört, wovon *I Pagliacci* handelte, aber die ganze Oper kannte sie nicht.


Catriona trug ihr schwarzweißes Columbine-Kostüm und saß hinten auf dem bunt bemalten Wagen, der von einem stolzen Pferd auf die Bühne gezogen werden würde. Der Tenor, der den Harlekin Beppe sang, stand vorn neben dem Pferd, um es auf die Bühne zu führen. Angespannt warteten sie darauf, dass Tonio den Prolog beendete.

Der große Samtvorhang rauschte hoch und zur Seite, die goldenen Troddeln schaukelten hin und her, und vor den Künstlern tat sich der Zuschauersaal auf. Es war ein atemberaubender Anblick, den Catriona nie vergessen würde. In diesem Licht erwachte das Theater zum Leben. Die vergoldeten Balkone und Posaunen-engel glänzten vor dem tiefroten Samt, und die Größe und Pracht dieses wundervollen alten Gebäudes boten ein eindrucksvolles Bild.

Catriona lehnte sich zurück, als Harlekin das Pferd unter den dröhnenden Schlägen von Canios großer Pauke auf die Bühne führte. Ihr Puls schlug gleichmäßig, aber sie fühlte sich zurück-versetzt in jene längst vergangenen Zeiten, da dies keine Szene aus einer Oper, sondern die Realität ihres Lebens gewesen war. Es war ihr Schwanengesang, ihr Abschiedsauftritt. Wie gut es zusammenpasste.

Rosa beugte sich vor. Sie wollte nicht einen einzigen Augenblick der tragischen Schlussszene verpassen. Tante Cats Schreie hatten so echt geklungen, ihr Entsetzen war so real erschienen – am liebsten wäre Rosa auf die Bühne gestürzt, um sie zu beschützen. Jetzt lag Catriona reglos am Boden, blass und schön, und der Vor-hang schloss sich.

Ein Sturm der Begeisterung brach los, Bravo-Rufe hallten bis unter die verschnörkelte Decke, und ringsum donnerte der Ap-plaus. Rosa stand auf, fing an zu klatschen und jubelnd auf und ab zu springen, als das Ensemble seine Vorhänge entgegennahm.

Catriona wurde von Canio und Silvio in die Bühnenmitte ge-führt, wo sie einen anmutigen Knicks machte. Blumen regneten von Balkonen und Rängen, und dicke Sträuße wurden auf die Bühne getragen und ihr zu Füßen gelegt.

Rosas Hände brannten vom wilden Applaus, und der überwäl-tigende Stolz auf Catriona schnürte ihr die Kehle zu. Diese Catri-ona pulsierte vor Leben – mehr als jemals zuvor. Wie konnte sie es über sich bringen, das alles aufzugeben?

Catriona verbeugte sich tief, und das Publikum klatschte und trampelte. Sie stand in einem Meer von Blumen im Scheinwerferlicht. Schweiß lag kalt auf ihrer Haut, und sie konnte ihre Gefühle kaum bändigen. Sie wollte weinen und singen und dieses ganze Publikum und seinen Applaus an ihr Herz drücken. Dies war ihr letzter Auftritt auf einer Bühne, ihre letzte Rolle in diesem Kapitel ihres Lebens – wenn sie das alles doch nur konservieren könnte, um es in späteren Jahren wieder hervorzuholen und noch einmal zu erleben.

Sie warf dem Publikum Kusshände zu und sog den Beifall auf. Ihr graute vor dem Augenblick, da der Vorhang endgültig fallen würde. Wie hatte sie glauben können, es werde leicht sein? Wie lange würde es dauern, bis die Bühne sie doch wieder lockte? Dies war ihr Leben, und dazu war sie geboren. War es wirklich klug, das alles aufzugeben?

Dann sah sie Rosa. Das kleine Gesicht strahlte, und sie klatschte unentwegt, und als ihre Blicke sich trafen, wusste Catriona, dass es nichts Kostbareres, nichts Verlässlicheres gab als die Liebe eines Kindes.

Catriona holte tief Luft und versank in einem letzten Knicks. Dann machte sie dem Bühnentechniker ein Zeichen und wartete darauf, dass der Vorhang zum letzten Mal fiel.

SIEBZEHN

*E*inem Fremden musste das Leben auf *Belvedere* langweilig erscheinen. Nur wenig markierte den Wechsel der Jahreszeiten. Aber als Catriona sich eingelebt hatte, stellte sie fest, dass eigentlich immer irgendetwas los war. Bald gefiel ihr das Leben im Outback viel besser als das in der Großstadt. Ihre Reisen dorthin erledigte sie schnell, denn das lärmende Treiben machte sie ungeduldig, und sie sehnte sich jedes Mal danach, in ihre friedliche Oase zurückzukehren. Aber sie waren notwendig, denn Catriona hatte einen besonderen Grund, nach Sydney zu fliegen – einen Grund, den nur sie allein kannte. Und auch wenn diese Reisen sie bekümmerten, wusste sie doch, dass sie sonst keine Chance hatte, ihre Tochter zu sehen.

Seufzend schloss sie die Augen. Sie waren einander nie begegnet, hatten nie miteinander gesprochen, und Catriona vermutete, dass es auch niemals geschehen werde. Ihre Tochter einmal zu sehen, zu wissen, dass sie gesund und erfolgreich war – das würde genügen müssen. Rosa war zwar noch ein Kind, aber es war gut, auf diesen scheinbar unschuldigen Ausflügen nach Sydney ihre Gesellschaft zu haben. Sie gingen zusammen einkaufen und aßen in einem der kleinen Bistros am Hafen, und dann krönten sie ihren Aufenthalt mit einem Besuch im Theater oder im Ballett. Rosa hatte ihre Leidenschaft für Gilbert and Sullivan entdeckt. In Catrionas Augen war es Pantomime für Erwachsene, aber sie ging doch gern mit ihr hin, wenn sich die Gelegenheit bot.

Sie lehnte am Zaun und wartete auf das Postflugzeug. Es kam einmal im Monat, wenn das Wetter es zuließ. Sie spähte hinaus über die Weiden. Der Wind strich über das hohe Gras und verwandelte es in einen blassgrünen Ozean, dessen Wellen durch das weite Tal bis zu den Eisenerzbergen zogen. Sie war jetzt seit einem Jahr hier und fühlte sich ganz und gar heimisch.

Das Farmhaus war ausgebaut und renoviert worden, während sie in London war; das kleine Haus hatte nun vier Schlafzimmer, ein richtiges Bad und eine hochmoderne Küche mit einem aus England importierten Aga-Herd. Im Sommer sorgten Deckenventilatoren für Kühlung, und an den langen, kalten Winterabenden brannte ein Feuer im Kamin des Wohnzimmers.

Fred war in den ersten Monaten wunderbar geduldig gewesen. Jeden Morgen kam er mit Rechnungsbüchern, der Auflistung der Herden und Arbeitsplänen und erklärte ihr jede Einzelheit, bis sie mit dem Betrieb auf *Belvedere* vertraut war. Connor und Billy waren mit ihr über Koppeln und Weiden gestreift, und als sie sich wieder ans Reiten gewöhnt hatte, war sie bei einem Brumby-Auftrieb dabei gewesen – eine berauschende Jagd mit den Wildpferden des Outback, belebender und spannender als jede Opernaufführung.

Es gab Partys und Tanzveranstaltungen, Picknicks, Pferderennen und Schulveranstaltungen, an denen sie teilnahm. Sie saß im Komitee der Landfrauen und des Musikvereins, sie gehörte zur Schulpflegschaft und zum Umweltschutzverband für das Outback. Die Menschen hier draußen lebten weit auseinander, aber sie bildeten eine eng verwobene Gemeinschaft, und sie genossen die Augenblicke der Entspannung. Bei solchen Gelegenheiten machten Klatschgeschichten die Runde, Landwirtschaftsfragen und die Preise für Rind- und Lammfleisch wurden diskutiert, und die jungen Leute pflegten Freundschaften, die oft zur Heirat und zur Zusammenlegung riesiger Ländereien führten.

Catriona drehte sich um und schaute lächelnd zum Farmhaus

hinüber. Es sah ganz anders aus als die kleine Hütte, in der sie anfangs gewohnt hatte. Das Dach hatte neue Schindeln bekommen, Tür- und Fensterrahmen waren grün angestrichen, und die Veranda war erneuert worden. Bougainvilleen rankten sich an den Verandapfosten empor, und die Wedel eines Pfefferbaums strichen über das Dach. Das Innere hatte sie mit weichen Sesseln und bequemen Betten, hellen Vorhängen und Tischlampen behaglich eingerichtet.

In der Ferne hörte sie das Dröhnen des schweren Flugzeugs. Sie beobachtete die Landung und wartete, bis es am Ende des unbefestigten Rollfelds angehalten hatte. Billy und zwei Jackaroos – so nannte man die Farmhelfer hier draußen – luden den schweren Postsack und die Kisten aus, die geliefert worden waren, und stapelten alles am Zaun. Ein paar Minuten später hatte das Flugzeug gewendet und startete schon wieder. Der Pilot hatte einen knappen Zeitplan, und seine Runde war ein paar tausend Meilen lang; er konnte sich nicht erlauben, hier herumzutrödeln und ein Schwätzchen zu halten.

Catriona kletterte über den Zaun und lief zu Billy. »Ich nehme die Post«, sagte sie.

»Ich mache«, brummte Billy. »Zu schwer für Missus.«

Sie musste ihm Recht geben. Der verdammte Sack wog eine Tonne. Aber sie war schrecklich ungeduldig und scharrte mit den Füßen, als die drei Männer die verschiedenen Kisten und Bündel sortierten und ins Kochhaus, in die Schlafbaracke und zum Schmied weiterbeförderten.

»Cookie jetzt bessere Laune.« Billy warf sich den Postsack über die Schulter. »Heute Abend Dosenpfirsich mit Vanillesauce.«

Catriona lächelte; sie hatte Mühe, bei seinen großen Schritten mitzukommen. Cookie, der Koch, wusste genau, wie gern Rosa Dosenpfirsiche aß. Er verwöhnte sie zu sehr. »Sind die Werkzeuge gekommen, auf die Fred wartet?«

Der Aborigine nickte. »Viel Werkzeug. Fred jetzt Auto reparieren. Verdammte Karre kaputt.« Er ließ den Postsack auf den Küchentisch fallen und sah Catriona an. »Schätze, Sie warten auf was Besonderes, Missus. Zappeln wie Katze auf heißem Dach.« Lachend schüttelte er den Kopf, als sie es bestreiten wollte. »Wahrscheinlich haben Schätzchen irgendwo. Warten, dass schreiben.«

»Schön wär's!«, flüsterte sie, als er hinausging und zur Scheune hinüberschlenderte. Alle Männer, die sie kannte, hatten sich verdrückt, seit sie ihre Bühnenkarriere beendet hatte; es stimmte, dass der Ruhm die falschen Freier anlockte. Aber verdenken kann ich es keinem, dachte sie. Die Männer, die für ein Leben hier draußen geschaffen sind, sind dünn gesät.

Schnell kippte sie den Inhalt des Postsacks auf den Tisch. Es war ein stattlicher Berg. Mit geübter Geschicklichkeit fing sie an, die Briefe zu einzelnen Stapeln zu sortieren. Fred bekam hauptsächlich Versandhauskataloge und Broschüren von Vieh-Auktionen. Dann waren da Briefe für die Männer und ein paar Pakete. Cookie war offensichtlich beliebt; er bekam einen ganzen Stapel Briefe, alle in derselben Handschrift und mit roter Tinte adressiert. Sie zog eine Braue hoch, als ihr der Duft von parfümiertem Papier in die Nase stieg. Anscheinend hatte er eine Verehrerin.

Die Comics für Rosa und die Kataloge für Connor legte sie zur Seite. Connor war zu Pferde unterwegs und kontrollierte die Zäune; es würde noch eine Weile dauern, bis er nach Hause zurückkehrte. Aber Rosa würde jeden Augenblick aus der Schule kommen, und wie immer würde sie Belinda mitbringen, die anscheinend mehr Zeit hier als auf Derwent Hills verbrachte. Hoffentlich hatte Pat Sullivan nichts dagegen. Catriona musste lächeln. Der arme Connor! Belinda betete ihn nach wie vor an, und das war ihm so peinlich, dass er sich oft verzog und erst wieder auftauchte, wenn sie weg war. Ob er nur deshalb so versessen auf eine Aufgabe gewesen war, die allen auf der Farm ein Graus war?

Ihre Hand schwebte über zwei Briefen, und sie war tief enttäuscht. Es waren ihre letzten beiden Versuche, ihre Tochter zu erreichen, und wie alle anderen waren sie ungeöffnet zurückgeschickt worden.

Entschlossen, sich von dieser neuerlichen Zurückweisung nicht entmutigen zu lassen, raffte sie ihre übrige Post zusammen und legte sie zur Seite, um sie später zu lesen. Die anderen Stapel steckte sie in die großen Einkaufstüten, die sie für diesen Zweck aufbewahrte, und trug sie über den Hof zur Schlafbaracke, zum Kochhaus und zu Freds Hütte. Als sie ins Farmhaus zurückkam, hatten Rosa und Belinda schon ihre Ponys abgerieben und auf die Koppel gebracht. Soeben machten sich die Mädchen über Marmeladenbrote her.

Catriona umarmte Rosa und drückte ihr einen Kuss auf die staubige Wange. »Was um alles in der Welt habt ihr getrieben?«, fragte sie, während sie frischen Tee aufbrühte. »Ihr seid von oben bis unten schmutzig.«

Rosa fuhr sich strahlend durch die kurzen Haare. »Ich und Belinda, wir haben im Busch ein Camp gebaut, und ein paar Jungs wollten es übernehmen.« Sie wechselte einen Blick mit Belinda. »Aber wir haben's ihnen gezeigt, was?«

Belinda nickte, und ihre dunklen Locken wippten auf den rundlichen Schultern. »Schätze, die werden's nicht noch mal versuchen«, sagte sie mit vollem Mund. »Rosa hat Timmy Brooks ein blaues Auge verpasst.«

»Gratuliere«, sagte Catriona fröhlich. »Wir Mädels müssen sehen, wo wir bleiben. Und ein bisschen Dreck bringt euch nicht um.«

»Siehst du?« Rosa sah Belinda triumphierend an. »Ich hab doch gesagt, sie macht kein Theater.«

Catriona trank lächelnd ihren Tee. Sich schmutzig zu machen und sich mit Jungs zu prügeln – das gehörte zur Kindheit. Rosa war ein zähes Küken, aber das würde sie in dieser modernen Welt auch sein müssen, und was schadete ein schmutziges Gesicht?

»Freut ihr beide euch schon auf die High School?«, fragte sie, als sie gegessen hatten.

»Ja«, antworteten sie wie aus einem Munde. »Wir können's nicht erwarten«, plapperte Rosa. »Noch drei Wochen, dann ist das Schuljahr zu Ende. Fahren wir nach Sydney, um die Uniformen zu kaufen?« Sie wartete gar nicht auf eine Antwort. »Kann Belinda mitkommen?«

»Ich werde Pat fragen«, versprach Catriona. Sie hatte Mühe, nicht zu lachen, als sie den ernsten Gesichtsausdruck sah. Die aufgeregte Begeisterung der beiden erfüllte sie plötzlich mit schmerzlicher Sehnsucht. Es würde merkwürdig sein, sie während der langen High-School-Trimester nicht mehr am Esstisch zu sehen, aber dieses Opfer musste jede Mutter im Outback bringen, wenn ihre Kinder die Möglichkeit haben sollten, sich nach besten Kräften zu entwickeln.

Sie schaute ihnen nach, als sie durch den Korridor davonstürmten, hörte, wie die Fliegentür zuschlug und ihre Schritte über die Veranda polterten. Die Zeit verging zu schnell, und ehe Catriona sich versähe, wären die beiden junge Frauen.

Es war spät, und sie hatte die Mädchen endlich dazu gebracht, das Licht auszuknipsen und nicht mehr zu schwatzen. Catriona goss sich im Wohnzimmer einen GinTonic ein und schaltete die Stereoanlage ein. Die betörende Stimme der Callas vertrieb die Sorgen des Tages. Catriona legte die beiden Briefe, die ungeöffnet zurückgekommen waren, beiseite und fing an, den Rest zu lesen.

Clemmie und John waren auf einer Kreuzfahrt; sie waren jetzt dauernd auf Reisen, denn Clemmie hatte keine Klienten mehr. Die Plattenfirma hatte ihr Fanpost nachgeschickt; von der Akademie, die sie in Melbourne gegründet hatte, kamen Newsletter. Man bat sie, beim Jahresabschlusskonzert die Preise zu verleihen, und sie machte sich einen Vermerk in ihren Terminkalender. Dann waren da Postkarten und Briefe von Freunden, die noch am

Theater arbeiteten; ein Bittbrief von der Wohltätigkeitsorganisation, deren Schirmherrin sie war; und die Erinnerung an einen Zahnarzttermin am Ende des Monats.

Am Ende blieben zwei sehr bedeutsam aussehende Briefe übrig. Der eine enthielt die Einladung zur Eröffnung des Opernhauses in Sydney, bei der sie Ihrer Majestät Königin Elisabeth vorgestellt werden würde. Der andere war eine offizielle Mitteilung der Regierung Ihrer Majestät. Zur Anerkennung ihrer Verdienste auf dem Gebiet der Oper sollte Catriona mit dem Titel einer Dame geehrt werden. Die Zeremonie sollte vor der Eröffnungsfeier stattfinden.

»Verflucht!«, hauchte sie, ließ sich in den Sessel zurückfallen und las den Brief noch einmal. Das musste ein Witz sein. *Dame!* Lächerlich! Eine schmächtige kleine Frau, die zufällig den Mut hatte, sich auf einer Bühne das Herz aus dem Leibe zu singen, machte man doch deshalb nicht zur Dame! Poppy hätte sich ausgeschüttet vor Lachen.

Catriona trank einen großen Schluck und las den Brief noch ein paar Mal. Die Siegel am unteren Rand wirkten echt, und der Briefkopf war auch in Ordnung. Vielleicht war es doch kein Witz. Das war ein ernüchternder Gedanke – und eine ungeheure Überraschung. Aber als sie nun im warmen Lampenlicht dasaß und die Callas eine der wunderschönen Arien aus *Tosca* singen hörte, fiel ihr ein, dass Clemmie vor ein paar Monaten irgendetwas dahergeschnattert hatte. Catriona hatte nicht richtig zugehört; sie war mit den letzten Proben zu ihrer Londoner Abschiedsvorstellung beschäftigt gewesen und hatte gedacht, Clemmie rede davon, den Buckingham-Palast zu sehen, aber nicht davon, eine königliche Ehrung von dort zu empfangen.

»Teufel«, flüsterte sie, »es ist tatsächlich wahr! Man ernennt mich zur *Dame of the British Empire*.« Sie kicherte und imitierte einen vornehmen englischen Akzent. »Absolut fabelhaft, meine Liebe. Da wirst du dich in Zukunft anders benehmen müssen, altes Haus.« Sie kicherte wieder und goss sich noch einen Drink ein. »*Cheers!*« Sie hob das Glas zu ihrem Porträt, das über dem Kamin hing. »Gratuliere, mein Mädel. Das hast du dir nicht träumen lassen, als du deine Affäre mit Rupert Smythe-Billings hattest.«

Catriona hätte gern jemandem davon erzählt. Aber wie immer bei solchen Gelegenheiten war niemand da. Über den Funk könnte sie sich mit der Telefonvermittlung verbinden lassen. Doch dann würde innerhalb weniger Augenblicke das gesamte Outback Bescheid wissen. Aber diese Neuigkeit war ihr zu kostbar, um sie so zu verschleudern. Sie wollte jemand Besonderem davon erzählen. Rosa schlief, und Connor campierte irgendwo auf dem endlosen Gelände von *Belvedere*. Poppy war nicht mehr da, und Clemmie war auf Reisen. Pat Sullivan würde auch schon schlafen, und sie nach einem langen und wahrscheinlich anstrengenden Tag zu wecken kam nicht in Frage.

Ihr Blick fiel auf die zurückgesandten Briefe, und ihre Stimmung verfinsterte sich. Wenn sie es doch ihrer Tochter erzählen könnte! Ihre Freude war dahin. Ob diejenigen, die für eine solche Ehrung verantwortlich waren, von ihrer Vergangenheit wussten? War es für sie von Bedeutung? Würde es etwas ändern? Vielleicht sollte sie zurückschreiben und das Angebot ablehnen. Aber das würde Klatsch und Spekulationen hervorrufen. Was sollte sie tun? Was nur? Wenn Clemmie doch da wäre. Sie würde Rat wissen.

Catriona ging zum Funkgerät. Es bestand die winzige Möglichkeit, dass der Urlaub der beiden zu Ende war. Die Post hier draußen war unzuverlässig, und Clemmies Brief war ein paar Wochen alt. Während sie darauf wartete, dass die Telefonvermittlung sie verband, trommelte sie mit ihren langen Fingernägeln auf der polierten Kiefernholztischplatte. Sie war nervös und ungeduldig. »Bitte sei da«, wisperte sie. »Bitte, Clemmie! Nimm den verdammten Hörer ab.«

»Hallo?« Die Stimme kam aus weiter Ferne und verlor sich fast im Rauschen der Verbindung.

»Clemmie?« Catriona umklammerte den Hörer.

»Was ist los?« Die Stimme klang jetzt deutlicher.

»Ich habe einen Brief aus England.« Sie musste vorsichtig sein; zweifellos hörten viele Ohren mit. »Eine wahnsinnige Neuigkeit – aber ich brauche deinen Rat.«

»Oh, gut«, antwortete Clemmie. »Ich hatte gedacht, ich würde schon eher von dir hören. Hast du auch die Einladung zur Eröffnung?«

»Ja. Aber ich kann beides nicht annehmen.«

»Warum denn das nicht?«

»Ich kann jetzt nicht viel sagen; die Verbindung ist völlig offen. Aber du weißt, warum nicht, Clem.« Sie schwieg und lauschte einen Moment lang dem Rauschen und Summen in der Leitung. »Wegen Susan Smith«, sagte sie schließlich.

Clemmie lachte. »Sei nicht albern!«, sagte sie. »Das ist denen doch völlig egal. Sie wollen dich für deine ausgezeichnete Arbeit im Laufe der Jahre auszeichnen. Und für den Aufwand an Geld und Zeit, den du in deine Akademie und all die anderen Wohltätigkeiten gesteckt hast.«

Catriona bekam neuen Schwung. »Bist du sicher?« Ein paar Zweifel hatte sie noch. »Ich möchte nicht, dass sie es in letzter Minute wieder zurückziehen.«

»Das wird nicht passieren, Darling. Du hast es verdient.« Clemmie kicherte. »Dame Catriona Summers, das hat schon was. Meinen Glückwunsch! Lässt du mich jetzt weiterschlafen? Ich ruf dich morgen früh an.«

Catriona trennte die Verbindung. Sie war aufgeregt, nervös und entzückt über die Neuigkeit – aber ihre Freude war von einer tiefen Traurigkeit getrübt. Ihre Tochter würde diesen Augenblick nicht mit ihr teilen können. Sie würde nie erfahren, wie sehr sie geliebt und vermisst wurde. Catriona nahm die Briefe, drückte sie an die Brust und brach in Tränen aus.

Rosa spähte in die Schatten, die das Mondlicht ins Zimmer warf. Irgendetwas hatte sie geweckt, aber sie wusste nicht, was es war. Hellwach lag sie da und lauschte. Wahrscheinlich ein Opossum auf dem Dach, dachte sie nach einer Weile. Aber es war ärgerlich, denn jetzt war sie wach und musste zur Toilette. Sie schlug die Decke zurück und stand auf.

Als sie die Tür öffnete, hörte sie ein Geräusch, das sie nicht sofort erkannte. Sie sah sich nach Belinda um. Ihre Freundin lag unter ihrer Bettdecke begraben und atmete tief und gleichmäßig. Auf Zehenspitzen ging Rosa zur Tür hinaus und den Korridor hinunter. Durch die offene Wohnzimmertür fiel Licht. Von dort war das Geräusch gekommen.

Sie schlich sich an der Wand entlang und warf einen verstohlenen Blick ins Zimmer. Was sie da sah, erschreckte sie. Fast hätte sie aufgeschrien und wäre ins Zimmer gestürzt, um Catriona zu trösten – aber etwas an der Art, wie sie weinte, ließ Rosa innehalten. Die Tränen strömten ihr über das Gesicht, aber sie gab kaum einen Laut von sich; sie drückte ein paar Briefe an sich und wiegte sich vor und zurück, als seien sie etwas, was sie beschützen müsse. Was hatte das zu bedeuten? Rosa biss sich auf die Lippe. Sie durfte hier nicht sein. Durfte nicht spionieren. Aber sie konnte sich nicht von der Stelle rühren, denn sie war fasziniert von dem, was Catriona nun tat.

Die alte Blechtruhe stand neben dem Schreibtisch, seit sie in dieses Haus gezogen waren. Es war eine Schatztruhe voller Kleider, Schuhe und Handschuhe, und Catriona hatte ihr und Belinda schon erlaubt, die Sachen anzuprobieren. Auch Programme waren in der Truhe, Notenblätter, Fanbriefe und Fotos von Catriona in den Rollen, die sie gesungen hatte. Rosa hatte niemals allein an die Truhe gehen dürfen, und jetzt verstand sie, warum. Hier hielt Catriona ihre privatesten Dinge verborgen.

An dem Schatten hinter der Tür erkannte Rosa, dass Catriona die Truhe aufschloss und die Briefe sorgfältig ganz unten hineinlegte. Und mit angehaltenem Atem sah sie, wie der Schlüssel dann hinter der großen Uhr auf dem Kamin versteckt wurde. Dann musste sie sich schleunigst zurück in ihr Zimmer flüchten, denn Catriona drehte sich um und kam auf die Tür zu. Rosa sprang in ihr Bett, zog die Decke über sich und stellte sich schlafend, aber sie hatte Herzklopfen, und es fiel ihr schwer, leise zu atmen. Sie hörte Catrionas Schritte im Korridor, hörte, wie sie vor der Tür, die sie nicht mehr hatte schließen können, innehielten. Es war lange still, und sie war sicher, dass Catriona sie ertappt hatte, aber dann wurde die Tür leise geschlossen, und die Schritte entfernten sich in Richtung Küche.

Rosa war zu aufgeregt, um wieder einzuschlafen. Doch die Zeit dehnte sich endlos, während sie darauf wartete, dass Catriona ins Bett ging. Belinda schlief immer noch, und Rosa hatte gute Lust, sie zu wecken. Sie teilten alles miteinander, und dies war ein richtiges Geheimnis. Sie wollte ihrer Freundin einen Stoß geben, aber dann ließ sie es doch bleiben. Es war Catrionas Privatangelegenheit, und ihr Geheimnis musste gehütet werden.

Leise stand sie wieder auf und öffnete die Tür. In Catrionas Schlafzimmer brannte kein Licht mehr, aber am besten wartete sie noch ein Weilchen, um sicherzugehen, dass Catriona wirklich schlief. Sie war ein bisschen ängstlich, denn wenn Tante Cat sie dabei ertappte, wie sie sich an ihrer Truhe zu schaffen machte, würde es wirklich ein Donnerwetter geben. Aber in ihre Angst mischte sich eine Portion Abenteuerlust. Schnell ging sie zur Toilette, und dann kehrte sie in ihr Bett zurück und wartete.

Die Zeit verging langsam, und als die Uhr im Flur elf schlug, entschied Rosa, dass Catriona jetzt eingeschlafen sein musste. Auf Zehenspitzen schlich sie durch den Flur und legte ein Ohr an die Schlafzimmertür. Sie hörte gleichmäßiges Atmen. Mit pochendem Herzen und zugeschnürter Kehle schlich sie ins Wohnzimmer und stieg auf einen Stuhl, um den Schlüssel hinter der Uhr hervorzuholen. Er war klein und blinkte kalt im Mondlicht.

Die geheimnisvolle Truhe zog Rosas Neugier an wie ein Magnet. Rosa zitterten die Knie, und sie ließ sich auf das Sofa fallen und betrachtete das rostige Metall und die verwitterten Ledergurte. Die Zeit verging, und die Chance, erwischt zu werden, wurde mit jedem Augenblick größer. Aber in gewisser Weise verstärkte das nur ihre gespannte Erwartung. Vielleicht würde sie nie wieder eine solche Gelegenheit bekommen.

Das Haus ringsum war still, und die Bilder aus Tante Cats Geschichten erwachten zum Leben – lautlose, flüchtige Bilder von Zeiten und Orten, die Rosa nicht kannte und die doch so vertraut und einladend waren, dass sie ihnen nicht widerstehen konnte. Sie kniete vor der Truhe nieder und öffnete die Schnallen. Die Lederriemen fielen herab, und Rosa kämpfte mit dem Schlüssel im Vorhängeschloss. Endlich ließ er sich drehen, und der Deckel öffnete sich knarrend.

Sie erstarrte und wartete auf ein Anzeichen dafür, dass sie entdeckt worden war. Aber sie hörte nur das vertraute Knacken und Ächzen des Hauses. Sie hockte sich auf die Fersen und betrachtete die Truhe.

Dicke Stapel von Notenheften, alten Programmen und Publicity-Fotos lagen auf einem Mousselinetuch. Der scharfe Geruch von Mottenkugeln trieb Rosa Tränen in die Augen. Sie blätterte durch die Noten und legte sie zur Seite. Die Fotos waren professionelle Aufnahmen, manche schwarzweiß, manche in Farbe; sie zeigten Catriona ab dem zwanzigsten Lebensjahr bis zum Ende ihrer Karriere. Die Programme waren die gleichen, die auch in Catrionas Schreibtisch lagen; sie waren in zahlreichen Sprachen gedruckt und stammten aus der Scala in Mailand, aus Rom, Paris, Madrid, London, New York, Sydney und Moskau. Auch sie hatte Rosa schon gesehen; schnell legte sie sie beiseite.

Unter den Programmen und anderen Papieren befanden sich Zeitungen. Sie waren fest zusammengerollt und mit Gummibändern umschlungen, die im Laufe der Jahre spröde geworden waren.

Rosa warf einen Blick auf die Schlagzeilen. Die Abdankung des Königs, die Kriegserklärungen und die Krönung der Königin interessierten sie nicht, und sie legte alles auf den Boden. Mit zitternden Händen schlug sie behutsam das Mousselinetuch zurück.

Die Kleider darunter waren alte Freunde für sie. Stück für Stück nahm sie sie heraus und erinnerte sich dabei an die Geschichten, mit denen sie verbunden waren. Das Ballkleid aus dunkelrotem Samt hatte Tante Cat getragen, als sie für ihr Porträt Modell gesessen hatte. Rosa zog es aus der Truhe und hielt es sich an. Noch immer stieg ein Hauch von Catrionas Parfüm und von Talkum aus dem Stoff. Sie legte es über die Armlehne des Sessels und nahm das nächste heraus. Es war aus violetter, mit blauen und grünen Fäden durchschossener Seide und hatte einen weiten Rock. Der Halsausschnitt war mit glitzernden Kristallen bestickt. Ein elegantes schwarzes Kleid kam als Nächstes. Tante Cat hatte gesagt, es sei von Dior, aber das interessierte Rosa nicht. Sie wollte den Brief finden.

Noch ein Dior-Kleid, ein Chanel-Kostüm, ein Cocktailkleid von Balmain. Lange weiße Ziegenlederhandschuhe, sorgsam in Schnürbeutel verpackt. Schaumig zarte Spitzenunterwäsche zwischen Lagen von Seidenpapier. Rosa legte sie auf das Sofa, und ihr Herz schlug schneller, denn im Lampenlicht schimmerte das Hochzeitskleid, das sie nie hatte anprobieren dürfen. Auch jetzt wagte sie kaum, es zu berühren, denn es war das zarteste, schönste Kleid, das sie je gesehen hatte. Es war aus alter Spitze, die in zahllosen Volants von den Schultern bis zu den Füßen reichte – ein Wasserfall aus Zuchtperlen und Brillanten.

Als sie es sich anhielt, war ihr, als höre sie Kirchenmusik, und fast konnte sie den Duft der Blumen riechen und die bebende Aufregung der jungen Braut spüren, mit der sie den Mittelgang hinaufschritt. Tante Cat muss sich an diesem Tag wie eine Königin gefühlt haben, dachte sie. Ich hätte es ganz bestimmt getan. Ob sie mir das Kleid leihen wird, wenn ich einmal heirate?

Sie merkte, dass sie ihre Zeit verschwendete. Sie drapierte das Hochzeitskleid sorgfältig über die Sofalehne, griff wieder in die Truhe und nahm zierliche Satinschuhe und weiße Handschuhe heraus. Unter dem zarten Hochzeitsschleier entdeckte sie eine einzelne gelbe Rose. Die Blütenblätter waren welk und spröde, und der Duft war vergangen. Etwas an dieser zerbrechlichen Rose griff ihr ans Herz, und sie empfand jähe Traurigkeit. Warum hatte Tante Cat sie aufbewahrt?

Ihre Hand verharrte über den Briefen. Einige waren mit Bändern zusammengeschnürt, andere steckten in großen braunen Umschlägen mit der Aufschrift »FANPOST«. Sie legte sie beiseite, warf einen Blick zur Tür und nahm nach kurzem Zögern den letzten Stapel Briefe heraus. Mit zitternden Fingern schnürte sie das rosarote Band auf. Catrionas Anwesenheit erfüllte plötzlich das Zimmer – fast hörte Rosa ihre warnende Stimme, die ihr verbot, hier herumzuschnüffeln.

Sie warf die Briefe hastig wieder in die Truhe, als könne sie die mahnende Stimme in ihrem Kopf dadurch zum Schweigen bringen. Tante Cat vertraute ihr. Sie würde sehr wütend werden, wenn sie herausfände, was hier geschah. Rosa fuhr sich mit den Fingern durch das Haar. Es war fast, als stehe Catriona hinter ihr. Ängstlich sah sie sich um; sie war allein, aber Catrionas Leben vor *Belvedere* lag überall um die Truhe herum verstreut. Als Rosas Blick auf das Ölgemälde über dem Kamin fiel, hätte sie schwören können, dass die veilchenblauen Augen sie anstarrten. Das rätselhafte Lächeln war starr, der Blick fest und vorwurfsvoll.

Aber Rosa konnte nicht länger widerstehen; obwohl sie sich beobachtet fühlte, nahm sie die Briefe wieder heraus. Es war ein dünner Stapel, sauber adressiert. Mit unbeholfenen Fingern zupfte Rosa das Blatt aus dem einzigen Umschlag, der geöffnet worden war. Der Brief war ein paar Jahre alt, und als Rosa ihn gelesen hatte, verstand sie, warum Tante Cat geweint hatte.

Sie kämpfte selbst mit den Tränen. Hastig ordnete sie alles wieder in die Truhe und verschloss sie. Sie schob den Schlüssel hinter die Kaminuhr, überprüfte noch einmal, ob ihre mitternächtliche Suche vielleicht irgendwelche Spuren hinterlassen hatte, und eilte auf Zehenspitzen zurück in ihr Zimmer. Sie schaute durch das Fenster hinaus in die Nacht, wo der Mond über den Himmel wanderte, und haderte noch lange mit dem, was sie da entdeckt hatte.

ACHTZEHN

St. Helen's High School war eine Privatschule für die Töchter reicher Großgrundbesitzer und der Großstadtelite. Nach der Wirtschaftskrise hatten zwei unternehmungslustige alte Jungfern die einstige Prachtvilla billig gekauft und in eine Schule umgewandelt. Die Gründerinnen waren längst verstorben, aber ihr Vermächtnis lebte weiter – in neuen Gebäuden, Stallungen und Koppeln, in einer gut ausgestatteten Bibliothek und hübschen Klassenzimmern. Ein dankbarer Vater hatte eine riesige Turnhalle gestiftet, und dank der großzügigen Spenden anderer waren auch die Schlafräume komfortabel und anheimelnd. Es gab sogar ein großes Schwimmbecken, durch Sonnensegel vor der Hitze geschützt.

Das Hauptgebäude hatte einen quadratischen Grundriss und einen weißen Säulengang auf der steinernen Freitreppe vor dem Eingang. Das Backsteingemäuer war fast verschwunden unter wildem Wein, der sich im Herbst prachtvoll rot färbte. Eine von Bäumen gesäumte, kiesbedeckte Zufahrt reichte bis an die Treppe, wo sie im Kreis um einen Springbrunnen herumführte. Als Catriona das alles vom Taxi aus sah, fühlte sie sich machtvoll an das Hotel in Atherton erinnert.

»Was ist los?«, fragte Pat. »Du siehst aus, als hättest du einen Geist gesehen.«

Catriona schüttelte die Erinnerungen ab und konzentrierte sich auf andere Dinge. »Ich hoffe, ich habe alles eingepackt«, sagte sie. »Die Liste war ja endlos.«

Pat lachte. »Wenn wir etwas vergessen haben, ist es jetzt zu spät.«

Sie stiegen aus dem Wagen, und ein Mann kam von der Seite des Hauses her zu ihnen herüber. Er warf einen Blick auf seine Liste, lud das Gepäck auf einen kleinen Wagen und brachte es fort. Belinda und Rosa waren ungewöhnlich still, aber Catriona erinnerte sich gut an ihren ersten Tag an der Akademie und wusste, wie den beiden zumute war. Am liebsten hätte sie Rosa in den Arm genommen und wieder nach Hause gebracht. Die Schule war so groß, und hier waren so viele Menschen. Was, wenn sie sich hier nicht wohl fühlte?

»Das wird schon werden«, sagte Pat leise. »Sieh doch, sie haben schon jemanden gefunden, den sie kennen. Sie werden nicht lange Heimweh haben.«

Catriona beobachtete, wie die Mädchen ihre Freundinnen begrüßten und wie noch andere dazukamen. Die meisten kannte sie. »Anscheinend ist das halbe Outback hier«, stellte sie fest.

»Da ist auf jeden Fall eine Menge Geld versammelt«, meinte Pat und deutete mit dem Kopf auf ein Auto mit Chauffeur.

Ein Mädchen stieg aus dem Wagen und wartete gehorsam, während der Chauffeur den Koffer auslud und dem Gepäckträger der Schule übergab. Es war ein hübsches kleines Ding mit glänzenden blonden Haaren und großen blauen Augen. Wie Belinda und Rosa trug es das baumwollene Schulkleid, weiße Kniestrümpfe und einen dunkelblauen Blazer mit dem Schulwappen auf der Brusttasche. Ein Strohhut saß keck auf dem hübschen Haar, aber Catriona entging nicht, wie angespannt das Mädchen seine teure Schultasche aus Leder umklammerte. »Die arme kleine Maus«, sagte sie leise. »Wo mögen ihre Eltern sein?«

Pat rümpfte die Nase. »Wahrscheinlich zu sehr damit beschäftigt, Geld zu verdienen. Leute, denen es zu viel ist, ihre Kinder am ersten Tag in die Schule zu bringen, sollten gar keine haben.«

»Sie sieht ganz verloren aus. Meinst du, wir sollten unsere Mädchen ermuntern, mit ihr zu reden?«

Pat betrachtete das Kind kurz und schüttelte dann den Kopf. »Lassen wir lieber der Natur ihren Lauf«, entschied sie. Das Mädchen reichte ein paar Mitarbeitern der Schule die Hand und sprach leise mit ihnen. »Aber es ist schon beunruhigend, ein solches Kind so beherrscht zu sehen.«

Catriona seufzte. Pat hatte Recht. Sie fühlte sich einfach wie eine Glucke ohne Küken. Sie zog sich den Pelzkragen fester um den Hals. Es war kalt in Sydney; der Winter war noch spürbar an dem Wind, der vom Meer hereinwehte.

Sie stiegen die Treppe hinauf und betraten das hallende Foyer der Schule. Dort wurden sie der Direktorin vorgestellt. Sie war eine fröhliche Frau und, wie sich herausstellte, ein großer Opernfan. Nach einer Tasse Tee in ihrem Salon führte eines der größeren Mädchen sie in der Schule herum und zeigte ihnen, wo Rosa und Belinda in ihrem ersten Schuljahr schlafen würden. Catriona betrachtete die beiden langen Reihen der Betten in dem geräumigen Schlafsaal. Sie beneidete Rosa. Das hier war ein richtiges Internat – ganz wie die, von denen sie als Kind gelesen hatte. Die Mädchen werden hier großen Spaß haben, dachte sie wehmütig, als sie sich zum Gehen wandten. Sie werden mitternächtliche Festgelage veranstalten und die ganze Nacht hindurch miteinander tuscheln, und tagsüber haben sie Unterricht und werden auf den eleganten Pferden reiten, die in den Stallungen bereitstehen.

Die Mädchen kamen in die Eingangshalle gestürmt. »Es ist toll hier, Mum«, rief Rosa und fiel Catriona um den Hals. »Jede Menge Pferde und ein Schwimmbad, und ich und Belinda kennen die meisten Mädchen in unserem Jahrgang schon.«

Catriona umarmte sie fest. Sie konnte kaum atmen. »Was hast du gesagt, Darling?«

Rosa löste sich aus ihren Armen und sah sie an. »Ich habe gesagt, es gibt ein Schwimmbad und Pferde –«

»Nein«, unterbrach Catriona sie. Ihr Herz klopfte laut. »Das meine ich nicht. Ich meine den ersten Teil.«

Rosa errötete bis an den Ansatz ihres zerzausten Haars. »Mum«, sagte sie mit ganz ungewohntem Zögern.

Catriona liefen die Tränen über das Gesicht, und Rosa umarmte sie wieder und hielt sie fest umschlungen. »Ich weiß, ich bin albern«, schluchzte Catriona. »Aber so hast du mich noch nie genannt, und ich habe so lange darauf gewartet.«

»Mum«, sagte Rosa mit fester Stimme. »Du bist die allerbeste Mum, die ich jemals haben könnte, und es tut mir leid, dass du so lange warten musstest. Ich wusste nicht, ob es dir recht ist.«

Catriona drückte ihr einen Kuss auf die Stirn. »Ach, mein Liebling.« Sie seufzte. »Ich finde, es ist der schönste Name der Welt. Natürlich ist es mir recht.«

Rosa löste sich strahlend von ihr, und Catriona wischte ihr den Lippenstift von der Stirn und versuchte, Ordnung in Rosas Haar zu bringen. »Was um alles in der Welt hast du wieder getrieben?«, schimpfte sie sanft. »Warum kannst du nicht mal fünf Minuten lang ordentlich aussehen?«

»Wir waren bei den Pferden«, erklärte Rosa. »Die sind wunderschön, Mum. Und es gibt einen eigenen Block für Naturwissenschaften hier. Da werden Belinda und ich Stinkbomben machen, und die schmeißen wir vor die Jungenschule weiter oben an der Straße.«

Catriona schaute über Rosas Kopf hinweg zu Pat hinüber, und beide lächelten erleichtert. Ihren Mädchen würde es hier gut gehen.

Pat war vor einer Stunde nach Hause gefahren, und Catriona saß auf der hinteren Veranda und schaute hinaus über die Weiden. Es war zu still. Das Haus war leer, und sie fühlte sich sehr allein. Aber ihr war klar, dass es keinen Sinn hatte, dazusitzen und sich zu bemitleiden. Sie hatte gewusst, dass dieser Augenblick kommen würde, hatte sich darauf vorbereitet, indem sie Pläne geschmiedet hatte: Sie würde jetzt mehr Zeit mit ihrer Wohltätigkeitsarbeit und der Organisation der Akademie in Melbourne verbringen. Das Leben würde weitergehen, und das faszinierende Erlebnis, Rosa und Connor heranwachsen zu sehen, würde sie für diese traurigen Momente entschädigen. Denn hier waren sie zu Hause, und sie war ihre Stütze. Sie würden immer in Verbindung bleiben, ganz gleich, welche Abenteuer das Leben für sie bereithielt.

Sie schrak hoch – im Schatten hatte sich etwas bewegt. Dann lächelte sie: Ein Kätzchen stolzierte steifbeinig auf sie zu. Für ein so winziges, zerzaustes Ding brachte es ein ziemlich gebieterisches Miauen und einen entschlossenen Gang zustande. Catriona hob das Tier auf. Unter der Staubschicht verbarg sich ein rötlich brauner Kater mit weißem Latz und weißen Strümpfen und einem dünnen, gestreiften Schwanz. »Wo kommst du denn her?«

Das kleine Fellknäuel hockte in ihrer Hand und starrte sie mit gelben Augen durchdringend an. Der Kater sah halb verhungert aus und wog fast nichts; Catriona schätzte, dass er erst wenige Wochen alt war. Sie streichelte das staubige Fell, und er begann zu schnurren; er schloss die Augen und schob die Zunge zwischen den nadelspitzen Babyzähnen hervor. Catriona lachte. »Ich glaube, das gefällt dir, aber wahrscheinlich willst du noch lieber etwas zu fressen haben.«

Sie trug ihn ins Haus, obwohl sie wusste, dass so etwas gegen alle Regeln verstieß. Vermutlich war der Kater der kleinste im Wurf gewesen und von seiner Mutter verlassen worden. Wie jeder andere auf *Belvedere* mussten auch die Katzen für ihren Lebensunterhalt arbeiten, indem sie das Ungeziefer jagten, das sich manchmal in den Scheunen breit machte oder das Vieh attackierte. Aber der kleine Kerl war noch nicht imstande, irgendetwas zu jagen. Sie musste ihn aufpäppeln.

Sie schüttete ein bisschen Milch in eine Untertasse und sah zu, wie er sie aufschleckte. Als er fertig war, schaute er zu ihr auf und forderte mehr. Sie gab nach und schnitt ein wenig Huhn, das sie sich zum Abendessen aufbewahrt hatte, in Stücke. Er fraß mit mächtigem Appetit. Danach putzte er ausgiebig seinen Schnurrbart und leckte sich das Fell. Satt und schläfrig tappte er mit der Pfote an ihr Bein und wollte aufgehoben werden. Zufrieden rollte er sich auf ihrem Schoß zusammen.

Als sie ihn streichelte, konnte sie seine Knochen fühlen. Er schnurrte. Plötzlich erschien ihr das Haus nicht mehr so leer. Seltsam und wunderbar, wie das Schicksal eingegriffen hatte – nun hatte sie wieder jemanden, den sie bemuttern und versorgen konnte. »Wie soll ich dich denn nennen?«, fragte sie.

Er zuckte mit den Ohren und öffnete die Augen. Würdevoll sah er sie an. Offenbar gab er ihr zu verstehen, dass er hergekommen sei, weil er Essen, Wärme und Freundlichkeit haben wolle, und Catriona müsse begreifen, dass er jetzt das Kommando habe und ihr einen Gefallen tue, indem er sie adoptiere.

Sie lachte. »Ich nenne dich Archie.« Sie trug ihn ins Wohnzimmer und setzte sich auf die Couch. »Ich glaube, wir beide werden uns prima vertragen.«


Rosa war seit fast fünf Wochen in der Schule. Connor vermisste sie, aber Catriona wusste, dass er froh war, Belinda los zu sein. Schon jetzt graute ihm vor den Schulferien.

In den kleinen Ferien flog Rosa nach Hause und verbrachte das ganze Wochenende mit Erzählungen über ihre neue Freundin Harriet Wilson – ein Vorbild an Tugend und Schönheit, das sie jedem, der es hören wollte, in aller Ausführlichkeit schilderte. Anscheinend war Harriet – oder Hattie, wie Rosa sie nannte – eine vorzügliche Tänzerin, Reiterin und Turnerin. Außerdem war sie sehr gescheit und half Rosa oft bei den Hausaufgaben, wenn die Lehrer nicht Acht gaben.

Connor war davon weniger beeindruckt; er interessierte sich mehr für die Pferde der Schule und für die Ausritte, die die Mädchen abends und an den Wochenenden unternahmen. Dass es in der Großstadt Stallungen und Koppeln geben sollte, fand er merkwürdig, aber Rosa meinte, er könne sie gern einmal besuchen und sich alles selbst ansehen.

Die Ferien waren schnell vorüber, und Catriona schaute von der Koppel aus zu, wie die Cessna sich in den Himmel erhob. Sie würde Rosa in einer Woche wiedersehen – am 20. Oktober zur Eröffnung des neuen Opernhauses. Sie war betrübt darüber, dass Connor bei ihrer glorreichen Ehrung nicht dabei sein wollte, aber dem Jungen war im Grunde nicht klar gewesen, was es bedeutete. Und auf eine Reise nach Sydney war er sowieso nicht erpicht.

Lächelnd kehrte Catriona zum Haus zurück, um die letzten Reisevorbereitungen zu treffen. Das lange Stillsitzen bei Arien und Konzerten, bei den Reden und der endlosen höflichen Konversation auf dem anschließenden Empfang würde ihm ganz sicher keinen Spaß bereiten; zwar würde er um ihretwillen sein Bestes tun, um sich interessiert zu zeigen, doch er würde sich zu Tode langweilen und es nicht erwarten können, endlich den feinen Anzug auszuziehen und wieder in den Sattel zu steigen.

Rosa dagegen sprudelte vor Aufregung. Sie hatte ein neues Kleid und neue Schuhe bekommen, und Catriona würde ihr die Perlenkette leihen, die Velda ihr vor so vielen Jahren hinterlassen hatte. Für Rosa war es die erste offizielle Veranstaltung, und Catriona drückte die Daumen, dass sie sich gut benehmen würde.

Der große Tag begann warm und sonnig. Der Circular Quay war ringsum mit Girlanden und Lichterketten geschmückt. Auf dem Fluss wimmelte es von Booten und Schiffen aller Art. Von den Feuerlöschbooten stiegen Wasserstrahlen in hohem Bogen in die Höhe, und die größeren Schiffe ließen ihre Sirenen ertönen. An Fähren und Rundfahrtschiffen flatterten Fahnen, und schon jetzt drängten sich Tausende begeisterter Zuschauer hinter den Absperrungen, während die Royal Australian Air Force Band einen mitreißenden Marsch anstimmte.

Jubelnd und fahnenschwenkend begrüßten die Bewohner von

Sydney die königliche Kavalkade, die langsam auf Bennelong Point zuhielt und am Fuße der anmutigen Treppe Halt machte. Ein roter Teppich bedeckte die Treppenstufen zum Haupteingang im Schatten eines der prachtvollen Segel, die das Dach der Oper bildeten.

Catriona stand gefasst in der Reihe der Ehrengäste; Rosa war an ihrer Seite. Die Kleine war blass, aber ihre Augen glänzten. Sie strich die Volants ihres Kleides glatt und trat von einem Fuß auf den anderen. Als Königin Elisabeth vom britischen Botschafter in das mit rotem Teppich ausgelegte Foyer geleitet wurde, riss Rosa die Augen auf. »Sie hat eine richtige Krone mit Diamanten auf«, flüsterte sie. »Schau doch, wie sie funkeln!«

»Pst«, machte Catriona, aber sie verstand, weshalb das Kind so beeindruckt war. Diadem, Halskette, Ohrringe und Brosche Ihrer Majestät blitzten feurig in der Sonne, und die Brillanten funkelten auf dem dunkelblauen Kleid. »Gleich musst du einen Knicks machen«, sagte sie leise. »Und sprich nicht, wenn sie dich nichts fragt.«

Ihre Majestät ging langsam an der Reihe der Gäste entlang, und immer wieder blieb sie stehen und ließ sich die Crème de la Crème der kulturellen Welt vorstellen – Tänzerinnen, Sänger und Musiker, Dutzende von Operndiven, aber auch den Bürgermeister von Sydney und Minister der australischen Regierung.

Catriona hielt den Atem an, als die Queen sich Rosa näherte. Das Kind verneigte sich in einem langsamen und ziemlich eleganten Knicks, wie es ihn monatelang geübt hatte. Die Königin lächelte und sagte: »Sehr schön«, und dann ging sie weiter zu Catriona.

Catriona knickste und hob den Kopf erst, als die Queen fragte, wie ihr der Ruhestand gefalle. »Sehr gut, Majestät.« Die Königin lächelte und nickte. Sie warf noch einen Blick auf Rosa, bevor sie zum Nächsten trat.

Die Reihe löste sich langsam auf, und die Königin wurde in die

Exhibition Hall geleitet, wo die Ehrungen stattfinden würden. »Geh mit Clemmie«, sagte Catriona zu Rosa, als deren Freundin aus dem Gedränge der Gäste nach vorn kam. »Ich muss hier warten, bis ich aufgerufen werde.«

Rosa nickte. Dann erhob sie sich auf die Zehenspitzen und küsste sie auf die Wange. »Viel Glück, Mum«, sagte sie, und ihre Augen leuchteten vor Stolz.

Catriona sah ihr nach, als sie mit Clemmie zu ihren Plätzen ging. Sie atmete tief durch, um das nervöse Flattern in ihrem Magen zu beruhigen. Das gedämpfte Geplauder ringsum schwoll immer mehr an, und sie freute sich, so viele alte Freunde wiederzusehen, Baritone, Alt- und Sopransängerinnen, mit denen sie gearbeitet, Dirigenten, mit denen sie gestritten hatte, Intendanten und Regisseure, mit denen sie diskutiert, und Chorsängerinnen, mit denen sie die Garderobe geteilt hatte. Es gefiel ihr, die neuesten Klatschgeschichten zu hören, aber dazu war nur wenig Zeit, denn schon wurden die ersten Namen aufgerufen. Das Geschnatter erstarb, und mit leisem Raunen bewegten sich alle in die Exhibition Hall.

Ein vergoldeter, mit rotem Samt gepolsterter Stuhl stand am Ende eines langen roten Teppichs. Die Königin stand neben dem Gouverneur, der ihr die Ordensmedaillen reichte und ihr den Namen des jeweiligen Empfängers nannte.

Catriona warf einen kurzen Blick zu Rosa und Clemmie hinüber, während sie darauf wartete, dass sie an die Reihe kam. Dann schritt sie auf dem roten Teppich nach vorn, verbeugte sich vor ihrer Königin und nahm die Ehrung entgegen. Ihre Majestät beglückwünschte Catriona zu ihrer Hilfe bei der Finanzierung des Opernhauses und dankte ihr für die jahrelange Freude, die Catriona ihr mit ihrem Gesang bereitet habe. Die Königin trat einen Schritt zurück, Catriona machte einen Knicks und ging zur Seite.

Der Rest des Tages verlief in einem Nebel von Glück und Fassungslosigkeit. Als Catriona die Gratulation des Bürgermeisters, des Botschafters und des Kulturministers entgegennahm, konnte sie nur mit Mühe ein Kichern unterdrücken. Dame Catriona – das klang schrecklich bedeutend, aber sie konnte es kaum glauben. Was für eine außerordentliche Ehre für eine, die ihr Leben auf einem bunt bemalten Wagen begonnen hatte!

NEUNZEHN

*W*eihnachten kam und ging, und wieder einmal musste Catriona sich von Rosa verabschieden. »Darf Hattie in den nächsten Ferien mit hierher kommen?«, fragte Rosa, als sie ihren Koffer in die Cessna luden.

»Wollen ihre Eltern denn nicht, dass sie nach Hause kommt?«

Rosa schüttelte den Kopf. »Ihr Dad ist tot, und ihre Mum ist dauernd auf Tournee.«

Catriona spitzte die Ohren. »Auf Tournee? Ist sie beim Theater?«

Rosa zuckte die Achseln. »Ja. Tänzerin oder so was.« Sie sah Catriona an. »Darf sie?«

Catriona ließ sich nicht beirren. »Wie ist ihre Mutter denn?«

»Ganz okay, glaube ich. Aber nicht wie du.« Rosa suchte nach den passenden Worten. »Nicht so warmherzig wie du, und sie lächelt kaum. Schrecklich dünn. Und beklagt sich dauernd über die Kälte und meckert, wenn Krümel im Auto sind.«

»Wann warst du denn in ihrem Auto?« Rosa hatte nichts von irgendwelchen Ausflügen erwähnt.

»Wir waren zusammen Tee trinken, als Hats Mum aus London zurück war. Belinda und drei andere Mädchen sind auch noch mitgefahren, aber ich glaube, sie mochte uns nicht besonders.«

»Warum denn das?« Catriona hatte Mühe, nicht zu lachen. Das Kind machte ein so ernsthaftes Gesicht.

Rosa zuckte die Achseln. »Woher soll ich das wissen?«, fragte sie trocken. »Sie mag einfach keine Kinder, nehme ich an. Wir waren auch ein bisschen laut.« Sie grinste. »Aber der Tee war prima, viel besser als in der Schule.«

»Du liebe Güte!« Catriona seufzte. »Vielleicht kommt Harriet besser nicht her, wenn ihre Mutter ein bisschen…« Sie ließ den Satz unvollendet.

»Der ist es egal«, sagte Rosa mit der Sorglosigkeit und Unbefangenheit einer Zwölfjährigen. »Die ist sowieso in Paris.«

»Dann ist das Kind die ganzen Ferien über allein?«

Rosa nickte. »Ja, sie muss in der Schule bei Miss Hollobone bleiben. Sie sagt, es macht ihr nichts aus, weil sie es gewohnt ist, aber ich glaube, lieber wäre sie bei uns.«

Für Catriona war es eine schreckliche Vorstellung, dass dieses kleine Mädchen ihre Ferien einsam in einer leeren Schule verbringen sollte. »Dann lade sie lieber ein«, sagte sie, während der Pilot den Motor startete. »Ich rufe Miss Hollobone heute an.«

»Eine tolle Aussicht, was?«, seufzte Rosa, als die Cessna in weitem Bogen zum Landeanflug ansetzte.

Harriet nickte nur. Worte reichten nicht aus, um ihre Empfindungen zu beschreiben. Was sie sah, war wie ein Gemälde. Eine Piste schlängelte sich gemächlich von den Bergen herunter in ein friedliches Tal, das golden in der Nachmittagssonne lag. Wie Strohballen, die von einem Wagen gefallen waren, lagen die Nebengebäude einer Farm verstreut auf der dunkelroten Erde des flachen Talgrunds. Das Farmhaus schmiegte sich in den Schatten zitronengelber Pfefferbäume. Die schützenden Berge ragten blau über den flimmernden Horizont und bildeten den Rahmen für die weiten Grasflächen, die im warmen Wind wogten wie ein weites gelbes Meer. Der Himmel war beinahe farblos ausgebleicht und wolkenlos, und er war so weit und grenzenlos, dass sie sich klein und unbedeutend fühlte.

»Da sind Mum und Connor. Sie warten auf uns«, quiekte Rosa.

Belinda schob sie zur Seite und lehnte sich hinüber, um aus dem Fenster zu schauen. »Wo?«, schrie sie. Rosa kicherte und warf Harriet einen spitzbübischen Blick zu. »Belinda ist verknallt in meinen Bruder«, flüsterte sie ihr lautstark zu. »Der Himmel weiß, warum – er kann einem manchmal gehörig auf die Nerven gehen.«

Belinda wurde rot und stieß Rosa den Ellenbogen in die Rippen, und gleich fingen die beiden an, sich zu balgen. Harriet lächelte nur; sie wusste nicht, was sie sagen sollte. Sie hatte sich immer noch nicht daran gewöhnt, wie entspannt die beiden Freundinnen miteinander umgingen. Als Einzelkind einer Mutter, die kaum zu Hause war, hatte sie noch nie eine so enge Beziehung zu jemandem gehabt. Sie schaute wieder aus dem Fenster. Eine Herde Kängurus sprang in weiten Sätzen über die Ebene, und der Anblick versetzte ihr einen wehmütigen Stich. Wie hatten Rosa und Belinda es über sich bringen können, diese wundervolle Gegend zu verlassen? Hier war so viel Raum, es gab so viel zu sehen, so viel Himmel und saubere Luft.

Rosa kicherte, als die tief fliegende Cessna zwei grasende Emus aufscheuchte. Die Vögel flüchteten in kurios knickbeinigem Lauf, und ihre gesträubten Schwanzfedern schwangen hin und her. »Sie sehen aus wie wütende Cancan-Tänzerinnen«, prustete sie. »Wie sie mit ihren Federn wirbeln!«

Die albernen Vögel brachten Harriet zum Lachen, aber gleich richtete sich ihre Aufmerksamkeit wieder auf den Zaun neben der Landebahn und die Leute, die dort warteten. Sie hatte schon viel von Rosas Familie gehört, aber heute würde sie Catriona Summers zum ersten Mal begegnen, und sie war nervös. Rosa hatte ihr viel von dieser Frau erzählt, die sie und ihren Bruder zu sich genommen und ihnen ein Zuhause geschenkt hatte. Außerdem war Harriet sehr beeindruckt, dass die berühmte Catriona Summers während der ganzen Herbstferien ihre Gastgeberin sein sollte.

Rosa sprang als Erste aus dem Flugzeug. Sie rannte quer über die Landebahn und in die Arme eines strahlenden Jungen. »Wie geht's dir?«, krähte sie, als er sie hochhob und im Kreis herumwirbelte. »Hey, Brüderchen, du brauchst mir nicht gleich die Rippen zu brechen, Alter.«

Stirnrunzelnd stellte er sie wieder auf den Boden. »Sorry, Rosa. Hab ich dir wehgetan?«

Rosa kicherte. »Nee. Aber vergiss nicht, ich bin bloß ein Mädchen und kein Stierkalb.« Sie lief zu Catriona, fiel ihr um den Hals und gab ihr einen Kuss. »Hallo, Mum«, sagte sie liebevoll.

Catriona hatte rote Wangen, und ihre Augen funkelten vor Freude. »Wie ich sehe, hat das Internat dich nicht verändert«, tadelte sie mit brummiger Zuneigung. »Immer noch ein Wildfang.«

Rosa drückte noch einen Kuss auf die zarte Wange. »Bin froh, wieder hier zu sein, Mum.« Sie lachte ansteckend.

Auch Belinda wurde von ihrer Mutter begrüßt. Harriet stand ein Stück abseits. Sie war es gewohnt, Beobachterin zu sein und außerhalb enger Familienbeziehungen zu stehen, und schon vor einiger Zeit hatte sie erkannt, dass sie das Talent besaß, Dinge zu sehen, die andere nicht bemerkten. Belinda hatte tatsächlich nur Augen für Connor. Dem sechzehnjährigen Jungen entging es natürlich nicht, wie sehr sie ihn anbetete, aber er übersah sie geflissentlich. Rosas Zuneigung hingegen erwiderte er, und schon an ihrem entspannten Umgang miteinander erkannte man, wie sehr sie sich mochten. Aber von Catriona Summers war sie besonders fasziniert.

Catriona war klein und schlank. Sie sah kaum anders aus als auf den alten Publicity-Fotos, die Rosa mit in die Schule gebracht hatte. Aber in der zierlichen Gestalt verbarg sich ein stählerner Kern, der in den veilchenblauen Augen schimmerte und in ihrer Haltung zu erkennen war. Ihr kurzes, dichtes Haar war vorzüglich geschnitten. Ihre Kleidung war salopp, aber Harriet erkannte den Schnitt einer teuren Hose und den edlen Stoff des täuschend schlichten Hemdes. Abgesehen von den Ringen an den Fingern trug sie wenig Schmuck – nur goldene Ohrstecker und eine Halskette mit einem Medaillon.

Catriona spürte, dass sie gemustert wurde. Sie drehte sich um. Klugheit lag im neugierigen Blick ihrer blauen Augen. »Du musst Harriet sein«, sagte sie freundlich. »Willkommen auf *Belvedere.*«

Harriet fühlte, wie weich ihre Hand war, aber die schlanken, schmalen Finger griffen kraftvoll zu. Die Brillanten blitzten in der Sonne.

»Ich bin froh, dass du kommen konntest«, sagte Catriona. »Rosa hat mir schon viel von dir erzählt.« Sie lächelte. »Wir werden in diesen Ferien sicher eine Menge Spaß haben. Aber jetzt wollt ihr doch sicher alle eine Tasse Tee trinken, bevor Belinda nach Hause fährt? Kommt ins Haus.«

Rosa hatte rote Wangen vor lauter Begeisterung, und strahlend half sie Connor, die Verandastufen hinaufzusteigen. Er hatte vor ein paar Wochen von einem Stier einen Tritt ans Knie bekommen und ging immer noch am Stock. Er zog eine Grimasse, als er das steife Bein auf die Stufen schwang. »Harriet, das ist Connor«, erklärte Rosa überflüssigerweise.

Harriet sah ihm in die Augen. Vielleicht waren sie braun, vielleicht waren es auch goldene Laubtöne eines herbstlichen Waldes. Die Iris hatte einen schwarzen Rand, und dichte Wimpern überschatteten sie. Ihre Hand verschwand in der seinen, und sie fühlte die warme, raue Haut eines Menschen, der noch nie an einem Schreibtisch gearbeitet hatte. Die Ärmel seines karierten Hemdes waren bis über die Ellenbogen aufgekrempelt, und man sah sonnengebräunte, muskulöse Arme, fein und dunkel behaart. Groß und dunkelhaarig stand er vor ihr in seiner engen Moleskin-Hose und flachen Lederstiefeln, bedeckt vom Staub der Weiden.

Als Connor lächelte, zeigte sich ein feines Spinnennetz von Fältchen an seinen Augenwinkeln, und sein sonnengebräuntes Gesicht wirkte noch sympathischer. »Tag«, sagte er in seinem gedehnten Queensland-Dialekt. »Rosa hat mir viel von dir geschrieben. Schön, dich endlich mal zu sehen.«

»Tag«, murmelte Harriet. Ihr war nur allzu sehr bewusst, wie belustigt er sie musterte und welche Wirkung sein Lächeln auf sie hatte. Connor Cleary sah nicht wirklich gut aus; seine Züge waren zu unregelmäßig. Aber sie verstand trotzdem, weshalb Belinda so verliebt in ihn war. Er war hinreißend.

Catriona lachte laut. »Du meine Güte, Connor! Dein Fanclub wird anscheinend immer größer.«

Connor wurde rot, und Harriet senkte den Kopf und wich Belindas feindseligem Blick aus, indem sie ihr Haar wie einen Vorhang vor das Gesicht fallen ließ. Ihre Freundinnen vor den Kopf zu stoßen war das Letzte, was sie wollte, und Catrionas gutmütiger Scherz war nicht gerade hilfreich.

Die Mädchen folgten Catriona in die Küche. Harriet blieb zögernd stehen und wusste nicht, was sie tun sollten, als die anderen ihre Taschen fallen ließen und es sich gemütlich machten. Sie sah sich um. *Belvedere* war ziemlich klein; das ganze Haus würde in eine Ecke ihrer Penthouse-Wohnung in der Stadt passen, aber die Küche war behaglich und anheimelnd und offensichtlich der beliebteste Raum im ganzen Haus.

Catriona fing an, alles zu organisieren. »Rosa, du holst die Milch und den Kuchen. Harriet.« Sie drehte sich um und lächelte. »Willst du nicht das Geschirr auf das Tablett stellen und ins Wohnzimmer bringen?«

Harriet nickte; sie war froh, etwas zu tun zu haben, aber sie brauchte doch eine Weile, um Teller, Tassen und Besteck zu finden, und dass Belinda sie immer wieder anfunkelte, vergrößerte ihr Behagen auch nicht. Rosa stieß ihr einen spitzen Ellenbogen in die Rippen. »Kümmere dich einfach nicht um sie«, tuschelte sie, während sie die Teller vom Schrank zum Tisch trugen. »Sie benimmt sich immer so, wenn Connor in der Nähe ist.«

»Aber warum?«

»Sie hat Angst vor der Konkurrenz«, mampfte Rosa. Sie hatte ein Stück Kuchen von der Platte stibitzt.

Harriet warf einen verblüfften Blick zu Belinda hinüber. »Aber das ist doch albern.«

»Ich weiß«, sagte Rosa. »Ich meine, wer außer Belinda könnte meinen Bruder attraktiv finden?« Sie lachten verschwörerisch, und Harriet folgte Rosa mit dem beladenen Tablett ins Wohnzimmer.

Hier war es am späten Nachmittag kühl. Die Sonne würde bald hinter den Bergen verschwinden. Die Einrichtung hatte sicher schon bessere Zeiten gesehen, aber der Rolltop-Sekretär und der Stuhl davor waren Antiquitäten, und die umfangreiche Glas- und Porzellansammlung in den Vitrinen schien sehr kostbar zu sein. Harriet setzte das Tablett auf einen kleinen Beistelltisch und bemerkte die dicke Staubschicht, die alles bedeckte. Dieses kleine Haus war ganz anders als das luxuriöse Penthouse ihrer Mutter; dort wurde kein Stäubchen geduldet, doch dies hier war ein behagliches, anheimelndes Zuhause, und sie fühlte sich in dem Durcheinander seltsam entspannt.

Rosa ging in die Küche zurück, und Harriet nutzte die Gelegenheit, um sich umzusehen. Über dem gemauerten Kamin hingen drei Bilder. Es waren Porträts, und obwohl sie sehr alt waren und eine Reinigung nötig hatten, schimmerte der Charakter der Porträtierten immer noch hervor.

»Meine Eltern.« Catriona war mit Rosa im Schlepptau hereingekommen. »Die Bilder wurden kurz nach ihrer Ankunft hier in Australien gemalt. Damals hatten sie noch Geld für solche Sachen.« Offenbar sah sie, dass Harriets Blick zwischen den Porträts hin und her wanderte. Lächelnd kam sie zu ihr. »Das bin ich.« Sie deutete auf das mittlere Bild. »Habe damals nicht übel ausgesehen, oder?« Sie lachte, und ohne eine Antwort abzuwarten, wandte sie sich ab und setzte sich.

»Das Alter relativiert so manches«, sagte sie leichthin. »Das verdammte Ding da oben erinnert mich an jedes Jahr, das vergangen ist, an Alter und Verfall.« Sie lächelte. »Aber die Alternative ist viel schlimmer; also muss ich mich wohl damit abfinden.«

Harriet, erzogen von einer Mutter, die am leisesten Hinweis auf das Altern Anstoß nahm und die jeden Geburtstag mit Abscheu und Verachtung beging – Harriet schwieg. Catriona war wirklich eine Schönheit gewesen, aber diese Schönheit strahlte noch immer in der makellosen Haut, in den veilchenblauen Augen und der stolzen Haltung. Es war eine Schönheit, die von innen kam.

Rosa schenkte den Tee ein, und die anderen erschienen ebenfalls. Die Unterhaltung war lebhaft. Harriet war zufrieden damit, einfach zuzuhören. Aber von draußen hörte sie verlockende Geräusche – Kälber schrien, Pferde wieherten, Hunde bellten –, und dazwischen mischte sich das Klirren von Pferdegeschirr und das Lachen und Plaudern der Männer. Das alles ist ganz anders als die Welt, in der ich lebe, dachte sie, als sie an ihrem Tee mit Milch nippte und sich allmählich entspannte.

In den nächsten vier Wochen unterhielt Catriona die beiden Mädchen mit Geschichten aus ihrer Kindheit. Harriet kannte das Geschichtenerzählen bisher nur aus der Schule und freute sich jeden Abend darauf, sich mit Rosa auf das Sofa zu kuscheln und Catrionas Erzählungen von der fahrenden Theatertruppe zu lauschen. Catriona schilderte das alles so lebendig, dass sie oft glaubte, sie höre das Rumpeln der Wagenräder und das Lachen der Tänzerinnen.

Tagsüber, wenn Catriona nicht gerade ein Picknick veranstaltete oder mit ihnen einen Ausflug zu den zahlreichen Partys im Outback unternahm, hatte Harriet Gelegenheit, *Belvedere* zu Pferd zu erkunden. Rosa hatte ihr bereits alle ihre Lieblingsplätze gezeigt, aber das Schönste hatte sie für den letzten Ferientag aufgehoben.

Die Scheune stand abseits in der hintersten Ecke der Koppel.

Sie war baufällig; das Dach war an vielen Stellen geflickt, und die Wände waren schief. Rosa stieg ab und zerrte am Scheunentor. Es knarrte und quietschte protestierend, und am unteren Rand brachen Splitter ab, als es sich in Gras und Unkraut verhakte. Harriet stieg von ihrem Wallach und trat in den dämmrigen Raum. Stäubchen schwebten in den Sonnenstrahlen, die durch das Dach hereinfielen, und noch immer hing der Duft von Heu und Hafer in der Luft. Aber Harriet hatte nur Augen für den einzigen Gegenstand, der vor ihr aufragte und hier ganz fehl am Platze zu sein schien.

»Mums Stolz und ihre ganze Freude«, flüsterte Rosa, als sie darum herumging und liebevoll mit den Fingern daran entlang strich.

Harriet kam näher und berührte die bunte Bemalung. Sie leuchtete rot, grün und gelb im staubigen Sonnenlicht, und die Schrift auf den Seiten war so klar und deutlich, als wäre sie erst gestern angebracht worden. »Es ist der Wagen«, flüsterte sie. »Catrionas Wagen. Aber wie hat sie ihn nach all den Jahren gefunden?«

»Bei einer Farmversteigerung. Der Farmer hatte darin seine Hühner untergebracht. Mum hat ihn herbringen lassen, und sie und Connor haben daran gearbeitet, nachdem sie sich zur Ruhe gesetzt hatte. Schön, nicht?«

Harriet empfand ein überwältigendes Déjà-vu-Gefühl. Nach Catrionas Geschichten war es seltsam, vor diesem Wagen zu stehen, den sie überall erkannt hätte. Es war, als sei sie in eine Vergangenheit zurückgekehrt, die sie nie erlebt hatte und die ihr doch so vertraut war, als wäre es ihre eigene. »Dafür müssen sie Jahre gebraucht haben.« Sie betrachtete das zierliche Gitterwerk am unteren Rand und die sorgfältig bemalten Räder.

Rosa schob die Hände in die Taschen und nickte. »Ich und Belinda, wir haben drin gespielt. Haben getan, als wären wir Zigeuner. Aber ich weiß, wie wertvoll er ist, und wahrscheinlich gibt's nur noch diesen einen. Die Historical Society hat Mum angefleht, ihn ihr zu schenken, aber er bedeutet ihr so viel, dass sie ihn nicht hergibt.«

»Was ist wohl aus den anderen geworden?« Harriet reckte den Hals, um hineinzuschauen. Zu ihrer Enttäuschung war er leer, aber sie sah die Kostümkörbe trotzdem vor sich, das Bettzeug, die Töpfe und Pfannen und das allgemeine Durcheinander, das die Truppe auf ihren Reisen bei sich gehabt hatte.

»Wer weiß«, sagte Rosa betrübt. »Wahrscheinlich irgendwo verrottet. Mum sagt, die Menschen interessieren sich für Geschichte erst, wenn es zu spät ist – oder wenn sie glauben, damit lässt sich Geld verdienen. Aber wenigstens der hier ist in Sicherheit.«

Harriet nickte. Sie strich ein letztes Mal über die Bemalung und wandte sich dann ab. Als sie im Tor der baufälligen Scheune stand, war ihr, als höre sie das Rumpeln der Wagenräder, das stetige Trappeln schwerer Hufe und das Klirren des Zuggeschirrs. Ihr Blick wanderte zum Horizont, und fast sah sie die Wagenkolonne im fernen Hitzeflimmern, sah den Staub, den die Räder aufwirbelten, und hörte ein lachendes Echo, das von den Bergen widerhallte.

»Hat? Harriet? Was ist los?«

Sie schob die Bilder beiseite und sah Rosa an. »Catriona hat alles so wirklichkeitsnah erzählt«, sagte sie. »Wenn ich den Wagen sehe, ist es, als erwache es wieder zum Leben.«

Rosa lachte. »Du musst deine Phantasie im Zaum halten, Harriet. Eines Tages geht sie noch mit dir durch, und dann landest du in der Klapsmühle.«

Harriet lächelte. Die Bilder waren verschwunden, sie war wieder in der Realität. Sie lief hinaus in den Sonnenschein und löste die Zügel vom Haken an der Wand. »Lass uns reiten«, rief sie eifrig. »Wir haben nur noch diesen einen Tag, und dann geht's wieder zurück in die langweilige Schule.«

Als sie auf der endlosen Ebene waren, ließen sie ihren Pferden die Zügel schießen und galoppierten jauchzend durch das Gras. Die Zeit bedeutete nichts mehr; die reine Freude daran, jung und sorgenfrei im großen Herzen Australiens zu sein, war alles, was sie brauchten. Sie flogen dahin, frei wie die Vögel über ihnen, frei wie die einsame Wolke, die hartnäckig über einem fernen Berg schwebte.

Schließlich brachten sie die Pferde zum Stehen und sprangen aus dem Sattel. »Puh!« Rosa klopfte ihrem Tier den Hals und lockerte den Sattelgurt. »Ist 'ne Weile her, dass ich so geritten bin.«

»Stimmt«, keuchte Harriet, außer Atem nach dem wilden Galopp. »Ich weiß nicht, wie es dir geht, aber ich habe einen Mordshunger, und etwas trinken könnte ich auch.« Sie nahm den Hut ab und wischte sich den Schweiß von der Stirn. Ihr Haar war feucht, und das Hemd klebte ihr am Rücken. Rosa zu folgen war kein Kinderspiel, und obwohl sie schon seit Jahren reiten konnte, hatte Harriet alle Mühe gehabt, den kastanienbraunen Wallach bei der stürmischen Jagd über die Ebene unter Kontrolle zu halten. Morgen würden ihr alle Knochen wehtun, aber das war es wert. Der Ritt hatte die Geister vertrieben und sie mit einem Wohlgefühl erfüllt, das sie nicht mehr erlebt hatte, seit sie mit ihrem Vater durch das Buschland bei den Glasshouse Mountains geritten war.

Der Braune nickte mit dem Kopf und bleckte die großen Zähne, als sie seine Patriziernase tätschelte. Er stellte die Ohren hoch, und das mutwillige Funkeln in seinen Augen verriet ihr, dass ihm der Ritt auch gefallen hatte.

»Da vorn in der Mulde fließt ein Bach«, sagte Rosa. »Da können wir unseren Lunch essen, bevor wir zurückreiten.«

Sie führten die Pferde zu dem Bachbett und ließen sie mit baumelnden Zügeln aus dem Rinnsal saufen, das sich über den Schiefergrund schlängelte. Rosa und Harriet knieten daneben, schöpften das Wasser mit ihren Hüten und kippten es sich über den Kopf; sie lachten und planschten, bis sie sich erfrischt hatten. Dann fielen sie lachend unter einem Baum zu Boden und schauten durch das Laub hinauf in den Himmel.

»Bisschen was anderes als die Schule, würde ich sagen.« Rosa seufzte zufrieden. »Ich war hier oft mit Mum, als ich noch ganz klein war. Nach der Schule sind wir oft hergekommen, und dann haben wir unter diesem Baum gelegen und uns unterhalten. Sie hatte nie was dagegen, wenn ich mich schmutzig mache – im Gegenteil, sie hat mich sogar dazu ermuntert.«

Sie rollte sich auf den Bauch und griff nach dem Sandwichpaket. »Mum ist einfach toll«, fuhr sie dann fort, den Mund voll Hühnchen und Salat. »Sie hat Verständnis für Kinder, und sie weiß, dass wir experimentieren und uns schmutzig machen müssen. Con und ich haben großes Glück.«

»Ich habe so etwas immer nur getan, wenn ich mit meinem Dad zusammen war.« Harriet goss Limonade aus der Flasche in zwei Blechbecher und reichte Rosa einen davon. Das Hühnchensalat-Sandwich hatte besser geschmeckt als alles, was es in der Großstadt gab. Wahrscheinlich lag es an der frischen Luft und dem Rausch des Reitens. Sie schluckte den letzten Bissen herunter und wischte sich die Hände an den Hosenbeinen ab – ein Benehmen, das ihre Mutter mit Entsetzen erfüllt hätte. »Mum hat's andauernd mit der Sauberkeit und dem guten Benehmen. Wenn sie zu Hause ist, muss ich immerzu schreckliche Rüschenkleider tragen, auf denen man jeden Flecken sieht.« Sie kicherte. »Als ich ganz klein war, hat sie mich immer an Schönheitswettbewerben teilnehmen lassen – aufgetakelt wie eine Puppe, geschminkt, das ganze Programm. Ich hab's gehasst, vor die Preisrichter zu treten; also habe ich immer Fratzen geschnitten und mich schlecht benommen. Mum war wütend, aber sie konnte nichts dagegen tun.«

»Arme alte Hat!«, sagte Rosa mitfühlend. »Muss die Hölle gewesen sein.«

»Es war okay, solange Dad lebte. Er hat sich immer auf meine Seite gestellt. Aber dann…« Harriet schluckte. »Dann hat es sich geändert«, fuhr sie fort. »Es ist wirklich schwer ohne ihn, und als Mum begriffen hatte, dass ich niemals eine Tänzerin wie sie werde, hat sie mich irgendwie aufgegeben.«

»Dann bin ich froh, dass wir Freundinnen sind.« Rosa lächelte warmherzig. »Du kannst in den Ferien immer herkommen. Das hat Mum heute Morgen gesagt.«

Harriet erwiderte das Lächeln; sie war gerührt von der Großzügigkeit und Freundschaft, die sie während ihres Aufenthalts hier empfangen hatte. »Danke«, sagte sie. Was sie wirklich empfand, konnte sie nicht in Worte fassen.

Rosa zuckte die Achseln. »Nicht nötig, Hat. Wenn Mum nicht gewesen wäre – ich weiß nicht, was aus mir und Connor geworden wäre. Ich bin froh, dass ich das mit dir teilen kann.«

Harriet war am Rande der Tränen. Noch nie hatte sie solche Güte erlebt, eine so großzügige Freundschaft. Es war ein bewegender Augenblick. Als sie ihre Gefühle wieder unter Kontrolle gebracht hatte, drehte sie sich auf den Rücken und atmete die warme Luft ein, die nach Akazienblüten, Kiefern und Eukalyptus duftete. Sie fühlte sich schläfrig und zufrieden. Sie hörte das Sägen der Zikaden in den Bäumen, und in der Nähe lachte ein Kookaburra. Es war einsam hier; Sydney, die Schule und ihre Mutter waren eine Million Meilen weit weg. Wenn es doch nur so bleiben könnte!, dachte sie wehmütig. Aber das war natürlich unmöglich.

Seufzend schloss Harriet die Augen. Auf *Belvedere* hatte sie ein anderes Leben kennen gelernt. Catriona hatte viele Stunden mit ihr und Rosa verbracht; sie hatte Picknicks organisiert und war mit ihnen im Billabong geschwommen, sie hatte ihnen Geschichten erzählt und die Mädchen dazu ermuntert, umherzustromern und zu tun, was ihnen Spaß machte. Es war weit entfernt von ihrem geordneten, aber eingeschränkten Dasein in Sydney, wo von ihr erwartet wurde, dass sie sich stets höflich und wohlerzogen benahm. Rosa hatte mehr Glück, als sie ahnen konnte, und trotzdem empfand Harriet keinen Neid – denn wie hätte sie es tun können, wenn Rosa ihr so vorbehaltlos anbot, das alles mit ihr zu teilen?

Harriets Mutter vertrat beharrlich die Ansicht, Kinder solle man sehen, aber nicht hören, und diese Lektion hatte Harriet schon sehr früh gelernt. Den größten Teil ihrer Kindheit hatte sie in Internaten verbracht. Wenn sie in den Ferien für kurze Zeit mit ihrer Mutter zusammen gewesen war, hatte diese von ihr erwartet, dass sie sich ihrem verbissenen Streben nach gesellschaftlichem Aufstieg unterordnete. So hatte Harriet an Partys und an Wochenenden mit Leuten, die sie kaum kannte und nicht mochte, um des lieben Friedens willen klaglos teilgenommen, denn Jeanette Wilsons Ehrgeiz kam man tunlichst nicht in die Quere.

Die Schule bot ihr eine Möglichkeit der Flucht vor der Enge des adretten Apartments in der Stadt, vor den erstickenden Regeln und Vorschriften, an die sie sich zu halten hatte, seit sie denken konnte. Als Vater noch da gewesen war, war alles ein bisschen leichter gewesen. Harriet vermisste ihn schmerzlich. Dad hatte trotz seines engen Terminkalenders immer Zeit gefunden, an den Elterntagen in die Schule zu kommen, sich für ihre Erfolge zu interessieren und sie zu trösten, wenn sie gescheitert war. Er war ihr bester Freund gewesen, ihr Fels in der Brandung, er hatte sie ermuntert, ehrgeizig zu sein und stolz auf das, was sie leistete. Er hatte ihr Selbstvertrauen gestärkt und sich über ihre Intelligenz gefreut.

Ihre Mutter Jeanette hatte andere Vorstellungen. Als Harriet älter wurde, begriff sie allmählich, dass auch ihre Privatschulerziehung nur eines der Werkzeuge ihrer Mutter war, die ihr dazu verhelfen sollten, die »richtigen Leute« kennen zu lernen. Sie sprach schon jetzt von einem Mädchenpensionat in der Schweiz und von den Möglichkeiten, sich einen reichen Mann mit Beziehungen zu angeln, damit Harriet für ihren Lebensunterhalt nicht würde arbeiten müssen. Harriet war verwirrt von den widersprüchlichen Botschaften, die sie von ihrer Mutter empfing. Jeanette hatte ihr Leben lang gearbeitet – sie war die Primaballerina der Sydney Ballet Company –, und sie hatte bis zur Erschöpfung dafür geschuftet, den Gipfel ihrer Karriere zu erreichen. Warum sollte sie selbst etwas anderes tun?

»Was ist los, Hat?« Rosas Stimme riss sie aus ihren Gedanken.

»Nichts«, sagte sie mit einem zufriedenen Seufzer. »Ich bin einfach glücklich hier.«


Im Laufe der nächsten sechs Jahre festigte sich Harriets Freundschaft mit Rosa und Belinda immer mehr. *Belvedere* war ein zweites Zuhause für sie geworden, und Catriona behandelte sie in den Schulferien warmherzig und einladend. Belindas unerwiderte Liebe zu Connor nahm trotz seiner zahlreichen Eroberungen in Drum Creek nicht ab, und Catriona war überzeugt, dass der korsarenhafte Gang, den die Knieverletzung hinterlassen hatte, einen großen Teil zu seinem Erfolg bei den Frauen beitrug.

Als Catriona jetzt mit Pat Sullivan im Hof stand und zusah, wie die drei Mädchen ihre Pferde sattelten und losritten, erkannte sie erschrocken, dass Rosa, Belinda und Harriet keine Kinder mehr waren. Rosa war mit ihren siebzehn Jahren immer noch klein und zierlich, aber sie war an allen richtigen Stellen wohlgerundet. Ihr Haar war kurz und stachlig, und sie hatte sich die Spitzen rot gefärbt. Sie trug gern dunkles Augen-Make-up und einen ebensolchen Lippenstift, und ihre Kleidung war – zurückhaltend gesagt – unorthodox: meistens schwarz, knapp und absolut unpassend zum Leben auf einer Farm im Outback. Ihre Vorliebe für Schmuck, kurze Röckchen und winzige Tops war das Tagesgespräch in der Nachbarschaft. Sie bekam immer mehr Ähnlichkeit mit Poppy.

Belinda war größer und breiter und hatte die stämmige Figur ihrer Brüder. Noch immer trug sie am liebsten Jeans und T-Shirts, und im Sattel fühlte sie sich wohler als im Klassenzimmer. Sie wirkte jungenhaft, und das würde unabhängig von ihrem Alter auch so bleiben. Ihr dunkles krauses Haar fiel über die Schultern fast bis zur Taille, und ihre Augen waren strahlend blau. Ihr Lächeln konnte einen Eisberg zum Schmelzen bringen, und ihre Persönlichkeit war über jede Kritik erhaben.

Harriet war durchschnittlich groß, schlank und elegant. Sie hatte die Haltung einer Tänzerin. Ihr dichtes blondes Haar reichte bis auf die Schultern, ihr Teint war hell und zart, und ihre Augen waren manchmal blau, manchmal grün. Sie war noch immer die Stillste unter den dreien, aber ihre Fröhlichkeit und ihr Selbstvertrauen waren in den Jahren auf *Belvedere* aufgeblüht, und sie war nicht mehr das Mädchen, das damals am ersten Tag so scheu und einsam in die Schule gekommen war.

»Die Zeit ist im Fluge vergangen«, stellte Catriona fest. »Ich kann nicht glauben, dass diese Gören bald achtzehn sind.«

Pat lächelte. »Sie benehmen sich eher wie Zehnjährige. Verrückt nach Pferden und so ausgelassen wie Äffchen. Sieh dir an, wie sie losgaloppieren – ohne einen vernünftigen Gedanken im Kopf.« Sie sah Catriona an. »Aber mir kommt es auch vor, als wärest du erst gestern hergekommen«, sagte sie leise. »Hast du es nie bereut?«

Catriona lachte und fuhr sich mit den Fingern durch das kurz geschnittene Haar. Diese Frisur war praktisch – und kühl –, und mit ihren siebenundfünfzig Jahren stand sie ihr gut. »Nicht ein einziges Mal«, antwortete sie entschieden. »Aber ich hätte mich hier nicht so schnell eingelebt, wenn du nicht gewesen wärest.«

Pat zuckte die Achseln. »Ich habe nicht viel getan. Deine Persönlichkeit und die Art, wie du Rosa und Connor großgezogen hast, haben dir überall Respekt eingebracht.«

Catriona schob die Hände in die Hosentaschen. »Ich wusste, dass es ein gutes Stück Arbeit sein würde, zwei fremde Kinder großzuziehen, und ich war nicht sicher, ob ich mich nach dem jahrelangen Reisen hier würde einfügen können. Du hast mir mehr geholfen, als dir klar ist, Pat. Ich hatte schreckliche Angst davor, das Falsche zu sagen oder zu tun. Irgendwo im Designerkleid aufzukreuzen, wenn Jeans und Hemd viel passender gewesen wären.« Blinzelnd schaute sie in die Sonne. »Ich wollte nicht anders sein als alle anderen, weißt du«, gestand sie.

Pat nahm sie in den Arm und drückte sie an sich. »Du wirst immer anders sein«, sagte sie lächelnd. »Aber du bist es auf gute Art und Weise, und wir alle lieben deine unerhörten Geschichten. Es ist, als ob Poppy wieder da wäre.«

Catriona spähte zu den drei fernen Gestalten hinaus, die im Hitzedunst fast verschwunden waren. »Ich glaube, das ist das größte Kompliment, das du mir machen könntest«, sagte sie schließlich.

Sie spazierten zurück zum Haus. Archie forderte wie immer sein Fressen und war zutiefst verstimmt, als er einen Rest Trockenfutter vorgesetzt bekam. Er war inzwischen ein großer gelber Kater mit einem mächtigen Appetit und der Neigung, den ganzen Tag zu verschlafen. Catriona hatte keinen Zweifel daran, wer von ihnen beiden das Sagen hatte, doch er war ein angenehmer Gesellschafter, wenn die Mädchen nicht da waren, und an langen, kalten Winterabenden hatte sie das warme, schnurrende Bündel gern auf dem Schoß.

Pat und Catriona brühten sich Tee auf, setzten sich damit in den Schatten der Veranda und beobachteten, wie die Männer zwischen Corral und Koppel, zwischen Scheune und Schuppen hin und her gingen. Die Kälber waren von den Müttern getrennt worden; sie blökten laut und wirbelten den Staub im Corral auf. Noch heute würde der Road Train kommen, das riesige Lastwagengespann, das sie zum Viehmarkt transportieren würde. Diese Zeit war die einzige, die Catriona auf *Belvedere* nicht gefiel, aber darüber sprach sie wohlweislich nicht. Hier draußen war kein Platz für Sentimentalitäten; hier ging es um Geschäfte und gesunden Menschenverstand.

»Der arme Connor«, seufzte Pat, als sie sah, wie der Junge aus der Schmiede spähte, bevor er herausschlüpfte und den Hof überquerte. »Er hat immer noch Angst vor Belinda.«

Die beiden Frauen lachten. »Sie klebt an ihm wie ein Schatten«, prustete Catriona. »Mit großen Augen und bebender Unterlippe. Und er geht ihr die halbe Zeit aus dem Weg.«

»Unerwiderte Liebe«, seufzte Pat. »Die arme Belinda! Ich hatte gehofft, es wächst sich irgendwann aus und sie findet einen netten Jungen auf dem College.«

»Vielleicht lernt sie auf der Universität jemanden kennen?«

Pat nagte an der Unterlippe und nestelte an einem Knopf ihrer Strickjacke. »Sie will nicht zur Uni gehen«, sagte sie leise.

Catriona zog überrascht die Brauen hoch. »Aber ich dachte, sie sei genauso entschlossen wie Rosa und Harriet, Juristin zu werden? Sie reden doch seit Jahren davon.«

Pat schob sich eine kurze graue Haarsträhne hinter das Ohr. »Belinda hat genug von der Schule«, sagte sie. »Sie kann es nicht erwarten, in die große weite Welt hinauszuziehen und Geld zu verdienen.« Sie seufzte. »Ich habe versucht, mit ihr zu reden, aber ihre Entscheidung steht fest. Und du weißt, wie stur sie sein kann. Wenn sie sich einmal etwas in den Kopf gesetzt hat, lässt sie sich nicht davon abbringen.«

Catriona dachte an Belindas Leidenschaft für Connor. Demnach stand dem armen Jungen noch einiges bevor. Aber er war ja inzwischen fast zweiundzwanzig – irgendein Mädchen würde ihn früher oder später erobern. Und die Vorstellung, Belinda als Schwiegertochter zu bekommen, gefiel ihr. Sie schob diese Gedanken beiseite und kehrte zum Thema zurück. »Dann wird sie vermutlich auf Derwent Hills arbeiten, ja? Das wundert mich nicht. Sie ist durch und durch ein Mädchen vom Lande.«

Pat schüttelte den Kopf. »Ihre Brüder sind schon dabei, den Betrieb zu übernehmen. Für sie gibt es da eigentlich nichts mehr zu tun. Recht und Gesetz interessieren sie weiter, aber sie hat sich für die Exekutive entschieden. Sie hat die Zulassung zum Police College in Sydney.«

Catriona sah ihrer Freundin die Enttäuschung an. Pat hatte sich für ihre einzige Tochter so viel mehr gewünscht. »Das tut mir leid, Pat. Aber Belinda hat schon immer lieber praktische Dinge getan, statt über Büchern zu brüten.«

»Ja, das stimmt. Aber ich habe mich sehr darauf gefreut, eine Anwältin in der Familie zu haben.« Sie lachte. »Damit kann man angeben. Doch wie ich meine Tochter kenne, wird sie in jedem Beruf, den sie sich aussucht, gut sein. Mir tut nur der arme Kerl leid, der versuchen könnte, sie zu zähmen. Durch die drei Brüder und das Leben auf der Farm hat Belinda gelernt, selbst über sich zu bestimmen.«

Die beiden Frauen tranken ihren Tee aus und gingen hinunter zu Pats Geländewagen. »Ich muss nach Hause. Es gibt noch eine Menge zu tun, bevor es dunkel wird.«

Catriona umarmte sie. »Ich bringe Belinda am Sonntagabend hinüber«, sagte sie. »Dann können wir Montag alle zusammen nach Sydney fliegen und die Mädchen ins letzte Semester entlassen.«

»Kaum zu glauben, dass das College dann zu Ende ist.« Seufzend drehte Pat den Zündschlüssel im Schloss. »Mir ist, als wären sie erst gestern in die Grundschule gekommen.«

Catriona blieb auf der Verandatreppe stehen und winkte, als Pat durch das erste Tor hinausfuhr. Sie schaute der Staubwolke nach, kehrte dann ins Haus zurück und setzte sich ans Klavier. Nach kurzem Überlegen fing sie an zu spielen.

Das Lied hieß »Summertime« und war aus Gershwins *Porgy und Bess*, und es schien das Wesen des Augenblicks zu erfassen. Als sie anfing, die betörende Melodie zu singen, wurde ihr klar, dass Veränderungen bevorstanden, und obwohl es sie traurig stimmte, dass die Tage der Kindheit zu Ende gingen, freute sie sich auf die nächste Phase im Abenteuer des Lebens.

Kurz nach Sonnenuntergang kamen die Mädchen polternd ins Haus gestürmt. Sie waren schmutzig und außer Atem und hatten einen Bärenhunger – wie immer. Catriona schickte sie ins Bad und klappte den Klavierdeckel zu. Sie hatte sich in der Musik verloren und nicht gemerkt, wie der Tag zum Abend geworden war.

Rosa trat in die Küche, als sie gerade das Roastbeef aufschnitt. »Mum«, schrie sie, »Billy sagt, er will heute Abend mit uns hinausgehen. Du kannst auch mitkommen«, fügte sie hastig hinzu. »Dürfen wir? Bitte sag ja.«

Catriona lächelte über das Zugeständnis. »Mal sehen«, sagte sie und schnitt weiter. »Wo will Billy denn mit euch hin?«

»Kommt Connor zum Abendessen?«, wollte Belinda wissen, als sie sich mit Harriet an den Tisch setzte.

»Er isst draußen bei den Männern«, sagte Catriona. Dann bemerkte sie Belindas enttäuschtes Gesicht. »Aber ich nehme an, wir sehen ihn später noch«, fügte sie hinzu.

»Also, können wir mit Billy gehen?«, fragte Rosa ungeduldig.

Catriona lächelte. »Solltest du mir nicht lieber vorher genau erklären, was Billy mitten in der Nacht da draußen mit euch vorhat?«

Rosa schüttelte den Kopf. Ihre Augen leuchteten, und sie glühte vor Aufregung. »Ich habe versprochen, nichts zu verraten. Es soll eine Überraschung werden.«

Wahrscheinlich eine seiner geheimnisvollen Wanderungen, dachte Catriona. Aber warum nicht? Es könnte Spaß machen. »Ich finde, wir sollten alle mitgehen«, sagte sie. »Es ist ja euer letztes Wochenende zu Hause.« Sie schaute Belinda an. »Ich könnte Connor fragen, ob er auch mitgehen will. Soll ich nach dem Essen zu ihm hinübergehen?«

Belinda wurde rot und senkte den Kopf. »Wenn du willst«, murmelte sie, bemüht gleichgültig.

Rosa und Harriet stießen einander an und kicherten, und Catriona brachte sie mit einem wütenden Blick zur Räson. Rosa zog ihren Bruder wegen Belinda unbarmherzig auf, und das alles war allmählich nicht mehr witzig. Vielleicht würde Belinda ja auf dem Police College von ihrer Leidenschaft kuriert werden.

In der Stille der Nacht starb jede Unterhaltung. Catriona saß entspannt im schmalen Treibersattel, die eine Hand am Zügel, die andere auf dem Oberschenkel. Sie folgten Billy Birdsong und seinen beiden kräftigen Söhnen in die Ebene hinaus. Die frische, kühle Luft schärfte ihre Sinne, und nächtliche Düfte umwehten die Pferde, die gemächlich durch das hohe Gras trotteten. Eukalyptus, Kiefern, zertretenes Gras und Blumen mischten sich zu einem köstlichen Parfüm, und der Mond versilberte die Baumwipfel und warf lange Schatten. Ein sanfter Wind raschelte in den stachligen Büscheln des Spinnifex-Grases, und die hängenden Blätter der Eukalyptusbäume wisperten wie uralte Geister.

Auch die drei Mädchen waren offenbar beeindruckt von der Großartigkeit ihrer Umgebung – obwohl man nicht sagen konnte, wie weit Belindas Begeisterung auf Connors missmutige Anwesenheit zurückzuführen war. Aber sie strahlte.

Die Bäume lagen hinter ihnen, und das offene Land tat sich auf. Die Berge waren eine feine Linie am fernen Horizont. Billy Birdsong zügelte sein Pferd und deutete auf eine Reihe kleiner Erhebungen im Gelände. »Eier von Regenbogenschlange«, sagte er leise. »Guter Traumort. Viele Ahnengeister.«

Catriona lächelte insgeheim. Billy war wie immer ein bisschen dramatisch. Er war ein wunderbarer Geschichtenerzähler, aber er neigte zum Übertreiben, wenn er das richtige Publikum hatte. Aber sie sah, dass die anderen von ihrer Umgebung und vom Geheimnis dieses seltsamen nächtlichen Ritts wie verzaubert waren; hingerissen blickten sie starr geradeaus und lauschten der singenden Stimme, die ihnen von Ahnen und Geistern und Totems aus der Traumzeit erzählte.

Der erste Impuls, diesen Ausflug als amüsanten Spaß zu betrachten, war schnell vergangen, als Catriona erkannte, dass Billy an die Traumzeitgeschichte von der Regenbogenschlange wirklich glaubte und dass er sie in ein von Weißen unerforschtes Gelände führte, in das Reich der Mythen und Legenden über die Schöpfung. Und wie konnte sie an ihnen zweifeln? Dieser Ort, dieses Gefühl der Zeitlosigkeit war überwältigend. Die Essenz all dessen, an das sie glaubte, verlor sich in der großartigen Pracht dieses uralten, mystischen Landes und in der sanften, lyrischen Stimme des Aborigine, der sie immer weiter hinein ins Herz dieser Welt führte.

Das Gefühl, an einem heiligen Ort zu sein, wurde stärker, als sie ihre Pferde auf die Wölbungen dieser niedrigen Hügel zulenkten, und Catriona spürte, dass sie von ihnen angezogen wurde. Es war, als träume sie, als habe sie sich freiwillig einer unsichtbaren Macht überlassen, der sie jetzt nicht mehr widerstehen konnte. Sie hatte keine Angst und auch nicht das Bedürfnis umzukehren, denn sie war zutiefst davon überzeugt, dass sie gleich etwas Außergewöhnliches erleben würde.

Die sanften Bodenwellen hoben sich vom Nachthimmel ab wie die Buckelrücken gutmütiger Wale in einem Meer von Gras, erstarrt in der Zeit. Die Aborigines ritten voraus, und die Stimme des Alten wehte im sanften Wind. Die tiefen Schatten der Hügel nahmen sie auf. Das leise Rascheln der Hufe im Gras begleitete die Musik der Stimme und das Seufzen des Windes. Sie fühlten sich hineingezogen in den Traum, zurück in die Zeit, als die ersten Geistahnen ihre Fußspuren in der neu erschaffenen Erde hinterließen.

Catriona fragte sich, ob auch die anderen dieses tiefe Alleinsein spürten, das Gefühl, klein und unbedeutend zu sein vor diesen uralten Hügeln unter dem allumfassenden Himmel. Spürten sie die Anwesenheit der Geister längst vergangener Zeiten – oder bildete sie, Catriona, sich das alles nur ein? Sie drehte sich im Sattel um und schaute zurück: Die anderen sahen aus wie ehrfurchtsvolle Kinder, die dem süß lockenden Lied des Rattenfängers ins Never-Never folgten.

Endlich machten sie Halt und stiegen ab. Sie hobbelten die Pferde, und dann folgten sie den barfüßigen Schwarzen auf einem schmalen, gewundenen Pfad, der in Spiralen auf den höchsten der Hügel führte. Billy Birdsong murmelte leise vor sich hin; seine Worte waren unverständlich, aber irgendwie beruhigend. Oberhalb eines langen, flachen Abhangs blieb er stehen und setzte sich.

Catriona und die anderen taten es ihm nach, völlig verzaubert von dem Klang seiner Stimme und der Aussicht, die sich ihnen bot. Golden schimmerndes Weideland erstreckte sich bis zum Horizont, und Wasserläufe zogen sich wie silbrige Schlangen durch die Konturen des Geländes. Aber vor allem der Himmel war überwältigend. Für Catriona war es das Natürlichste auf der Welt, sich in das spröde Gras sinken zu lassen und sich in der funkelnden Pracht der Sternbilder zu verlieren.

Die Milchstraße zog einen breiten Streifen durch die Dunkelheit, und der Orion und das Kreuz des Südens waren zum Greifen nah; es war, als könne man sie vom Himmel pflücken, als könne man die goldene Kugel des Mondes in der flachen Hand halten und seine Kraft spüren. Catriona lauschte dem Sirenengesang des Aborigine, und die Erde zerschmolz unter ihr. Schwerelos lag sie in der Wiege der Schöpfung, sanft gewiegt von unsichtbaren Händen, die sie nach und nach in die Unendlichkeit trugen. Sie empfand keine Furcht, sondern nur ein tiefes Gefühl des Friedens. Sie spürte, dass sie da war, wo sie hingehörte.

Die Sterne kamen näher und näher, sie umgaben sie zu allen Seiten und trugen sie über die Milchstraße, wo jeder Stern der Geist eines längst verstorbenen Vorfahren war. Sie sah ihre Gesichter und hörte ihre Stimmen, und obwohl es Fremde waren, spürte sie die Wärme ihres Willkommensgrußes und hatte keine Angst.

So schwebte sie in den Armen eines gütigen und liebenden Schöpfers hoch über der Erde, und es war leicht, alle sterblichen Gedanken und Ängste abzustreifen. Denn hier war die Ewigkeit, hier war das Geheimnis von Leben und Tod, und sie nahm es bereitwillig an. Billys Stimme sang ein Wiegenlied in ihrem Kopf, und sie war wieder ein unschuldiges Kind ohne Ehrgeiz und Arglist und irdische Sorgen – ohne Furcht vor der Macht, die sie so sanft zu den Sternen trug. Sie schlief in den Armen der Ewigkeit und war zufrieden.

Die Zeit verlor alle Bedeutung, als sie die weite Dunkelheit jenseits der Sterne erkundete. Sie sah namenlose Planeten geboren werden und sterben. Sah Kometen durch die endlose Finsternis ziehen, sah die Gipfel zerklüfteter Mondberge im kalten blauen Lichtglanz. Sie fühlte die Wärme der samtenen Unendlichkeit, die Kälte des Rings, der den Mond umgab, und den Hauch der Schöpfung an ihrer Wange.

Mit grenzenloser Trauer begann sie sich von diesem himmlischen Fest des Lebens zu entfernen. Langsam und unerbittlich rief die Erde sie zurück und bettete sie schließlich im taufeuchten Gras des heiligen Hügels. Die nächtliche Kühle drang durch ihre Kleider, und sie hörte den Ruf eines einsamen Vogels und die große Stille, die das Land ringsum wie ein Mantel bedeckte. Aber die Sterne waren noch da, und sie sehnte sich danach, wieder bei ihnen zu sein. Sehnte sich nach dem zeitlosen Frieden, nach dem tröstenden Wiegen der mächtigen Geist-Arme, die sie auf ihrer Reise so liebevoll gehalten hatten.

Ein Rascheln neben ihr brach den Bann; sie tauchte aus ihrer magischen Versunkenheit auf und blinzelte die anderen eulenhaft an. Sie hatte vergessen, dass sie nicht allein war, und im Augenblick des Erwachens empfand sie schmerzliche Sehnsucht nach der endlosen Einsamkeit, welche die Sterne ihr geboten hatten. Denn diese Nacht hatte die Traumlandschaften ihrer Jugend offenbart, Traumlandschaften, die jetzt unauslöschlich in ihre Seele eingebrannt waren und die sie nie wieder verlassen wollte.

ZWANZIG

Die letzten zehn Jahre waren im Fluge vergangen, und erschrocken sah Catriona, dass sie demnächst ihren siebenundsechzigsten Geburtstag feiern würde. Wie hatte sie so plötzlich ein solches Alter erreichen können? Wo waren die Jahre geblieben? Sie fuhr sich durch das kurz geschnittene Haar, das jetzt silbrig und nicht mehr ebenholzschwarz war, und wanderte mit dem Postsack zurück zum Farmhaus. Aber so alt fühle ich mich nicht, dachte sie lächelnd; die meiste Zeit fühle ich mich um Jahrzehnte jünger. Sie hatte immer noch eine gute Figur, und sie achtete stets auf gepflegte und schicke Kleidung, selbst wenn sie nur Hemd und Hose trug. Das war die Macht der Gewohnheit. Sie war zu sehr daran gewöhnt, im Blickpunkt der Öffentlichkeit zu stehen, um sich jetzt noch zu ändern.

Sie warf die Post auf den Tisch und widerstand der Versuchung, sie gleich zu öffnen – die gespannte Erwartung war Teil des Vergnügens. Die Zeitungen trafen nur sporadisch ein, genau wie die Briefe, aber es war schön, sie alle in einer einzigen großen Lieferung zu bekommen. Ein bisschen wie Weihnachten. Während sie darauf wartete, dass das Wasser im Teekessel kochte, schaute sie aus dem Fenster und blickte auf das vergangene Jahrzehnt zurück.

Es war viel geschehen in dieser Zeit – es gab Triumphe und traurige Momente für sie alle. Ihre Arbeit für diverse Wohltätigkeitsorganisationen hatte es mit sich gebracht, dass sie oft nach

Brisbane und Sydney fliegen musste, und ihr Engagement an der Akademie hatte zugenommen. Sie war nach London geflogen, um dort Freunde zu besuchen und an den Meisterklassen und Workshops der Royal Opera School of Music teilzunehmen. Es war ein lohnender Einsatz gewesen, der Geist und Seele jung erhalten hatte – denn wie konnte man mit so jungen Talenten arbeiten, ohne dass ihre Energie und ihr Enthusiasmus abfärbten?

Catrionas Besuch in Paris war bittersüß gewesen; sie hatte Blumen auf Brins Grab gelegt und an die Krankheit gedacht, die ihn dahingerafft hatte. Sie war inzwischen nicht mehr geheimnisvoll; die medizinische Wissenschaft hatte Fortschritte gemacht und das AIDS-Virus identifiziert. Es war jetzt beinahe alltäglich, aber eine Heilung gab es immer noch nicht, und wie Brin waren ihm inzwischen viele andere zum Opfer gefallen.

Clemmie war wenige Monate nach ihrem Mann gestorben, und Catriona vermisste ihre älteste und beste Freundin immer noch. Wenn sie in Sydney war, legte sie jedes Mal frische Blumen auf ihr Grab. Fred Williams hatte zur allseitigen Überraschung eine Witwe aus Bundaberg geheiratet, und als Connor alt und erfahren genug war, hatte Fred die Verwaltung von *Belvedere* in dessen Hände gelegt und war an die Küste gezogen.

Rosas überstürzte Heirat mit Kyle Chapman hatte mit Mühe das erste Jahr überstanden. Sie hatten, über beide Ohren verliebt, schon auf dem College geheiratet, viel zu jung und allen Warnungen Catrionas zum Trotz. Leider zeigte sich bald, dass Catriona Recht gehabt hatte, denn schon nach kurzer Zeit nahm Kyle Anstoß an Rosas Ehrgeiz und rächte sich an ihr, indem er mit möglichst vielen Frauen ins Bett ging. Gottlob hatten sie keine Kinder. Die Scheidung war auf beiden Seiten von Bitterkeit begleitet, und alle waren erleichtert gewesen, als es vorüber war.

Jetzt, mit achtundzwanzig Jahren, war Rosa eine ausgewachsene Rechtsanwältin mit erstklassigem Examen. Statt die Angebote angesehener Großstadtkanzleien anzunehmen, hatte sie sich dafür entschieden, für eine kleine Kanzlei zu arbeiten, die auch sozial Schwache vertrat. Unermüdlich arbeitete sie für das Recht derer, die keine Stimme hatten. Catriona fragte sich, ob es vielleicht die Geschichte ihrer eigenen Familie war, die ihr den Ansporn dazu verlieh.

Belinda hatte das Police College absolviert und war jetzt Detective Constable bei der Rauschgiftfahndung der Polizei in Brisbane. Pat Sullivan war besorgt um sie und Catriona nicht minder; es war eine harte und hässliche Arbeit, aber immerhin hatte Belinda einen unerschrockenen Beschützer in Max, einem großen Deutschen Schäferhund, der dazu abgerichtet war, jeden Ärger im Keim zu ersticken. Belinda war überall beliebt und führte ein rastloses gesellschaftliches Leben, doch sie wohnte immer noch allein in einer Wohnung oberhalb des Brisbane River. Nach Hause kam sie nur selten; Rosa und Harriet hielten zwar Kontakt zu ihr, und Pat übermittelte alle Neuigkeiten aus ihren Briefen, aber Catriona hatte sie schon seit Jahren nicht mehr gesehen.

Harriet kam immer noch nach *Belvedere*, wenn ihr Terminkalender es gestattete. Sie arbeitete als Anwältin in einer Kanzlei in Sydney und galt schon bald als aussichtsreiche Kandidatin für eine Teilhaberschaft. Catriona hatte sie anvertraut, dass ihre Mutter nicht besonders glücklich über ihre Karriere als Juristin sei; sie habe sich nun in den Kopf gesetzt, dass Harriet einen der Juniorpartner heiraten solle, der aus einer guten Familie komme und beim Tod seines Vaters ein Vermögen erben werde.

Catriona lächelte, als sie an diese junge Frau dachte, die inzwischen zur Familie gehörte. Hattie war eine zielstrebige Person und hatte ihren eigenen Kopf. Sie würde ihrer Mutter weiterhin trotzen und ihre eigenen Entscheidungen treffen, und dafür bewunderte Catriona sie. Und bald würde das Haus erneut von ihrem Lachen widerhallen, denn Harriet und Rosa würden demnächst für zwei Wochen nach *Belvedere* kommen, um Catrionas Geburtstag zu feiern. Den Gedanken, sie sei zu alt, um noch irgendetwas zu feiern, schob Catriona beiseite – Geburtstage hatten auch in ihrem Alter immer noch etwas Magisches, und eigentlich freute sie sich auf die Party, die sie vorbereitet hatte.

Sie sortierte die Briefe und fand nur zwei, die interessant aussahen; sie las sie rasch und trug dann den Stapel Zeitungen auf die Veranda, um sich draußen mit Archie in die Sonne zu setzen und sich die Neuigkeiten der letzten Zeit zu Gemüte zu führen.

Catrionas Augen waren nicht mehr so gut wie früher, aber auch ohne Brille hatte sie keine Mühe, die Schlagzeile der Zeitung zu lesen. Die Worte über dem Foto, vor über zwei Wochen gedruckt, sprangen ihr in schreienden, fetten schwarzen Lettern entgegen. Das Hotel in Atherton hatte sein schreckliches Geheimnis endlich preisgegeben.

Ihre Hände zitterten, und sie verspürte ein verstörendes Flattern in der Brust. Sie umklammerte die Armlehne des Sessels. Angst erfasste sie und ließ die einzelnen Episoden ihrer Vergangenheit lebendig werden, verlieh ihnen Farben und scharfe Konturen. Sie ließ sich in das weiche Polster sinken und schloss die Augen. Doch die Bilder wollten nicht weichen, sie waren so klar wie seit Jahrzehnten nicht mehr. Es war, als habe dieser Zeitungsartikel das Leichentuch weggerissen, das sie mit Bedacht über ihre Erinnerungen gebreitet hatte.

Sie öffnete die Augen, und ihr Blick wanderte zu den Poinsianna-Bäumen, die in der Nachmittagshitze standen. Sie blühten noch; die Zweige waren schwer von der scharlachroten Pracht, und die Blütenblätter bedeckten das Gras darunter wie Blutstropfen. Ein Schluchzen stieg in ihrer Kehle auf; am liebsten hätte sie laut geschrien, um die Erinnerungen an das, was vor so vielen Jahren geschehen war, zu vertreiben.

Sie atmete tief durch und drängte die Tränen zurück. Ihre Lebenserfahrung hatte sie gelehrt, ihre Emotionen im Zaum zu halten und sich ihre kühle Entschlossenheit zu bewahren. Kane und seine schändlichen Taten hatte sie in den Tiefen der Erinnerung begraben, und seine Ermordung lauerte nur gelegentlich in ihren Alpträumen. Sehr früh war ihr klar gewesen, dass die Vergangenheit dort bleiben musste, wo sie hingehörte, wenn sie überleben und erfolgreich sein wollte. Aber diese schockierende Zeitungsmeldung hatte die lähmende Angst zurückgebracht, die in jenen furchtbaren Zeiten ihr ständiger Begleiter gewesen war. Ihr Geheimnis würde ans Licht kommen. Hatte sie die Kraft, damit fertig zu werden, ihrer Familie alles zu erzählen und zu gestehen, was sie und ihre Mutter getan hatten?

Catrionas Gedanken waren in Aufruhr. Es war nicht zu vermeiden – aber wie konnte man solch eine Geschichte erzählen? Wie konnte sie von Missbrauch und Mord berichten, ohne das Vertrauen zu zerstören, das sie bei Rosa und Connor aufgebaut hatte? Plötzlich lastete das Alter schwer auf Catrionas Schultern; die Aussicht auf das, was da kommen musste, war beängstigend. Das Leben war immer eine Herausforderung gewesen, aber ihre Rüstung strahlte nicht mehr wie früher, ihre Abwehr war von den Jahren geschwächt. Jetzt würde sich alles ändern – wie immer, wenn man am wenigsten damit rechnete. Vor den Herausforderungen, die damit verbunden waren, graute ihr wie nie zuvor.

Sie seufzte tief und versuchte, die Angst zu vertreiben und sich zu entspannen. Irgendwann schlug ihr Herz wieder gleichmäßig, aber als sie auf ihre Hände blickte – immer noch elegant, die Nägel lackiert, die Ringe funkelnd –, sah sie, dass sie zitterten. Die Brillanten sprühten Feuer in der Sonne, und der schlichte Goldring, in den sie gefasst waren, war ein wenig zu weit geworden. So viele Jahre war es her, dass Peter ihn auf ihren Finger geschoben hatte, und eine Zeit lang hatte sie erwogen, ihn wegzuwerfen. Aber sie wusste, warum sie es trotz der traurigen Erinnerungen an das, was er einmal bedeutet hatte, nie getan hatte. Der Ring war eine beständige warnende Erinnerung an ihre Fehler, er ermahnte sie, nie wieder einem Mann zu vertrauen. Sie drehte ihn am Finger und dachte an ihre kurze Ehe und an den Verrat, der sie beendet hatte.

Das raue Krächzen der Rosellas riss sie in die Gegenwart zurück, und mit einer ungeduldigen Handbewegung fegte sie die Zeitung vom Schoß. Mit entsetzter Faszination sah sie zu, wie die einzelnen Blätter sich lösten und auf die Verandadielen wehten. Sie lächelte resigniert. Das Schicksal war anscheinend entschlossen, sie zu verspotten, denn die Titelseite landete vor ihren Füßen, und das lakonische Foto des Hotels leuchtete gespenstisch im hellen Sonnenlicht.

Entschlossen stellte sie den Fuß auf das Blatt und schob es unter ihren Sessel. So war es aus den Augen, aber noch lange nicht aus dem Sinn. Bald würde sie der Vergangenheit ins Gesicht sehen müssen, den Dämonen, gegen die sie ein Leben lang gekämpft hatte. Die Schatten waren immer da gewesen, aber jetzt traten sie aus den dunklen Winkeln ihres Herzens hervor und wollten sich nicht mehr abweisen lassen.

Catriona stand auf. Ihr Leben lang hatte sie gewusst, dass dieser Tag unausweichlich kommen würde; bis jetzt war es ihr gelungen, dieses Wissen zu ignorieren, und das würde sie weiter tun, solange es ging. Sie trat ans Verandageländer. Die Aufregung machte sie blind. Trotz aller grellen Schlagzeilen würde sich die Polizei wohl kaum für einen Mord interessieren, der vor fünfzig Jahren geschehen war. Man hatte mit den laufenden Fällen genug zu tun, und bis man dazu käme, diesen neu aufzurollen, wäre sie wahrscheinlich längst nicht mehr da. Außerdem war sie damals ein Kind gewesen, und jeder, der sich an sie erinnern könnte, musste längst tot sein. Wahrscheinlich gab es keinen einzigen Hinweis mehr, der sie mit diesem Hotel in Verbindung bringen könnte. Warum also geriet sie in Panik? Sie trat von der Veranda herunter, schob die Hände in die Taschen und hob das Gesicht für einen Augenblick zur Sonne, bevor sie davonging, um nach den neuen Zäunen und Corrals zu sehen.

*Belvedere* erstreckte sich über zweihundert Quadratmeilen – Weideland, Gesträuch, Berg- und Buschland. Die entlegensten Weiden reichten bis an die winzige Siedlung Drum Creek, deren kleine Gemeinde noch am Althergebrachten festhielt, obwohl immer mehr junge Leute in die Großstadt abgewandert waren. Im schützenden Gebirgsdreieck der Great Dividing Range und der Chesterton Range trockneten Bäche und Billabongs nur selten aus; obwohl die jüngste Trockenheit bereits fünf Jahre andauerte, floss immer noch ein glitzerndes Rinnsal über den glatten Schiefer und die runden schwarzen Felsblöcke im Bachbett des Drum Creek.

Aber das Gras war nicht mehr gut. Connor hatte beschlossen, die Herden für den Sommer auf die Bergweiden zu treiben – oder zumindest bis es wieder regnete, denn es war eine teure Angelegenheit, die Rinder mit gekauftem Zusatzfutter zu versorgen. Jetzt waren die meisten Männer und die Rinder nicht mehr da, und *Belvedere* wirkte seltsam leblos. Die Leere verstärkte Catrionas Gefühl des Alleinseins. Aber als sie durch das hohe, fahle Gras wanderte, belebte der Duft von warmer Erde, Akazien und Eukalyptus ihre Sinne. Der Himmel war näher hier, allumfassend und endlos. Keine Großstadtlichter ließen den Zauber einer Sternennacht verblassen oder verunreinigten das Porzellanblau des hellen Tages, und Catriona fühlte sich oft eins mit den urzeitlichen Menschen, die vor ihr auf diesen Pfaden gegangen sein mussten, unberührt und unbefleckt vom modernen Leben, umgeben von der Magie eines noch unentdeckten Landes.

Ringsum war es friedlich, und das Rascheln des Grases erinnerte sie an die Zeiten, da sie über diese Weiden geritten war, den Wind im Haar und die Sonne auf dem Rücken, in gestrecktem Galopp dem fernen Horizont entgegen. Sie dachte an sorglose Ausflüge, an Picknicks mit den Kindern und lange, geruhsame Tage am Rande des Billabong, wo sie sich nach dem Schwimmen von der Sonne trocknen ließen. Je weiter Catriona ging, desto mehr fiel die Angst von ihr ab, und ihre Ruhe kehrte zurück.

Am Bach setzte sie sich auf die Bank, die sie viele Jahre zuvor um den Stamm eines uralten Coolibah-Baums hatte bauen lassen. Solide Arbeit, dachte sie anerkennend. Sie lehnte sich an die raue Rinde. Dies war ihr Lieblingsplatz – eine Laube zur Kontemplation, ein schattiges Eckchen auf dem riesigen Anwesen, das im Laufe der Jahre zu ihrem ganz privaten Versteck geworden war.

Das klare Wasser des Drum Creek reflektierte die diamantenen Tüpfel des Sonnenlichts, das durch die überhängenden Eukalyptuszweige fiel. Es wirbelte um die schwarzen Steine und floss glucksend weiter zum Billabong. Sie hörte, wie die Vögel einander riefen – ein Klangorchester, das viel schöner war als jede von Menschen geschaffene Musik. Der Glockenvogel ließ seinen melodischen Ruf erklingen, der Flötenvogel pfiff dazu, und Gallahs und Papageien zankten. Ein Kookaburra lachte in der Ferne, und Catriona lächelte, denn es war vor allem dieser Laut, der ihre Liebe zum Outback bestärkte und ihr Herz erwärmte.

Im spärlichen Schatten des Coolibah-Baums fühlte sie die wohlige Wärme der Sonne auf den Schultern. Sie wedelte mit der Hand, um die Fliegenschwärme zu vertreiben, aber das war ein Ritual, eine Gewohnheit, die sich in langen Jahren im Outback eingeschliffen hatte, und sie wusste, dass es keine Wirkung haben würde, denn die Fliegen waren hartnäckig und würden erst bei Sonnenuntergang verschwinden.

So saß sie da und betrachtete das Wasser und die winzigen blauen Staffelschwänze, die von den Bäumen herabschwirrten, um zu trinken. Für Wallabys und Kängurus war es zu heiß und zu hell, aber wenn die Sonne unterginge, würden auch sie zum Wasserloch kommen. Dieser Anblick erfreute sie jedes Mal, und dabei fühlte sie sich eins mit ihrer Umgebung. »Verdammt, du wirst im Alter noch rührselig«, brummte sie erbost. Sie stand auf und klopfte sich den Staub von der Hose. »Wird Zeit, dass du dich zusammenreißt.« Sie funkelte den Bach an, als solle er es nur wagen, ihr zu widersprechen, wandte sich ab und schaute zurück zur Farm.

Das kleine Holzhaus war im Laufe der Jahre oft neu gestrichen worden, und es hatte nur noch wenig Ähnlichkeit mit der Hütte, die sie als Kind hier gesehen hatte. Durch die Anbauten hatte es seine Größe verdoppelt. Die Veranda musste instand gesetzt werden – die Stufen wurden immer wieder von Termiten zerfressen, die Pfosten dienten Archie als Kratzbäume, und auf dem Dach fehlten ein paar Schindeln –, aber sie sah noch solide aus und barg viele Erinnerungen. Mit seinen verblichenen Blendläden und Fliegengittern reflektierte das Haus die Erdfarben seiner Umgebung, und es stand wohnlich und behaglich im hohen, hellen Gras zwischen den Zweigen der Eukalyptusbäume. Catriona hätte mehr Geld hineinstecken können – davon hatte sie schließlich genug –, aber es gefiel ihr so, wie es war. »Wir beide können zusammen alt und schimmelig werden«, sagte sie leise. »Und zum Teufel mit allem anderen!«

Tief sog sie die gute, saubere Luft ein und betrachtete ihr geliebtes Heim. *Belvedere* lag schläfrig in der Nachmittagshitze, und der Busch ringsum war lebendig vom Gesang der Vögel und vom Zirpen der Grillen. Pferde standen dösend im Schatten der Pfefferbäume auf der hinteren Koppel, und die Kühe warteten muhend auf das Melken. An der einen Seite des Hofes befanden sich die großen Scheunen und das Kochhaus, und hinter der Schlafbaracke und den Pferdecorrals waren Hühnerställe, Hundezwinger und die Molkerei. Die Farm war fast in der Lage, sich selbst zu versorgen, aber allmählich sah man doch auch, wie alt sie war.

Catriona beschirmte ihre Augen vor der grellen Sonne und spähte hinüber zum Haus des Verwalters. Connor wurde heute Abend zurückerwartet, und sie freute sich darauf, zu erfahren, wie der sommerliche Viehauftrieb verlaufen war. Seufzend machte sie sich auf den Rückweg. Sie vermisste Connors fröhliches Lächeln. Er war zu einem Mann herangewachsen, auf den sie stolz sein konnte und der sie seltsamerweise oft an ihren Vater erinnerte, denn er liebte die Einsamkeit dieses weiten Traumlandes und kannte seine Vorzüge – und seine gefährliche Schönheit.

Archie sprang vorsichtig von seinem gewohnten Kissen und reckte den Hals, damit sie ihn unter dem Kinn kraulen konnte. Er war jetzt mehr als fünfzehn Jahre alt, arthritisch und übergewichtig, und nichts erinnerte mehr an das kleine Pelzknäuel, das sie vor all den Jahren gefunden hatte. Catriona strich über das glatte Fell und ließ den buschigen Schwanz durch ihre Finger gleiten. »Du willst wahrscheinlich dein Fressen«, sagte sie. »Du sprichst ja nur mit mir, wenn du Hunger hast.«

Die Fliegentür quietschte, als sie sie öffnete, und Archie stelzte in die schmale Diele und sah sich nach ihr um. Sie hob die weggeworfene Zeitung auf, ließ die Tür hinter sich zuschlagen und ging durch das kühle Halbdunkel nach hinten in die Küche.

Sie stopfte die Zeitung in den Ofen und beobachtete, wie die Flammen die Druckerschwärze fraßen und wie schnell sich alles in Asche verwandelte.

Catriona kämpfte mit dem Büchsenöffner, und Archie machte sich mit Heißhunger über sein Fressen her.

Achselzuckend wandte sie sich ab und machte sich eine Tasse Tee. Mühsam stemmte sie den schweren schwarzen Wasserkessel, der immer auf der Herdplatte stand, und dann setzte sie sich an den Tisch. Sie räumte einen Platz für ihre Teetasse frei und betrachtete das Durcheinander. Hausarbeit war ihr immer ein Gräuel gewesen; sie war lieber mit den Kindern draußen oder beschäftigte sich mit ihrer Arbeit und der Musik; den größten Teil ihres Erwachsenenlebens hatte sie in Hotels und Apartments verbracht, wo jemand anders für Ordnung gesorgt hatte. Jetzt waren die Kinder groß und hatten das Nest verlassen, niemand war da, der über ihre hausfraulichen Fähigkeiten urteilte, und sie sah wenig Sinn darin, ständig aufzuräumen und zu putzen. Der Staub kam ja doch immer wieder.

Während sie ihren Tee trank, schaute sie sich um. Das Chaos war eigentlich sogar ganz behaglich. Auf jeder glatten Fläche türmten sich Zeitungen und Kataloge. In den Ecken lagen Stiefel, Schuhe und Jacken, und der Tisch war voll mit Büchern, Noten und Briefen, die sie noch beantworten musste. Fliegenfänger hingen unter der Decke, schwarz von Opfern, und Spinnweben wehten in den Ecken und am Deckenventilator, der altersschwach knarrte und ziemlich wirkungslos in der stickigen Luft rührte.

Catriona verzog das Gesicht; vielleicht hatte sie die Zügel doch zu sehr schleifen lassen. Bald würden die Mädchen kommen, und sie würden mit Entsetzen sehen, wie verlottert das Haus war. Sie suchte sich ein Paar Gummihandschuhe und eine Schürze und machte sich an die Arbeit. Die körperliche Anstrengung beim Schrubben, Wischen und Aufräumen wirkte seltsam befreiend, denn dabei kam sie nicht zum Nachdenken. Die Spinnweben erwiesen sich als besonders widerspenstig, aber schließlich hatte sie sie doch allesamt beseitigt, und sie hatte den Boden gefegt und den größten Teil der Schuhe und Kleidungsstücke in einem Schrank verstaut.

Als die Küche einigermaßen aufgeräumt aussah, bezog sie die Betten frisch und ließ die Waschmaschine laufen, und danach machte sie sich ein Sandwich aus kaltem Hammelfleisch und frischem Brot, das heute Morgen aus dem Ofen gekommen war, und ging damit ins Wohnzimmer. Es gab immer noch eine Menge zu tun, aber das konnte warten.

Sie hatte dieses Zimmer sehr gern. Es war nicht groß, und ein riesiger Pfefferbaum neben dem Haus überschattete die Fenster. Durch seine Wedel konnte man die Corrals und die Schlafbaracke sehen. Die Couch war bequem, und wenn sie sich in die Polster schmiegte, hatte sie das Gefühl, hier könne nichts Schlimmes geschehen. Die eine Wand war zum größten Teil mit Glas- und Porzellanvitrinen ausgefüllt, und der Rolltop-Sekretär quoll über von Terminkalendern, Briefen und Konzertprogrammen. Unter

dem vorderen Fenster bogen sich zwei Bücherborde. Der Stutz-
flügel davor war mit einem Fransentuch bedeckt, auf dem silber-
gerahmte Fotos standen. Er musste gestimmt werden. Der Mann
sollte in ein paar Tagen kommen, und hoffentlich würde er den
Termin auch einhalten und sie nicht wieder versetzen. Das Kla-
vierspielen fehlte ihr, und sie wollte, dass das Instrument zur Party
wieder spielbereit war.

Sie ging zu dem gemauerten Kamin und betrachtete die Porträts an der Wand darüber. Ihre Eltern mit den dunklen irischen
Haaren waren ein hübsches Paar gewesen, und in ihrem eigenen
Porträt sah sie die Ähnlichkeit mit ihnen. Als sie das Bild betrachtete, wurde ihr von Neuem bewusst, wie viele Jahre vergangen waren. Damals hatte sie in der Blüte ihres Lebens gestanden – schön,
talentiert und begehrt. Nichts ließ den düsteren Schatten ahnen,
der über ihr lastete, und nichts verriet, was die veilchenblauen
Augen gesehen hatten. Sie war eine vollendete Schauspielerin.

Das Abendkleid, das sie auf dem Bild trug, war aus rotem
Samt; vorteilhaft umrahmte es die schmalen Schultern und zeigte
ein cremeweißes Dekolleté. In den Rubinohrringen und der Dia-
mantkette spiegelte sich das Feuer ihrer Augen. Das schwarze
Haar war mit einem Sträußchen aus perfekten Orchideen kunstvoll hinter das Ohr gesteckt, und der schlanke Hals war verführerisch gebogen und gab eine Andeutung von der Leidenschaft, die
bei dieser eleganten jungen Frau so dicht unter der Oberfläche
glühte. Der Maler hatte gut ausgesehen, erinnerte sie sich, und er
war ein aufregender Liebhaber gewesen. Einen kurzen Moment
lang fragte sie sich, ob er wohl noch lebte und ob er sich an diesen
leidenschaftlichen Monat in Paris erinnerte, als sie die Chaise-
longue in seinem Atelier kaum jemals verlassen hatten. »Wahrscheinlich nicht«, knurrte sie und wandte sich ab. »Liebhaber
kommen, Liebhaber gehen. Ich sollte es wissen. Ich habe genug
davon gehabt.«

Lächelnd griff sie zu ihrem Sandwich. Clemmie hatte sich immer so gern von den Männern erzählen lassen, die sie auf ihren Tourneen kennen gelernt hatte. Wie hatten sie gelacht über Hank the Yank und über Jean Paul mit dem großen Schnurrbart, der so unaussprechlich gekitzelt hatte. Sie kicherte. Das waren Zeiten gewesen!

Als sie das Sandwich gegessen hatte, machte sie sich einen Gin Tonic, schaltete die Stereoanlage ein und machte es sich auf dem Sofa bequem. Die Puccini-Arie wehte durch das Zimmer. Catriona schloss die Augen, aber der Gedanke an das, was die Zukunft vielleicht bereithielt, machte sie unruhig. Angenehm würde es nicht sein, das stand fest. Aber die dunklen Seiten des Lebens waren ihr nicht fremd. Sie würde sich damit befassen, wenn es unumgänglich wurde.

Der Gin und die leise Musik begannen zu wirken. Sie dachte an ihre verlorene Tochter. Sie schrieb ihr längst keine Briefe mehr; es hatte keinen Sinn, denn nie hatte sie eine Antwort bekommen. Aber sie wünschte immer noch, es hätte anders sein können. Ihre Gedanken wanderten weiter zu Rosa, Connor und Harriet, und sie lächelte. Sie waren ein wunderbarer Ausgleich, ein unbezahlbares Geschenk, mit dem sie gesegnet war.


Es war wieder hell, als Connor und die anderen nach *Belvedere* zurückkehrten. Sie waren drei Wochen fort gewesen und hatten ein ordentliches Bad und ein gutes Essen dringend nötig. Connor schwang sich aus dem Sattel und streckte sich. Das Kreuz tat ihm weh, und die alte Verletzung an seinem Knie erinnerte ihn daran, dass ein Sechzehn-Stunden-Tag im Sattel bei fast vierzig Grad für einen Mann von zweiunddreißig Jahren nicht das Beste war.

Der knirschende Staub einer tausendköpfigen Rinderherde klebte an seiner Haut, die vom getrockneten Schweiß in seinen Kleidern juckte. Aber trotz Hitze, Fliegen und Staub würde er kein anderes Leben führen wollen. Während er sein Pferd versorgte und in den Corral brachte, musste er sich eingestehen, dass der dreiwöchige Viehtrieb ein notwendiger Teil des Lebens hier draußen war, und wenn er sich selbst gegenüber ehrlich war, liebte er die Freiheit, die sich dabei bot. Ein Mann, der hinter einer Rinderherde durch die weiten, leeren Ebenen von Queensland ritt, bekam Lust auf das Leben und auf die Traditionen seines Erbes.

»Essen ist fertig«, sagte der Treiber. »Ich glaube, ich könnte ein ganzes Pferd verdrücken.«

Connor wischte sich lachend den Schweiß aus dem Gesicht und rückte den Akubra auf seinem Kopf zurecht. »Ich würde beim Rindfleisch bleiben«, sagte er. »Schmeckt besser.«

Der Treiber wölbte die Hände um ein Streichholz und zündete sich die selbst gedrehte Zigarette an. »Die Missus ist schon auf, scheint's«, knurrte er. »Ist Licht an.«

Connor schaute hinüber zum Farmhaus und nickte. »Sollte mich zurückmelden«, sagte er müde. »Bis nachher.« Er zog den Bund seiner Moleskin-Hose hoch und stopfte das Hemd hinein, während er den Hof überquerte. Lieber hätte er sich zuerst gewaschen, und außerdem knurrte ihm der Magen beim Gedanken an Eier, Speck und einen Berg Stampfkartoffeln. Aber wie er Ma kannte, wartete sie schon auf ihn.

Er klopfte an die Fliegentür, und als niemand antwortete, trat er ein. Vielleicht war sie eingeschlafen, bevor sie das Licht ausgeknipst hatte – dann würde er später wiederkommen. Aber er hatte immer die leise Angst, er könnte eines Tages nach Hause kommen und sie tot auffinden, ganz so wie seine Großmutter. Ma kam allmählich in die Jahre, auch wenn sie es nicht zugeben wollte, und ihrem wachen Verstand und ihrer Tatkraft zum Trotz ließ er sie nicht gern lange allein. Er wusste, dass seine Angst von seiner eigenen Unsicherheit herrührte, und Ma wäre sicher entsetzt, wenn sie seine Gedanken lesen könnte. Aber er war nun einmal so, und daran konnte er nichts ändern.

Leise Musik führte ihn ins Wohnzimmer. Es war eines von Mas Lieblingsstücken, und sie war offenbar eingenickt. Er nahm den Hut ab und betrachtete sie, und die Zuneigung zu dieser streitbaren und liebevollen Frau machte sein Gesicht sanft. Im Schlaf sah sie so verwundbar aus, so winzig in den Tiefen der dicken Sofapolster, dass ihn eine Woge von Beschützerdrang überkam.

Connor sah sich um. Das Zimmer leuchtete im gelben Glanz eines neuen Tages. Stäubchen tanzten in den Sonnenstrahlen, aber in den Ecken saßen noch tiefe Schatten. Er trat von der Couch zurück und ging auf Zehenspitzen zur Tür. Nach dem Frühstück würde er noch einmal vorbeischauen. Ma würde es nicht gefallen, dass er sie schlafend ertappte.

»Wer ist da?« Der graue Kopf hob sich vom Kissen, und die Augen blinzelten eulenhaft und schlaftrunken.

»Ich bin's nur, Ma«, antwortete Connor von der Tür her. »Sorry. Wollte dich nicht wecken.«

»Wie spät ist es?«

Connor warf einen Blick zur Uhr auf dem Kaminsims. Dann fiel ihm ein, dass sie seit zehn Jahren auf halb vier stand, und er spähte aus dem Fenster. »Die Sonne ist aufgegangen«, sagte er. »Ungefähr fünf.«

Sie wühlte sich aus den Sofakissen und fuhr sich mit den Händen durch die Haare. »Du darfst dich nicht so heranschleichen, Connor«, sagte sie mit sanftem Tadel. »Du hast mich erschreckt.«

Er kannte sie zu gut, um ihren vorwurfsvollen Ton ernst zu nehmen. »Dein Licht brannte«, sagte er. »Dachte, du bist schon wach.«

Sie funkelte ihn noch einen Moment lang an, aber sie konnte den strengen Blick nicht lange durchhalten. »Jetzt bin ich es«, sagte sie lächelnd. »Also, erzähl. Wie ging's auf dem Viehtrieb?«

Connor nickte. »Gut. Schätze, die Herde konnte das gute Gras riechen. Gab keine Probleme, sie da hochzubringen.« Er schob die Hände in die Hosentaschen und verlagerte sein Gewicht von einem Fuß auf den anderen. Sein Knie machte immer noch Beschwerden. »Die Weiden da oben sind gut, und reichlich Wasser ist auch noch vorhanden. Ein paar Zäune müssen geflickt werden; ich schicke später zwei Jungs rauf, die sich drum kümmern.«

»Und Billys Enkel? Wie ging's mit ihm?«

Connor dachte an den jungen Aborigine und lächelte. Johnny Two Toes ritt von Kindesbeinen an. Er hatte sein ganzes Leben auf *Belvedere* verbracht, und seine Familie war so sehr ein Teil der Farm, dass es merkwürdig wäre, wenn sie nicht da wären. »Kein Problem«, sagte Connor. »Ist dafür geboren, genau wie Billy Birdsong.«

Catriona lächelte. »Ein alberner Name für den armen Jungen. ›Zwei Zehen‹«, sagte sie. »Was kann er dazu, dass er an einem Fuß nur zwei kleine Zehen hat?« Sie zog ein Gesicht. »Aber das scheint ihn nicht daran zu hindern, Unfug zu machen. Cookie sagt, ihm fehlt eine Dose Kekse.« Sie sah ihn fragend an. »Hast du irgendeine Ahnung, wo sie geblieben sein könnte?«

Connor grinste und schaute auf seine Stiefelspitzen. »Ich glaube, die Kekse haben uns allen geschmeckt, Ma.«

Catriona zog eine Braue hoch, aber wieder konnte sie den strengen Blick nicht lange durchhalten, und sie lächelte. »Na gut. Ist jedenfalls eine Abwechslung von der Buschküche«, brummte sie.

»Wenn es sonst nichts gibt, gehe ich jetzt frühstücken«, sagte er. »Willst du nicht mit rüberkommen? Ist 'ne Weile her, dass du mit uns gegessen hast.«

»Kommt nicht in Frage«, sagte sie rundheraus. »Verschwitzte Männer, ein schlecht gelaunter Koch und ein durchgebratenes Steak – das ist nicht meine Vorstellung von einem angenehmen Frühstück. Ich esse hier, wie immer.«

Connor sah sie liebevoll an. Ma hatte in der ersten Zeit auf *Belvedere* oft im Kochhaus gegessen, aber sie wusste, dass sie die Männer verlegen machte. »Kein Problem«, sagte er.

»Warte.« Catriona hielt ihn am Ärmel fest. »Du musst mir noch einen Gefallen tun.«

Er lächelte. »Was ist denn so dringend, dass es nicht warten kann, bis ich gebadet und gefrühstückt habe?«

»Das geht dich nichts an.« Sie gab ihm einen sanften Rippenstoß. »Komm mit.«

Connor folgte ihr hinaus in die Diele. Sie deutete hinauf zur Deckenluke. »Du musst mir die große Blechtruhe vom Dachboden herunterholen. Aber sei vorsichtig damit! Sie ist voll mit kostbaren Sachen.«

Connor holte die Leiter von der hinteren Veranda herein und kletterte hinauf auf den engen Dachboden, wo es nach Staub und den Hinterlassenschaften kleiner Tiere roch. Es war heiß und stickig hier oben, obwohl die Sonne eben erst aufgegangen war. Die Truhe stand in einer hinteren Ecke quer auf den Dachbalken. Er balancierte über die Balken hinüber, zog sie zur Luke und wuchtete sie die Leiter hinunter auf den Boden. Sie war ramponiert und schwer und voller Spinnweben und Opossumscheiße.

»Kannst du sie ins Wohnzimmer bringen?« Catriona stand neben der Leiter.

Connors Knie brannte wie Feuer, und sein Magen knurrte, aber er tat, was sie wollte. Er wischte den Schmutz von der Truhe und sah, dass all die faszinierenden Etiketten und Aufkleber aus aller Welt, die ihn als Jungen so sehr gefesselt hatten, wieder zum Vorschein kamen. Er kannte die Geschichten aus ihrem Leben vor *Belvedere*, und auch die Truhe hatte er schon oft gesehen. Er schleppte die Truhe ins Wohnzimmer und stellte sie an die Wand, wo sie nicht im Weg war. »Was willst du denn mit dem alten Ding, Ma?«, fragte er. Das verdammte Ding wog eine Tonne. Der Himmel allein wusste, was sie darin aufbewahrte.

»Ich will mir ein paar Dinge ansehen.« Ihr Blick ging in weite Ferne. »Geh jetzt frühstücken, Junge. Und vielen Dank.«

Er schaute sie nachdenklich an. Etwas Seltsames lag in ihrem Gesichtsausdruck, und sie hatte Schatten unter den Augen, die er noch nie gesehen hatte. »Ist alles in Ordnung, Ma?«, fragte er besorgt.

»Selbstverständlich«, antwortete sie mit hoch erhobenem Kopf und trotzigem Blick.

»Okay.« Er drückte sich den Hut auf den Kopf und hinkte hinaus. Ma führte irgendetwas im Schilde. Aber irgendwann würde sie ihm schon sagen, was es war.

Detective Inspector Tom Bradley stieg aus der Dusche und wickelte sich ein Handtuch um die Hüften. Er wischte den beschlagenen Badezimmerspiegel ab, betrachtete kurzsichtig sein Gesicht und fing an, sich einzuseifen. Mit dreiunddreißig werde ich allmählich zu alt für diesen Job, dachte er, als er mit einer frischen Rasierklinge über die Stoppeln fuhr. Die langen Überstunden, die schwere Belastung angesichts der Gewalt, die Teil seiner Arbeit war, machten sich bemerkbar, und nach fast sechzehn Jahren bei der Polizei hatte er genug davon. Die Ränder unter den Augen, die Falten im Gesicht und die ersten grauen Haare in dem braunen, widerspenstigen Schopf, den er nie hatte bändigen können, sagten alles.

Die Polizei hatte sich verändert seit den Tagen seines Vaters – und noch mehr, seit sein Großvater der Ortspolizist oben in Atherton gewesen war. Mehr Gewalt, mehr Drogen und mehr Korruption, und weniger Zeit, sich um all das zu kümmern. Mehr Papierkram, der das System blockierte, und weniger Polizisten, die den laufenden Betrieb erledigten. Vielleicht wurde es Zeit, den Beruf an den Nagel zu hängen und sich etwas anderes zu suchen? Er hatte die Nase voll von immer neuen Mordfällen, von der dunklen Seite der Menschheit, mit der er es Tag für Tag zu tun hatte. Es hatte ihn seine Ehe gekostet, sein Heim und seine Kinder. Das war ein zu hoher Preis.

Er wusch den Rasierschaum mit kaltem Wasser ab, trocknete sich ab und kämpfte mit seinen Kontaktlinsen. Er brauchte die verdammten Dinger, aber er konnte sich immer noch nicht damit abfinden, sich jeden Morgen etwas in die Augen zu drücken. Er blinzelte, wischte die Tränen weg und tappte nackt in sein Schlafzimmer. Der Anzug würde es noch ein paar Tage tun, und das Hemd war eins aus einem ganzen Bündel, das eben aus der Wäscherei gekommen war, jungfräulich rein in einer Plastikhülle. Er band sich eine Krawatte um, zog seine Schuhe an und sammelte das Kleingeld vom Nachttisch ein.

Ein Foto seines Sohnes stand neben dem Telefon. Es erinnerte ihn daran, dass er seit zwei Wochen nicht mehr mit ihm gesprochen hatte. Hastig gekritzelte Briefe und Karten waren längst nicht so befriedigend wie ein Gespräch von Mann zu Mann – selbst wenn der Junge sich auf das übliche Teenager-Grunzen und einsilbige Antworten auf seine Fragen beschränkte. Er sah auf die Uhr. Die Kinder dürften jetzt in der Schule sein. West-Australien lag in einer anderen Zeitzone. Seufzend steckte er die Brieftasche ein, nahm die verblichene Mappe und verließ die Wohnung. Vielleicht würde er ja heute irgendwann Gelegenheit finden, sie anzurufen.

Brisbane flimmerte in der frühmorgendlichen Hitze. In den Glastürmen spiegelten sich der Fluss und der Straßenverkehr auf den Hochstraßen und Brücken. Während er schon wieder im Stau vor einer Verkehrsampel wartete, schaltete er den Kassettenspieler ein, und die betörend schöne Arie erfüllte den Wagen. Puccini war sein Lieblingskomponist, und Catriona Summers' Stimme fing die ganze Tragödie der Madame Butterfly ein.

In der klimatisierten Kühle des Wagens lehnte er sich zurück und ließ die Prozession von Touristen, Shoppern und Geschäftsleuten, die die Kreuzung überquerten, an sich vorüberziehen. Er lebte gern in der Großstadt und liebte ihre vibrierende Atmosphäre, aber zugleich war er doch allzu vertraut mit dem Bösen, das so dicht unter der Fassade von Modernität und Erfolg lauerte. Manchmal, wie heute Morgen, wünschte er, er wäre es nicht.

Catrionas Stimme klang an sein Ohr, und er warf einen Blick auf die Mappe auf dem Sitz neben ihm. Sein Vater hatte sie aufbewahrt, und Tom erinnerte sich, wie er auf den Knien seines Großvaters gesessen und der alte Mann ihm von dem Russen, dem Engländer und dem verschwundenen Silber erzählt hatte. Als die Leiche gefunden worden war, hatte sein Vater sich sofort bei ihm gemeldet und ihm bei einem kurzen Wochenendbesuch die Akte überreicht. Mit den modernen Technologien war es Tom schließlich gelungen, den Weg zu verfolgen, den Velda und ihre Tochter genommen hatten. Von Jewtschenkow gab es nichts. Anscheinend hatte er sich einfach in Luft aufgelöst.

Es war eine schockierende Erkenntnis gewesen, dass eine der größten australischen Operndiven aus so bescheidenen Verhältnissen stammte und dass sie vor all den Jahren in einen Mord verwickelt gewesen sein könnte – auch wenn sie damals noch ein Kind gewesen sein musste. Kinder wussten oft mehr, als Erwachsene ihnen zutrauten; sie sahen und hörten so manches, weil sie in der Welt der Erwachsenen fast unsichtbar waren. Das hatte er in seiner Zeit bei der Polizei immer wieder festgestellt.

Aber er war nicht so naiv zu glauben, dass die Polizei in einem so alten Mordfall noch viel unternehmen würde. Mit den aktuellen Verbrechen hatten sie genug zu tun, ohne dass sie auch noch in einer Vergangenheit wühlten, die mehr als fünfzig Jahre zurücklag. Der Fall war kalt, und er würde so lange ganz unten im Stapel liegen bleiben, bis er nicht mehr zu ignorieren wäre. Und das bedeutete, dass er Zeit hatte, sich damit zu befassen und ihn aufzuklären, bevor die Presse von Dame Catrionas Verwicklung hörte und die ganze Sache an die Öffentlichkeit zerren würde.

Lautes Hupen riss ihn aus seinen Gedanken, und er trat auf das Gaspedal. Sein Büro war gleich um die Ecke; ein paar Augenblicke später hatte er den Wagen auf seinem Parkplatz abgestellt und ging die Treppe hinauf.

Detective Sergeant Wolff erwartete ihn schon. »Der Boss

möchte das erledigt haben«, sagte er, als Tom hereinkam und sein Jackett neben die Tür hängte. »Noch heute, wenn's möglich ist.«

Tom nahm den dicken Aktenordner in Empfang, warf einen Blick darauf und warf ihn auf seinen Schreibtisch. Es ging um einen Fall, in dem sie nicht weiterkamen. »Das hätte er wohl gern«, knurrte er. Er schloss die Atherton-Akte in seinen Schreibtisch und holte sich eine Tasse Kaffee. »Die Zeugen reden nicht – vor allem die Freundin nicht. Alle leiden unter schwerem Gedächtnisverlust, und bis jetzt haben wir nichts, was das Opfer mit einem der Verdächtigen in Verbindung bringen könnte.«

»Die Zeugen bringe ich schon zum Reden.« Wolff reckte die schmalen Schultern. »Sie sind einfach zu nett zu ihnen.«

Tom zog eine Grimasse, als der bittere Kaffee durch seine Kehle floss. Er stellte den Becher auf das Fensterbrett neben seinem Schreibtisch. Dieser Mordfall war nur eines der vielen ungelösten Verbrechen, die sie zu bewältigen hatten, und Wolffs streitsüchtige Attitüde ging ihm auf die Nerven. Der Mann war für drei Monate von Sydney abgeordnet und seinem Team zugewiesen worden, und er mochte ihn nicht. An der Situation war nichts zu ändern, aber Tom würde froh sein, wenn Wolff in den Süden zurückkehrte. Der Mann war zu schnell mit seinen Einschüchterungstaktiken bei der Hand und neigte zu Auseinandersetzungen, wo sie leicht zu vermeiden wären. »Gewalt erzeugt Gegengewalt«, sagte Tom und blätterte die Akten in seinem Eingangskorb durch. »Manchmal ist es besser, ein ruhiges Wörtchen mit jemandem zu reden und ein bisschen Verständnis zu zeigen. Mir ist es lieber, sie sehen mich als jemanden, dem sie vertrauen können, und nicht als Feind. Und Sie würden sich wundern, wie störrisch die Leute werden können, wenn sie sich in die Enge getrieben fühlen.«

»Sie ist ein reiches Flittchen, und sie hat geglaubt, es könnte Spaß machen, mit den Big Boys zu spielen. Sie hat sich die Finger verbrannt und ist nach Hause zu Daddy gerannt«, sagte Wolff verächtlich.

Tom lehnte sich zurück. Er musterte Wolff eine ganze Weile – die Adlernase, das schmale Gesicht, den missmutigen Mund. Mit neunundzwanzig sah Wolff eher wie ein Schurke aus und nicht wie einer der Guten. »Sie lassen die Zeugen in Ruhe«, bestimmte er. »Das Mädchen ist auch so schon verängstigt genug, ohne dass Sie es noch unter Druck setzen. Es wird schon reden, wenn es begreift, dass es zu seinem eigenen Besten ist.«

Wolff schnappte sich die Akte, die Tom auf seinen Schreibtisch geworfen hatte. »Ich wusste nicht, dass es ein Gesetz für die Reichen und ein anderes für den Rest gibt«, fauchte er. »Nur weil diese dumme Ziege einen reichen Daddy hat, steht sie noch lange nicht über dem verdammten Gesetz.« Seine Augen funkelten. »Sie weiß Dinge über Robbo Nilsson, die ihn endgültig hinter Gitter bringen können. Sie behindert die Arbeit der Polizei, und wenn ich ihr Daddy wäre, würde ich sie ohrfeigen.«

Tom biss die Zähne zusammen. Am liebsten hätte er Wolff geohrfeigt, aber das würde das Problem nicht lösen. »Überlegen Sie sich, was Sie sagen, Wolff! Sonst stopfe ich Ihnen das Maul«, knurrte er.

Wolff funkelte ihn an, strich sich das Revers glatt und spreizte die Schultern wie ein Stier. »Ich dachte, Sie hätten was gegen Gewalt?«, höhnte er. »Ich könnte mich über Sie beschweren.«

»Versuchen Sie das, und ich rede mit dem Chef ein Wörtchen über Ihre kleinen Nebengeschäfte«, schoss Tom zurück. »Und jetzt gehen Sie und tun Sie etwas Nützliches.«

Wolff starrte ihn feindselig an. Dann machte er auf dem Absatz kehrt und stürmte zur Tür hinaus, und dabei murmelte er, Tom werde schon sehen, was er davon habe.

Der Luftzug beim Hinausgehen wehte die Papiere von Toms Schreibtisch herunter. Tom hob sie auf und blieb einen Augenblick lang nachdenklich stehen, bevor er einen Entschluss fasste. Ehe er es sich anders überlegen oder über die Konsequenzen nachdenken konnte, warf er die Unterlagen auf den Schreibtisch, raffte sein Jackett vom Haken und eilte durch den Korridor zum Büro des Direktors.

Der Schlüssel zu seiner Schreibtischschublade blinkte im Sonnenlicht, das durch das Fenster hereinflutete. In seiner Hast hatte Tom ihn vergessen.

EINUNDZWANZIG

*I*ch will ihn nicht heiraten«, erklärte Harriet mit Entschiedenheit. »Genauer gesagt«, fügte sie hinzu, »ich will im Moment überhaupt niemanden heiraten. Also gib Ruhe!« Sie fragte sich, wie um alles in der Welt ihre Mutter dieses Thema hatte anschneiden können, wenn sie doch ihren Besuch aus einem völlig anderen Grund geplant hatte. Aber Harriet hegte den Verdacht, dass Jeanette Wilson das mit Absicht getan hatte, und Harriet wusste genau, wohin die Auseinandersetzung führen würde. Es war immer dasselbe, wenn das Gespräch sich um dieses heiße Eisen drehte, und auch wenn Harriet in der Kunst des logischen Debattierens und Argumentierens vor Gericht schon eine Menge Erfahrung gesammelt hatte, gelang es ihr nie so recht, die gewundenen Schlussfolgerungen ihrer Mutter zu umschiffen oder auch nur zu verstehen.

Jeanette war nicht die Frau, die sich durch einen Wink mit dem Zaunpfahl von ihren Plänen abbringen ließ. Sie war eine gut erhaltene Dreiundfünfzigjährige mit eingleisiger Denkweise – und im Moment richteten sich ihre Gedanken auf die Tatsache, dass ihre Tochter immer noch unverheiratet war. Sie verschränkte die Arme und presste missbilligend die Lippen zusammen. Mit einem vernichtenden Blick musterte sie das elegante schwarze Kostüm, die weiße Bluse und die flachen Schuhe. »Du bist allmählich zu alt, um wählerisch zu sein«, sagte sie in nachsichtigem Ton. »Und du machst nicht gerade das Beste aus dir. Schwarz kann so farblos wirken, besonders bei deinem Teint.«

»Ich kann ja wohl kaum in Minirock und Netzstrümpfen in die Kanzlei gehen.« Harriet atmete tief durch, um die aufsteigende Wut zu bezwingen. »Und ich bin achtundzwanzig«, fügte sie hinzu. »Das ist kein Alter.« Sie strich sich über den schmalen Rock und merkte erbost, dass ihre Hände zitterten. Wieso konnte Mum sie nach all den Jahren immer noch so sehr in Wallung bringen?

»Achtundzwanzig und immer noch unverheiratet«, antwortete ihre Mutter, und es klang verdächtig nach selbstgefälliger Genugtuung. »Die Uhr tickt, Harriet. Bald bist du zu alt, um noch an Kinder zu denken.«

Harriet ignorierte die Spitze. Sie hatte noch ein paar Jahre Zeit, und sie wollte verdammt sein, wenn sie Jeremy Prentiss heiratete, nur um sich fortzupflanzen. »Jeremy ist der Letzte, den ich als Vater meiner Kinder haben möchte. Kinder mit einem Akzent wie ein Lord, aber ohne Kinn.« Sie holte tief Luft und versuchte, sich zu beruhigen. Sie war unfair gegen Jeremy, der in Wirklichkeit ein gut aussehender, netter Mann war. Aber die Sticheleien ihrer Mutter machten sie böse.

»Ich verstehe dich nicht, Hattie.« Ihre Mutter benutzte plötzlich den kindlichen Kosenamen – ein verspäteter und ziemlich durchsichtiger Versuch, den Streit herunterzukochen. »Jeremy ist Juniorpartner in eurer Kanzlei und ein heiratsfähiger Junggeselle mit einem beneidenswerten Stammbaum. Er ist reich und offensichtlich verliebt in dich. Du musst doch einsehen, dass es sowohl für deine Karriere als auch für deinen Lebensstil nur von Vorteil sein kann, ihn zu heiraten.« Sie verschränkte die Hände auf dem Schoß. Die blassrosa Cashmere-Jacke brachte ihre immer noch makellose Haut gut zur Geltung. »Du hättest ein Apartment am Wasser und ein Boot, und es würde dir an nichts fehlen.«

»Ich habe es nicht nötig, für Geld zu heiraten.« Harriet riss sich die Klammer aus dem blonden Haar und ließ es offen auf die Schultern fallen. Sie hatte nicht nur die Haarfarbe, sondern auch die Ungeduld von ihrem Vater geerbt, und Mums keineswegs zurückhaltende Bewunderung für Jeremys Qualitäten als Zuchthengst brachte das Fass zum Überlaufen.

»Soll das eine versteckte Spitze sein?« Jeanettes Stimme wurde schärfer. Sie riss eine Zigarette aus der silbernen Dose auf dem gläsernen Couchtisch, klopfte wütend damit auf den Deckel und zündete sie mit einem goldenen Feuerzeug an.

Harriet musste im Stillen zugeben, dass es eine billige Retourkutsche gewesen war; und auch wenn ihre Mutter es vielleicht verdient hatte, dass man ihr Gleiches mit Gleichem vergalt, war es nicht besonders klug gewesen. Aber sie hatte genug von ihrer dauernden Drängelei. »Lass es einfach gut sein, Mum.« Müde fuhr sie sich mit den Fingern durch das Haar. »Wir werden uns nie einig. Was soll's also?«

»Ich bin deine Mutter«, sagte Jeanette. »Es ist meine Pflicht, mir Sorgen um dich zu machen.«

»Ich weiß«, räumte Harriet ein. »Aber wenn du dir wirklich Sorgen machen würdest, könntest du nicht wollen, dass ich Jeremy heirate, nur um ein Haus und ein Boot und ein dickes Bankkonto zu kriegen. Ich liebe ihn nicht.«

»Hmm. Was hat das mit Liebe zu tun?« Jeanette beäugte sie mit schmalen Augen. »Bei einer Ehe geht es nur um Sicherheit, und die würde Jeremy dir bieten.«

Darauf hätte Harriet eine Menge entgegnen können, doch sie hatte keine Lust mehr zum Streiten. Mum sorgte sich wahrscheinlich wirklich um sie, aber Harriet hatte den Verdacht, dass es ihr vielleicht nur um Enkelkinder ging. Alle ihre Freundinnen hatten welche, und Jeanette fühlte sich offensichtlich ausgeschlossen aus dem Kreis der vernarrten Großmütter.

Seufzend wandte Harriet sich ab und goss Kaffee ein. Mum hatte Dad am Vorabend ihres fünfundzwanzigsten Geburtstags geheiratet. Harriet war genau neun Monate später zur Welt gekommen, und nachdem sie ihren Teil damit als erledigt betrachtet hatte, war Jeanette zu ihrer Karriere als Tänzerin zurückgekehrt und hatte dabei das Konto ihres reichen Gatten nach besten Kräften geplündert.

Brian Wilson hatte sein Vermögen damit verdient, Ölfelder mit Anlagen und Maschinen auszurüsten, und Jeanette hatte unverhohlen zugegeben, dass sie ihn zielstrebig geangelt hatte. Er war ein liebevoller Vater gewesen, wenn seine Zeit und die Geschäfte es erlaubt hatten, doch in seiner Ehe war er nicht glücklich gewesen, und die Streitereien zwischen ihm und Jeanette waren oft hitzig geworden. Harriet war zehn Jahre alt gewesen, als er bei einer dieser wütenden Auseinandersetzungen mit einem tödlichen Herzinfarkt zusammengebrochen war. »Ich möchte lieber glücklich sein«, sagte Harriet leise. »Sicherheit wird oft stark überschätzt.«

Jeanette rauchte ihre Zigarette. Ihr Schweigen sagte mehr als tausend Worte.

Harriet blieb vor der Glaswand stehen und schaute hinaus auf den Circular Quay. Es war noch früh am Morgen, und schon jetzt wurde ihr der Tag lang. Sie bereute, dass sie auf dem Weg ins Büro diesen Besuch gemacht hatte; sie war aus Gewohnheit hergekommen, um ihrer Mutter die letzten Neuigkeiten zu berichten und zu sehen, ob es ihr gut ging. Und nun hatte sie noch ein besonders heikles Thema anzusprechen – und sie hatte keine Ahnung, wie sie das anfangen sollte.

Jeanette hatte vom ersten Augenblick an Abneigung gegen Rosa und Belinda gezeigt und sich geweigert, Harriets Freundschaft mit den beiden zur Kenntnis zu nehmen. Sie betrachtete die beiden Mädchen als falschen Umgang für ihre Tochter und hatte ihr Bestes getan, die engen Bande zwischen den dreien zu sabotieren. Aber Harriet wollte morgen für zwei Wochen nach *Belvedere* fahren, und ihre Abwesenheit erforderte eine Erklärung.

Sie starrte aus dem Fenster und wartete auf eine Inspiration.

Das Penthouse-Apartment bot Aussicht auf das Panorama des neu gestalteten Circular Quay. Sie sah die Stadt mit den eleganten Glashochhäusern und den zierlichen viktorianischen Kirchtürmen und das anmutig geschwungene, segelförmige Dach des Opernhauses. Im Hafen herrschte bereits Hochbetrieb; Ausflugsschiffe und Raddampfer kreuzten zwischen den Wassertaxis. Luxusyachten wiegten sich an ihren Liegeplätzen jenseits des Botanischen Gartens, und Ibisse mit schwarzen Hälsen und Köpfen und langen Schnäbeln suchten sich ihren Weg durch das Treibgut in der Uferzone und auf dem Rasen der Parkanlagen.

Mit der Eröffnung der Oper war dieser Teil Sydneys in den achtziger Jahren erneuert worden. Verschwunden waren die alten Docks, die Lagerschuppen und das über lange Zeit gewachsene Labyrinth des alten Hafens, und an seine Stelle waren blitzendes Glas und kühler Chrom getreten. Eine Café-Szene hatte sich breit gemacht. Kleine Tische standen unter bunten Sonnenschirmen rings um den hufeisenförmigen Hafen, und das Geschäft der teuren Boutiquen und Luxushotels blühte. Am Wochenende sorgten Straßenmusikanten für die Unterhaltung der Besuchermassen, und selbst die winzigen Häuser im historischen Viertel von The Rocks waren renoviert und frisch gestrichen worden, um das Publikum auf die Märkte zu locken.

Zur Linken spannte sich die Harbour Bridge im Bogen über das Wasser; sie reichte vom nördlichen Ufer hinüber zu dem Wald aus blauen und grünen Glastürmen und hochmodernen Apartmentblocks, in denen sich die Umgebung spiegelte. Bei den meisten Sydney-Reisenden war diese Brücke als *coathanger*, als »Kleiderbügel«, bekannt. Ihre zwei Bahngleise und acht Fahrspuren bildeten die Hauptverkehrsader in die Stadt hinein.

Harriet seufzte. Sie wusste, dass dieser Blick am Abend noch zauberhafter war. Dann spiegelten sich funkelnde Lichter im Wasser und in den Springbrunnen, und die Pubs, Bars und Restaurants an den verkehrsreichen Fußgängerwegen brachten sprühendes

Leben in diesen einst so heruntergekommenen Teil der Stadt. Bunte Lichtergirlanden schmückten die Raddampfer, die zu Dinner-Kreuzfahrten ablegten, und die Neonschriften auf den Bürohochhäusern leuchteten und flimmerten vor dem Nachthimmel.

Harriet wandte sich zu ihrer Mutter um. Jeanette hatte die Zigarette ausgedrückt und richtete ihr Make-up vor dem goldgerahmten Spiegel über dem Gaskamin. Sie sah nicht übel aus. Ihr dichtes dunkles Haar war kunstvoll gefärbt und gesträhnt, um das Grau zu überdecken, und die Frisur stand ihr gut. Sie war immer noch schlank und durchtrainiert von ihrer langjährigen Arbeit bei der Sydney Ballet Company und von dem strengen Fitness-Programm, das sie auch im Ruhestand weiter betrieb. Sie war klein, hatte jedoch eine energische Persönlichkeit – die Harriet vermutlich von ihr geerbt hatte. Vielleicht, dachte sie müde, streiten wir uns deshalb zu oft. Wir sind uns zu ähnlich.

Ihre Blicke trafen sich im Spiegel, und Jeanette schaute als Erste weg. »Ich weiß, warum du heute gekommen bist«, sagte sie und betrachtete ihr Spiegelbild. »Aber ich werde darüber nicht diskutieren.«

»Du musst langsam aufhören, den Kopf in den Sand zu stecken. Du solltest der Realität ins Auge sehen«, sagte Harriet mit fester Stimme. »Rosa ist meine Freundin, und ob es dir gefällt oder nicht – du musst es einfach akzeptieren.«

Jeanette drehte sich zu ihr um. »Aber ich tu's nicht«, sagte sie kühl und ungerührt.

Harriet war entnervt. Ihr Tonfall wurde wieder schärfer. »Es ist mir wichtig. Begreifst du das nicht?«

In Jeanettes Blick lag stumpfe Entschlossenheit. »Dir vielleicht. Mir nicht.« Sie nahm ihre Handtasche von Tisch und zog den fliederfarbenen Pashmina-Schal von der Rückenlehne der Ledercouch. »Ich komme zu spät zu meinem Wohltätigkeitskaffee. Du hättest deinen Besuch ankündigen sollen; dann hätte ich meine Pläne ändern können.«

Harriet griff nach ihrem Aktenkoffer. Jeanette hatte in ihrem ganzen Leben noch keinen gesellschaftlichen Termin abgesagt, wenn es nicht zu ihrem Vorteil war, und Harriet bezweifelte, dass sie es jetzt tun würde, um einen alten Streit zu erneuern. »Meine Reise nach *Belvedere* ist viel wichtiger als ein verdammter Kaffeeklatsch«, fauchte sie.

»Sei nicht so ordinär«, erwiderte Jeanette und ging zur Tür. »Ich habe dich nicht dazu erzogen, so zu reden. Zweifellos ist es der Einfluss dieser Schlampe Rosa.«

»Wie kannst du es wagen, so über sie zu sprechen?« Harriet folgte ihr in den Flur. »Du hast nur einmal mit ihr geredet, und du weißt überhaupt nichts über sie. Verflixt, ich hab's satt, dass du sie dauernd schlecht machst.«

Stumm funkelten sie einander an, und dann schlug Jeanette die Tür zu und ging durch den verlassenen Korridor zum Aufzug.

»Lauf nicht einfach weg, Mum!« Harriet packte sie beim Arm und hielt sie fest. »Dieser Streit ist nicht damit erledigt, dass du ihn ignorierst. Was ist los mit dir? Warum hasst du sie so?«

Jeanette kochte vor Wut. Die Luft zwischen ihnen knisterte von Elektrizität. »Sie ist ein Flittchen«, zischte sie. »Geschieden, als sie noch keine einundzwanzig war, arbeitet in einer miesen Kanzlei in Paddington, verkehrt mit dem allerletzten Gesindel. Schmutz ist klebrig, Harriet. Du wirst feststellen, dass ihr Ruf bald auf dich abfärbt, wenn du weiterhin auf dieser lächerlichen Freundschaft beharrst.« Ihre schmale Brust hob und senkte sich erregt. »Was du säst, wirst du ernten, Harriet. Aber erwarte nicht, dass es mich kümmert, wenn deine Karriere den Bach hinuntergeht.«

Harriet wich zurück. Diese Seite ihrer Mutter hatte sie seit dem Tod ihres Vaters nicht mehr erlebt. »Rosa ist kein Flittchen«, flüsterte sie. »Ich bin hergekommen, um dir zu sagen, dass ich für zwei Wochen nach *Belvedere* fahre, und alles, was ich dafür bekomme, ist Gehässigkeit.«

Jeanette betrat den Aufzug und stieß mit spitzem Finger auf den Knopf. »Du bist ein großes Mädchen, Harriet. Du brauchst mich nicht über deine Pläne zu informieren. Schon gar nicht, wenn sie diese Farm betreffen.«

»Also gut«, sagte Harriet leise und stellte sich neben ihre Mutter.

Jeanettes Blick war so eiskalt, dass Harriet zusammenzuckte. Sie hatte gewusst, dass ihre Mutter unfreundlich reagieren würde, aber das hier war jenseits aller Vernunft. Sie griff nach Jeanettes Hand, aber die blieb kalt und reglos. »Ich möchte nur, dass du meine Freundschaft zu Rosa und Catriona akzeptierst und dich mit mir darüber freust. Sie haben mir ein Zuhause gegeben, als du nicht da warst, sie haben mich freundlich und liebevoll behandelt, obwohl du keinen Zweifel daran gelassen hast, dass dir das nicht passt. Bitte, Mum, sei doch vernünftig.« Ihre Stimme war leise, und die Sehnsucht nach mütterlichem Einverständnis machte sie brüchig.

Jeanette riss ihre Hand weg. »Du musst deine Entscheidungen selbst treffen. Erwarte nur nicht, dass ich darüber in Jubel ausbreche.«

Seite an Seite standen sie im Aufzug und starrten wortlos ins Leere, entschlossen und beherrscht. Harriet roch den vertrauten Duft von Rive Gauche. Dieses Parfüm war so sehr ein Teil ihrer Mutter, dass es merkwürdig gewesen wäre, wenn sie ein anderes benutzt hätte. In der feindseligen Enge des Aufzugs nahm es ihr den Atem.

Endlich glitt die polierte Stahltür zur Seite, und sie traten aus der Kälte der klimatisierten Luft hinaus in die schwülheiße Tiefgarage. Harriet holte tief Luft. »Es tut mir leid, dass du nicht einverstanden bist, Mum. Aber findest du nicht, dass deine Eifersucht allmählich außer Kontrolle gerät?«

Jeanette sah sie lange an und schloss dann den BMW auf. »Eifersucht gehört nicht zu meinen Gewohnheiten«, sagte sie. »So weit kommt's noch, dass ich diese grässlichen Leute beneide.«

»Mein Gott«, sagte Harriet erbost.

Jeanettes blaue Augen funkelten vor Zorn. »Mag sein, dass sie dir in den Schulferien Kost und Logis gegeben haben, aber deshalb brauche ich ihnen noch lange nicht dankbar zu sein. *Ich* bin deine Mutter, Harriet – nicht Dame Catriona Summers. Es würde nicht schaden, wenn du daran ab und zu denken wolltest.«

»Natürlich bist du meine Mutter«, sagte Harriet aufgebracht. »Was soll denn das jetzt wieder?«

»Komm nur nicht jammernd zu mir gelaufen, wenn alles zum Teufel gegangen ist«, fuhr Jeanette sie an. Sie stieg ein und schlug die Wagentür zu.

Harriet runzelte die Stirn. Die Eifersucht ihrer Mutter auf Rosas Familie und die Zuneigung, die sie Harriet entgegenbrachte, war schon immer ein Streitpunkt gewesen, aber das hier war mehr als Eifersucht. Es war Bosheit, und es ergab keinen Sinn. Sie schloss ihren MG auf, stieg ein und öffnete das Verdeck. Dann fuhr sie aus der Tiefgarage hinaus in die Sonne. Es gab nichts mehr zu sagen. Nicht einmal Auf Wiedersehen.

Tom fand Belinda Sullivan in der Kantine. Max lag unter dem Tisch, die Schnauze auf den Vorderpfoten, und seine braunen Augen verfolgten jeden Bissen Ei und Speck, den seine junge Herrin in den Mund schob. »Tag, Tom«, sagte sie fröhlich und warf dem Schäferhund das letzte Stückchen Speck zu. »Was kann ich für dich tun?«

Tom zog einen Stuhl heraus und setzte sich. Belinda war das, was die anderen Jungs als »netten Brummer« bezeichneten – ein Ausdruck, den sie verabscheute, aber meistens mehr oder minder humorvoll akzeptierte. Ihre dichten Wuschellocken waren genauso dunkelbraun wie ihre Augen. Sie war groß, und die Maße ihrer Figur waren ebenso großzügig wie ihr Charakter, aber sie war fit und durchtrainiert – vermutlich vom jahrelangen Reiten und Heuschleppen auf der Schafzuchtfarm ihrer Eltern. »Du musst mir einen Gefallen tun«, begann er.

»Das habe ich mir schon gedacht.« Sie sah ihn an. »Was gibt's denn?«

Er kam gleich zur Sache. »Du kennst doch Dame Catriona Summers, oder?«

Sie lachte. »Was ist denn das, Tom? Bist du in deinem Alter plötzlich Autogrammjäger geworden?«

Er schüttelte den Kopf. »Es ist ein bisschen ernster.« Er schaute sich um und vergewisserte sich, dass niemand ihnen zuhörte. »Ich muss nach *Belvedere* und mit ihr sprechen, und ich dachte mir, weil du sie ja fast dein ganzes Leben lang kennst, könntest du vielleicht mitkommen.« Er zögerte. »Die Sache ist ein wenig heikel, und es wäre besser, wenn ich eine Polizistin dabei hätte.«

Ihr Gesicht wurde ernst. »Catriona ist so was wie eine zweite Mutter für mich«, sagte sie leise. »Du solltest mir wohl erklären, wovon du redest.«

Harriet tauschte mit Rosa den Platz am Steuer. Sie hatten beschlossen, zur Abwechslung mit dem Auto nach *Belvedere* zu fahren. So hatten sie Gelegenheit, durchzuatmen und nach den langen Monaten in der Großstadt das Land zu genießen. Sie waren am vergangenen Morgen nach Rockhampton geflogen und hatten einen Wagen gemietet, und nun fuhren sie die Hauptstraße von Emerald entlang mit Kurs auf Drum Creek und *Belvedere*.

Der Streit mit ihrer Mutter verfolgte Harriet immer noch, aber es war wichtig, dass sie sich konzentrierte. Die Straßen im Outback waren trügerisch ruhig; aus dem Nichts konnten Road Trains auftauchen, die mächtigen Sattelschlepper mit drei oder vier Anhängern, die im Höllentempo die Straße entlangrasten und denen man tunlichst aus dem Weg ging.

Rosa fuhr sich durch das stachlige Haar, das sie eigens für diese Ferien mit leuchtend rosa Strähnen gefärbt hatte; bei Gericht sah man eine so exotische Aufmachung mit Stirnrunzeln, und sie war entschlossen, sich wenigstens im Urlaub zu amüsieren. »Schön, mal auf der Landstraße zu sein«, stellte sie fest. »Auch wenn Connor gesagt hat, er holt uns mit dem Flugzeug ab.« Blinzelnd schaute sie hinüber zu Harriet, die konzentriert geradeaus blickte. »Er ist immer noch nicht verheiratet.« Sie kicherte. »Bist du sicher, dass du nicht auf ihn stehst, Harriet?«

Harriet verzog das Gesicht. »Fang nicht wieder davon an«, knurrte sie mit gespielter Strenge. »So was kriege ich von Mum schon oft genug zu hören.«

»Ach, Hat«, seufzte Rosa. »Du weißt doch, dass er süß ist. Sogar Belinda ist nach all den Jahren immer noch scharf auf ihn.«

»Er sieht gut aus«, räumte Harriet ein. »Aber das ist auch alles. Stark, wortkarg, maskulin – wenn einem das gefällt, ist er okay. Aber er ist dein Bruder, und deshalb käme es mir vor wie Inzest.« Sie kicherte. »Davon abgesehen würde meine Mutter Anfälle kriegen, wenn ich was mit ihm anfinge.«

Rosa lachte. »Du machst mir nichts vor, Harriet Wilson. Ich weiß genau, lange kannst du nicht mehr widerstehen.« Dann seufzte sie. »Ich bin wirklich froh, dass ich Catriona habe. Ich spare eine Menge Energie, da ich ihr nicht jeden meiner Schritte erklären muss wie du deiner Mutter.« Wieder fuhr sie sich mit den Fingern durch das Haar und zerzauste ihre Frisur damit nur noch mehr.

Sie fuhren jetzt durch endloses Weideland mit winzigen Holzhäusern. »Junge, es ist ziemlich lange her, dass ich hier draußen war«, sagte sie. »Alles sieht plötzlich so klein aus, obwohl die Stadt sich gar nicht verändert hat, seit ich ein Kind war.« Ihr leises Lachen klang tief und kehlig; Männer fanden es sexy und unwiderstehlich. »Meine Güte, Hat, das Highlight der Woche ist hier ein Abend im Hotel. Und die Kerle reden immer noch über Schafe und Rinder und Geländewagen – an was anderes denken sie nicht. Ich bin froh, dass ich all dem entronnen bin.«

Harriet lachte. Rosa, geschieden und kinderlos, führte ein ausschweifendes gesellschaftliches Leben, wenn ihre Arbeit es zuließ.

Sie war entschlossen, ihre Jahre als Twen schwungvoll zu Ende zu bringen. Ihr Augen-Make-up war ebenso umwerfend wie die Stachelfrisur und die grelle Kleidung. Niemand würde vermuten, dass sie die treibende Kraft in einer kleinen Anwaltskanzlei war, die bis weit in den Abend hinein für das Recht derer kämpfte, die sich keinen Anwalt leisten konnten. Doch der geringe Verdienst und die scheinbar endlose Arbeit konnten ihrer Lebenslust offenbar nichts anhaben. Harriet war froh darüber, dass sie trotz der Missbilligung ihrer Mutter immer noch so eng miteinander befreundet waren. »Ich glaube, du könntest was mit Dwayne anfangen«, sagte sie scherzhaft. »Ich habe gesehen, wie er dich gestern Abend im Hotel angeschaut hat.«

Rosa lachte und zog sich den Sicherheitsgurt über dem üppigen Busen zurecht, der über das scharlachrote Top hinauszuquellen drohte. »Dwayne ist ein alter Kumpel, aber er ist einer der Gründe, weshalb ich nicht im Outback bleiben konnte. Er bewegt sich nicht von der Stelle; wie sein Dad und sein Granddad wird er in Emerald bleiben, bis sie ihn hinaustragen.«

»Mal langsam, Rosa. Er ist ein anständiger Kerl. Bei deinem Aufzug gestern Abend ist die männliche Bevölkerung von Emerald sabbernd erstarrt, aber er hat uns immerhin ein Abendessen spendiert.«

Rosa kicherte. »Vielleicht war der kleine schwarze Fummel ein bisschen gewagt – aber zum Teufel damit! Wer hat, der hat, und wenn sie davon erstarren, haben sie zumindest eine Zeit lang ein anderes Gesprächsthema als immer nur ihre Schafe.«

Harriet lächelte. Das kleine schwarze Kleid hatte kaum das Nötigste bedeckt, und da Rosas Figur ausnehmend toplastig war, hatten die Männer von Emerald kaum den Blick von ihr wenden können. Rosa hatte sich den falschen Beruf ausgesucht. Schauspielerin hätte sie werden sollen – aber sie verstand es auch bei Gericht, im Rampenlicht zu stehen, und vielleicht genügte ihr das. »Ich finde es schön, dass wir zwei Wochen miteinander verbringen können.« Harriet fuhr schneller. »Schade, dass Belinda es nicht schafft. Wäre toll gewesen, wenn wir alle drei hätten kommen können.«

Rosa zog eine Grimasse. »Sie hat mit Papierkram und Drogendealern alle Hände voll zu tun. Ich beneide sie kein bisschen.«

»Ich musste auch lange betteln, damit sie mich gehen ließen. Zum Glück stand mir noch Urlaub zu. Aber ich bin überrascht, dass du auch fahren konntest.«

»Ich habe seit Monaten nicht mehr freigehabt«, seufzte Rosa. »Wenn ich zurückkomme, wird mich ein Berg Arbeit erwarten, aber Mums Geburtstag war mir wichtiger.« Sie lachte vergnügt. »Man kann leicht versumpfen und versauern, wenn man nicht aufpasst, und es wurde Zeit, dass ich mal ausreiße und ein bisschen Leben in die alte Bude bringe.«

Harriet zog eine Braue hoch. Rosa würde niemals versauern; dazu hatte sie viel zu viel Energie. Und ausreißen? Bei ihrem Äußeren konnte man sie leicht immer noch für einen Wildfang halten, doch hinter dieser Fassade verbarg sich eine junge Frau, die ihre Arbeit sehr ernst nahm. Allerdings – so, wie sie heute aufgelegt war, mochte der Himmel den Männern von *Belvedere* gnädig sein.

Rosa zupfte ihr enges Top zurecht und lehnte sich mit geschlossenen Augen zurück. Ihre schlanken Beine steckten in einer engen, bunten Patchwork-Jeans mit einem breiten violetten Ledergürtel. Sie war barfuß, und ihre Zehenringe und eine silberne, türkisbesetzte Fußkette funkelten in der Sonne. »Die endlose Straße, das ist es«, seufzte sie. »Wind in den Haaren, Sonne im Gesicht.« Sie klappte ein Auge auf und grinste Harriet an. »Aber nur für ein Weilchen – in diesen leeren Weiten kriegt man sonst Platzangst.«

Harriet wusste, dass das Leben in jeder Kleinstadt schwierig war, doch wenn die winzigen Siedlungen auch noch Hunderte von Meilen auseinander lagen, erhielt das Wort »Nachbarschaftshilfe« eine ganz eigene Bedeutung. Dennoch spürte sie von Neuem den Reiz des australischen Outback, als sie durch das endlose ockergelbe Land mit seinen Termitenhügeln, grünen Weiden und anmutigen Eukalyptusbäumen fuhren. Das alles war von einer einfachen Pracht, und der Himmel war so hoch und weit über der harten Schönheit des Landes, dass sie die Generationen, die vor ihnen hier gelebt hatten, beinahe zu spüren glaubte. Wie Billy Birdsong es oft gesagt hatte – sie waren hier wirklich im Herzen des Großen Traums. »Traumlandschaften«, murmelte sie. »Wir fahren durch Traumlandschaften.«

Rosa blinzelte in der Sonne. »Du wirst mir doch jetzt nicht lyrisch, oder, Hat?«

Harriet lächelte. »Vielleicht«, gab sie zu. »Aber so hat Catriona es mal genannt, und ich muss ihr Recht geben. Die Majestät dieser Gegend bringt die Romantikerin in mir zum Vorschein. Ich kann's nicht ändern.«

Rosa nickte. »Majestätisch ist es ja vielleicht«, sagte sie. »Aber versuch nur mal, mehr als zwei Monate hintereinander hier zu leben. Es ist heiß, trocken und voller Fliegen. Es gibt Frost und Überschwemmungen, und man kommt nicht weg. Die Männer sind meistens von der starken, wortkargen Sorte – ziemlich langweilig, wenn du mal ein bisschen lachen möchtest –, und wahrscheinlich rennen sie eine Meile weit weg, wenn ein Mädchen auch nur so aussieht, als könnte es sich auf sie stürzen. Da ist mir Sydney schon lieber.«

Harriet war nicht sicher, ob sie diese Auffassung teilte. Für sie war diese endlose Weite verlockend nach dem lärmenden Treiben von The Rocks, wo sie in einem kleinen viktorianischen Reihenhaus wohnte. Die Straße war frei von Autos und die Luft so rein, dass ihr davon schwindlig wurde. Sie vermisste das morgendliche Verkehrschaos der Großstadt und das Gedränge auf den Gehwegen nicht; schon vor langer Zeit hatte sie begriffen, dass dies eine andere Welt war, eine Welt, in der sie sich wohl fühlte. »Du musst dich doch darauf freuen, Connor wiederzusehen«, sagte sie und wich einem toten Känguru und einem Schwarm aasfressender Krähen aus.

»Ja, das wird schön sein. Ist wirklich zu lange her, aber wir leben in verschiedenen Welten, und es ist für uns beide eine lange Reise. Ich glaube nicht, dass wir uns nach all der Zeit noch viel zu sagen haben. Eigentlich traurig, aber so ist das Leben nun mal.« Sie rutschte auf dem Sitz nach vorn und schloss die Augen. »Unterhaltungen waren noch nie sein Ding, und bestimmt wird er uns mit Rinderpreisen und dem Zustand der Fleischmärkte langweilen. Aber es wird gut tun, Mum wiederzusehen. Mein letzter Besuch liegt mehr als ein Jahr zurück, und ein Telefongespräch ist nicht das Gleiche.« Sie gähnte ausgiebig. »Weck mich, wenn ich wieder fahren soll.«

Die Stunden gingen dahin, und der Blick nach vorn war der gleiche wie der in den Rückspiegel – ein endlos langer Streifen Asphalt, der am Horizont verschwand. Die Great Dividing Range erstreckte sich zur Rechten, und die kleineren Bergketten lagen im violetten Dunst hinter dem Buschland des Outback. Die Landschaft war überwältigend, und als *Belvedere* allmählich näherrückte, hielt Harriet eifrig nach den ersten Anzeichen ihrer zweiten Heimat Ausschau.


Trotz aller guten Vorsätze hatte Catriona zwei unruhige Nächte verbracht, und an diesem Tag stand sie lange vor dem Morgengrauen auf. Ihre Gedanken waren zu aufgewühlt, ihre Erinnerungen zu übermächtig, als dass sie hätte schlafen können, und ihr war klar, dass sie die Vergangenheit nicht länger ignorieren konnte. Nachdem sie Archie versorgt hatte, ging sie mit einer Tasse Tee ins Wohnzimmer, setzte sich hin und betrachtete die Truhe. Ihr vergangenes Leben lag darin, der Extrakt dessen, was sie war – aber sie fand nicht den Mut, sie zu öffnen.

Trotz des hellen elektrischen Lichts rückten die Schatten immer näher, und ihr war, als höre sie geisterhafte Stimmen aus dem Jenseits dieses zerbrechlichen Lebens, die sie riefen. Sie schloss die Augen und versuchte sie zum Schweigen zu bringen. Aber sie ließen sich nicht überhören, und mit ihnen kamen Bilder und Klänge, die sie längst in einer anderen Zeit, einer anderen Welt versunken geglaubt hatte. Diese wispernden Stimmen waren mehr als nur die untermalende Musik dieser Erinnerungen. Sie waren eine schmerzliche Erinnerung an die Zeit, da ihre jugendliche Unschuld sie vor den harten Lehren des Lebens nicht hatte schützen können.

Harriet lehnte sich auf dem Beifahrersitz zurück und lockerte den Bund ihrer Jeans. Mutter wäre von meinem Outfit entzückt, dachte sie lächelnd: Die enge Stonewashed-Jeans betonte ihre Figur, und ihre ärmellose türkisfarbene Bluse mit den blassgelb unterfütterten Volants sah keineswegs nüchtern und zurückhaltend aus. Sie fuhr sich durch das dichte Haar und hob es vom Nacken, damit die Luft zirkulieren konnte. Ihre Türkisohrringe passten zu dem Stein, der an einer zarten Silberkette an ihrem Hals hing. Rosa hatte ihr die Kette vor langer Zeit zum Geburtstag geschenkt und behauptet, der Türkis habe magische Fähigkeiten. Harriet war skeptisch, doch sie empfand immer Ruhe und Frieden, wenn sie den Stein am Hals trug, und so akzeptierte sie die phantastische Vorstellung einfach.

»Sind bald da«, brummelte Rosa und zündete sich eine Zigarette an. Sie deutete auf die Piste, die von der Straße abzweigte und in Schlangenlinien im Busch verschwand. Sie waren auf dem Gelände von *Belvedere*, seit sie Drum Creek verlassen hatten.

Harriets Gedanken kehrten in die Gegenwart zurück, und sie spähte aufgeregt und erwartungsvoll nach vorn.

Rosa bremste ab und fuhr von der Straße herunter und unter dem breiten Torbalken hindurch, in dessen Holz der Name *Belvedere* eingebrannt war. Auf der Piste war der Asphalt längst fortgeschwemmt, und der lachsfarbene Fahrweg schlängelte sich unter überhängenden Bäumen hindurch und um die dichten Büschel des Spinnifex-Grases herum, dessen gefiederte Halme sich im Wind wiegten.

Wallabys standen in Habachtstellung am Wegrand, und ihre Ohren drehten sich wie kleine Radarschüsseln, während ihre neugierigen braunen Augen die Eindringlinge verfolgten. Vögel flatterten erzürnt von den Bäumen auf, und eine wilde Ziegenherde sprang beiseite, als Rosa den Schlaglöchern und tiefen Reifenspuren auswich. Ein scheuer Ameisenigel vergrub sich im Staub neben der Piste, und Warane, die sich gesonnt hatten, huschten davon und flüchteten sich auf den nächsten Baum; ihre mörderischen Krallen gruben sich in die Rinde.

Harriet hielt sich am Türgriff fest und versuchte, einigermaßen das Gleichgewicht zu halten, als der Mietwagen holpernd, schaukelnd und schwankend durch die ausgefahrene Spur rumpelte. »Denk nur an die fünfzehnhundert Dollar Kaution, die wir verlieren, wenn wir ihn kaputtmachen«, brachte sie hervor, als Rosa krachend zurückschaltete und ein Hinterrad in eine tiefe Rinne geriet, sodass der Auspuff über die Steine schrammte.

»Was soll ich machen?«, knurrte Rosa. »Connor hat schon vor Jahren gesagt, er will die Straße instand setzen.«

Offensichtlich wurde die Piste kaum benutzt, und es hätte ein Vermögen gekostet, sie zu asphaltieren. Harriet hatte Verständnis für Connors Zögern. Ihr stockte der Atem, als sie den Schatten der Bäume verließen und den Gipfel der kleinen Anhöhe erreichten. Im Tal unter ihnen lag *Belvedere* im weichen Licht der Nachmittagssonne, vertraut und einladend wie immer. Sie seufzte zufrieden. Sie war zu Hause.

Catriona saß vor der Frisierkommode und betrachtete sich im Spiegel. Schlaflose Nächte und düstere Gedanken spielten ihrem Teint übel mit, erkannte sie, als sie sich schminkte und ihr Haar bürstete. Sie nahm die Perlenkette aus ihrem Schmuckkasten, legte sie sich um den Hals und befestigte die dazugehörigen Ohrstecker.

Ihre Brillantringe funkelten, als sie aufstand und das Kleid über den Hüften glatt strich. Es war buttergelb, schmal und gerade geschnitten und reichte knapp bis unter die Knie. Ein Chiffonschal und flache Pumps waren die einzigen Accessoires. Das musste genügen. Sie atmete tief durch und zwang sich zu einem Lächeln. Die Mädchen kamen nach Hause, und sie durften ihr auf keinen Fall anmerken, dass sie sich aus irgendeinem Grund Sorgen machte.

Sie hörte ein Auto und schaute aus dem Fenster. Das waren sie. Sie lief hinaus, stieß die Fliegentür auf, dass sie krachend gegen die Wand flog, und als der Wagen vor der Verandatreppe hielt, war sie schon unten.

»Mum!« Rosa fiel ihr um den Hals und hätte sie beinahe umgeworfen.

»Catriona«, schrie Harriet und umarmte sie ebenfalls.

Sie hielt die beiden fest und wollte sie gar nicht mehr loslassen. Ihre Mädchen waren wieder zu Hause. Alles würde gut werden.

ZWEIUNDZWANZIG

*H*arriet ließ Rosa und Catriona allein, damit sie einander die letzten Neuigkeiten erzählen konnten, und trat hinaus auf die Veranda. Leise Stimmen drangen aus dem Wohnzimmer; Harriet konnte zwar nichts verstehen, aber an Catrionas Lachen erkannte sie, dass Rosa ihrer Mutter von ihren Großstadtabenteuern berichtete.

Sie lehnte sich an das Verandageländer, atmete die warme, duftende Luft und spürte die vertraute Zufriedenheit, die sie hier auf *Belvedere* immer überkam. Sie schaute hinaus über den weiten Hof und betrachtete Nebengebäude, Ställe und Corrals und verglich sie mit ihrer gewohnten Umgebung. Die Stadt war eine andere Welt.

In Sydney säße sie jetzt an ihrem Schreibtisch oder müsste sich durch den dichten Verkehr zum Gericht durchschlagen. Der Blick aus dem Fenster wäre von einer anderen Erhabenheit: gläserne Türme, die sich im Wasser vor dem elegant geschwungenen Dach der Oper spiegelten. Ihren Arbeitstag verbrachte sie in der sorgsam gedämpften Atmosphäre der Kanzlei und mit den Ritualen der Rechtsprechung. Das waren Beschränkungen des Berufs, den sie sich ausgesucht hatte. Aber hier? Hier war sie frei.

Sie seufzte vor Behagen. Die Sonne stand hoch am wolkenlosen Himmel, und die Hitze lag wie ein flimmernder Dunst über dem Land. Ein Road Train war angekommen; die drei großen Viehanhänger ließen eine Staubwolke über den Hof wehen. Der

Staub wirbelte umher und legte sich schließlich wie ein rostbrauner Schleier auf alles. Eine Herde brüllender Jungstiere wurde über die Rampen in die doppelstöckigen Wagen getrieben.

Connor war noch nicht im Farmhaus erschienen, um sie zu begrüßen, aber nun drehte er sich um und legte lachend einen Finger an die Hutkrempe. Harriet sah ihm und den anderen Männern eine Weile zu, bis sie merkte, dass auch sie verstohlen gemustert wurde. Sie sah es an den Blicken, die unter schweißfleckigen Buschhüten zu ihr wanderten, an der bemühten Nonchalance, mit der sie hin und her gingen und vorgaben, in ihre Arbeit vertieft zu sein, während sie sie heimlich begutachteten.

Sie senkte den Kopf und unterdrückte ein Lächeln. Sie hörte keine Pfiffe oder zotigen Bemerkungen. Wie hatte ihr früher davor gegraut, in der Stadt an Baustellen vorbeizugehen! Das bereitete ihr inzwischen kein Kopfzerbrechen mehr; es war in gewisser Weise schmeichelhaft, so im Mittelpunkt der Aufmerksamkeit zu stehen.

Sie zog sich in den Schatten zurück und spazierte an der Veranda entlang zur Rückseite des Hauses, wo die Männer sie nicht sehen konnten. Hier bot sich eine prachtvolle Aussicht: meilenweit nichts als hartes gelbes Gras, das im heißen Wind wogte. Der Eukalyptushain spendete spärlichen Schatten. Gruppen von Kiefern ragten wie grüne Türme in den Himmel, und die fast undurchdringliche Dunkelheit darunter wirkte im grellen Licht beinahe einladend.

Harriet raffte ihr dichtes Haar zusammen und steckte es mit einer Spange hoch. Der Gedanke an ein langes, kühles Duschbad war verlockend, aber damit würde sie warten, bis es Schlafenszeit wäre, denn vorher hatte es wenig Sinn. Mit einem Taschentuch wischte sie sich die Schweißperlen aus dem Gesicht und setzte sich. Selbst hier im Schatten war es heiß; sie fühlte, wie ihr der Schweiß über den Rücken rann und ihre dünne Bluse durchnässte. Die Jeans anzuziehen war ein Fehler gewesen; sie war zu eng, und jetzt bereute sie, dass sie keine Shorts trug.

Während sie so in dem abgewetzten Korbsessel saß, wanderten ihre Gedanken zurück durch die Jahre, in denen sie immer wieder hergekommen war. Catriona war eine freundliche und großzügige Gastgeberin gewesen, und Harriet hatte sich oft gewünscht, ihre eigene Mutter wäre wie sie. Es war erstaunlich, wie wenig die Jahre Catriona verändert hatten. Ihr Haar war von jenem wunderschönen Grau, das nur aus sehr schwarzem Haar werden konnte. Ihre Augen funkelten noch immer wie Amethyst, und ihre Haut war makellos. Es war kaum zu glauben, dass sie wirklich schon fast achtundsechzig Jahre alt sein sollte.

»Ich dachte schon, du bist auf Wanderschaft gegangen. Hier, das kannst du wahrscheinlich gut gebrauchen.« Rosa kam um die Ecke. Ihre nackten Füße machten kaum ein Geräusch auf den Dielen. Sie reichte Harriet ein Glas mit klingelndem Eis, ließ sich neben ihr in einen Sessel fallen und seufzte behaglich. »Gin Tonic, Eis und eine Scheibe Zitrone. Genau das, was die Anwältin braucht.«

»Es ist noch ein bisschen früh, oder?«, wandte Harriet ein.

Rosa blinzelte ins Licht. »Die Sonne steht über der Scheune. Spät genug.«

Harriet trank einen großen Schluck. »Das tut gut«, gab sie zu. »Wo ist Catriona? Einen kleinen Gin lässt sie sich doch sonst nicht entgehen.«

»Sie kommt gleich«, sagte Rosa. »Gerade hat jemand angerufen; da hab ich sie allein gelassen.« Sie trank noch einen Schluck, stellte das Glas auf den Boden und zündete sich eine Zigarette an. Sie blies eine Rauchwolke von sich, lehnte sich zurück und schloss die Augen. »Ehrlich gesagt, ich mache mir ein bisschen Sorgen um sie«, bekannte sie. »Sie sieht müde aus, und ich habe das Gefühl, sie ist aus irgendeinem Grund bekümmert.«

»Weshalb sollte Catriona bekümmert sein?«

»Ich weiß es nicht.« Rosa zuckte die Achseln. »Ich habe sie gefragt, aber sie sagt nur, sie hat nicht gut geschlafen.« Sie öffnete die Augen wieder, beugte sich vor und stützte die Ellenbogen auf die Knie. »Aber Mum schläft sonst wie ein Murmeltier. Schon immer. Irgendetwas stimmt nicht, das weiß ich.«

»Vielleicht sollten wir den Arzt anrufen, damit er sie einmal gründlich untersucht?«

»Das habe ich schon vorgeschlagen, doch sie will nichts davon hören.«

»Ich brauche keinen Arzt, der an mir herumfummelt.« Catriona erschien mit klappernden Absätzen. »Und ich wäre euch dankbar, wenn ihr nicht hinter meinem Rücken über mich reden wolltet.«

Harriet und Rosa schraken wie zwei schuldbewusste Kinder zusammen. »Wenn du uns nicht sagst, was dir Sorgen macht, müssen wir ja darüber spekulieren. Was sollen wir sonst tun?«, fragte Rosa entschlossen.

Catriona funkelte die beiden an, und dann setzte sie sich und schaute über das Land hinaus. »Ich hab's dir schon erklärt«, gab sie zurück. »Ich schlafe schlecht. Wahrscheinlich Verdauungsstörungen.« Ihr Tonfall ließ keinen Widerspruch zu, und sie wechselte das Thema. »Habe ich euch erzählt, wie ich diese Farm zum ersten Mal gesehen habe?« Sie wartete nicht auf eine Antwort. »Als Kind habe ich immer davon geträumt. Von da oben habe ich sie gesehen.« Sie deutete auf die Berge im Westen. »Ich habe damals nicht geahnt, wie lange es dauern würde, bis der Traum Wirklichkeit würde. Und jetzt bin ich schon seit dreißig Jahren hier.« Sie lächelte, und ihr Gesicht war wieder heiter, als sie das Glas Gin Tonic hob. »Trinken wir auf die nächsten dreißig.«

Catriona wahrte ihr Lächeln mit Bedacht. Jetzt, da die Mädchen da waren, konnte sie die düsteren Gedanken beiseite schieben. »Wie geht's mit der Arbeit?«, fragte sie Rosa.

»Gestörte Kinder, Scheidungen, Misshandlungen, Gewalt in der Ehe. Das Übliche, aber es lohnt sich.« Rosa zog an ihrer Zigarette.

Catriona sah Harriet an. »Ich könnte mir vorstellen, dass Unternehmensrecht sehr viel weniger stressig ist«, sagte sie.

Harriet lachte. »Soll das ein Witz sein? In Vorstandszimmern fließt mehr Blut als in irgendeinem Hinterhof der Stadt. Großes Geld, das bedeutet große Egos und noch größere Schurken. Aber es macht mir Spaß.« Sie lächelte, und ihre strahlend blauen Augen funkelten humorvoll.

Catriona sah, dass die Schönheit, die Harriet schon als Kind hatte ahnen lassen, sich zu voller Blüte entwickelt hatte. Mit ihrer schlanken Figur und ihren anmutigen Bewegungen hätte sie eine wunderbare Tänzerin werden können. Der Anwaltsberuf war so staubtrocken – aber die Mädchen fühlten sich sichtlich wohl darin. Sie seufzte; plötzlich beneidete sie die beiden um ihre Jugend und ihre Begeisterung. Wie anders war es doch zu ihrer Zeit gewesen, als Frauen solche Berufe versperrt gewesen waren und man von ihnen erwartet hatte, dass sie ihre Karriere an den Nagel hängten, sobald sie verheiratet waren.

Gedankenverloren schaute sie über das flimmernde Land hinaus. Mit diesem Zeitungsartikel würde einiges auf sie zukommen; viele Facetten ihrer Geschichte würden das Bild, das diese jungen Frauen von ihr hatten, vielleicht ändern, und deshalb widerstrebte es ihr, sich ihnen anzuvertrauen. Aber sie musste es tun, denn eines Tages würde das alles allgemein bekannt werden, und es wäre nicht fair, wenn sie es aus der Presse erfahren müssten.

Harriet berührte Catrionas Hand und holte sie damit in die Gegenwart zurück. »Einen Penny für deine Gedanken, Catriona«, sagte sie mit besorgtem Gesicht.

Catriona lächelte gezwungen. »Ich habe schlechte Nachrichten bekommen«, begann sie, aber dann zögerte sie, als die beiden sich gespannt und erwartungsvoll vorbeugten.

»Was ist es denn, Mum?«, fragte Rosa mit angstvoll geweiteten Augen. »Du bist doch nicht krank, oder?«

Catriona begriff, dass sie die Sache falsch anfing. »Nein«, sagte sie mit fester Stimme. »Mir geht's ausgezeichnet.« Sie nahm einen Schluck von ihrem Drink und beobachtete, wie ein Eukalyptusblatt über die Veranda wirbelte. Ihre Gedanken kreisten wie dieses Blatt. Sie begriff, dass sie es nicht übers Herz brachte und vielleicht auch nicht den Mut hatte, jetzt die Wahrheit zu offenbaren. Eine kleine Notlüge würde nichts schaden. Sie überstürzte die Sache und ließ sich von ihrer aufgeheizten Phantasie und ihrer Müdigkeit zur Neurotikerin machen. Die Polizei würde wohl kaum im nächsten Augenblick aus dem Gebüsch stürzen und sie verhaften, und was die Presse anging, so war sie jetzt so lange aus dem Blickpunkt der Öffentlichkeit verschwunden, dass die Journalisten wahrscheinlich vergessen hatten, wer sie war.

»Mum?«, fragte Rosa zaghaft.

Sie nahm sich zusammen, richtete sich auf und lächelte. »Es geht um einen alten Skandal, den ich längst begraben glaubte«, sagte sie und verzog das Gesicht, als ihr die Ironie dieser Formulierung klar wurde. »Ich hatte mal einen Liebhaber, und der droht jetzt damit, alles an die Öffentlichkeit zu bringen, wenn ich ihn nicht bezahle.«

»Dann sag ihm doch, er soll zur Presse gehen, und zum Teufel mit ihm«, sagte Rosa. »Dieser Drecksack! Wie heißt er? Ich schreibe ihm einen geharnischten Brief und teile ihm mit, dass Erpressung ein Schwerverbrechen ist.«

Catriona lachte. »Du bist wie ein Terrier, wenn du jemanden verteidigen willst.« Sie schlang einen Arm um Rosa und drückte sie an sich. »Ich werde mit ihm fertig, keine Angst, mein Schatz. Und ich verspreche dir, er kriegt keinen Penny von mir.«

»Es wundert mich, dass du dich von einer solchen Kleinigkeit beunruhigen lässt«, sagte Harriet. »Die Presse wird sich doch kaum für einen so alten Skandal interessieren.«

Catriona stand auf und schlang die Arme um ihre Taille. »Du hast Recht, Hattie. Meine erste Reaktion war einfach übertrieben. Ich sollte mich geschmeichelt fühlen, dass er sich überhaupt noch an mich erinnert.« Sie lachte. »Offenbar habe ich einen dauerhaften Eindruck hinterlassen.«

Rosa lachte auch und ging dann, um ihre Gläser noch einmal aufzufüllen. Aber Catriona sah, dass Harriet sie unverwandt anschaute, und sie erkannte, dass das Mädchen sich nichts vormachen ließ. Entschlossen, das Thema zu beenden, wandte sie sich ab. Am Himmel bewegte sich etwas; sie schaute hoch und lächelte entzückt. Diesen Anblick hatte sie noch selten gesehen, denn solche Vögel wagten sich fast nie in die Nähe der Zivilisation.

Der goldbraune Keilschwanzadler schwebte hoch oben über der Koppel, die Flügel fächerartig ausgebreitet, um die warme Thermik auszunutzen, und sein Räuberauge fixierte ein unsichtbares Opfer irgendwo im Gras. Langsam, beinahe träge glitt der prächtige junge Raubvogel in Spiralen immer tiefer herab. Seine Schwingen machten kaum ein Geräusch. Der Tod würde schnell und lautlos kommen.

Catriona hielt den Atem an, als er zur Erde herabstieß wie ein Pfeil und sofort wieder emporstieg, die Beute in den Klauen. Das Kaninchen war verloren – und Catriona fragte sich, ob diese Szene vielleicht ein Omen war.

Harriet beobachtete das luftige Schauspiel mit angehaltenem Atem. Sie schrie auf, als der Adler das Kaninchen packte und davonflog. Ehrfürchtig schaute sie ihm nach, bis er nur noch ein Punkt im feurigen Sonnenuntergang war.

»Ein toller Anblick, nicht wahr?« Catriona setzte sich wieder in ihren Sessel. »So etwas sehen wir nicht jeden Tag.«

»Dann fühle ich mich zweifach privilegiert«, flüsterte Harriet. »Ich hatte Recht mit den Traumlandschaften. Dieses Land hat seinen ganz eigenen Zauber.«

Catriona lächelte. »Traumlandschaften«, murmelte sie. »Eine passende Beschreibung; ich glaube, ich habe sie vor Jahren auch mal benutzt. Aber nicht alle Träume sind glückliche Träume. Das

Leben hier draußen kann hart und grausam und manchmal blutig sein, vergiss das nicht.«

Harriet spürte, dass sie bei dieser sanften Ermahnung rot wurde. »Sorry«, stammelte sie.

Catriona lächelte. »Du brauchst dich nicht zu entschuldigen, Harriet. Deine Phantasie gefällt mir. Das hier ist ja schließlich das Land des Träumens, der Ort, wo die Traumzeit-Legenden geboren wurden.« Sanft fasste sie Harriets Kinn und hob ihren Kopf, bis sie einander anschauten. »Ich nehme an, dass Billys Geschichten und Legenden deine Vorstellungen von diesem Land beeinflusst haben. Mir ist es jedenfalls so gegangen, das weiß ich. Er ist ein großer Geschichtenerzähler, aber er wird dem Träumen immer treu bleiben, denn es ist sein Erbe und macht ihn zu dem, der er ist.«

Harriet nickte. Sie war wie hypnotisiert vom durchdringenden Blick der veilchenblauen Augen. Die Hand der alten Frau an ihrem Kinn war ihr sehr bewusst, die Sanftheit, die so sehr im Widerspruch zu der kultivierten, weltgewandten Persönlichkeit stand, die sie nach außen hin darstellte. Catriona hatte ihr im Laufe der Jahre so viel gegeben. Ihre Zuneigung zu dieser Frau bestärkte sie in ihrer Entschlossenheit herauszufinden, was sie wirklich bedrückte.

Offenbar erkannte Catriona die Fragen in ihrem Blick, denn unvermittelt zog sie sich zurück. »Okay«, sagte sie in geschäftsmäßigem Ton. »Genug geplaudert! Zeit zum Duschen und Abendessen. Ich nehme an, ihr seid müde, und du weißt, hier draußen wird früh aufgestanden; also müsst ihr bald ins Bett. Ihr habt ein Zimmer zusammen; das erspart euch das nächtliche Herumschleichen, wenn ihr noch schwatzen wollt.«

Harriet sah auf die Uhr. Es war erst kurz nach sieben. Die Sonne verschwand eben hinter den Bergen. An das frühe Zubettgehen und noch zeitigere Aufstehen hatte sie gar nicht mehr gedacht.

»Ich weiß, dass es früh ist, wenn man es mit eurem Leben in der Stadt vergleicht, aber hier gelten andere Regeln. Wir müssen das Tageslicht voll ausnutzen; im Dunkeln kann man nicht mit den Rindern arbeiten.« Sie ging um das Haus herum zur Vordertür. »Ich habe genug zu essen hier. Die Männer wissen zweifellos schon, dass ihr da seid, und es schafft nur unnötiges Durcheinander, wenn ihr beide die geheiligten Hallen des Kochhauses betretet. Der arme alte Connor hat auch so schon Probleme mit ihnen.«

»Verdammt«, knurrte Rosa und folgte Catriona. »Man könnte meinen, sie hätten noch nie eine Frau gesehen. Ist ja nicht so, als würden sie uns nicht kennen.«

»Ihr seid aber keine Kinder mehr«, gab Catriona zurück. Plötzlich blieb sie stehen und betrachtete Rosas Outfit. »Versuch doch bitte, dich ein bisschen mehr zu bedecken, Rosa«, sagte sie müde. »Nach deinem letzten Besuch hat es Wochen gedauert, bis die Männer sich wieder beruhigt hatten, und um diese Jahreszeit haben wir noch mehr zu tun als sonst.«

Rosa drückte ihr einen Kuss auf die Wange und lachte. »Ich ziehe mich an wie eine Nonne, wenn du mir versprichst, dass wir die besten Pferde ausleihen und mit den Männern zum Brumby-Auftrieb reiten dürfen.«

»Hmm.« Catriona machte ein finsteres Gesicht, aber das hielt sie nicht lange durch. »Das wär's vielleicht wert«, sagte sie, und ihre Augen funkelten humorvoll. »Aber ich nehme nicht an, dass du Habit und Haube eingepackt hast. Also gilt diese Wette nicht, junge Dame.«

Rosa sprang kichernd von der Veranda und holte ihre Reisetasche aus dem Wagen. Sie zog ein Fähnchen aus schwarzen Chiffonrüschen aus der Tasche und hielt es in die Höhe. »Das wäre vielleicht das Richtige für heute Abend. Sie sind sicher alle begeistert, wenn ich damit rübergehe und meinem alten Freund Cookie guten Tag sage.«

Harriet unterdrückte ein Lachen, als Catriona das winzige Kleidungsstück entsetzt anstarrte. Es war das Kleid, mit dem Rosa am Abend zuvor in Emerald solches Aufsehen erregt hatte. »Du hast gewonnen.« Auch Catriona konnte ihr Lachen nur mit Mühe unterdrücken. »Wenn Connor einverstanden ist, dürft ihr am Wochenende mitreiten. Aber du musst mir versprechen, dass du dieses Ding hier niemals anziehst – vor allem nicht in der Nähe des Kochhauses. Es gibt zu viele scharfe Messer dort, und ich möchte nicht meine gesamte Mannschaft verlieren, weil sie übereinander herfallen.«

»Meine Güte«, maulte Rosa und stopfte das kleine Stück Stoff wieder in die Tasche. »Haben die nichts Besseres zu tun?«

Harriet wollte ihr Recht geben, aber als sie Catrionas Blick sah, hielt sie lieber den Mund. Sie holte ihre eigene Tasche aus dem Wagen, und alle drei gingen ins Haus.

»*Home sweet home*«, sang Rosa, als sie durch die Fliegentür polterte. »Ich dusche zuerst.«

Harriet folgte Rosa durch den schmalen Korridor. Alles war so vertraut und so ganz anders als ihr adrettes Reihenhaus in Sydney und die Penthouse-Suite ihrer Mutter, und wie immer fühlte sie sich sofort wieder heimisch. Jemand hatte einen Blumenstrauß in ein Marmeladenglas gestopft und auf den Nachttisch gestellt; daran lehnte eine Karte mit den Worten »Willkommen zu Hause«.

»Du musst ja einen guten Eindruck gemacht haben.« Rosa beäugte die Blumen, ließ ihre Tasche fallen und nahm sich zwei Handtücher und ihren Kulturbeutel. »So was hat Connor noch nie getan.«

Harriet stellte ihre Tasche auf den Boden und versuchte, die welkenden Blumen zu retten. Sie teilte den Strauß auf, holte ein zweites Marmeladenglas aus der Küche und stellte es auf die Kommode. Es war eine hübsche Geste, fand sie. Connor freute sich offensichtlich sehr, seine Schwester wiederzusehen. »Er wollte uns wohl nur das Zimmer ein bisschen fröhlicher machen«, sagte sie.

Rosa zog eine schwarze Augenbraue hoch. »Con hat's nicht so sehr mit der Raumgestaltung. Entweder hat er aus irgendeinem Grund ein schlechtes Gewissen, oder er will dir imponieren.« Sie kicherte. »Ich wette, er hat es heimlich getan. Kannst du dir vorstellen, wie die anderen ihn aufgezogen hätten, wenn sie ihn dabei erwischt hätten?«

Harriet konnte es sich nur allzu gut vorstellen, und einen kurzen Augenblick lang dachte sie voller Mitgefühl an Rosas Bruder. Es musste sehr schwer sein, andauernd ein Macho-Image aufrecht zu halten. »Manchmal bin ich wirklich froh, dass ich eine Frau bin.« Sie ging in die Küche und holte sich eine Tasse Tee. »Auch wenn ich mir da wohl nicht haargenau den richtigen Beruf ausgesucht habe. Juristen sind unglaublich anhänglich an ihre alte Schule, und angesichts dessen und der üblichen Männerkameradschaft ist es nicht gerade der einfachste Weg für eine Frau, sich die Brötchen zu verdienen.«

»Wohl wahr. Durchgeknallte Kumpelei, wenn du mich fragst – aber was soll man als Mädel tun? Man muss mit den Wölfen heulen. Girl Power ist im Kommen, Hat. Wart's ab.« Sie marschierte ins Bad, und wenig später hörte man sie begeistert und sehr schräg singen.

Harriet und Catriona lächelten einander zufrieden an.

Das Zimmer, das sie bei Harriets Besuchen immer geteilt hatten, hatte sich nicht verändert. Es war, als habe jemand die Uhr zurückgedreht. Der Raum war voller Kindheitserinnerungen; er war immer noch voll gestopft mit Rosas Puppen und Büchern und geschmückt mit den Rosetten, die sie beide bei den Reitwettbewerben in der Umgebung gewonnen hatten. Patchwork-Steppdecken lagen auf den Diwanen, flauschige Teppiche auf den blank gebohnerten Holzdielen. Harriet fühlte sich auch an ihre Studentenzeit erinnert, als sie und Rosa sich ein winziges

Zimmer am King's Cross geteilt hatten. Die kleinen Zimmer dort waren einfacher gewesen als dieses hier, aber sie hatten sie verschönert mit Kissen, Vorhängen und großen Plakaten, mit denen sie die Feuchtigkeitsflecken an den Wänden überdeckt hatten. Papierblumen, Duftkerzen und Räucherstäbchen hatten einen Hauch von Exotik hineingebracht und für Behaglichkeit gesorgt.

Jeanette Wilson war entsetzt gewesen und hatte ihr Bestes getan, um Ihre Tochter zu überreden, in eine teure Eigentumswohnung in der Stadt zu ziehen, aber Harriet hatte sich nicht von den anderen Studentinnen unterscheiden wollen und hatte deshalb durchgehalten. Das Studium würde viel mehr Spaß machen, wenn sie mit ihren Freundinnen zusammenlebte.

Als sie sich jetzt zwischen die beiden schmalen Betten zwängten, schien Rosa die gleichen Gedanken zu haben. »Ganz wie in alten Zeiten«, sagte sie und drängte sich an Harriet vorbei, um sich das Haar zu frottieren. »Aber ein bisschen eng ist es schon. Ein kleiner Umbau wäre nicht schlecht.«

Harriet lächelte. »Wir sind verwöhnt«, sagte sie, während Rosa sich Jeans und Hemd anzog. »Ich weiß noch, wie du mir mal das Cottage gezeigt hast, in dem du mit deiner Großmutter gewohnt hast. Dort war es nicht so luxuriös wie hier.«

Rosa schüttelte ihr feuchtes Haar auf, bis es ihr Gesicht wie eine Chrysanthemenblüte umrahmte, sodass sie aussah wie eine Achtzehnjährige. »Du hast Recht«, sagte sie. »Genau genommen war es eine Hütte. Wahrscheinlich steht es deshalb schon seit vielen Jahren leer.«

Weil sein kleines Haus kein Bad hatte, musste Connor vor der Gemeinschaftsdusche Schlange stehen. Die Gespräche ringsumher und die Gewissenhaftigkeit, mit der die Männer sich heute wuschen, amüsierten ihn. So etwas hatte er seit dem letzten Jahrmarkt in Drum Creek nicht mehr erlebt. Erstaunlich, was der Anblick zweier Frauen bewirken konnte, obwohl die meisten Männer Rosa und Hattie schon als Kinder gekannt hatten.

Als er an der Reihe war, duschte und rasierte er sich und zog dann saubere Jeans und ein frisch gewaschenes Hemd an, bevor er den anderen ins Kochhaus folgte, um das Essen für die drei Frauen im Farmhaus zu holen. Wie *Belvedere* stand auch das Kochhaus schon seit fast hundert Jahren. An einigen Stellen war es renovierungsbedürftig; ein neuer Anstrich und neue Fensterrahmen wären auch bald fällig. Aber im Großen und Ganzen war es solide gebaut und würde wahrscheinlich noch ein zweites Jahrhundert überstehen, wenn Termiten und Buschfeuer es zuließen.

Das Haus war so lang und breit wie eine Kirche, und das Dach ragte über schweren Deckenbalken in die Höhe. Ein langer Holztisch mit Bänken zu beiden Seiten stand auf den staubigen Dielen. Eine Tischdecke gab es nicht, aber Reihen von Flaschen mit Soßen und Gewürzstreuern sowie Körbe mit frischem Brot.

Als Connor eintrat, schlug ihm eine Wand von Lärm entgegen, und er war beeindruckt, wie laut dreißig Männer sein konnten. Ihre Stimmen hallten bis unter das Dach; sie erzählten Geschichten, lachten und flachsten miteinander, entspannt am Ende eines langen Tages. Besteck klirrte auf den Tellern, Stühle und Stiefel scharrten über den Boden. Und den Vorsitz bei all dem führte ein Mann wie ein Monolith: Cookie.

Niemand wusste, wie er wirklich hieß; wenn es einmal jemand gewusst hatte, hatte er es längst vergessen, denn Cookie war schon immer hier gewesen. Sein Alter war unbestimmbar. Sein fettes rotes Gesicht glänzte von Schweiß, während er dampfendes Gemüse und gegrillte Steaks auftrug. Seine Arme waren dick wie zwei Schinken, und sein Wanst ließ keinen Zweifel daran, dass er die eigene Küche sehr zu schätzen wusste. Sein Temperament war legendär, und der einzige Mensch, der sich bei ihm erlauben durfte, frech zu werden, war Rosa, die er anbetete, seit sie als dürre Achtjährige nach *Belvedere* gekommen war. »Tag, Connor!«, schrie er durch das Getöse. »Wie geht's meinem Mädel? Hat mir noch nicht guten Tag gesagt. Sag ihr, sie soll ihren Arsch bewegen und den alten Onkel Cookie besuchen.« Er beugte sich vor. »Ich höre, diesmal hat sie Hattie mitgebracht?«

»Na und?«, schrie Connor zurück.

Sofort war es still. Connor sah, dass alle Augen auf ihn gerichtet und alle Ohren neugierig gespitzt waren. »Stell mir das Essen hier auf's Tablett«, knurrte er. »Wir essen heute Abend drüben im Haus.«

»Verdammt, du willst sie wohl für dich behalten, was?«, rief einer der Treiber.

»Yeah«, sagte Connor gedehnt. »Von euch Straßenkötern kommt keiner in die Nähe meiner Schwester.«

»Was ist denn mit der anderen? Sieht klasse aus. Könntest du doch mit uns teilen, Connor, alter Junge. Ich würde ihr schon zeigen, wo's langgeht.«

»Unwahrscheinlich«, erwiderte Connor unter dem brüllenden Gelächter, das diese Äußerung hervorrief. Er grinste, denn der da gerufen hatte, war ein dürrer kleiner Kerl von mindestens fünfundfünfzig Jahren, dem die meisten Zähne und jegliche Lebensart fehlten. »Glaub nicht, dass sie auf einen alten Knacker wie dich steht, Kumpel. Aber ich kann dir die Telefonnummer ihrer Granny besorgen, wenn du willst.«

Wieder erhob sich ein brüllendes Gelächter, und Connor nahm das beladene Tablett und ergriff die Flucht. Als er über den Hof zum Farmhaus zuging, sah er, dass Rosa und Harriet ihn auf der Veranda erwarteten. Zumindest sind sie anständig angezogen, dachte er erleichtert.

Rosa umarmte ihn und gab ihm einen Kuss. »Worüber habt ihr so gelacht?«, fragte sie, als sie ihm die Fliegentür aufhielt und ihm in die Küche folgte.

»Was glaubst du wohl?« Er half ihr, das Essen auf den Tisch zu stellen. »Es wird mörderisch werden, diese Bande im Zaum zu halten, solange ihr beide hier seid.« Er warf einen Blick zu Harriet hinüber.

»Ach was«, sagte Rosa wegwerfend. »Du weißt doch, wie sie sind, Con. Großes Maul und nichts dahinter. Ich wette, wenn Harriet und ich jetzt hinübergingen, hätten sie kein Wort zu sagen. Sie würden ihr Essen runterschlingen und sich rausschleichen, brav wie die Lämmer.«

Er grinste, denn er wusste, dass sie Recht hatte. Die Männer des Outback waren so exotische Frauen wie Rosa und Harriet nicht gewohnt; sie waren den Mädchen von Drum Creek gegenüber schon schüchtern genug. In der Männerwelt der Farm fühlten sie sich wohler, und von Rindern und Gras und der Unberechenbarkeit der Elemente verstanden sie weit mehr als von dem, was Frauen sich wünschten. Gebildete Frauen wie Rosa und Harriet würden sie als bedrohlich empfinden, als fremde Wesen aus der Großstadt – und somit unerreichbar. Nicht, dass ich selbst viel besser wäre, gestand er sich im Stillen ein, während er sich über sein Steak hermachte. Rosa verstand er, auch wenn die Distanz zwischen ihnen durch ihre Ausbildung und durch das Leben, das sie in der Stadt führte, ziemlich groß geworden war. Aber mit Harriet lagen die Dinge anders.

Er kannte sie von Kindesbeinen an, und Rosa hielt ihn in ihren Briefen auf dem Laufenden, aber inzwischen war sie zu einer sehr attraktiven jungen Frau herangewachsen. Das war beunruhigend, und ihm war unbehaglich, ihr so am Tisch gegenüberzusitzen. Sie wirkte so kühl und kultiviert und war anscheinend trotzdem völlig entspannt auf *Belvedere*.

Er blickte von seinem Teller auf und merkte, dass sie ihn anschaute. Ihre Augen hatten die Farbe eines tiefen Wassers. Er hielt ihrem Blick eine ganze Weile stand, bevor er lächelnd wegschaute. Harriet war ziemlich abgebrüht, daran war kein Zweifel. Aber wie dachte sie wirklich über die Farm – und über ihn? Es könnte interessant sein, das herauszufinden.

Harriet stieg aus dem Bett und streckte sich. Sie hatte gut geschlafen und fühlte sich erfrischt und bereit, den Tag in Angriff zu nehmen. Es war kühl, und sie fröstelte ein wenig. Also zog sie einen Pullover über das T-Shirt, das sie als Nachthemd getragen hatte, suchte sich ein Paar dicke Socken heraus und warf dann einen Blick auf das andere Bett. Rosa war unter den Decken begraben; nur ihre Stachelfrisur schaute heraus, und aus dem Kissen drang gedämpftes Schnarchen. Es wäre unfair, sie zu wecken.

Harriet tappte hinaus in die Küche. Helles Licht flutete durch das Fenster, und zu ihrem Erstaunen erkannte sie, dass es erst halb sechs war. Normalerweise nahm sie die Welt um diese Zeit noch nicht wahr. Fröstelnd lehnte sie sich an den warmen Herd. Es war erstaunlich kalt, obwohl der Sommer längst begonnen hatte, aber sie erinnerte sich an andere Besuche im Laufe der Jahre und hatte deshalb die dicken Skisocken mitgebracht, die sie jetzt als Pantoffeln trug.

Leise brühte sie sich eine Tasse starken Tee auf und setzte sich dann mit einer alten Illustrierten an den Tisch. Es war schön, am frühen Morgen so viel Zeit für sich zu haben, ohne dass aufdringliches Telefongeklingel und Schreibmaschinengeklapper die Ruhe störten.

»Da ist hoffentlich noch Tee in der Kanne?« Rosa kam hereingeschlurft. Die Haare standen ihr zu Berge, und die Augen waren verquollen vom Schlaf. Sie verzog das Gesicht. »Du meine Güte, siehst du attraktiv aus, Hat. Die Socken sind große Klasse.«

»Es ist verdammt kalt«, antwortete Harriet. »Und ich wollte nicht in meinen Sachen wühlen und dich damit wecken.« Sie musterte Rosas Pyjama, in dem sie fast ertrank; sie sah damit aus wie ein kleines Mädchen. »Du bist auch nicht gerade nach dem letzten Schrei gekleidet. Gehört der Schlafanzug Connor?«

»Ja. Hab ihn ganz unten in einer Schublade gefunden. Ich bin so überstürzt losgefahren, dass ich meinen ganz vergessen habe.« Rosa goss sich eine Tasse Tee ein und ließ sich neben dem Herd auf einen Stuhl fallen. Die langen Pyjamaärmel fielen ihr über die Hände, als sie mit ihrer Zigarettenschachtel herumfummelte.

Frühmorgens war sie noch nicht zu gebrauchen, wenn sie nicht gerade aus einem Club oder von einer Party nach Hause kam. Harriet wusste, dass man sie am besten langsam bei einer Tasse Tee und einer Zigarette wach werden ließ. Also verschwand sie ins Bad, duschte und zog eine leichte Baumwollhose und ein T-Shirt an. Weil es immer noch kühl war, legte sie sich einen Pulli über die Schultern. Sie bürstete sich das Haar und schlang es zu einem lockeren Knoten, den sie mit ein paar bunten Clips feststeckte. Dann betrachtete sie sich in dem winzigen Spiegel über dem Waschbecken und beschloss, auf Make-up zu verzichten – in der Stadt musste sie es jeden Tag auflegen, und es wäre eine hübsche Abwechslung, es einmal nicht tun zu müssen.

Als sie zwanzig Minuten später in die Küche zurückkehrte, hatte Rosa sich nicht von der Stelle gerührt, aber sie war jetzt wach genug, um in der Illustrierten zu blättern. »Geh duschen. Ich mache uns Frühstück«, sagte Harriet. »Hast du Catriona schon gesehen?«

Rosa fuhr sich mit den Fingern durch das Haar. »In ihrem Zimmer ist sie nicht.« Sie gähnte ausgiebig. »Wahrscheinlich macht sie ihren Morgenritt.« Sie raffte die Hosenbeine hoch und schlurfte ins Bad.

Harriet bereitete frischen Tee und Toast zu und lauschte Rosas entsetzlichem Gesang, der aus dem Badezimmer schmetterte. Sie trug das Frühstück auf die Veranda, stellte ihre Teetasse auf das Geländer und beobachtete, wie die Farm zum Leben erwachte. Rauch stieg aus dem Kamin des Kochhauses, und die Männer kamen aus der Schlafbaracke, die Hände in den Hosentaschen, und spazierten langsam über den Hof. Das Klingen eines Hammers auf Metall zerriss die morgendliche Stille, und ein feiner Staubschleier wirbelte über den Corrals, als die Pferde munter wurden und mit den Hufen scharrten.

Connor trat aus dem Kochhaus und winkte herüber, bevor er um die Ecke verschwand. Harriet aß ihren Toast und trank den Tee aus. Connor ist sympathisch, dachte sie. Es ist offensichtlich, dass er Rosa und Catriona anbetet. Er versuchte den Eindruck eines harten Mannes zu vermitteln, aber sie fand es rührend, dass er sich diesen Blumenstrauß im Marmeladenglas hatte einfallen lassen. Anscheinend hatte Connor auch verborgene Seiten.

»Ich gehe jetzt zu Cookie hinüber.« Rosa erschien auf der Veranda, den Mund voll Toast. »Wenn ich noch länger warte, spricht er nie wieder mit mir.« Sie schluckte den Bissen herunter und sah Harriet fragend an. »Kommst du mit?«

Harriet betrachtete ihre sittsame Hose und die frische weiße Baumwollbluse. Rosa hatte sich das Haar zu einer schwarz und rosa glänzenden Haube gebürstet und trug nur einen Hauch von Mascara und Lippenstift. Ihren Schmuck hatte sie im Schlafzimmer gelassen; nur eine silberne Uhr blitzte an ihrem schmalen Handgelenk. Rosa sah beinahe respektabel aus. »Meine Güte«, flüsterte sie. »Du siehst gut aus. Ich hätte dich kaum erkannt.«

Rosa schniefte. »Kann mich hier draußen sowieso nicht hinter Make-up und Klamotten verstecken. Die kennen mich doch alle. Jetzt komm.«

Harriet schlüpfte in ein Paar bequeme Slipper, und sie traten von der Veranda herunter und überquerten, von dreißig Augenpaaren verfolgt, den Hof.

Connor bog um die Ecke, beladen mit Sätteln und Zaumzeug. Er war offenbar nicht erfreut, sie zu sehen. »Zum Haus geht's da lang«, sagte er streng zu Rosa.

»Sei nicht so brummig, Con. Wir wollen nur Cookie Hallo sagen.«

Connor zog ein finsteres Gesicht. Er warf einen Blick auf Harriet und schaute dann hinüber zu den Männern, die untätig herumstanden. »Macht es aber kurz«, knurrte er. »Wir haben heute viel zu tun.«

Rosa drückte ihm einen Kuss auf die Wange. »Weißt du, Con, du wirst allmählich ein richtiger alter Zausel. Kein Wunder, dass dich keine Frau haben will.« Sie duckte sich beiseite, ehe er etwas erwidern konnte, und Harriet blieb nichts anderes übrig, als ihn achselzuckend anzulächeln und ihrer Freundin zu folgen.

Catriona hatte wieder schlecht geschlafen. Sie hatte die Farm schon vor Sonnenaufgang verlassen und war ausgeritten. Am Corral hatte sie Billy Birdsong getroffen und ihn eingeladen mitzukommen. Sie waren durch das weite Land getrabt und hatten die Zeit vergessen, sie hatten geplaudert und Catrionas Pläne für die Farm erörtert, und Catrionas Sorgen waren dabei in den Hintergrund getreten.

Bei ihrer Rückkehr verschwanden die beiden Mädchen soeben im Kochhaus. Die Männer starrten ihnen nach. Catriona lächelte, denn die Männer merkten, dass sie sie beobachtete, und machten sich hastig wieder an die Arbeit. Erstaunlich, aber die bloße Anwesenheit attraktiver Frauen konnte den ganzen Betrieb zum Stillstand bringen.

»Girls lieber aufpassen«, sagte Billy mit breitem Grinsen. »Kerle gucken viel.«

Catriona lachte. »Ich glaube, die zwei können gut auf sich aufpassen, Billy. Mach dir keine Sorgen.« Sie winkte ihm zum Abschied zu, und er schlenderte zurück zu seiner Frau und seiner Familie.

Billy und seine Familie hatten ihr Lager hier schon lange vor ihrer Zeit gehabt, und sie weigerten sich noch immer, in den Häusern zu wohnen, die sie für sie bauen wollte, und blieben lieber in den Hütten und Zelten am Westrand des Farmgeländes. Das Lager war unhygienisch und voll von Müll und den Überresten ihrer Feuer. Hunde und Kinder spielten im Dreck, und die Frauen saßen fast den ganzen Tag im Schatten der Bäume, stillten ihre Babys und tratschten.

Catriona fing an, ihr Pferd abzureiben. Sie hatte sich bemüht, ihnen die Grundlagen der Sauberkeit beizubringen, und irgendwann hatte sie sie auch dazu überreden können, den Arzt zu empfangen, wenn er herauskam, und ihre Kinder impfen zu lassen. Aber mehr hatte sie nicht erreicht. Irgendwann war Billy zu ihr gekommen und hatte gesagt, seine Leute brauchten die Medizin des Weißen Mannes nicht. Sie blieben lieber bei den althergebrachten Methoden ihres Stammes.

Sie brachte das Pferd auf die Koppel. Billys umfangreiche Familie war erstaunlich gesund; die meisten benahmen sich gut und machten sich auf der Farm nützlich. Das einzige Problem war der Alkohol. Sie hatte mit Billy darüber gesprochen; er hatte die anderen Ältesten hinzugezogen und verfügt, dass niemand das Zeug mehr anrühren dürfe. Aber ab und zu verpulverte einer der jungen Jackaroos doch wieder seinen Lohn im Pub und kehrte dann rauflustig auf die Farm zurück.

Sie seufzte. Besitz brachte Verantwortung mit sich, aber sie würde das alles nicht gegen das Leben in der Stadt eintauschen wollen. Sie ging ins Haus, um zu frühstücken. Sie hatte einen Mordshunger.

Archie beschwerte sich lange und lautstark; es war längst Zeit für sein Frühstück. Als er um ihre Beine herumstrich, trat Catriona ihm versehentlich auf die Pfote und wäre beinahe über ihn gefallen, als er davonschoss. Halt suchend griff sie nach der Stange vor dem Herd und verbrannte sich die Hand. »Zum Teufel mit diesem verfluchten Ding!«, schimpfte sie und hielt die Hand unter kaltes Wasser. »Und was dich angeht, Archie, du wirst mich noch umbringen.«

Archie miaute immer lauter und ungeduldiger. Man ließ ihn warten, und das mochte er nicht.

»Da«, sagte sie und knallte ihm sein Schälchen hin. »Jetzt friss und halt die Klappe.« Sie richtete sich zu schnell wieder auf, und ihr wurde schwindlig. Sie musste sich an einer Stuhllehne festhalten, bis die schwarzen Schleier vor ihren Augen verschwunden waren.

»Mum? Alles in Ordnung?«

Sie blickte auf und sah Rosa und Harriet wie durch einen Nebel. »Geht gleich wieder«, sagte sie leise. »Muss mich nur kurz hinsetzen.« Sie ließ sich von Rosa zu einem Stuhl führen und nahm eine Tasse starken Tee in Empfang. »Eigentlich fehlt mir nichts«, sagte sie. »Zu viel getan auf nüchternen Magen, das ist alles.« Sie nahm einen Schluck und zog eine Grimasse. Rosa hatte viel Zucker hineingetan.

»Du brauchst Zucker, um Energie zu tanken«, sagte Rosa mit fester Stimme. »Also schneide keine Fratzen, sondern trink.«

Catriona sah Harriet mit hochgezogenen Brauen an. »So ein tyrannisches kleines Ding. Dabei hat sie sich selbst noch nie irgendetwas sagen lassen. Jetzt behandelt sie mich, als wäre ich ein ungezogenes Kind und hätte nicht alle Tassen im Schrank.« Wütend funkelte sie Rosa über den Rand der Teetasse hinweg an, verzog noch einmal das Gesicht und trank. Der Tee schmeckte scheußlich, aber sie musste zugeben, dass er sehr belebend wirkte.

»Ich mache dir Frühstück«, sagte Harriet. »Was möchtest du haben?«

»Ein bisschen Toast und Eier mit Speck, bitte.« Die schwarzen Schleier waren gebannt, und sie fühlte sich viel besser.

Rosa schepperte lärmend mit der Bratpfanne, während Harriet im Kühlschrank nach dem Speck suchte. »Unterzuckerung«, stellte Rosa fest. »Du solltest wirklich ein bisschen essen, bevor du ausreitest, Mum. Cookie würde dir gern etwas machen. Das hat er mir heute Morgen gesagt.«

Catriona schloss die Augen und atmete tief durch. Rosa hörte sich an wie eine diktatorische Lehrerin. »Wenn ich etwas von ihm haben will, werde ich es ihm schon sagen«, erklärte sie. »Mein Appetit ist völlig in Ordnung, und das war schon immer so. Du solltest dich um deinen eigenen Kram kümmern, Rosa.« Sie öffnete die Augen wieder. »Ich weiß, du meinst es gut. Aber vorläufig brauche ich mich noch nicht von Cookie bemuttern zu lassen.« Sie lächelte, um ihrem sanften Tadel den Stachel zu nehmen. »Archie und ich werden beide älter und steifer. Wir sind eingefahren in unseren Gewohnheiten, und wir sorgen gern selbst für unser Essen.«

»Dieser verdammte Archie ist ein verwöhntes Viech.« Rosa beäugte den fetten rotgelben Kater, der vor dem Herd saß und sich putzte. »Er frisst und schläft und kommt einem in die Quere, und sonst tut er nichts.«

»Er ist mein Freund«, sagte Catriona. »Und wenn es mich nicht stört, dass er auf meinem Bett schläft und mir in die Quere kommt, dann sollte es dich auch nicht stören. Lass ihn in Ruhe.« Ohne weiter auf Rosas Murren zu achten, trank sie ihren Tee aus und stand auf. »Wenn du helfen willst, mach mir noch eine Tasse Tee, aber diesmal mit weniger Zucker, und bring mir das Frühstück ins Wohnzimmer.« Rosa wollte protestieren, aber sie winkte ab. »Harriet, komm mit. Ich will dir etwas zeigen.«

Harriet folgte ihr. Was mochte Catriona jetzt wieder vorhaben? Ihr Gesicht hatte wieder Farbe angenommen, aber es war ein Schock gewesen, sie in der Küche so offensichtlich unpässlich zu sehen.

Catriona deutete auf den Rolltop-Sekretär und setzte sich auf die Couch. »Da drin ist mein Testament. Und alle Unterlagen, die Rosa brauchen wird, wenn ich nicht mehr da bin.« Offenbar hatte sie Harriets protestierenden Blick gesehen, denn sie schüttelte ungeduldig den Kopf. »Mach nicht so ein Gesicht, Hattie. Ich war immer schon eine Realistin, und eines Tages wirst du das alles wissen müssen.«

Harriet nagte zögernd an der Unterlippe. »Meinst du nicht, es wäre besser, wenn Rosa −«

»Wenn ich wollte, dass Rosa sich um diese Dinge kümmert, würde ich sie darum bitten«, sagte Catriona mit Entschiedenheit.

»Aber solche Unterlagen solltest du bei einem Anwalt hinterlegen, statt sie hier herumliegen zu lassen, wo sie verloren gehen oder vernichtet werden können.«

»Das weiß ich. Darum wollte ich ja mit dir reden. Holst du mir die Sachen?«

Harriet ging zum Sekretär und öffnete ihn. Eine Kaskade von Papieren und alten Theaterprogrammen quoll heraus und wehte zu Boden. Harriet bückte sich, um alles aufzuheben: bunte Programme aus London, Paris und New York, Plakate von weltberühmten Theatern, Briefe von Fans und Bewunderern.

»Das ist nur ein Teil meines Lebens«, sagte Catriona vom Sofa her. »Der Rest ist in dieser verdammten Truhe, aber das weißt du ja. Du und Rosa, ihr habt die Kleider oft genug anprobiert.« Sie lachte. »Ich glaube, ich sollte das alles gelegentlich mal aussortieren. Das meiste ist Müll.«

Harriet hatte die Papiere zusammengeschoben und legte den Stapel zur Seite. Dann durchsuchte sie den Sekretär, bis sie gefunden hatte, was Catriona haben wollte. Sie brachte ihr die Dokumente, und die sah sie kurz durch und reichte sie dann zurück. »Lies sie und sorg dafür, dass alles seine Richtigkeit hat.«

Harriet studierte die Unterlagen. Catriona hatte *Belvedere* vor zehn Jahren auf Rosa und ihren Bruder überschrieben, um die Erbschaftssteuer zu sparen. »Wissen die beiden, dass ihnen die Farm gehört?«, fragte sie.

Catriona schüttelte den Kopf. »Mein Steuerberater hat es mir empfohlen, aber das brauchen sie erst zu wissen, wenn ich tot bin.«

Harriet las die restlichen Papiere durch. Mit großen Augen nahm sie die lange Liste von Immobilien, Aktien und Wertpapieren zur Kenntnis, die Catriona in ihrem Portefeuille hatte, und ihre Augen wurden noch größer, als sie die Aufzählung der Juwelenschätze sah, die sie zusammengetragen hatte. »Ich hoffe, dieser Schmuck ist irgendwo an einem sicheren Ort«, flüsterte sie. »Das ist ja ein Vermögen.«

»Das meiste liegt in einem Banksafe in Sydney. Da müsste ein Bestätigungsschreiben der Bank dabei sein, in dem steht, dass dieser Schmuck treuhänderisch für Rosas und Connors Kinder aufbewahrt wird – falls sie jemals welche bekommen sollten. Und die Gemälde befinden sich als Dauerleihgaben in der Victorian Art Gallery in Melbourne.«

Harriet blickte sie bewundernd an. Catriona war eine kluge und erfindungsreiche Frau. Sie hatte ihre Angelegenheiten tadellos geordnet; an den klebrigen Händen des Finanzamts würde nur wenig hängen bleiben. Das letzte Dokument war das Testament, und Harriet las es schnell. Es war vor zwanzig Jahren verfasst und von zwei Vorstandsmitgliedern einer bekannten Bank per Unterschrift bezeugt worden. Es gab nur einen einzigen Zusatz, der fünf Jahre später angefügt worden war. Sie las ihn, las ihn noch einmal, las ihn ein drittes Mal. Sie sah Catriona an. »Dieser Zusatz«, begann sie. Ihre Stimme war heiser, und ihre Hände zitterten. »Bist du sicher …?«

Catriona wedelte ihre Zweifel beiseite. »Du bist wie eine Tochter für mich, Harriet. Und wenn ich dir eine Kleinigkeit hinterlassen möchte, dann werde ich es auch tun.«

»Drei Apartmenthäuser sind keine Kleinigkeit«, protestierte Harriet. »Jedes einzelne muss mehr als eine Million Dollar wert sein.«

DREIUNDZWANZIG

*C*atriona machte sich über ihr Frühstück her und aß den ganzen Teller leer. Als sie fertig war, trank sie den Tee aus und trug das Geschirr in die Küche. »Ich gehe jetzt zu Billys Frau hinüber. Sie und ein paar andere Frauen müssen hier beim Frühjahrsputz helfen, damit alles sauber ist, bevor die Horden hier einfallen.« Harriet und Rosa wollten ihre Hilfe anbieten, aber sie winkte ab. »Ihr habt Ferien, und wenn ich meinen Haushalt selbst nicht in Ordnung halte, weiß ich nicht, warum ihr es tun solltet.«

»Es macht uns nichts aus«, beteuerte Harriet.

»Aber mir«, erwiderte Catriona. »Geht und sucht euch eine nette Beschäftigung für den Rest des Tages. Man soll seine Jugend nicht mit Hausarbeit verschwenden.«

Sie stürmte durch die Fliegentür hinaus. Ihre Stiefelabsätze auf den Verandadielen dröhnten wie ein Trommelwirbel, und sie hörten, wie sie einem der Männer zurief, er solle sich an die Arbeit machen und nicht auf dem Hof herumlungern.

»Nachdem er sie erschaffen hatte, hat der liebe Gott die Form zerschlagen«, meinte Harriet. »Sie ist ein Einzelstück.«

»Sie ist eine Nervensäge«, brummte Rosa. »Lässt sich von niemandem helfen und ist störrisch wie ein Maulesel.« Sie zündete sich eine Zigarette an und blies eine Rauchwolke an die Decke. »Dir ist natürlich klar, dass sie gelogen hat, als sie uns von dem Liebhaber und der Erpressung erzählt hat, oder?«

»Ja«, sagte Harriet. »Sie ist dem Thema ausgewichen. Wir werden sie durch die Mangel drehen müssen, wenn wir erfahren wollen, was sie wirklich bedrückt.«

»Worum ging's denn vorhin? Weshalb wollte sie dich sprechen?«

Harriet nagte an der Unterlippe. Catrionas Anliegen war vertraulich gewesen. »Sie wollte nur, dass ich ein paar Unterlagen durchsehe«, sagte sie schließlich.

»Was für Unterlagen?«

»Nur ihr Testament und ein paar Urkunden und solche Sachen.« Harriet zögerte. »Mach dir keine Sorgen, Rosa. Es ist alles in Ordnung.«

Rosa drückte ihre Zigarette aus. »Hoffen wir, dass es noch sehr lange dauert, bis diese Unterlagen das Tageslicht wiedersehen müssen«, sagte sie und schüttelte den Kopf, als wolle sie diese trübseligen Gedanken beiseite wischen. »Wie wär's – wollen wir uns einen kalten Lunch einpacken und zu unserem Lieblingsplatz reiten?«

Sie arbeiteten in geselligem Schweigen, und plötzlich fing Rosa an, laut zu lachen. »Kein Wunder, dass Mum auf der Bühne so erfolgreich war«, sagte sie, während sie die Sandwiches in Fettpapier wickelte. »Sie ist eine geborene Schauspielerin.«

»Ja, mich hätte sie beinahe auch getäuscht«, sagte Harriet.

Lächelnd holte Rosa einen Wein aus dem Kühlschrank und fing an, die Satteltasche zu packen. »Ich hab's dir noch nie erzählt, aber als ich klein war, wollte ich auch Schauspielerin werden.« Sie kicherte, als sie Harriets verdutztes Gesicht sah. »Ich habe sogar daran gedacht, in Catrionas Fußspuren zu treten und an die Oper zu gehen.«

Harriet lachte. »Das ist nicht dein Ernst. Mit deiner Stimme?«

Rosa lachte dunkel und kehlig. »Ich wusste ja nicht, dass sie so schrecklich ist. Damals jedenfalls nicht. Ich war zwölf, als ein äußerst ehrlicher Gesangslehrer mir sagte, dass er lieber einen ganzen Chor von Aga-Kröten singen hörte und dass ich mir doch etwas anderes vornehmen sollte. Weil ich schon immer Realistin war, habe ich sein Urteil akzeptiert, und ich glaube, Mum war ziemlich erleichtert.« Sie schüttelte den Kopf. »Für sie muss es die Hölle gewesen sein, mir beim Üben zuzuhören, und ich habe den Verdacht, sie hat den Lehrer nur deshalb kommen lassen, damit er mir diesen Dämpfer aufsetzt.«

Rosas Kichern war ansteckend; Harriet stimmte ein, während sie Käse und Salat einpackten und in die Satteltasche stopften. Sie dachte an das morgendliche Konzert unter der Dusche und konnte sich vorstellen, welche Qualen Catriona gelitten haben musste, wenn Rosa gesungen hatte. »Dafür hat die Justiz eine Diva bekommen«, sagte sie. »Du bekommst dafür vielleicht keine Beifallsstürme und Blumensträuße, aber du tust *jetzt* wenigstens das, was du am besten kannst. An deiner Stelle würde ich dabei bleiben.«


Connor hatte den Vormittag über die Rechnungsbücher durchgesehen und mit verschiedenen Lieferanten telefoniert. Er war immer wieder gestört worden, weil Männer hereinkamen und dämliche Fragen stellten, die sie selbst hätten klären können, wenn sie nur einen Augenblick nachgedacht hätten. Seufzend klappte er die Bücher zu und warf sie auf den Schreibtisch.

Sein Büro war ein quadratischer Raum, der an das Kochhaus angebaut worden war; obwohl der Deckenventilator kräftig rotierte, hing der Dunst von Tausenden von Mahlzeiten noch immer in der Luft. Er schob den Stuhl zurück, stand auf und ging hinaus, um zu sehen, wie weit die Männer mit dem Tagespensum gekommen waren.

Billy Birdsong hockte im Schatten des Maschinenschuppens und drehte sich mit geschickten Fingern eine Zigarette. »Tag, Boss«, näselte er und schaute durch sein dichtes, von grauen Fäden durchzogenes ockerfarbenes Kraushaar zu Connor auf. Niemand wusste, wie alt er war, und vermutlich hatte auch Billy keine Ahnung. Billy Birdsong war einer der Grundpfeiler von *Belvedere*. Er hatte Connor alles beigebracht, was er wusste, er war sein Mentor und bester Freund.

»Tag, Billy«, sagte Connor. »Bist du fertig mit dem Geländewagen?«

»Yeah, Boss.« Billy zündete sich seine Zigarette an. »Wird wieder laufen. Aber das Getriebe ist hin. Braucht bald ein neues.«

Connor nickte. Er hatte nichts anderes erwartet. Der alte Wagen hatte so viele Kilometer auf dem Tacho – es war ein Wunder, dass er überhaupt noch fuhr. Wenn Billy als Automechaniker kein solcher Zauberer gewesen wäre, hätte die Mühle schon vor Jahren den Geist aufgegeben. Er wollte weitergehen, als Billy sagte: »Was ist los mit Missus, Boss? Sie krank?«

Connor schüttelte den Kopf. »Nicht, dass ich wüsste«, brummte er. Hier passierte kaum etwas, ohne dass jeder es gleich erfuhr, und er war verblüfft zu hören, dass es Catriona nicht gut ging. Gestern Abend hatte sie ganz okay ausgesehen – ein bisschen müde vielleicht, aber das war nach all der Planung für ihre Geburtstagsparty zu erwarten gewesen. »Warum, Billy? Wie kommst du darauf?«

»Ist nichts weiter«, sagte Billy durch den Rauch seiner Zigarette. »Ist ein bisschen müde. Heute Morgen vor Sonnenaufgang schon auf. Weiter nichts.«

»Morgens um die Zeit ist jeder müde.«

Billy nickte und grinste. »Schön, Rosa wieder da«, sagte er. »Groß geworden. Wie meine Jungs.« Er seufzte. »Zeit geht schnell, Boss. Wahrscheinlich bald so weit, dass Billy Birdsong geht auf letzte Wanderschaft. Machen Frieden mit Totemgeistern.«

Connor erschrak über diese Ankündigung von dem Mann, den er seit seiner Kindheit kannte. So alt konnte Billy doch sicher nicht sein? »Ist noch 'ne Menge Leben in dir, alter Knabe«, sagte er voller Zuneigung. »Was zum Teufel soll die Boss Lady machen, wenn du nicht da bist, um die Maschinen zu reparieren und verrückte Geschichten zu erzählen? Wenn du ein paar Tage freihaben willst, nimm sie. Aber ich brauche dich hier noch ein Weilchen. Also lass dir nicht einfallen zu verschwinden.«

Der Aborigine schüttelte langsam den Kopf, und sein Blick war nachdenklich. »Wenn Geister singen zu Billy, dann muss er gehen«, sagte er leise. »Schätze, Boss Lady weiß, was ich meine.«

Connor hatte die Geschichten über die Traumzeit von diesem Mann gehört. Er hatte stundenlang dagesessen und seiner singenden Stimme gelauscht, die ihm erklärt hatte, was es bedeutete, auf Wanderschaft zu gehen, und was es mit der traditionellen Traumzeit-Versammlung, dem Corroboree, auf sich hatte. Aber in der Stammeskultur der Aborigines waren noch andere, stärkere, geheimnisvollere Mächte am Werk, für die kein Weißer eine logische Erklärung hatte, auch Connor nicht. »Was willst du damit sagen, Billy?«, fragte er.

Billy starrte in die Ferne. »Geister singen«, sagte er. »Wir müssen folgen.« Im Blick der bernsteingelben Augen lag uraltes Wissen. »Gleich wie Missus. Aber sie hört andere Lieder als schwarzer Mann.«

Connor vergrub die Hände in den Taschen seiner Jeans. »Lass sie so etwas nicht hören, Billy«, sagte er. »Sie zieht dir das Fell über die Ohren.«

Billy grinste und entblößte seine großen gelben Zähne. »Sie wahrscheinlich böse, ja. Aber keine Angst, Boss. Sie noch nicht bereit. Noch viel Arbeit hier.«

Connor runzelte die Stirn. Gern hätte er Billy noch eingehender befragt, doch der Mann stand auf und schlenderte davon, und damit war die Unterhaltung zu Ende. Connor wandte sich ab und ging auf das Haus zu. Das Gerede von singenden Geistern und vom Tod war beunruhigend, und er fragte sich, was dahintersteckte.

Als er vor der Veranda stand, kam Rosa aus dem Haus, dicht gefolgt von Harriet; beide lachten und sahen fröhlich aus. »Wie geht's?«, fragte er.

Rosa umarmte ihn strahlend. »Gut«, sagte sie. »Wir machen heute ein Picknick.«

Wahrscheinlich nehme ich Billys dunkle, geheimnisvolle Phantasiegespinste zu wichtig, dachte Connor. Wenn Ma irgendetwas fehlen sollte, würde Rosa es wissen, und wie es aussah, brauchte er sich keine Sorgen zu machen. Er schaute lächelnd auf sie herab; noch immer hatte er Mühe, diese kultivierte junge Frau in Einklang mit dem Wildfang zu bringen, der seine Schwester immer gewesen war.

Blinzelnd blickte sie zu ihm auf. »Habt ihr ein paar anständige Pferde hier?«, fragte sie. »Mir ist heute nach Tempo.«

Connor kratzte sich an der Narbe an seinem Kinn und bemühte sich, ein zweifelndes Gesicht zu machen. Seine Schwester war eine höllische Reiterin, vielleicht ein bisschen zu überschwänglich und waghalsig für seinen Geschmack, aber er konnte ihr jedes Pferd auf der Farm anvertrauen. Er schaute Harriet an. »Ich nehme an, das soll heißen, ihr wollt zwei der schnellsten und wildesten Pferde, die wir haben, ja?«

Harriet lachte. »Natürlich«, sagte sie. »Du kennst mich doch, Con. Ich kann nicht zulassen, dass Rosa ganz allein die große Reiterin spielt.«

»Komm doch auch mit, Con.« Rosa beschirmte ihre Augen vor der Sonne. »Lass die Zügel mal schießen und entspann dich.«

Connor schüttelte den Kopf. »Zu viel zu tun«, sagte er bedauernd. Dann hatte er eine Idee. »Aber wie wär's heute Abend? Wisst ihr noch, wie es mit Billy Birdsong immer war?«

Die Erinnerung daran ließ Rosa wehmütig lächeln, und ihr Blick wanderte zum Horizont. »O ja«, flüsterte sie. »Wie könnte ich das vergessen?«

»Vielleicht können wir sogar Ma überreden, uns zu begleiten«, meinte Connor. »Ein bisschen wie in alten Zeiten.«

»Erinnerst du dich noch an das erste Mal, Harriet? War doch toll, oder?«, fragte Rosa.

Harriet würde es nie vergessen, und die Vorstellung, in die Nacht hinauszureiten, alle irdischen Ängste abzustreifen und zu den Sternen hinaufzuschweben, war verlockend. »Ja«, seufzte sie.

Connor hakte sich bei den beiden unter, und sie spazierten über den Hof zur Sattelkammer. Er suchte Stiefel und Buschhüte für sie heraus, und dann stand er am verwitterten Zaun und beobachtete, wie sie ihre Pferde sattelten und auf den Hof hinausführten. Seine Schwester hatte sich den widerspenstigen Rotschimmel ausgesucht, wie er es geahnt hatte, und Harriet hatte einen temperamentvollen kastanienbraunen Wallach genommen, dessen Ego so groß wie Queensland war.

»Na, das nenne ich Balsam für meine müden Augen«, sagte einer der Treiber.

Connor merkte, dass er nicht der Einzige war, der bewundernd auf Harriets strammen Po blickte, der sich aus dem Sattel erhob, als sie den Braunen zum Galopp antrieb. Sie war wirklich ein ansehnliches Mädel. Und reiten konnte sie auch. Diese feine Schule, auf der sie und ihre Schwester gewesen waren, hatte offensichtlich ihre Vorzüge.

Tom Bradley grinste. Belinda genoss den Flug nicht, das sah er an dem grünlichen Hauch auf ihrer sonnengebräunten Haut und daran, wie ihre Finger die Armlehnen umklammerten.

Als habe sie seine Gedanken gelesen, verzog sie das Gesicht und hielt die Augen fest geschlossen. »Ich weiß nicht, warum ich mitgekommen bin«, sagte sie mit zusammengebissenen Zähnen. »Ich hasse das Fliegen unter den günstigsten Umständen, aber dieses verdammte Ding muss doch jeden Augenblick vom Himmel fallen.«

»Der Hubschrauber ist absolut sicher«, schrie er in das Mikrophon an seinem Kopfhörer. »Er ist gründlich durchgecheckt worden, und der Pilot ist ein alter Hase. Stimmt's, Kollege?«

»Kann man wohl sagen«, rief der Vietnamveteran über die

Schulter nach hinten. Seine Stimme ertrank fast im Rattern und Dröhnen der Maschine. »Diese alte Mühle und ich sind seit Ewigkeiten zusammen. Nach all den Jahren würde sie es nicht wagen, vom Himmel zu fallen.« Wie zum Beweis dafür ließ er den Hubschrauber hin und her schaukeln und flog ein paar enge Kurven. In Vietnam hatte er über hundert Einsätze gehabt, und er manövrierte noch immer, als läge er unter feindlichem Feuer. Seiner Ansicht nach war es die einzige Art zu fliegen.

Tom lachte und tätschelte Belindas Hand. »Siehst du? Du brauchst keine Angst zu haben. Er schafft's schon.«

»Er vielleicht«, fauchte Belinda. »Aber das ist typisch für euch Kerle. Ein Wort von dir und dem Roten Baron hier, und ich soll mich entspannen und glauben, dass wir nicht jeden Augenblick in den Tod stürzen werden. Aber was ist, wenn wir in einen Vogelschwarm geraten? Oder in eine Windbö? Oder... oder...« Anscheinend gingen ihr die Worte und die Luft aus.

»Vertrau mir«, sagte Tom.

Belinda klappte ein Auge auf, und ihr verächtlicher Blick verriet ihm, dass er schon wieder das Falsche gesagt hatte. Manchen Leuten war einfach nicht zu helfen. Er überließ sie ihrer Flugangst und schaute aus dem Fenster. Tief unter ihnen lag das australische Outback wie ein grün-roter Flickenteppich, zusammengehalten von Baumgruppen, Salzpfannen und Bergketten. Das glitzernde Wasser von Billabongs und Seen und endlose Weiden wechselten sich ab mit Bergen und Wasserfällen, und dann folgte staubiges, ockergelbes Land mit Tausenden von hektargroßen Weizenfeldern, die wogten wie ein endloses gelbes Meer. Tom empfand überwältigenden Stolz. Es war sein Land, sein Erbe, und so etwas gab es auf der ganzen Welt kein zweites Mal.

Er drehte sich zu Belinda um, doch sie saß noch immer wie erstarrt auf ihrem Sitz, die Augen fest geschlossen, und umklammerte die Armlehnen. In diesem Zustand wird ihr überhaupt nichts gefallen, dachte er. Aber er bewunderte ihren tapferen

Kampf gegen die Flugangst. Belinda war eine ausgezeichnete Polizistin, sie war grundehrlich, und es machte Spaß, mit ihr zu arbeiten. Er hatte sie nicht überreden müssen, ihn zu begleiten – nicht, nachdem er ihr erklärt hatte, warum er mit Catriona sprechen musste. Er seufzte. So war er zumindest auch diesen Wolff für eine Weile los, und das war ein zusätzlicher Bonus.

Belinda stöhnte, als der Hubschrauber sich in eine weite Westkurve neigte und so tief hinunterging, dass er fast die Baumwipfel streifte. »Wie lange dauert diese Folter noch?«

Tom musterte sie. Ihre grünliche Färbung hatte sich vertieft. »Du wirst doch hoffentlich nicht gleich dein Frühstück zurückgeben?«

»Wenn ja«, gab sie zähneknirschend zurück, »sorge ich dafür, dass du was abbekommst.«

Tom bemühte sich, nicht zu lachen. »Wir müssten in ungefähr zwei Stunden da sein. Versuch doch, dich auf etwas anderes zu konzentrieren. Vielleicht geht's dir dann besser.«

»Das bezweifle ich«, knurrte sie. »Und wage es ja nicht, über mich zu lachen, sonst bring ich dich um.«

Er putzte sich die Nase und verbarg sein Grinsen unter dem Taschentuch, bis er sicher war, dass er es unter Kontrolle hatte. Die arme Belinda!

Er schaute wieder aus dem Fenster. Sam steuerte die kleine Maschine zwischen den Bergen der Great Dividing Range hindurch. Sie näherten sich *Belvedere*. Hoffentlich würde er Catriona Summers mit Belindas Hilfe zum Reden bewegen können. Sein Chef hatte keinen Zweifel daran gelassen, dass er von dieser Reise Resultate erwartete.

Harriet und Rosa waren stundenlang draußen gewesen. Als sie wieder auf *Belvedere* zuritten, zügelten sie die Pferde. Nur widerstrebend ließen sie das weite, offene Land hinter sich, das sie so gut kannten. Im wässrigen Flimmern der Gluthitze über dem Horizont versank die Farm mit ihren Nebengebäuden, und die Bäume sahen aus, als ragten sie aus einem endlosen, unruhigen Ozean. Eine Känguruherde döste im Eukalyptushain. Die Tiere wedelten mit den Ohren die lästigen Fliegenwolken weg, die sie umsummten; mit flüchtiger Neugier beäugten sie die Reiterinnen und schliefen dann weiter. Das Buschland schwirrte vom Zirpen von Millionen Insekten, und die Stimmen der Vögel klangen gedämpft, als hätten die kleinen Sänger nicht die Kraft, gegen die Hitze anzuzwitschern.

»Was zum Teufel ist das?« Rosa hielt ihr Pferd an und beschirmte ihre Augen vor der Sonne.

»Hört sich an wie ein Hubschrauber.« Harriet suchte den endlosen Himmel ab. »Ja. Da drüben.«

»Verflucht!« Rosa trieb ihr Pferd an, und es verfiel erschrocken in Trab. »Er kommt hierher. Wer weiß, was für ein Chaos er in den Ställen anrichtet.«

Im Galopp erreichten sie den Hof. Connor und die anderen Männer hatten die Arbeit eingestellt und waren herausgekommen, um zu sehen, was dieser Lärm zu bedeuten hatte. Rosa und Harriet schwangen sich aus dem Sattel, als der Hubschrauber knatternd über der Koppel neben dem Haus schwebte. Wirbelnde Staubwolken verhüllten die Sicht, die Zweige der Bäume flatterten und peitschten, und der Wind der Rotorblätter drückte das Gras platt. Pferde bäumten sich auf und tänzelten nervös, die Zuchtrinder brüllten, stampften mit den Hufen und drängten sich in ihren Pferchen aneinander, und die Hunde der Aborigines kläfften im Chor mit den Hütehunden. Die Treiberpferde flüchteten sich wiehernd ans äußerste Ende der Koppel.

Harriet und Rosa hatten Mühe, ihre Pferde zu beruhigen. Im blinden Wüten des Staubsturms wurden sie von den Tieren hin und her gestoßen und gerieten in Gefahr, getreten zu werden. Harriet konnte nichts sehen; sie hörte nur das ohrenbetäubende Maschinengewehrknattern des Hubschraubers und das angstvolle

Wiehern ihres Wallachs. Sie hatte keine Ahnung, wo sie war; ein dichter Schleier aus beißendem rotem Staub und blendendem Sand verhüllte alles, und das Tier zerrte so heftig am Zügel, dass es nur eine Frage der Zeit war, wann es durchgehen würde. Sie musste ihn halten, musste irgendwo wenigstens ein bisschen Schutz finden, denn sollte das Pferd sich losreißen, würde es sich wahrscheinlich ernstlich verletzen.

Da umschlang ein starker Arm ihre Taille, und eine feste Hand ergriff die ihre und die Zügel. Sie ließ sich durch den Wirbelsturm in den Windschatten der Stallungen führen, wo sie sich den Staub aus den Augen zwinkerte und nach Luft schnappte, um ihrem Retter zu danken.

»Jetzt wird's gehen, Miss«, sagte Billy Birdsong und klopfte dem Wallach beruhigend den Hals. Sein dunkles Gesicht erstrahlte in einem breiten Grinsen, aber in den bernsteingelben Augen lag keine Heiterkeit, als er sich nach dem Hubschrauber umsah, der inzwischen auf der Koppel gelandet war. »Idioten«, knurrte er. »Kommen her, machen Ärger.«

»Danke, Billy.« Sie wischte sich mit dem Taschentuch über das Gesicht und versuchte, den gröbsten Staub aus den Augen zu bekommen. »Ich weiß nicht, was ich ohne deine Hilfe getan hätte.«

»Kein Problem«, sagte er. »Sie zu Missus gehen. Braucht Sie, denke ich.«

»Komm, Hat«, schrie Rosa. »Ich werde diesen Knallköpfen die Meinung sagen.«

»Ich komme nach, wenn ich die Pferde versorgt habe«, rief Connor den beiden nach. »Und sei höflich, Rosa. Vergiss nicht, du bist eine Lady«, fügte er murmelnd hinzu.

»Den Teufel werde ich tun«, schrie Rosa zurück.

Auch Harriet hatte keine Lust auf höfliche Konversation. Die Idioten in diesem Hubschrauber hatten sie mit ihrem Lärm alle in Gefahr gebracht, und Harriets Zorn wuchs mit jedem Schritt.

Die Rotorblätter kreisten immer noch, und der Wind peitschte ihnen so heftig entgegen, dass sie am Rand der Koppel stehen bleiben mussten. Die Luke öffnete sich, und zwei Gestalten sprangen heraus. Vornübergebeugt rannten sie unter den Rotorblättern hindurch, und ihre Rucksäcke hüpften auf ihrem Rücken. »Anscheinend haben sie vor, ein Weilchen zu bleiben«, fauchte Rosa. »Was glauben sie, was das hier ist – ein verdammter Campingplatz?«

Harriets Antwort verlor sich im Dröhnen der Maschine. Der Hubschrauber stieg wieder auf und nahm Kurs auf die Berge. Harriet und Rosa wandten sich ab; ihr Haar flatterte, und der Wind riss sie fast um.

»Entschuldigung. Ich hoffe, niemand ist verletzt?«

Harriet und Rosa fuhren herum und funkelten den dunkelhaarigen Mann wütend an. »Sie haben mehr Glück als Verstand«, schrie Rosa ihm entgegen.

»Was zum Teufel haben Sie sich dabei gedacht, dieses verdammte Ding so dicht beim Haus und bei den Stallungen landen zu lassen? So etwas Dämliches, Ignorantes, Idiotisches, Gedankenloses...« Harriet verließen die Worte, als sie die Heiterkeit in den braunen Augen sah.

Die zweite Person drehte sich endlich um. »Ich habe diesem Idioten von Pilot gesagt, dass es keine gute Idee ist«, rief sie. »Aber wie alle Männer wusste er es besser.«

»Belinda!« Sie stürzten auf sie zu und umarmten sie beide gleichzeitig. »Was zum Teufel machst du denn hier?« Rosa wich zurück. »Du hast doch gesagt, du kannst nicht kommen.«

Belinda grinste und versuchte ihr Haar zu ordnen. »Weiß ich«, sagte sie betrübt. »Aber da hat sich etwas ergeben.«

»Was soll der Hubschrauber?«, fragte Harriet mit einem erbosten Seitenblick auf den Fremden. »Wer ist das?«

Der Mann streckte ihr die Hand entgegen. »Detective Inspector Tom Bradley. Tut mir leid, aber manchmal geht's mit Sam einfach durch.« Er grinste. »Glaubt wohl, er ist immer noch in Vietnam.«

Tom verlor sich in einem blauen Augenpaar. Er sah grüne und violette Tüpfelchen darin, die ihn an ein stürmisches Meer erinnerten. Die Sonne glänzte golden auf dichten Wimpern, und ein paar Sommersprossen betonten die Zartheit der Haut in diesem schönen, staubbedeckten Gesicht. Ihr langes Haar fiel in blonden Kaskaden auf die Schultern, und lockige Strähnen schlängelten sich liebkosend über ihre Wangen und küssten die Winkel des fein geschwungenen Mundes. Mehr als alles in der Welt wünschte er sich, er könnte eine solche goldene Strähne sein, wünschte sich, er könnte diese Augen immerfort anschauen und sehen, wie sie sich mit ihren Stimmungen veränderten. Ein schmerzhafter Rippenstoß brachte ihn in die Realität zurück. Er hatte von dem, was gerade gesagt worden war, kein Wort gehört. Er sah Belinda an, sah ihren amüsierten Blick und wurde rot, als er begriff, dass er die Hand der blonden Frau immer noch nicht losgelassen hatte. Er räusperte sich. »Tag«, sagte er. »Nennen Sie mich Tom.«

Ihre Hand war fest, ihr Händedruck beinahe schroff, und trotzdem lief eine Schockwelle durch seinen Körper. »Harriet«, sagte sie, ohne zu lächeln. »Das ist Rosa.«

Tom löste den Blick widerwillig von Harriet und schaute hinab in ein elfenhaftes Gesicht mit intelligenten Augen. »Nett, Sie kennen zu lernen«, sagte er gedehnt. »Entschuldigen Sie.« Es war interessant, mit der Frau, von der Belinda ihm so viel erzählt hatte, endlich ein Gesicht zu verbinden, aber so attraktiv sie auch war, mit Harriet war sie nicht zu vergleichen, und unwillkürlich warf er noch einmal einen Blick zu ihr hinüber, um ihr vielleicht noch einmal in die Augen schauen zu können.

»Ich wusste nicht, dass du einen Freund hast, Belinda.« Rosa versetzte ihrer Freundin einen Rippenstoß. »Du hast ihn uns verschwiegen. Was stimmt denn nicht mit ihm?«

Belinda raffte ihren Rucksack hoch und warf ihn über die Schulter. »Er ist nicht mein Freund. Er ist mein Boss.«

»Dein Boss?« Rosa und Harriet starrten ihn an. »Warum bringst du deinen Boss mit zu Mums Party?« Einen Moment lang herrschte verlegenes Schweigen. Dann sagte Rosa: »Das ist kein Freundschaftsbesuch, nicht wahr, Belinda?«

»Nein, nein«, schaltete Tom sich hastig ein. »Hören Sie, es ist nichts Dramatisches. Gibt keinen Grund, sich einen Knoten ins Hemd zu machen. Wir müssen nur mit Dame Catriona sprechen.«

»Warum?« Harriet starrte ihn wütend an.

»Darüber kann ich nur mit Dame Catriona selbst sprechen.« Sein flehentlicher Blick bat sie, seine Lage zu verstehen. »Mein Chef hielt es für eine gute Idee, wenn wir herkommen und mit ihr reden. Belinda ist hier, weil ich sie gebeten habe, mich zu begleiten.«

»Wie konntest du das tun, Belinda?« Rosa verschränkte die Arme und ging in Abwehrhaltung. »Warum hast du nicht wenigstens angerufen und uns vorgewarnt?«

»Das habe ich getan«, sagte Belinda. »Ich habe gestern Nachmittag mit Catriona gesprochen.«

»Davon hat sie uns nichts gesagt«, murmelte Harriet.

Tom hatte alle Mühe, sich auf seine Gedanken und auf die Situation zu konzentrieren. »Ich habe größten Respekt vor Catriona Summers«, sagte er mit fester Stimme. »Und ich habe absolut nicht die Absicht, hier irgendetwas hinterrücks zu tun. Sie müssen mir wirklich glauben, dass weder ich noch Belinda irgendetwas tun werden, was sie aufregen könnte. Aber ich habe eine Aufgabe zu erfüllen.«

Harriet sah, wie die Sonne Toms braune Augen golden aufleuchten ließ, und sie bemerkte die silbrigen Fäden im zerzausten Haar an seinen Schläfen. Sein fester Händedruck hatte einen kraftvollen Eindruck vermittelt. Er hatte seine Emotionen fest im

Griff, als er seine Sache vertrat. Tom Bradley hatte etwas an sich, das sie unendlich reizvoll fand, und obwohl sie ihn gerade erst kennen gelernt hatte, war sie zutiefst davon überzeugt, dass sie ihm vertrauen konnte.

»Das liegt bei Catriona«, sagte sie. Die braunen Augen sahen sie unverwandt an. »Aber als ihre Anwältinnen sind wir berechtigt, die ganze Zeit anwesend zu sein, wenn sie sich entschließt, mit Ihnen zu sprechen.«

Sein Gesicht erstrahlte in einem Lächeln, und sein Blick verriet Erleichterung. »Danke.«

»Danken Sie nicht mir.« Jetzt erwiderte Harriet sein Lächeln. »Catriona hat noch nicht zugestimmt, und niemand von uns hier hat die leiseste Ahnung, worum es geht.« Das war ein Wink mit dem Zaunpfahl, den die beiden Polizisten geflissentlich ignorierten.


Connors Knie brannte wie Feuer. In seiner Panik hatte das Pferd ihn getreten, und der Huf hatte die alte Narbe mit voller Wucht getroffen. Er humpelte zur Koppel hinüber, fest entschlossen, diese Trottel zur Rede zu stellen, die auf dem Hof ein solches Chaos angerichtet hatten. Den Mann konnte er deutlich sehen, aber die andere Person, eine Frau, stand im Schatten. Egal, dachte er wütend. Er würde ihnen gründlich die Meinung sagen und sie vom Hof jagen.

Er war bis auf ein paar Schritte an die kleine Gruppe am Rand der Koppel herangekommen, als die Frau aus dem Schatten des Mannes trat. Irgendwie kam sie ihm bekannt vor, aber er wusste, wenn er sie schon einmal gesehen hätte, würde er sie wieder erkennen. Sie war hinreißend. Aber das würde ihn nicht von seiner Absicht abbringen. »Ich bin hier der Verwalter«, brüllte er. »Und wenn ihr Scheißer das nächste Mal mit einem Hubschrauber auf meiner Koppel landet, verklage ich euch, dass euch Hören und Sehen vergeht.«

»Große Versprechungen. Tag, Connor. Wie geht's?«

Er blieb wie angewurzelt stehen. Diese Stimme war unverwechselbar. »Belinda?« Er glotzte die üppige Gestalt in der engen Jeans an, das hübsche Gesicht und die dunkle Lockenpracht.

»Hundert Punkte. Lange nicht gesehen, Con.« Sie lachte. »Vorsicht, Alter – oder willst du Fliegen fangen?«

Er klappte den Mund zu und lief puterrot an. Sie hatte ihm den Wind aus den Segeln genommen, und zwar gründlich. Aber er konnte den Blick nicht von ihr wenden. Das hier konnte doch unmöglich diese schreckliche, fette kleine Landplage sein, die wie eine Klette an ihm gehangen und ihm das Leben zur Hölle gemacht hatte?

»Du siehst auch nicht schlecht aus«, neckte sie ihn, als habe sie seine Gedanken gelesen.

»Sprach der Fuchs zum Kaninchen«, rief Catriona. Sie kam im Laufschritt heran und umarmte Belinda. »Wie schön, dich nach so langer Zeit wiederzusehen!«, flüsterte sie in den dichten Lockenschopf. Sie trat einen Schritt zurück und betrachtete Belinda. »Junge«, sagte sie, »kein Wunder, dass du Connor die Sprache verschlägst. Als ich dich das letzte Mal gesehen habe, hattest du Zöpfe und liefst im Overall durch die Gegend.«

Belinda sah ihr mit verstörender Aufrichtigkeit in die Augen. »Hör zu, Catriona«, begann sie. »Ich habe das alles nicht gewollt, aber ich hielt es für das Beste, mitzukommen und darauf zu achten, dass es dir gut geht.« Sie warf einen Blick zu Tom hinüber. »Tom und ich haben uns ein paar Tage Urlaub genommen. Die Sache ist also offiziell inoffiziell, wenn du verstehst, was ich meine. Und es tut mir leid, dass es im falschen Augenblick geschieht, ich hatte nicht an deinen Geburtstag gedacht.«

Catriona schüttelte den Kopf. »Keine Sorge, Kind. Ich weiß doch, dass ihr nichts dazu könnt.«

Connor begriff, dass es keinen Sinn hatte, kapieren zu wollen, was hier vorging. Belinda war offensichtlich in einer polizeilichen

Angelegenheit hier, aber was um alles in der Welt das mit Ma zu tun hatte, wusste er nicht. Sicher würde es ihm früher oder später jemand erklären. Er sah Belinda an, und ihre ausdrucksvollen Augen strahlten. Er merkte, dass er sie anlächelte. Es war leicht, diese erwachsene, hinreißende Belinda zu mögen, und er bewunderte ihren Stil. Dann sah er den schweren Rucksack und wollte ihn ihr abnehmen.

»Nein, geht schon«, sagte Belinda. »Das schaffe ich. Aber ein Bad könnte ich gebrauchen.« Sie verzog das Gesicht. »Ich hasse das Fliegen. Und Hubschrauber hasse ich noch mehr. Mir ist ziemlich flau, wenn du verstehst.«

Er sah sie noch genauer an und stellte fest, dass sie tatsächlich ein bisschen grün um den Mund war. »Komm mit ins Haus, du kannst dein altes Zimmer haben.«

»Danke«, brummte sie. Der schwere Rucksack hüpfte auf ihrem Rücken hin und her, als sie mit ihm zum Haus ging.

Rosa folgte ihrem Bruder und Belinda langsam über den Hof. Was zum Teufel ging hier vor? Mum wusste es offensichtlich, und sie würde sie sicher aufklären, wenn sie es für nötig hielt, aber es war frustrierend, nicht alle Fakten zu kennen, zumal da Harriet Bradley schon erzählt hatte, dass sie Catrionas Anwältinnen seien. Sie fuhr aus ihren Gedanken hoch, als sie merkte, dass der Polizist an ihrer Seite war. Sie warf einen Blick auf den klobigen Seesack, den er über der Schulter trug. »Bringen Sie den am besten in die Schlafbaracke. Wir haben hier keine freien Gästezimmer.«

Der scharfe Ton schien Tom nicht aus der Fassung zu bringen. »Ich habe ein Zelt mitgebracht«, antwortete er.

»Oh, sind Sie Pfadfinder?«, fragte sie verachtungsvoll.

»Allzeit bereit. Daran ist doch nichts auszusetzen«, konterte er.

Harriet schob sich zwischen die beiden. »Auszeit, Leute.« Sie schüttelte den Kopf. »Ihr hört euch an wie zwei Teenager. Wie wär's mit einer Tasse Tee, Rosa? Ich glaube, wir könnten alle eine gebrauchen.«

»Eine ausgezeichnete Idee«, sagte Catriona. »Und ich finde es sehr rücksichtsvoll von Ihnen, dass Sie sich Ihre Schlafgelegenheit mitgebracht haben, Tom.« Sie lächelte. »Aber es gibt genug freie Betten auf der Farm. Sie müssen es sich nicht unbequemer machen als nötig.«

»Keine Sorge«, sagte er. »Ich zelte gern, besonders hier draußen.«

»Wenn das so ist, zeig ihm, wo er sein Zelt aufstellen kann, Harriet. Am besten wahrscheinlich unter dem alten Coolibah.«

Harriet wollte wütend protestieren, aber Catriona brachte sie mit einem ebenso wütenden Blick zum Schweigen, und Harriet stapfte davon, auf den Coolibah zu, ohne sich umzusehen, ob Tom ihr folgte.

Catriona sah Rosa an. »Komm, lass uns Teewasser aufsetzen.«

»Was ist denn los?«, fragte Rosa. Sie musste schneller gehen, um Schritt zu halten. »Warum hast du uns nicht gesagt, dass Belinda kommt, und warum will die Polizei mit dir reden?«

Catriona lief die Verandatreppe hinauf und durch die Fliegentür. Wie immer forderte Archie lärmend sein Fressen. Sie löffelte die klebrige Katzennahrung aus der Dose in seinen Napf. »Vielleicht bin ich ein bisschen großzügig mit der Wahrheit umgegangen«, begann sie. »Aber es gibt eigentlich nichts, was euch Sorgen machen müsste.«

Rosa stemmte die Hände in die Hüften. »Wenn es nicht wichtig ist, gibt es keinen Grund, es uns nicht zu erzählen.«

Catriona setzte sich an den Küchentisch. Ihre Finger zupften an den Seiten einer alten Zeitung, die dort lag. »Ich weiß, du meinst es gut, Kind«, sagte sie seufzend. »Aber du brauchst mich nicht zu beschützen.«

Rosa verschränkte die Arme und machte ein finsteres Gesicht. Sie war verärgert und würde gleich zum zweiten Mal an diesem

Tag die Geduld verlieren. »Erklär mir einfach, was los ist!«, fauchte sie.

Catriona richtete sich auf und sah sie mit festem Blick an. »Ich werde allen alles erzählen, wenn ich es für richtig halte, Rosa. Einstweilen wirst du Nachsicht mit mir haben müssen.«

»Rosa meint es nicht ernst, wenn sie so giftig ist«, sagte Harriet, als sie mit Tom den Hof überquerte. »Aber Catriona ist für uns alle wie eine Mutter, und wir versuchen nur zu verstehen, was hier vorgeht.«

Tom sah nur ihr Profil, denn sie blickte starr geradeaus. Die sanft geschwungenen Konturen ihrer Wange und die Wölbung ihrer feinen Stirn erschienen ihm so verlockend, dass er beinahe vergaß, warum er hier war. Nur mit großer Mühe konnte er sich konzentrieren. »Das begreife ich«, sagte er. »Ich habe auch irgendwie das Gefühl, ich muss sie beschützen.«

Harriet blieb stehen und schob die Hände in die Hosentaschen. Sie sah ihn fragend an. »Warum?«

Er rückte den Seesack auf seiner Schulter zurecht. »Weil ich ihre Musik liebe«, sagte er aufrichtig. »Ihre Stimme war so rein, ihre Leidenschaft so tief – ich kriege jedes Mal Gänsehaut, wenn ich sie singen höre.«

Harriet zog eine Braue hoch, und ihre Augen funkelten humorvoll. »Sie überraschen mich«, sagte sie. »Ich hätte Sie nicht für einen Opernfan gehalten.«

»Nicht alle Polizisten sind Philister«, sagte er.

Sie wurde rot und schaute weg. »*Sorry.* Ich wollte nicht unhöflich sein.«

Er versuchte leichthin darüber wegzugehen; aber sie sollte sich kein falsches Bild von ihm machen. »Kein Problem. Es ist eine weit verbreitete Überzeugung, dass alle Cops Dumpfbacken sind.« Sie gingen weiter, und er erklärte ihr, warum er Catriona bewunderte. »Mein Dad war ein großer Fan. Er hatte alle ihre Schallplatten, und ich bin in einem Haus aufgewachsen, in dem dauernd Opern gespielt wurden. Rock 'n' Roll und Heavy Metal sind etwas für Partys, aber die Oper rührt alle Sinne an und verleiht der Phantasie Flügel.« Er wurde rot, als ihm klar wurde, dass er sich anhörte wie ein Trainspotter, und wechselte rasch das Thema. »Leben Sie hier draußen?«

Harriet schüttelte den Kopf. »Nein, ich lebe in Sydney. Aber hier ist mein zweites Zuhause. Auch wenn es Leute gibt, denen das nicht passt.«

Ihre Antwort machte ihn neugierig, und ihm war, als sehe er einen flüchtigen Schatten in diesen wunderschönen Augen, der den gleichmütigen Ton ihrer Worte Lügen strafte. Es wäre interessant, mehr in Erfahrung zu bringen. Aber dazu musste er ihr Vertrauen gewinnen.

Catriona hat einen guten Platz ausgesucht, dachte er, als er sein Zelt aufgestellt hatte. Es war nur ein kurzer Fußweg zum Kochhaus und zu den Duschen, und man brauchte nur den Hof zu überqueren, um zum Haus zu kommen. Das Zelt stand auf einer ebenen Fläche oberhalb einer Bachböschung im Schutz einiger Bäume, und es gab keine Spinnifex-Büschel, in denen sich Schlangen verstecken konnten. Ein perfekter Platz, um sich die Zeit mit einer Angelrute zu vertreiben. Wenn ich bloß daran gedacht hätte, eine mitzubringen, überlegte er bedauernd.

»Verdammt, du bist hier nicht im Urlaub«, brummte er. »Zum Angeln hast du gar keine Zeit.«

Aber auch wenn er aus dienstlichen Gründen hier war, erfüllte ihn eine friedvolle Ruhe. Es war viele Jahre her, dass er gezeltet hatte. Das letzte Mal war er mit seinen Söhnen in den Blue Mountains gewesen, aber die fühlten sich inzwischen zu erwachsen und zu kultiviert für solche Dinge und gingen lieber surfen. Er lächelte, als er sich erinnerte, wie er ein einziges Mal versucht hatte, auf einem solchen Brett über die Wellen zu reiten. Verdammt, er wäre beinahe ertrunken, und am Ende war er so steif vom Muskelkater gewesen, dass er eine Woche kaum hatte laufen können. Die Jungs hatten sich totgelacht und Witze über das Alter gerissen, und manche davon hatten ihn tief getroffen, wie er sich eingestehen musste. Aber Spaß hatte es trotzdem gemacht.

Er rollte seinen Schlafsack aus, sortierte die wenigen Kleidungsstücke, die er mitgebracht hatte, und legte die Akten zurecht, die er später brauchen würde. Er schloss den Reißverschluss des Ein-Mann-Zeltes, um die Krabbeltiere fern zu halten, die es für ein gutes Versteck halten könnten. Dann setzte er sich auf die alte Holzbank, die den Stamm des alten Coolibah-Baums umgab, und dachte an Harriet und an die erstaunliche Wirkung, die sie auf ihn ausübte.

In seinem Beruf musste er Realist sein – Zyniker, wie manche sogar sagen würden. Vermutlich war er auch einer. Man konnte nicht so viele Jahre in einer Welt der Verkommenheit und der Gewalt leben, ohne sich zu verändern. Was er dabei Tag für Tag zu sehen und zu hören bekam, wirkte wie ein steter Wassertropfen auf einem Stein, der alles Weiche allmählich wegwusch und nur die harten, spröden Kanten des Mannes übrig gelassen hatte, der er einmal gewesen war. Seiner Frau hatte dieser veränderte Tom nicht gefallen. Sie hatte ihn verlassen. Seine Kinder waren ihm fremd geworden und bevorzugten nun die Gesellschaft ihres Stiefvaters. Wie um alles in der Welt hatte er sich da so schnell und so heftig den Kopf verdrehen lassen können? Und wieso war er auch noch so glücklich darüber, so zuversichtlich, dass auch Harriet ihn attraktiv fand, auch wenn sie sich davon nichts anmerken ließ? Denn was, fragte er sich, kann eine so schöne und offenkundig intelligente Frau schon an mir finden?

Tom hob ein Steinchen auf und warf es in das klare Wasser, das über das Kiesbett gurgelte. Liebe auf den ersten Blick war ein Mythos; man las darüber in Frauenzeitschriften, aber ernst nehmen konnte man es nicht. Es war lächerlich, bei einer so flüchtigen Bekanntschaft ein so starkes Gefühl zu entwickeln, zumal wenn das Objekt dieses Gefühls ihn vermutlich als Bedrohung empfand.

Er versuchte, diese Gedanken beiseite zu schieben. Ich bin zu alt für solchen Unfug, ermahnte er sich streng. Aber es war nicht zu leugnen, dass ihn der Blitz getroffen hatte, als er das erste Mal in ihre Augen geschaut hatte. Er konnte das kribbelnde Glücksgefühl nicht ignorieren, das ihn durchströmt hatte, als er mit ihr gesprochen hatte – ebenso wenig wie das zwanghafte Bedürfnis, sie anzusehen. Wenn das nicht Liebe war, wusste er nicht, wie er es nennen sollte.

Er warf noch einen Stein ins Wasser. Die spritzenden Tropfen funkelten wie Diamanten in der Sonne. Die ganze Situation war lächerlich. Harriet war eine Frau, die ihm unter anderen Umständen nicht einmal die Uhrzeit gesagt hätte. Sie war schön, und sie war Anwältin, und offensichtlich hatte sie eine exklusive Ausbildung genossen und stammte aus einer reichen Familie. Alle Anzeichen sprachen dafür, und er hätte sie sehen müssen. Ihre Stimme, die Art, wie sie sich bewegte, sogar die saloppe Kleidung, die sie so selbstbewusst trug – das alles deutete auf eine Frau hin, die ganz entspannt mit sich selbst und mit ihrer Herkunft umging.

»Mist!« Er stand auf und schob die Hände in die Hosentaschen. Dennoch hatte er das Gefühl, dass zwischen ihnen etwas geschehen könnte. Er musste mehr über sie herausfinden. Sie hatte etwas in ihm zu neuem Leben erweckt, er fühlte sich wohl mit sich selbst, und er wusste ohne jeden Zweifel, dass es sich lohnte, sich weiter für sie zu interessieren.


»Dieser Polizist hat ein Auge auf dich geworfen«, kicherte Rosa, während sie Tee kochten.

»Sei nicht albern!«, gab Harriet zurück. »Er bildet sich ein, wenn er mit mir flirtet, kommt er leichter an Catriona heran.« Sie hatte Kuchen gefunden und legte ihn auf eine Platte.

»Langsam, Hat! Meinst du nicht, er könnte mit dir flirten, weil er dich mag?« Ihre dunklen Augen funkelten vergnügt, als sie Harriet von Kopf bis Fuß musterte. »Du siehst ja nicht ganz übel aus, weißt du.«

Harriet schlug mit einem Geschirrtuch nach ihr. »Nur keinen Neid.« Sie lachte. »Wir können nicht alle eine Haut haben, die niemals braun wird und sich beim ersten Sonnenstrahl abschält. Und was das Haar betrifft, vergiss nicht: Blondinen werden niemals grau, sie verblassen nur mit Anstand.«

»Zum Teufel mit dem Anstand«, erwiderte Rosa. »Grau ist keine Farbe, mit der ich mich jemals anfreunden werde. Dafür gibt's schließlich Tönungsmittel. Aber du weichst mir aus, Hattie. Der Mann mag dich, und ich habe das Gefühl, dass er dir auch gefällt. Also, was hast du vor?«

»Gar nichts«, sagte Harriet.

»Was habt ihr beide da zu tuscheln?« Catriona kam herein und fing an, mit Geschirr zu klappern. »Man könnte meinen, ihr wäret zwei Teenager, wenn man euch so hört.«

»Wir haben nur darüber gesprochen, wie weit manche Leute zu gehen bereit sind, nur um ihren Kopf durchzusetzen«, sagte Harriet.

Rosa deckte den Teetisch. »Mit dem Hubschrauber ist die Romantik auf *Belvedere* eingezogen«, sagte sie genüsslich. »Harriet hat einen Bewunderer. Ich bin so gespannt, wie es weitergeht.« Sie verdrehte die Augen und wedelte dramatisch mit den Händen. »Wird sie sich ergeben und in seine starken Arme sinken? Oder wird sie ihn meiden, bis er sich schließlich mit eingeklemmtem Schwanz zurück nach Brisbane trollt?« Sie lächelte schelmisch. »Fortsetzung folgt.«

Catriona schnaubte. »Freut mich, dass ihr unter diesen Umständen etwas zu kichern habt. Aber es ist kein Spiel, verdammt, Rosa.«

Betreten stürzten die beiden Mädchen auf sie zu und nahmen

sie in den Arm. »Wir wollten uns nicht über die Situation lustig machen«, stammelte Harriet. »Aber es macht uns nervös, dass du uns nicht sagen willst, was los ist. Und ich finde es ziemlich frech, dass Belinda hier einfach so aufkreuzt.«

Catriona schüttelte den Kopf. »Belinda und ich haben lange miteinander telefoniert«, sagte sie. »Sie tut nur ihre Arbeit, also gib ihr nicht die Schuld an allem.« Sie lächelte, aber es war ein müdes Lächeln, das ihre Augen nicht erreichte. »Es ist mein Schlamassel, und ich werde ihn in Ordnung bringen, keine Sorge.«

Catriona war mit den Vorbereitungen für das Abendessen beschäftigt. Wahrscheinlich wäre es einfacher gewesen, von Cookie etwas herüberbringen zu lassen, aber sie wollte keine weiteren Verwicklungen riskieren. Die Männer hatten die Polizisten gesehen, und ohne Zweifel machten wilde Gerüchte die Runde. Ein einziges unbedachtes Wort würde genügen, um den Klatsch anzuheizen, und sie hatte ohne diese Art von Unruhe genug zu tun.

»Wie geht's?« Belinda kam aus dem Gästezimmer und umarmte Catriona. »Junge, es ist schön, wieder hier zu sein. Tut mir nur leid, dass es unter solchen Umständen geschehen muss.«

Catriona lächelte warmherzig. »Hast du deinen Eltern schon gesagt, dass du hier bist? Pat würde sich freuen, dich zu sehen.«

Belinda schob die Hände in die Taschen ihrer engen Jeans. »Vielleicht schaffe ich es, sie zu besuchen, bevor ich zurückfliege«, sagte sie. »Kann sein, dass ich sogar ein Weilchen dableibe und Zeit für meine Brüder habe.«

Connor kam herein, warf Tom einen finsteren Blick zu und setzte sich an den Tisch. Catriona sah, dass er zu Belinda hinüberschaute. Zumindest nimmt er jetzt Notiz von ihr, dachte sie lächelnd. Aber es wäre auch schwer, sie zu übersehen.

»Würde mir bitte jemand sagen, was hier los ist?«, fragte Connor ungeduldig.

»Alles zu seiner Zeit«, sagte Catriona. »Wir wollen jetzt zu

Abend essen.« Sie überhörte seinen Protest, setzte sich ans Kopfende des Tisches und wandte sich an Tom. »Belinda ist die Tochter von Freunden, die eine Farm in der Nähe haben. Als wir uns kennen lernten, war sie ein dickes kleines Schulmädchen mit Zöpfen. Sie war ein richtiger Wildfang, ständig unterwegs, und hat mit Rosa lauter Dummheiten gemacht.« Lächelnd sah sie Belinda an. »Seitdem hast du dich wirklich verändert. Genau genommen« – sie sah sich am Tisch um – »habt ihr das alle.«

Belinda schüttelte sich die Locken aus dem Gesicht und lachte. »Gott sei Dank! Zöpfe und Akne würden mir heute wohl nicht mehr stehen.«

Der Grund für ihre Anwesenheit dämpfte Catrionas Wiedersehensfreude ein wenig. »Ich habe nie verstanden, warum du zur Polizei gegangen bist«, sagte sie.

»Es ist eine Herausforderung, und zwar eine, die mir großenteils Spaß macht«, sagte Belinda. »Aber ich vermisse die Farm und das weite, offene Land hier draußen manchmal.« Sie sah Tom an, der bisher noch kein Wort gesagt hatte, sondern nur dasaß und Harriet anhimmelte. »Aber es ist eine Männerwelt, kein Zweifel, und es ist ein Glück, dass ich mit älteren Brüdern und Viehtreibern aufgewachsen bin. Das hat mich abgehärtet, und dass ich von Anfang an eine dicke Haut hatte, hat mir geholfen, mich gegen die chauvinistischen Attitüden meiner männlichen Kollegen durchzusetzen.«

»Ich bin kein Chauvinist«, plusterte Tom sich auf. »Das ist unfair, Belinda, und das weißt du.«

Sie lächelte ihn amüsiert an. »Habe ich dich persönlich beschuldigt?« Sie sah Rosa an, die sich jetzt auch an den Tisch gesetzt hatte. »Sind sie nicht alle gleich? Ein Ego, so zerbrechlich wie ein Ei. Die leiseste Andeutung von Kritik, und sie schmeißen ihre Spielsachen aus dem Kinderwagen.«

»Da hast du Recht«, sagte Rosa. »Aber wenn du glaubst, Cops sind schlimm, solltest du mal versuchen, bei uns zu arbeiten. Anwälte sind die Schlimmsten.« Sie gab Connor einen Rippenstoß. »Und Brüder sind nicht viel besser.«

Connor wurde rot und wechselte einen mitfühlenden Blick mit Tom. »Schwestern können einem aber auch auf die Nerven gehen«, sagte er. »Und wenn man einer Frau etwas zu tun gibt, bricht sie sich einen Nagel ab und muss eine Woche liegen, um über das Trauma hinwegzukommen.«

Daraufhin erhob sich ein Chor von protestierenden Stimmen, und Rosa schlug ihrem Bruder so heftig auf den Arm, dass er zusammenzuckte.

Catriona amüsierte sich trotz der Gründe, die hinter dieser Zusammenkunft standen. Es war Jahre her, dass sie so viele junge Leute an ihrem Tisch gehabt hatte, und es erinnerte sie an die alten Zeiten, als Rosa und Connor ihre Schulfreunde mit nach Hause gebracht hatten. Sie hörte ihnen zu und war froh, dass in dem alten Haus wieder so viel Ausgelassenheit herrschte.

Als Messer und Gabeln klapperten und der Lärm anschwoll, erkannte sie plötzlich, wie einsam sie trotz aller Verbindungen zur Außenwelt geworden war. Ihr Leben stagnierte, und zum ersten Mal seit vielen Jahren sehnte sie sich nach den alten Zeiten, da sie durch die ganze Welt gereist war, neue Leute kennen gelernt und immer andere Städte und andere Opernhäuser erlebt hatte. Es waren schwindelerregende Zeiten, dachte sie – aber nie hatten sie ihr die tiefe Zufriedenheit gebracht, die das Leben auf *Belvedere* mit sich brachte.

Die Stimmen wurden lauter und die Gesichter röter, als die Diskussion am Tisch ihren Lauf nahm. Widerstrebend entschied sie, die Bremse zu ziehen, und um ein bisschen Ordnung in die Debatte zu bringen, klopfte sie mit ihrem Löffel an den Teller. »Ruhe!«, rief sie und schüttelte in gespielter Missbilligung den Kopf. »Ich weiß nicht, ihr jungen Leute tut so, als wäret ihr die erste Generation, die auf eigenen Füßen steht.«

»Die gläserne Decke verschwindet«, sagte Harriet und reichte den Pudding herum. »Wir arbeiten für das gleiche Geld und haben die gleichen Rechte wie die Männer. Das hat noch keine Generation von Frauen vor uns gehabt.«

Catriona sah die drei an – so jung und naiv trotz aller Schulbildung, und sie beschloss, ihre eigenen Regeln zu übertreten und die Diskussion weiterzutreiben. »Die Generation meiner Mutter war emanzipiert, wahrscheinlich weit mehr, als ihr es jemals sein werdet.« Sie hob die Hand, um die Proteste gegen diese Äußerung zum Schweigen zu bringen. »Mit siebzehn ging sie von zu Hause weg, sie heiratete und zog auf die andere Seite der Welt, noch ehe sie achtzehn war. Sie war voller Abenteuerlust, voller Sehnsucht danach, Dinge zu sehen, die noch sehr wenige Menschen gesehen hatten. Sie war ein Eckpfeiler unserer fahrenden Truppe. Sie übernahm jede Aufgabe, die erledigt werden musste. Sie fuhr den Wagen, sie hackte Holz, sie ging fischen und stellte Fallen auf. Ihr Heim war ein Pferdewagen, ihr Bett ein Haufen Decken, aber das hat sie nicht daran gehindert, mich großzuziehen und ihre Ambitionen als Sängerin zu verfolgen. Wenn das nicht emanzipiert ist, weiß ich nicht, wie ihr es nennen wollt.«

Catriona holte Luft und schaute triumphierend in die Runde. Darauf würden sie nichts zu erwidern wissen.

»Das war eine andere Art von Emanzipation, Mum«, sagte Rosa. »Wenn sie versucht hätte, Arbeit zu finden, richtige Arbeit, dann hätte sie bald festgestellt, dass ihr Lohn geringer wäre als der eines Mannes und dass sie keine Chance gehabt hätte voranzukommen. Frauen konnten weder Rechtsanwältinnen noch Ärztinnen werden; diese Berufe waren ihnen versperrt. Du redest von einem finsteren Zeitalter, in dem Frauen einfach zu Hause bleiben und Kinder kriegen mussten. Deine Mutter war eine Ausnahme.«

Catriona musste sich auf die Wange beißen, um nicht zu lachen. Typisch Rosa – sie fand immer ein plausibles Gegenargument.

»Erzähl uns von den alten Zeiten, Catriona«, sagte Belinda in das Schweigen hinein.

»Warum?« Catriona war sofort auf der Hut. Dies war weder der Ort noch die Zeit, um über den Mord an Kane zu reden.

Belinda lachte. »Weil es mich interessiert, und weil es eine Ewigkeit her ist, dass du uns eine deiner Geschichten erzählt hast.«

Catriona schaute in die Runde. Rosa und Harriet beugten sich erwartungsvoll vor. Der arme Connor sah verwirrt aus. Tom Bradley hatte es geschafft, den Blick von Harriet loszureißen; er lehnte sich zurück und verschränkte die Arme. Trotz seiner entspannten Haltung sah Catriona, dass er hellwach war, und sie erkannte, dass Detective Inspector Tom Bradley immer im Dienst war.

Sie schaute wieder Belinda an. In ihrem hübschen Gesicht lag keine Arglist. »Warum nicht – aber es ist eine Geschichte, die ich euch schon oft erzählt habe. Hoffentlich langweilt ihr euch nicht.«

VIERUNDZWANZIG

*C*onnor war genauso fasziniert wie die anderen, aber er merkte, dass Ma allmählich müde wurde. Er warf einen Blick aus dem Fenster und sah auf die Uhr. »Du erzählst jetzt seit über einer Stunde, Ma«, sagte er. »Es ist schon dunkel, und du brauchst deine Ruhe.«

»Du liebe Güte!« Sie lächelte. »Muss ich wirklich?« Die Frage klang bedauernd; offenbar hatte sie noch keine Lust, mit dem Geschichtenerzählen aufzuhören.

»Es ist spät«, erklärte er und warf Tom einen wütenden Blick zu. »Unsere Gäste möchten dich sicher nicht länger aufhalten. Was immer sie hergeführt hat – es hat sicher Zeit bis morgen.«

Die Anspannung war fast mit Händen zu greifen, und die behagliche Atmosphäre verflog, als alle sich daran erinnerten, warum sie hier waren. »Belinda weiß, wo ihr Zimmer ist«, sagte Catriona, um die Luft zu reinigen. »Aber da die Mädchen sich wahrscheinlich noch eine Menge zu erzählen haben, würde sie vielleicht lieber bei den beiden schlafen?«

Harriet sah Belinda mit frostigem Lächeln an. »Vielleicht möchte Belinda in Anbetracht der Umstände lieber nicht über alte Zeiten plaudern?«

Connor fragte sich, worauf sie anspielte. Er überlegte, ob er die Situation auflockern sollte, aber dann ließ er es bleiben. Belinda war durchaus in der Lage, selbst mit Harriet fertig zu werden; sie hatten jahrelang miteinander geplänkelt.

»O doch«, sagte Belinda fröhlich. »Es ist Jahre her, dass wir Gelegenheit hatten, miteinander zu schwatzen. Ich freue mich darauf.« Sie lächelte honigsüß und schaute Harriet herausfordernd an. »Ich bin dabei, wenn ihr es auch seid.«

Harriet räumte mit zusammengebissenen Zähnen das Geschirr ab. »Das hier ist kein Wettkampf«, sagte sie. »Ich wollte dir einfach Gelegenheit geben, dich mit Anstand aus der Affäre zu ziehen.«

»Dafür bin ich sehr dankbar«, sagte Belinda mit schmalem Lächeln.

Connor runzelte die Stirn. Frauen waren ein Rätsel, ihre Gedankengänge unerklärlich. Warum so viel Frostigkeit, wenn es doch viel einfacher wäre zu sagen, was sie meinten, und die Atmosphäre zu reinigen?

Catriona lachte leise. »Ich sperre zu gern Katzen und Tauben zusammen«, sagte sie. »Das Leben ist dann viel interessanter.«

»Das hängt davon ab, wer die Katze ist.« Klappernd stellte Harriet die Teller in die Spüle.

Connor hatte Mühe, nicht zu lachen. Belinda hatte es immer verstanden, Harriet aufzuziehen, und Harriet war ihr auch jetzt wieder sofort auf den Leim gegangen. Aber die Reibereien zwischen den beiden Mädchen beunruhigten ihn trotzdem. Für diese kindischen Zankereien waren sie inzwischen zu erwachsen.

»Lass das alles stehen«, befahl Catriona und winkte ab. »Ein paar schmutzige Teller stören niemanden. Du möchtest jetzt sicher lieber Bettwäsche für Belinda herauslegen und ihr helfen, sich einzurichten.« Sie lächelte Harriet betörend an und wandte sich dann an Tom. »Bitte machen Sie drüben beim Coolibah kein Feuer«, sagte sie. »Es ist mein Lieblingsplatz, und ich möchte nicht, dass er verdorben wird.« Sie seufzte. »Ich habe immer so gern draußen unter den Sternen geschlafen. Ich beneide Sie.«

»Dabei fällt mir ein«, sagte Connor, »ich habe heute mit Billy Birdsong gesprochen, und er möchte heute Abend mit uns allen hinausgehen.«

»Klingt geheimnisvoll«, sagte Tom.

»Ist es auch«, sagte Harriet; ihre missmutige Stimmung war verflogen, und sie lächelte strahlend. »Es ist eins der erstaunlichsten Dinge, die Sie je erleben werden. Glauben Sie mir.«

Connor grinste. »Lust auf ein Abenteuer?«, fragte er Tom herausfordernd.

Tom nickte wachsam.

»Wir werden ziemlich weit reiten, und unsere Pferde sind nicht leicht zu handhaben.« Er sah Belinda an. »Kannst du noch reiten?«

»Ist ein Entenarsch wasserdicht?«, gab sie zurück. »Ich wette, ich reite dir noch jederzeit davon.«

Connor sah ihr in die Augen. »Daran zweifle ich nicht«, sagte er leise. Seine Bewunderung für diese junge Frau nahm trotz der Gründe für ihren Besuch immer mehr zu. »Und Sie, Bradley?«

Tom wurde rot und schaute auf seine Stiefel. »Hab's nie gemusst, wissen Sie. Die Großstadt ist eigentlich nicht der Ort dafür.« Er hob den Kopf. Fünf Augenpaare starrten ihn entsetzt und erstaunt an.

»Was denn?« Er fuhr auf. »Man könnte meinen, ich hätte ein schreckliches Verbrechen begangen. Ich kann nicht reiten – na und?«

»Dann können Sie nicht mitkommen. *Sorry.*«

Tom biss die Zähne zusammen, und der kleine Muskel an seiner Wange wölbte sich hervor. »Sie könnten mir einen Wagen leihen, und ich fahre hinter Ihnen her.«

Connor schüttelte den Kopf. »Wir begeben uns auf heiliges Land. Da sind Maschinen nicht erlaubt.«

Tom gab sich geschlagen. Er warf einen kurzen Blick zu Harriet hinüber. Sie hatte zumindest den Anstand, bei diesem kurzen Wortwechsel ein verlegenes Gesicht zu machen, und es munterte ihn auf, dass sie ihn anscheinend nicht für völlig wertlos hielt. Er beschloss, eigene Pläne zu schmieden. »Wie sieht's hier mit dem

Nachtangeln aus?«, fragte er. »Kann mir jemand eine Rute leihen – oder ist das auch verboten?«

Connor senkte betreten den Blick. »Nein, ganz und gar nicht«, murmelte er. »Cookie hat genug Angelzeug, um damit einen Laden aufzumachen. Er wird Ihnen sicher etwas borgen.«

»Gut, dann wäre alles geklärt.« Catriona schob den Kater von ihrem Schoß und stand auf. »Ich komme diesmal nicht mit. Es war ein langer Tag, und ich muss morgen für die Vernehmung frisch und ausgeruht sein.«

Tom sah, wie zärtlich Harriet, Rosa und Connor ihr Gute Nacht sagten, und trotz Belinda hatte er das schmerzliche Gefühl, ein Außenseiter zu sein. Es war lange her, dass er jemandem einen Gutenachtkuss gegeben hatte, und nach diesem Abend mit Catriona erinnerte er sich daran, wie sehr er seine eigene Mutter geliebt hatte und wie sehr er sie immer noch vermisste.

Sie traten hinaus in den Mondschein, und er ging langsamer, bis er und Belinda allein waren. Die anderen nahmen Kurs auf den Corral. »Was genau werden sie da draußen tun?«, fragte er sie.

Belinda erzählte ihm von Billys magischer Reise zur Milchstraße. »Ich habe das schon oft mitgemacht«, sagte sie schließlich. »Es ist wirklich ein wunderbares Erlebnis. Schade, dass du nicht reiten kannst, Tom. Dir entgeht etwas.«

»Sieh dich vor da draußen«, sagte er leise. »Harriet hat ihre Krallen noch nicht eingefahren, und sogar Connor ist in Abwehrhaltung.«

Belinda lachte und strich sich das Haar aus den Augen. »Ich gehe nur mit, weil Harriet es nicht möchte«, sagte sie. »Und weil ich Gelegenheit habe, mit dem Mann zusammen zu sein, den ich schon als Kind angebetet habe. Viel Spaß beim Angeln.«

Catriona war müde, aber ihre Gedanken waren noch zu sehr aufgewühlt, um zu schlafen. Sie zog den alten Pelzmantel über ihr Nachthemd und tappte barfuß hinaus auf die Veranda. Der Mond schwebte am wolkenlosen Himmel inmitten von Millionen Sternen; je länger sie sie betrachtete, desto besser konnte sie erkennen, dass manche blau waren, andere rot und wieder andere eisig weiß glitzerten. Das hatte sie als Kind gelernt, und irgendwann hatte sie auch gewusst, warum es so war, aber im Laufe der Jahre hatte sie es wieder vergessen, und jetzt war es nicht mehr wichtig.

Sie seufzte. Die Aborigines hatten ihre eigene Überlieferung über die Schöpfung und die Sterne, und sie beneidete die jungen Leute um das, was sie erleben würden. Sie bereute fast, dass sie nicht mitgeritten war. Es war eine ganze Weile her, dass sie mit Billy Birdsong zu den heiligen Hügeln hinausgeritten war und die Milchstraße berührt hatte.

Fröstelnd zog sie sich den Pelz fester um die Schultern. Es war eine kühle Nacht, aber das hatte nichts zu tun mit den eisigen Vorahnungen, die sie überkamen. Billy wusste Dinge, die weit über das Verständnis des modernen Weißen hinausgingen. Er sah Zeichen im Wind, hörte die Stimmen von der anderen Seite und spürte die Lockung des Gesangs, der sie irgendwann alle zur letzten Ruhe rief. Als sie so in der nächtlichen Stille stand, war ihr, als höre auch sie dieses leise Wispern, als spüre sie, wie die Geister näher kamen, flüchtige Schatten, die auf den Weiden und unter den Bäumen Versteck spielten.

Sie lächelte über ihre eigene Torheit. Die Stimmen, die sie hörte, kamen von zwei Männern drüben am Fluss. Zweifellos langweilte Tom sich zu Tode, während Cookie sich mit seinen Angelkünsten brüstete; hoffentlich würde er Geduld aufbringen. »Der arme alte Cookie«, sagte sie leise. »Hat nicht oft Gelegenheit, seine Angelleidenschaft mit jemandem zu teilen.«

Das Licht der Laterne tanzte umher, als die beiden Männer sich am Ufer hin und her bewegten. Catriona fühlte sich an ihre Kinderzeit erinnert. Wie lange das her war, wie weit entfernt und unpersönlich diese Erinnerungen geworden waren – als wäre das alles einem anderen Kind passiert, einer anderen Catriona.

Das schrille Klingeln des Telefons riss sie aus den Gedanken. »Wer zum Teufel ruft denn um diese Zeit noch an?«, brummte sie und lief zurück ins Haus. Die Fliegentür fiel klappernd hinter ihr zu. »Was wollen Sie?«, blaffte sie in den Hörer.

»Spreche ich mit Dame Catriona Summers?« Die Männerstimme klang zielstrebig, und sie kannte sie nicht.

Catriona war sofort auf der Hut. »Wer ist da?«, fragte sie fordernd.

»Mein Name ist Martin French, und ich habe wichtige Informationen für Dame Catriona.«

»Nie von Ihnen gehört«, gab sie zurück. »Und ich lasse mich so spät abends nicht gern stören.«

»Ich rufe Sie an, weil ich Sie um einen Kommentar zu einem Artikel bitten möchte, der morgen im *Australian* erscheinen wird.«

Die dunklen Vorahnungen kehrten zurück. Sie umklammerte den Hörer. »Reden Sie weiter«, sagte sie in entschlossenem Ton.

»Wir haben erfahren, dass Detective Inspector Tom Bradley in einem Mordfall ermittelt.« Er machte eine Pause. Catriona wusste nicht, ob er die Wirkung seiner Worte vergrößern wollte oder ob er nach einer richtigen Formulierung suchte, aber er hatte einen Nerv getroffen. Ihr Puls raste, und ihre Knie zitterten so sehr, dass sie sich einen Stuhl heranziehen musste, um sich zu setzen. Er sprach weiter. »Wenn wir recht informiert sind, haben Sie einmal in Atherton gelebt, wo jetzt der Ermordete gefunden wurde, und Sie helfen DI Bradley bei seinen Ermittlungen. Möchten Sie sich dazu äußern?«

Catriona biss die Zähne zusammen, und sie atmete ein paar Mal tief durch, um den aufsteigenden Zorn zu zügeln. »Woher haben Sie diese angeblichen Informationen?«

»Wir können unsere Quellen nicht offen legen, Dame Catriona«, war seine geschmeidige Antwort. »Aber ich gebe Ihnen Gelegenheit, die Sache aufzuklären und Ihre Seite der Geschichte darzustellen.«

Catriona warf den Hörer auf die Gabel. Sofort klingelte das Telefon wieder. Sie riss den Stecker aus der Dose, und am liebsten hätte sie das infernalische Ding gegen die Wand geschleudert. »Wie *können* sie es wagen?«, murmelte sie.

Eine Weile blieb sie sitzen, und ihre Gedanken überschlugen sich. Die Vermutung, jemand aus ihrer Familie könne dahinterstecken, verwarf sie auf der Stelle, denn keiner von ihnen wusste, warum Tom hier war. Aber die Polizei wusste es. Also musste dort die undichte Stelle sein. Bei dem bloßen Gedanken, es könnte Belinda gewesen sein, krampfte sich ihr Herz zusammen. Sie konnte sich nicht vorstellen, dass Belinda sie nach so vielen Jahren auf diese Weise verraten würde. Damit blieb Bradley. Sie war bereit gewesen, ihm zu vertrauen, hatte sogar angefangen, ihn zu mögen. Aber anscheinend hatte die Verlockung einer großen Geldprämie von der Zeitung ihn oder jemanden in seiner Umgebung korrumpiert, wie es immer wieder geschah.

Sie schob den Stuhl zurück und zog den Pelzmantel fester über ihrem Nachthemd zusammen. Unten am Fluss leuchtete noch immer die Laterne. Tom Bradley würde Dame Catriona Summers jetzt von einer ganz anderen Seite kennen lernen.

Cookie war vor einer halben Stunde gegangen, und Tom genoss noch ein paar Minuten der Stille, bevor er sich schlafen legte. Der massige Koch war unterhaltsam gewesen; sie hatten ein paar Dosen Bier zusammen getrunken, Anglergeschichten erzählt und davon gesprochen, vielleicht zu einem See in der Nähe zu fahren, wo der Koch ein Boot liegen hatte und das Wasser tief war.

Große Beute hatten sie nicht gemacht, nur ein paar Fischchen, die sie wieder zurückgeworfen hatten. Aber es genügte ihm, mit einer Angelrute am Wasser zu sitzen, um sich zu entspannen. Tom war angenehm schläfrig und freute sich auf die Nacht im

Zelt, als ein Geräusch ihn zusammenschrecken ließ. »Wer ist da?«, fragte er in scharfem Ton und spähte in die Dunkelheit jenseits des Laternenlichts.

»Ich bin's.« Catriona kam heranmarschiert und blieb im Lichtkreis stehen, die Arme vor dem dicken Pelzmantel fest verschränkt.

Tom sah zu ihr auf. Ihre Erregung war fast mit Händen zu greifen. »Was hat Sie denn so in Rage gebracht, Dame Catriona?«

Sie funkelte mit zornigem Gesicht auf ihn herab. »Sie«, antwortete sie knapp.

Er war erschrocken. »Wieso? Womit?«, stammelte er.

»Ich mag keine Lügner«, fauchte sie.

Das war ein Schock. Erbost stand er auf, und jetzt überragte er sie. Niemand, nicht einmal eine Dame, nannte ihn so einfach einen Lügner. »Sie haben hoffentlich einen guten Grund, mich so zu nennen«, sagte er leise.

Ihr Blick war voller Verachtung. »Sie haben mir versprochen, diskret zu sein. Sie haben mir versprochen, dass alles, was ich Ihnen sage, unter uns bleibt. Nur aus diesem Grund war ich damit einverstanden, dass Sie herkommen.«

»Ja«, sagte er. »Und zu diesem Versprechen stehe ich auch.«

»Lügner!«, wiederholte sie, und ihre Stimme troff von Abscheu.

Tom bohrte die Hände in die Hosentaschen, um das Zittern zu unterdrücken. Sie brauchte nicht zu sehen, wie ihre Beschuldigung auf ihn wirkte. Aufgebracht suchte er nach irgendeinem Hinweis, der ein wenig Licht in diesen außergewöhnlichen Überfall bringen könnte. »Was hat das zu bedeuten?«, fragte er schließlich.

Sie berichtete ihm von dem Anruf des Reporters. »So viel also dazu, dass Sie meinen Namen aus der Presse heraushalten. So viel zu Ihren Versprechungen.« Herausfordernd schaute sie ihn an. »Seine Informationen waren so detailliert, dass sie nur von Ihnen oder von jemandem in Ihrer Nähe stammen können. Was haben Sie dazu zu sagen, Mr Detective Inspector?«

Tom war zwar erleichtert, weil er jetzt den Grund für ihren Zorn kannte, aber dafür packte ihn die Wut über den heimtückischen Verrat an dieser Frau, die er schon so lange bewunderte. »Von mir ist es nicht gekommen«, sagte er mit fester Stimme. »Ich gebe Ihnen mein Wort.«

»Beweisen Sie's mir«, konterte sie. »Andernfalls machen Sie, dass Sie von hier verschwinden.«

Tom ballte die Fäuste. So etwas konnte er jetzt nicht gebrauchen. Catriona hatte angefangen, ihm zu vertrauen; sie hatte sich sogar so weit geöffnet, dass sie ihm etwas von ihrer Kindheit erzählt hatte. Wer zum Teufel war da zur Presse gelaufen – und warum? Was hatte er sich davon versprochen? Erregt fuhr er sich mit den Fingern durch das Haar. Gott, was für ein Schlamassel!

Catriona starrte ihn noch immer wütend an, und der Abscheu in ihrem Blick bereitete ihm Unbehagen. Junge, dachte er. Wenn Blicke töten könnten, wäre ich jetzt mausetot. Die ganze Szene war eine Farce, aber wenn er jetzt versuchen wollte, leichthin darüber hinwegzugehen, würde er damit jede Hoffnung zunichte machen, die Wahrheit aus Catriona herauszuholen. Irgendwie musste er ihr beweisen, dass er nichts damit zu tun hatte. Sie musterten einander, und seine Gedanken überschlugen sich.

Die Familienmitglieder konnte er ausschließen. Damit blieb Wolff als wahrscheinlichster Kandidat. Sein Mund wurde zu einer harten, dünnen Linie. Wolff lebte gern am Rande der Legalität; er genoss die Schmiergelder und sonstigen Vorzüge, die es mit sich brachte, wenn man hier und da ein Auge zudrückte. Außerdem hatte er einen kostspieligen Lebensstil und eine Vorliebe für das Spielcasino. Wahrscheinlich zahlte die Zeitung ein hohes Honorar für eine solche Geschichte. Und mit eisiger Klarheit fielen ihm plötzlich die Schlüssel ein. Er hatte sie auf dem Schreibtisch liegen lassen, sie waren unter dem Papierkram verschwunden, und dann hatte er sie schließlich in einer Schublade wiedergefunden. Er hatte sich gewundert, aber jetzt war die Sache klar. Wolff hatte die Schlüssel genommen, hatte die Schublade aufgeschlossen und die Akte gelesen. Er hatte seine Drohung wahr gemacht, ihm alles heimzuzahlen und ihn in Schwierigkeiten zu bringen.

»Ich muss telefonieren«, sagte er knapp. »Gehen Sie schlafen. Ich sage Ihnen morgen, was ich herausgefunden habe.«

»So einfach kommen Sie mir nicht davon«, antwortete sie entschieden. »Ich bleibe an Ihrer Seite, bis die Angelegenheit geklärt ist.«

Tom sah sie an – frustriert und zugleich voller Zuneigung. Sie war ein harter Brocken und ziemlich beeindruckend in ihrem Zorn. Aber unter diesem Zorn sah er ihre Angst, und er spürte das starke Bedürfnis, sie zu beschützen. Zusammen gingen sie zum Haus, und er griff zum Telefon. Er hatte einen Freund in der Sportredaktion des *Australian*, der ihm einen Gefallen schuldete. Er brauchte vier Telefonate, um ihn aufzustöbern; dann sprach er eine halbe Stunde mit ihm und legte auf. »Er muss ein paar Leute anrufen«, erklärte er. Catriona schaute ihn immer noch finster an. »Er hat mir versprochen, sich zu melden, sobald er kann, aber es kann ein Weilchen dauern.«

Catriona senkte den Kopf, und ihr Zorn entwich in einem langen Seufzer.

»Ich finde wirklich, Sie sollten jetzt ins Bett gehen«, sagte er mitfühlend. »Heute Nacht wird sich nichts mehr klären.«

»Was Sie finden, interessiert mich nicht«, erwiderte sie. »Wenn ich Lust habe, die ganze Nacht in Pelzmantel und Gummistiefeln aufzubleiben, dann werde ich das tun.«

Darauf gab es nichts zu antworten. Tom sah sie frustriert an. Warum glaubten Frauen in einem bestimmten Alter, sie könnten grob, bissig und widerspenstig sein? Er grinste. Weil sie es sich erlauben konnten.

»Was gibt's da zu grinsen?«, fragte sie, aber er sah, dass ihre Mundwinkel zuckten.

»Ich dachte gerade, wenn ich in Ihrem Alter bin, kann ich auch so grob sein, wie ich will, und sagen, was mir gerade in den Sinn kommt«, antwortete er leise. »Kommen Sie, Catriona. Es ist spät, es ist kalt, und wir brauchen beide ein bisschen Schlaf.«

Sie lächelte nachdenklich. »Sie sind ein guter Mann, Tom Bradley«, sagte sie. »Aber ich werde mich für meinen Vorwurf nicht entschuldigen. Dieser Wolff, den Sie am Telefon erwähnt haben – er ist ein Kollege von Ihnen, nicht wahr?«

Tom nickte. »Aber wenn er es war, ist er seinen Job los«, knurrte er. »Dafür werde ich sorgen.«

Der Anruf des Reporters hatte Catriona weit mehr aus der Fassung gebracht, als sie gedacht hatte. Als Tom gegangen war, hatte sie sich eine Tasse Tee gemacht, um die Kälte zu vertreiben, und damit ging sie in ihr Zimmer, dicht gefolgt von Archie. Sie setzte sich in den alten Korbsessel. Der Kater rollte sich auf ihrem Schoß zusammen, und sein Schnurren klang wie ein gut geölter Motor. Sie hüllte sich in den alten Pelzmantel, wölbte die kalten Hände um die Teetasse und dachte über die Konsequenzen dieses Anrufs nach.

Sie mochte in den letzten Jahren wie eine Einsiedlerin gelebt haben, aber ihre Karriere und ihr Ansehen waren in der weiten Welt da draußen durch die Schallplatten und Kassetten, die noch immer verkauft wurden, erstaunlich lebendig geblieben. Auch ihre Wohltätigkeitsarbeit und die Gründung der Musikakademie hatten dazu beigetragen, dass sie für die Presse offensichtlich immer noch interessant war. Zweifellos würde das alles für die Klatschweiber ein gefundenes Fressen sein, und die Büchse der Pandora würde sich öffnen und alle ihre Geheimnisse preisgeben.

Sie begriff, dass sie die Kontrolle über die Situation verloren hatte, und auch wenn Tom anscheinend ein ganz anständiger junger Mann war, konnte er kaum etwas tun, um die Flut der Spekulationen aufzuhalten, nachdem der Damm einmal gebrochen war.

Sie schloss die Augen und gestand sich ein, dass die Wahrheit ans Licht musste. Zu lange hatte sie ihr Geheimnis für sich behalten, hatte die dunklen Erinnerungen verdrängt, bis sie nur noch bleiche Schnappschüsse aus einer gespenstischen Vergangenheit waren, die ihr nichts mehr anhaben konnten. Jetzt musste sie den Mut finden, zu sprechen, wie sie es schon vor vielen Jahren hätte tun sollen. Für alles bezahlte man irgendwann einen Preis, eine Buße für das Schreckliche, das geschehen war – und nun war es an der Zeit, den Tatsachen ins Auge zu sehen und sich von den Fesseln der Vergangenheit zu befreien.

Duftender Dampf stieg aus der Tasse, und sie nippte an dem Gebräu aus Tee und Eukalyptus. Sie trank den Tee ohne Milch und nur mit einer Prise Zucker, aber es war eine alte Gewohnheit, ein Eukalyptusblatt in die Kanne zu geben; sie stammte noch aus ihrer Kinderzeit, als der Tee aus einem rußgeschwärzten Blechtopf über dem Lagerfeuer gekommen war. Der Mond schien durch das Fenster, und das Licht, das durch die überhängenden Zweige des Baumes fiel, tüpfelte die Bettdecke. Aber Catrionas Gedanken waren weit entfernt von diesem kleinen Zimmer. Wie im Lichtspieltheater, das für die Lebensweise ihrer Eltern das Ende bedeutet hatte, flimmerten die Erinnerungen an die Vergangenheit vor ihrem geistigen Auge, und jede Szene war eine Miniatur dessen, was sie gewesen war, und zeigte, wie jene Tage sie zu der Frau geformt hatten, die sie heute war.

Harriet stieß Rosa an und deutete mit dem Kopf auf die Gestalt, die aus dem Farmhaus kam. »Ich dachte, er wollte angeln gehen?«, sagte sie leise, während sie Zaumzeug und Sattel schulterte und das Gatter des Corrals schloss.

»Wollte er auch«, sagte Rosa argwöhnisch. »Aber vermutlich

wollte er mehr als nur ein paar Fische angeln. Wie lange mag er bei Mum gewesen sein?«

»Wenn Tom gesagt hat, er wolle angeln, dann hat er es auch getan«, verteidigte Belinda ihn.

Harriet und Rosa musterten sie stumm, und Connor schnaubte verächtlich. Dann ging er davon, um die Pferde zu versorgen. Rosa hatte ihm die Situation auf dem Heimweg geschildert, und nun sah er sein Misstrauen gegen Tom gerechtfertigt.

»Warum fragt ihr ihn nicht, wenn ihr mir nicht glaubt?«, fragte Belinda herausfordernd. »Er kommt.«

Harriet rückte den Sattel zurecht und blieb abwartend stehen, als Tom über den Hof zum Corral schlenderte. Er sah gut aus, wenn die grauen Haare an seinen Schläfen so im Mondlicht glänzten, und sein Gang wirkte männlich. Als unaufrichtig hatte sie ihn nicht empfunden; sie hatte nur das Gefühl gehabt, dass ihm die Situation, in der er sich unversehens befand, unbehaglich war. Überrascht stellte sie fest, wie enttäuscht sie war, weil er Catriona ausgefragt hatte, während sie fort gewesen waren.

Rosa sprach ihn an, bevor er Gelegenheit hatte, sie zu begrüßen. »Wie war das Angeln?« Ihre Stimme troff von Sarkasmus.

Sein Begrüßungslächeln verschwand, und er sah die drei Frauen verwirrt an. »Gut«, murmelte er. »Aber nichts für die Bratpfanne. Zu klein.«

Rosa funkelte ihn an. »Ich habe nicht von Fischen gesprochen«, fuhr sie ihn an. »Ich habe die Informationen gemeint, nach denen Sie bei Mum geangelt haben.«

Sein Unterkiefer klappte herunter, und er starrte Rosa an. »Das habe ich nicht getan.«

»Und wieso kommen Sie dann jetzt aus dem Haus?« Sie verschränkte die Arme. »Leugnen Sie nicht, wir haben Sie gesehen.«

Er biss die Zähne zusammen, und sein Blick wurde hart. »Ich brauche mich vor Ihnen nicht zu rechtfertigen«, sagte er kalt. »Aber wenn Sie sich so den Kopf über meine Aufrichtigkeit zerbrechen, fragen Sie doch Catriona.« Er wandte sich ab und sah Belinda an. »Ich muss dich sprechen«, sagte er. »Jetzt sofort.«

Harriet sah ihm an, dass er wütend war, und sie sah auch, dass Belinda einen verwirrten Blick auf Rosa warf, bevor sie ihm in den Schatten der Farmgebäude folgte. »Das war ein bisschen heftig«, sagte sie zu Rosa. »Was ist denn in dich gefahren?«

Rosa spähte durch die Dunkelheit zu den beiden Gestalten hinüber, die miteinander redeten. »Ich traue ihm nicht«, sagte sie. »Und ich wette, er hat nur behauptet, dass er noch nie auf einem Pferd gesessen hat, damit er sich an Mum heranmachen konnte, während wir unterwegs waren.«

»Langsam«, sagte Harriet. »Das kannst du nicht wissen. Vielleicht gibt es eine ganz unschuldige Erklärung dafür, dass er im Haus war.« Sie ging auf die Scheune zu, um Sattel und Zaumzeug wegzubringen. »So habe ich dich noch nie erlebt, und ich finde es beunruhigend, Rosa. Vielleicht bist du all dem zu nah, um noch objektiv zu sein – es ist jedenfalls nicht deine Art, so … so biestig zu reagieren.«

Rosa warf ihren Sattel auf den Boden und hängte das Zaumzeug auf. Sie drehte sich um, betrachtete Harriet eine Weile und lachte. »Und ich nehme an, du hast einfach Mitleid mit ihm«, erklärte sie. »Die Kuhaugen, mit denen er dich anguckt, tun allmählich ihre Wirkung.« Sie hörte auf zu lächeln und machte ein nachdenkliches Gesicht. »Aber ich traue ihm nicht weiter, als ich ihn sehen kann.« Sie drehte sich um; Connor war in die Scheune gekommen. »Was meinst du dazu?«

Er verstaute sein Zaumzeug und lehnte sich an einen der soliden Dachpfosten. »Ich meine, Harriet hat Recht«, sagte er. »Du hast weit über das Ziel hinausgeschossen, Schwesterchen. Der Mann ist Polizist. Was hast du erwartet?« Er wühlte seinen Tabak aus der Tasche. »Wenn du die Wahrheit wissen willst, tu doch, was er dir vorgeschlagen hat, und frag Ma, warum er im Haus war. Bei ihr brennt noch Licht. Du wirst sie nicht stören.«

Harriet hielt es für das Beste, Rosa Gelegenheit zu geben, ein bisschen Dampf abzulassen, indem sie allein hinüberging. »Ich werde jetzt Cookies Speisekammer plündern und uns noch etwas zu essen besorgen.«

»Ich komme mit«, sagte Connor. »Ich habe einen Bärenhunger.«

»Ich komme wieder«, knurrte Rosa und ging quer über den Hof davon.

»O mein Gott!«, seufzte Harriet. »Sie klingt wie eine Miniversion von Arnold Schwarzenegger.«

Tom sah Belinda an und war unendlich erleichtert. Hätte auch nur die kleinste Möglichkeit bestanden, dass sie die undichte Stelle gewesen war, wäre ihre Zusammenarbeit hier auf der Stelle beendet gewesen. »Ich musste dich danach fragen«, sagte er entschuldigend.

»Ich dachte, du vertraust mir«, antwortete sie. »Mir wäre es niemals eingefallen, dich zu verdächtigen – geschweige denn, dich so zu verhören, wie du es jetzt mit mir getan hast.«

Er atmete tief ein und langsam wieder aus. Die Nacht war noch jung, aber ihm war, als habe er sich mit Frauen gestritten, seit er den Fuß auf diese Farm gesetzt hatte. In diesem Augenblick hätte er mit Vergnügen vor einer Galerie von hartgesottenen Gangstern gestanden. Da wusste ein Mann zumindest, womit er es zu tun hatte. Frauen waren eine ganz andere Liga. »Ich stehe hier vor einer komplizierten Sachlage«, sagte er. »Vielleicht habe ich die einzige überlebende Zeugin eines Mordes, der vor über einem halben Jahrhundert begangen wurde, und solange sie mir misstraut, werde ich nichts aus ihr herausbekommen. Jetzt führt sie diese Indiskretion auf mich zurück, und ich habe ihr versprochen, mich um die Sache zu kümmern und sie geheim zu halten. Du darfst den anderen nichts davon sagen, okay?«

»Wenn du meinst«, antwortete Belinda. »Aber sie brauchen ja

nur die Zeitung zu lesen oder die Nachrichten zu hören, und schon wissen sie es. Findest du nicht, dass das alles ohne diese Geheimniskrämerei schon schwierig genug ist?«

Müde lächelnd schob er die Hände in die Hosentaschen und trat mit der Stiefelspitze gegen ein Grasbüschel. »Catriona will es so, Belinda. Um die Öffentlichkeit kümmern wir uns, wenn es so weit ist.« Er seufzte. »Es tut mir leid, dass ich an dir gezweifelt habe, aber ich brauchte die Gewissheit, dass wenigstens du auf meiner Seite stehst.«

»Natürlich stehe ich auf deiner Seite, du Idiot«, sagte sie liebevoll. »Aber es hätte die Sache vereinfacht, wenn du einfach gesagt hättest, warum du heute Abend bei Catriona warst.« Sie sah ihn fragend an. »Meinst du nicht, du solltest auch erklären, welchen Aufwand du treiben musstest, um die Gelegenheit zu bekommen, außer Dienst hier zu sein? Und solltest du ihnen nicht sagen, wie viele Hebel du in Bewegung setzen musstest, damit ich mitkommen konnte?« Sie lächelte. »Weißt du, Tom, manchmal bist du selbst dein schlimmster Feind.«

Er fuhr sich frustriert durch die Haare, sodass sie ihm zu Berge standen. »Ich wollte nur ein Rätsel aufklären, vor dem mein Großvater gestanden hat«, erklärte er ungeduldig. »Ich wollte nicht, dass die Sache außer Kontrolle gerät. Catriona ist ein nationaler Star, eine Frau, deren Leben und Talent ich seit Jahren bewundere, und ich werde nicht zulassen, dass die Chance verpatzt wird, das alles zu einem Ende zu bringen.«

»Dann sag ihnen das.« Sie klang ein wenig ungeduldig. »Sprich aufrichtig und offen mit ihnen, statt immer nur Harriet anzuhimmeln und zurückzubeißen, wenn Rosa dich aufzieht. Sie will Catriona schützen, und die beste Verteidigung ist der Angriff, das solltest du wissen, Tom. Gib ihr eine Chance, und du wirst sehen, sie ist gar nicht so übel.«

»Ich himmele Harriet nicht an«, leugnete er empört und wurde rot.

Belinda lachte. »O doch, das tust du«, sagte sie liebenswürdig. »Aber über Geschmack lässt sich nicht streiten.«

Ihr Ton verblüffte ihn. »Du magst sie nicht, wie? Aber ich dachte, ihr beide kennt euch schon seit Jahren? Ich dachte, ihr steht euch alle drei sehr nah?« Das Verhältnis zwischen ihr und den beiden anderen machte ihn neugierig, und es war faszinierend zu hören, wie Harriet von einer anderen Frau beurteilt wurde.

Belinda nagte nachdenklich an der Unterlippe. »Als wir klein waren, sind wir gut miteinander ausgekommen, und eine Zeit lang hat sie mir leid getan. Ihre Mutter ist ein erstklassiges Biest.« Tom zog eine Braue hoch, aber er wollte Belindas Gedankengänge nicht unterbrechen.

»Eigentlich ist es wohl albern«, sagte sie. »Aber Rosa war meine Freundin, und als Harriet dazukam, fühlte ich mich ausgeschlossen. Und als ich beschloss, statt zur Uni auf die Polizeiakademie zu gehen, sind wir mehr und mehr auseinander gedriftet. Wir hatten weiter Kontakt, aber hauptsächlich über Rosa.«

»Und wie denkst du jetzt über sie?«

Belinda lächelte. »Sie ist nicht so reizbar wie Rosa, das steht fest, aber sie war für meinen Geschmack immer kühl und ein bisschen zu distanziert. Außerdem ist sie attraktiv und sehr intelligent, und wahrscheinlich ignoriert sie deshalb deine kläglichen Versuche, sie zu bezirzen.« Er wollte erneut protestieren, aber sie lachte und fuhr fort: »Wahrscheinlich liegt's daran, dass ich auf dem Land aufgewachsen bin, aber ich war nie ein Fan dieser gelackten City-Frauen, die anscheinend alles haben – und ich sage dir, Tom: Sie hat wirklich alles.«

»Was soll das heißen?«

Sie machte ein ernstes Gesicht. »Ihr Vater war Brian Wilson, ein Multimillionär, der sein Vermögen mit Maschinen und Anlagen für die Ölindustrie verdient hat. Er starb, als Harriet noch klein war. Ihre Mutter war Primaballerina bei der Sydney Ballet Company und extrem aufstiegsorientiert.«

Tom hatte schon geahnt, dass Harriet aus einer reichen Familie stammte, aber dass sie so betucht sein könnte, hatte er sich nicht vorgestellt.

»Harriet brauchte nicht in Bars und Clubs zu jobben, um während des Jurastudiums über die Runden zu kommen. Sie fand sofort danach eine Stelle bei einer der angesehensten Kanzleien in Sydney, und inzwischen bearbeitet sie mehr und mehr bedeutende Fälle. Sie ist unverheiratet und kinderlos und hat ein schuldenfreies Haus in The Rocks. Einer der Juniorpartner ihrer Kanzlei hat ein Auge auf sie geworfen; er heißt Jeremy Prentiss. Ebenfalls ledig und steinreich.«

Dass Harriet gebunden sein könnte, war ein Schock. Welche Chance hatte ein Cop gegen einen reichen Rechtsanwalt? Er merkte, dass Belinda ihn amüsiert musterte. »Ich muss schon sagen«, brummte er. »Eigentlich kannst du sie nicht ausstehen, was?«

»Gestern hätte ich dir noch zugestimmt«, sagte sie nachdenklich. »Jetzt bin ich mir nicht mehr so sicher.« Sie zuckte die Achseln. »Harriet ist okay, aber unsere Kindheitsfreundschaft besteht nicht mehr. Wir hatten im Grunde nie viel miteinander gemeinsam, und dadurch, dass wir in unterschiedlichen Welten leben, hat die Kluft sich noch vergrößert.«

»Und Rosa? Bist du mit ihr noch befreundet?«

Sie nickte. »Wir haben die gleiche Herkunft, und Rosa hat keine Attitüden wie Harriet. Sie ist meine Freundin, seit ich in den Windeln lag. Ich kenne ihre Launen und weiß, was sie denkt, und auch wenn sie manchmal eine grässliche Nervensäge sein kann, ist unsere Freundschaft heute so fest wie früher.«

Das Abendessen stand auf dem Tisch, als Belinda ins Kochhaus kam. »Danke, dass ihr mir etwas aufgehoben habt«, sagte sie und zog sich einen Stuhl heran. »Ich habe einen Mordshunger.«

Harriet lächelte steif. »Für Tom habe ich nicht gekocht, aber es ist genug da, wenn er etwas möchte.«

»Er hat mit Cookie Würstchen und Bohnen gegessen, als sie geangelt haben«, sagte Belinda und häufte sich Stampfkartoffeln auf den Teller.

»Alles in Ordnung?« Harriet war neugierig, was zwischen den beiden vorgegangen sein mochte. »Tom sah nicht sehr glücklich aus.«

Belinda zuckte die Achseln. »Er hat seine Probleme. Aber es ist nichts, was sich nicht lösen ließe.« Sie zwang sich zu einem Lächeln. »Es wäre nur gut, wenn ihr ihm ein bisschen Spielraum lassen könntet.« Sie sah Rosa an, die sich konzentriert mit ihrem Steak beschäftigte. »Hast du mit Catriona gesprochen?«

Rosa nahm einen Schluck Wein. »Ja«, sagte sie knapp. »Mum ist hinüberspaziert und hat Tom auf einen Drink eingeladen.«

Belinda akzeptierte diese ausweichende Antwort und machte sich über ihr Essen her. Als der erste Hunger gestillt war, legte sie das Besteck aus der Hand und trank genüsslich einen großen Schluck Wein. Dann schaute sie in die Runde und sagte in das allgemeine Schweigen hinein: »Tom wird mir wahrscheinlich nicht dankbar sein, wenn ich es euch sage, aber ihr solltet wissen, dass er eine Menge Hebel in Bewegung setzen musste, um mich hierher mitzunehmen. Ich gehöre nämlich nicht zu seinem Team.« Sie sah alle der Reihe nach an, um ihren Worten Nachdruck zu verleihen. »Er bewundert Catriona, und er weiß sehr wohl, wie wir alle zu ihr stehen.«

»Warum interessiert ihn das?«, fragte Harriet. »Er ist Polizist und tut seine Arbeit. So oder so, er ist entschlossen zu kriegen, was er will, und dich zu benutzen, um sie weich zu stimmen, das ist nicht gerade fair.«

»Das ist wahr.« Belinda nickte. »Aber ob es euch gefällt oder nicht, Catriona hat eingewilligt, sich befragen zu lassen. Tom ist bereit, so lange hier zu bleiben, wie dazu nötig ist. Das würden nicht viele Polizisten tun. Catriona hat Glück mit ihm.«

Harriet musterte Belinda eine Weile, bevor sie antwortete.

»Das stimmt. Aber vielleicht kannst du uns jetzt erklären, warum ihr hier seid?«

»Nein«, sagte Belinda. »Das musste ich Catriona versprechen.«

Harriets Miene verhärtete sich. »Du genießt die Situation, nicht wahr?«

»Eigentlich nicht«, gestand Belinda.

Connor verließ das Kochhaus und nahm Kurs auf sein Cottage, aber dann bog er zur Veranda ab und ließ sich in einen Sessel fallen. Nachdenklich starrte er in die Ferne. Seine Sorge um Catriona beruhte auf einer langen gemeinsamen Geschichte voller Zuneigung und Dankbarkeit, auf Catrionas unerschütterlichem Glauben an ihn und seine Schwester und auf ihrer Großzügigkeit gegen sie beide. Er rieb sich das Stoppelkinn, und automatisch wanderten seine Finger zu der halbmondförmigen Narbe, dem Vermächtnis seines Vaters. Catriona war für ihn da gewesen, als er sie gebraucht hatte. Jetzt war die Reihe an ihm.

Er wühlte seinen Tabak aus der Hosentasche. Er rauchte nicht besonders viel, aber ab und zu half das Nikotin ihm, sich zu entspannen. Meistens genügte es ihm schon, einfach im Dunkeln zu sitzen und eine perfekte Zigarette zu drehen, um zur Ruhe zu kommen. Aber heute war es anders. Seine Gedanken waren zu wirr, seine Besorgnis zu tief, die Erinnerungen zu übermächtig, als dass er sie in einer Wolke Zigarettenrauch hätte fortblasen können. Tränen des Zorns traten ihm in die Augen, als er sich als kleinen Jungen sah. Ein kleiner Junge, dem die Kindheit aus dem Leib geprügelt worden war, bevor er Gelegenheit hatte, irgendetwas anderes kennen zu lernen. Seine alte Wut erwachte, wie sie es immer tat, wenn er an Michael Cleary dachte.

Er stand auf, streckte sein steifes Knie und öffnete die Fliegentür. Er und Rosa hatten gelernt, wieder Vertrauen zu haben. Ma war die Erste gewesen, mit der er über seinen Vater hatte sprechen können, ohne sich zu schämen, die Erste, die ihm Hilfe, Rat und die Zuneigung geschenkt hatte, die er und Rosa nach Poppys Tod so sehr vermisst hatten. *Belvedere* war eine Zuflucht geworden. »Ja«, seufzte er, »wir verdanken ihr eine Menge. Ich hoffe, wir können dafür jetzt auch etwas tun.«

Connor gab den Versuch zu schlafen schließlich auf; es war zu heiß, und seine Gedanken kamen nicht zur Ruhe. Er schleuderte die Decke beiseite, zog bequeme alte Shorts an, nahm seinen Tabaksbeutel und tappte hinaus. Barfuß spazierte er über den Hof und genoss die warme Erde unter seinen Fußsohlen und den kühlen Wind, der seine Brust liebkoste. In einer solchen Nacht war er nicht gern im Haus eingesperrt, denn die Magie ihrer Reise zu den Sternen umwehte ihn noch immer – trotz der Gedanken an seine Kindheit.

Er rieb sich die Brust, die Schulter und den Nacken. Die Hitze hatte nachgelassen, die Mondsichel stand hell am Himmel, und das friedvolle Land umgab ihn, das er so sehr liebte. Er lehnte sich an den Zaun des Corrals und betrachtete die Pferde, die im Mondschein dösten.

»Kannst du auch nicht schlafen?«, fragte eine leise Stimme neben ihm.

Er fuhr überrascht zusammen, aber es war eine angenehme Überraschung, sie zu sehen. Er lächelte und war plötzlich schüchtern. »Ich komme oft nachts heraus«, sagte er. »Dann habe ich Zeit nachzudenken und die Dinge zurechtzurücken.«

Belindas Blick wanderte über seine nackte Brust und die kräftigen Beine zu den bloßen Füßen. »Betrachtung ist gut für die Seele, heißt es«, sagte sie. »Und ich muss zugeben, dass es Balsam für müde Augen ist, dich zu betrachten.« Sie lachte, als er rot wurde. »Aber ich nehme an, das weißt du schon.«

Er musste auch lachen. »Ich sehe, du hast dich nicht verändert, Belinda«, sagte er.

»Ich kann dir nichts vormachen, was?« Ihre Augen leuchteten vergnügt.

»Und warum kannst du nicht schlafen?«, fragte er.

»Bin einfach unruhig. Ist lange her, dass ich hier draußen im Never-Never war, und ich möchte diese Magie festhalten, solange ich kann.«

»Vermisst du Derwent Hills nie?« Er fing an, sich eine Zigarette zu drehen. »Ich könnte mir nicht vorstellen, irgendwo anders als hier zu sein.«

»Das konnte ich lange Zeit auch nicht«, sagte sie. »Aber es hatte wenig Sinn. Mir wurde irgendwann klar, dass es da draußen eine große, weite Welt zu erforschen gibt. Deshalb bin ich zur Polizei gegangen. Und der Rest ist, wie man so sagt, Geschichte.«

Connor sah, dass unterschiedliche Regungen über ihr Gesicht huschten. Sie war hübsch anzusehen und umgänglich, und er hatte den Schock des Wiedersehens nach so langer Zeit immer noch nicht überwunden. Dennoch stellte er fest, dass er in ihrer Gegenwart nicht mehr verlegen war, obwohl er halb nackt war. »Aber das Leben hier draußen fehlt dir trotzdem, oder?«, fragte er beharrlich.

»Ja, verdammt.« Sie seufzte. »Und bei Gelegenheiten wie heute vermisse ich es am meisten.« Sie drehte sich um und lehnte sich mit dem Rücken an den Zaun. Sie schob die Hände in die Taschen und schaute ihn an. »Der Ausflug heute Abend hat alles wieder wachgerufen«, sagte sie leise. »Weißt du noch? Als wir klein waren, sollte Billy auf uns Acht geben, wenn Catriona weg war. Dann hat er uns hypnotisiert und stundenlang dort oben gelassen, weil er wusste, dass uns nichts passieren konnte.« Sie kicherte. »Wahrscheinlich wollte er uns einfach ruhig stellen und dann selbst auf Wanderschaft gehen.« Sie nahm einen Zug aus seiner Zigarette und ließ den Rauch langsam im Wind davonwehen.

»Hattest du nie Angst?«, fragte er. »Ich erinnere mich, wie ich zum ersten Mal das Gefühl hatte zu fliegen. Ich hatte schreckliche Angst abzustürzen. Und als ich merkte, dass ich mich überhaupt nicht bewegen oder wieder herunterkommen konnte, wenn ich wollte, hatte ich Angst, für immer dort oben bleiben zu müssen.«

Sie nickte. »Ging mir auch so. Aber bald lernt man, dass es nicht für immer ist. Und irgendwann lässt die Magie dieses Erlebnisses alle logischen Gedankengänge verschwinden.«

Schweigend rauchten sie die Zigarette zusammen zu Ende, jeder in eigene Gedanken versunken, jeder im Bewusstsein der Nähe des anderen.


»Sie steht da draußen und schwatzt mit meinem Bruder«, murrte Rosa. Sie ließ den Vorhang zurückfallen und stieg ins Bett.

»Lass sie doch.« Harriet suchte sich eine bequeme Lage auf dem Kopfkissen. »Sie ist seit Jahren hinter Connor her, und wahrscheinlich ist das jetzt ihre letzte Chance, ihn einzufangen.« Sie zog sich die Decke unters Kinn. »Außerdem kann sie wahrscheinlich sowieso nicht schlafen, und das kann ich ihr nicht verdenken. Dein Geschnarche hält das ganze Haus wach.«

»Ich schnarche nicht«, widersprach Rosa.

Harriet resignierte und tauchte unter der Bettdecke auf. »Doch, das tust du«, beharrte sie. »Und zwar ziemlich laut.«

»Kyle hat sich immer darüber beschwert«, gab Rosa zu. »Aber ich dachte immer, er übertreibt, damit er Streit anfangen kann.«

Harriet zog eine Braue hoch. Rosa erwähnte ihren Ex-Mann nur selten. »Wie kommst du jetzt auf Kyle?«, fragte sie.

Rosa setzte sich auf und schlang die Arme um die Knie. »Ich weiß nicht«, sagte sie. »Vielleicht, weil ich mich plötzlich sehr alt und sehr solo fühle.« Sie legte das Kinn auf die Knie und starrte in die Dunkelheit. »Ich bin fast dreißig, Hat, und weit und breit ist kein passender Mann in Sicht.«

Harriet zog die Stirn kraus. Rosa hatte noch nie etwas davon erwähnt, dass sie auf der Suche nach dem »passenden Mann« war, und sie fragte sich, was diese Gedanken in Gang gesetzt haben mochte. »Du hast immer gesagt, du genießt deine Freiheit.«

»Das tu ich ja auch. Meistens. Aber diese Heimkehr hat mich erkennen lassen, wie leer mein Leben ist.« Sie fuhr sich mit den Fingern durch die stachligen Haare. »Ich habe einen Beruf, in dem ich aufgehe, und ein gutes gesellschaftliches Leben, aber es gibt niemanden Besonderes. Niemanden, den es wirklich kümmern würde, wenn ich plötzlich verschwände.«

»Verdammt, Rosa! Das sind ziemlich tiefgründige Überlegungen, selbst für diese Nachtzeit.« Harriet stand auf und setzte sich im Schneidersitz auf Rosas Bett. »Mich würde es kümmern«, sagte sie leise. »Und Connor und Catriona und die paar Dutzend Männer, die dir seit Jahren nachlaufen.« Sie legte eine Hand auf die fest verschränkten Finger. »Du bist einfach melancholisch. Wenn du ein bisschen geschlafen hast, wird es dir besser gehen.«

Rosa verzog das Gesicht und zuckte die Achseln. Sie griff nach ihren Zigaretten und kniff die Augen zusammen, als die helle Flamme den Tabak in Brand setzte. Seufzend blies sie eine Rauchwolke von sich und grinste dann. »Wahrscheinlich hast du Recht – wie immer«, sagte sie. »Kyle war ein Fehler. Der Grund für die Heirat war eher Sex als Liebe. Auf diese Bahn werde ich nicht noch einmal kommen. Allein geht's mir besser.« Harriet öffnete das Fenster, um den Zigarettenrauch abziehen zu lassen, und Rosa schaute hinaus. »Ich hatte die große Hoffnung, dass du und Connor zusammenkommen könntet, aber wie es aussieht, kann Belinda jetzt endlich ihre finsteren Pläne verwirklichen.« Sie lachte. »Aber du hast dich auch nie für ihn interessiert, nicht wahr?«

Harriet umschlang ihre Knie und lächelte. »Kein bisschen«, sagte sie vergnügt. »Aber das heißt nicht, dass ich ihn nicht mag, Rosa. Er ist einfach nicht mein Typ.«

»Mmmm«, brummte Rosa. »Stimmt schon, ihr habt wenig gemeinsam, und das starke, schweigsame Alphamännchen kann einem schrecklich auf die Nerven gehen, wenn man mal irgendeine Reaktion von ihm haben möchte. Vielleicht solltest du den attraktiven Jeremy Prentiss noch einmal in Betracht ziehen. Ich habe ihn ja nur flüchtig erlebt, aber er ist reich, gut aussehend und offensichtlich verknallt, und deine Mutter würde glauben, sie sei gestorben und in den Himmel aufgefahren, wenn du ihn heiratest.«

»Lass meine Mutter aus dem Spiel«, murmelte Harriet finster. »Und Jeremy übrigens auch. Ich gebe zu, ich stelle ihn vielleicht schlimmer dar, als er ist, aber das ist ganz einfach mein Verteidigungsmechanismus gegen Mum und ihre Kuppelei.« Sie nagte an der Unterlippe und seufzte dann. »Eigentlich ist er ein wirklich netter Typ. Aber die Chemie stimmt nicht.«

»Zumindest hast du die Auswahl.« Rosa schniefte und drückte ihre Zigarette aus. »Tom Bradley wartet ja auch noch in den Kulissen.« Sie verstummte, als sie Harriets wütenden Blick sah. »Ich sag's ja nur«, murmelte sie dann. »Ich hätte auch nichts dagegen, ihn ein bisschen besser kennen zu lernen, nachdem ich nun weiß, woher er kommt. Er scheint sehr nett zu sein, und wenn Mum ihn mag, ist das für mich gut genug.«

Harriet war erstaunt. »Lass den Mann in Ruhe!« Sie lachte. »Seit er hier ist, hast du nichts getan, um dich bei ihm beliebt zu machen. Verschone den armen Kerl, Rosa.«

Rosa hob zierlich die Braue. »Die Dame, wie mich dünkt, gelobt zu viel«, sagte sie. »Und wenn ich sehe, wie er sich in deiner Gegenwart benimmt, denke ich, es wäre eine Schande, sich diese sexuelle Spannung entgehen zu lassen.« Sie lächelte spöttisch. »Aber wenn du wirklich nicht interessiert bist – und warum solltest du es sein, er ist schließlich nur ein Polizist –, dann solltest du zur Seite treten und dir von einer richtigen Frau zeigen lassen, wie man so was macht.«

Harriet bewarf sie mit einem Kissen. »Jetzt geh schlafen und hör auf, solchen Unsinn zu reden«, befahl sie. Rosa lachte laut, und Harriet kehrte in ihr Bett zurück und zog sich die Decke über den Kopf. Wirklich, dachte sie, Rosa ist unmöglich. Als könne sie, Harriet Wilson, einen so prosaischen und alltäglichen Mann wie Tom Bradley sexuell attraktiv finden. Was für eine lächerliche Idee!

FÜNFUNDZWANZIG

*C*atriona betrachtete das Telefon und zog dann wieder den Stecker aus der Wand. Zweifellos würde die Presse versuchen, sie anzurufen, und sie hatte keine Lust, sich von ihnen behelligen zu lassen. Ihre Lieblingssendung im Radio würde heute Morgen auch ausfallen müssen, entschied sie, denn die Sache käme vermutlich in den Nachrichten. Zum ersten Mal seit Jahren war sie froh, dass die Zeitungen nur einmal im Monat geliefert wurden.

Trotz der frühen Stunde war sie schon angezogen. Obwohl sie eine unruhige Nacht verbracht hatte, verspürte sie einen seltsamen Tatendrang, als sie Archie fütterte und sich selbst eine Schale Müsli zubereitete. Diese neue Energie kam aus dem Wissen, dass sie in wenigen Stunden von der Last befreit sein würde, die sie all die Jahre hindurch getragen hatte; im Laufe der langen Nacht war ihr klar geworden, dass sie auf diesen Augenblick unbewusst gewartet hatte, seit sie dreizehn war. Sie hatte die Chance, endlich jemandem zu sagen, was ihr zugestoßen war – und sie wusste, dass man ihr glauben würde.

Archie folgte ihr ins Wohnzimmer und schlängelte sich zwischen ihren Beinen hin und her, als sie auf die Truhe zuging. Sie schaute lange Zeit gedankenverloren auf sie hinunter. Dann seufzte sie. Sie hatte die Sachen, die sie darin verstaut hatte, durchsehen und ein paar der Geheimnisse, die sie so lange gewahrt hatte, mit den anderen teilen wollen, aber nun war nicht der richtige Augenblick dazu – nicht, wenn Tom dabei war. Sie ließ alles, wie es war, und unternahm ihren Morgenritt.

Tom wusste, dass er heute eine Menge Zeit in der Gesellschaft von Frauen verbringen würde, und deshalb zog er es vor, im Kochhaus zu frühstücken. Wie in allen Männerbastionen ging es hier lautstark und fröhlich zu; alles lachte und lärmte, Geschichten machten die Runde, und man besprach und verteilte die Arbeit des Tages. Trotz einiger feindseliger Blicke fühlte Tom sich entspannt; er verspeiste Steak, Eier und Bratkartoffeln und spülte alles mit heißem, duftendem Kaffee herunter. Das Essen hier war besser als in der Polizeikantine, und die Atmosphäre war viel lockerer. Hier gab es keinen skrupellosen Ehrgeiz, keinen Kotau vor irgendwelchen Vorgesetzten, kein heimtückisches Reden über andere. Die Männer von *Belvedere* waren mit ihrem Los zufrieden, und die Kameradschaft war ein starkes Band zwischen ihnen.

»Tag.« Connor stellte seinen voll beladenen Teller auf den Tisch und setzte sich. »Wie war's im Zelt?«

»Gut.« Tom verzog das Gesicht; er hatte sich am heißen Kaffee die Zunge verbrannt. Aber er brauchte den Koffeinkick, bevor er dem Tag ins Auge sah. Connor unterhielt sich mit einem der Viehtreiber. Anscheinend hat er seine harte Linie aufgegeben, dachte Tom, und dafür war er dankbar. Nun brauchte er nur noch Catriona dazu zu bringen, ihm zu erzählen, was sie wusste, und dann konnte er von hier verschwinden.

Er verschloss die Ohren vor dem fröhlichen Geplauder und dachte an Harriet. Er hatte in der Nacht von ihr geträumt – albern und kindisch in Anbetracht dessen, dass sie einen Freund hatte und sowieso zu einer ganz anderen Liga gehörte als er, aber das änderte nichts an der Tatsache, dass sein Inneres bei dem Gedanken an sie in seltsame Bewegungen geriet und dass er sich darauf freute, sie heute wiederzusehen. Eine barsche Stimme neben ihm ließ ihn zusammenfahren.

»Warum bist du eigentlich hier, Mann?« Das wettergegerbte Ledergesicht des Mannes, der neben ihm saß, legte sich beim Sprechen in tiefe Runzeln.

»Ich mache einen Besuch«, sagte Tom und warf Connor einen warnenden Blick zu.

»Hab aber gehört, es geht um was Ernsteres«, knurrte ein anderer Mann, der gegenüber saß. »Was mit 'nem Mord.«

Es wurde totenstill, und aller Augen richteten sich auf Tom und Connor.

Die beiläufig gesprochenen Worte versetzten Tom einen Schock, der seinen Pulsschlag auf Hochtouren brachte. So schnell hatte die Neuigkeit doch nicht durchsickern können? Er zwang sich zur Ruhe, als er sich von durchdringenden Blicken umgeben sah. »Mord, hm?«, sagte er so leichthin, wie er nur konnte. »Wie kommen Sie denn darauf?«

»Hab's heute Morgen im Radio gehört«, sagte der Mann gedehnt und fixierte Tom mit seinen blauen Augen.

Scheiße. *Verfluchtes* Pech. Er hatte gewusst, dass es ein Fehler war, die Sache geheim zu halten, er hätte ablehnen sollen, als Catriona ihm das Versprechen abgenommen hatte, alles für sich zu behalten. Dies mochte das Outback sein, Tausende Meilen weit entfernt von allem, aber mit Radio, Telefon und all den anderen Errungenschaften der modernen Welt waren diese Leute nicht mehr von der Zivilisation abgeschnitten. Zähneknirschend schob er seinen Stuhl zurück und stand auf. Es war immer noch totenstill, und die Männer von *Belvedere* starrten ihn vorwurfsvoll an. Catriona war mehr als nur ihre Arbeitgeberin, erkannte er plötzlich. Sie liebten und bewunderten sie, und ihn betrachteten sie als Bedrohung.

»Ihr solltet nicht jeden Tratsch glauben«, sagte er mit fester Stimme, obwohl die Wut auf Wolff ihm den Magen umdrehte. »Die Presse kriegt immer das Falsche mit.«

Cookie stand da, die Arme fest vor dem massigen Wanst verschränkt. Sein Gesicht war grimmig. »So falsch kann's nicht sein«, grollte er. »Üble Nachrede ist strafbar, und die werden schon darauf achten, dass ihre verdammten Fakten stimmen, bevor sie so 'ne Story bringen.«

Darauf wusste Tom keine Antwort. Er war überrascht, dass Cookie so gut Bescheid wusste. Aber das bewies nur, dass man nichts als selbstverständlich voraussetzen konnte.

»Und dann bist du der Mistkerl, den sie hergeschickt haben, um sie zu verhaften, he?« Der Graubärtige neben ihm schob seinen Stuhl zurück und nahm eine aggressive Haltung ein. »Aber da hätten wir wohl auch noch ein Wörtchen mitzureden – Freundchen.«

Tom nahm die Drohung zur Kenntnis. Auch die anderen Männer standen auf und warteten schweigend ab. Die Atmosphäre war unangenehm gespannt; ein Funke würde genügen, um eine Explosion herbeizuführen. Warum konnte die verdammte Presse nicht stillhalten? »Hier wird niemand verhaftet«, erklärte er. »Es sei denn, einer von euch sollte versuchen, sich mit mir anzulegen.«

Connor erhob sich langsam und baute sich vor ihm auf. »Ich glaube, da müsst ihr euch zuerst mit mir anlegen«, sagte er ruhig.

Schwere Stiefel scharrten über den Holzboden, und ein leises Gemurmel setzte ein. Connor schaute mit festem Blick in die Runde und sagte dann leise zu Tom: »Wir müssen uns unterhalten.«

»Ja«, sagte Tom. »Aber nicht hier.« Er wusste nicht, ob er erleichtert sein sollte, weil Connor ihn anscheinend unterstützte, oder ob er sich auf einen Kinnhaken gefasst machen musste.

»Dann ist also nichts Wahres dran?« Der Viehtreiber ließ nicht locker. »Dieser Kerl ist nicht hier, um die Missus zu verhaften?«

»Warum ist er dann hier?«, fragte ein anderer. »Er ist ein Cop, oder?«

»Yeah«, rief ein Dritter. »Sie hat nichts verbrochen, und ich schlage jeden zu Brei, der was anderes behauptet.«

»Halt die Klappe, Sweeney, und iss dein Frühstück«, knurrte Connor den jungen Jackaroo an, der offensichtlich darauf brannte, sich zu prügeln. »Ihr habt eine Menge Arbeit, und der Tag ist schon halb vorbei«, kläffte er. »Ma wird's euch nicht danken, wenn ihr das Tageslicht verplempert. Also bringt eure Ärsche in Bewegung.«

Damit marschierte er hinaus, und Tom folgte ihm. Kaum waren sie außer Hörweite der Männer, die das Kochhaus verlassen hatten und die Hälse reckten, als Connor sich umdrehte. »Ich hoffe, Sie haben eine verdammt gute Erklärung für das, was da eben geredet wurde«, sagte er mit tödlicher Ruhe. »Denn sonst schlage ich Ihnen die Zähne ein.«

Harriet schlurfte in die Küche, und ihr fiel auf, dass der Telefonstecker aus der Wand gezogen war. Sie war erst halb wach und fragte sich nicht, warum das so sein mochte; sie schob den Stecker wieder in die Dose und fing an, Kaffee zu kochen. Beinahe sofort klingelte das Telefon, und sie nahm den Hörer ab. Es war ihre Mutter. Jeanette war nicht in Plauderstimmung. »Hast du heute Morgen die Zeitung gelesen?«

»Das geht ja wohl kaum.« Harriet öffnete ein Fenster, um den frischen Wind hereinzulassen, der in der Nacht aufgekommen war. Von Rosas Zigarettenrauch tränten ihr die Augen.

»Harriet? Bist du da? Ich kann dich nicht hören«, rief ihre Mutter.

»Ist auch ein weiter Weg bis Sydney«, antwortete Harriet und betrachtete die herrliche Aussicht. Die Sonne war eben über den fernen Bergen aufgegangen, und die Koppeln leuchteten rot und orange.

»Sei nicht schnippisch«, fauchte Jeanette.

Ihre Stimme klang wie eine zornige Wespe in Harriets Ohr. Tom und Connor standen vor dem Kochhaus, offenbar in eine hitzige Auseinandersetzung verwickelt. Die anderen Männer lungerten vor der Tür herum und versuchten zu lauschen. Was mochte da vor sich gehen? Ihre Mutter redete und redete. Harriet sah auf die Uhr und zog die Brauen hoch. »Um diese Zeit liegst du doch sonst noch im Koma«, unterbrach sie den Wortschwall. »Was bringt dich denn so in Rage?«

»Es gibt Ärger auf *Belvedere*. Es war in allen Zeitungen zu lesen.«

»Verflucht«, sagte Harriet. »Das ging aber schnell.«

»Was?«, schrie ihre Mutter ihr ins Ohr. »Was hast du gesagt?«

Harriet ordnete ihre Gedanken. »Nichts, Mutter«, sagte sie hastig. »Was meinst du mit Ärger?« Rosa schaute zur Tür herein und schaute sie fragend an, und sie zuckte wortlos die Schultern.

Jeanettes Stimme schwirrte schrill durch die Telefonleitung, als sie die Zeitungsmeldungen zusammenfasste. Harriet überlief es eisig bei ihren Worten, und entsetzt begriff sie, in welche Lage Catriona geraten war. Jetzt war vieles klar – aber die undichte Stelle, durch die das alles an die Presse gedrungen war, musste ganz in der Nähe liegen – beunruhigend nah.

Sie warf einen Blick aus dem Fenster. Die beiden Männer schüttelten einander die Hand; anscheinend hatten sie sich irgendwie geeinigt. War es bei ihrem Streit um dieses Leck gegangen? Wenn ja, war Rosas anfängliches Misstrauen gegen Tom und Belinda vielleicht gerechtfertigt gewesen. Aber Connor sah eigentlich ganz zufrieden aus. Es war rätselhaft.

Sie wandte sich vom Fenster ab. Ihre Gedanken waren in Aufruhr. »Steht in der Zeitung auch irgendetwas darüber, woher diese Story stammt?«, fragte sie, als ihre Mutter verstummte.

»Nein«, sagte Jeanette kurz und bündig.

Harriet nagte an der Unterlippe. Sie wusste, dass ihre Frage ein Schuss ins Blaue gewesen war; Journalisten hielten ihre Quellen geheim, und daran war nur durch einen Parlamentsbeschluss oder eine richterliche Verfügung etwas zu ändern. Aber noch verwirrender war die Reaktion ihrer Mutter auf diese Meldung. »Es ist doch sonst nicht deine Art, dir um Rosas Familie Sorgen zu machen? Wie kommt es zu dieser Sinnesänderung?«

»Rosa interessiert mich nicht«, gab Jeanette zurück. »Um dich mache ich mir Sorgen. Wenn ihr zusammen seid, und wenn du in diese Mordermittlungen verwickelt wirst, könnte das für deine Karriere das Ende bedeuten – und damit auch für jede Chance, die du bei Jeremy noch haben könntest.«

Harriet wusste, wie ihre Mutter reagieren würde, und deshalb behielt sie für sich, was sie über ihre Karriere und über Jeremy hätte sagen können. Sie hatte wichtigere Sorgen. »Schön, dass du dich so um mich kümmerst, Mutter«, sagte sie trocken. »Aber das ist wirklich nicht nötig. Ich kann gut selbst auf mich Acht geben.«

»Freut mich zu hören«, versetzte Jeanette. »Und es bedeutet hoffentlich, dass du nach Hause kommst. Mitgefangen, mitgehangen – und deshalb solltest du dich von dieser schrecklichen Familie so schnell wie möglich distanzieren.«

Harriet wurde zornig wie immer, wenn ihre Mutter diese Haltung an den Tag legte. »Catriona ist meine Freundin«, sagte sie eisig. »Ich halte zu ihr, solange sie mich braucht, und wenn das bedeutet, dass ich ihr meine beruflichen Dienste anbiete, dann werde ich auch das tun.«

»Das würdest du nicht wagen.« Jeanettes Entsetzen vibrierte durch die Leitung.

»Auf Wiederhören, Mutter.« Harriet trennte die Verbindung und kehrte in die Küche zurück, wo ihr laute Stimmen entgegenschallten. Rosa hatte offenbar genug gehört, um Belinda zur Rede zu stellen.

»Irgendwoher muss es doch kommen«, zischte sie.

»Wenn du lange genug den Mund halten würdest, um auch anderen Gelegenheit zum Reden zu geben, dann würdest du vielleicht begreifen, dass es nicht in deinem Interesse ist, so etwas zu tun«, sagte Belinda wütend.

Trotz der ernsten Situation musste Harriet angesichts der beiden Streithähne lächeln. Rosa ertrank in Connors Pyjama, die Haare standen ihr zu Berge; sie sah aus wie ein zänkisches Kind. Belinda stand in Shorts und T-Shirt vor ihr, zerzaust und mit flammendem Blick. »Ihr müsstet euch selbst sehen«, sagte Harriet. »Wie zwei kleine Mädchen.«

»Das ist nicht komisch«, fuhr Rosa sie an. »Die letzten Neuigkeiten sind alles andere als das.«

»Ich kenne sie«, sagte Harriet sanft. »Dank meiner treu sorgenden Mutter, die der Meinung ist, ich sollte mich so schnell wie möglich von euch allen distanzieren.«

»Ich wünschte, das könnte ich auch«, sagte Connor, der eben mit Tom hereinkam. »Ihr alle habt seit eurer Ankunft nichts als Unruhe gebracht.« Er hob die Hand, als Rosa protestieren wollte. »Halt den Mund!«, befahl er. »Es gibt eine Erklärung für alles.« Er sah Tom an. »Los, erzählen Sie, und zwar schnell. Das kampflustige Funkeln in den Augen meiner Schwester gefällt mir nicht.«

Harriet hörte zu, als Tom berichtete, warum er hier war und wie Catriona verlangt hatte, dass nichts davon an die Öffentlichkeit dringen dürfe. Sie war ungeheuer erleichtert, denn sie hatte nie glauben wollen, dass er so hinterhältig sein könnte. Er besitzt eine angenehme Stimme, dachte sie. Außerdem gefiel ihr, wie er seine Worte hier und da mit Gesten unterstrich. Er hatte starke, tüchtige Hände mit gepflegten Fingernägeln.

Sie betrachtete die eigenen Hände, und ihre Gedanken schweiften ab. Es war nicht zu leugnen – Tom war ein attraktiver Mann. Mühelos übernahm er die Führung und zog die Aufmerksamkeit aller auf sich. Er beschwichtigte hitzige Gemüter und besänftigte gekränkte, doch sie ahnte, dass hinter diesem besonnenen Äußeren eine gezügelte Kraft wohnte, die jeden Augenblick mit erstaunlicher Wirkung entfesselt werden konnte.

Ihre Gedanken wanderten noch weiter. Eine heiße Röte stieg ihr am Hals herauf, und sie senkte den Kopf und ließ sich das

Haar vor das Gesicht fallen. Das ist lächerlich, dachte sie verärgert – er ist ein Mann, ein ganz normaler Mann, der über die neuesten Wendungen zutiefst bestürzt ist und sich Sorgen um Catriona macht. Warum um alles in der Welt sollte sie sich davon unnötig aus der Fassung bringen lassen? Nimm dich zusammen, tadelte sie sich im Stillen, benimm dich wie eine erwachsene Frau und denk daran, dass Catriona dich braucht! Tom hatte diese ganze Affäre offensichtlich bis obenhin satt, und wer konnte es ihm verdenken? Aber anscheinend würde auch er Unterstützung von ihnen allen brauchen. Immerhin war die Tatsache nicht von der Hand zu weisen, dass er die Angelegenheit Catriona zuliebe geheim gehalten hatte, und vermutlich hatte er für diese Entscheidung einen hohen Preis bezahlt. Denn Tom Bradley war ein ehrenhafter Mann, der nicht gern Geheimnisse hatte, ein Mann, für den die Wahrheit oberste Priorität besaß, so unangenehm sie auch sein mochte.

Catriona hatte den Ritt genossen. Die Müdigkeit nach der langen Nacht war verflogen, und sie war bereit, dem Tag ins Auge zu sehen. Sie hörte die lauten Stimmen, als sie auf das Farmhaus zuging, und sie hörte auch Tom, als sie auf der Veranda stand. Ihr Geheimnis war enthüllt.

»Danke für eure Unterstützung«, sagte sie, als sie hereinkam. Sie warf die Reitgerte auf einen Stuhl, goss sich eine Tasse Tee ein und drehte sich zu ihnen um.

»Morgen, Mum«, sagte Rosa. »Und danke, dass du uns im Dunkeln gelassen hast.«

»Sarkasmus steht dir nicht, mein Schatz«, sagte Catriona honigsüß. »Und hör um Himmels willen auf, die Stirn zu runzeln. Es macht dich hässlich.«

Rosa grinste. Sie konnte nicht lange grollen. Sie gab Catriona einen Kuss auf die Wange. »Warum hast du es uns denn nicht gesagt?«, fragte sie. »Hast du kein Vertrauen zu uns?«

»Ich war einfach noch nicht so weit, dass ich irgendjemandem davon erzählen konnte.« Sie betrachtete die drei Mädchen lächelnd. Rosa war wie der Wind der Jugend, eine kühle Brise, die immer wieder durch ihr Leben wehte und ihr Freude brachte. Auch Harriet war jung und attraktiv, und die vorzüglich geschnittene Hose brachte ihre langen Beine gut zur Geltung. Ihr dichtes, glänzendes blondes Haar erweckte das Verlangen, es zu berühren. Sie war eine wunderschöne Frau; kein Wunder, dass Tom Bradley den Blick nicht von ihr wenden konnte. Und was Belinda anging – noch immer sah sie den kleinen Wildfang in deren Augen, die Lebenslust, die bodenständige Ehrlichkeit. Hoffentlich würde auch Connor es sehen und den ersten Schritt tun, bevor sie wieder in die Stadt zurückkehrte und für immer aus seinem Leben verschwand.

Connor trat zu Catriona und drückte ihr einen Kuss auf die Wange. »Beim nächsten Mal«, sagte er, »behältst du nicht wieder alles für dich, ja?« Er lächelte. »Du hättest wissen müssen, dass es nichts gibt, was du hier draußen lange geheim halten kannst.«

Sie nickte und wandte sich an Belinda und Tom. »Ich denke, ich sollte es hinter mich bringen«, sagte sie entschlossen. »Zweifellos werden die Journalisten inzwischen ihre eigenen Geschichten erfinden. Es ist besser, ihr hört die Wahrheit aus erster Hand, statt euch auf Klatsch und Tratsch zu verlassen.«

Sie führte sie alle ins Wohnzimmer, setzte sich auf das Sofa und nahm Archie auf den Schoß. Dann wartete sie, bis alle einen Platz gefunden hatten. Der Augenblick war gekommen.

»Die anderen haben meine Lebensgeschichte schon gehört, Tom«, begann sie. »Aber was ich jetzt erzählen werde, hat noch niemand gehört. Es betrifft eine relativ kurze Episode in meinem Leben, aber eine, die mich bis heute begleitet hat.«

Tom sah die Schatten auf ihrem Gesicht. Er wusste, wie schmerzhaft es für sie sein musste, eine solche Geschichte zu erzählen. Er wünschte von ganzem Herzen, er hätte die Sache auf sich beruhen lassen können. Aber je länger er ihr zuhörte, desto klarer wurde ihm, dass sie das Bedürfnis hatte, sich von dem Bösen zu befreien, das sie ihr Leben lang begleitet hatte.

Er schaute zu Belinda hinüber und sah ihr an, dass sie das Gleiche dachte. Jetzt gab es kein Zurück mehr; für Reue war es zu spät. Catriona wusste genau, was sie tat, und tatsächlich schien ihr das Bekenntnis sogar Kraft zu geben. Ihre Charakterstärke und ihre Entschlossenheit waren bewundernswert, und wäre sie nicht aus so hartem Holz gewesen, hätten die Ereignisse jener Zeit sie sicher zerstört. Aber sie war stark wie eh und je. Sie hatte über alle Widrigkeiten gesiegt und ihr Leben zum Erfolg geführt. Sie war eine Überlebenskünstlerin.

Rasch kontrollierte er den kleinen Recorder und wechselte Kassette und Batterien aus. Catriona redete seit über einer Stunde, und eigentlich sollte sie erschöpft sein, aber sie saß hoch erhobenen Hauptes da – beinahe königlich in ihrer Verachtung für das, was sie zu erzählen hatte.

Tom schaltete den Recorder ein und legte ihn wieder auf die Armlehne seines Sessels. Er schob die Hand in die Tasche und befühlte den kleinen Plastikbeutel. Er enthielt ein entscheidendes Beweisstück. Aber bisher schien es nicht zu der Geschichte zu passen, die Catriona erzählte.


Mit einem langen Seufzer beendete Catriona ihre Geschichte, und ihr Zorn war endlich verraucht. Sie ließ den Kopf sinken. »Es war vorbei«, sagte sie leise. »Kane war tot und begraben.«

Es war still. Sie schaute auf und in die Runde. Was sie sah, brach ihr das Herz. Rosa war bleich. Mit entsetztem Blick presste sie die Hand vor den Mund, und die Tränen rannen über ihre Finger. Auch Belinda und Harriet kämpften mit den Tränen. Toms Blick war stumpf; er wiegte sich mit verschränkten Armen vor und zurück. Connor ließ den Kopf hängen; er stützte sich mit den Ellenbogen auf die Knie und hatte die Hände im Nacken verschränkt. Seine Tränen tropften auf den Boden. »Seid meinetwegen nicht traurig«, sagte sie flehentlich. »Er ist tot. Er kann mir nichts mehr anhaben.«

Rosa sprang auf, nahm sie in die Arme und hielt sie so fest umschlungen, wie Velda es in jener schrecklichen Nacht getan hatte. Sie vergrub schluchzend den Kopf an Catrionas Schulter und stammelte unverständliche Worte. Connor stand auf und betrachtete die beiden eine ganze Weile. Sein tränennasses Gesicht war grau vor Schmerz. Dann wandte er sich ab und ging entschlossen hinaus.

Catriona streichelte Rosa beruhigend den Rücken und sah ihm nach. Er würde wissen, wie er mit dieser furchtbaren Geschichte fertig wurde. Er war genauso stark wie seine Großmutter; Poppys Erbteil würde ihm helfen.

Belinda und Harriet umarmten sie ebenfalls. Das sagte mehr als tausend Worte. Catriona küsste sie beide, gab Rosa ein Taschentuch und strich ihr über das kurze, stachlige Haar. Ihre Liebe zu allen dreien war überwältigend.

Als alle wieder ein wenig ruhiger waren, wandte sie sich an Tom. »Jetzt wissen Sie alles«, sagte sie leise. »Keine schöne Geschichte, nicht wahr?«

»Catriona, es gibt keine Worte für mein Mitgefühl.« Er hatte auf dem Sofa Platz für Rosa gemacht und stand jetzt vor dem Kamin. Aber sein Gesichtsausdruck stand in einem seltsamen Widerspruch zu dem, was er sagte. »Und natürlich wird man wegen des Mordes an Kane keine Anklage gegen Sie erheben.«

»Das habe ich auch nicht erwartet«, sagte sie mit neuer Zuversicht.

»Aber ich habe da ein Problem.« Er trat von einem Bein auf das andere, warf einen Blick zu Belinda hinüber und schaute dann auf seine Stiefel.

»Na, dann spucken Sie's aus, Mann!«, sagte sie ungeduldig.

»Ich will diese Sache zu Ende bringen und mein Leben weiter-führen.«

»Catriona«, begann er, »als ich Sie vor ein paar Tagen anrief, schienen Sie genau zu wissen, warum ich mit Ihnen reden wollte. Sie wussten, dass da oben in Atherton ein Mord begangen worden war und dass man die Leiche bei den Renovierungsarbeiten ge-funden hatte.«

Catrionas Geduld ging allmählich zu Ende. »Ja. Und jetzt habe ich Ihnen berichtet, was passiert ist und wo er begraben wurde. Wo liegt das Problem?«

Es war totenstill, als er endlich antwortete. »Es war nicht Kanes Leiche, die wir gefunden haben.«

SECHSUNDZWANZIG

*R*eden Sie keinen Unsinn!« Catriona sprang auf und funkelte ihn wütend an. »Natürlich war es Kane.«

Er schüttelte den Kopf. »Tut mir leid, Catriona. Die Leiche, die wir gefunden haben, war hinter einer zweiten Mauer versteckt. Durch die luftdichten Bedingungen ist der Leichnam gut erhalten, beinahe mumifiziert. Und das Opfer wurde nicht erschlagen.« Er schluckte und atmete tief durch. »Es wurde mit einer Drahtschlinge erdrosselt.«

Die Vorstellung, die ihr bei diesen Worten vor Augen trat, ließ Catriona zusammenzucken. »Aber das verstehe ich nicht«, flüsterte sie. »Wer könnte es …?« Sie brach ab, denn nun kam ihr ein grauenhafter Verdacht.

Tom zog den kleinen Plastikbeutel hervor. »Das haben wir in einer seiner Taschen gefunden«, sagte er leise.

Catrionas Kopf war plötzlich leer. Die Kette war das perfekte Gegenstück zu der, die sie stets trug. Sie ließ sich auf das Sofa fallen und starrte das Schmuckstück an. »Dann hat Dimitri mich nicht verlassen«, hauchte sie. »Er war die ganze Zeit da.« Sie streckte die Hand aus. Der Ring lag warm in ihrer Hand. Sie schloss die Finger und hielt ihn fest. Es störte sie nicht, wo er gefunden worden war, und sie spürte keine Abneigung gegen diese Erinnerung aus der Vergangenheit, sondern nur tiefe Trauer über das Ende, das Dimitri gefunden hatte. »Wo ist er jetzt?«, fragte sie mit brüchiger Stimme.

Tom hockte sich vor ihr auf die Fersen. Er bedeckte ihre Finger mit seinen warmen Händen und sah sie liebevoll an. »Er ist in Cairns im Leichenschauhaus. Wir konnten ihn nicht hundertprozentig identifizieren. Bei der Obduktion hat man zwar Zeitpunkt und Ursache des Todes festgestellt, aber darüber hinaus hatten wir nur Verdachtsmomente. Der Vermisstenbericht meines Großvaters gehört seit drei Generationen zu unserer Familiengeschichte, und als diese Leiche gefunden wurde, war mir klar, dass nur Sie die Antworten kennen können.«

Sie starrte ihn an. »Dann wussten Sie gar nichts von Kane?«

Er schüttelte den Kopf. »Ich hatte einen Toten, weiter nichts. Ich wusste nicht, wer es war, aber ich hatte den Verdacht, dass es sich wahrscheinlich um Dimitri Jewtschenkow handelt. Ich habe eine Menge Nachforschungen angestellt, und schließlich war mir klar, dass Sie die Einzige aus jener Zeit sind, die noch lebt.«

Sie schüttelte seine Hände ab und stand auf. »Das hätten Sie mir sagen müssen«, fuhr sie ihn an. »Sie hätten sagen müssen, wo Sie die Leiche gefunden haben.«

Er wurde rot. »Als ich das erste Mal mit Ihnen telefonierte, haben Sie gesagt, Sie wüssten, warum ich mit Ihnen sprechen will«, erinnerte er sie. »Und Sie haben nicht bestritten, dass Sie von dem unidentifizierten Toten wussten. Da Sie zur Tatzeit noch ein Kind gewesen sein mussten, hatte ich keinen Augenblick lang den Verdacht, dass Sie etwas damit zu tun haben könnten. Weil ich Sie immer bewundert habe und Ihnen jede Verlegenheit ersparen wollte, hielt ich es für das Beste, herzukommen und Ihnen Gelegenheit zu geben, mir Ihre Sicht der Ereignisse darzulegen.«

»Und dann haben Sie zugesehen, wie ich mir ein tiefes Loch gegraben habe und hineingefallen bin.« Catriona kochte vor Wut, und mit hochrotem Gesicht starrte sie ihn an. »Ich hätte meine Familie all dem gar nicht aussetzen müssen, nicht wahr? Ich hätte Ihnen gar nichts von Kane zu erzählen brauchen. Die ganze Gewissenserforschung, all das Herzweh – umsonst.«

Er seufzte beschämt und bohrte die Hände in die Hosentaschen. »Glauben Sie mir, Catriona, ich hatte keine Ahnung, dass wir über zwei verschiedene Dinge sprechen. Sie schienen Ihrer Sache so sicher zu sein und so genau zu wissen, wer das Opfer war und wie es zu Tode kam. Woher sollte ich wissen, dass Sie von einem ganz anderen Fall sprachen?«

Catriona sank in sich zusammen und schaute zu Boden. »Sie haben Recht. Ich habe einfach geglaubt, Sie hätten Kane gefunden, und auch wenn ich diese schrecklichen Erinnerungen nicht gern ausgegraben habe, sollte ich Ihnen doch dankbar sein, dass Sie mich davon befreit haben.«

»Das verstehe ich nicht.«

»Ich habe für den Mord an diesem Mann eine lebenslängliche Strafe abgebüßt. Kein Tag ist vergangen, an dem ich nicht daran dachte, was meine Mutter und ich vor all den Jahren getan haben. Dass ich es jetzt erzählen konnte, hat mich befreit, und es hat mir ein zweites Leben eröffnet. Nun habe ich ihn auch hier begraben.« Sie tippte sich an den Kopf. »Er ist nicht mehr da. Er kann mir nichts mehr anhaben.«

»Dann hat die Sache wenigstens ein Gutes gehabt.« Er seufzte. »Es tut mir leid, Catriona. Ich wollte Ihnen nicht wehtun.«

»Das weiß ich.« Sie lächelte mühsam. »Wenn Sie mir von Anfang an von der Kette erzählt hätten, dann hätten wir dieses Gespräch nie geführt.« Sie legte den Kopf schräg. »Warum haben Sie nichts davon gesagt?«

Er fuhr sich mit der Zunge über die Lippen und scharrte mit der Schuhspitze auf dem Teppich. »Da ist etwas schief gelaufen«, gestand er. »Als mir die Akten geschickt wurden, war die Kette nicht dabei. Ich habe einen Kollegen dort oben angerufen, und er sagte mir, der Asservatenbeutel sei irgendwie aus den Unterlagen abhanden gekommen und niemand könne ihn mehr finden.«

Er wich Catrionas Blick aus.

»Der Mann ertrank in Arbeit, und er hatte die Akte einem

jungen und unerfahrenen Polizisten übergeben, der sie mit ein paar anderen durcheinander brachte, die er gerade bearbeitete. Der Beutel mit der Kette wurde dann in der Hinterlassenschaft eines anderen Mordopfers gefunden. Zum Glück war der Ehemann der Ermordeten so ehrlich, darauf hinzuweisen.«

Grimmig wandte Catriona sich an Rosa. »Sind unsere Polizisten nicht wundervoll?«, sagte sie mit ätzender Ironie. »Man kann sich immer darauf verlassen, dass sie alles durcheinander bringen.«

»Sie übertreiben, Catriona«, sagte Tom empört.

»Lassen wir das«, sagte sie in scharfem Ton. »Was haben Sie denn unternommen, um den Mord an Dimitri aufzuklären?«

»Nach dem, was Sie uns erzählt haben, kann ich nur Vermutungen anstellen.« Er warf einen Blick zu Belinda hinüber. »Ich nehme an, er vermutete, dass Kane etwas im Schilde führte, aber wahrscheinlich hatte es nichts damit zu tun, dass er Sie missbrauchte. Wenn er angenommen hätte, dass Sie in Gefahr waren, hätte er sicher sofort die Polizei alarmiert. Aber Kane wusste, dass der Mann imstande wäre, ihn umzubringen, wenn er herausfände, was da vorging. Wahrscheinlich hatte er große Angst, dass Sie es Dimitri erzählen könnten; deshalb hat er sich so sehr bemüht, Ihre Freundschaft zu ihm zu zerstören.«

»Wenn Dimitri auch nur geahnt hat, was für ein Mensch Kane war, warum hat er sich dann nicht um mich gekümmert? Warum hat er nie etwas gesagt – zu mir oder zu Mum?«

Tom zuckte die Achseln. »Wer weiß?« Er seufzte. »Es ist ein heikles Thema und nicht leicht mit einem kleinen Mädchen zu erörtern, das vielleicht nicht einmal versteht, was er sagen will. Er war ein ungebildeter Fremder in einem fremden Land; seine Familie war in den russischen Pogromen ermordet worden. Dann kamen Sie und erinnerten ihn an die Tochter, die er verloren hatte. Er entwickelte große Zuneigung zu Ihnen, und in seinem Beschützerdrang dachte er vielleicht, Kane werde Ihnen schon nichts tun, wenn er wusste, dass er Sie unter seine Fittiche genommen hatte.«

Catriona nahm den Faden auf. »Aber da missbrauchte Kane mich bereits und wollte nicht riskieren, dass ich Dimitri davon erzählte. Er wurde ungeduldig, weil er den Missbrauch weitertreiben wollte. Da musste Dimitri aus dem Weg geräumt werden.«

»Tragisch«, sagte Tom. »Nach allem, was Sie uns erzählt haben, scheint es, als hätten Sie niemals irgendjemandem gegenüber auch nur angedeutet, was da bereits im Gange war. Kane hatte Sie so gründlich manipuliert, dass er wahrscheinlich ungestraft davongekommen wäre.«

Catriona nickte. »Er gab mir das Gefühl, ich sei die Schuldige. Ich sei diejenige, die ihn gereizt und ermuntert habe. Ich habe Jahre gebraucht, um zu begreifen, dass es natürlich nicht so war, aber damals dachte ich nur, ich könnte die Leute darauf aufmerksam machen, indem ich ungezogen, widerborstig und launisch war.« Sie lächelte betrübt. »Eigentlich albern. Niemand nahm Notiz davon, bis es zu spät war.« Sie legte sich die Kette um den Hals und spürte ihr Gewicht auf der Haut. »Ich möchte, dass Dimitri ein anständiges Begräbnis bekommt, Tom. Können Sie das für mich arrangieren?«

Er nickte. »Natürlich. Möchten Sie dabei sein?«

Catriona überlegte kurz. »Nein«, sagte sie leise. »Ich werde ihn immer in Erinnerung behalten und um ihn trauern. Aber die Toten sollen ihre Toten begraben. Jetzt ist nur noch die Zukunft wichtig.« Sie lächelte ihn an. »Wie sieht meine Zukunft aus, Tom?«

»Der Fall wird abgeschlossen. Dimitri ist identifiziert, und der Mord wurde durch eine oder mehrere unbekannte Personen begangen. Wir können ja trotz unseres Verdachts nicht beweisen, dass Kane es getan hat.« Er atmete tief und lange aus, als habe er den Atem angehalten. »Wir werden den Boden unter dem Schuppen aufgraben und registrieren müssen, was wir dort finden. Aber ich bezweifle, dass noch viel da ist, nachdem Sie den Toten mit Säure übergossen haben.«

»Werde ich für diesen Mord vor Gericht gestellt werden?« Sie musterte ihn durchdringend und sah den Widerstreit der Gefühle in seinem Blick.

Er schüttelte den Kopf. »Ihre Mutter hat ihn umgebracht, und sie ist tot. Sie waren damals ein Kind. Man könnte zwar darüber diskutieren, ob Sie nicht Beihilfe geleistet haben, aber ich werde dafür sorgen, dass Ihr Name aus dem Spiel bleibt.«

»Und wie wollen Sie das machen? Da müssten Sie doch die Wahrheit ein bisschen verbiegen.«

»Wahrscheinlich.« Er wechselte einen verschwörerischen Blick mit Belinda und lächelte. »Aber nur die Leute hier im Raum wissen, warum diese Morde geschehen sind, und wir werden es niemandem erzählen. Sie vielleicht?«

Sie lachte. »Sie sind ein ungezogener Junge. Aber ich bin noch nicht ganz überzeugt. Was ist mit dem kleinen Recorder, den Sie die ganze Zeit laufen lassen? Jetzt muss doch alles auf dem Tonband sein.«

Er griff nach dem Gerät und betrachtete es mit gespieltem Bedauern. »Was sagt man dazu?«, flüsterte er. »Ich glaube wirklich, ich habe vergessen, das Ding wieder einzuschalten, nachdem ich Kassette und Batterien gewechselt habe.«


Nach einer kurzen Besprechung mit Tom spazierte Belinda über den Hof und machte sich auf die Suche nach Connor. Ihre Gedanken kreisten noch immer um die Geschichte, die sie heute gehört hatte, und sie wusste, dass Connor darunter leiden musste. Seufzend blieb sie am Zaun stehen und schaute über das Land hinaus. Catrionas Geschichte war nichts Ungewöhnliches; sie hatte so etwas in unterschiedlichen Versionen schon oft gehört, als sie in der Kinderschutzabteilung gearbeitet hatte. Aber immer wieder berührten solche Geschichten sie tief, und sie wusste, dass sie in den nächsten Tagen Alpträume haben würde. Die Arbeit mit kindlichen Missbrauchsopfern hatte etwas Düsteres an sich, und sie fühlte sich schmutzig und schämte sich, zur menschlichen Rasse zu gehören. Aber sie hatte zu denen gehört, die solchen Kindern Unterstützung gaben, sie war diejenige gewesen, die ihnen zugehört hatte und in deren Macht es stand, das alles aufhören zu lassen. Es war eine zermürbende und oft frustrierende Aufgabe gewesen, und irgendwann hatte sie festgestellt, dass sie erschöpft war. Deshalb hatte sie sich zur Drogenfahndung beworben. Drogendealer waren leichter zu ertragen als Kinderschänder.

»Bleibst du noch ein Weilchen auf *Belvedere*?« Connor stand plötzlich neben ihr.

»Nur noch heute Abend. Tom und ich müssen morgen nach Cairns, um den Fall abzuschließen und den nötigen Papierkram zu erledigen. Dann geht's nach Brisbane zur Schlussbesprechung mit dem Boss.«

»Oh.«

Es war ein winziges Wort, aber Belinda hörte die Gefühle, die sich dahinter verbargen. Sie hatte so lange auf ein Zeichen dafür gewartet, dass er sie wirklich vermissen könnte, wenn sie wieder fortginge, und sie wusste, sie würde eher zum Mond fliegen, als dass sie diesen Mann verließe. Sie hatte ihm so vieles zu sagen, aber wie sollte sie die richtigen Worte finden? Sie hatte ihre Gefühle nie besonders gut verbergen können und sprang oft ins tiefe Wasser, ohne nachzudenken, doch das hier war zu wichtig. Sie durfte es nicht vermasseln.

So standen sie nebeneinander in der schwülen Hitze des Spätnachmittags. Connor warf immer wieder einen Blick zu ihr herüber, und Belinda wusste, dass er genau wie sie voller Panik nach einer Möglichkeit suchte, diese Unterhaltung zu verlängern. Sie waren beide so sehr in ihre Gedanken vertieft, dass sie nicht merkten, wie Catriona herankam.

»Herrgott im Himmel, ihr beide, steht doch nicht herum und macht schwachsinnige Gesichter. Wenn ihr euch etwas zu sagen habt, dann tut es einfach.« Sie gab Belinda einen Kuss und umarmte sie, bevor sie sich an Connor wandte. »Es ist ja nicht so, als wäret ihr Fremde«, sagte sie streng. »Und ich an Belindas Stelle würde dir bald einen Tritt in den Hintern geben, weil du so verdammt schwer von Begriff bist.«

Connor und Belinda starrten ihr nach, als sie davonmarschierte. Dann drehte er sich wieder zu ihr um, und sein Blick sprach Bände. Belinda schob die Hand in seine und spürte, wie ihr Puls zu hüpfen anfing. »Ich muss ja noch nicht gleich weg«, sagte sie mit unsicherer Stimme. »Und ich komme bald wieder zu Besuch.«

»Wann?«, fragte er eifrig, und sein Gesicht strahlte voller Hoffnung.

»Bald«, versprach sie und fuhr sich mit der Zunge über die Lippen. »Hör zu, Connor«, begann sie. »Ich weiß, ich habe in der Vergangenheit ein paar ziemlich dumme Sachen gesagt. Und ich weiß auch, dass ich als Kind eine Nervensäge war, und deshalb könnte ich es dir nicht verdenken, wenn du mich nie wiedersehen wolltest, aber ...«

Er legte ihr einen Finger an die Lippen, um ihren Wortschwall zu bremsen. »Keine Sorge«, sagte er leise. »Damals waren wir Kinder. Heute ist es was anderes.«

Sie schloss die Augen für einen Moment und genoss das Gefühl seines Fingers an ihren Lippen. Sie schwankte ihm entgegen, und ihr Atem ging stoßweise. »Du wirfst mich um, Connor«, sagte sie. »Du bringst Gefühle in mir zum Vorschein, die ich nie für möglich gehalten hätte, und das macht mir Angst.« Sie sah zu ihm auf, und in seinem Blick lag so viel Zärtlichkeit, dass sie vor Glück beinahe geweint hätte. »Glaubst du, du könntest möglicherweise auch so etwas Ähnliches empfinden?«, flüsterte sie.

»Ich glaube, du hast mich jetzt endlich in die Knie gezwungen«, sagte er, und seine Augen funkelten humorvoll. »Aber du wohnst in Brisbane, und ich bin hier. Wie sollen wir da je heraus-finden, ob es funktioniert?«

»Wir werden uns was einfallen lassen«, murmelte sie. »Kannst du jetzt aufhören zu reden und mich küssen?«

Fordernd pressten sich seine Lippen auf ihren Mund. Seine Arme drückten sie an sich, so dicht, dass sie seinen Herzschlag an ihrer Brust fühlen konnte, und der Traum, den sie hatte, seit sie sechs Jahre alt war, wurde in diesem Augenblick Wirklichkeit. Schon bald würde sie die Stadt verlassen und für immer nach *Belvedere* zurückkehren, denn hier war der Mann, den sie anbetete, und sie war entschlossen, ihn zu besitzen.


Catriona war zum Coolibah-Baum spaziert. Sie brauchte ein biss-chen Zeit für sich allein, um die Ergebnisse dieses dramatischen Tages zu verdauen. Gedankenversunken saß sie da, als sie Harriet zwischen den Bäumen erblickte. Sie kam mit ihrem Koffer die Verandatreppe heruntergestürmt, stieg in den Wagen und schlug dröhnend die Tür zu.

Catriona wollte sie rufen, aber schon brüllte der Motor auf, und der Wagen raste die Zufahrt hinunter und davon. Wo zum Teufel wollte das Mädchen hin? Und warum nahm sie ihren Koffer mit? Wollte sie abreisen, ohne sich zu verabschieden? Un-sicher stand sie auf und nagte an der Unterlippe. Rosa war nir-gends zu sehen. Vielleicht hatten die beiden sich gestritten? Eine andere Erklärung für diesen überstürzten Aufbruch konnte es nicht geben.

Sie nahm sich vor, Ruhe zu bewahren, und ging langsam zum Haus zurück. Für heute hatte es genug Dramen gegeben, und sie wollte nicht noch eines entfachen. »Erstaunlich, was an einem einzigen Tag alles passieren kann«, rief sie, als sie in der Diele ihre Stiefel auszog. »Connor und Belinda haben endlich eingesehen, dass sie sich lieben.«

Rosa rauchte wütend eine Zigarette; sie klapperte mit Töpfen und Pfannen und warf Besteck in die Spüle, dass es klirrte. »Wurde auch Zeit, dass Connor zur Besinnung kommt«, blaffte sie. »Ich hatte schon Angst, er wird allmählich zu einem alten Weib.«

»Ein altes Weib zu sein ist nichts Schlimmes«, gab Catriona zurück. »Wart's nur ab. Eines Tages bist du selbst eines.« Sie verschränkte die Arme und musterte Rosa. Offensichtlich kochte das Mädchen vor Wut.

»Was ist denn los?«, fragte sie ruhig.

»Gar nichts«, fauchte Rosa.

»Weißt du, Rosa, manchmal gehst du mir schrecklich auf die Nerven. Hör auf damit und sag mir, warum Harriet soeben davongestürmt ist und du aussiehst, als wolltest du gleich explodieren.«

Rosa wandte sich von der Spüle ab. »Sie musste nach Sydney zurück«, erklärte sie schroff.

»Warum?«

Rosa fuhr sich mit den Fingern durch die Haare und seufzte. »Keine Ahnung«, brummte sie, drückte ihre Zigarette aus und zündete sich eine neue an.

Catrionas Mundwinkel zuckten. Rosa würde dieses Spiel nicht lange durchhalten; sie würde ihr bald alles erzählen, wie sie es immer tat.

Das Schweigen zog sich in die Länge, und schließlich knickte Rosa ein. »Okay, okay«, sagte sie und hob kapitulierend die Hände. »Wir haben uns gestritten, und wir fanden beide, es ist besser, wenn sie abreist und uns beiden ein bisschen Raum lässt.« Sie schnippte die Asche auf den Boden und verstrich sie mit der Stiefelsohle. »Außerdem«, sagte sie bemüht gleichgültig, »außerdem hat sie in Sydney Dinge zu erledigen, die nicht warten können.«

Catriona senkte den Kopf. Allmählich ging ihr ein Licht auf. »Wirklich?«, sagte sie. »Und du hast wohl keine Ahnung, was für ›Dinge‹ das sein könnten, oder?«

»Kann ich nicht sagen.« Rosa wich ihrem Blick aus. »Harriets Angelegenheiten gehen mich nichts an.«

Catriona schnaubte. »Mag sein, dass ich alt bin und manches schon hinter mir habe, mein Schatz. Aber behandle mich bitte nicht, als hätte ich den Verstand verloren.«

»Ich habe nie gesagt, dass du alt oder dämlich bist«, wütete Rosa. »Harriet und ich hatten einen Streit. Es ging um etwas, das ich in der Hitze des Augenblicks gesagt habe, und seien wir ehrlich: Nach deinen Enthüllungen ist die Atmosphäre derart aufgeladen, dass einem leicht mal ein falsches Wort rausrutscht.«

Catriona schob die Hände in die Taschen. »Stimmt, es war ein schwieriger Tag heute. Aber es muss schon ein ernsthafter Streit gewesen sein, wenn Harriet verschwindet, ohne sich zu verabschieden.« Sie schwieg kurz. »Du kannst mir nichts vormachen, Rosa«, sagte sie dann leise. »Ich weiß, was du getan hast.«

Rosa zog die Brauen hoch, bemüht, ein unschuldiges Gesicht zu machen. Aber ihr hochrotes Gesicht verriet sie, und dass sie Catriona nicht in die Augen sehen konnte, war der letzte Beweis ihrer Schuld. Trotzig hob sie das Kinn, bereit, in ihrer Ecke bis zum bitteren Ende zu kämpfen. »Und was genau, glaubst du, habe ich getan?«

»Du hast dich in Dinge eingemischt, die dich nichts angehen. Hoffentlich bist du jetzt auch bereit, die Konsequenzen zu tragen, Rosa. Denn nichts ist jemals so klar und einfach, wie es auf den ersten Blick aussieht. Harriets Abfahrt ist der Beweis dafür.«

Rosa nagte an der Unterlippe. Die Zweifel ließen ihren Zorn verfliegen. »Was meinst du damit?«

»Ich glaube, du weißt genau, was ich damit meine«, sagte Catriona.

Connor betrachtete das Mädchen an seiner Seite. Sie trug Jeans und ein Hemd und hatte sich einen Pulli lose um die Taille geschlungen. Das Wuschelhaar umfloss ihre Schultern, und sie trug kein Make-up. Flüchtig wanderten seine Gedanken zu der coolen, kultivierten Harriet, und unwillkürlich fing er an zu vergleichen.

Er hatte sie attraktiv gefunden – welcher Mann hätte das nicht getan? –, aber abgesehen davon, dass sie eine von Rosas Freundinnen und außerdem eine Augenweide im Sattel war, konnte Harriet dem Mädchen neben ihm nicht das Wasser reichen.

»Du siehst so nachdenklich aus«, stellte Belinda fest. »Hast du etwas auf dem Herzen?«

Er wurde rot, als er in die dunkel leuchtenden Augen sah. Es war, als könne sie seine Gedanken lesen, und er begriff, dass er sich vorsehen musste, denn sonst würde er sich bald genauso albern aufführen wie Tom Bradley. »Es wird spät«, sagte er bärbeißig. »Ich sollte mich um die Männer kümmern.«

Belinda lächelte und lehnte sich an den Zaun; sie schob die Finger in ihr Haar und gähnte. Connor konnte nicht umhin, die elfenbeinerne Wölbung ihrer Brüste zu bewundern, als ihre Bluse ein wenig auseinander klaffte. Sie ertappte ihn dabei, und wieder wurde er rot. Ihr dunkles, kehliges Lachen brachte ihn vollends durcheinander.

»Schön zu wissen, dass dir die Aussicht gefällt«, sagte sie augenzwinkernd.

Connor blickte zu Boden. Sie flirtete mit ihm, und er wusste nicht genau, wie er reagieren sollte. Am besten war es, Feuer mit Feuer zu bekämpfen. »Ist sicher besser als ein Stier von hinten«, brummte er.

Sie warf den Kopf zurück und lachte schallend. »Danke«, prustete sie schließlich. »Das sollte ja wohl ein Kompliment sein, oder?«

Er grinste und kam sich vor wie ein kleiner Junge. »Vermutlich«, sagte er gedehnt und trat seine Zigarette aus.

»Aber du selbst siehst auch nicht übel aus.« Ihr Blick wanderte über seine Gestalt. »Beinahe besser als Max, aber der hat natürlich was, was du nicht hast.« Ihre Mundwinkel zuckten, und ihre Augen funkelten vergnügt.

»Max?« Er wusste, er hätte nicht fragen sollen. Es war ein Spiel. Aber er konnte nicht anders, er musste mitspielen.

»Mein Partner.« Sie lachte wieder, dunkel und sexy.

»Oh«, sagte er bestürzt. »Ich wusste nicht, dass du jemanden hast.«

Sie lachte laut. »Armer Connor«, sagte sie. »Ich sollte dich nicht aufziehen, was?«

Verdattert sah er sie an. Er würde niemals verstehen, was im Kopf einer Frau vorging, aber er wünschte doch, sie wollten nicht ständig in Rätseln sprechen.

»Max ist mein Partner bei der Arbeit«, erklärte sie. »Er ist klug, treu und der beste Freund, den ich je haben werde.« Sie schaute ihn an und lächelte honigsüß. »Max ist ein Deutscher Schäferhund mit einer kalten, feuchten Nase, zu vielen Haaren und einem Hass auf Katzen und Schurken – nicht unbedingt in dieser Reihenfolge. Aber ich glaube nicht, dass er eine Bedrohung für dich ist.«

Er war zutiefst erleichtert. »Dann ist es ja gut«, sagte er und wünschte, ihm wäre eine witzigere Antwort eingefallen.

Sie lächelte ihn geheimnisvoll an. Beide schwiegen, und die Luft zwischen ihnen knisterte vor Elektrizität. »Was für ein Tag!«, sagte sie schließlich. »Was hältst du von einem Ausritt?«

Connor fand die Idee großartig, aber vorsichtig, wie er war, beschloss er, sich zurückhaltend zu äußern. »Ich könnte mir vorstellen, dass du noch zu arbeiten hast.«

Sie zuckte die Achseln. »Das hat Zeit bis morgen. Bevor ich in Cairns bin, kann ich nicht viel tun.« Sie hob den Kopf und sah ihm ernst in die Augen. Sie stand jetzt dicht vor ihm, und er konnte den Duft ihres Haars riechen. »Also, wie wär's? Ich bin doch hier im Urlaub, und ich könnte ein bisschen Bewegung und frische Luft gebrauchen.« Ihre Hand lag auf seinem Arm, sanft und warm, und ein Kribbeln lief ihm über den Rücken. »Komm«, flüsterte sie, »lass uns verschwinden.«

Die Sonne stand schon tief über den Bergen, als sie ihre Pferde zum Galopp antrieben und ins Grasland hinausritten. Das Feuer des Abendhimmels badete das Outback in seiner warmen Glut.

Die Berggipfel leuchteten, und die Kiefernwälder an den Hängen lagen in tiefem Schatten.

Belindas Haar wehte im Wind, und sie strahlte vor Glück über die Freiheit, die das weite, leere Land von *Belvedere* ihr eröffnete. Connor war in ihrer Anwesenheit nicht mehr beklommen zumute, er war nicht mehr schüchtern und verlegen, denn er wusste, sie war die Frau, mit der er sein Reich teilen wollte.

Der Himmel loderte purpur- und orangerot. Die Vögel suchten ihre Schlafplätze auf; Kängurus und Wallabys kamen aus dem Busch zu ihren nächtlichen Weiden. Tiefe Schatten erstreckten sich über das Grasland. Die Bäume standen als schwarze Silhouetten vor dem prachtvollen Himmel, und der nächtliche Duft der Blumen, Kiefern und Eukalyptusbäume verwehte in der kühler werdenden Luft. Als es dunkel wurde, zügelten sie die Pferde zu einem gemächlichen Schritt. Eine Unterhaltung schien unnötig zu sein; sie waren entspannt miteinander, und ein Kopfnicken und ein Lächeln genügten ihnen. Sie waren im Einklang mit dem Land um sie herum und miteinander.

Connor wurde bewusst, wie viel schöner das alles war, wenn er es mit jemandem teilen konnte, der es genauso schätzte wie er. Er warf einen Blick zu ihr hinüber und merkte, dass sie ihn beobachtete.

»Was ist?«, fragte er.

»Du liebst dieses Land wirklich, nicht wahr?«

»Mehr als jede Stadt«, sagte er.

»Geht mir genauso. Ich liebe es auch, und ich verstehe nur zu gut, warum du es nie verlassen wirst.« Sie seufzte, und in diesem Seufzen hörte er eine ganze Welt des Bedauerns. »Ich wünschte ...«, begann sie.

»Was denn?« Sie näherten sich jetzt der Kette der sanft gewölbten Hügel, die sie in der Nacht zuvor besucht hatten.

Sie richtete sich im Sattel auf, reckte die Schultern und lächelte zu ihm herüber. »Ich wünschte, ich wäre ein Mann«, erklärte sie schließlich. »Dann hätte ich zu Hause bleiben und *Derwent Hills* führen können, und meine Brüder hätten sehen können, wo sie bleiben.«

Er war sehr froh, dass sie kein Mann war und dass es dunkel war, denn als sie ihn anlächelte, stieg ihm von Neuem die Röte ins Gesicht, und sein Puls begann zu rasen. »Es ist schon vorgekommen, dass Frauen sehr erfolgreich eine Farm geführt haben«, sagte er und bemühte sich um Fassung, denn eigentlich hatte er nur einen Gedanken: Er musste eine Gelegenheit finden, sie noch einmal zu küssen.

»Ja, das stimmt schon«, sagte sie. »Aber diese Frauen hatten keine vier Brüder, die diese Farm ebenfalls führen wollten. Ich bin das einzige Mädchen in der Familie, das das Leben hier draußen wirklich liebt. Aber die Farm ist einfach nicht groß genug für uns alle. Was sollte ich also tun?«

Connor wusste, dass sie eigentlich keine Antwort erwartete, und wahrscheinlich wäre sie entsetzt gewesen, wenn sie in diesem Augenblick seine Gedanken hätte lesen können. Er ritt ihr voraus zwischen den schweigsamen, majestätischen Hügeln hindurch und hielt am Fuße eines schmalen Pfads, der zu einer alten Höhle und einem grasbewachsenen Plateau hinaufführte, das hinter einem Felsengewirr verborgen lag. Sie stiegen ab und blieben Seite an Seite stehen, und fast fühlte er die elektrischen Funken, die zwischen ihnen hin und her sprangen.

Belinda wandte sich ab und spähte den steilen Pfad durch das Gras hinauf. »Was ist da oben?«, fragte sie.

Ihre rauchige Stimme ließ ein Kribbeln durch seinen Körper gehen. Er räusperte sich.

»Die beste Aussicht der Welt«, sagte er. »Bist du bereit, ein bisschen zu klettern?«

»Wenn du es bist, bin ich es schon lange«, sagte sie und lächelte ihn herausfordernd an. Bevor er antworten konnte, rannte sie los, den Pfad hinauf, und bald war sie außer Sicht.

Er zerrte ein paar Sachen aus der Satteltasche und lief ihr nach. Einige Zeit später kam er schwitzend und atemlos auf dem Plateau an. Sie erwartete ihn gelassen.

»Wo bleibst du so lange?«, neckte sie ihn.

Er beugte sich vor und stützte die Hände auf die Knie; der Schweiß lief ihm über das Gesicht, und er rang nach Luft. »Wo hast du gelernt, so zu laufen?«, keuchte er schließlich. »Junge, du läufst ja die Meile in unter vier Minuten.«

»Polizeitraining«, erklärte sie selbstgefällig. »Ein Cop muss fit sein.« Sie legte sich ins Gras, verschränkte die Arme hinter dem Kopf und schaute zu den Sternen hinauf. »Außerdem bin ich viel jünger als du.«

Connor wollte protestieren, aber sie lachte. »Für einen alten Knacker warst du aber auch nicht schlecht.«

Connor ließ sich neben sie fallen und trank in tiefen Zügen aus der Wasserflasche, die er mitgebracht hatte. Er ignorierte ihre ausgestreckte Hand, schraubte die Flasche zu und stellte sie außer Reichweite für sie auf den Boden. Dieses Spiel können auch zwei spielen, dachte er. »Alte Knacker denken immerhin daran, Essen und Trinken mitzunehmen«, sagte er und unterdrückte ein Lachen, als er das Sandwichpaket auswickelte, das er aus dem Kochhaus mitgenommen hatte. »Aber da du ja so jung und fit bist, hast du sicher weder Hunger noch Durst.«

Sie versetzte ihm einen Rippenstoß. »Gib mir sofort das Wasser, oder ich zeige dir, wie fit ich bin«, knurrte sie dramatisch.

»Ach ja?« Er biss in das köstliche Hühnchen-Sandwich.

Sie gab ihm noch einen Stoß, und der Rest des Sandwiches flog durch die Luft.

Connor packte sie bei den Handgelenken, als sie nach der Wasserflasche greifen wollte, und einige Momente später saß er rittlings auf ihren strampelnden Beinen. »Was zu trinken?«, frotzelte er. Er drehte die Flasche auf und ließ ihr das Wasser auf das Gesicht tröpfeln.

»Du Mistkerl!«, schimpfte sie und wusste nicht, ob sie lachen oder in ihrem Stolz gekränkt sein sollte. »Wart's nur ab, Connor Cleary, das zahle ich dir doppelt und dreifach heim.«

»Ja, ja.« Er lachte und hielt sie am Boden fest. »Das kenne ich.«

Plötzlich hörte sie auf zu zappeln, und er wusste nicht, was er tun sollte. Belinda war unberechenbar. Die Stille zog sich in die Länge; sie schauten einander im Mondlicht an, und Connor war sicher, dass sie sein Herz klopfen hörte.

»Worauf wartest du?«, fragte sie leise. »Du weißt doch, dass du mich küssen willst.«

Connor zögerte. In ihrem Blick lag ein boshaftes Funkeln, und ihre verlockenden Lippen zuckten spitzbübisch. Sie wollte ihn schon wieder aufziehen. Doch das Angebot war unwiderstehlich. Er senkte den Kopf zu ihr herunter und streifte wachsam ihre Wange mit seinen Lippen.

»Ist das alles, was du kannst?«, fragte sie. »Für einen alten Knacker ist das aber ein bisschen wenig, oder?« Sie schlang die Arme um seinen Hals und zog ihn zu sich herunter. »Ich zeige dir, wie wir so was in der Stadt machen.«

Ihre warmen Lippen liebkosten die seinen und sogen ihn in einen Wirbel der Lust, der jede Faser seines Körpers vibrieren ließ. Er fühlte ihre Finger in seinem Haar und ihre vollen Brüste an seiner Brust. Ihm stockte der Atem, und alle seine Sinne schwangen sich in die Höhe. Sie roch nach frischer Luft und Gras, nach Pferd und Heu und lauter guten Dingen. Er küsste die fein geschnittene Nase, die dunkel geschwungenen Brauen über ihren Augen, die pfirsichzarte Haut, die unter ihrem Ohr sanft pulsierte.

Er hörte sie seufzen, als sie sein Hemd hochschob und mit den Fingern an seinem Rücken auf und ab strich wie eine Geigenvirtuosin, die genau wusste, welche Saiten sie zu spielen hatte. Sie musste seine Erregung spüren, denn sie presste die Hüften an ihn, und er wusste, bald würde er wider Willen den Punkt erreichen, an dem es kein Zurück mehr gab. Er wich zurück.

Sie zog ihn wieder an sich, ihre Beine schlangen sich um seine und hielten ihn fest. »Hör nicht auf«, flüsterte sie. »Bitte hör nicht auf! Ich habe so lange darauf gewartet.«

Connor schob die Hand in ihren Nacken und vergrub die Finger in ihrem Haar. Er küsste sie und schmeckte ihre Zunge. Das Verlangen stieg in seiner Brust herauf, und sein ganzer Körper stand in Flammen, so sehr begehrte er sie. Er wollte sie haben, sie in Besitz nehmen, seine Gefühle für sie hier in der Nacht zur Vollendung bringen, hier unter dem Mond und den Sternen des Never-Never.

Mit ungeschickten Fingern nestelten sie an Knöpfen und Schnallen, an engen Jeans und widerspenstigen Shorts. Dann waren sie nackt – und sie verharrten atemlos in diesem elektrisierenden Augenblick der Ekstase, bevor sie ihrem Verlangen folgten.

Connor sah ihre Schönheit im goldenen Licht des Mondes, und seine Finger folgten dem zarten Pfad von ihrem Bauchnabel herauf in das Tal zwischen ihren Brüsten. Sie waren milchweiß, fest gerundet und üppig, die dunklen Brustwarzen vom Verlangen geschwollen. Er nahm eine in den Mund und liebkoste sie mit der Zunge, und ein tiefes Stöhnen der Lust drang aus ihrer Kehle. Sie schmeckte süß, und ihre Haut duftete nach Blumen.

Ihre Hände wanderten über seinen Körper, forschend, lockend, und sie zog ihn immer näher zu sich. Er spürte ihre Sehnsucht, die so groß war wie seine eigene, aber er wusste, dass diese Frau etwas Besonderes war und das Beste verdiente, was er zu geben hatte. Deshalb musste er ihr Zeit geben, er musste ihnen beiden Zeit geben, einander ohne Hast zu erkunden und zu genießen.

Er strich über ihre festen Schenkel. Ihre Haut war wie Seide, weich und vom Mondlicht golden überglänzt. Ihr dunkles Schamhaar glitzerte, und er vergrub das Gesicht darin und atmete ihren Moschusduft.

Belinda schrie auf und schlang ihre Beine um ihn, als er sie zum Höhepunkt brachte. Dann zog sie ihn zu sich herauf, um den Mund zu küssen, der ihr solches Glück gebracht hatte. Ein Augenblick wie ein Blitzschlag, ein Moment fast unerträglicher Lust – und dann waren sie endlich eins.

Er fühlte, wie sie ihn samten umfing, ihn festhielt und weiter in sich hineinzog, bis er nichts mehr spürte als den pulsierenden Drang, diese magische Reise zu ihrem natürlichen Ende zu führen. Haut an Haut bewegten sie sich, ihr Schweiß mischte sich, und sie tanzten im Takt jener uralten Musik, die so selbstverständlich war wie das Atmen. Er umschlang sie mit beiden Armen und schwang sie herum, bis sie rittlings auf ihm saß. Seine Hände umfassten ihre festen Hinterbacken, und hungrig verschlangen sie einander und verströmten sich in jener letzten, glorreichen Explosion der Lust.

Irgendwann schliefen sie ein, und als sie einige Zeit später auf dem Hügel unter den Sternen erwachten, umfassten sie einander wieder und liebten sich langsam, sinnlich und mit schmerzhafter Zärtlichkeit. Danach trieben sie zwischen Schlaf und Wachsein dahin, sie hielten sich eng umschlungen und sahen zu, wie der Mond über den Himmel wanderte und sich zum fernen Horizont hinabsenkte.

Connor schaute lächelnd auf sie herab. Ihre weichen Rundungen schmiegten sich so gut an seinen Körper, und ihr sanfter Atem bewegte die Haare auf seiner Brust. Im Schlaf sah sie jung aus, verletzlich beinahe. Die dichten Wimpern lagen geschwungen auf der Wange, und der großzügige Mund lächelte im Traum. Wer hätte gedacht, dass sich in diesem üppigen Körper ein Feuer verbarg, das solche Leidenschaft in ihm wecken konnte?

Sanft strich er mit den Lippen über ihre Stirn, ihre Augen und hinunter zur Nasenspitze. Der Drang, sie zu beschützen, war überwältigend. Noch nie hatte er so etwas empfunden, noch nie dieses Gefühl der Zusammengehörigkeit, dieses Wissen, dass das, was sie in dieser Nacht miteinander erlebt hatten, richtig war.

Belinda regte sich und öffnete die Augen. Sie kuschelte sich an ihn und küsste ihn mit schlaftrunkener Zufriedenheit. »Wir müssen gehen«, sagte sie voller Bedauern. »Bald wird es hell, und ich habe einen Termin in Cairns.«

Connor küsste sie wieder. Er hatte Angst, sie loszulassen, und war voller Eifersucht auf den Sonnenaufgang, der sie voneinander trennen würde. Diese Nacht sollte ewig dauern. Am liebsten hätte er den Rest der Welt ausgesperrt und wäre hier in ihren Armen unter den Sternen liegen geblieben. Aber natürlich war das unmöglich.

Belinda schien seine Gedanken zu teilen. Als sie nach dem langen Kuss Atem holten, löste sie sich aus seiner Umarmung und sah ihm ins Gesicht. »Ich werde diese Nacht niemals vergessen«, sagte sie leise. »Es war vollkommen, und ich wünschte, ich müsste nicht weg.«

»Es kann andere Nächte geben.« Er strich mit den Fingern durch die dichten Locken, die ihren Kopf wie ein dunkler Strahlenkranz umgaben. »Und Tage. Geh nicht zurück nach Brisbane, Belinda.«

Belinda drückte ihm einen Kuss auf die Nasenspitze und begann sich anzuziehen. »Ich muss, Con«, sagte sie, während sie zähneklappernd in Jeans und Pullover schlüpfte und in ihre Stiefel stieg. »Aber nicht für lange.« Sie lächelte ihn an. »Ich habe zu lange auf dich gewartet, um dich jetzt wieder gehen zu lassen.«

Connor küsste ihre kalte Wange und zog sich ebenfalls an. Er war innerlich aufgewühlt. Er war ein Mann, der nur selten seine wahren Gefühle zeigte, ein Mann, der sich immer davor gehütet hatte, jemandem zu vertrauen, und der vor Worten wie Liebe und Hingabe eine große Scheu hatte – denn er wusste, wohin sie führen konnten. Aber Belinda hatte seine Barrieren eingerissen, und er hatte zugelassen, dass sie seinen Schutzpanzer aufbrach und in sein Herz schaute. Sie hatte den kleinen Jungen im Mann befreit, hatte ihm das Licht und die Wärme einer Liebe gezeigt, die er so lange gesucht hatte.

Er warf einen Blick zu ihr hinüber, während er seine Gürtelschnalle schloss. Wie war es möglich, dass diese schöne junge Frau ihn nach so vielen Jahren immer noch liebte? Es war ein Wunder, und er hatte schreckliche Angst, sie wieder zu verlieren. »Belinda«, begann er. »Belinda, wenn ich dir eine Frage stelle – versprichst du mir, nicht zu lachen?«

Sie wandte sich zu ihm um. Das Mondlicht warf Schatten über ihr Gesicht, ließ die Wimpern silbrig leuchten und betonte die Konturen ihrer Wange. Er hatte plötzlich Angst, auszusprechen, was er auf dem Herzen hatte, Angst vor Zurückweisung. Die Lektionen, die sein gewalttätiger Vater ihm erteilt hatte, waren tief in seine Seele eingegraben.

»Ich verspreche dir, alles, was du sagen wirst, sehr ernst zu nehmen.« Sie umarmte ihn und gab ihm den Mut zum Reden.

»Willst du mich heiraten?« So. Jetzt war es ausgesprochen, und es gab kein Zurück.

»Endlich!« Sie lächelte ihn beglückt an. »Wie kommst du nur auf die Idee, dass ich es nicht will?«

SIEBENUNDZWANZIG

*C*atriona stand auf der Veranda, als Tom und Belinda nach Cairns abflogen. Woody würde die Cessna am Abend zurückbringen. Von Connor würde sie heute wahrscheinlich nichts erfahren, aber sie war doch froh, dass bei all dem wenigstens etwas Gutes zustande gekommen war. Der nächtliche Aufenthalt draußen im Busch war ihr nicht entgangen, und der Glanz des Glücks beim Abschiedskuss zwischen den beiden wärmte ihr Herz.

Sie trat in die Morgensonne hinaus, erleichtert, dass das Schlimmste nun vorüber war. Der Streit zwischen Rosa und Harriet war noch beizulegen; sie hatte das Gefühl, es werde eher früher als später geschehen. Die Mädchen waren seit ihrer Kindheit befreundet, und auch wenn dieser neueste Zwist ernsthaft zu sein schien, war Catriona sicher, dass die Freundschaft ihn überstehen würde.

Catriona schob den Gedanken daran beiseite und betrachtete mit zufriedenem Seufzen die Farmgebäude. Allzu viel hatte sich hier nicht verändert, seit sie *Belvedere* das erste Mal von den Bergen aus gesehen hatte. Sie fand Trost im Anblick des Eukalyptushains. Es sah so schön aus, als die Sonne die Bäume berührte und ihre silbrige Rinde zum Leuchten brachte, und Catrionas Glaube an das Leben, das sie sich hier geschaffen hatte, festigte sich wieder. Sie hörte die Rufe der Vögel, das Bellen der Hunde und das Zirpen von Millionen Insekten. Die nördlichen Ebenen von

Queensland waren schön und gut, aber trotz der leuchtenden Farben und des strotzend grünen Regenwalds dort waren ihr die sanfteren Farben ihrer Heimat lieber – das weiche Braun und Ocker, das blasse Blau eines von der Hitze ausgebleichten Himmels.

Auch die Hitze hier ist anders, dachte sie. Sie erstickt den Menschen nicht und raubt ihm nicht alle Energie, und man hat nicht ständig das Gefühl, in einer Sauna zu leben. Es ist eine ehrliche, gleißende Hitze, die den Schweiß auf der Haut zum Verdunsten bringt und die Augen blendet.

Das strahlende Licht, so hell und klar, ließ die kleinste Unregelmäßigkeit in der Landschaft scharf hervortreten, und so sah Catriona auch die Gestalt, die im getüpfelten Schatten der Bäume wachsam und mit gekreuzten Beinen auf der Erde saß.

»Kommst du frühstücken, Ma?«, rief Connor.

»Geh nur«, rief sie zurück. Der Aborigine stand auf. »Ich muss mit Billy Birdsong sprechen.« Billy kam auf sie zu. Seine langen, dürren Beine wirkten zerbrechlich. Die Sonne stand in seinem Rücken, noch tief am Himmel, und verwandelte ihn zu einer hohen, schmalen Silhouette, die sie an einen majestätischen schwarzweißen Jabiru erinnerte, den immer seltener werdenden australischen Storch.

Die Beschreibung war sehr passend, wenn man bedachte, dass seine Mutter einen dieser Vögel gesehen hatte, als die Wehen einsetzten. Nach der Tradition ihres Volkes war Billy Birdsongs Totem deshalb der Jabiru.

»Tag, Missus.« Er blieb vor ihr stehen.

»Tag, Billy«, antwortete sie, und die Zuneigung zu ihrem alten Freund war ihrer Stimme anzuhören. Er hatte seine übliche Kleidung, Hemd und Hose, gegen einen Lendenschurz eingetauscht und die Stammesmale mit weißer Kreide auf seine dunkle Haut gemalt. Überwältigende Trauer überfiel sie, als sie begriff, dass sie nun zum letzten Mal mit ihm sprach.

Er zog ein Bein hoch und setzte den schwieligen Fuß auf das

Knie des anderen Beines. Sein Gleichgewicht hielt er mit einem schlanken Stock, den er zu einem einfachen Speer geschnitzt hatte. »Glaube, Missus sehen bösen Geist bei sich. Gute Missus haben Mut, mit ihm zu kämpfen.«

Catriona lächelte. Seine Fähigkeit, alles zu begreifen, versetzte sie immer wieder in Erstaunen. Wir müssen ein merkwürdiges Bild abgeben, wir beide, dachte sie. Ein alter Aborigine, der einen Jabiru imitierte, mit kaum mehr als einem Lumpen bekleidet, und eine alte Weiße in Designerhose und Seidenhemd, die mitten in der weiten Ebene stehen und miteinander plaudern. So etwas erlebt man nicht alle Tage. Aber für sie beide war es völlig natürlich. Sie und Billy hatten einander so manches anvertraut, und durch diesen weisen Mann hatte sie die Geheimnisse des Landes kennen gelernt und nach und nach verstanden, warum sie sich davon angezogen fühlte. »Die bösen Dinge sind fort, Billy. Es war richtig so.«

Sein Gesicht legte sich in zahllose Falten und Runzeln. »Missus hätten schwarz zur Welt kommen sollen«, sagte er grinsend. »Wären gute Lubra geworden – starker Geist.«

Sie legte den Kopf in den Nacken und lachte laut. »Billy«, sagte sie schließlich, »du bist ein gerissener alter Gauner. Ich glaube, wenn ich eine Lubra wäre, hättest du alle Hände voll mit mir zu tun.«

»Wahrscheinlich«, sagte er. »Missus ziemlich viel Feuer. Weiße Männer besser aufpassen.«

Sie wurde ernst, als sie ihn betrachtete und erkannte, dass die erbarmungslose Zeit ihn seiner lebhaften Jugend beraubt hatte, ohne seine stolze Gestalt zu beugen. Billy war der Letzte seines Stammes, der noch den alten Bräuchen anhing, und als sie einander jetzt gegenüberstanden, wusste sie, dass er sich auf seine letzte Wanderschaft vorbereitete. »Du wirst mir fehlen, alter Freund«, sagte sie leise.

Er nickte, und sein wirres graues Haar leuchtete in der Sonne.

»Geister singen, Missus. Ich kann sie hören. Billy Birdsong bald hinauf zu den Sternen.«

Catriona schaute zum Himmel hinauf und dachte daran, wie er so manches Mal nachts mit ihr auf den Hügel gegangen war, wo sie sich von den Armen der Schöpfung über die Milchstraße hatte tragen lassen. Diese Reisen hatten ihre Seele erfrischt und ihr die Kraft zum Leben mit der Vergangenheit gegeben. »Schätze, das wird eine weite Reise, Billy«, sagte sie betrübt.

Seine bernsteingelben Augen betrachteten sie aufmerksam. »Missus sehr krank, als damals herkamen. Aber jetzt gute Geister gefunden.« Er nickte, wie um seine eigene Feststellung zu bestätigen. »Tag, Missus«, sagte er und stellte den Fuß wieder auf die Erde.

Sie wollte die Hand nach ihm ausstrecken und ihn berühren, wollte ihn festhalten und nicht gehen lassen. Dreißig Jahre waren sie zusammen auf *Belvedere* gewesen – wie sollte sie ohne seine Freundschaft und seine Weisheit zurechtkommen? Aber sie wusste, sie würde gegen jedes Tabu verstoßen, wenn sie versuchen wollte, ihn aufzuhalten oder ihm zu folgen. Er ging jetzt auf die letzte, heilige Suche nach seinen Ahnen. Er würde gehen, bis er nicht mehr gehen könnte, und dann würde er sich hinsetzen und auf den Tod warten. Seine Frau und die Frauen seines Stammes würden sich tönerne Hüte machen und um ihn trauern, und irgendwann würde er zu Staub werden und zur Erde zurückkehren – zu dem Land, das nach seiner inbrünstigen Überzeugung keinem Menschen gehörte. Seine Zeit als Wächter dieses Landes des Träumens war vorüber, und sein Geist würde in den Himmel hinauffliegen und ein Stern werden.

Er wandte sich ab und ging langsam davon. Seine lange, schlanke Gestalt schien zu schrumpfen, als er sich immer weiter entfernte. Dann verschwand sie im tanzenden Hitzedunst, und Tränen verschleierten Catrionas Blick. »Leb wohl, alter Freund!«, flüsterte sie. »Gott behüte dich!«

Rosa versuchte die alte Truhe aus dem Wohnzimmer zu schleifen. »Steh nicht einfach herum, Con«, schimpfte sie. »Hilf mir, das Ding außer Sicht zu schaffen, bevor Mum zurückkommt.«

»Ich weiß nicht, warum wir das tun sollen«, sagte er. »Sie hat mich doch gebeten, es vom Dachboden runterzuholen.«

Rosa hockte sich auf die Fersen. »Sie hat in den letzten vierundzwanzig Stunden genug durchgemacht, und das hier ist nur eine unnötige Erinnerung daran.« Sie packte die Lederschlaufe. »Aus den Augen und hoffentlich aus dem Sinn. Komm jetzt – bringen wir sie weg.«

»Lass das, Rosa!« Catriona stand in der Tür. Ihre Augen waren rot vom Weinen.

»Aber ich ...«

Catriona wischte den Einwand mit einer Handbewegung beiseite. »Nichts von dem, was darin ist, kann mir noch etwas anhaben«, sagte sie. »Nicht nach dem, was gestern passiert ist.« Sie kam herein. »Ich behaupte nicht, dass ich die Fehler, die ich in meinem Leben begangen habe, nicht bedaure. Ich wünschte, ich könnte ein paar Dinge ändern, doch ich habe mich inzwischen damit abgefunden, dass alles Wünschen der Welt daran nichts ändern kann.«

Rosa nahm ihre Hand. Mum sah müde aus. »Ich finde, du hast genug durchgemacht«, sagte sie. »Aber wenn du nicht willst, dass wir die Truhe wegbringen ... Du musst es wissen.«

Catriona nickte und machte drei Gin Tonic zurecht. »Auf Dimitri«, sagte sie dann und hob ihr Glas. »Und auf Billy – Gott segne ihn.«

Connor schleifte die Truhe wieder in die Ecke des Zimmers. »Worüber hast du mit Billy gesprochen?«, fragte er. »Ihr habt beide sehr ernst ausgesehen.«

Catriona nahm noch einen Schluck. »Er hat sich verabschiedet«, sagte sie leise, und sie sah, dass Connor sie verstand. Aber Rosa hatte keine Ahnung, wovon sie redete. »Die Aborigines, die immer noch den alten Traditionen des Träumens anhängen, sind im Einklang mit dem Rhythmus ihres Körpers und der Welt, in der sie leben«, erläuterte sie. »Sie nennen es ›Singen‹, und wenn sie dieses Singen hören, wissen sie, dass es Zeit ist, die letzte, lange Reise zurück in die Traumzeit anzutreten. Er glaubt, er wird seinen Ahnen begegnen, die Erschaffung der Welt miterleben und die Sünden bekennen, die er in seiner Zeit als Hüter der Erde begangen hat. Wenn er den Geistern des Guten und des Bösen entgegengetreten ist und bewiesen hat, dass er bereit ist, aufgenommen zu werden, wird die Sonnengöttin ihn zu den Sternen tragen, und dann wird er eins mit der Milchstraße.« Catriona seufzte. »Eigentlich beneide ich ihn um diesen Glauben.«

»Ist nicht so viel anders als das, was wir in der Sonntagsschule gelernt haben«, sagte Rosa. »Ich persönlich bezweifle ja, dass es eine nächste Stufe gibt. Das ist alles ein großer Betrug. Weil die Menschen die Vorstellung nicht ertragen, dass sie so bedeutungslos sind und dies hier wirklich alles ist, erfinden sie ein Leben nach dem Tode, ein Paradies – und selbst das ist elitär.«

»Du meine Güte!«, seufzte Catriona. »Du bist zu jung, um so zynisch zu sein.« Zärtlich zerzauste sie Rosas Stachelhaare. »Aber ich habe zu viel zu tun, um eine Diskussion über Glaubensfragen mit dir zu führen. Ich muss das Essen für die Party morgen organisieren und klären, wo die Leute sitzen sollen. Und dann muss ich dafür sorgen, dass die Musiker einen Schlafplatz bekommen.«

Tom und Belinda stiegen aus dem Polizeiwagen. Die Spurensicherung würde in einer knappen Stunde da sein. Sie wollten ein wenig Zeit für sich allein haben, um das Haus zu erkunden, das Catriona ihnen am Tag zuvor so lebhaft geschildert hatte.

Das schmiedeeiserne Tor wirkte immer noch abweisend, obwohl es alt und verrostet war. Die beiden Flügel standen offen und hingen bedenklich schief in rostigen Angeln. Wuchernde

Wandelröschen, Efeu und Gras fesselten sie an den Boden. Die schwere Kette, an der einst ein Vorhängeschloss gehangen hatte, war gebrochen und hing wie eine rostbraune Girlande im Gitterwerk. Belinda erschauerte. Ringsum lag ein dunkler, geheimnisvoller Regenwald – seltsam still, als beobachte er sie und warte auf irgendeine Reaktion. Die überhängenden Bäume warfen tiefe, fast bedrohliche Schatten über die vernachlässigte Zufahrt, an deren Ende das Haus aus dem Wald ragte wie ein bösartiges Wesen, das ihr winkte, sie lockte und sie verspottete mit den schrecklichen Geheimnissen, die es so viele Jahre lang bewahrt hatte.

»Alles okay?« Toms Stimme schreckte sie auf.

»Ja«, log sie. »Aber ich kriege hier Gänsehaut.«

»Wir brauchen ja nicht lange zu bleiben. Komm, sehen wir uns um.«

Belinda folgte ihm zögernd die bröckelnden Steinstufen der Treppe hinauf. Als sie hochblickte, sah sie einen steinernen Löwenkopf in dem marmornen Ziergiebel über der hohen, kunstvoll geschnitzten Holztür, der von zwei efeuumrankten Säulen getragen wurde. Er war von Flechten bedeckt, und das Gesicht war zur Hälfte weggebrochen. Sie trat zurück, als Tom sich gegen die Tür stemmte und sie aufdrückte. Das Knirschen der verrosteten Angeln hallte durch das große Foyer und über die breite, verfallene Treppe hinauf bis unter das schadhafte Dach.

»Komm schon, Belinda«, sagte Tom beruhigend. »Es gibt keine Gespenster.«

Belinda war nicht so sicher. Catrionas Geschichte hatte alles sehr real klingen lassen, und als sie es jetzt mit eigenen Augen sah, verstärkte sich dadurch das Grauen dessen, was sie gehört hatte. Sie betrat die Halle. Von dem Luxus, den Catriona geschildert hatte, war nur wenig übrig. Die Wände waren kahl; Tapeten und Gemälde waren heruntergerissen worden, und der Marmorboden war von Bauschutt bedeckt. Es gab keine Möbel, keinen Kronleuchter, keine Bronzefigur am Fuße der Treppe – nur die kalte Asche eines längst ausgebrannten Feuers in dem großen Kamin.

Sie folgte Tom durch die Räume im Erdgeschoss. Die Feuchtigkeit war in die Wände gedrungen und hatte überall grünliche Spuren hinterlassen. Ein muffiger Geruch hing in der Luft. Stäubchen tanzten in den Sonnenstrahlen, die durch das rissige Mauerwerk fielen und sich in den Resten der bunten Glasfenster fingen. Zerbrochenes Mobiliar war beiseite geschoben worden, Tapeten schälten sich von den Wänden, und der einst so schöne Fußboden war voller Narben und Schrammen. Die Samtvorhänge an den hohen, eleganten Fenstern hingen in Fetzen herunter, schwarz vom Schimmel.

»Ich habe genug gesehen«, sagte Tom. »Lass uns den Schuppen suchen.«

Belinda war froh, als sie wieder draußen war. In diesem Haus wohnte das Böse. Die Wände strahlten es aus, das konnte sie fühlen.

»Verdammt, es ist wie im Dschungel hier«, beschwerte Tom sich, als sie sich durch das Gestrüpp des heranrückenden Regenwalds kämpften.

Belinda stelzte durch wucherndes Strauchwerk und von Unkraut übersäte Beete, die einmal prachtvoll ausgesehen haben mussten. Die weite, viereckige Rasenfläche war zu ihrem natürlichen Zustand zurückgekehrt; das hohe Gras reichte Belinda fast bis zur Taille, und die steinernen Urnen und flachen Treppenstufen waren schwarz und schleimig. »Wie lange steht das Haus schon leer?«, fragte sie Tom.

»Seit neunzehnhundertvierunddreißig.« Tom inspizierte den Schaden an seinen teuren Schuhen und verzog das Gesicht. »Anscheinend war es ein beliebter Ort für Liebespaare und gelegentlich wohl auch für Rucksacktouristen und Landstreicher. Während des Krieges waren hier eine Zeit lang Soldaten einquartiert, aber seitdem hat man es einfach verrotten lassen.«

Sie blieben stehen, um Atem zu schöpfen. »Allem Anschein nach hatte Dimitri den Bezirk verlassen und war verschwunden. Es gab keinen Totenschein, und deshalb konnte das Anwesen weder auf seine Erben übergehen – falls es welche gab – noch verkauft werden.« Tom grinste. »Nicht einmal das Finanzamt konnte es in die Finger bekommen, ohne vorher zu beweisen, dass Dimitri tot war. Im Krieg haben sie dann das Interesse daran verloren und es anscheinend vergessen.«

Belinda sah sich nach dem verfallenen Haus um. Das Mauerwerk war grün von Feuchtigkeit und Flechten, und aus den Rissen wuchsen Pflanzen. Düster und abweisend stand es da. Ein Frösteln überlief sie. »An einem solchen Ort hätte ich aber keine Lust auf ein Rendezvous.«

Tom zog eine Grimasse. »Ich auch nicht, aber wenn man verzweifelt ist ...« Er brauchte nichts weiter zu sagen. Belinda war eine moderne Frau. Sie verstand ihn auch so.

Sie gingen weiter. »Wenn der Eigentümer nicht mehr ausfindig zu machen war, wieso hat dann jemand angefangen, hier zu renovieren?«

Tom lächelte. »Auf diese Frage habe ich schon gewartet. Anscheinend konnte einer der örtlichen Unternehmer es nicht mit ansehen, dass dieses ganze Anwesen immer weiter verfiel, und schickte seine Bautrupps her. Er hat das alles einfach übernommen – wohl in der Hoffnung, der Eigentümer oder seine Erben würden es nicht erfahren. Tatsächlich war er sogar im Begriff, Besitzrechte anzumelden, als seine Leute den Weinkeller aufräumten, die hohle Wand einrissen und Dimitris Leiche entdeckten.« Er grinste. »Armes Schwein«, sagte er ohne eine Spur von Bedauern. »Dachte sich, er macht ein Vermögen mit all diesem freien Land. Hatte sogar schon Pläne für einen Komplex von Luxushäusern hier oben. Und dann taucht Dimitri auf ...« Er lachte. »Jetzt kann er sich das alles abschminken. Irgendwo wird es sicher ein Testament geben, und wenn es keins gibt, werden die Steuerbehörden es verkaufen, wahrscheinlich für ein Heidengeld. Grundstücke hier oben in den Tablelands sind teuer.«

Belinda kletterte über einen vermodernden Baumstamm. »Geschieht ihm recht«, sagte sie, und dann erblickte sie den Schuppen. »Verflucht«, stöhnte sie. »Das wird eine Ewigkeit dauern, das alles zu durchsuchen. Ich wünschte, wir hätten die Spurensicherung nicht angerufen und ihn einfach dagelassen.«

Tom zuckte die Achseln. »Früher oder später würde er auftauchen und neuen Ärger machen. Da ist es besser, wir graben ihn jetzt aus und sind ihn ein für alle Mal los.«

Sie betrachteten die dicken Ranken, die durch das Gefüge des alten Schuppens gekrochen waren. Das Dach war eingestürzt, die Fenster waren zerbrochen, und die Tür an den großen eisernen Angeln war verrottet. Der Regenwald war in jede Ecke und jede Ritze gekrochen, und der Holzschuppen war unter diesem Ansturm langsam in sich zusammengesackt.

»Ich bezweifle, dass wir überhaupt etwas finden«, meinte Tom. »Es ist zu lange her.« Er schob seufzend die Hände in die Taschen. »Aber wenn ich wieder in Brisbane bin, werde ich anderswo ein bisschen graben. Ein Mann wie Kane hinterlässt immer eine Spur, und ich bin neugierig, zu erfahren, wer er wirklich war.«


Catriona hatte nicht gewusst, wie erschöpft sie wirklich war. Ihr Geburtstagsfest kam und ging, und endlich hatte sie Gelegenheit, sich auszuruhen und zu schlafen. Es war eine heilsame Erneuerung für Kopf und Herz, und es brachte Trost. Die Schuld, die sie so viele Jahre mit sich herumgetragen hatte, war gebannt, dahingefegt von der Erkenntnis, dass in Wahrheit sie das Opfer gewesen war.

Wütend stellte sie den Kessel auf den Herd. Sie würde nicht zulassen, dass diese tückischen Gedanken den Heilungsprozess vereitelten. Sie war reinen Herzens, unbelastet und wieder gesund. Kane war tot und begraben, und seine sündige Seele mochte vermodern. Er konnte sie nicht mehr anrühren.

Während sie darauf wartete, dass das Wasser kochte, lauschte sie den Geräuschen von *Belvedere*. Das alte Haus knarrte, wisperte und ächzte, und die Opossums auf dem Dach veranstalteten das übliche Getöse. Sie hörte die Männer auf dem Hof, das Muhen der Milchkühe und das leise, aufgebrachte Glucken der Hühner im Stall. Irgendwo bellte ein Hund; Woody hämmerte und bohrte. Wahrscheinlich reparierte er die Scheune, das war längst fällig. Sie hörte Schritte auf der Veranda. Die Fliegentür quietschte und fiel zu. Sie sah auf die Uhr. Es war vier Uhr nachmittags. Anscheinend war Rosa von ihrem Ritt zurück.

»Wie geht's?« Das fröhliche Gesicht schaute zur Tür herein, und die Wangen glühten von frischer Luft und Sonnenschein.

»Gut.« Catriona goss Tee in zwei Becher und machte sich auf einen langen Schwatz gefasst. Rosa roch nach Sonne und Pferd, und Catriona fühlte sich jäh daran erinnert, dass sie seit über einer Woche nicht mehr ausgeritten war. »Du siehst aus, als hätte das Reiten Spaß gemacht. Ist Connor mitgekommen?«

Rosa ließ sich auf einen Stuhl fallen und fuhr sich durch die Haare. Sie waren verschwitzt und standen wie immer zu Berge. »Ja. Der alte Knacker hat anscheinend endlich begriffen, dass es mehr im Leben gibt als bloß Kühe.« Sie lachte. »Wir sind zu unserem alten Häuschen hinübergeritten und haben uns ein bisschen umgesehen. Es war seltsam, alles wiederzusehen.«

Catriona lächelte. »Es ist immer seltsam, zu den Orten der Kindheit zurückzukehren«, sagte sie. »Alles ist kleiner, als wir es in Erinnerung haben.«

Rosa zog ein Gesicht. »Kleiner, schäbiger. Ich kann gar nicht glauben, dass wir zu fünft da gewohnt haben. Kein Wunder, dass unser Leben ein Chaos war.«

»Euer Vater hat seinen Teil dazu beigetragen«, sagte Catriona.

»Ein Glück, dass er so früh verschwunden ist.« Rosa zupfte an einem Faden an ihrem Hemd. »Ich kann mich überhaupt nicht an ihn erinnern. Der arme Connor«, seufzte sie. »Er hat die

Narben immer noch, weißt du? Hier drin.« Sie berührte ihren Kopf.

»Er ist viel selbstsicherer als früher«, sagte Catriona. »Die Zeit hat dafür gesorgt. Und nachdem er und Belinda jetzt vernünftig geworden sind, werden wir ihn sicher noch aufblühen sehen.«

Rosa lächelte. »Ich mag mir gar nicht vorstellen, wie seine Telefonrechnung aussehen wird. Sie reden dauernd miteinander. Ist die Liebe nicht schön?« Rosa sprang auf und verschwand in der Speisekammer.

Catriona trat ans Fenster. Connor ging mit festem Schritt über den Hof. Jetzt, da sein Herz so leicht war, schien auch die Knieverletzung ihm weniger Beschwerden zu machen als früher. In seiner Haltung zeigte sich ein neues Vertrauen in sich selbst und in sein Leben, und Catriona hoffte inbrünstig, dass es so bleiben möge.

Rosa brachte ein Stück Kuchen für sie beide in die Küche. »Den habe ich heute Morgen gebacken, als du drüben bei Cookie warst«, sagte sie und beäugte ihn kritisch. »Sieht ganz okay aus, aber ich weiß nicht, wie er schmeckt.«

Catriona nahm ein Stück von dem Schokoladenkuchen und zog die Brauen hoch. »Er ist köstlich. Ich wusste nicht, dass du backen kannst.«

»Ich kann es, wenn ich will. Ich habe bloß meistens keine Lust. Woolworth und ich haben da eine Abmachung. Sie backen den Kuchen, ich kaufe ihn.«

Catriona sah Rosa an und begriff plötzlich, was hinter so viel Häuslichkeit steckte. »Du musst dich langweilen, Liebling.«

»Ich langweile mich nicht«, sagte Rosa. »Ich bin unruhig. Im Büro stapelt sich die Arbeit, und mein Boss wird allmählich ungeduldig.« Sie stellte ihre Teetasse ab und schaute Catriona an. »Ich muss bald abreisen, Mum. Meine zwei Wochen sind fast vorbei.«

»Ich werde dich schrecklich vermissen.« Catriona nahm ihre

Hand. »Versprich mir nur, dass es bis zu deinem nächsten Besuch nicht wieder so lange dauert.« Rosa nickte. »Ich werde mein Bestes tun.« Sie lächelte. »Und sei es nur, um die Romanze zwischen Connor und Belinda im Auge zu behalten.«

Sie tranken ihren Tee und aßen den Kuchen, und dann ging Rosa duschen, während Catriona das Abendessen zubereitete. Catriona dachte an ihre Unterhaltung. Es hatte sie überrascht, dass Rosa und Connor zu dem alten Häuschen geritten waren. Es war nicht gerade ein Ort, der angenehme Erinnerungen weckte. Aber sie selbst war in Gedanken nach Atherton zurückgekehrt, um die Geister der Vergangenheit zur Ruhe zu betten. Vielleicht hatten Rosa und Connor das Gleiche getan?

Beim Tischdecken sang sie leise. Dampf erfüllte die Küche, während sie sich mit Töpfen und Pfannen zu schaffen machte. Connor war vom Hof hereingekommen und saß seitlich neben dem Tisch; er hatte das schmerzende Bein ausgestreckt und blätterte in einem Landwirtschaftskatalog. »Suchst du nach neuen Möglichkeiten, mein Geld auszugeben?«, fragte Catriona scherzhaft.

Er legte den Katalog beiseite und lehnte sich zurück. »Rosa und ich waren heute bei unserem alten Haus«, begann er zögernd.

»Rosa hat es mir erzählt.« Catriona fragte sich, worauf er hinauswollte.

»Man hat es verfallen lassen, und das ist schade. Könnte ein hübsches kleines Haus sein, wenn man es wieder instand setzt.« Er nahm den Katalog und blätterte abwesend darin. »Ich habe mir gedacht, Belinda und ich könnten da wohnen«, erklärte er schließlich.

»Das ist eine wunderbare Idee«, sagte sie warmherzig und setzte ihm einen voll beladenen Teller vor. »Aber es wundert mich ein bisschen, dass du dort wieder wohnen möchtest. Die Erinnerungen an dieses Haus können nicht angenehm sein.«

Connor rutschte auf dem Stuhl hin und her und rieb sich das Knie. »Was dort passiert ist, ist Vergangenheit. Jetzt geht es um Belindas und meine Zukunft. Das Verwaltercottage ist nicht groß genug, wenn wir eine Familie gründen wollen.«

»Herr im Himmel, Con«, stöhnte Rosa. Sie hatte geduscht und wollte jetzt essen. »Du zäumst das Pferd von hinten auf, findest du nicht? Gib dem Mädchen doch eine Chance.«

Er bekam einen roten Kopf und aß grinsend weiter, und den Rest des Abends verbrachten sie damit, Pläne zu schmieden. Irgendwann ging Catriona zu Bett, und Connor diskutierte seine Ideen eifrig am Telefon mit Belinda, die immer noch in Cairns war.

Der Morgenchoral der Vögel war in vollem Gange, als Catriona die Bettdecke zurückschlug und aufstand. Sie hatte gut geschlafen. Rosas letzter ganzer Tag war angebrochen, und sie hatte sich vorgenommen, daraus etwas Besonderes zu machen. Es war schön gewesen, sie unter der Dusche singen zu hören, obwohl ihre Stimme einen Krähenschwarm verscheuchen konnte. Es würde still werden ohne sie, denn ihr kurzer, aber ereignisreicher Besuch hatte die Erinnerung an Poppy geweckt. Wie ähnlich sie einander waren in ihrer fröhlichen Begeisterung für das Leben und in ihrer liebenswerten Persönlichkeit! Poppys Geist lebte in ihrer Enkelin weiter, und das war ein Segen.

Sie duschte, zog sich an und stand dann eine Weile am Fenster. Rauch quoll aus dem Kamin des Kochhauses, und die Männer standen rauchend und plaudernd herum, bevor sie ihr Tagewerk in Angriff nahmen. Catriona war zufrieden und fühlte sich wohl in ihrem Heim, mit ihrer Familie und in ihrer Umgebung. Und nachdem Kanes Geist gebannt war, konnte sie ihr Leben weiterführen und sich auf die Ankunft der nächsten Generation freuen.

Lächelnd beobachtete sie die Vögel. Sie schwärmten wie eine bunte Wolke durch den blassblauen Morgenhimmel. Niemals würde sie sich satt sehen an der Pracht dieser Geschöpfe; sie waren frei von allen irdischen Sorgen und konnten kommen und gehen, wie es ihnen gefiel.

Dieser Gedanke führte sie zu Billy Birdsong. Hatte er die Freiheit gefunden, die er gesucht hatte? War er wieder bei seinen Ahnen in der Traumzeit? Vermutlich war er es, denn sie hatte die Klagerufe seiner Frauen gehört, und die meisten Männer des Stammes waren vor drei Tagen verschwunden. Es würde irgendwo eine Trauerzeremonie geben und dann ein Corroboree, was bedeutete, dass sie wahrscheinlich torkelnd zurückkehren würden, weil sie zu viel Grog getrunken hatten.

Sie wandte sich vom Fenster ab und ging in die Küche. Die Fähigkeit der Aborigines, solche Dinge zu spüren, erstaunte sie immer wieder. Sie konnten ja nicht wissen, dass Billy tot war. Aber vielleicht hatten sie sich so etwas wie einen sechsten Sinn bewahrt, denn anders als ihre Brüder in der Großstadt lebten sie immer noch hier draußen und hatten die Traditionen ihres Stammes bewahrt – und damit auch ihre uralten Instinkte und dessen Wissen.

Rosa schlief noch; sie lag zusammengerollt mit Archie im Bett. Dem Kater hatte es nicht gefallen, dass Catriona ihn irgendwann in der Nacht hinausgeworfen hatte. »Dummer Kerl«, sagte sie, als er ein Auge aufklappte und sie vorwurfsvoll anstarrte. »Du kannst schmollen, so viel du willst, aber ich wette, du hast trotzdem Hunger.«

Er sprang vom Bett, als sie durch die Diele davonging, und schlängelte sich übereifrig um ihre Beine, sodass sie fast stolperte. Liebe geht durch den Magen, dachte sie, als sie eine Dose öffnete und das übel riechende Fleisch herauslöffelte, aber er trieb es wirklich zu weit.

Rosa kam in die Küche getappt. »Du verwöhnst diesen Kater«, gähnte sie. »Er wiegt eine Tonne und hat mich mit seinem Geschnarche die halbe Nacht wach gehalten. Du solltest ihn auf Diät setzen.«

Catriona sah Archie an, und er äugte zurück. Sie hielten beide nicht viel von dieser Idee und beschlossen, Rosas Vorschlag mit der Verachtung zu behandeln, die er verdiente.

Catriona stellte den Kessel auf den Herd und schob Brot in den Toaster. Aufgeregt dachte sie an ihre Pläne für diesen Tag. Es wäre vielleicht eine gute Idee, sich zu vergewissern, dass Rosa nichts anderes vorhatte. »Was möchtest du an deinem letzten Tag tun, Rosa?«

Rosa setzte sich an den Tisch und gähnte wieder. »Ich muss den Mechaniker bitten, den Öl- und Wasserstand in eurem Wagen zu kontrollieren und nachzusehen, ob für die lange Fahrt morgen Nachmittag alles in Ordnung ist«, sagte sie. »Dann will ich noch mal zu unserem alten Haus hinaus, um ein paar Ideen für die Möbel, die Küche und das Bad, das die beiden brauchen werden, weiter auszuarbeiten. Wenn ich die Maße habe, kann ich in Sydney alles Nötige bestellen.«

»Ich glaube, Belinda würde sich die Sachen lieber selbst aussuchen«, sagte Catriona. Sie goss das kochende Wasser in die Teekanne und stellte sie auf den Tisch. »Sie ist schließlich diejenige, die dort wohnen wird.«

»Stimmt schon«, antwortete Rosa. »Aber sie hat sicher nichts dagegen, wenn ich mithelfe, das Haus in Schuss zu bringen.«

Catriona setzte sich zu ihr und nahm ihre Hand. »Sie freut sich sicher, wenn du ihr hilfst, aber sie ist diejenige, die das Haus zu einem Heim für sich und Connor machen muss. Also hab Geduld und warte, bis sie dich darum bittet.« Sie lächelte, um ihren Worten den Stachel zu nehmen, und wieder fühlte sie sich machtvoll an Poppy erinnert. Rosa hatte die gleiche ungestüme Ungeduld, den gleichen Lebensdrang wie ihre Großmutter – auch wenn dem gähnenden Mädchen in diesem Augenblick nichts davon anzusehen war. »Ich habe eine bessere Idee«, sagte sie. »Wir hätten Gelegenheit, ein bisschen frische Luft zu schnappen. Dann wachst du vielleicht auf.«

»Entschuldige«, sagte Rosa. »Daran ist der verdammte Kater schuld. Heute soll er wieder bei dir schlafen.«

Catriona ging um Archie herum, der gierig sein Frühstück verschlang, und setzte sich an den Tisch. »Archie schmollt«, sagte sie. »Er wird erst wieder zu mir kommen, wenn er Lust dazu hat.« Sie verschränkte die Hände auf dem Tisch und sah Rosa an. »Ich habe mir gedacht, wir holen den alten Wagen aus der Scheune. Dann spannen wir eines der älteren, ruhigen Pferde ein und fahren spazieren. Es wird sein wie in alten Zeiten.«

»Bist du wahnsinnig?« Rosa starrte sie hellwach und mit schreckgeweiteten Augen an. »Der wird in Stücke fallen, sobald wir ihn aus der Scheune holen. Außerdem – bist du nicht ein bisschen zu alt, um dich so durchrütteln zu lassen?«

»Vielen Dank«, sagte Catriona trocken. »Ich bin vielleicht über sechzig, aber der Sarg kann schon noch ein bisschen warten.«

Rosa wurde rot. »Entschuldige«, murmelte sie. »Ich und mein Mundwerk.«

»Es würde schon helfen, wenn Mundwerk und Hirn miteinander verbunden wären.« Catriona strich goldgelbe Butter auf ihren Toast und biss hinein. Als sie die Scheibe aufgegessen hatte, nahm sie noch eine zweite. Ihr Appetit war gesund wie immer, und er verlieh ihr Tatkraft und Begeisterung für den bevorstehenden Tag. »Wenn wir gefrühstückt haben«, sagte sie, »kannst du Connor sagen, er soll den Wagen aus der Scheune holen und den alten Razor anspannen lassen.«

»Connor wird das nicht gefallen«, sagte Rosa störrisch.

»Connor braucht auch nicht mitzukommen«, sagte Catriona. »Tu einfach, was ich sage, Rosa. Es wird Spaß machen. Wir können einen Picknickkorb mitnehmen – wie früher, als ihr klein wart.«

Rosa tat einen mächtigen Seufzer. Sie trank ihren Tee aus und marschierte brummend hinaus. Catriona lächelte. Rosa war Ende zwanzig, aber manchmal benahm sie sich, als wäre sie zwölf.

Eine Stunde später standen sie auf dem Hof, während der Wagen langsam aus der Scheune gerollt wurde. Catriona sah sich um und hatte Mühe, sich eine ätzende Bemerkung über die Arbeitsscheu der Leute zu verkneifen. Die Männer standen in Scharen herum und glotzten, und keiner schien im Entferntesten geneigt zu sein, sich seinen Lohn zu verdienen.

Aber gleich darauf hatte sie das Publikum vergessen. Sie stand mit dem Picknickkorb vor dem Wagen und strich mit der Hand über die grüne und goldene Bemalung. Sie dachte an die langen, sonnigen Jahre ihrer Kindheit, als dies ihr Zuhause gewesen war. Er war viel kleiner als in ihrer Erinnerung und ziemlich mitgenommen trotz der neuen Farbe und den guten Rädern. Trotzdem hatte er eine gewisse Majestät, und sie konnte es nicht erwarten hinaufzusteigen.

Connor stand neben dem Pferd und hielt es am Zaumzeug fest. Catriona ging zu ihm. »Du brauchst ihn nicht festzuhalten«, sagte sie leise. »Er ist zu alt und zu dick, um durchzugehen.«

»Razor ist vielleicht alt und dick, aber er ist kein Zugpferd«, sagte Connor. »Er weiß nicht, was er tut. Ein bisschen wie du.« Er warf ihr einen ungehaltenen Blick zu.

»Wir wissen genau, was wir tun, nicht wahr, mein Junge?« Sie streichelte Razors graues Maul. »Wir brauchen nur ein bisschen Zeit, um uns zu erinnern, wie es geht, das ist alles.«

Connor murmelte etwas, was wenig schmeichelhaft klang, aber ob er sie oder Razor meinte, wusste sie nicht. Deshalb ignorierte sie es einfach. Auf den Bock werde ich nicht mehr klettern können, dachte sie betrübt. Sie hatte nicht mehr genug Kraft in den Armen, um sich hochzuziehen, und ihre Beine waren nicht mehr stark genug, um auf der Radnabe zu balancieren und sich über die Kante auf den Bock zu schwingen. Sie würde sich nicht vor versammelter Mannschaft lächerlich machen, indem sie es versuchte. »Ich steige hinten ein«, sagte sie mit Entschiedenheit. »Jemand soll mir hinaufhelfen.« Gemurmel kam auf, und alles scharrte mit den Füßen. »Schnell!«, befahl sie in ungeduldig scharfem Ton – fast wie früher am Theater.

Rosa schob von hinten, und Cookie zog von oben, und so gelangte sie in den Wagen. Einen Moment lang blieb sie im Halbdunkel stehen, um wieder zu Atem zu kommen. Längst vergessene Gerüche umwehten sie, und sie verlor sich in der Erinnerung an jene scheinbar endlosen Tage und Nächte, die sie hier drinnen verbracht hatte. Es roch nach Terpentin und Zedernholz, frischer Farbe und einem Hauch von Parfüm. Wenn sie die Augen schloss, war es, als höre sie Patch bellen und Poppy rufen, und sie sah funkelnde Pailletten und die Augen ihrer Mutter.

»Alles in Ordnung, Missus?«, fragte eine besorgte Stimme hinter ihr.

Sie drehte sich um. Cookies Körpermassen füllten den engen Wagen aus. »Natürlich ist alles in Ordnung«, sagte sie. »Hilf mir auf den Bock.«

Cookie betrachtete sie einen Augenblick lang nachdenklich, und bevor sie protestieren konnte, hatte er sie in seine mächtigen Arme genommen und trug sie durch den Wagen nach vorn, um sie ziemlich unsanft auf der Holzbank zu deponieren. Dann wich er zurück und sprang vom Wagen.

Connor und Rosa kletterten zu ihr, und Connor nahm die Zügel in die Hand. »Wohin?«, fragte er. Seine Laune hatte sich offenbar kaum gebessert.

»Erst zum alten Haus und dann zum Wasserfall. Ich will so viel wie möglich sehen.«

Razor stapfte über den Hof, und Catriona klammerte sich an der Seitenwand fest, bis sie sich wieder an das Schwanken und Schaukeln des Wagens gewöhnt hatte. Sie hörte das Rumpeln der Räder und das Klirren des Zuggeschirrs, und die Erinnerungen durchfluteten sie. Ihre Mutter und ihr Vater waren bei ihr, das spürte sie. Und in den Geisterwagen, die ihnen lautlos durch das Outback folgten, hörte sie das Lachen des Komikers und der Tänzerinnen und das schrille Kläffen eines kleinen Terriers namens Patch.

Der Tag nahm seinen Lauf, und die Sonne stieg immer höher. Sie fuhren über die Weiden und vorbei an Billabongs. Sie entdeckten einen Adler am Himmel und eine Herde Kängurus, die mit weiten Sätzen im Busch verschwand. Die kiefernbewachsenen Berghänge waren heute klar und deutlich zu erkennen; jeder Baum war scharf umrissen, genau wie die großen Felsblöcke, die wie gestrandete Wale in der flirrenden Hitze des weiten Graslandes lagen, und wie die hohen, rostbraunen Termitenhügel, die wie Grabsteine aus dem Buschwerk aufragten.

Catriona sog das alles in sich hinein, die Gerüche, Bilder und Klänge dieses Landes namens *Belvedere*, und sie war zufrieden.

Tom gähnte, reckte sich und legte die schriftlichen Aussagen zu einem Stapel zusammen. Er schlief nicht gut, seit er Catrionas Geschichte gehört hatte. Die Bilder, die sie heraufbeschworen hatte, und die Realität des ungastlichen Ortes, an dem sich das alles abgespielt hatte, verfolgten ihn in seinen Träumen.

Er und Belinda waren zehn Tage in Cairns geblieben. Es hatte sich bestätigt, dass Wolff die Story an die Presse verkauft hatte, aber statt ihn fristlos zu entlassen, hatte man ihm einen Klaps auf die Finger gegeben und ihn nach Sydney zurückgeschickt. Nach diesem Debakel freute Tom sich nicht darauf, seinem Boss zu begegnen, doch er brannte darauf, nach Hause zu kommen und sein Leben wieder ins gewohnte Gleis zu bringen.

Tom schob die Unterlagen in eine Mappe, nahm die übrigen Dokumente und steckte sie in seinen Aktenkoffer. Nachdem Catriona ihre Aussage gemacht hatte, war es ihm gelungen, tiefer in Dimitri Jewtschenkows Leben einzudringen, und diese Dokumente mussten an seine Erben übergeben werden. Auch seine Ermittlungen zu Kanes Vergangenheit waren erfolgreich gewesen.

Nun musste er sich überlegen, wie er Catriona seine Entdeckungen mitteilen sollte.

Sie hatten drei Tage gebraucht, um die Überreste der Leiche unter dem Schuppen auszugraben, und noch einmal zwei, um die Todesursache festzustellen. Die Säure, die Catriona und Velda über den Toten gegossen hatten, hatte ihre Wirkung getan, aber für die Gerichtsmediziner war noch genug übrig geblieben. Die sterblichen Überreste würden heute zur Einäscherung freigegeben werden, und der Staat würde die einfache Totenfeier bezahlen. Er bezweifelte, dass jemand um diesen Mann trauern würde.

»Bist du so weit?« Belinda stand in der Tür.

Tom nahm sein Jackett von der Stuhllehne und zog es an. »Du siehst schick aus«, sagte er mit einem Blick auf ihr schwarzes Kostüm und die adrette weiße Bluse.

Belinda zog ein Gesicht. »Danke«, sagte sie. »Ich bin eigens einkaufen gegangen. Dachte mir, ich sollte mich ein bisschen bemühen, aber ich werde mich nie daran gewöhnen, einen Rock und hohe Absätze zu tragen.« Sie streifte einen ihrer Pumps ab und massierte sich die Zehen. »Die verdammten Dinger machen mich zum Krüppel.«

Tom rückte sich grinsend die Krawatte zurecht. Belinda würde immer ein Wildfang bleiben, auch in Rock und High Heels. »Ich gebe das hier ab, und dann können wir gehen. Ich habe den Flug um halb sechs gebucht.«

»Hast du über Kanes Hintergrund etwas herausfinden können?«, fragte sie, als sie das Büro des Chefs verließen und die Treppe hinuntergingen.

»Einiges sogar«, sagte er. »Er kam neunzehnhundertzweiundzwanzig nach Australien und lebte eine Zeit lang in Sydney, bevor er verschwand. Ich habe das Schiff ausfindig machen können, mit dem er hergereist war, und darüber wiederum bin ich an eine Adresse in England geraten. Sein richtiger Name war Francis Albert Cunningham. Er war der zweite Sohn eines reichen Groß-grundbesitzers.«

»Dann hatte Catriona Recht«, sagte Belinda. »Er hat von Über-weisungen seines Vaters gelebt.«

Tom nickte. »Es gab da einen Skandal, bei dem es um die sehr junge Tochter eines Landarbeiters ging. Der Mann wurde mit einer namhaften Summe zum Schweigen gebracht, und Kane wurde mit dem nächstbesten Schiff nach Australien befördert. Seine Eltern haben ihm ein stattliches Taschengeld gezahlt, damit er wegblieb.«

»Waren noch andere Kinder im Spiel?«, fragte Belinda leise.

Tom nickte seufzend. »Gerüchten zufolge waren es mehrere, aber anscheinend verschwand er immer von der Bildfläche, bevor man ihn vor Gericht bringen konnte. Deshalb hat er sich wahr-scheinlich irgendwann für dieses Wanderleben entschieden. Die fahrende Truppe muss ein Geschenk des Himmels für ihn gewe-sen sein.«

»Klingt, als hättest du ziemlich gründlich geforscht.«

»Ich habe einen Freund in England. Als wir Kanes Identität ermittelt hatten, war es nicht mehr schwer, Informationen über sein Leben vor der Auswanderung nach Australien zu sammeln. Die Zeit, die er in Sydney verbrachte, war ebenfalls leicht zu re-cherchieren, und ein anderer Kollege hat sogar jemanden aufstö-bern können, der sich tatsächlich noch an Kane erinnerte. Er war ein alter Knabe, aber sein Gedächtnis war noch messerscharf.«

Unten im Foyer blieben sie stehen. »Was ist denn mit dem Geld, das seine Familie ihm geschickt hat? Kann man es auftrei-ben und irgendwie nutzbringend verwenden?«

Er lächelte. »Schon passiert. Es gab noch zwei Jahre lang Zah-lungen, die nicht abgehoben wurden, bevor die Familie aufhörte, Geld zu überweisen. Eine ziemlich hohe Summe. Ich habe sie der Kinderhilfe gespendet.«

Sie lächelte ebenfalls. »Sehr passend.«

Er nickte. »Dachte ich mir.«

»Wirst du Catriona das alles erzählen?«

»Ja. Sie hat ein Recht darauf, es zu wissen.« Er fuhr sich mit den Fingern durch das Haar. »Sie wird sich denken können, dass ein solcher Mann viele Opfer hatte.«

»Wenigstens hatte er keine Chance mehr, sich an weiteren Kindern zu vergreifen«, sagte Belinda mit einer Härte, die ihn verblüffte. »Das Schwein ist tot, basta. Schade, dass das Gesetz uns nicht erlaubt, solche Leute endgültig aus dem Verkehr zu ziehen. Sie sind nicht zu heilen, und sie ändern sich nicht.«

Schweigend verließen sie das Gebäude.

Es war glühend heiß draußen. Die Sonne blitzte in den Fenstern und brannte auf den Asphalt. Sie setzten ihre Sonnenbrillen auf und stiegen zu ihrem Kollegen Phil in den Wagen. Sie würden fast eine Stunde brauchen, um in die Tablelands und nach Atherton zurückzufahren.

Der winzige Friedhof war die letzte Ruhestätte der Männer, die die Eisenbahn nach Kuranda gebaut hatten, und der Pionierfamilien, die sich im kühlen Flachland dieses nördlichen Vorpostens angesiedelt hatten. Er lag hinter der protestantischen Kirche, einem kleinen Holzbau, der seit dem neunzehnten Jahrhundert in dieser Oase der Stille stand. Das Holz war fast weiß gebleicht, das Wellblechdach rostrot wie die Erde ringsum, und die einfachen Buntglasfenster und das Holzkreuz verliehen ihm die Aura eines anderen Zeitalters.

Als die drei Polizisten über den Ascheweg zum Friedhof gingen, sahen sie das Weideland, das sich hinter dem Friedhof bis zum Rand des Regenwaldes erstreckte. Es war ein friedlicher Ort. Ein milder, warmer Wind wisperte im hohen Gras, Vögel und Insekten zirpten, und auf einer fernen Koppel weideten ein kastanienbraunes Pferd und ein Shetlandpony im grünen Gras – eine pastorale Szene, die aus einem Bilderbuch hätte stammen können.

Tom stand mit Phil und Belinda zwischen den Grabsteinen.

Der Pfarrer sprach die Andachtsworte, und Dimitri Jewtschenkow wurde in der schweren roten Erde, aus der er seinen Reichtum gewonnen hatte, endlich zur letzten Ruhe gebettet. Ein marmorner Stein würde das Grab zieren, aber vorläufig gab es nur einen Kranz aus makellosen roten und weißen Rosen, den Catriona geordert hatte. Als die Totenandacht zu Ende war, warf Tom einen Blick auf die Karte, die dabei war.

*Dimitri, mein Freund,*
*der Tod hat uns getrennt, aber in meinem Herzen wirst du*
*immer bei mir sein.*
*Schlafe ruhiger jetzt, und wisse, du wirst geliebt.*

*Kitty*

»Ich war überrascht, dass sie nicht dabei sein wollte«, sagte Belinda, nachdem sie dem Pfarrer gedankt hatten und zum Wagen zurückgekehrt waren.

»Wozu?«, fragte Tom. Sie fuhren los. »Es nutzt niemandem etwas, wenn sie diese weite Reise macht, um einen Mann zu begraben, der seit über fünfzig Jahren tot ist, und sie ist klug genug, das zu wissen. Ihre Erinnerung an ihn lebt weiter, und nur darauf kommt es an.«

Eine Zeit lang saßen sie schweigend und gedankenverloren da, und Phil fuhr sie schnell ins Tal hinunter, damit sie das Flugzeug nach Brisbane noch erwischten. Tom betrachtete die Landschaft und dachte an Harriet. War sie wieder auf *Belvedere*, oder war sie in Sydney geblieben? Er hatte keine Gelegenheit gehabt, sich von ihr zu verabschieden, und der Grund für ihre überstürzte Abreise war ihm ein Rätsel. So oder so, dachte er betrübt, werde ich sie wahrscheinlich nie wiedersehen.

Sie verabschiedeten sich von Phil und betraten das Flughafen-Terminal. Ihre Maschine war pünktlich. Sie hatten nur noch eine

Viertelstunde bis zum Abflug. Tom holte zwei Becher Kaffee, und sie stellten sich damit an das große Fenster und schauten den Flugzeugen beim Starten und Landen zu. Flughäfen fand Tom immer aufregend, und gern wäre er jetzt irgendwohin geflogen, wo es interessanter war als zu Hause. Bali wäre um diese Jahreszeit schön, dachte er. Er brauchte eine Veränderung; er empfand ein rastloses Verlangen danach, die Fesseln seines Berufs abzustreifen und sich auf die Suche nach etwas Neuem zu machen. Aber er wusste, dass diese Nervosität mehr mit seinen Gedanken an Harriet als mit seinem Beruf und seiner Lebensweise zu tun hatte. Er wollte mit ihr zusammen sein, mit ihr reden und sie richtig kennen lernen.

»Ich werde kündigen, wenn ich zurückkomme«, erklärte Belinda.

Tom schrak aus seinen Tagträumen hoch und starrte sie an. »Warum? Ich dachte, der Job gefällt dir?«

»Ich arbeite gern mit dir und den meisten anderen zusammen, aber ich habe die Nase voll«, sagte sie entschlossen. »Mit Leuten wie unserem Boss, der nichts unternehmen wird, um solchen Abschaum wie Wolff loszuwerden, kann ich nicht arbeiten. So habe ich mir diesen Beruf nicht vorgestellt.«

»Ich mir auch nicht«, gestand er.

Sie wandte sich vom Fenster ab und sah ihn an. »Bei dem Besuch auf *Belvedere* ist mir klar geworden, wie sehr ich das Outback vermisst habe.«

»Aber du hast doch gesagt, du kannst es nicht erwarten, da wieder wegzukommen«, wandte er ein. »Du hast gesagt, du lebst gern in Brisbane, und zu Hause gibt es nichts mehr für dich.«

»Ich weiß«, sagte sie. »Aber nach der Sache mit Wolff halte ich es nicht mehr aus.« Sie zog ihre Jacke aus und legte sie über eine Stuhllehne. »Ich bin wie ein Fisch auf dem Trockenen, Tom. Ich habe mein Bestes getan, aber im Grunde meines Herzens bin ich ein Mädchen vom Lande. Ich will nach Hause.«

Er wusste nicht, was er darauf sagen sollte. Sie war eine gute Polizistin, eine loyale, hart arbeitende Frau, die er bewunderte, und er hatte gelernt, sich auf sie zu verlassen. Aber als er in diese braunen Augen schaute, wusste er, dass er sie nicht mehr umstimmen konnte. »Es ist Connor, nicht wahr?«, sagte er. »Du gehst seinetwegen zurück.«

Sie nickte. »Ich muss es drauf ankommen lassen. Männer wie er laufen einem nicht oft über den Weg, und ich habe so viele Jahre darauf gewartet, dass er endlich Notiz von mir nimmt.«

»Du könntest doch pendeln«, schlug er hoffnungsvoll vor.

»Nein.« Sie schüttelte den Kopf, und die dunklen Locken schwangen hin und her. »Es heißt zwar, die Liebe wächst mit der Entfernung, doch ich habe nicht vor, meine Zukunft wegen einer dummen Redensart aufs Spiel zu setzen.« Sie holte ein Blatt Papier aus ihrer Tasche und schwenkte es vor seiner Nase. »Das habe ich heute gekriegt. Es ist die Bestätigung von der Polizeidirektion Queensland. In einem Monat trete ich meinen neuen Posten an – auf dem Polizeirevier von Drum Creek.«

ACHTUNDZWANZIG

Das Picknick war ein großer Erfolg gewesen – kühler Weißwein, Obst, Käse und kalter Hühnersalat auf einer Decke unter den Bäumen. Sie hatten sich satt gegessen, und danach hatte Catriona sich die Hosenbeine hochgekrempelt und war zu Connor und Rosa in den Felsentümpel gestiegen. Durch die lange Trockenheit war der Wasserfall zu einem Rinnsal geworden, aber schön war es hier trotzdem. Sie erinnerte sich daran, wie die beiden als Kinder hier geplanscht, sich quiekend nass gespritzt und im Schlamm Krebse gefangen hatten. Eine wunderbare Zeit, dachte sie glücklich, als sie jetzt wieder auf die Farm zurollten.

Connor hielt Razor vor der Scheune an und half Catriona hinunter. »Danke, Ma«, sagte er. »Ich glaube, es war doch eine gute Idee. Hat der Tag dir auch so gut gefallen wie uns?«

»Es war der schönste Tag seit einer Ewigkeit«, antwortete sie lächelnd. Der Ausflug hatte ihren Geist erfrischt und ihr neue Kräfte gegeben, auch wenn ihr von dem Gerüttel auf dem Bock morgen wahrscheinlich alle Knochen wehtun würden. In dieser Hinsicht hatte Rosa Recht gehabt; vielleicht war sie für solche Sachen wirklich zu alt. Sie beschloss, diesen tückischen Gedanken zu ignorieren, und tätschelte Connors Wange, bevor sie sich umdrehte und Razor den Hals klopfte. Dem braven alten Knaben hatte es anscheinend Spaß gemacht, als er sich daran gewöhnt hatte, den Wagen zu ziehen; sein Gang war federnd, als Connor ihn in den Corral führte.

Sie hakte sich bei Rosa unter, die den leeren Picknickkorb trug, und gemeinsam schlenderten sie zum Haus. Scharlachrote und orangegelbe Bänder zogen sich über den Himmel; die Sonne versank hinter den Bergen, und eine Flut warmer Farben ergoss sich über Bäume und Erde. Die Vögel schwärmten noch einmal aus, bevor sie sich auf ihren Schlafplätzen niederließen. Catriona lächelte glücklich. In ihrer Welt war alles in Ordnung.

Als sie zum Haus hinüberschaute, sah sie, dass jemand auf der Veranda stand und wartete. »Dann ist sie also doch zurückgekommen«, sagte sie leise. »Ich wusste es.«

Rosa hielt ihren Arm fest. »Mum«, begann sie. »Mum, ich muss dir etwas erzählen.«

»Und ich muss dir auch etwas erzählen«, antwortete Catriona. »Aber das alles kann noch ein wenig warten.« Sie winkte Harriet zu. »Schon lange hier?«

Harriet winkte zurück. Schlank und cool sah sie aus in der Leinenhose und dem frischen weißen Hemd. Ihr glattes, dichtes blondes Haar lockte sich unter dem Kinn und streifte ihre Schultern. »Den ganzen Nachmittag«, sagte sie, als die beiden an der Verandatreppe angekommen waren. Sie bedachte Rosa mit einem kühlen Blick und wandte sich dann wieder an Catriona. »Wo um alles in der Welt habt ihr gesteckt? Ich habe mir schon Sorgen gemacht.«

Catriona lächelte sie an. »Wir waren mit dem Wagen unterwegs«, sagte sie und stieg die Stufen hinauf. »Schade, dass du nicht früher gekommen bist. Dann hättest du mitfahren können.«

Harriet lächelte zurück und nahm ihre Hand. »Das wäre schön gewesen«, sagte sie. »Vielleicht beim nächsten Mal?« Sie küssten einander auf die Wange, und Harriet hielt ihnen die Tür auf. »Du hast hoffentlich nichts dagegen, dass ich einfach ins Haus gegangen bin? Niemand war da, und ich brauchte dringend eine Tasse Tee.«

Catriona lachte. »Seit wann musst du deswegen um Erlaubnis bitten?«

Rosa gab ein grunzendes Geräusch von sich, aber Catriona achtete nicht darauf. Sie würde noch reichlich Zeit haben, ihrem Groll Luft zu machen, nachdem sie gesagt hatte, was sie zu sagen hatte. »Ihr beide könnt noch einmal Tee kochen«, sagte sie. »Ich werde mein dürres Hinterteil im weichen Sessel im Wohnzimmer ausruhen.« Sie schaute den beiden nach, als sie in der Küche verschwanden. Wenn die Atmosphäre noch frostiger wird, dachte sie, muss ich fürchten, mich zu erkälten. Sie machte es sich im Sessel bequem und hörte, wie die beiden hitzig aufeinander einredeten. Verstehen konnte sie nichts, doch es war klar, dass sie wütend waren – zwei Katzen, die sich gleich die Augen auskratzen würden. »Du liebe Güte!« Sie seufzte. »Was für eine Energieverschwendung!«

Die Mädchen kamen ins Wohnzimmer, gefolgt von Connor. Es war inzwischen dunkel geworden, und der Arbeitstag war zu Ende. Sie tranken ihren Tee und unterhielten sich steif und höflich miteinander. Nur Connor schien von der angespannten Lage nichts zu merken. Er saß entspannt da. Harriet und Rosa schauten einander immer wieder an, und Catriona spürte, wie gereizt sie waren. »Schön, dass du wieder da bist«, sagte sie. »Ich habe doch hoffentlich nichts Falsches gesagt, dass du so überstürzt weggefahren bist?«

»Nein.« Harriet stellte ihre Tasse ab. Ihre Hand war unsicher, und die Untertasse klirrte. »Es war sehr tapfer von dir, das alles noch einmal auszugraben. Ich weiß nicht, ob ich dazu fähig gewesen wäre.«

Catriona zuckte die Achseln. »Du weißt erst, wozu du fähig bist, wenn du es ausprobierst«, sagte sie gleichmütig. »Aber ich habe diese Katharsis überlebt, und jetzt bin ich fast frei.« Sie schwieg und schaute quer durch das Zimmer zu der Truhe hinüber. »Ich sage ›fast‹, denn ich war nicht Kanes einziges Opfer.«

»Männer wie er haben immer eine Geschichte«, sagte Rosa. »Er hat dich missbraucht, und er hat wahrscheinlich andere vor dir missbraucht.«

Catriona nickte. »Traurig, aber wahrscheinlich hast du Recht. Nur – das habe ich nicht gemeint.« Sie holte tief Luft. »Wisst ihr, wenn jemand durchmacht, was ich durchgemacht habe, führt das zu einer Kettenreaktion. Es beschädigt nicht nur das Leben der Betroffenen, sondern auch das Leben derer, die ihr nah sind. Meine Mutter hat sich von dieser Nacht seelisch eigentlich nie mehr erholt, und sogar meine Ehe wurde durch das, was Kane mir angetan hatte, zerstört.«

»Wie kann denn das sein?«, fragte Connor. »Kane war doch tot.«

»Kane war tot, aber sein Vermächtnis lebte weiter.« Sie ließ sich im Sessel zurücksinken und sammelte ihre Gedanken; sie betrachtete das Porträt ihrer Mutter, und dann erzählte sie ihnen von ihrer Flucht aus Atherton und von dem, was danach geschehen war.

Es war still im Zimmer, als sie zur Truhe hinüberging und die Babysachen herausholte, winzige Kleidchen, Mützen und Schühchen, und sie vergrub das Gesicht in dem daunenweichen Schal, den sie heimlich gestrickt hatte, wenn ihre Mutter arbeitete. »Ich konnte mich nicht davon trennen«, sagte sie. »Es war, als müsste ich mein Kind noch einmal fortgeben.«

»Hast du je versucht, es ausfindig zu machen?«, fragte Harriet.

Catriona hielt das Bündel Briefe in der Hand. Ihre Finger zupften an dem Band, das sie zusammenhielt. »Meine Mutter wollte mir nicht sagen, wo sie war. Es dauerte Jahre, bis ich etwas über sie in Erfahrung bringen konnte.«

»Das kann deine Beziehung zu deiner Mutter nicht gerade verbessert haben«, sagte Harriet.

Catriona schüttelte den Kopf. »Sie war unnachsichtig, und sie hat sich eisern geweigert, mit mir über mein Kind zu sprechen. Aber inzwischen weiß ich natürlich, dass auch sie viel auf sich nehmen musste. Sie konnte sich nicht verzeihen, dass sie nicht gemerkt hatte, was Kane da trieb. Sie konnte mir nicht verzeihen, dass ich es ihr nicht gesagt hatte, und sie konnte es nicht ertragen, dass ich mit dreizehn Jahren ein Kind von Kane bekam. Sie konnte nicht verstehen, warum ich es behalten wollte, und ich glaube, inzwischen begreife ich, wie es ihr erging. Das Kind wäre eine beständige Erinnerung gewesen, und das hätte sie nicht ausgehalten.«

»O Gott«, flüsterte Harriet. »Wie furchtbar!« Sie stand auf, schob die Hände tief in die Taschen und betrachtete eine Zeit lang die Porträts über dem Kamin. Dann setzte sie sich neben Rosa. »Und wie ging's dann weiter?«, fragte sie.

Catriona erzählte ihnen von Peter Keary und wie er ihre Liebe und ihr Vertrauen verraten hatte. Sie drehte den Ring an ihrem Finger, und die trockenen Blütenblätter ihres Brautstraußes erinnerten sie an die Vergänglichkeit des Glücks.

»Aber irgendwann hast du sie doch gefunden, oder?«, drängte Rosa.

Catriona nickte. »Im Laufe der Jahre änderten sich die Gesetze, und irgendwann hatten meine Nachforschungen Erfolg. Inzwischen war sie selbst Mutter, wisst ihr, und deshalb dachte ich, sie würde verstehen, dass ich Verbindung zu ihr haben musste. Ich habe ihr geschrieben. Der Brief kam zurück; es war der einzige, den sie je öffnete. Ich habe es wieder und wieder versucht, in der Hoffnung, sie würde neugierig genug sein zu lesen, was ich ihr schrieb. Aber sie hat es nie getan.« Catriona starrte durch das Fenster hinaus in die Dunkelheit. »Meine Tochter hatte sich von mir abgewandt, genau so, wie ich mich von ihr abgewandt hatte. Wie kann ich ihr das verübeln?«

»Wo ist sie jetzt?«, fragte Harriet leise, setzte sich zu Catriona und nahm ihre Hand.

Catriona lächelte und drückte sanft Harriets Finger. »Ich nehme an, sie ist in Sydney, Harriet«, sagte sie mit bewegter Stimme. »Es tut mir leid, dass sie immer noch so verbittert ist und nicht mit dir kommen konnte, aber wenigstens scheint meine Enkelin mir verziehen zu haben. Danke, dass du nach Hause gekommen bist, Harriet.«

»Du hast es die ganze Zeit gewusst, ja?« Harriet umklammerte die Hand ihrer Großmutter.

Catriona nickte lächelnd. »Schon im ersten Augenblick, als ich dich in deiner Schuluniform dastehen sah und du darauf wartetest, dass der Chauffeur deinen Koffer auslud.«

»Aber wie denn? Woher konntest du wissen, wer ich war?«

»Ich habe viele Jahre lang nach meiner Tochter gesucht. Irgendwann erfuhr ich, dass Susan Smith ihren Namen in Jeanette Lacey geändert hatte. Von da an war es leicht, sie im Auge zu behalten, ihre Karriere als Tänzerin zu verfolgen und über ihren Mann und ihre Tochter Bescheid zu wissen.«

»Darum sind wir immer ins Ballett gegangen, wenn wir in der Stadt waren«, erkannte Rosa. »Und ich dachte, du wolltest mir ein bisschen Kultur beibringen.«

»Nur so konnte ich sie sehen«, sagte Catriona. »Als Harriet in den ersten Schulferien herkam, war ich überglücklich. So durfte ich meine Enkelin wenigstens kennen lernen, auch wenn ich ihr nie sagen konnte, wer sie wirklich war.«

»Warum hast du nie etwas gesagt?« Harriet spürte, dass ihr die Tränen kamen, und drängte sie zurück. Dies war ein bewegender Augenblick, aber sie musste jetzt ruhig und konzentriert bleiben.

»Das wäre nicht richtig gewesen, mein Schatz«, sagte Catriona. »Deine Mutter wollte nichts mit mir zu tun haben, und du hattest offensichtlich keine Ahnung. Ich war damit zufrieden, alles so zu lassen, wie es war.«

Harriet nickte. »Es erklärt eine ganze Menge«, sagte sie. »Zunächst einmal Mums Einstellung. Ich konnte nie begreifen, warum sie so viel dagegen hatte, dass ich herkam und mit Rosa befreundet war.«

Catriona breitete die Arme aus, und Harriet fiel ihr um den Hals. Aufgewühlt umarmte sie ihre Großmutter. Ihr Leben lang hatte sie sich gewünscht, zu einer richtigen Familie zu gehören, und sie hatte sich nach diesem Augenblick der Liebe und der Wärme gesehnt.

Dann lösten sie sich wieder voneinander, und Catriona strich Harriet das Haar aus dem Gesicht und schaute sie unendlich liebevoll an. »Jetzt sag mir doch, wie du herausgefunden hast, wer ich bin.«

Harriet warf einen Blick zu Rosa hinüber und dachte an ihren schrecklichen Streit. »Ich wusste nichts von all dem, bis du uns von Kane erzählt hast«, sagte sie verbittert. »Anscheinend hat meine sogenannte Freundin Rosa mich getäuscht.«

Rosa sprang auf. »Das ist nicht fair«, schrie sie. »Ich habe dir alles erklärt. Man konnte ja einfach nicht vernünftig mit dir reden.«

»Vernünftig?« Harriet fuhr herum. »Du weißt doch gar nicht, was dieses Wort bedeutet, verdammt.«

»Langsam, Hattie!«, sagte Connor.

»Du hältst dich da raus, Connor Cleary«, fauchte Rosa ihn an. »Das geht dich überhaupt nichts an.«

»Ganz recht«, sagte Harriet. »Das ist eine Sache zwischen mir und Rosa.«

»Still jetzt«, rief Catriona durch den Lärm. »Beruhigt euch, alle drei.« Sie wartete, bis alle wieder saßen und nur noch wütende Blicke wechselten. »Ich glaube, du solltest mir jetzt etwas erklären, Rosa. Und ich will die ganze Geschichte hören, nicht bloß das, was dich vielleicht in ein gutes Licht setzt.«

Rosa funkelte Harriet an, schaute hilfesuchend zu Connor hinüber und begriff, dass von ihm nichts zu erwarten war. »Ich habe den Brief gelesen«, stieß sie hervor. Catrionas Gesicht war versteinert, und Rosa zögerte, ehe sie von ihrer nächtlichen Untersuchung der Truhe erzählte. »Ich wollte etwas Besonderes für dich tun«, gestand sie leise. »Du warst so gut zu mir und zu Con, und ich wollte dich glücklich machen.« Schniefend zündete sie sich eine Zigarette an. »Ich wusste nicht, wie oder wann. Erst als wir zur High School kamen, sah ich die Gelegenheit dazu.«

»Sie hat sich absichtlich mit mir angefreundet, als sie herausgefunden hatte, wer ich war«, sagte Harriet verbittert. »Sie hat sich ein Bein ausgerissen, um nett zu mir zu sein und mir vorzutäuschen, dass sie mich wirklich mochte.«

»Das ist nicht wahr«, fauchte Rosa. »Ich gebe zu, dass ich mich anfangs an dich herangemacht habe, und es tut mir leid, dass ich so unaufrichtig war. Aber dann sind wir wirklich Freundinnen geworden, sehr viel bessere, als ich je erwartet hatte. Und als die Zeit verging, wurde mir klar, dass ich dir niemals würde sagen können, was ich getan hatte, weil ich wusste, dass du es mir nicht verzeihen würdest.«

»Und warum hast du es ausgerechnet heute doch getan?« Harriet verschränkte die Arme.

»Es war ein dramatischer Tag«, sagte Rosa. »Die Atmosphäre war so sehr aufgeladen, dass ich mein Geheimnis nicht länger für mich behalten konnte.«

»Aber siehst du denn nicht, welchen Schaden du damit angerichtet hast?«, fragte Harriet. »Ich habe dir immer vertraut, habe dir alle meine Geheimnisse verraten. Dieses Vertrauen ist jetzt dahin. Ich bezweifle, dass es je zurückkommt.«

»Ich glaube, es wird Zeit, dass wir uns alle ein bisschen beruhigen.« Catriona holte Wein, schenkte allen ein und reichte die Gläser herum. »Rosa, ich weiß, du hast es gut gemeint, aber ich wünschte wirklich, du würdest nachdenken, bevor du so etwas tust.« Sie lächelte sie an und strich ihr über die Wange, bevor sie sich an Harriet wandte. »Wenn Rosa nicht gewesen wäre, hättest du nie erfahren, wer ich bin«, sagte sie sanft. »Ist es denn so schlimm, mich als Großmutter zu haben?«

»Nein.« Harriet nahm ihre Hand. »Natürlich nicht. Ich bin nur aufgebracht, weil Rosa die Sache so hinterhältig angegangen ist.«

»Das ist etwas, worüber ihr beide euch einig werden müsst, aber ich glaube, Rosa hatte nur die besten Absichten. Also sei nicht zu hart mit ihr.« Catriona lächelte aufmunternd, und Harriet sah Rosa an.

»Es tut mir leid«, murmelte Rosa.

»Mir auch«, sagte Harriet seufzend.

Connor verdrehte die Augen zur Decke, als die beiden jungen Frauen in Tränen ausbrachen und einander umarmten. »O Gott, Ma. Jetzt gehen die Wasserspiele wieder los. Was für ein Drama!«

»Ich erwarte nicht, dass du das verstehst«, sagte Catriona. »Sei einfach dankbar, dass das Gewitter vorüber ist und dass ich eine Enkelin habe.« Sie schenkte sich noch ein Glas Wein ein und wartete, bis die Mädchen ihre Tränen getrocknet und Frieden geschlossen hatten.

Als wieder Ruhe eingekehrt war, fragte sie Harriet: »Hast du deine Mutter nie nach ihrer Familie gefragt?«

Harriet nickte. »Doch. Schon, als ich noch ein kleines Mädchen war. Andere Kinder hatten Großeltern und Tanten und Onkel, und ich wollte wissen, warum ich keine hatte. Dad sagte, er habe seine Eltern bei einem Autounfall verloren, als er neunzehn war. Er war das einzige Kind gewesen, aber er hatte Fotos seiner Eltern und ihrer Geschwister, und er hatte viele Geschichten aus seiner Kindheit zu erzählen. Ich habe seine Verwandten nie kennen gelernt, weil sie alle längst verstorben waren, als er Mum heiratete. Er war um einiges älter als sie.«

Harriet biss sich auf die Lippe. Ihre Stimme hatte angefangen zu zittern, und sie brauchte eine Weile, um ihre Gefühle wieder unter Kontrolle zu bringen.

»Mum hat sich immer geweigert, über ihre Kindheit vor der Ballettschule zu reden. Sie hatte keine Fotos, keine Geschichten, und alle meine Fragen stießen auf eine Mauer des Schweigens. Als ich älter wurde, begriff ich, dass sie eine unglückliche, verbitterte Frau war, voller Ehrgeiz für sich selbst und infolgedessen auch für mich. Es schien, als sei sie entschlossen zu beweisen, dass sie besser war, als andere es von ihr erwarteten, entschlossen, die Vergangenheit auszulöschen und sich selbst neu zu erfinden. Irgendwann fing ich an, eingehender zu forschen, aber es gab keine Fotos oder Tagebücher, keine Briefe oder Erinnerungsstücke aus den frühen Jahren – überhaupt nichts, was mich in irgendeine Richtung hätte führen können.«

»Und du, Rosa? Wie hast du aus einem einzigen Brief so viel erfahren können?«

»Ich hatte einen Namen und eine Adresse. Ich hatte den Brief gelesen, und deshalb wusste ich, dass Jeanette Wilson deine Tochter war. Es hat mich umgehauen, als ich begriff, dass Harriet und ich in derselben Klasse waren.« Sie zog an ihrer Zigarette. »Das Dumme war: Ich hatte alle diese Informationen und wusste nicht, was ich damit anfangen sollte. Du wusstest nicht, dass ich den Brief gelesen hatte. Harriet wusste nicht, dass sie mit dir verwandt war, und ihre Mutter war offenbar entschlossen, es dabei zu belassen.« Sie hob die Schultern. »Ich saß fest.«

Catriona lachte und tätschelte ihr die Hand. »Meine Güte, Rosa, was für ein raffiniertes Luder du bist.«

»Raffiniert? Regelrecht verschlagen, wenn du mich fragst«, sagte Connor. »Ich kann nicht fassen, dass du das alles für dich behalten hast.«

»Ehrlich gesagt«, gestand Rosa, »ich habe mich zu Tode geschämt deshalb. Ich habe mir nur so verzweifelt gewünscht, ich könnte etwas für Mum tun. Aber eigentlich wusste ich nicht, wie ich es anstellen sollte. Mit dem, was ich in der Truhe gefunden hatte, konnte ich zwar ein paar Steinchen des Puzzles zusammensetzen, aber ein entscheidendes Teil fehlte mir. Und ohne zu beichten, was ich getan hatte, kam ich nicht weiter.«

Catriona nickte. »Und das fehlende Puzzlesteinchen war Kane. Er war der Urheber des Unglücks für mich und die folgenden Generationen, und wenn Dimitris Leichnam nicht gefunden worden wäre, hättet ihr wahrscheinlich nie von ihm erfahren.« Sie sah Harriet an. »Das ist nichts, worauf man stolz sein kann.«

Connor stand auf und schenkte allen Wein nach. »Willkommen in der Familie!«, sagte er und trank Harriet zu.

Harriet seufzte. »Mum hat mich gewarnt und gesagt, ich solle nicht so naseweis sein, wenn ich sie nach ihrer Familie fragte. Aber ich hatte immer das Gefühl, dass da etwas fehlte, etwas, was ich wissen sollte.« Sie lächelte. »Und jetzt habe ich plötzlich eine komplette Familie.«

Rosa hob ihr Glas. »Auf Hattie, so was wie eine Schwester und meine beste Freundin.« Sie leerte das Glas in einem Zug und zündete sich eine neue Zigarette an.

In Catrionas Augen glitzerten Tränen. »Es tut mir nur leid, dass Jeanette mir nicht verzeihen konnte. Habe ich sie denn so sehr verletzt?« Fragend sah sie Harriet an.

Harriet stand auf und ging zum Fenster. Sie vergrub die Hände in den Hosentaschen, als sie an die schreckliche Konfrontation mit ihrer Mutter dachte. Jeanette war in Weißglut geraten. Mit maskenhaftem Gesicht und kaltem Blick war sie in ihrem Luxusapartment auf und ab gegangen.


»Ich habe dir gesagt, du sollst dich nicht mit dieser Familie einlassen.« Jeanette zündete sich eine Zigarette an und sog den Rauch tief in die Lunge.

»Es war ein höllischer Schock«, sagte Harriet. »Und es wird dich freuen zu hören, dass Rosa und ich einen Riesenkrach deshalb hatten.« Sie holte tief Luft. Sie wollte sich jetzt nicht streiten. »Aber ich hatte ein Recht darauf, zu wissen, wer ich bin und woher ich komme. Das verstehst du doch, oder?«

Mit blitzenden Augen fuhr Jeanette herum. »Ein Recht!«, fauchte sie. »Und was ist mit meinem Recht, Harriet? Zählen meine Gefühle überhaupt nicht?«

»Aber natürlich, Mum.« Harriet streckte die Hand aus, aber

ihre Mutter ignorierte sie. »Bitte, Mum. Gib mir doch Gelegenheit, dir zu erklären, warum Grandma dich abgeben musste. Dann wirst du vielleicht einsehen, dass sie es nicht leichtfertig oder freiwillig getan hat.«

Jeanette verzog höhnisch den Mund. »Wie ich sehe, hat sie dir schon den Kopf verdreht. ›Grandma.‹ Sonst noch was?« Sie wandte sich ab und starrte aus dem Fenster auf den Circular Quay hinunter. Mit abweisend starren Schultern rauchte sie stumm ihre Zigarette.

Harriet war ratlos. Die Barriere, die Jeanette zwischen ihnen errichtet hatte, war so unüberwindlich wie die Chinesische Mauer. Aber sie musste sie durchbrechen, wenn die Beziehung zwischen ihnen überleben sollte. Sie begann zu erzählen, erst zögernd, dann immer flüssiger, je weiter sie kam. Sie wusste, dass es schmerzlich für ihre Mutter sein musste, aber dieser Augenblick durfte nicht ungenutzt verstreichen.

Jeanette schwieg die ganze Zeit und hielt die Arme fest um ihre schmale Taille geschlungen. Harriet fragte sich irgendwann, ob sie überhaupt noch zuhörte, denn sie zeigte keinerlei Reaktion, und die Anspannung in ihren Schultern löste sich nicht.

»Catriona hat ein Leben lang nach dir gesucht«, endete sie. »Und als sie dich gefunden hatte, hast du sie abgewiesen, ohne ihr die Chance zu geben, dir alles zu erklären. Sie will ihren Frieden mit dir machen, bevor es zu spät ist, Mum. Bringst du es nicht übers Herz, zu akzeptieren, was geschehen ist, und ihr zu verzeihen?«

Jeanette wandte sich vom Fenster ab. Sie war aschgrau im Gesicht, und in ihren Augen funkelten Tränen. »Es ist ein bisschen zu spät, um noch die glückliche Familie zu spielen«, sagte sie.

»Es geht doch nicht darum, dass ihr auf der Stelle eine Kuschelbeziehung miteinander beginnt«, sagte Harriet. »Das erwarte ich nicht, und ich glaube, Catriona erwartet es auch nicht. Aber ein Anruf oder ein Brief würde ihr unendlich viel bedeuten.«

Schatten wehten über Jeanettes Gesicht, und ihre Gedanken blieben hinter einer Maske der Gleichgültigkeit verborgen. »Es ist offenkundig, wem deine Zuneigung gehört«, sagte sie eisig. »Aber was kann ich nach diesem Verrat anderes erwarten?«

»Ich werde Catriona nicht aus meinem Leben verbannen, nur weil du nicht bereit bist, ihr eine Brücke zu bauen«, erwiderte Harriet. »Sie ist meine Großmutter, und ich liebe und bewundere sie.« Sie unterdrückte die aufsteigende Ungeduld und umfasste die teilnahmslosen Hände ihrer Mutter. »Aber das heißt nicht, dass ich dich nicht liebe oder schlecht von dir denke. Du bist meine Mutter. Ich werde dich immer lieben.«

»Wie kannst du das, wenn du doch eine neue Familie hast?«, fragte Jeanette. »Wenn dieses Biest dich in den Klauen hat, wirst du nichts mehr mit mir zu tun haben wollen.« Ihren grausamen Worten zum Trotz verlor Jeanette doch die Fassung. Sie ließ sich auf das weiche Sofa fallen und vergrub schluchzend das Gesicht in den Händen. »Ich kann ihr nicht verzeihen«, sagte sie mit tränenerstickter Stimme. »Ich kann es einfach nicht. Und jetzt werde ich dich auch noch verlieren.«

Harriet setzte sich zu ihr, und es brach ihr das Herz, als ihre Mutter schluchzend den Kopf an ihre Schulter sinken ließ. Wie konnte sie ihr begreiflich machen, dass es so viel Grund zur Freude gab und wie leicht es war, diese Brücke zu bauen, vor der sie solche Angst hatte? In diesem Augenblick konnte sie ihre Mutter nur beruhigen, trösten und aufmuntern – diese Frau, die immer so stark und selbstsicher gewesen war.

Viel später, als der Aufruhr der Gefühle sich gelegt hatte und die Tränen getrocknet waren, schlief Jeanette erschöpft ein. Harriet küsste sie sanft auf die Wange und deckte sie mit einer leichten Decke zu, bevor sie hinausging. In der Tür drehte sie sich noch einmal um und betrachtete ihre schlafende Mutter. Jetzt lag es an Jeanette, sich mit ihrer eigenen Mutter zu versöhnen.

Harriet kehrte in die Gegenwart zurück und erkannte, dass alle auf eine Antwort warteten. »Es war das Schwierigste, was ich je erlebt habe«, gestand sie. »Mum wäre vor Wut beinahe explodiert, als ich ihr sagte, was Rosa herausgefunden hatte. Sie konnte mir kaum in die Augen sehen, konnte kaum sprechen. Noch nie habe ich sie so erlebt, und es hat mir Angst gemacht.«

»Du hast ihr alles erzählt?«, fragte Catriona.

»Über vieles bin ich hinweggegangen. Es hatte keinen Sinn, ihr in allen grausigen Details zu erzählen, wie Kane dich missbraucht hat. Ich habe ihr gesagt, du seist vergewaltigt und dann gezwungen worden, sie zur Adoption freizugeben. Und ich habe ihr gesagt, dass du sie seitdem unermüdlich gesucht hast. Aber am Ende hat es ihre Einstellung zu dir nicht verändert. Sie ist zu verbittert, um vernünftigen Argumenten zugänglich zu sein oder um über ihren eigenen Schmerz hinauszuschauen.«

Sie schaute hinüber zu dem Porträt ihrer Urgroßmutter. Velda lächelte auf sie herab. Die veilchenblauen Augen blickten warmherzig und ermutigend aus dem makellosen Gesicht, und in ihrem Gesichtsausdruck erkannte Harriet etwas von ihrer Mutter wieder. »Mum ist eine starke, entschlossene Frau, die ihr ganzes Leben selbst bestimmt hat. Deshalb hat ihre Reaktion mich so sehr erschreckt. Sie ging einfach in Stücke. Brach völlig zusammen und flehte mich an, sie nicht zu verlassen und nicht aufzuhören, sie zu lieben. Ich erkannte, dass sie schreckliche Angst davor hat, allein gelassen und nicht geliebt zu werden, und sie fürchtet, man könnte sie dafür verurteilen, dass sie ihre Verbindung zu dir nicht akzeptieren kann. Ich habe sehr lange gebraucht, um ihr zu versichern, dass ich sie trotz meiner Zuneigung zu dir und meiner Freude darüber, dass ich endlich weiß, wer ich bin, immer lieben werde, ganz gleich, was passiert sein mag.«

»Die arme Jeanette!« Catriona rollten Tränen über die Wangen. »Wenn ich nur hätte da sein können, um sie zu trösten!« Sie zog ein Taschentuch hervor und wischte sich die Tränen ab.

Harriet nahm sie in den Arm. »Sie wird eine Weile brauchen, um zu verdauen, was ich ihr erzählt habe. Sie hat ihr Leben lang geleugnet, was ihr widerfahren ist, und jetzt wird es nicht leicht sein, der Wahrheit ins Gesicht zu sehen.« Sie ließ Catriona los und sah ihr in die Augen, und sie empfand eine warme Liebe zu ihrer Großmutter, eine Liebe, die stärker war als je zuvor. »Ich glaube, sie wird irgendwann erkennen, wie sehr du sie geliebt hast und wie schwer es dir gefallen ist, dich von ihr zu trennen. Es kann lange dauern, aber wir dürfen die Hoffnung nicht aufgeben.«

»Ich hoffe schon seit vielen Jahren, dass sie mir verzeiht«, sagte Catriona. »Und ich bin bereit, so lange zu warten, wie es nötig ist.«

Harriet lächelte. »Wir alle haben etwas aus dieser Geschichte gelernt, Grandma.« Es tat gut, dieses wunderbare Wort auszusprechen. »Ich habe begriffen, dass die Liebe einer Mutter die mächtigste Liebe der Welt ist. Velda hat deshalb getötet, und du hast deshalb deinen Ehemann verloren und dein Leben lang nach deinem Kind gesucht. Auch meine Mutter liebt mich mehr, als ich wusste, und eines Tages, vielleicht schon bald, wird auch sie wissen wollen, wie es ist, die Liebe der eigenen Mutter zu spüren. Denn wer dieses große Geschenk nicht selbst erlebt, kann niemals ganz vollständig sein.«

*Ein Jahr später*

Harriet lenkte den Wagen unter dem Torbogen hindurch und sah, dass die lange Zufahrt zur Farm endlich geschottert worden war. Der Motor schnurrte, und die Reifen summten, und sie begann sich zu entspannen. Es war eine Heimkehr, wie sie ihr in den letzten Monaten zwei Mal vergönnt gewesen war. Als sie auf dem Gipfel der Anhöhe angekommen war, hielt sie an und schaute lächelnd auf *Belvedere* hinunter.

Zu diesem besonderen Anlass hatte das Farmhaus einen neuen Anstrich bekommen. Rosen wucherten in prachtvollem Überfluss an den Verandapfosten hinauf und mischten sich oben mit den Bougainvilleen. Die Weiden erstreckten sich weithin – ein friedlicher grüner Hintergrund nach dem letzten Regen und ein scharfer Kontrast zu dem emsigen Treiben zwischen Farmhaus und Nebengebäuden.

Zahlreiche Autos und Geländewagen parkten neben der großen Scheune. Chrom und Glas blinkten in der Sonne, und die Kleider und Hüte der Frauen leuchteten in bunten Farben. Trotz der Entfernung drangen das Lachen und die Musik bis hierher auf den Berg.

Nachdem Harriet sich satt gesehen hatte, fuhr sie langsam talwärts, und je näher sie dem Farmhaus kam, desto aufgeregter war sie. *Belvedere* bezauberte sie immer, aber heute war es, als liege noch ein Hauch Feenstaub über allem. Sie konnte es kaum erwarten, bei all dem dabei zu sein. Sie folgte der Piste bis zur äußeren

Koppel und stellte den Wagen auf dem behelfsmäßigen Parkplatz ab. Es war mitten im Winter, aber es war trotzdem heiß; als sie Hut und Handtasche vom Sitz nahm und aus dem klimatisierten Wagen stieg, schlug die Luft ihr entgegen wie ein Hammerschlag. Sie beugte sich über den Kofferraum, um ihr Gepäck herauszunehmen, als eine vertraute Stimme sie zusammenfahren ließ.

»Sieht aus, als brauchtest du ein bisschen Hilfe. Typisch Frau – bringt alles mit bis auf das Spülbecken.«

Sie fuhr herum und lächelte erfreut. »Tom – was machst du denn hier?«

»Man hat mich eingeladen.« Sein Blick war voller Zuneigung. »Und ich konnte mir die Gelegenheit nicht entgehen lassen, dich wiederzusehen.« Er lächelte sein entspanntes Lächeln und nahm ihre Hand. »Telefongespräche sind nichts gegen das wirkliche Leben«, sagte er leise. »Es ist schön, dich zu sehen.«

Er sieht nicht übel aus, dachte Harriet, als sie den eleganten Anzug, das frische Hemd und die Seidenkrawatte betrachtete. Röte stieg an ihrem Hals herauf und bis ins Gesicht, und die Berührung seiner Hand elektrisierte sie. »Was die Telefongespräche angeht, muss ich dir zustimmen«, sagte sie leise und mit einem plötzlichen Anfall von Schüchternheit, die so ungewohnt war, dass sie nicht wusste, wie sie damit umgehen sollte. »Das wirkliche Leben ist wahrscheinlich auch billiger, wenn ich mir meine Telefonrechnung ansehe.«

»Das ist die Strafe, die wir dafür zahlen müssen, dass wir so weit voneinander entfernt wohnen«, sagte er. Sein Blick wanderte langsam über ihre Gesichtszüge, als wolle er sich alles genau einprägen.

Sie standen da und schauten einander an, ohne auf das lärmende Treiben und das Gewimmel der Gäste zu achten. Es war, als wären sie ganz allein und als brauchten sie niemanden sonst. »Ich bin so froh, dass du hier bist«, murmelte sie.

»Das bin ich auch«, sagte er. »Denn jetzt weiß ich, dass ich die richtige Entscheidung getroffen habe.«

Sie legte den Kopf schräg und lachte. »Was für eine Entscheidung?«

»Ich habe den Polizeidienst quittiert.« Er hob ihren Koffer aus dem Wagen und schlug den Kofferraumdeckel zu. »In Sydney erwartet mich ein Job bei einer Sicherheitsfirma. Ich habe noch ein paar Wochen Zeit, um in Brisbane alles zu verkaufen und mir eine neue Bleibe zu suchen, aber in etwa einem Monat dürfte ich unten in deiner Nähe sein.«

Harriets Puls schlug schneller, als sie begriff, was das bedeutete. Der Tonfall ihrer Telefonate hatte sich in den letzten paar Monaten verändert, und sie hatte sich gefragt, ob sie sich nur einbildete, dass ihre Gespräche wärmer und intimer wurden, oder ob es nichts als Wunschdenken war. Jetzt sah es so aus, als empfinde er wie sie, und sie fand keine Worte für ihr Entzücken.

»Du hast doch nichts dagegen, oder?« Er sah sie besorgt an.

»Wie könnte ich etwas dagegen haben?«, fragte sie, und ihre Augen funkelten spitzbübisch. »Wenn ich Telefonkosten sparen kann, ist mir alles recht.«

Er nahm ihre Hand und legte sie in seine Armbeuge. »Dann ist es ja gut.« Er lächelte. »Jetzt komm. Catriona wartet schon den ganzen Morgen auf dich; sie wird langsam ungeduldig.«

Catriona ging mit Archie hinaus auf die hintere Veranda, um dort für ein paar Minuten Zuflucht vor dem lärmenden Treiben zu suchen. Das Haus war zu klein für so viele Leute, und es tat gut, dem Trubel für ein Weilchen zu entkommen. Sie setzte sich in den alten Korbsessel, nahm den schnurrenden Archie auf den Schoß, schloss die Augen und sprach ein kurzes, stilles Dankgebet für die Segnungen, mit denen sie in den letzten paar Monaten überschüttet worden war.

Dimitris Testament, das Tom bei einem Anwalt in Darwin aufgestöbert hatte und das sie als seine Erbin bestimmte, war für Catriona ein zweischneidiges Schwert gewesen. Die freudige

Überraschung war getrübt durch eine tiefe Trauer darüber, dass sie an ihm gezweifelt und geglaubt hatte, er habe sie im Stich gelassen. Doch als die Monate vergingen, hatte sie erkannt, dass sein Geschenk nicht nur der nächsten Generation zugute kam, sondern auch die Möglichkeit eröffnete, sein Andenken noch auf andere Weise lebendig zu halten.

Dimitris Haus war abgerissen worden, und das Grundstück hatte man zu einem fürstlichen Preis an eine Erschließungsfirma verkauft – es war lächerlich, wie sehr der Immobilienmarkt an der gesamten Ostküste außer Kontrolle geraten war. Aber zumindest konnten die dunklen Geister der Vergangenheit endlich zur Ruhe gebettet werden, und sie alle konnten in die Zukunft blicken. Connor und Rosa würden nach Catrionas Tod mehr als wohlhabend sein, doch mit Dimitris Geld konnten sie auch bis dahin ein unbeschwertes Leben führen. Der Anteil, den Catriona Harriet zugedacht hatte, war entscheidend dazu verwendet worden, ein Dimitri-Jewtschenkow-Stipendium für begabte, aber mittellose Jurastudenten zu stiften.

Betrübt wünschte sie, Dimitri und Poppy könnten heute hier sein. Zu gern hätte sie ihm für seine Herzensgüte und Poppy für ihre Enkelkinder gedankt. Aber als sie so im Schatten der Veranda saß, war es fast, als spüre sie die beiden an ihrer Seite, als wachten sie über alles und erfreuten sich an diesem glücklichsten aller Tage, und Catriona fühlte sich getröstet.

Seufzend schaute sie über das Land, das in der Wintersonne lag. Harriets Traumlandschaften flimmerten in der Hitze, und alles vibrierte vor Lebendigkeit und Verheißung. Das Haus war zu diesem besonderen Anlass mit einem frischen Anstrich herausgeputzt worden; die Wände leuchteten weiß, die Türen und Fensterrahmen grün. Die Veranda war mit Blumen und Bändern geschmückt, und Topfpalmen säumten den scharlachroten Teppich, der von der Vordertreppe bis zum Rasen an der Rückseite führte. Auf dem Rasen stand eine Blumenlaube, und vergoldete Stühle standen zu beiden Seiten des roten Teppichs, der auf die Laube zuführte. Es war ein herrlicher Tag. Die Blüten des Jacaranda tropften wie leuchtende Amethyste von den Zweigen, die Gummibäume erstrahlten in Scharlachrot, und die zitronengelben Knospen der Akazien waren eine überschäumende Pracht.

»Alles in Ordnung, Grandma?«

Die leise Stimme riss sie aus ihren angenehmen Gedanken, und sie lächelte. »Ja«, sagte sie. »Und bei dir?«

Harriet setzte sich zu ihr und lächelte. »Ich bin sehr glücklich. Es ist immer schön, nach Hause zu kommen, aber dieser Tag hat etwas Zauberhaftes an sich, und um nichts in der Welt hätte ich ihn versäumen mögen.«

Catriona umarmte sie und gab ihr einen Kuss. »Du kommst aber sehr spät«, brummte sie dann. »Was hat dich aufgehalten?«

»Unmassen von Arbeit in der Kanzlei, und dann habe ich mich lange mit Tom unterhalten.« Harriet strahlte. »Du hättest mir sagen sollen, dass er kommt.«

Catriona lachte. Es war schön, dass ihre Pläne endlich Früchte trugen. »Ich finde Überraschungen immer viel netter«, sagte sie. »Warum soll ich euch die Freude verderben?«

Harriet lächelte. »Du bist ziemlich unverfroren, weißt du das?«

Catriona nickte. »Warum auch nicht? In meinem Alter habe ich mir das Recht verdient, mich ein bisschen einzumischen, und ich fand, es wird allmählich Zeit, dass ihr beide vernünftig werdet.« Sie betrachtete Harriet eine Weile. »Hat er dir erzählt, dass er nach Sydney zieht?«

Harriet lachte. »Dir entgeht wirklich nicht viel, was?«

»Nicht viel«, stimmte Catriona zufrieden zu. »Wie gefällt es dir?«

»Oh, ich glaube, es gefällt mir gut«, sagte Harriet glücklich.

Catriona sah sich um. »Wo hast du ihn denn gelassen?«

»Er ist drüben bei Connor.« Harriet kicherte. »Irgend so eine

Junggesellenparty in letzter Minute, die der Trauzeuge organisiert hat.«

»Hoffentlich trinken sie nicht zu viel«, brummte Catriona. Sie schob Archie von ihrem Schoß und wischte seine Haare von ihrem teuren Seidenkleid. »Die Gäste sind jetzt schon praktisch hinüber, und die Männer hatten eigentlich gestern Abend genug.« Sie warf einen empörten Blick hinüber zu den vergnügten Scharen, die aus dem Bierzelt kamen.

»Wo ist Rosa?«, fragte Harriet. »Ich habe sie seit Wochen nicht gesehen, und ich würde gern mit ihr schwatzen.«

»Sie ist mit ihrem jungen Mann irgendwohin verschwunden«, sagte Catriona. »Ich muss sagen, er hat mich sehr überrascht. Rosas Männer sind normalerweise ziemlich suspekt.«

»Du kannst nicht halb so überrascht gewesen sein wie ich«, sagte Harriet lachend. »Ich finde es immer noch schwer zu glauben, dass Rosa und Jeremy Prentiss ein Paar sein sollen. Ihre Wege müssen sich oft gekreuzt haben, aber sie haben sich nie wirklich kennen gelernt. Und dann schauen sie sich auf dem Sommerfest unserer Kanzlei ein Mal in die Augen, und peng! Es war wie ein Erdbeben. Ich glaube, seitdem haben sie jeden Abend miteinander verbracht.«

»Das Leben ist voller Überraschungen, mein Schatz«, sagte Catriona. »Wer hätte gedacht, dass du bei Tom Bradley landest? Ich meine mich zu erinnern, dass du ihn nicht ausstehen konntest, als ihr euch das erste Mal begegnet seid.« Sie zwinkerte, denn sie mochte Tom sehr gern.

»Stimmt«, räumte Harriet ein. Tom lief gerade über den Hof. »Aber du weißt ja, wie es ist, Grandma. Nach und nach habe ich mich an ihn gewöhnt.«

Catriona sah, wie Toms Gesicht strahlte, als die beiden einander zulächelten. Eine Weile saßen sie in geselligem Schweigen beieinander und beobachteten das Treiben der Gäste, bis die Zeremonie begann. Harriet nahm Catrionas Arm. »Komm«, sagte sie leise. »Die Braut ist bereit, und ich sehe, dass der Bräutigam auch schon unterwegs ist. Wir sollten unsere Plätze einnehmen.«

»Darf ich euch Geleit antragen?«, fragte Tom unten an der Treppe. »Ich habe nicht oft Gelegenheit, mit zwei reizenden Damen anzugeben.«

Bei jedem anderen hätten Catriona und Harriet diese Bemerkung als übertriebene Schmeichelei empfunden, aber sie sahen das schelmische Funkeln in seinem Blick und nahmen sein Angebot freundlich an. »Sie sind ein Gauner«, sagte Catriona, als er ihr einen Kuss auf die Wange gab.

»Das müssen Sie gerade sagen«, murmelte er.

Catriona bemerkte, wie er und Harriet einander anlächelten. Sie würde sich nicht wundern, wenn auf *Belvedere* bald noch eine Hochzeit stattfände – und vielleicht sogar eine dritte, wenn es mit Rosa und Jeremy so weiterginge. Ihr Herz schwoll vor Liebe und Glück, als sie sich von Tom über den roten Teppich zur vorderen Stuhlreihe führen ließ. Es würde ein bewegender Tag werden; hoffentlich würde sie sich nicht lächerlich machen, indem sie in Tränen ausbrach und ihre Wimperntusche verschmierte.

Sie nickte Pat und John Sullivan und ihren Freunden zu und sprach ein paar Worte mit ihnen, bevor sie sich neben Rosa und Jeremy setzte. Rosa sieht phantastisch aus, dachte sie, als sie deren scharlachrotes Kleid, das dunkel glänzende Haar, das ihr inzwischen bis an das elfenhafte Kinn reichte, und die Zigeunerohrringe, die in der Sonne golden glänzten, betrachtete. Der sehr gut aussehende Jeremy Prentiss hatte offensichtlich einen äußerst vorteilhaften Einfluss nicht nur auf Rosas Vorliebe für regenbogenbunte Haare, sondern auch auf ihre Kleidung. Catriona schaute wieder nach vorn und sah den Bräutigam an. Schon drohten die ersten Tränen – der Himmel mochte wissen, in welchem Zustand sie am Ende der Trauung sein würde.

Der Pfarrer hatte ihnen das tragbare Harmonium aus der Kirche von Drum Creek geborgt, und nun spielte der Organist die ersten erhebenden Takte des Hochzeitsmarsches. Catriona erhob sich und dachte an Poppy, und ihre Anwesenheit erschien plötzlich so real, dass sie glaubte, das wasserstoffblonde Haar ihrer liebsten Freundin zu sehen und ihr Lachen zu hören. Wie stolz sie gewesen wäre, ihren stattlichen Connor an seinem Hochzeitstag zu sehen, und wie überglücklich zu wissen, dass auch Rosa endlich jemanden gefunden hatte, der sie liebte. Sie drehte sich mit allen anderen um und beobachtete, wie die Braut von ihrem Vater über den roten Teppich zu der Blumenlaube geführt wurde.

Belinda strahlte. Eine Wolke von dunklen Locken umrahmte ihr Gesicht, gekrönt von einem Kranz aus gelben Rosen, und die Diamantohrringe blitzten im Sonnenschein. Sie trug ein Etuikleid aus elfenbeinfarbener Seide, das ihre üppigen Kurven umschmiegte, und die gelben Rosen in ihrem Brautstrauß waren noch feucht vom Tau des Gartens, in dem sie am Morgen geschnitten worden waren. Aus dem Wildfang war eine wunderschöne junge Frau geworden.

Auch Connor sah sehr gut aus in seinem dunklen Anzug und dem weißen Hemd, und die gelbe Rosenknospe an seinem Revers passte perfekt zu seiner Krawatte. Er strahlte genauso wie Belinda, als er seine Braut kommen sah. Wieder liefen Catriona die Tränen über das Gesicht. Wie stolz Poppy vom Himmel aus zusehen würde. Ihr geliebter Junge hatte die Schrecken seiner Kindheit hinter sich gelassen und wagte einen neuen Anfang mit der Frau, die er liebte.

Catriona putzte sich die Nase, als Belinda endlich an Connors Seite stand. Ich bin eine rührselige alte Närrin, schalt sie sich. Aber sie hatte Connor vom ersten Tag an geliebt und behütet. Er war ihr Sohn, und sie hatte das Recht, stolz auf ihn zu sein und voller Bewegung mit anzusehen, wie er die Frau heiratete, die neues Licht und neues Leben nach *Belvedere* gebracht hatte. Sie wusste, die beiden würden glücklich miteinander sein, und wenn das Schicksal ihnen hold war, würde es bald eine neue Generation geben, die dieses Land liebte wie sie alle.

Nur zu schnell war die Zeremonie vorüber, und das glückliche Paar posierte mit den Gästen für die Fotos, die so manches kostbare Album zieren würden. An Toms Arm bewegte Catriona sich langsam und majestätisch durch die fröhlich plaudernde Gesellschaft und nahm ihren Platz für das Familienfoto ein.

»Ich vermute, es gibt bald noch eine Hochzeit«, sagte Harriet leise, während sie den Anweisungen des Fotografen folgte und sich bemühte, dabei nicht auf Archie zu treten, der anscheinend entschlossen war, den zentralen Platz vor dem Brautpaar einzunehmen. »Rosa und Jeremy sehen aus wie siamesische Zwillinge, und noch nie habe ich sie so entspannt und glücklich gesehen.«

Catriona lachte und zwinkerte Tom zu. »Man kann nie wissen«, sagte sie. »Aber das hier ist auf jeden Fall eine perfekte Kulisse für alle, die gern heiraten möchten.«

Harriet wurde rot, und Tom legte ihr einen Arm um die Schultern, zog sie an sich und drückte einen sanften Kuss auf ihren blonden Scheitel.

Catriona lächelte. Hochzeiten hatten etwas an sich, was selbst den abgebrühtesten Zyniker romantisch werden ließ. Die liebe Harriet – sie war immer so entschlossen gewesen, niemals zu heiraten, so fest davon überzeugt, dass es nur auf ihre Karriere ankam, und nun leuchtete aus ihr eine Liebe, von der sie noch gar nicht gewusst hatte, dass sie in ihr steckte. Sie senkte den Kopf und verbarg ihr Lächeln hinter einem Taschentuch. Die Liebe schlich sich in das Herz der Menschen, wenn sie am wenigsten damit rechneten.

»Was für ein glücklicher Tag! Ich bin so froh, dass ich dabei sein kann.«

Catriona sah die elegante Frau an ihrer Seite an, legte ihr einen Arm um die schmale Taille und drückte sie an sich. »Das bin ich auch, mein liebes, liebes Kind«, sagte sie inbrünstig.

Jeanette Wilson betupfte sich die Augen mit einem Taschentuch. »Danke für alles, Mum«, flüsterte sie, und sie nahmen einander bei der Hand und wandten sich dem Fotografen zu.

Mein Dank gilt Liza Hobbs, Mezzosopran, für ihren kundigen Rat und die Zeit, die sie damit verbracht hat, mir bei meinen Recherchen zur Oper zu helfen. Danke für die E-Mails und für so manches Glas Wein. Für alle Fehler bitte ich um Entschuldigung – sie sind von mir.

Den Mitarbeitern des Music Department an der Newlands School, Seaford, danke ich für all die Bücher, die ich aus ihrer Bibliothek ausleihen durfte. Sie waren eine unschätzbare Quelle für meine Recherchen zu den Opern, die in diesem Buch vorkommen.

Dank auch an Gary und Karen Stidder für die Eintrittskarten zur Glyndebourne Opera, die sie mir so großzügig geschenkt haben, damit ich sehen konnte, wie es im wirklichen Leben gemacht wird. Dank an alle Genannten dafür, dass sie mich so viel gelehrt und mir Gelegenheit gegeben haben, meine Leidenschaft für die Oper zu entdecken.

*»Evans ist ein vollendeter
Geschichtenerzähler.«* BOOKPAGE

Richard Paul Evans
EIN VOLLKOMMENER TAG
Roman
352 Seiten
ISBN 978-3-404-15890-4

Robert Harlan liebt seine Frau Allyson, seine Tochter Carson und
sein Hobby, die Schriftstellerei. Seine Frau ermutigt ihn, den
Traum von der Karriere als Autor auch in die Tat umzusetzen.
Eines Tages scheint sein Glück perfekt: Er wird entdeckt, und
sein Roman wird zum Bestseller. Berauscht vom Ruhm verliert
Robert den Blick für sein Familienglück, bis er einem Unbekannten
begegnet, der seine Vergangenheit und Zukunft zu kennen
scheint und ihm prophezeit, dass er am letzten Tag des Jahres
sterben wird ...

Bastei Lübbe Taschenbuch

*»Eine exotische und bestechende
Kriminalgeschichte, ein literarisches
Glanzstück.«* ROBERT HARRIS

Laura Joh Rowland
DER KIRSCHBLÜTENMORD
Sano Ichirōs erster Fall
Historischer Roman
Aus dem Amerikanischen
von Wolfgang Neuhaus
560 Seiten
ISBN 978-3-404-15892-8

Japan, 1689. Zwei Tote treiben im Fluss. Alles sieht aus nach
einem Selbstmord aus unglücklicher Liebe. Doch Sano Ichirō
ahnt, dass mehr dahinter steckt. Hin- und hergerissen zwischen
seiner Neugier und dem Ehrenkodex des Samurai versucht Sano
das Geflecht der Intrigen zu entwirren. Die Spur führt in die
Kreise des Adels, zu einer Verschwörung gegen den Shōgun.
»Ein Meisterwerk aus der Zeit des mittelalterlichen Japans, das
jenen charmanten Funken Exotik versprüht, der Geschichten aus
fernen Ländern, fremden Kulturen und alten Zeiten umgibt.«
NDR

Bastei Lübbe Taschenbuch